JOGOS MENTAIS

NORA ROBERTS

Romances

A pousada do fim do rio
O testamento
Traições legítimas
Três destinos
Lua de sangue
Doce vingança
Segredos
O amuleto
Santuário
A villa
Tesouro secreto
Pecados sagrados
Virtude indecente
Bellissima
Mentiras genuínas
Riquezas ocultas
Escândalos privados
Ilusões honestas
A testemunha
A casa da praia
A mentira
O colecionador
A obsessão
Ao pôr do sol
O abrigo
Uma sombra do passado
O lado oculto
Refúgio
Legado
Um sinal dos céus
Aurora boreal
Na calada da noite
Identidade roubada
Refúgio em Black Hills

Saga da Gratidão

Arrebatado pelo mar
Movido pela maré
Protegido pelo porto
Resgatado pelo amor

Trilogia do Sonho

Um sonho de amor
Um sonho de vida
Um sonho de esperança

Trilogia do Coração

Diamantes do sol
Lágrimas da lua
Coração do mar

Trilogia da Magia

Dançando no ar
Entre o céu e a terra
Enfrentando o fogo

Trilogia da Fraternidade

Laços de fogo
Laços de gelo
Laços de pecado

Trilogia do Círculo

A cruz de Morrigan
O baile dos deuses
O vale do silêncio

Trilogia das Flores

Dália azul
Rosa negra
Lírio vermelho

NORA ROBERTS

JOGOS MENTAIS

Tradução
Juliana Romeiro

1ª edição

BERTRAND BRASIL
Rio de Janeiro | 2025

CIP-BRASIL. CATALOGAÇÃO NA PUBLICAÇÃO
SINDICATO NACIONAL DOS EDITORES DE LIVROS, RJ

R549j

Roberts, Nora, 1950-
Jogos mentais / Nora Roberts ; tradução Juliana Romeiro. - 1. ed. - Rio de Janeiro: Bertrand Brasil, 2025.

Tradução de: Mind games
ISBN 978-65-5838-366-6

1. Ficção americana. I. Romeiro, Juliana. II. Título.

24-94700 CDD: 813
CDU: 82-3(73)

Gabriela Faray Ferreira Lopes - Bibliotecária - CRB-7/6643

Texto revisado segundo o Acordo Ortográfico da Língua Portuguesa de 1990.

Em memória da minha avó, que, além de ser uma força da natureza, sabia das coisas

PARTE I

TRAGÉDIA

O rancor é cruel, e a fúria é destrutiva, mas quem consegue suportar a inveja?

— Provérbios, 27:4

Expresse a dor, pois a dor que não fala
Sussurra no coração para explodi-lo.

— William Shakespeare

1

⌘ ⌘ ⌘

PARA THEA, a melhor parte do verão começava na segunda semana de junho. O último dia de aula merecia um coração vermelho bem grande e significava que ela podia nadar e se esbaldar na piscina de casa, que ela adorava. E podia andar de bicicleta e brincar com os amigos todo santo dia. Embora eles já não falassem mais "brincar". Agora eles "trocavam ideias".

Afinal, ela já tinha 12 anos.

Thea gostava dos churrascos e de como o sol demorava a se pôr, mas o que ela mais gostava mesmo era de não ter que fazer dever de casa.

Só que, todo ano, mais ou menos uma semana depois daquele dia do coração vermelho bem grande, ela se apinhava no carro com a mãe, o pai, Rem — o irmão mais novo — e Cocoa — a cadela da família. E eles davam início à longa viagem de Fredericksburg, na Virgínia, até Redbud Hollow, no Kentucky.

A mãe de Thea era de lá, mas havia se mudado para a Virgínia na época da faculdade, onde conheceu John Fox logo no primeiro dia, na primeira aula.

E aí, como se diz — ou como o pai dela gostava de falar — ...já sabe, né?

Eles se casaram nas férias de verão do segundo ano de faculdade, e dez meses, duas semanas e três dias depois, Thea nasceu. E menos de dois anos depois disso, Rem chegou.

O pai dela projetava casas, e a mãe cuidava da decoração. A empresa deles, a Fox & Fox Homes, ia bem.

Thea sabia das coisas. Os adultos acham que as crianças não entendem nada que seja importante, mas ela entendia. Sabia que os avós paternos eram ricos e esnobes, e que menosprezavam a nora — uma mulher do leste do Kentucky.

Mas os avós paternos moravam em San Diego, então eles não tinham que se ver muito. O que, por Thea, estava ótimo. Ela não precisava ouvir a avó — que em seu esnobismo exigia ser chamada de "senhora" — pensando como a mãe dela ria alto demais ou como nunca tinha deixado de ser uma mulher do interior.

Caso se esforçasse o suficiente, conseguia ouvir aqueles pensamentos, e, sempre que tinha que visitar a avó, não tinha outro jeito.

A avó pensava *tão alto.*

Nem a avó nem o avô paternos pareciam se importar com o fato de que John e Cora Fox eram felizes e até mesmo bem-sucedidos. Ou que moravam em uma casa bonita, em um bairro bacana. E que Thea e Rem (ou, como eles faziam questão de chamar, Althea e Remington) iam mais do que bem na escola.

Mas a avó materna se importava. Eles se falavam por telefone todo domingo e, no Natal, vovó chegava com a caminhonete cheia de presentes que ela mesma tinha feito. Em geral, os tios Waylon e Caleb também vinham, então era uma grande festa em família, com a casa cheia de música, luzes e cheiros gostosos vindos da cozinha.

Era a segunda época do ano preferida de Thea.

A melhor época, mesmo tendo que encarar sete horas no carro, ou até mais, era em junho.

Eles sempre saíam cedinho, e jogavam bingo de viagem para passar o tempo. Rem geralmente caía no sono, e às vezes Thea também, mas os dois sempre gritavam e comemoravam quando cruzavam a fronteira do Kentucky.

Paravam para comer churrasco e bolinho de milho — isso era uma tradição. Mesmo com fome, Thea sempre ficava com vontade de não parar, para chegar logo.

Seguiam viagem por estradas que começavam a subir, sinuosas, cruzando pontes que perpassavam rios caudalosos.

Thea adorava ver as montanhas surgirem, aqueles morros e picos de um verde tão profundo que, de alguma forma, pareciam até azuis. Os planaltos e cumes, os riachos e florestas.

E, quando estava lá, no meio daqueles morros e picos, onde a estrada se retorcia para um lado e para o outro, Thea sabia que sua casa bonita no bairro bacana da Virgínia jamais se compararia àquilo.

Ela ficava se perguntando como a mãe tinha sido capaz de ir embora, e, sempre que a questionava, a mãe respondia:

— Eu tinha que conhecer o seu pai, né? Senão você não ia estar aqui me perguntando isso.

Thea sabia que era mais do que isso. Sabia que a mãe queria a casa bonita no bairro bacana. Sabia, lá no fundo, que a mãe queria deixar o interior do Kentucky para trás.

Mas ela ficava quieta, senão a mãe ia olhar para ela com aquela cara. A mãe não queria que Thea soubesse das coisas, igual quando o pai dizia:

— Onde foi que eu enfiei a minha chave agora?

E ela sabia que ele tinha deixado na bancada da cozinha e depois jogado uns papéis por cima, embora ela nem estivesse em casa quando ele tinha feito aquilo.

Então Thea sabia que, apesar de a mãe amar a vovó, ela queria mais do que a casa no vale e menos do que tinha deixado para trás.

Ao contornar a cidade montanhosa de Redbud Hollow, com as suas ladeiras e lojas — como a Artesanato Apalache, onde a vovó vendia sabonetes, velas e coisas do gênero —, Thea já não pensava mais naquilo.

Porque finalmente estavam chegando. Ainda estava claro. Pelo teto solar do carro, Thea viu um falcão sobrevoando. Na floresta, havia cervos caminhando. Às vezes, ela via cervos nos quintais do bairro onde morava, mas não era a mesma coisa.

A mãe sempre dirigia no último trecho da viagem, seguindo por ruas onde havia andado quando menina. E, ao fazerem a última curva, Thea viu a casa.

Com paredes azuis da cor do céu, janelas com venezianas — de verdade — e colunas verdes como as montanhas ao longo da varanda comprida, a casa ficava recuada em relação à estrada estreita e sinuosa. Azaleias e louros-da-serra cobriam a fachada. Nos galhos de uma olaia, havia dezenas de garrafas coloridas penduradas.

Por causa da escola, Thea nunca tinha visto a árvore em flor, a não ser por fotos, mas podia imaginar a cena.

Nos fundos, ficavam os jardins — com flores e uma horta de legumes e verduras — e o galinheiro, onde as galinhas da vovó ciscavam e cacarejavam. Molly, a cabra, tinha um curral; Aster, a vaca, tinha dois pequenos campos para pastar, e a vovó a levava de um para o outro, de meses em meses.

Havia um pequeno celeiro e um galpão. Um córrego cruzava o terreno e seguia mata adentro.

E as montanhas se erguiam ao redor, cercando a casa.

Duck e Goose, os dois coonhounds da vovó, vieram correndo pela lateral da casa na direção do carro.

Dentro do automóvel, Cocoa se levantou, abanando a cauda e ganindo.

No instante em que Thea abriu a porta, Cocoa pulou por cima da garota para sair do carro. Os três cachorros começaram a se farejar, se reconhecendo.

A porta da casa se abriu, e Lucy Lannigan apareceu na grande varanda da frente.

Uma grossa mecha de fios brancos caía como uma onda do meio da cabeça até a ponta direita do cabelo muito preto, cabelo esse que tanto a filha quanto a neta haviam herdado. As duas também tinham puxado os seus olhos azuis de pálpebras longas.

Cora não havia herdado da mãe a altura de quase 1,80 metro e a compleição esguia como um tronco de salgueiro, mas, a julgar pelo comprimento das pernas de Thea e Rem, parecia que os netos sim.

De calça jeans desbotada e camisa branca, Lucy abriu os braços.

— Quantos eu consigo abraçar ao mesmo tempo? Deixa eu ver.

Tal como Cocoa, Thea e Rem pularam do carro e correram para os braços abertos da avó, que cheirava a pão recém-assado.

— Humm... humm... humm... — murmurou Lucy enquanto apertava as crianças, e então conseguiu puxar Cora e John para o abraço também. — Agora sim, meu coração tá transbordando. Todo o amor do mundo e um pouco mais tá aqui na minha porta. Espero que vocês estejam com fome, porque tem frango frito pra alimentar um batalhão depois da guerra.

— Tô morrendo de fome — disse Rem, fazendo a avó soltar sua gargalhada estrondosa.

— Eu sempre posso contar com você. Tem limonada fresca pra uns, e, pra outros, um vinho de maçã que tá uma delícia. Os quartos já estão arrumados, se vocês quiserem guardar as malas.

— É, vamos guardar as malas. — John beijou as bochechas de Lucy. — Aceito um pouco de vinho de maçã depois.

A casa sempre tinha um cheiro tão bom. Para Thea, cheirava a montanhas, comida boa, ervas e flores.

Ela só ia à casa da avó no verão, então nunca tinha visto a lareira da sala de estar acesa, com o grande e velho sofá azul e as poltronas forradas com uma estampa que a avó chamava de rosas de repolho.

E havia as flores colhidas no jardim ou nas montanhas, as velas que vovó fazia e, como sempre, porta-retratos com as fotos mais recentes de Thea e de Rem na escola.

O pai ajudou Thea a carregar as malas, enquanto a mãe foi para a cozinha com a avó. Porque, como ele sempre dizia, elas gostavam de ter um momento de mãe e filha.

O que não incomodava Thea, porque ela teria duas semanas inteiras com a avó.

Ela adorava o seu quarto com vista para as montanhas. Ainda que fosse menor do que o de casa, o que também não a incomodava.

E gostava da velha cama de ferro, pintada de branco como a neve, e da colcha de violetas feita pela trisavó. Na penteadeira, havia uma jarrinha de vidro com margaridas brancas. Embora o armário fosse pequeno, havia também o que a vovó chamava de roupeiro.

Thea gostava daquilo mais do que de qualquer closet.

E gostava de saber que aquele era o quarto de infância da sua mãe.

Rem ficava no quarto da frente — o que tinha sido do tio Waylon —, e os seus pais, no antigo quarto do tio Caleb. Havia o quarto que a vovó usava para costurar e fazer outras coisas, e então o quarto da avó, o maior de todos, com a cama de dossel que ela havia herdado.

A cama na qual tinha nascido.

Thea não conseguia nem imaginar aquilo.

Como queria se sentir *em casa*, ela desfez as malas, embora pudesse ouvir Rem correndo para o andar de baixo.

Depois de guardar as roupas, era como se o quarto fosse seu.

Então zanzou devagar pela casa. A sala de estar e a sala com a televisão velha e o grande rádio mais velho ainda. A poltrona e o divã, os livros nas estantes, a cesta com os novelos de lã, o relógio de cuco na parede.

Em seguida, a sala com o piano vertical, o banjo, o violão, o bandolim, o saltério.

A avó era capaz de tocar qualquer um daqueles instrumentos quando tinha vontade. Thea sabia que Waylon também tocava, não só porque vovó tinha dito, mas porque ele sempre aparecia com um banjo ou um violão no Natal.

Além disso, ele ganhava a vida como músico, em Nashville, onde morava. Caleb também sabia tocar, mas ele tinha feito faculdade de teatro, interpretação e outras coisas, então vivia disso.

A mãe tocava às vezes, mas vovó dizia que o instrumento de Cora era a sua voz. E Thea sabia disso muito bem, pois a mãe — sobretudo quando estava feliz — cantava como um anjo.

Mas o seu lugar preferido da casa era a cozinha.

A cozinha era gigantesca — uma das palavras preferidas de Thea naqueles dias. Grande o suficiente para caber a mesa de jantar de carvalho maciço que o bisavô havia feito. Tinha também um fogão de seis bocas, que a avó havia comprado quando fez algumas mudanças na cozinha, mas nunca se desfez da mesa.

Segundo a avó, a mesa era o coração da cozinha; e a cozinha, o coração da casa. Vovó tinha muitos armários e bancadas bem compridas e uma parede coberta de prateleiras com panelas, cadernos de receitas de família, potes de vidro com arroz, aveia, macarrão, canjiquinha e feijão, potes coloridos com conserva de beterraba, legumes, pimentão, manteiga de maçã e mais um monte de outras coisas.

Anexa a isso, ficava a área de artesanato, com o fogão imenso, as bancadas resistentes e as prateleiras com garrafas, frascos e utensílios. Junto da janela, sob o sol, vovó cultivava ervas e temperos em vasinhos e também pendurava ramalhetes de ervas para secar.

Era naquela área que a avó fazia as coisas que vendia: velas, sabonetes, loções e remédios.

Ela mantinha um estoque dos seus produtos na antiga despensa, para o caso de querer presentear uma pessoa ou de alguém aparecer no vale com mercadorias para trocar.

Sempre curiosa, Thea abriu a porta e inspirou fundo, enquanto fitava as prateleiras.

Para ela, aquele cheiro parecia vindo de um jardim do paraíso.

Rosa e lavanda, sálvia e alecrim, baunilha-dos-jardins e pinheiro, limão e laranja e grama recém-cortada.

O nome da marca da avó era Magia da Montanha, e era exatamente assim que Thea via os produtos dela.

Thea notou o bolo de maçã ainda embrulhado na bancada, então resolveu não comer demais no jantar, para deixar um espacinho para a sobremesa.

Lá fora, Rem já estava correndo com os cachorros, enquanto os pais estavam sentados com a avó na varanda dos fundos, bebendo vinho de maçã.

Pelas janelas abertas, dava para ouvir os cachorros latindo, as galinhas cacarejando e a risada da avó.

Thea guardou aquilo na memória, um momento ao qual poderia retornar quando estivesse se sentindo triste ou solitária.

— Até que enfim, menina! — exclamou Lucy, quando Thea saiu da casa. — Vai beber uma limonada, antes que o Rem acabe com o jarro inteirinho. Menino de 10 anos sente muita sede.

— Depois de tanto tempo sentado no carro, ele precisa mesmo correr — disse Cora, sorrindo e se aproximando para fazer um carinho no braço de Thea. — Já arrumou as suas coisas?

— Já. Posso ver os bichos?

— Lógico.

— Mais tarde, você e o Rem podem dar o jantar deles. Pode ir. — Lucy deu um tapinha no bumbum dela. — Vai esticar essas pernas compridas. A gente chama na hora do jantar.

E assim que Thea saiu correndo, Lucy murmurou:

— Parece que comeu fermento. Os dois. Fico tão feliz que vocês deixam as crianças comigo todo verão.

— Eles te amam. — John pegou a jarra e serviu mais vinho para todos. — E adoram vir para cá. E eu também não tenho do que reclamar... Duas semanas sozinho com a minha esposa?! — Ele deu uma piscadela para Cora. — Que presente.

— E os dois vão voltar para casa cheios de histórias. — Cora se recostou em sua cadeira de balanço, relaxando e sentindo o cansaço da viagem e a leve dor de cabeça que o acompanhava se dissiparem. — A raposa que os cachorros afugentaram do galinheiro... O peixe que eles pescaram, ou quase pescaram... Ordenhar a vaca, ordenhar a cabra... O velho de bengala que veio buscar alguma pomada para artrite.

— E ainda vão levar sabonetes que fizeram com você e perguntar por que a gente nunca come bolo de trigo-sarraceno no café da manhã — acrescentou John.

— Eu amo essas crianças de paixão. Qualquer dia desses, o Waylon e o Caleb vão se casar e me dar mais netos... já que vocês dois parecem ter fechado a fábrica.

— Tiramos a sorte grande com os dois. — John brindou com a sogra.

— Isso é verdade. Tomara que os meus meninos e suas futuras esposas sejam tão generosos quanto vocês e me deixem acompanhar o crescimento dos bebês deles. Significa muito pra mim.

— A gente nunca vai conseguir te convencer a se mudar para a Virgínia, né, mãe?

Lucy se limitou a sorrir para as montanhas.

— Sou uma mulher dos Apalaches, querida. Se você me plantar em outro lugar, eu murcho. Agora vou fazer uns biscoitos de leitelho. Não, fica aí — ordenou ela. — Você acabou de chegar de uma longa viagem. Quero mimar os meus bebês crescidos também.

— Você mima demais a gente, Lucy. Só temos a agradecer.

Assim que Lucy entrou, John estendeu a mão para apertar a de Cora.

— Vai lá e conversa com ela sobre o que a gente combinou. Vê o que ela acha, enquanto as crianças estão entretidas.

Cora assentiu com a cabeça e entrou na casa.

Ela se sentou na bancada no meio da cozinha enquanto Lucy ralava manteiga congelada numa tigela de farinha de trigo.

— Você tá com aquela cara de que tem alguma coisa importante pra falar.

— E tenho mesmo. Nós achamos que é uma boa ideia... Espero que você concorde.

— Sou toda ouvidos, querida.

— Sinto muita saudade de você, mãe.

Lucy interrompeu o movimento das mãos por um momento, e o seu coração transbordou pelos olhos.

— Ah, minha querida.

— Eu sei que o seu lar é aqui, e você sabe que o meu é na Virgínia. Mas a gente não está tão longe assim, não mesmo. Eu também sinto saudade dos meus irmãos. Nunca achei que isso fosse acontecer — acrescentou ela, fazendo Lucy rir.

— Eles sem dúvida atazanavam a irmã mais velha. Mas os dois te amavam, igual aqueles dois lá fora se amam. Irmãos e irmãs brigam. É complicado mesmo.

— E como! Bom, o Caleb vai se mudar para Nova York.

— Ele me contou. — Depois de misturar a manteiga com a farinha de trigo, Lucy colocou a tigela na geladeira para gelar por alguns minutos. — Ele também me disse que tem uma coisa nova chamada avião e que ele pode vir me visitar. E que eu podia viajar pra lá, pra ele me levar num espetáculo da Broadway.

— Para ele é uma oportunidade de fazer o que ama e deseja, mas a gente vai se ver menos do que quando ele morava em Washington. E o Waylon passa a maior parte do tempo em Nashville ou viajando.

— Meu menestrel.

— Mãe, você conhece a família do John... — Ela deixou a frase no ar e espiou a varanda dos fundos. — Eles não gostam muito da gente. Quer dizer, de mim. E não se interessam pelas crianças.

— Azar o deles — comentou Lucy, franzindo os lábios como fazia sempre que dizia algo que não devia. — Eu fico com pena deles, com aqueles corações endurecidos.

Ou pelo menos tentava ficar.

— Aquele homem lá fora, correndo com os filhos depois de dirigir essa distância toda... Se eu tivesse imaginado o marido ideal pra minha filha, o pai ideal para os meus netos, não teria pensado em ninguém melhor do que John Fox. Ele é como um filho pra mim.

— Eu sei. E o John também sabe disso. E, para ele, você é uma figura materna melhor do que a própria mãe dele.

— Mais uma bênção pra mim. E mais um motivo para eu sentir pena de quem não consegue enxergar as dádivas que a vida oferece.

Cora se levantou para se certificar de que John não estava escutando.

— Sabe o que eles fizeram no aniversário de 12 anos da Thea? Mandaram um cartão com doze dólares dentro. Um para cada ano. E ainda chegou uma semana atrasado. O problema não é o dinheiro, mãe... — acrescentou ela, depressa. — A gente não liga para o dinheiro deles. Estamos bem. É só... O cartão dizia: "Parabéns, Althea. Dos seus avós." Só isso.

Lucy pegou o vinho e deu um golinho.

— Você falou pra Thea escrever agradecendo?

— Nem precisei. Ela sentou e escreveu: "Queridos avós, muito obrigada pelos votos de feliz aniversário e pelos doze dólares. Espero que estejam bem. Sua neta, Thea."

Lucy assentiu com a cabeça em aprovação.

— Você tá criando essa menina muito bem.

— Do mesmo jeito que eu fui criada. Mas fiquei chateada, sabe… E o John ficou magoado. Ele tenta não deixar essas coisas afetarem ele, mas dói. Eu não quero que a nossa família seja distante e descuidada igual à dele.

— Isso nunca vai acontecer com a gente, querida.

— Mas as pessoas têm suas próprias vidas para cuidar. Você está sempre ocupada, mãe, com a casa e os seus negócios. O Caleb e o Waylon estão ocupados e, como você falou, provavelmente vão construir as próprias famílias e ficar mais ocupados ainda. O John e eu estamos ocupados cuidando das crianças e trabalhando. E nos vermos duas vezes por ano não é suficiente, mãe.

Ela falava e andava pela cozinha, enquanto Lucy observava e pensava: *Minha menina, tão inteligente e inquieta.*

— Você fez bolo de maçã — murmurou Cora.

— Fiz, lógico. É o preferido do John.

— Não sei por que coisas como um bolo de maçã e flores na mesa significam mais para mim agora do que quando eu era criança, ou por que esta casa é mais especial para mim agora do que quando eu morava nela.

— Você estava mirando longe, olhando para o futuro, Cora.

— E você deixava. Um dia, a Thea vai mirar longe, então hoje eu entendo o que antes não entendia: quanto custa deixar uma criança trilhar o próprio caminho.

— E como custa! — concordou Lucy, tirando a tigela de farinha e o leitelho da geladeira. — Mas o orgulho que você sente quando vê o que aquela criança virou compensa tudo. E eu tenho muito orgulho da vida que você construiu, da pessoa que você é. Muito orgulho.

— Eu não te valorizava o suficiente quando era criança.

— Ah, para com isso.

— É verdade — insistiu Cora, observando, como tinha feito inúmeras vezes antes, a mãe abrir um buraco na mistura de farinha com manteiga para acrescentar o leitelho.

O movimento a fez sorrir, então perguntou o que já havia perguntado diversas vezes:

— Por que você sempre mexe a massa quinze vezes com essa colher de pau? Exatamente quinze vezes.

As duas se fitaram, e Lucy sorriu em resposta, antes de explicar, como sempre:

— Porque catorze não é o suficiente, e dezesseis é demais.

— Eu não percebia como foi difícil para você, mãe, principalmente depois que o papai morreu. Quanto você trabalhava para manter tudo funcionando, para dar um teto para a gente, para manter todo mundo de barriga cheia, para tocar o seu negócio e seguir em frente. Eu não percebia, porque você fazia tudo isso parecer...

Cora balançou a cabeça, voltando a andar pela ampla cozinha.

— Fácil não é a palavra certa, não... acho que *natural*. Como se nos amar fosse natural, e não deixar a peteca cair, botar todo mundo para fazer o dever de casa, escovar a porcaria dos dentes, tudo isso... fosse simplesmente natural, parte da vida. E ainda economizar, como você e o papai fizeram, para a gente poder ir para a faculdade.

— O seu pai não queria que os filhos acabassem nas minas. Ele foi para que os filhos nunca precisassem ir. Ele queria... nós queríamos... que nossos filhos tivessem uma boa educação e tivessem opções.

Lucy polvilhou a bancada com farinha de trigo, virou a massa sobre ela e jogou mais farinha por cima, em seguida enfarinhou o velho rolo de madeira também.

— As suas escolhas, as vidas que vocês estão construindo... são uma forma de honrar o seu pai e os sacrifícios dele.

— E os seus também, porque você com certeza também fez sacrifícios. Agora eu enxergo isso. Então, duas vezes por ano não é o suficiente, não para uma família.

Lucy fez um retângulo com a massa, depois juntou as pontas, dobrou ao meio e esticou com o rolo de novo. Olhando a filha de soslaio, ela repetiu o movimento.

— Você tá com algum plano na cabeça.

— Estou, é ideia minha e do John. A gente quer vir mais aqui. Nas férias de Páscoa e no Dia de Ação de Graças.

Mais uma vez, Lucy interrompeu o movimento das mãos.

— Cora, eu ia adorar. Ah, eu ia ficar tão feliz!

— Tem mais. Nós sabemos que para você é mais difícil viajar, pois tem que deixar alguém cuidando dos animais. Mas, se você pudesse escolher uma época para ir lá em casa, mesmo que seja só por uns dias, ou quem sabe ir visitar o Caleb em Nova York... talvez a gente pudesse passar uns dias lá... Ou ir para Nashville, para ver o Waylon. As crianças adoram vir para cá, e essas duas semanas aqui são tudo para elas, porque é o começo do verão. A gente gosta de passar uma semana na praia antes da volta às aulas.

— Eles adoram ir pra praia. Eu recebo muitas fotos e ouço um monte de histórias.

Depois de dobrar e esticar a massa uma última vez, Lucy enfiou a forminha redonda na farinha e começou a cortar os biscoitos.

— Nós queremos que você venha também. Queremos que todo mundo que puder venha. Então alugamos uma casa de praia bem grande, na Carolina do Norte. Uma semana em agosto. Vamos mandar você naquela coisa nova chamada avião.

— De avião? Mas...

— Ah, por favor, diz que sim! O Waylon falou que vai convencer a vovó a ir, e você sabe que ele é capaz de fazer uma pessoa sedenta doar a última gota de água que tem. A gente quase não se vê desde que ela se casou com o Stretch e se mudou para Atlanta. Ia ser um verdadeiro encontro da família Riley-Lannigan-Fox. E se o tio Buck, a tia Mae e os primos quiserem ir, bom... a gente aluga outra casa para caber todo mundo.

Lucy nunca tinha entrado em um avião na vida — embora soubesse que um dia teria que fazer isso, já que o filho se mudaria para Nova York.

E era óbvio o quanto aquilo significava para a filha. A menina que sempre tinha mirado o futuro, lá longe, estava olhando para trás. Para a família.

— Bom, acho que é melhor eu colocar esses biscoitos no forno e preparar logo o jantar, pra poder começar a pensar em comprar um maiô.

— Mãe! — Com um gritinho de felicidade, Cora abraçou Lucy. — Ah, as crianças vão ficar doidas quando a gente contar. Eu quero que elas tenham o que eu tive na minha infância, e, cá entre nós, eu quero que o John tenha o que ele não teve na infância dele.

— Então vamos botar a mesa. Na hora de lavar a louça, vai ser a vez deles de trabalhar.

Eles se fartaram de frango frito, salada de batata, vagem e biscoitos caseiros. E Cora tinha razão, as crianças foram à loucura.

O coração de Lucy transbordava de alegria por vê-los na sua casa, enchendo-a de felicidade.

A sua menina inquieta havia encontrado a paz e alcançado um ponto da vida em que queria dividi-la com as pessoas de onde tinha vindo.

Ela havia tido uma influência naquilo, pensou Lucy, e agora estava recebendo um convite para assumir um papel ainda mais importante.

Anos depois, ela pensaria naquele simples jantar em família no começo do verão e se lembraria das crianças falando alto, tão animadas e felizes. Iria se lembrar do riso nos olhos da filha e do contentamento absoluto nos olhos do homem que era como um filho para ela.

Ela pensaria na brisa entrando pelas janelas abertas e na porta de tela, com os cachorros esperando as sobras de comida do lado de fora.

E se lembraria de como o sol de verão incidia sobre as montanhas e do quão azul estava o céu.

Ela se lembraria de tudo aquilo e se apegaria o máximo possível àquela memória.

2

⌘ ⌘ ⌘

PELA MANHÃ, Lucy preparou a massa das panquecas de trigo-sarraceno, outro dos pratos preferidos do genro. Quando John apareceu, ela já tinha colocado o bacon e a linguiça para esquentar no forno e passado o café.

— Achei que tinha ouvido alguém já de pé.

Ele passou a mão pelos cabelos castanhos revoltos.

— Nem consegui fazer a barba ainda e você já alimentou os cachorros e as galinhas, pegou os ovos e ordenhou a vaca e a cabra.

— Pra que fazer a barba quando você tem tão pouco tempo de férias?

— Aposto que você não tirou uma folguinha sequer desde o Natal. — Ele balançou a cabeça, indo em direção ao café. — Você trabalha demais, Lucy.

— Eu amo o que faço.

Ela tinha trançado o cabelo, e John passou a mão pela trança, com seu jeito carinhoso de sempre.

— Dá para ver. Sabe, quando olho para você, eu sei que a Cora só vai ficar mais bonita com o tempo. Me faz pensar na sorte que eu tive de sentar ao lado dela naquela sala de aula, no primeiro dia de faculdade.

— Pois eu digo que sorte não teve nada a ver com isso. Se tem duas pessoas que foram feitas uma pra outra, foram você e a Cora. Agora senta aí e me diz o que você tá pensando. Sei que tem alguma coisa aí.

— Eu queria dizer como é importante que você esteja disposta a viajar e a receber a gente aqui, quando eu sei que você vai fazer exatamente o que está fazendo agora e muito mais. Cozinhando essas refeições enormes e maravilhosas. Cora passou os últimos dois meses em uma ansiedade só por causa disso.

John se sentou e suspirou.

— Foi aquele cartão de aniversário idiota! A nota de dez e as duas de um lá dentro foram a gota d'água. A Thea não ligou, mas ela não espera nada deles. Eu não espero nada deles. Mas a Cora? Ela ficava torcendo para eles amolecerem.

— Tem gente que não é capaz de amolecer.

— Essa é a mais pura verdade — concordou ele. As palavras saíram carregadas de resignação. — Mas eles são bem carinhosos com os outros netos, e generosos, sempre dando atenção. Eles queriam que eu me casasse...

— Com alguém mais condizente com o seu nível, ou com o nível deles.

John deu de ombros.

— Não importa o quanto a gente se ama, a mãe maravilhosa que a Cora é, uma grande parceira nos negócios. Ela se esforçou tanto, Lucy, e para eles nada disso faz a menor diferença. Eu me casei muito jovem e com uma pessoa que eles não aprovavam, então sempre vou ser uma decepção. Eu não ligo, lógico.

— Mas ela liga.

— Mais do que devia, se quer saber a minha opinião. A filha da minha irmã tem a idade do Rem. No aniversário dela, eles deram um cavalo de presente.

— Um cavalo! Um de verdade?

— Um cavalo de verdade. Tem mais ou menos um ano que ela faz aula de hipismo. Então eles compraram um cavalo para ela. Eles se esqueceram completamente do aniversário de 10 anos do Rem, mas por algum motivo não foi isso que causou o problema. Foi aquele cartão, a nota de dez e as duas notas de um. A desigualdade da coisa, o fato de que Cora finalmente percebeu que eles nunca iriam se importar com os nossos filhos.

— O que me deixa curiosa, John — Lucy se virou para colocar a grande frigideira de ferro fundido no fogo —, é como eles conseguiram gerar alguém como você.

— E eu às vezes me pergunto se seria quem sou caso Cora Lannigan não tivesse sentado ao meu lado e sorrido para mim.

— Feitos um para o outro — repetiu Lucy.

— Feitos um para o outro. — Ele brindou o café com o dela e bebeu. — Ela parou de se importar com o que eles pensam ou acham, o que para mim é um alívio. E começou a sentir a sua falta, e dos irmãos também, e do que sabia que tinha com vocês e tanto tentou recriar com os meus pais. Essa vida em família, laços mais estreitos.

— Ela precisava construir a própria família antes de realmente querer o que sempre teve. Eu diria que estamos dando um presente uma à outra. Agora, eu tô ouvindo outra pessoa de pé lá em cima. Vai lá chamar, que eu vou fazer as panquecas.

Antes disso, ele deu a volta na bancada para abraçá-la.

— Eu te amo, Lucy.

— John. — Lucy beijou o rosto do genro. — Você é uma das luzes que mais iluminam a minha vida.

Eles tomaram café da manhã à mesa da cozinha, onde tinham jantado na noite anterior. As crianças ajudaram com a louça, e aquela seria uma tarefa diária durante as férias, tal como fazer a cama pela manhã, ajudar com a roupa suja e cuidar dos animais.

Assim como a mãe e os tios antes deles, os dois iriam ajudar a capinar o jardim, a aparar a grama, a manter a casa limpa e aprender a cozinhar alguns pratos simples.

Lucy empurrou um recipiente com uma fatia generosa de bolo de maçã para as mãos de John.

— Leva um gostinho do Kentucky com vocês.

— Pode deixar. Vem cá, Foxy Loxies, dá um abraço aqui e finge que vocês vão sentir saudade da gente.

— Eu vou sentir saudade, pai. — Rindo, Thea se aninhou em seu abraço. — Um pouquinho.

Ele riu e levantou a filha para dar um beijo, então fez o mesmo com Rem.

— Eu não preciso nem dizer para vocês cuidarem da vovó. — Cora apertou os filhos com tanta força que eles chegaram a gemer. — Porque eu sei que vocês vão cuidar dela. E se divirtam.

— Me liga quando chegarem em casa — pediu Lucy —, pra gente saber que tá tudo bem.

Ao abraçá-los, Lucy sentiu um aperto no estômago. Quando a sensação chegou ao seu coração, ela os segurou com mais força.

— Eu vou sentir muita saudade, mais do que só um pouquinho. Agora, dirijam com cuidado e tomem conta um do outro.

Lucy se obrigou a encerrar o abraço.

— Pode deixar que eu fico de olho nesses dois pestinhas, não se preocupem.

Acenando e mandando beijos, eles entraram no carro. Cora olhava para trás à medida que o carro avançava, e por fim voltou-se para a frente.

— Enfim sós, meu bem. — John olhou pelo retrovisor, então sorriu para ela. — O que a gente vai fazer quando chegar naquela casa vazia e silenciosa?

— Acho que a gente devia abrir uma garrafa de vinho e transar sem se preocupar com o barulho.

O sorriso dele se alargou.

— Eu estava pensando na mesma coisa.

Com uma criança de cada lado e três cachorros baforando junto de si, Lucy ficou observando o carro até ele sumir de vista.

Ela obrigou o coração a parar de se apertar, então olhou para as crianças. E citou um dos seus livros preferidos, e das crianças também.

— Vamos dar início à bagunça geral!

Thea soltou um gritinho e deu uma estrelinha perfeita. Rem se contentou com uma imitação de macaco.

Como iria escrever no seu diário naquela noite, Thea prestou muita atenção em tudo que fizeram durante o dia.

Primeiro, eles capinaram o jardim, porque a brisa da montanha era mais fresca antes do meio-dia. As plantas cujos nomes eles tinham esquecido, Lucy ajudava a lembrar com uma rima.

— Eu tinha uma amiga que adorava mexilhão.

Então aquela era uma muda de manjericão.

— Um bando de lobos é uma alcateia.

E aquela era uma azaleia.

A brincadeira tornava a atividade mais divertida, e todos usavam chapéus de palha.

Depois, com o creme feito com o leite da Aster, eles fizeram manteiga, muito mais gostosa do que a que se compra no supermercado. E Thea separou o leitelho para usar depois.

Os dois se revezaram lavando a manteiga em água muito, muito fria e depois sovando — e Rem não parava de repetir: "Eca, eca."

A avó separou uma parte e colocou mel, para fazer o que ela chamava de pasta doce.

No almoço, eles comeram as sobras do frango e biscoito com a pasta doce que tinham acabado de fazer.

Depois caminharam pela floresta e pelas colinas com os cachorros. Lucy levou o spray que ela fazia para afugentar ursos, caso precisassem. Mas não precisaram.

Eles pararam em uma casa que, na verdade, era mais uma cabana, e mesmo Thea era capaz de perceber que a casa já tinha visto dias melhores. Um gato magro e cinzento correu até uma árvore e chiou para os cachorros do alto de um galho, mas eles não deram atenção.

Na varanda da frente, havia um menino mais novo que Rem, brincando com um carrinho no chão. Ele tinha o cabelo tão loiro que quase chegava a ser branco.

— Oi, Sammy. A sua mãe tá em casa?

— Tá sim, dona Lucy. — Ele gritou para dentro de casa: — Mãe! A dona Lucy tá aqui.

Uma mulher apareceu na porta com um bebê no quadril e uma criança agarrada à perna. A criança tinha feridas vermelhas e esféricas em ambos os braços.

— Tarde, dona Lucy. — Ela jogou o cabelo para trás, um tom de loiro mais escuro que o do menino. — São os seus netos? Meu Deus, a menina é a sua cara.

— Meu orgulho e minha alegria. Thea, Rem, digam "boa tarde" pra dona Katie.

— Boa tarde — disseram os dois em uníssono, enquanto Thea tentava não olhar para os estranhos círculos vermelhos na menina.

— Ouvi dizer que a Sharona estava doente.

— Pegou uma micose. Tô tentando manter limpo. Deu no couro cabeludo também.

— Eu trouxe um sabonete especial. Usa isso aqui. — Lucy pegou um sabonete em barra embrulhado de dentro da mochila. — Lava os braços e o couro cabeludo dela com isso e seca bem. É a umidade que ajuda a espalhar, então seca muito bem com um pano limpo. E depois pega isso.

Ela mostrou uma garrafinha.

— E mistura com um pouco de água. Você tem que fazer uma pasta e espalhar até secar. É cúrcuma — explicou ela —, e não vai fazer mal nenhum. Vai ajudar.

— Pode deixar. Muito obrigada, dona Lucy. Eu não…

— Não precisa pagar. Quando o Billy fizer uma leva nova daquele destilado, me manda um pouco. E se isso aqui não ajudar essa coisinha linda, você me avisa.

— Pode deixar. Deixa comigo. Se vocês quiserem, eu tô fazendo um chá de erva-gato lá nos fundos, no sol. Podem vir tomar uma xícara com a gente.

— Ah, parece uma delícia, mas temos outras pessoas pra visitar. Vai lá, dá um banho nessa lindinha. E me conta o que aconteceu.

— Deus te abençoe, dona Lucy.

Depois que voltaram a caminhar, Lucy comentou:

— O pai da Katie morreu de doença do pulmão negro há alguns anos, e a mãe dela morreu no inverno passado, de pneumonia. É difícil não ter ninguém pra ajudar.

— Que destilado? — perguntou Thea.

— Ah, é um uísque de milho, meu amor. O Billy faz um destilado muito bom. Ele trabalha muito. Às vezes também bebe um pouco demais do destilado, mas trabalha muito. Ele é um bom marido e um bom pai.

Eles passaram em outras casas, um sabonete aqui, uma vela ali. Quando era uma encomenda, Lucy recebia um pagamento ou alguma outra coisa em troca, caso a pessoa não tivesse como pagar.

Quando chegaram em casa, os cachorros já estavam prontos para tirar uma soneca. Thea sentou com o irmão e a avó na varanda dos fundos para tomar uma limonada geladinha e comer biscoitos.

— Você conhece todo mundo nas montanhas, vó?

— Aqui nessas bandas, eu conheço a maioria. Tem gente que prefere ficar na sua, então eu não incomodo, a menos que venham pedir alguma coisa. Quando tem alguém precisando de ajuda, igual a Katie ou ao velho Carl, com a bursite, eu faço o que posso. Se eu estivesse precisando de ajuda, alguém iria aparecer. Eu tenho dois esteres de lenha pra quando o frio chegar. E, quando eu precisar, alguém traz mais. É assim que funciona, e é assim que tem que ser.

⌘ ⌘ ⌘

CADA DIA era uma nova aventura. As tarefas continuavam existindo, mas eram divertidas. Só na casa da vovó Thea podia ordenhar uma vaca ou ver Rem ordenhar uma cabra. Eles alimentavam as galinhas e coletavam ovos. Lucy ensinou as crianças a fazerem molho vermelho para comer com presunto, ovos e canjica.

Toda noite, eles podiam ficar lá fora, sentados, depois do horário em que normalmente iam dormir mesmo quando não tinham aula. Lucy sabia tudo sobre as constelações, e Rem ficou muito bom em identificá-las.

Uma noite, viram até uma estrela cadente, e Rem resolveu que ia ser astronauta. E toda noite eles se revezavam para ler em voz alta o livro que tinham escolhido no início das duas semanas ali.

Qualquer livro que quisessem, e Lucy nunca disse: "Não, esse não."

Segundo ela, eram as histórias que mantinham o mundo unido. A melhor parte era dar vida aos livros, usando vozes diferentes. Thea tinha de concordar que Rem tinha talento para a coisa, o jeito como ele mudava a voz de rouca para aguda e trêmula ou toda recatada, dependendo do personagem. E ele mudava a expressão para combinar com a voz, arregalando ou estreitando os olhos, torcendo os lábios ou abrindo sorrisos largos.

Rem quase nunca vacilava ao ler as palavras, nem mesmo as mais compridas.

Lucy dizia que o neto era um ator nato, como o tio Caleb, e como ia ser astronauta, talvez fizesse filmes em Marte.

A avó sempre dava boa-noite para Rem primeiro, e Thea ficava deitada na cama, ouvindo os dois conversarem. Rem sempre tinha um milhão de perguntas, principalmente na hora de dormir.

Então Lucy entrava e sentava na beirada da cama de Thea.

— Qual vai ser o sonho de hoje?

— Uma floresta mágica.

— Parece interessante. — Com um carinho, Lucy afastou o cabelo do rosto de Thea. — É cheia de fadas e elfos?

— Lógico, e tem uma feiticeira má, e ela tem cachorros malvados com asas afiadas e dentes mais afiados ainda, que ela mesma conjurou. Ela quer mandar na floresta e no mundo todo, então vai ter que acontecer uma batalha enorme. E tem uma bruxa nova, um elfo e uma fada que vão ter que...

hum... se unir e usar os seus poderes e inteligência para derrotar a feiticeira. E acho que vai ter uma espécie de missão. Ainda preciso sonhar essa parte.

— Aposto que vai. — Lucy abaixou-se para lhe dar um beijo na bochecha. — Quem sabe um dia você não escreve os seus sonhos, e o Rem não encena pra gente? Agora vai sonhar, meu tesouro. Amanhã vai ser um novo dia.

Como fazia quase toda noite, Thea fechou os olhos e começou a construir seu sonho.

Nas manhãs em que acordava cedo o suficiente, como tinha acontecido naquela última manhã de inocência, ela anotava o que tinha sonhado. A floresta com suas árvores grossas, folhas azuis, maçãs douradas e peras roxas. A feiticeira má, Mog, com estranhos símbolos nas longas vestes pretas e no capuz.

Ela acrescentava algumas ilustrações, mesmo não sendo tão boa desenhista quanto gostaria. Os heróis — Gwyn, a bruxa; Twink, a fada; e Zed, o elfo — e os malignos cães alados que ela chamava de Wens.

Ela escreveria mais depois, já que suas histórias sonhadas sempre permaneciam bem vivas em sua cabeça.

Thea arrumou a cama, porque essa era a regra da vovó, depois escovou os dentes. Antes de se vestir, conferiu se durante a noite os seus seios haviam aparecido.

Infelizmente não, apesar de ter começado a menstruar dois dias depois do aniversário de 12 anos, em abril.

Ela tinha um sutiã de treinamento, só por precaução, mas se sentia ridícula usando aquilo quando não tinha nada para pôr dentro. Além do mais, era um nome idiota, pensou ela, prendendo o cabelo em uma trança igual à da avó.

Se pudesse, ela treinaria os seios para aparecerem!

Thea examinou o rosto no espelho por um instante e tentou imaginar como ficaria se tivesse uma mecha branca no cabelo, como a avó. Aquilo sempre lhe pareceu meio mágico.

De acordo com as histórias da família, a tal mecha tinha surgido da noite para o dia, quando o avô que Thea não havia chegado a conhecer, a não ser por fotos e histórias, morreu na mina.

Quando se casasse, Thea não queria que o marido morresse. Ela queria o "felizes para sempre", como sempre fazia acontecer nos seus sonhos.

Pensando em Zachariah Lannigan, a garota foi até o quarto de Lucy. A cama já estava arrumada, porque a avó sempre acordava primeiro, as flores na cômoda enchiam o quarto com o cheiro das colinas e a brisa entrava pelas janelas abertas. Na parede, um quadro com moldura de couro marrom exibia a foto de um homem de cabelos claros e olhos de uma cor que a mãe dela chamava de verde-água quando estava trabalhando, decorando casas.

Ele era bonito. Não como Nick Jonas, o atual menino dos sonhos de Thea, mas ainda assim bonito, embora fosse bem mais velho.

Lucy disse que tinha sido ela mesma quem havia tirado a foto, no aniversário de 30 anos dele.

Menos de um ano depois, ele morreu, esmagado em uma caverna.

— Fico muito triste que isso tenha acontecido. — Ao falar com a foto, ela tocou a moldura. — A vovó, a Lucy, ainda sente saudade. Dá para perceber. A minha mãe, a Cora, pensa em você no Dia dos Pais, no Natal, no seu aniversário, no dia em que você morreu e, às vezes, entre uma coisa e outra. Ela acha que o Rem, o meu irmão, tem o seu queixo e a sua boca, e eu concordo. Enfim...

Não conseguiu pensar em mais nada para dizer para uma foto na parede, então saiu do quarto e desceu a escada.

Lucy estava sentada na varanda dos fundos, tomando café.

— Bom dia, minha flor. Sonhou bastante?

— Sonhei. A feiticeira má se chama Mog. Ela tem uma barba preta pontuda e olhos quase pretos também.

— Meu Deus, que aparência terrível!

— Se ela encontrar a Joia dos Antigos antes de Gwyn, Twink e Zed, vai escravizar todo mundo e mandar na floresta, nas montanhas, nos vales e nos rios ao redor.

— É melhor eles fazerem alguma coisa! Eu admiro muito a sua imaginação, minha querida Thea, e gosto de pensar no que você vai fazer com isso. O Rem ainda tá dormindo.

A garota assentiu e se abaixou para acariciar a cabeça dos dois cachorros sentados aos pés da avó.

— A Cocoa está na cama com ele.

— Eles estão dormindo tão bem, não vamos acordar. E fomos dormir bem tarde ontem, né? Por que você não leva a Aster para o celeiro e ordenha ela? Depois a gente alimenta as galinhas e vê o que elas têm pra oferecer. O leite da Molly hoje vai para os sabonetes que vamos fazer.

— O Rem devia ajudar com as tarefas.

Com um olhar tranquilo, Lucy se levantou.

— Se fosse você que estivesse dormindo, eu ia pedir o mesmo pra ele.

— Tá bom.

— Depois a gente manda ele lavar o cocô dos ovos.

— Ele gosta de fazer isso...

— Só porque você gosta de uma tarefa, não significa que não seja uma obrigação. Quando terminar de tirar o leite, vamos colocar a Aster pra passar o dia no segundo campo. E depois do jantar, levamos ela para o celeiro, pra passar a noite. Tem uma tempestade vindo aí. E das grandes.

Thea olhou para o céu, que estava azul, com algumas nuvens brancas e fofas. Mas não questionou a previsão do tempo feita pela avó.

— Tá bom.

— Tem uma tempestade vindo aí — repetiu a avó, e esfregou o peito, junto do coração.

Thea levou Aster para o celeiro. Na verdade, ela até gostava de fazer aquilo, mas, como Lucy tinha dito, gostar não significava que a tarefa não fosse uma obrigação.

Ela também gostava de esguichar o leite de Aster no balde. Alguns amigos seus, lá na cidade, achavam nojento, mas ela gostava.

Enquanto Aster mastigava os grãos, Thea lavou e secou a teta da vaca. Também lavou as mãos, e passou um creme feito pela avó na teta de Aster.

Depois descartou os primeiros jatos antes de colocar o balde, para ter certeza de que o leite não continha impurezas.

E aí veio a parte divertida, a forma como o leite primeiro batia no balde limpo e vazio, e como depois o barulho mudava, quando o recipiente começava a encher.

Ela gostava de cantar junto com o ritmo dos jatos, e achava que Aster também gostava. Quando a primeira teta ficou vazia e flácida, ela passou para a seguinte, ainda firme sob seus dedos.

Thea imaginou que, junto da sua floresta mágica, em um vale verdejante, uma outra menina ordenhava uma vaca. Ela não fazia ideia das disputas que aconteciam dentro da floresta, da missão e das batalhas que poderiam torná-la uma escrava até o bem vencer o mal.

Enquanto ordenhava, Thea acrescentou a menina ao sonho. Então a ordenha acabou. Ou ao menos aquela parte da tarefa.

Quando entrou em casa com o balde tampado, para coar e despejar o leite em uma jarra de vidro, Rem estava de pé diante da pia, lavando os ovos do dia.

Ele estava com o cabelo todo espetado para cima e com o rosto marcado pelo travesseiro.

— Você deu comida para a Cocoa?

— Dei. É, dei sim. Ela estava *morrendo* de fome. E eu também.

— Você está sempre morrendo de fome.

— A vovó falou que a gente podia comer ovo mexido com presunto, canjica com queijo e torrada com geleia de amora. Sobrou ovo de ontem, mas eu tenho que lavar esses. É muito cocô! Um monte de cocô merdoso de galinha!

Thea se limitou a revirar os olhos para ele.

Quando eles se sentaram para tomar café — e agora ela estava mesmo morrendo de fome —, já tinham cuidado dos animais, os baldes de leite já estavam sendo higienizados na lava-louças e os cachorros latiam para espantar os esquilos que tentavam entrar no comedouro dos passarinhos.

O restante da manhã eles passaram fazendo sabão.

Lucy estava com uma lista de pedidos da loja, no centro, e mais alguns pedidos especiais, que vieram primeiro.

Ela chamava aquilo de método a frio, mas o trabalho era quente!

Havia bacias especiais só para fazer sabão, além de óleos e cores, do leite da Molly e da soda cáustica líquida, das ervas secas e das flores.

Todos tinham que usar camisas de manga comprida, luvas e óculos de proteção. E mesmo Thea sendo quase adolescente, Lucy disse que a garota ainda teria que esperar um ano até poder lidar com a soda cáustica ou despejar o sabão quente e cru nos moldes.

Mas ela podia pesar e derreter os óleos e, depois que Lucy acrescentava a soda cáustica e a mistura parecia uma massa, Rem podia adicionar as cores, e Thea colocava o leite da Molly.

Eles fizeram um lote com lavanda seca, outro com alecrim, um com aveia, e o preferido de Thea, mix de pétalas de flores.

Lucy bateu as formas na bancada para tirar as bolhas de ar, depois reservou para curar, e só no dia seguinte é que ela poderia cortar as barras. E ela sempre esperava duas semanas para amarrar a barra com um barbante e colocar a etiqueta.

Parecia tempo e trabalho demais para um sabonete, mas Thea sabia que as pessoas compravam o sabonete Magia da Montanha, e também as velas, as loções, os sais de banho e todo o resto.

Gente que vinha de tudo quanto é canto até Redbud Hollow para caminhar pelas montanhas ou que só passava na Artesanato Apalache a caminho de algum outro lugar, e comprava as coisas que a sua avó tinha feito ali, na cozinha de casa.

Ela gostava de saber que alguém iria comprar e usar algo que ela tinha ajudado a fazer.

— Certo, esse trabalho já foi. — Depois de tirar as luvas, Lucy limpou a testa. — Acho que é melhor a gente almoçar e depois arrumar os produtos que já estão prontos pra levar pra cidade, o que vai ser outro trabalho.

— A gente pode tomar picolé? — perguntou Rem.

— Acho uma ótima ideia. O dia com certeza tá esquentando. E eu tenho outra boa ideia, já que tô com dois ajudantes tão dedicados. O que vocês acham de eu fazer uma pizza para o jantar e depois a gente tomar um sundae com calda quente de caramelo e sorvete caseiro de baunilha?

Rem respondeu com um gritinho, enquanto abraçava a avó.

— Com cereja em cima?

— Se não tiver cereja, não tem graça.

ELES SEGUIRAM até a cidade com as janelas do carro abertas e música *bluegrass* tocando no rádio. Parecia o jeito certo de dirigir até a cidadezinha montanhosa, cuja rua principal, a Front Street, era repleta de lojas e restaurantes com nomes como Sabor Apalache e Comida Caseira, todos na esperança de atrair alguns dólares dos turistas.

As crianças ajudaram a carregar as caixas até a varanda dos fundos de uma loja. Uma mulher de cabelo loiro encaracolado e óculos pendurados em uma corrente dourada saiu e bateu palmas. Thea lembrava-se dela e sabia, por causa das suas outras visitas, que era a dona da loja.

— Juro por Deus, Lucy, acabamos de comentar que estávamos torcendo pra você trazer um pouco de Magia da Montanha hoje. O sabonete de lavanda acabou essa manhã. Vendemos a última barra, com a vela e a loção de lavanda, pra uma mulher de Chicago. E só tem mais uma vela de casca de laranja e da que você chama de Passeio na Floresta.

— Cheguei bem na hora, então. Vocês se lembram da dona Abby, não lembram?

— Seus netos? Não pode ser! — A mulher levou a mão ao coração, com um espanto que Thea sabia ser fingido, mas que a fez sorrir mesmo assim. — Nossa, mas vocês cresceram uns trinta centímetros desde o verão passado.

— Eles comem fermento. Thea, leva o sabonete para o depósito, bem ali. E Rem, traz a caixa de sabonete líquido. Parece que está na moda hoje em dia.

Lucy pegou a primeira caixa de velas.

— Deixa eu segurar a porta. Ah, e eu tenho uns pirulitos pra vocês, crianças, se a sua avó deixar.

— Hoje eles merecem.

— Vai lá e diz pra dona Louisa que a dona Abby falou que vocês podem pegar dois pirulitos cada, um pra agora e outro pra depois.

— Obrigada, dona Abby.

Thea não gostava muito de pirulito, mas sabia que poderia subornar Rem com os dela depois. Além do mais, poderia dar uma olhada na loja. Lucy e Abby iriam demorar um pouco para acertar as contas, trocar fofocas e perguntar sobre as famílias uma da outra.

A mãe de Thea dizia que no Sul era assim, que tudo se arrastava pelo dobro do tempo necessário ou até mais, porque você tinha que se demorar e conversar.

Thea não se importava de esperar. Assim podia admirar os artesanatos, peças de madeira, de vidro ou de metal, ou tudo misturado. Podia olhar as pinturas e se orgulhar das prateleiras com o trabalho da avó.

E quando Lucy saiu, Thea teve que se demorar com a dona Louisa e um homem que se chamava Jimmy e que havia começado a trabalhar na loja antes do Natal.

Ele tinha os olhos grandes e arregalados e um pescoço comprido. Thea o imaginou com orelhas pontudas e decidiu que ele podia ser um dos elfos dos seus sonhos.

Um pirulito não impediu Rem de devorar um picolé de uva. Thea saboreou o dela mais lentamente, enquanto caminhavam pela Front Street.

Lucy se demorou um pouco mais, porque conhecia quase todo mundo. Seguiram até o banco, onde Lucy fez o que chamou de depósito noturno, porque a agência tinha fechado às duas.

— Como eles sabem que o dinheiro é seu?

Lucy olhou para Rem enquanto eles subiam a colina.

— O cheque foi feito pra mim, e eu assinei, e tem o meu nome e o número da minha conta no comprovante de depósito.

— Como você sabe que não vão simplesmente roubar e dizer que nunca receberam o cheque?

— Que mente mais cínica, menino. Um dos motivos é porque eu conheço o gerente do banco desde que ele tinha a sua idade. Ele brincava com o meu irmão, Buck. Uma vez, até fomos juntos a um baile, porque o seu avô demorou demais pra me convidar. Foi a última vez que ele demorou demais.

— Você beijou a boca dele?

— Não, porque eu já estava de olho em Zachariah Lannigan.

— Vai ver ele vai roubar o seu dinheiro, porque você não deu um beijo nele.

Vovó fez um carinho no cabelo de Rem e soltou a sua gargalhada estrondosa.

— Acho que ele não ia carregar essa mágoa por tanto tempo assim, ainda mais considerando que se casou com a minha grande amiga Abigail Barns, a dona Abby, lembra? E eles têm três filhas e cinco netos.

— Homem às vezes não esquece — comentou Rem, cheio de sabedoria.

— Remington Fox, você sempre me diverte.

— Eu estou com a língua roxa? — Ele botou a língua para fora.

— Bastante.

— Ia ser legal se fosse assim para sempre.

— Tá vendo? — Vovó envolveu os ombros dele com um braço, e então abraçou Thea com o outro. — Você sempre me diverte.

PARA THEA, aquele tinha sido o melhor dia até então, e ela chegou até a escrever isso no seu diário. Ela tinha ordenhado a Aster *sozinha*! E acrescentou ainda que, no aniversário da mãe, iria tentar fazer o presunto com molho — com a ajuda de Rem (e talvez do pai) — para o café da manhã. Ela tinha ajudado a fazer sabonetes e, embora não fosse estar lá na época em que ficassem prontos para serem embrulhados, todos bonitos, a vovó iria mandar fotos para eles.

Eles tinham ido à cidade e se demorado. Quando voltaram, os cachorros ganharam recompensas por terem vigiado a casa. Eles fizeram sorvete e guardaram no freezer, para depois.

Rem e Thea fizeram as próprias pizzas com a massa e o molho da vovó, enquanto a vovó ralava o queijo. A pizza de Thea ficou quase um círculo perfeito. Rem disse que fez uma pizza hexagonal. Vovó botou cogumelo e azeitona na dela, e Rem fez uma cara de *eca*, escondida da avó.

Terminadas as tarefas da noite, depois que as estrelas apareceram, eles tomaram sundae na varanda dos fundos.

Tantas estrelas, pensou Thea, que talvez dessa vez a avó estivesse errada sobre a tempestade que havia previsto.

Quando Lucy apareceu para dar boa-noite, Thea deixou o diário de lado.

— Amanhã, já vai ter passado uma semana inteirinha.

Lucy se sentou na beirada da cama.

— O que significa que ainda falta outra semana. E nós não vamos pra praia daqui a alguns meses? Vai ser a primeira vez na vida que eu vou viajar com a minha família pra uma casa de praia! Os seus pais estão dando um presentão pra gente. E aí, só mais alguns meses e vocês vão estar aqui de novo. Eu vou fazer um jantar de Ação de Graças que você nem imagina.

Ela deu um tapinha afetuoso na lateral da cabeça de Thea.

— Espera só pra você ver.

— Vai estar tudo tão diferente. Eu quero ver como vai ser. E no Natal você vai lá em casa.

— Vou sim. E você vem passar a Páscoa aqui.

— Eu vou ver a olaia florida.

— Ah, você tem que ver, e os cornisos também. Fica lindo. Você vai ter aquele sonho hoje ou vai começar um novo?

— Ainda não terminei o outro. O da floresta mágica de Endon.

— Endon.

— É o nome do mundo. E eu pensei em uns personagens novos. Tenho que ver o que vai acontecer.

— Então sonha, minha linda. — Lucy inclinou-se para lhe dar um beijo. — Eu também quero saber o que vai acontecer.

Feliz, Thea se aconchegou na cama e fechou os olhos. Ela mergulhou no sonho, tão cheio de cores, aventuras e magia. Enquanto sonhava, nuvens começaram a encobrir as estrelas. Ao longe, rugiam trovões.

Quando a tempestade chegou, como previsto, o sonho mágico se tornou um pesadelo.

3

⌘ ⌘ ⌘

MAIS OU menos na mesma hora em que Lucy guardava o sorvete no freezer, Cora estava saindo de uma reunião. E tinha sido uma reunião muito boa, então ela estava se parabenizando mentalmente.

Como tinha o resto do dia livre, decidiu que iria resolver algumas coisas e depois comemorar com John.

Ela podia pegar a roupa na lavanderia, dar um pulo na gráfica para buscar os panfletos novos, ir à sua loja de vinhos preferida, comprar bifes no supermercado para John fazer na churrasqueira e passar no mercado de produtores para comprar salada e umas batatas.

John adorava a batata que ela fazia no forno.

Cora jamais seria uma cozinheira como a mãe, mas achava que, juntos, John e ela se saíam muito bem naquela área.

Como estava saindo da tal reunião bem-sucedida com um cliente muito sofisticado e exigente, estava com o seu visual de Mulher Profissional.

Tinha prendido o cabelo em um coque elegante e estava com um vestido cor-de-rosa justo e sem manga e sandálias de salto alto.

Em vez do relógio de Mãe Trabalhadora, colocou o da Bulgari, que John havia lhe dado no décimo aniversário de casamento deles. Um luxo desnecessário, pensou ela.

No verso do relógio, ele tinha mandado inscrever a palavra "Eternamente", dentro de um coração.

Ela ficou encantada.

Com o rádio ligado e um sorriso no rosto, Cora dirigiu de uma atividade à outra.

No supermercado, se lembrou das crianças e de como toda vez que ela ou John cometiam o deslize de levá-los para fazer compras, eles sempre voltavam com dois tipos de batatas chips, dois tipos de sorvete, dois tipos de cereal matinal e sabe Deus mais o quê.

Estava morrendo de saudade.

Não que passar um tempo só com o marido não fosse maravilhoso. E uma oportunidade para descansar. E, nossa, se divertir na cama. Mas sentia saudade das carinhas dos filhos, da energia que tinham e até das brigas.

Mas eles se falavam pelo menos de dois em dois dias, e, quando o faziam, a alegria e a empolgação de Thea e Rem eram simplesmente contagiantes.

As crianças adoravam a chácara, e a sua mãe fazia de tudo para que tivessem duas semanas maravilhosas de férias. Ela dava atenção a eles, e demonstrava amor de inúmeras maneiras.

Agora, com a viagem à praia, o Dia de Ação de Graças e o feriado da Páscoa, eles teriam ainda mais oportunidades de receber aquele amor e carinho.

Esses momentos em família iriam valer a pena, para todos eles.

Preocupada em escolher os bifes certos e com a cabeça nos filhos, Cora não notou o homem que carregava uma cesta de compras com um pacote de seis latinhas de Coca-Cola, uma embalagem de Cheetos e uma de cookies de chocolate Chips Ahoy!.

Mas Ray Riggs a notou.

Ele reconhecia uma megera rica quando via uma, e estava vendo uma bem ali.

O penteado pedante, o diamante quadrado na aliança de casamento e o relógio que devia valer uma fortuna.

Aos seus olhos, aquele relógio gritava: "Eu sou melhor do que você, Ray."

Que raiva ele sentiu.

Vestida daquele jeito para ir ao supermercado? No mínimo era casada com algum ricaço. Do tipo que empina o nariz para falar com gente como ele.

E aquilo o deixava uma fera.

Gente que tinha um monte de carros bacanas e uma casa bacana. Com um monte de coisas caras dentro, igual àquele relógio. Dinheiro no cofre, com certeza.

E aquilo o interessou.

Ficou tão interessado que deixou a cesta onde estava, saiu da loja e entrou no carro.

No carro que agora era dele, pensou, já que tinha pintado. O vermelho forte que o filho da mãe do antigo dono rico tinha escolhido era agora um preto discreto. Ele também havia trocado imediatamente a placa de Maryland por uma da Pensilvânia.

Sempre dá para encontrar uma placa de outro estado em algum hotel barato na rodovia.

Aos 18 anos, com dois bons anos de estrada, Ray conhecia hotéis baratos e sabia como disfarçar um carro roubado.

Naquele momento, ele estava sentado no Mercedes preto, o sedã registrado no nome de um tal Phillip Allen Clarke, que, junto com a esposa, Barbara Ann Clarke, jazia mofando em um túmulo em algum cemitério de bacana em Potomac, no estado de Maryland.

Ele tinha embolsado quatro relógios chiques dos Clarke e, duas semanas depois, penhorou o Rolex do homem em Washington. A bruaca tinha joias valiosas, mas ele ia esperar um bom tempo antes de se desfazer daquilo tudo e dos outros relógios.

Ray Riggs não era bobo.

Antes de matar a bruaca, ele tinha conseguido a combinação do cofre, onde encontrou 7 mil em dinheiro. E mais 2.300 na carteira deles e no pequeno esconderijo da gaveta de calcinhas daquela vaca.

Então, cheio da grana, iria alugar uma casa de praia em Myrtle Beach.

Pegar um bronze, estudar os turistas ricos.

Tinha passado no supermercado para comprar comida para a viagem, porque os postos de gasolina da região metiam a faca.

Um dia, ele talvez explodisse um posto, só para provar o seu ponto.

Mas agora achou que a parada tinha sido coisa do destino. Quando a megera saiu e colocou a sua única sacola de compras no BMW — ninguém mais compra carro nacional? —, ele teve certeza.

No mínimo, estava na hora de mudar de carro, e ele tinha arrumado umas placas da Virgínia Ocidental por via das dúvidas.

Coisa do destino.

Ele saiu do estacionamento atrás dela e a seguiu até um mercado de produtores. Como se gente que nem ela desse a mínima para os produtores agrícolas.

Ela voltou para o carro com mais uma única bolsa pequena.

Não tinha filhos, concluiu ele. Não era comida para uma família.

Talvez um cachorro esganiçado, e ele ia ter que cuidar daquilo.

Parecia o tipo de pessoa que tinha um cachorrinho esganiçado, com um nome como Fluffy ou Chauncy.

Ele ia dar um chute na cabeça esganiçada do Fluffy.

Ela dirigiu até um bairro com casas grandes e chiques. MDCs, como Ray chamava. Mansões Do Caralho.

Encostou o carro, sabendo que o Mercedes seria um bom disfarce, pelo menos por alguns minutos. Quem mora em casa de bacana não acha que quem dirige carro de bacana vai criar problema.

E é aí que essas pessoas estão enganadas.

A porta da garagem abriu, ela entrou, a porta fechou.

Ray ficou ali mais uns minutos, pensando, arquitetando, e não é que ela saiu pela porta da frente de novo?

Ela regou as flores nos vasos da varanda da frente, as que estavam penduradas nas pilastras. Não apareceu nenhum cachorrinho esganiçado com ela, então talvez não tivesse um.

Quando ela pousou o regador no chão, um SUV parou na porta da garagem. Outro BMW.

O homem que saltou do carro não era um velho, era bem mais novo do que Ray tinha imaginado. Um sujeito alto, que parecia em forma. Isso mudava um pouco as coisas.

Ela desceu da varanda e o homem foi até ela.

Eles se abraçaram, se beijaram.

Ray não ouviu cachorro nenhum latindo, nem viu criança nenhuma gritando: "O papai chegou."

Muito provavelmente moravam sozinhos naquela casa gigante. Uma casa que devia ser dele. Tudo aquilo devia ser dele.

Depois daquela noite, uma parte daquilo seria.

Eles foram em direção à porta da casa, e Ray desceu a rua — respeitando perfeitamente bem o limite de velocidade — e deu a volta para tentar ver alguma coisa nos fundos.

E não é que ele viu um quintal imenso e a porcaria de uma piscina?

Na opinião de Ray, tinha muita gente por aí com coisas demais. Nada mais justo do que pegar uma parte disso para si, tomar o que queria e o que merecia.

Afinal de contas, os dois não podiam levar nada para onde iam.

⌘ ⌘ ⌘

DENTRO DE casa, Cora entregou o regador para John.

— Você pode encher isto e colocar de volta na varanda? Quero subir e trocar de roupa.

— Você está linda.

— Até que fiquei bem, né? A Adele elogiou o meu sapato, e toda vez que eu uso este relógio maravilhoso perto dela, dá para sentir a inveja irradiando. Já te conto da reunião, só tenho notícias boas, aliás, deixa só eu tirar esses sapatos belíssimos, porque os meus pés já estão começando a reclamar.

— Vai lá. Também tenho boas notícias sobre o projeto Barnaby. Ou você pode ficar com essa roupa mesmo, e eu te levo para jantar. Quem sabe a gente não vê um filme depois?

Ela parou nos degraus e lançou um olhar sedutor por cima do ombro.

— John Fox, você está me chamando para sair?

— Eu seria um louco se não tentasse.

— Eu aceito com prazer, mas vai ter que ficar para amanhã. Tenho planos para hoje.

Ele deixou a cabeça pender para o lado, fazendo cara de durão.

— Que planos?

— Deixa eu ver. — Mantendo o sorriso sedutor, ela tirou os sapatos. — Os meus planos incluem você botar os bifes que eu comprei no caminho de casa na churrasqueira. E eu fazer a minha famosa batata assada.

— Mundialmente famosa.

— Uma bela salada com os ingredientes que eu comprei do mercado de produtores. Depois, tem uma garrafa do Cabernet que você adora e que eu comprei durante o meu passeio.

— Parece excelente. E qual vai ser a sobremesa?

— Eu estava pensando nas crianças e em como elas estão se divertindo. E a gente aqui, sozinhos nesta casa grande e vazia. — Ela segurou os sapatos pelas alças. — Aí eu pensei que devia fazer muito sexo selvagem com o meu marido.

— A melhor sobremesa que existe.

— Melhor que o bolo de maçã da mamãe?

— Muito melhor.

— Resposta certa. Por que você não abre o vinho, e eu começo a preparar as batatas quando descer? A gente pode tirar uns minutinhos para descansar lá fora, antes de você acender a churrasqueira.

— Eu te amo, Cora.

Ela voltou a subir a escada, mas olhou para trás uma última vez. E deu uma batidinha no relógio.

— Eternamente.

John foi até a cozinha aberta para a sala e parou na galeria de fotos. A parede da família, como pensava ele. Fotos dos dois, depois os três, depois os quatro. As crianças juntas. A mãe dela, os irmãos. Fotos em grupo e retratos individuais preenchiam a parede por completo.

E faziam dele o filho da mãe mais sortudo do mundo.

Eternamente.

John voltou para abrir o vinho e encher o regador.

RAY LEVOU o Mercedes ao lava-jato e pagou uma limpeza completa por dentro e por fora.

Mais limpo, impossível.

Encontrou um lugar que vendia um sanduíche de porco desfiado com batata frita e salada de repolho que estava bom pra cacete. Sentou do lado de fora, para aproveitar o sol, e, enquanto comia, ficou desenhando a casa.

Achava que, se quisesse, poderia ter sido arquiteto, mas para que projetar casa para os outros morarem?

Imaginou que os quartos ficariam no segundo andar, talvez com uma suíte principal chique. Se eles tivessem um cofre, ia estar lá em cima também, ou talvez em um escritório de quem trabalha em casa ou numa biblioteca do tipo “olha como a gente é inteligente”.

O alvo dele? Dinheiro, joias e um dos carros.

Depois, ele dirigiria até a Carolina do Norte, passaria uma noite em um hotel barato. Ia pegar a estrada pela manhã e, antes de qualquer pessoa perceber que a bruaca rica e o marido filho da puta estavam mortos, Ray já estaria quase em Myrtle Beach.

O plano era bom, concluiu Ray, dando um gole na Coca-Cola. Só tinha que encontrar o que fazer por algumas horas.

Foi ao shopping, passeou, passou no fliperama, depois foi ao cinema. *Transformers: A Vingança dos Derrotados*.

Até que o filme era legal.

Lá pelas onze da noite, dirigiu como quem não quer nada por aquela rua tranquila e abastada.

O bairro ainda estava muito iluminado. Então, continuou dirigindo, observando as melhores rotas para chegar à rodovia 95 no sentido sul depois que terminasse o serviço.

À uma da manhã, a rua estava silenciosa. Algumas varandas com a luz acesa, algumas luzes de segurança, uma ou outra luz de dentro de casa que as pessoas tinham deixado acesa, achando que aquilo ia assustar um possível assaltante.

Ele já tinha um plano de como entrar, então dirigiu até os fundos. Apagou o farol e estacionou o carro na entrada de outra casa, em seguida desligou o motor.

Ficou esperando, para ver se alguma luz acendia ou se algum cachorro latia, mas o silêncio se manteve. Depois de colocar as luvas, limpou bem o banco da frente, o volante e o painel do carro. Então pegou a Smith & Wesson de 9mm que estava debaixo do banco do motorista.

Tinha conseguido a arma depois da sua terceira morte — o advogado engomadinho e a cadela dos peitões falsos.

Ray tinha cortado a garganta deles como havia feito com o casal anterior e, minha nossa, que lambança! Não que ele não gostasse de ver aquele sangue todo, mas preferia não ficar ele próprio todo ensanguentado.

Só que, junto com o dinheiro e as joias, ele pegou a arma.

E muita munição também. E podia comprar mais quando precisasse.

Ray nunca se vangloriou de ser bom de mira, mas à queima-roupa isso não importava.

Tinha confirmado isso no serviço seguinte.

Ele colocou a arma no coldre que havia roubado do mesmo advogado engomadinho e tirou as bolsas do porta-malas.

Andava sempre com pouca coisa, então botou a mochila nas costas e a sacola de viagem no ombro.

Fechou o porta-malas — silenciosamente —, limpou as digitais da porta e foi embora.

Atravessou o quintal da casa de outro homem rico, pulou uma cerca bem fácil de escalar e foi direto para o seu alvo, a casa com a piscina cintilante e a varanda larga. E aquela varanda do segundo andar? Ah, sim, por trás daquelas portas, era ali que a bruaca rica do relógio caro dormia.

Ray contornou a piscina e atravessou a varanda, onde notou a churrasqueira imensa e reluzente, que custava no mínimo uns dois ou três mil dólares.

Só de ver aquilo ali, brilhando, o seu ressentimento aumentou. Ele queria ter um taco ou um cano. Se tivesse, iria destruir aquela churrasqueira.

Em vez disso, reprimiu a raiva. Ele tinha um trabalho a fazer, e isso exigia clareza de pensamento.

Respirando devagar, inspirando fundo, pousou as mãos enluvadas na porta dos fundos. E voltou sua atenção para o interior da casa.

Ray tinha aquele talento, sempre teve.

A sua mãe tinha tentado afastá-lo daquilo rezando; o pai havia tentado usar a lógica.

Os dois falharam.

Um dia, bem lá na frente, Ray iria se vingar dos dois, do fato de que não tinham dado a ele uma casa grande que nem aquela quando era criança, com piscina.

Por fazerem hambúrguer na porcaria de uma grelha de carvão, em vez de bifes em uma churrasqueira grande e reluzente.

Mas, até esse dia chegar, para ele bastava viver livre, usar o talento que tinha para tirar dos ricos e doar a si mesmo.

Não havia cachorro na casa. Não naquele dia, mas eles já tinham tido um cachorro. E crianças, uma, talvez duas, mas não estavam ali.

As únicas pessoas lá dentro estavam dormindo no segundo andar, como Ray havia previsto.

E, no entanto, Ray sentiu algo como uma respiração na sua nuca, como alguém o observando, olhando tão de perto que era quase como se estivesse dentro dele.

A ideia fez o suor escorrer por sua têmpora e o forçou a olhar para trás.

Que se foda, pensou.

Não tinha visto nenhum sinal de sistema de segurança nem de ninguém.

Ray havia trabalhado com o pai sovina durante um verão, instalando sistemas de segurança em MDCs gigantes que nem essa, então sabia o que procurar.

O que fazer se encontrasse alguma coisa.

Mas a única coisa na larga porta de vidro era uma fechadura.

Em vez de arrombar a fechadura — o que ele sabia fazer muito bem —, Ray tirou o cortador de vidro da mochila.

Em pouco tempo, ele passou a mão com cuidado pelo círculo que cortou no vidro e abriu a fechadura por dentro.

Dentro da casa, olhou ao redor para a ampla cozinha, a televisão imensa presa na parede da sala, o sofá enorme em forma de L que as pessoas chamavam de modular.

Dava para ver até a sala de estar, do outro lado, a lareira, outro sofá, poltronas. Mesas, luminárias. Tudo limpo e lindo.

Ele devia morar em uma casa assim. Aquelas pessoas não eram melhores do que ele. Só tiveram sorte, e gostavam de esfregar isso na cara dele.

A sua vontade era de quebrar tudo, mas ele tinha que manter a cabeça no lugar.

Eles tinham uma antessala para guardar os calçados — como se essa gente tivesse lama nos sapatos —, com uma porta que dava para a garagem.

E um escritório — como se tivessem que trabalhar para ganhar a vida.

Uma parede todinha só de fotos. Olha só para eles, sorrindo para a câmera! Brincando na praia ou...

Ele parou na foto da menina. Uma garota que parecia muito com a bruaca rica, só que...

Havia algo nos olhos dela, algo que o fez respirar mais agitado e que turvou a sua mente. Como se ela estivesse olhando direto para ele.

Dentro dele.

O seu sangue gelou, como dedos frios subindo pela coluna.

Ray fechou as mãos em punhos e, por um momento, esqueceu da casa, das pessoas dormindo no segundo andar.

Ele tinha que relaxar as mãos, enxugar o suor das palmas na calça jeans.

Tinha que relaxar a mente para ver.

— Que pena que você não está aqui. Muita pena mesmo — murmurou ele. — Eu ia dar um jeito em você também.

Imaginou que ela teria uma poupança, ela e o garoto — que provavelmente chamava de “irmãozinho”. Ah, ele teria dado um jeito nos dois, mas na certa estavam em algum acampamento de férias de criança rica.

Desconcentrou-se por outro momento, olhando para aquela foto, para aqueles olhos azuis. Aqueles olhos faziam as suas mãos tremerem, deixavam-no com vontade de esmurrar aquela cara, apagar aqueles olhos azuis.

Teve que dar as costas para a foto, recuperar o fôlego, limpar a mente. *Se concentra no trabalho*, falou consigo mesmo, *se concentra em corrigir a desigualdade.*

Com a arma em punho, ele começou a subir a escada.

O RUGIDO DE trovão não a acordou, nem o estalo abafado da arma disparando. Presa no sonho, Thea gritava sem parar. Mas, como todo o resto, o grito não saía da sua cabeça. Ela gritava e soluçava, assistindo impotente até que enfim se libertou.

Como um raio, sentou na cama, tremendo, incapaz de juntar fôlego suficiente para gritar. Esquecendo que era quase adolescente, arrastou-se para fora da cama. Suas pernas simplesmente cederam, então ela caiu no chão, tonta, com o estômago revirando.

Batendo os dentes de tanto frio, obrigou-se a levantar.

O chão parecia tombar e balançar feito o convés de um navio pego pela tempestade que ainda grassava lá fora.

Thea teve que se apoiar na parede ao cambalear até o quarto da avó.

Ela queria sentir os braços da avó à sua volta, a mão da avó em seu cabelo e a voz dela dizendo que não passava de um pesadelo.

Mas, quando chegou à porta do quarto, Thea viu Lucy sentada na beirada da cama. Ouviu-a chorando. E a viu tremendo.

— Vovó. Vovó.

Jamais se esqueceria daquele momento, o instante exato em que os seus olhos se encontraram. Olhos da mesma cor e do mesmo formato, olhos cheios de lágrimas, espanto e tristeza.

Jamais se esqueceria do brilho que aqueles olhos trocaram; foi tão intenso, tão reluzente quanto o relâmpago.

E do instante que se seguiu àquele brilho, quando soube que os seus pais estavam mortos.

Thea desabou no chão como água escorrendo de um copo tombado.

Logo depois, sentiu os braços de Lucy à sua volta. A mão de Lucy em seu cabelo.

Mas ela não disse que tinha sido apenas um pesadelo, porque seria mentira.

— Eu vi… eu vi…

— Meu Deus, Thea. — Lucy a embalou, balançando-se com a neta no chão, perto da porta. — Minha querida, meu bebê…

Ela podia ouvir a respiração ofegante de Lucy e sentir o galope descontrolado do seu coração.

— Preciso ligar para o xerife. Me aperta forte. Segura firme. Ele vai ligar pra polícia na Virgínia, pra eles poderem… pra eles poderem verificar.

— Você também viu. Você também viu. Mas…

— Deixa eu ligar agora. Segura em mim.

— Não estou me sentindo bem.

— Eu sei, eu sei.

Como Thea estava com a cabeça pesada e o chão tremia sob seus pés, Lucy praticamente a carregou até a cama.

— Tenta respirar devagar. Se achar que vai passar mal, não se preocupa. Segura em mim. Isso, muito bem, inspira devagar. A tontura vai passar.

Quando chegaram à cama, Lucy a cobriu com uma manta.

— Coloca a cabeça entre os joelhos, respira devagar. Vai passar.

Thea obedeceu, enquanto o quarto girava ao seu redor. E ouviu Lucy pegar o telefone na mesa de cabeceira.

A voz da avó estava estranha, como se ela estivesse falando dentro de uma sala grande e vazia, onde tudo ecoava e soava oco.

— Tate, é Lucy Lannigan. Preciso que você me faça um favor.

Thea deixou-se envolver pelas palavras, enquanto, como Lucy tinha dito que aconteceria, a tontura passava.

O frio se foi com a vertigem, inundando-a com uma explosão de calor que cobriu de suor cada centímetro da sua pele.

— Deita um pouco, querida. Vou fazer um chá pra você.

— Não me deixa sozinha. Por favor, não me deixa sozinha.

— O chá vai ajudar. Confia em mim, Thea. Quer descer comigo? Você consegue?

Assentindo com a cabeça, a garota se apoiou em Lucy.

— Eu não vou passar mal.

— Não vamos acordar o Rem, tá bom? — Lucy passou o braço que ainda tremia em volta da garota. — Chegamos na escada. Vamos devagar.

— Não estou mais tonta. Não vou passar mal. — Fora do seu corpo, tudo parecia quente. Lá dentro, estava tudo entorpecido. — Eu vi. Eu vi e você também viu. Não foi um pesadelo.

— Eu tô rezando pra ter sido. Senta aqui, que eu vou fazer um chá. Nós não conversamos sobre o que temos dentro de nós, você e eu, querida. A sua mãe…

— Ela não gosta.

— Ela fica preocupada, só isso. Fica preocupada. Senta aqui. O xerife McKinnon vai ligar pra polícia de lá, e eles vão verificar. E… e nós vamos ficar como duas bobas quando eles ligarem pra dizer que tá tudo bem, não vamos?

— Vovó…

— Às vezes, muitas vezes, querida, o que temos dentro de nós mostra uma coisa que ainda não aconteceu.

— Mas não foi isso. — As lágrimas voltaram a jorrar, e Thea teve que forçar as palavras através do choro. — Eles se foram, vovó. Eu posso sentir. E você também.

Com os cabelos soltos e revoltos ao redor dos ombros, o rosto pálido de choque, Lucy cobriu a boca com as mãos como se quisesse conter um grito.

— Eu não vi direito.

— Eu vi. Eu estava lá. Estava lá com eles. Dava pra ver, e dava pra ouvir, e sentir o cheiro, sentir tudo. Eu gritei, mas eles não ouviram. Acho que talvez o homem tenha ouvido.

De repente exausta, Thea deitou a cabeça na mesa.

— Ele matou os dois, e eu estava lá.

— Vamos rezar pra que seja algo que ainda não aconteceu e, já que vimos, vamos conseguir alterar. Vamos impedir que aconteça. Isso é tudo que podemos fazer agora.

Elas podiam rezar naquele momento, pensou Thea, e podiam rezar para sempre. Mas não ia mudar nada. Em meio ao entorpecimento, ela sentia a dor da avó — uma coisa selvagem e aterrorizada —, e não disse nada.

Lucy reuniu todas as suas forças e mediu o chá de espinheiro. Ela tinha que pensar naquela criança, cuidar dela, e não pensar em mais nada.

Naquela criança, disse a si mesma, sentada à mesa, tomada por espanto e tristeza, e não na bebê que tinha carregado dentro de si, que havia trazido ao mundo. Não na criança que tinha amado com cada batida do seu coração, não no homem gentil com quem aquela criança havia se casado quando adulta e que Lucy amava como se tivesse carregado dentro de si.

Aquela criança precisava que ela fosse forte, então seria forte.

Aquela criança, com quem ela devia ter conversado sobre aquele dom muito antes disso. Para ajudar a prepará-la, porque ela sabia, tinha visto o dom brilhando tanto, com tanta intensidade.

Não dá para mudar o que já passou, lembrou Lucy. Naquele momento, aquela criança precisava da sua força para ajudá-la a lidar com o que ambas sabiam.

A sua própria dor teria que esperar.

Ela pousou as xícaras de chá na mesa e passou a mão pelo cabelo de Thea.

— Bebe um pouco, meu amor. Juro que vai ajudar.

— Não estou sentindo nada dentro de mim. Parece que foi tudo embora.

— É um mecanismo de proteção. — Mas ia voltar, pensou Lucy, ia voltar tudo, e com força. — Então bebe um pouquinho e me escuta. Tá bom?

Thea levantou a cabeça e pegou o chá. Então assentiu.

— As pessoas vão perguntar por que eu chamei a polícia. Thea, eu preciso torcer pra que seja a sua mãe que me ligue e faça essas perguntas. Preciso dessa esperança.

Thea deu um gole no chá e assentiu novamente.

— Mas quem quer que faça essas perguntas, é melhor você deixar que eu responda.

— Por quê?

— Tem gente que fica gananciosa quando descobre que você tem um dom, e pode começar a te perseguir. Outras pessoas não acreditam em você e podem dizer coisas difíceis de ouvir.

— Disso eu já sei.

Lucy soltou um suspiro, e o som era puro arrependimento.

— Eu não agi certo com você nesse aspecto, querida. Me desculpa.

— A mamãe ficava preocupada. Assustada.

— Exatamente.

As suas bochechas macias e jovens estavam um pouco mais coradas, pensou Lucy. Não muito, mas ao menos um pouco. Porém, os olhos já não pareciam tão jovens, e o vazio neles dizia a Lucy que o entorpecimento ainda se mantinha.

— O que a gente vai fazer, vó?

— Eu...

A batida na porta da frente fez o coração de Lucy se apertar, como uma folha de papel sendo amassada dentro de um punho cerrado. Ela poderia desfazer os vincos, e era o que tinha que fazer, por aquela criança e pela que seguia dormindo no segundo andar.

Mas ela nunca mais seria a mesma.

Lucy começou a dizer para Thea subir e esperar lá em cima, mas percebeu o quanto aquilo seria injusto. Então se levantou e estendeu a mão para a neta.

— Segura firme.

Elas deixaram o chá na mesa e, de mãos dadas, foram juntas até a porta.

4

⌘ ⌘ ⌘

EMBORA O pior da tempestade já tivesse passado, o vento ainda castigava as árvores, fazendo-as balançar. A chuva, já fraca, deixava o ar úmido e enevoado. Os trovões, que antes ecoavam pelas colinas, já não passavam de um murmúrio aborrecido.

Tate McKinnon, um homem forte e quase sem rugas na pele escura, apesar dos seus cinquenta e poucos anos, estava de uniforme, parado diante da porta da casa. Seus intensos olhos castanhos pareciam carregados de tristeza.

Tinha ao seu lado uma jovem policial, também fardada. Lucy conhecia Tate praticamente a vida toda, ele era quase da família. E ela entendeu que ele tinha trazido uma mulher porque achou que ela poderia precisar de uma.

Tudo mudou naquele momento, antes mesmo de qualquer palavra ser dita. Como Thea tinha afirmado, Lucy já sabia, mas a mudança brusca e dolorosa esperou por aquele momento.

Sempre haveria um antes e um depois. E aquele momento marcaria essa divisão para sempre.

— Tate — disse Lucy, sentindo Thea apertar sua mão. — E... Ah, inspetora Driscoll, não é? Eu conheço sua mãe.

— Sim, senhora.

— Lucy.

Lucy comprimiu os lábios e, com um leve aceno para Tate, disse:

— Entrem. Melhor a gente sentar.

Tate desviou o olhar de Lucy para Thea, e então de volta para Lucy.

Mais uma vez, a mulher se limitou a assentir.

— Melhor a gente sentar — repetiu ela. Os policiais entraram, e ela fechou a porta. Preparou-se. — Na sala de estar.

Lucy foi na frente e sentou no sofá, passando o braço ao redor de Thea.

Tate sentou em uma cadeira, e então a inspetora também sentou — Alice, lembrou-se Lucy. Ela se chamava Alice, em homenagem à avó.

Lucy apertou Thea junto de si e fitou Tate. Ela não precisava das palavras para saber, mas ele tinha que dizê-las.

— Sinto muito, Lucy. — Sua voz foi como um estrondo, como o trovão sobre as colinas. — Infelizmente, a Cora e o John faleceram.

— Ele matou os dois — explodiu Thea, embora Lucy tenha lhe dado um aperto como forma de aviso.

— Quem? — perguntou Alice, ignorando o olhar frio que Tate lançou em sua direção.

— Não sei. Não sei quem foi, mas ele abriu um buraco no vidro da porta dos fundos, passou a mão e destrancou por dentro. Ele odiava a casa e a queria. Ele odiava os dois e queria que eles morressem.

— Como você sabe disso?

— Inspetora. — O tom de aviso na voz de Tate teve peso suficiente para silenciá-la. — Lucy, a polícia de Fredericksburg está investigando, e eles vão querer falar com você, talvez com as crianças também. Eu sei que é um momento muito difícil, mas talvez você possa responder a algumas perguntas minhas agora. Talvez seja mais fácil começar falando comigo.

— Tudo bem. Tá bom, Tate.

— A Cora ou o John falaram alguma coisa sobre estarem preocupados, ou sobre alguma ameaça?

— Não, não falaram, e nós conversamos com eles ontem à noite. Eu só tive esse pressentimento sobre eles agora de madrugada, então…

— Eles não se conheciam — interrompeu Thea. — Ele não conhecia os meus pais, mas odiava os dois mesmo assim.

— Thea… — Lucy deixou o nome da neta no ar e, sentindo o tremor sob o seu braço, sentindo a sua pobre menina, obrigou-se a aceitar o depois.

Não só o seu próprio depois, pensou ela. Mas o depois de Thea.

— Vai, minha filha. Conta pra gente o que você viu e o que você sabe.

— Ele estava tão bravo com eles, vó. Mesmo sem conhecer os dois. Ele odiava que eles tivessem uma casa tão bonita. Era nisso que ele estava pensando e… no relógio, o relógio que o papai deu de presente de aniversário de casamento para a mamãe. Ela só usava em ocasiões especiais. Não sei como ele sabia do relógio, mas…

A garota se interrompeu por um instante, se aconchegando mais perto de Lucy.

— Eu não vi nada até ele cortar o buraco na porta, a porta da cozinha que dá para o quintal, para a piscina. Ele ficou furioso com a piscina também, e com a churrasqueira.

— E como você sabe disso? — perguntou Alice e, dessa vez, Tate não interveio.

— Porque eu vi e senti. — Lágrimas quentes escorriam pelo rosto da garota e eram enxugadas furiosamente. — Eu sonhei com isso, e eu estava lá. Logo atrás dele, e ele não gostou. Respirando junto do pescoço dele... e ele sentiu... Ele não me viu como eu o vi, mas sentiu alguma coisa.

— Deixa ela, inspetora. — Tate fitou Thea com um olhar gentil. — Pode continuar, Thea. Conta para a gente o que conseguir.

— Ele começou a andar pela casa e ficou ainda mais bravo. Ficou com raiva de tudo, era para ser tudo dele. Como se esses filhos da puta trabalhassem de verdade.

Ela parou e corou um pouco.

— Desculpa, mas ele pensou isso.

— Tudo bem, querida. — Lucy beijou o topo da cabeça da garota. — Não se preocupa.

— Ele foi até a escada, depois viu os quadros na parede. O papai chama aquela parede de galeria da família, e o homem ficou louco com as fotos. Mas aí ele viu uma foto minha. E não gostou, não gostou de sentir que eu podia olhar bem para ele. Como se ele soubesse que eu podia ver tudo. Como se pudesse sentir minha presença.

— E ele sentiu, Thea?

— Não sei, vó. Juro que não sei. Mas... ele ficou assustado, e sei que ele queria me machucar. Queria que eu estivesse lá, para poder me machucar. Ele estava armado. Subiu a escada, ficou com mais raiva e... feliz? Feliz e com raiva, subindo a escada com uma arma na mão. Eles estavam dormindo.

Ela via tudo com a mesma clareza que no sonho, e relatou da mesma maneira.

O homem entrou no quarto em que os pais de Thea estavam dormindo, no frio do ar-condicionado. O pai estava deitado de costas, a mãe de lado, de frente para ele. Almofadas empilhadas no chão. A mãe dela gostava de ter muitas almofadas bonitas na cama, quando arrumava os lençóis de manhã.

O desconhecido pegou uma das almofadas, e a garota o sentiu sorrir enquanto a colocava sobre o rosto do seu pai e atirava nele.

Thea ficou sem fôlego, e Lucy a apertou com mais força.

— Eu gritava sem parar, mas ninguém me ouvia.

— Se você viu tudo isso…

— Alice, agora não — ordenou Tate. — Continua, querida, quando puder falar mais.

Thea inspirou, soltou o ar e continuou. Vendo tudo de novo ao falar.

A arma fez uma espécie de estalo feio. Voou um monte de penas, e o seu pai estremeceu, como se estivesse tendo um pesadelo. Depois ficou totalmente imóvel.

A mãe se mexeu, começou a esticar a mão, mas o homem deu a volta na cama, rápido, muito rápido, e colocou a arma debaixo do queixo dela.

"Se você gritar, sua puta, eu dou um tiro na sua cara igual dei na dele. Cadê o relógio caro? Cadê o cofre? Qual é a senha?"

A mãe começou a gritar o nome do pai, e o homem a acertou no rosto com a arma. Ela chamou pelo marido, tentou alcançá-lo, e o homem bateu nela de novo.

"Fala pra mim, e eu paro de te machucar."

Mas era mentira.

Thea ouviu a voz da mãe na cabeça, tão nítida. Ouviu o medo, o espanto, a dor.

"Na cômoda, está lá na cômoda. Ai, meu Deus, John. John."

A mãe pegou a mão do pai e apertou com força, com bastante força.

"O cofre está ali no armário. O segredo é dois, nove, nove, quatro." O dia em que eles se conheceram, 2 de setembro de 1994. "Leva o que você quiser."

O homem respondeu: "Pode contar com isso."

E jogou uma almofada na cara dela e atirou, igual fez com o pai.

Thea estava com a cabeça recostada em Lucy.

— Eu gritei, mas minha voz não saiu. Ele foi até o armário, pegou o dinheiro e pensou: "Cinco mil, nada mal." E pegou o relógio bonito do papai, os brincos de diamante cor-de-rosa que ele deu para a mamãe quando eu nasci, porque eu era menina, e os de diamante azul de quando o Rem nasceu, porque ele era menino. E os de argola com diamante, que ele deu para ela em um Natal, e a pulseira de ouro que ela comprou.

Quando Thea parou de falar, apertou o rosto contra o braço de Lucy, e Tate perguntou, com gentileza:

— Você viu o rosto dele, querida? Consegue dizer como ele era?

— Eu estava atrás dele, sempre atrás dele, e era quase como se eu estivesse vendo pelos olhos dele durante um tempo. Ele pegou o dinheiro da bolsa da mamãe, da carteira do papai e as chaves da cômoda do papai. Depois foi até a cômoda da mamãe para pegar o relógio. Ele gostou da sensação de pegar o relógio. Ficou feliz. E sorriu quando olhou para cima, para o espelho. Foi aí que eu vi a cara dele, e algo dentro dele percebeu, ele ficou furioso e assustado. Ele virou para trás depressa, com o coração batendo acelerado. Eu ainda podia ver. Eu o vi, então ele correu. Correu e deixou os dois ali, na cama, com as almofadas na cara.

Embora tivesse lágrimas descendo pelo rosto durante todo o relato, naquele momento Thea se agarrava a Lucy e soluçava.

— Eu tô aqui, querida. Eu tô aqui. Inspetora... Alice — corrigiu-se Lucy. — Você pode pegar um copo d'água na cozinha pra minha neta, por favor?

— Posso, lógico.

Lucy reconheceu a expressão no rosto e nos olhos de Alice logo antes de ela sair da sala. Aquele olhar de suspeita e medo e necessidade de não acreditar.

— Sinto muito, Thea — disse Tate. — Sinto muitíssimo.

— Eu não consegui impedir.

— Isso é com a gente agora. Se você puder me dizer como ele é, isso vai nos ajudar a fazer o nosso trabalho. Se você estiver disposta, posso chamar um especialista para ver se conseguimos um retrato falado dele.

Alice voltou com a água e, apesar de todas as suspeitas e medo, disse, com gentileza:

— Não bebe muito rápido, ok? Vai devagar. Golinhos.

— Obrigada. — Thea enxugou uma lágrima antes de beber. Depois, deitou a cabeça no ombro de Lucy.

— Ele era mais velho que eu, mas não muito mais velho. Uns vinte anos, talvez? Ou nem isso. Tinha cabelo loiro, meio bagunçado, descabelado, eu acho. Tinha olhos azuis, mas não escuros, nem médio. Um azul bem claro, quase desbotado, sabe?

— Certo. — Tate assentiu com a cabeça. — Então ele era branco, Thea?

— Era. Bem pálido, como se não pegasse muito sol. Não muito alto. Não sei explicar. Mais alto do que eu, mas não tão alto quanto a vovó, e... tinha um nariz fino. Fino e comprido. Quando ele sorriu, eu vi que ele tinha os dois dentes da frente tortos. Um subindo por cima do outro, e o lábio era meio para fora.

Ela tocou o próprio lábio superior. Então, levou a mesma mão à têmpora e fechou os olhos como se sentisse dor.

— Ele pensou... pensou em ir à praia. Ele pensou que tinha tirado a sorte grande e que tinha um carro novo para ir até Myrtle Beach.

— Lucy, ia ser bom saber o modelo e a marca dos carros da Cora e do John.

— Dois BMWs. O da Cora é um sedã azul-escuro que ela comprou há um ano. O do John é um SUV, e deve ter uns três anos, acho. Mais ou menos isso. Não sei as placas.

— Tudo bem.

Ele fez um sinal para Alice, que levantou e tirou o celular do bolso.

— O celular não pega muito bem aqui. Pode usar o telefone da cozinha.

— Sim, senhora.

— Certo, Thea, você se lembra de mais alguma coisa que pode me dizer? Você nunca viu esse homem antes?

— Não, senhor. Mas... As mãos dele. Eram ainda mais brancas que ele. Ele estava usando luvas de médico e, quando entrou, deixou uma bolsa e uma mochila no chão da cozinha. Antes de subir a escada, ele botou o negócio que usou para cortar o vidro de volta na mochila. Foi tudo por causa do relógio. Não sei por que ou como exatamente, mas foi por causa do relógio.

— Tudo bem. Lucy, você pode... corroborar alguma coisa disso?

— Eu não vi com tanta clareza, Tate, e não cheguei a ver o rosto dele. Mas vi o que ele fez com o John e a Cora. Vi a arma na mão dele, com as luvas brancas. Era uma 9mm.

Quando Alice voltou, Tate se levantou.

— Tem alguma coisa que a gente possa fazer, Lucy? Quer que eu ligue para os seus meninos?

— Não, eles precisam ouvir isso de mim. E trata de fazer a polícia encontrar esse cara, Tate. Trata de fazer a polícia encontrar quem levou as minhas crianças.

— A gente vai fazer de tudo para encontrá-lo. Se você se lembrar de alguma coisa, se precisar de alguma coisa, me liga. Não, não precisa acompanhar a gente até a porta.

Quando eles saíram, a chuva já tinha parado.

— Eles já emitiram um aviso de carro roubado para o SUV — informou Alice a Tate. — O BMW no nome de John Fox não estava na casa. Como aquela menina sabia de tudo isso?

— Você não nasceu aqui, Alice, mas mora aqui há tempo suficiente para já ter ouvido falar de Lucy Lannigan.

— Alguma coisa, e eu não acredito nisso.

— Aí é com você. — Ele sentou ao volante. — Mas ela estava nesta casa, ela e aquela menina, quando tudo aconteceu. Nós já sabíamos que eles tinham sido assassinados na cama, com uma almofada no rosto, um único tiro cada. Filho da puta.

Ele esmurrou o volante.

— Ela disse que ele pegou a chave do pai dela, e a polícia está procurando o SUV, o carro do John Fox. Caramba.

— Aquela menina, perder os pais desse jeito... Chega a me deixar enjoada. Mas ouvir o relato dela do jeito que ela contou... Aquilo me deu arrepios.

Tate lançou um olhar na direção de Alice enquanto dirigia, frio e calmo.

— É melhor você superar isso. A investigação não é nossa, mas essa é a nossa gente. Se você vai trabalhar comigo nessa, é melhor superar isso logo.

Dentro da casa, Lucy segurou Thea.

— Eu posso te dar alguma coisa pra te ajudar a dormir um pouco.

— Não quero dormir.

— Vem comigo, fica na minha cama. Querida, eu tenho que ligar para os seus tios. — A voz de Lucy tremeu um pouco com aquelas palavras. — Preciso fazer isso.

— Posso ficar com você hoje?

— Lógico que pode. Vamos.

— A gente tem que contar para o Rem.

— Vamos esperar o dia amanhecer. Isso pode esperar até amanhã. Ele vai precisar da sua ajuda, Thea. E eu também. Todos nós vamos precisar uns dos outros. Nós temos que nos apoiar.

— Eles nunca machucaram ninguém, vovó. — Os olhos inchados de tanto chorar se ergueram para os de Lucy. — Eles nunca nem bateram em mim, nem no Rem. Mesmo quando a gente fazia algo errado.

— Eu sei, eu sei. Às vezes não tem como entender. Tem coisa que é tão cruel que parece impossível. Deita, minha flor, fecha os olhos um pouco. Não precisa dormir. Só descansa.

— Eu quero eles. Quero a minha mãe e o meu pai.

— Ah, eu também.

Lucy sentou e fez carinho no cabelo de Thea.

— Pensa em uma lembrança deles, uma memória feliz. Mergulha nela um pouco e descansa.

Lucy ficou ali sentada, fazendo carinho na neta. Em seguida, ela esticou o fio do telefone o mais longe possível da cama para ligar para os filhos.

Enquanto contava, enquanto eles choravam e ela também chorava, ela viu a neta enfim adormecer, imergir em um sonho, um sonho gentil.

— Eu só preciso de um minuto, querida — murmurou ela, beijando de leve a bochecha de Thea. — Só um minutinho.

Com os pés descalços, Lucy desceu a escada e então saiu pela porta da frente, deixando-a aberta atrás de si. A grama molhada encharcou a bainha da calça do pijama enquanto ela atravessava a estrada e corria para dentro da floresta.

Foi lá que ela gritou, gritou e gritou até as montanhas estremecerem com a sua dor.

LUCY ACHOU que não dormiria, então aceitou aquela uma hora de esquecimento com gratidão. Ia precisar de forças para enfrentar o dia, e aquele pequeno cochilo ajudou.

Acordou sob a luz do amanhecer, ainda mais grata por Thea e Rem estarem dormindo. Pensar em Rem e no que teria que contar a ele fez um nó se formar em sua garganta.

Ela engoliu as lágrimas enquanto se vestia. Os animais precisavam de cuidados. E, quando acordassem, as crianças também iriam precisar.

Depois de prender o cabelo em um rabo de cavalo, Lucy escreveu um bilhete para a neta.

Estou lá fora, querida, cuidando das tarefas.

No caminho até a escada, espiou o quarto de Rem. Ele estava dormindo de bruços, os braços e as pernas estendidos feito uma estrela-do-mar. Cocoa bocejou, se espreguiçou e saiu para se juntar a Duck e Goose.

Todos abanando o rabo.

Só um garotinho, pensou ela, *mal completou 10 anos*. Um menino que ainda cheirava a florestas e a todas as coisas selvagens e maravilhosas que havia nelas.

Ela o deixou dormir.

Deixaria os cachorros saírem. Passaria um café — estava precisando de um — e depois cuidaria dos animais.

Acendeu a luz da cozinha e começou a passar o café como se fosse um dia qualquer. Assim como faria se Cora e John ainda estivessem no mundo.

Lutando contra mais lágrimas, Lucy foi até a porta de tela para deixar os cachorros saírem e para inspirar o ar matinal da montanha.

Sabia que o sol estaria espreitando por trás das colinas ao leste, mas ali, voltada para o oeste, a luz tinha um tom calmo e perolado de cinza.

Naquele cinza-perolado, ela notou algo se movimentando junto ao celeiro. Algo que se movia sobre duas pernas. Sua primeira reação foi pensar em pegar a espingarda que ficava no armário perto da entrada. Podia pegar a arma e carregá-la em um minuto.

Tinha que proteger as crianças.

Mas então ela reconheceu a silhueta desengonçada e foi até a varanda.

— Will McKinnon.

— Oi, dona Lucy. Não queria assustar a senhora.

Aos 17 anos, Will não era robusto como o pai. Era um varapau ambulante cheio de trancinhas no cabelo e carregava um balde de leite com tampa.

— Eu ordenhei a Aster. Vou levar ela para o pasto de lá. E depois vou cuidar da Molly e das galinhas.

Will não era robusto como Tate, mas tinha os seus olhos. Grandes, intensos e, naquele momento, repletos de compaixão.

— Ah, dona Lucy, eu sinto muito. — Ele parou na varanda. — Sinto tanto pelo que aconteceu. Vou cuidar das coisas aqui fora. Não quero que a senhora se preocupe com isso.

Ela mal conseguiu manter a compostura e, enquanto isso, o cinza da manhã desaparecia sob a luz do sol nascente.

— Seu pai pediu pra você vir?

— Não, senhora. Mas ele falou que tudo bem se eu viesse e cuidasse das coisas. Eu não queria acordar a senhora, então não bati na porta.

Lucy foi até ele, pegou o balde de leite e colocou na varanda. Então, deu um abraço em Will.

Depois de uma breve hesitação, ele retribuiu o abraço.

— Eu sinto muitíssimo. Deixa que eu cuido da ordenha e das coisas pra senhora, dona Lucy. Não se preocupa com isso hoje.

— Obrigada, Will. Você tornou esse dia difícil um pouco mais fácil pra mim.

— Eu posso vir enquanto for necessário, e posso fazer qualquer coisa que a senhora esteja precisando. É só me dizer.

— Hoje é o suficiente. Você me ajudou quando eu mais estava precisando. Vou cuidar do leite. — Dando um passo para trás, ela deu um tapinha na bochecha dele. — Posso fazer alguma coisa pra você comer. Já estou passando o café.

— Não, hum... Também não precisa se preocupar com isso. Eu sei que a senhora tem os seus netos. Vou deixar o leite da Molly e os ovos aqui na varanda.

— Você tem um coração bondoso, Will. Com um coração assim, você vai longe. — Ela foi até a varanda e pegou o balde de leite. — Hoje você trouxe um pouco de luz pra minha escuridão.

Lucy entrou na casa e parou de repente, ao ver Thea e seus olhos cansados do lado da mesa da cozinha.

— Quem é?

Lucy pousou o balde na bancada.

— É o Will, filho do xerife McKinnon. Ele vai cuidar das tarefas pra gente hoje.

— Você pediu para ele fazer isso?

— Não precisei. Ele é um garoto bom, gentil. Cuida das coisas aqui quando eu viajo...

— Quando você viaja no Natal — concluiu Thea. — Mas você não vai mais viajar no Natal.

— Thea...

— Eu acordei e, por alguns segundos, não lembrei. Não me lembrei do que aconteceu. Não me lembrei da mamãe e do papai. Aí tudo voltou. Você não estava lá, e por alguns segundos eu fiquei com medo de você ter partido também.

— Ah, querida. Desculpa.

— Não, vovó. Você deixou um bilhete bem ali, no travesseiro, então eu não fiquei muito assustada.

Para manter as mãos ocupadas, para impedir que elas tremessem, Lucy começou a filtrar o leite.

— Não vou deixar você nem o Rem sozinhos, prometo. Senta aqui, minha flor. Vou fazer uma coisa pra você comer num instante.

— Eu não estou com fome, vó.

— Eu sei, eu também não. Mas a gente tem que comer alguma coisa mesmo assim. Temos que comer e dormir, pra conseguir passar por isso.

— Eu sonhei com uma lembrança, igual você falou. Sonhei com o dia em que chegamos aqui e comemos frango frito e biscoito de leitelho. Os cachorros estavam abanando o rabo, e estava todo mundo falando e rindo. Todo mundo tão feliz.

— É uma lembrança boa. — Lucy queria gritar a sua dor de novo, mas não podia fazer aquilo.

Tinha que proteger as crianças.

— Você pode escolher uma lembrança boa sempre que precisar.

Ela colocou a jarra de leite fresco na geladeira de leite, antes de pegar uma caneca para o café.

— Posso tomar café também?

Lucy fitou os olhos sonolentos e tristes da neta.

— E se eu fizer uma caneca do café com leite que a minha mãe fazia pra mim?

— Tá bom.

Thea ficou em silêncio enquanto Lucy preparava a bebida — muito leite com açúcar e café apenas o suficiente para dar sabor. Sentada, a garota ficou observando todos os movimentos de Lucy. Sob a mesa, suas mãos se retorciam.

Em vez de preparar algo para comer, Lucy sentou à mesa e deu um gole no seu café.

Thea provou o dela.

— É bom.

— E eu no mínimo estou te iniciando num vício pra vida inteira. Thea, você tá preocupada. Me diz o que é.

A garota deu outro gole, depois soltou um longo suspiro.

— Eu… eu preciso saber…

As duas ouviram Rem descer a escada feito uma matilha de cães selvagens.

Lucy fechou os olhos. Ela iria destruir a infância dele, partir o seu jovem e feliz coração. Mas não tinha outro jeito.

Ele veio correndo, todo risonho e cheio de energia. E, como se parte daquela energia viesse de uma tomada elétrica, seus cabelos estavam espetados.

— Tem alguém lá fora dando comida para as galinhas. Eu vi pela janela. Você contratou alguém, vó?

— Não. É o Will, e ele tá fazendo um favor pra mim.

— Eu posso ajudar, aí a gente podia comer panqueca de trigo-sarraceno, porque eu estou morrendo de fome.

— Hoje quem vai cuidar das tarefas é o Will. Eu preciso que você sente aqui com a gente.

Ele olhou de uma para a outra, e o que viu espantou o sorriso do seu rosto.

— O que foi? Eu fiz algo errado? Não fiz nada.

— Não, meu amor, você não fez nada errado. Senta aqui com a gente — pediu Lucy. Quando ele o fez, ela segurou as suas mãos. — Eu tenho que te contar uma coisa, e isso é muito difícil.

— Você tá doente ou algo assim? Você parece doente.

— Eu não estou doente, não do jeito que você tá pensando. — E, pensou ela, assim como tinha acontecido com ela e com Thea, sempre haveria um antes e um depois. — Meu amor, a sua mãe e o seu pai se machucaram.

— Eles sofreram um acidente? Eles estão bem? Eles estão bem, né?

Rem implorou com os olhos para que ela dissesse que sim, estão, lógico que estão. E Lucy não conseguiu encontrar as palavras.

— Não foi um acidente. É melhor falar logo, vó. Um homem arrombou a nossa casa e matou os dois. Ele matou o papai e a mamãe.

— Não fala isso. — A súplica virou fúria na mesma hora, enquanto ele tentava soltar as mãos. — Que maldade. É mentira. Sua… sua mentirosa desgraçada!

Thea nem sequer vacilou, apenas manteve os olhos fixos nele.

— Não é mentira — interveio Lucy, com a maior delicadeza possível. — Eu odeio ter que te falar a verdade. A Thea está sofrendo. Eu estou sofrendo, e sinto muito que você também esteja sofrendo.

— Não é verdade! — gritou ele, chorando. — Eles vão buscar a gente semana que vem. E depois vai todo mundo para a praia.

Sem dizer uma palavra, Lucy se levantou. Ela o ergueu da cadeira e, embora Rem tenha lutado no início, ela sentou com ele no colo. Lucy o embalou como quando era um bebê.

— Não é verdade, vovó.

Quando ele começou a soluçar, Thea se levantou. Ela abraçou os dois e deixou as próprias lágrimas virem à tona.

— Eu vou ligar para eles. Eu vou ligar para o telefone deles.

— Eles não estão lá, querido. Eles se foram.

— Como você tem certeza? Você ligou? Você ligou para eles?

— Eu vi. Eu vi quem fez isso. — Thea enxugou as lágrimas com o braço. — Eu vi tudo.

— Você não devia fazer isso! — Indignado e desesperado, Rem a empurrou. — A mamãe não gosta.

— Eu não queria. Não consegui impedir.

— Não significa que é verdade.

— Rem. Rem. — Lucy se ajeitou na cadeira e segurou o rosto do garoto com firmeza entre as mãos. Aquele rosto irritado, apavorado e cheio de lágrimas. — Eu também vi. Nós ligamos pra polícia, e o que vimos é verdade. Juro que daria tudo pra que não fosse.

— Mas por quê? Eles não faziam mal a ninguém.

— Ele odiava os dois. — Thea sentou de novo e apertou as próprias mãos com força. — Ele nem conhecia a mamãe e o papai, mas odiava os dois mesmo assim. Ele queria o relógio do aniversário de casamento da mamãe, e dinheiro, e brincos, e o carro do papai. Ele só queria as coisas. E mais do que as coisas, queria machucar os dois. Só porque eles tinham aquelas coisas.

— A polícia já pegou e botou ele na cadeia?

— O xerife McKinnon vai avisar a gente assim que pegarem.

Por entre as lágrimas, ele olhou fixamente para a irmã.

— E eles vão conseguir? Vão?

— Eu não…

— Não diz que você não sabe! — A fúria dele a atingiu como um tapa. — Já que você é essa aberração que consegue ver as coisas, por que não pode ver isso?

Thea deitou a cabeça na mesa e voltou a chorar, e Lucy fitou o neto nos olhos. Ela não disse uma palavra além do nome dele.

— Desculpa. — Ele saltou do colo de Lucy. — Desculpa, me desculpa. Foi sem querer. — Com mais lágrimas, Rem sentou no chão e abraçou as pernas de Thea. — Foi sem querer. Juro. Me desculpa. Me desculpa.

Thea desabou no chão com ele, e eles se abraçaram, chorando nos ombros um do outro, e então Lucy se levantou. Ela buscou o leite e os ovos que Will, em sua bondade, havia deixado na varanda dos fundos.

Ele também tinha dado comida e água fresca para os cachorros, notou ela. Bendito seja.

Deixou os netos se reconfortarem no luto compartilhado e foi lidar com o leite e os ovos.

Quando sentou de novo, as crianças vieram até ela.

Lucy abraçou e beijou o rosto dos dois.

— Agora, vão sentar. Eu vou fazer um ovo mexido com torrada. Vai ser mais fácil de comer, acho.

— Eu estou sem fome, vó.

— Eu sei. — Ela beijou o rosto de Rem de novo. — Mas nós precisamos comer um pouco.

— Vovó, eu preciso saber… a gente precisa saber — corrigiu-se Thea. — O que vai acontecer? O que acontece agora?

— É verdade, vocês precisam saber disso. Eu vou fazer os ovos mexidos e depois a gente conversa.

5

⌘ ⌘ ⌘

THEA COMEU o que pôde. A comida não estancou a dor, mas aquele ovo mexido macio na torrada de pão de fermentação natural ajudou a aplacar alguns dos seus medos.

Parte dela achava que parecia errado e egoísta pensar em si mesma, mas outra parte sabia que ela carregaria o medo e a preocupação até saber.

E Rem era dois anos mais novo, então ela também tinha que cuidar dele.

E a avó parecia tão cansada e triste. *Nós temos que nos apoiar*, lembrou Thea.

— Certo. — Lucy esticou as mãos para fazer carinho na dos netos. — Obrigada por comerem um pouco. Sei que vocês têm perguntas, então talvez vocês pudessem tentar comer um pouco mais, enquanto eu tento responder. Vocês querem saber o que vai acontecer agora, e eu posso responder um pouco disso.

— A gente vai ter que voltar? — Aquele medo veio à tona. — E ser adotado, ou se separar, porque…

— Nada disso. Nada disso vai acontecer, então pode esquecer essa história. Pouco depois de você nascer, Thea, os seus pais fizeram um testamento. Porque eles tiveram você. E na época eles me perguntaram, e depois de novo, todas as vezes que atualizaram o testamento, se eu podia cuidar de você e do Rem. E se vocês podiam vir morar comigo, caso alguma coisa acontecesse com eles. Então é assim que vai ser, se vocês quiserem.

— A gente pode morar aqui, com você?

Lucy assentiu para Rem.

— Eu sou a sua avó e vou ser a sua tutora, e vocês podem ficar aqui e morar comigo o tempo que quiserem.

Os ombros de Thea estremeceram quando ela olhou para o prato.

— Ninguém vai levar vocês embora, meus amores. Ninguém vai separar vocês. Eu prometo, e essa é a promessa mais solene que eu já fiz.

— Eu achei que talvez a gente tivesse que ir morar com os pais do papai, porque eles são ricos. Eles nem gostam da gente, então talvez colocassem a gente para adoção.

— Vocês são meus. E vão ficar comigo. Não se preocupem com isso.

— A Cocoa também?

— Também, Rem, a Cocoa também. Deixa eu fazer uma pergunta... Vocês vão querer voltar pra Virgínia, pra pegar as suas coisas? Algo que queiram trazer pra cá?

— Eu não quero voltar lá nunca mais. — Thea tornou a erguer a cabeça, seus olhos ferozes ao dizer aquelas palavras. — Nunca mais quero entrar naquela casa. Ele matou os meus pais lá.

— Então você não precisa ir. Os seus tios vão e buscam as suas coisas. Eles podem trazer tudo que vocês quiserem. Agora é tudo de vocês. A sua mãe e o seu pai cuidaram de vocês, sempre. A casa, e todo o resto, vai tudo pra vocês, num fundo de investimentos.

— Eu posso ficar com a prancheta do papai?

Lucy amoleceu completamente ao olhar para Rem.

— Lógico. Acho que ele ia ficar muito feliz com isso. Podem pensar com calma no que vocês querem, os dois.

— E a casa... vai ficar lá, vazia?

— Pode ser, Thea, se é isso que vocês querem. A gente pode colocar tudo num depósito e alugar, se quiserem. Ou podemos vender, se preferirem.

— Eu não quero voltar nunca mais. E você?

Rem fez que não com a cabeça.

— A gente quer vender.

— Certo. Pensem um pouco por uns dias, e depois a gente conversa com os advogados sobre isso.

— Eles podem vir pra cá também? A mamãe e o papai. — Ao fazer a pergunta, as lágrimas inundaram os olhos de Rem. E então os de Thea, que estendeu a mão e segurou a do irmão. — Já que a gente não vai voltar, eles podem vir pra cá? Eles não deviam...

— Eles não deviam ser enterrados na Virgínia. — Ainda segurando a mão de Rem, Thea terminou a frase por ele: — Eles deviam vir pra cá, para perto da gente.

Lucy levou a mão à boca e fez que sim com a cabeça, até conseguir voltar a falar.

— Acho que eles também iriam querer isso. Eu vou organizar tudo. E vocês dois não se preocupem. Ou, se ficarem preocupados com qualquer coisa, me avisem, pra gente resolver. Nós temos que nos ajudar agora, fazer o que pudermos uns pelos outros.

Rem cutucou o ovo mexido com o garfo.

— Desculpa ter te chamado de mentirosa desgraçada e de aberração. Nunca mais vou fazer isso.

— Muito bem, Rem, por pedir desculpas, e é uma promessa muito boa pra você tentar cumprir. De vez em quando vocês vão ficar chateados um com o outro. Irmão é assim mesmo. E tudo bem, porque, lá no fundo, vocês sempre vão se amar.

Lucy respirou fundo antes de cutucar o ovo mexido no próprio prato.

— Eu tenho que ligar pra mãe do seu pai, pra dar as minhas condolências. E quero que vocês falem com os seus avós também. É uma gentileza.

— Ela não ama a gente, nem a mamãe — disse Thea baixinho, sem rancor ou raiva, apenas constatando um fato.

— Thea...

— Ela não ama. Eu teria sentido, igual eu sinto como você ama o papai, e eu sempre senti. E a gente também, e a mamãe.

— As pessoas sentem o amor de jeitos diferentes, mas ela continua sendo a mãe dele. Então temos que respeitar ela e o marido.

— Ela não vai te respeitar.

As palavras e o tom frio e categórico de Thea eram tão adultos que Lucy arregalou os olhos. Ela fez o possível para responder nos mesmos termos.

— Mas aí o problema é dela, né? Só porque alguém se comporta mal, não significa que vamos fazer a mesma coisa.

O telefone tocou, e ela se levantou para atender.

— Tate, eles... — Ela olhou por cima do ombro e fitou as crianças. — Tá bom, pode deixar. Ela tá bem aqui, deixa eu perguntar. Thea, querida, eles mandaram alguém da Virgínia que faz retratos falados, e o xerife McKinnon quer trazer essa pessoa aqui, pra falar com você. Tudo bem por você?

— Tá bom. Eu posso tentar.

— Tudo bem, Tate. — Ela escutou por um tempo, esfregando o braço com a mão livre. — É bom saber disso. É. Tate, tenho que agradecer muito ao Will. Eu sei, eu sei, ele é tudo isso. Se precisar, falo com vocês. Até logo.

Ela desligou.

— Vocês dois podiam trocar de roupa.

— Você vai ficar comigo quando eles vierem?

— Vou, pode deixar.

— O que ele falou que foi bom saber? Precisamos saber também.

— A polícia encontrou o carro que ele estava usando antes, numa calçada na rua dos fundos da casa. Era roubado também.

— Ele matou outra pessoa?

— É, matou, Rem. Infelizmente, matou.

— Eu consigo ver como ele é, vó. Posso descrever para a polícia.

— Eu sei que você consegue, Thea. Agora vai se vestir.

Thea vestiu uma calça jeans, porque não parecia certo usar short, depois trançou o cabelo, porque parecia mais arrumado. Não queria que o policial a tratasse como uma criança, ou uma aberração.

Para se manter ocupada, arrumou a própria cama, e depois a da avó, já que havia dormido nas duas.

Quando ela terminou, Rem apareceu na porta.

— Você tem que me contar o que aconteceu. O que você viu.

— Agora não, Rem. Eu vou contar — continuou ela, antes que ele pudesse dizer qualquer coisa. — Juro. — Ela pousou a mão no peito, em cima do coração, para selar a promessa. — Mas não posso dizer tudo de novo agora. Não quero ficar toda trêmula antes de falar com a polícia.

— Mas você vai me contar. — Rem cravou nela aqueles olhos que se pareciam tanto com os do pai. — Você prometeu, com a mão no coração.

— Pois prometo em dobro. — Ela pousou a mão no coração de novo. — Depois a gente pode sair para dar uma volta e eu te conto tudo, para a vovó não precisar ouvir de novo.

— A gente tem que apertar a mão.

Thea revirou os olhos para o irmão, mas apertou a mão do garoto. Então, ouviu a batida na porta de casa.

— Ai, meu Deus, são eles.

— Não fica com medo. Eu também vou ficar com você.

Ela não estava com medo, mas não disse isso. Estava nervosa de falar algo errado, algo importante, e o assassino escapar. Então ela não podia errar nada. E ela não ia errar.

O xerife estava com uma mulher, e ela não esperava uma mulher.

A mãe dela teria lhe lançado um olhar daqueles por causa disso.

A artista era uma mulher, mal chegando à altura de Thea, de cabelos lisos e escuros na altura do queixo e olhos escuros.

— Thea, Rem — começou Lucy —, essa é a detetive Wu.

— Pode me chamar de Mai. — Ela estendeu a mão fina e delicada. — Sinto muito por conhecer vocês nessas circunstâncias. Lamento muito a sua perda.

— Eu consigo ver o rosto dele.

— Entendo.

Thea não só não esperava uma mulher, como não encontrou nenhum dos julgamentos para os quais havia se preparado.

— Pensei que vocês podiam trabalhar na cozinha. — Lucy pousou a mão no ombro de Thea. — A mesa é boa.

— Onde for mais confortável para a Thea.

— Na cozinha está ótimo.

— É por aqui. Aceita um café, um chá?

— Só um copo d'água, por favor. Aqui está ótimo. — Mai colocou uma pasta na mesa. — Nunca estive nesta região antes. É um lugar lindo.

Ela se sentou e, de alguma forma, conseguiu acariciar os três cachorros ao mesmo tempo.

— Rem, leva os cachorros pra fora.

— Ah, não precisa se incomodar comigo. Eles são tão fofos. Thea, você prefere que os cachorros saiam?

— Não, por mim tudo bem.

— Eu sei que isso é difícil. — Mai abriu a pasta, tirou um caderno de rascunhos e alguns lápis e borrachas. — Quero que você tente relaxar. Só sentar e respirar. Isso que eu estou ouvindo são galinhas lá fora? Elas não se incomodam com os cachorros?

— Os cachorros protegem as galinhas das raposas e dos falcões, até de ursos.

— Fofos, inteligentes e corajosos. Quando estiver pronta, Thea, pode me dizer qual é a primeira coisa do rosto dele em que você pensa?

— Nos olhos dele.

— E como eles são?

— São claros, muito claros. Um azul muito claro, mas com muita escuridão lá dentro.

— E o formato dos olhos? — Como quem não quer nada, ou ao menos foi o que pareceu para Thea, Mai começou a desenhar diferentes formatos de olhos na página.

Thea apontou para um.

— Talvez um pouco mais largo… Assim — acrescentou ela, e ergueu o polegar e o indicador para indicar o quanto.

Mai fez outro olho, e Thea assentiu. Mai virou uma página e desenhou um esboço dos olhos.

— E depois, no que você pensa?

— Posso fechar os olhos? Acho que vejo melhor de olhos fechados.

— Pode, lógico.

De olhos fechados, Thea trouxe o rosto para a sua mente.

— Os dois dentes da frente são meio encavalados. — Ela levou os dedos à boca. — Então o lábio superior dele fica meio saltado.

De olhos fechados, com Duck deitado embaixo da mesa com a cabeça no pé dela, Thea seguiu em frente, descrevendo detalhe por detalhe.

Ela podia ouvir a brisa do verão nas folhas, as galinhas cacarejando, os pássaros cantando. Mas manteve o rosto ali, bem ali, sob os seus olhos fechados.

— Você pode dar uma olhada, Thea? Para ver se é mais ou menos isso?

Thea abriu os olhos e perdeu o fôlego.

— É, é sim, mas… O rosto dele é mais fino, e o queixo um pouco mais pontiagudo.

— Tá bom, vou consertar isso. Thea, olha para mim. Relaxa de novo, solta os ombros, respira. Você está indo muito bem. Está me ajudando muito.

— Eu… eu não sou muito boa de desenhar rostos.

— Ainda bem que eu sou. Assim está melhor?

— As sobrancelhas dele são mais retas. Esqueci de dizer isso antes.

— Mais assim?

Ela assentiu com a cabeça, arregalando os olhos, com a respiração agitada.

— É ele. É ele. Está igualzinho, juro.

Lucy pousou as mãos nos ombros de Thea e fez um carinho.

— Respira fundo de novo. Ele não vai te machucar.

— Mas ele quer. Ele está com a minha foto também. Ele olhou muito para a foto. Ele está dormindo. — Thea segurou a mão de Lucy que estava apoiada em seu ombro. — Ele dirigiu muito, mas ficou cansado demais pra ir até a praia. Não queria ser parado pela polícia rodoviária, melhor ficar em algum hotel barato.

— Você está vendo ele agora? — perguntou Mai.

— Não, não exatamente, mas ele está dormindo. Está escuro no quarto. Ele fechou as cortinas baratas de flores ridículas. É um quarto nos fundos, porque ficar nos fundos é mais tranquilo, e ele quer dormir. Teve um acidente na rodovia 95, e ele perdeu muito tempo no trânsito, mas quase conseguiu chegar a... Fayetteville. De qualquer forma, ele só pode entrar na casa de praia depois das três da tarde. Se dormir um pouco, depois são só mais duas horinhas na estrada, e ele chega lá.

Ela expirou.

— Ele está dormindo agora — repetiu.

— Lucy, você tem um scanner no seu computador? — perguntou Tate.

— Nunca usei.

— Posso tentar? — Ele pegou o esboço que Mai lhe entregou, depois seguiu Lucy para fora da cozinha.

— Fofa, inteligente e corajosa — disse Mai. — Você também é assim, Thea.

Ela não se sentia fofa, inteligente e corajosa, mas cansada, triste e confusa. Depois que Mai saiu, antes da avó voltar, Rem se aproximou dela.

— A gente pode dar uma volta agora?

A sua vontade era pedir para ele deixá-la em paz, pelo menos um pouco, porque a sua cabeça estava doendo. Mas ele a fitava com olhos tão parecidos com os do pai, e tão carentes.

— Tá bom.

Eles saíram pela porta dos fundos, com a companhia feliz dos cachorros. Como queria terminar logo com aquilo, Thea não se demorou para começar.

— Ele abriu um buraco na porta de correr, nos fundos.

Enquanto ela recontava tudo, Rem voltou a chorar, seu olhar furioso.

— Tomara que ele morra quando for pego. — Rem enxugou as lágrimas com os punhos. — Que… que filho da puta.

Thea estava cansada demais para se espantar com o fato de que Rem não só conhecia a expressão, mas que a tivesse dito em voz alta, então se limitou a olhar para ele.

— Melhor não deixar a vovó ouvir você dizendo isso. É um palavrão feio. Muito feio.

— Aposto que ela pensa a mesma coisa, e você também. — Balançando os punhos, ele gritou para o céu: — Filho da puta, filho da puta, filho da puta!

O espanto já dissipado, ela se assustou que tivesse uma risada se formando em seu peito.

— Cala a boca. — Thea lhe deu uma cotovelada. — Você vai criar problema.

Rem já não estava mais vermelho de raiva.

— Não estou nem aí. Fez eu me sentir melhor.

— Acho que fez eu me sentir melhor também. Eu estou cansada, Rem. Não quero mais falar agora.

— O que você quer fazer?

— Não sei. Não tenho a menor ideia.

Ela se sentou no chão, ao lado do galinheiro, abraçou as pernas e deitou a cabeça nos joelhos.

Depois de um tempo, Rem se sentou ao seu lado e passou um braço em volta da irmã.

Lucy os observava de dentro da casa, através da porta de tela. Não precisava do dom para saber que Thea tinha contado a Rem o que havia visto. E como não tinha problema de audição, ela ouviu a raiva de Rem e a dor que ela continha.

E olha só para ele, pensou ela, *fazendo o possível para confortar a irmã.*

Eles iriam sobreviver àquilo. De alguma forma, os três iriam sobreviver.

Lucy olhou para o relógio. Não eram nem onze da manhã ainda? Como o dia podia se arrastar tanto quando tanta coisa tinha se passado?

Não eram nem oito da manhã na Califórnia ainda. Achou melhor esperar dar meio-dia para ligar para a mãe de John, ou seja, nove horas na Califórnia.

Ela ligou para o telefone que Tate havia lhe dado, para perguntar ao legista quando podia trazer a filha e o genro para casa. Depois, organizou uma terrível lista de afazeres — comprar túmulos, marcar uma data para o enterro e tudo mais.

Tinha pedido aos filhos para avisarem o restante da família, e ligou para Waylon para contar o que já tinha organizado.

Quando as crianças voltaram, ela abriu os braços para receber os dois.

— Vou ligar para os seus avós em San Diego agora.

Thea baixou a cabeça.

— Eu estou tão cansada, vó. Não quero falar com eles. Posso só deitar no sofá?

— Também não quero falar com eles.

— Tá bom. — *Já chega*, pensou Lucy. *Os dois já sofreram demais.* — Vou dizer que vocês estão dormindo. Vai deitar, Thea. E você, Rem, senta um pouco, fica quieto e fecha os olhos, pra eu não dar uma de mentirosa.

Lucy se preparou e fitou o telefone por um minuto inteiro antes de se obrigar a pegá-lo. Ela discou o número e se sentou à mesa da cozinha.

— Residência dos Fox.

— Oi. Eu gostaria de falar com a sra. Fox.

— Nem o sr. nem a sra. Fox estão aceitando ligações neste momento. Se quiser deixar um contato, eles retornarão assim que possível.

— Aqui é Lucy Lannigan. Sou mãe da Cora. Quero avisar que as crianças, a Thea e o Rem, estão comigo, e queria dar os meus pêsames pela nossa perda mútua.

— Um momento, por favor.

Eles tinham música de espera no telefone, como se a casa deles fosse uma empresa. Esfregando a têmpora por causa de uma dor de cabeça chata, Lucy achou aquilo muito curioso.

— Aqui é Christine Fox.

A voz trouxe consigo a imagem da mulher. Alta, imponente e tão fria quanto uma tempestade de janeiro.

— Quero falar com Althea e Remington.

— Eles estão dormindo. Posso pedir pra te ligarem daqui a pouco.

— Dormindo? Não é mais de meio-dia onde vocês estão?

— Eles tiveram uma manhã muito difícil. Todos nós tivemos. O John era tão querido por mim que não consigo nem descrever. Christine, nós perdemos os nossos filhos, e eu não…

— Por que a Althea e o Remington estão com você? Você mora no Kentucky, não é?

— É, e eles estavam aqui de férias. Só posso agradecer a Deus por não estarem na casa quando...

— Vamos providenciar passagens de avião para eles, para San Diego, e também para trazer os restos mortais do pai deles. Sei que você irá entender — continuou Christine, com uma voz curta e decidida. — O velório será muito íntimo.

Nem uma palavra, nem um sinal de simpatia. Nem um pensamento em Cora.

Já que é assim, pensou Lucy, *você vai ouvir umas poucas e boas.*

— Você não vai fazer nada disso.

— Perdão, como é que é?

— Você pode até pedir, mas eu não perdoo. Você não vai separar o John e a Cora depois de mortos, como não conseguiu em vida. Eles se amavam e amavam os filhos o suficiente pra me escolherem como tutora legal deles. As crianças vão ficar comigo, e, como é o que as crianças querem, o John e a Cora serão enterrados aqui, juntos.

Houve um momento de silêncio, e Lucy usou a pausa para se acalmar e não sair xingando igual Rem tinha feito antes.

— Você acha que vai criar a Althea e o Remington sozinha, em uma fazenda caipira?

— Acho e vou. Era o que o John e a Cora queriam. É o que as crianças querem.

— Eu não vou permitir isso, e tenho certeza de que os tribunais vão concordar comigo. Nós podemos oferecer uma educação excelente para eles, em uma escola interna de respeito, enquanto você vai botar os dois em alguma escola pública decrépita. Aqui, eles vão ser bem criados.

— Qual é a cor dos olhos do Rem? O que a Thea faz toda noite antes de dormir?

— Isso é irrelevante.

— É a coisa mais relevante do mundo. — Lucy estava falando mais depressa sem perceber. — Você quer envolver essas crianças numa batalha de custódia depois de perderem os pais assassinados na própria cama? Você quer ir contra a vontade dos pais mortos pra colocar os dois na porcaria de um internato? Você quer brigar comigo por isso? Pois se prepara, porque por eles eu sou capaz de jogar sujo. E vou começar ligando para os jornais e para as emissoras de televisão aí da Califórnia e contar como uma gente que se acha tão superior e abastada mandou doze dólares no aniversário de uma das netas, enquanto deu um cavalo de presente pra outra.

— Não é da sua conta o que...

— Não é da minha conta uma ova. É a única coisa que me importa agora. Eu vou garantir que todo mundo saiba como você planejou separar o seu filho da minha filha depois de eles terem morrido. Como você tá planejando colocar os filhos órfãos dos dois num internato.

— A nossa reputação...

— Vai estar na lama antes de eu terminar. Juro pela minha vida, eu vou acabar com a sua preciosa reputação. Você, que nunca botou os netos pra dormir, que nunca carregou eles, que nunca fez uma comida pra eles, que nunca amou, nunca ouviu eles. Você tratou a minha filha, a mãe deles, a esposa do seu filho durante treze anos, como se ela não fosse nada. E Deus sabe que você não tratou o seu próprio filho muito melhor que isso.

— Como você ousa...?

Lucy deu uma risada de escárnio.

— Ah, você não tem ideia do que sou capaz. Eu sou uma mulher nascida e criada nos Apalaches. Tenta pegar essas crianças pra você ver, crianças que você não conhece, que não ama e pra quem nem dá a mínima! Eu vou te arruinar, juro. Porque, quando eu terminar de mostrar para o mundo quem você é de verdade, ninguém vai querer se aproximar de você. No próximo baile de gala pra que você for, as pessoas vão ficar sussurrando pelas suas costas.

— É o que nós vamos ver.

— Traz as crianças pra briga, e você vai ver só o que é bom pra tosse. O John entendia você melhor do que eu imaginava. E é por isso que ele foi tão cuidadoso com a tutela, por isso ele mencionou o seu nome e o do seu marido, e os dos irmãos dele, no testamento, e vou citar: "Em hipótese alguma os citados abaixo poderão ser tutores legais dos filhos menores, por não estarem aptos a cuidar dos filhos menores." Vai falar com os seus advogados caros, vai, porque isso é causa ganha no tribunal e vai ser uma humilhação pra você.

— Se você se atrever a levar isso à mídia, eu processo você por difamação.

— Vai ser um prazer. Juro por Deus, eu ia adorar ver você tentar fazer isso.

O coração de Lucy batia depressa, mas de fúria, e não de medo.

— Você ia ter que provar que eu tô mentindo, né? Como eu não tô, pode ir em frente. Eu tenho as palavras do próprio John num documento legal. Eu tô com as crianças, que só precisam dizer a verdade pra mostrar o tipo de pessoa que vocês são. Eu tenho o fato de que nem uma vez, nem uma vez sequer desde que a Thea nasceu, você levantou essa sua bunda velha e foi visitar a sua neta. Doze anos, e você não deu a mínima. E uns catorze anos tratando a minha filha, a mulher que o John amava e com quem se casou e teve filhos, feito lixo.

Furiosa, ela folheou a lista telefônica esfarrapada.

— Eu tenho o nome e o telefone do advogado do John e da Cora aqui. Por que você não liga e pergunta o que vai conseguir com isso? No meio--tempo, eu vou procurando aqui o contato dos principais jornais e canais de televisão e rádio de San Diego e acabo com a sua preciosa reputação.

— Já que você quer essas crianças tanto assim, pode ficar com elas. E saiba que elas não vão receber mais nada da gente.

— Ah, eu acho que a Thea vai ficar bem sem os treze dólares no próximo aniversário.

Depois que Christine desligou, Lucy rosnou para o telefone.

— Sua cobra, sem coração, bruaca dos infernos.

Quando ela virou para desligar o telefone, Thea e Rem entraram na cozinha.

— Ai, meu Deus! Vocês deviam estar descansando.

— Você meio que estava gritando. — Rem a fitava com os olhos arregalados.

— Não foi a minha intenção. — Sacudindo a cabeça, Lucy soltou um suspiro exaltado. — Quer dizer, foi sim.

— Você estava com tanta raiva. Eu não sabia que você ficava com tanta raiva.

— Ah, eu fico. Quando é necessário. — Ela apontou para Rem. — Então não se esqueça disso e nunca me deixe com raiva desse jeito.

— Eu meio que gostei. Você parecia uma super-heroína.

Thea pegou a mão de Rem.

— Eles podem levar a gente?

— Não, meus amores, eles não podem e não vão. Essa é uma promessa que eu posso fazer e sei que vou cumprir. Eu conversei com o advogado na Virgínia enquanto vocês estavam lá fora. Vocês são meus. Nós somos um do outro. E é assim que vai ser.

— Você vai ligar para os jornais?

— Não vou precisar. — Lucy se aproximou deles e fez carinho no cabelo de Thea e bagunçou o de Rem.

— Porque ela ficou com medo de você.

— Isso mesmo, Rem. Ela ficou apavorada.

Ele riu, e o peso no coração dela diminuiu.

— Você falou que ela tinha uma bunda velha.

— Falei, e nem sei se é verdade, mas foi o que me veio na hora. Eu falei umas coisas bem cruéis, e, Deus do céu, não estou nem um pouco arrependida.

— Vó. — Thea apertou a mão de Rem. — A gente ainda tem que ligar e falar com ela?

— Não. Às vezes eu vou pedir pra vocês fazerem algo que não vão querer fazer, mas essa não vai ser uma dessas vezes.

— A gente te ama, vó.

— Ah, Rem, eu não podia te amar mais nem se você estivesse coberto de chocolate.

Ela abraçou os dois na cozinha em que um dia tinha sido uma jovem esposa, uma jovem mãe, uma jovem viúva.

Dessa vez, não mais tão jovem, ela teria que ser mãe, pai e avó de duas crianças maravilhosas.

— Que tal vocês saírem e colherem uns tomates verdes, enquanto eu faço um empanado? Depois a gente frita. E aí, se vocês já tiverem pensado nas coisas, podemos começar a fazer a lista do que vocês querem.

— A prancheta do papai.

— É o primeiro item da lista.

— Quando eles recuperarem os brincos que o papai deu para a mamãe quando eu nasci, posso ficar com eles? Eu furei a orelha no ano passado e podia usar em ocasiões especiais.

— É mais do que justo.

— Você pode ficar com os que ele deu quando eu nasci, vó. Não vou furar a orelha.

— Eu usaria com muito orgulho em ocasiões especiais. Agora podem ir lá pegar uns bons tomates.

Thea parou por um momento junto da porta.

— Eles não queriam a gente, não de verdade.

— Não, querida, eles não queriam. Mas eu quero.

Lucy pegou o fubá e o potinho onde guardava gordura de bacon. Então, parou por um instante antes de pegar o restante dos ingredientes.

A fúria havia se transformado em uma calma tranquila.

Nós vamos sobreviver, pensou ela. *Vamos encarar o dia de hoje, o de amanhã e tudo que vier depois.*

6

⌘ ⌘ ⌘

RAY DORMIU até quase duas da tarde. *E por que não?*, pensou ele. Tinha chegado depois das quatro da manhã, e já tinha pagado pela porcaria do quarto.

Ele tinha um carro novo, estava cheio da grana. Ia tomar um banho quente para se animar. Depois ia passar em um McDonald's para comer um Big Mac com batata frita e tomar uma Coca-Cola gigante.

Tinha só mais umas duas horas de estrada, e isso ia segurar a fome.

Mas ele continuou deitado por alguns minutos.

Não gostou de sonhar com alguém observando-o dormir. Aquilo lhe deu a merda de um arrepio, e ele detestava se sentir assim.

Ele virou de lado e alcançou o porta-retrato que havia pegado na MDC da Virgínia, com a foto da menina.

— Não sei por que eu peguei isso, o que também me deixa com uma pulga atrás da orelha. Só que você está me tirando do sério, sua puta de olhos azuis. Pena que você não estava lá quando eu dei cabo da mamãe e do papai. Vai ver eu te acho um dia desses e dou cabo de você também.

Ele quebrou o vidro contra a mesa de cabeceira. Estilhaçar o quadro o fez se sentir melhor. Se sentir bem.

Em seguida, pegou o relógio que tinha começado tudo. Virando-o mais uma vez, leu a inscrição.

— *Eternamente.* A sua eternidade acabou, babaca.

Era dele agora, até vender. Aí o dinheiro seria dele. E era assim que as coisas eram.

Se ele se esforçasse, se segurasse o relógio, podia vê-lo em sua caixa extravagante, e ver as mãos da mulher abrindo a caixa. Podia até ouvir o seu suspiro, a sua voz, embora ela soasse como se estivesse falando de um túnel sob um rio.

"Ai, meu Deus, John! Que lindo. Você está maluco?"

"Completamos uma década", tinha respondido o homem. "Isso é por esta data, e por todas as outras que teremos pela frente. Olha o verso."

A mulher de repente tinha ficado emocionada, e Ray achou graça.

"Ah, John. Agora você está me fazendo chorar. Eu também te amo. Eternamente."

O esforço para ver essa cena provocou uma dor de cabeça, bem atrás dos olhos. Nada grave, mas o suficiente para fazê-lo largar o relógio na cama e se levantar para pegar o frasco de Advil que mantinha à mão justamente por esse motivo.

Ray voltou para a cama, para dar alguns minutos para os comprimidos fazerem efeito. Bloqueou a mente, fechou os olhos.

Cochilou por mais uns vinte minutos.

Não devia ter forçado tanto, admitiu. Ainda precisava chegar aonde queria e passar em algum lugar para comprar mantimentos.

Mas os vinte minutos fizeram a dor de cabeça passar.

Ele bocejou, se espreguiçou, coçou o saco e foi até chuveiro.

O sabonete era desses vagabundos de hotel barato, mas a água era quente.

Ele ia incluir um sabonete bom nas compras que faria para as suas férias.

Um sabonete de bacana.

E ia arrumar alguém com mais de 21 anos para subornar e comprar um pacote de cerveja. Ele se imaginou na varanda da casa que havia alugado pela internet. Bebendo uma cerveja, tomando sol, observando as pessoas.

Não ia matar ninguém ali, não por enquanto — ele não era burro —, mas podia ficar de olho, fuçar um pouco e escolher alguém.

Ver o número e o estado na placa do carro na garagem, a marca, o modelo. Ou, se eles deixassem destrancado, só pegar o endereço no registro do carro.

Ele sabia por experiência própria que as pessoas davam bobeira nas férias, e era fácil encontrar um carro aberto.

Mas ia tirar uns dias, isso aí, uns dias para sentar, beber uma cerveja e relaxar. Fazer esforço demais dava dor de cabeça e, às vezes, o nariz ou o ouvido dele sangravam.

Ele estava precisando de um tempo quieto. Caramba, ele merecia!

Passou o sabonete barato nas bolas, tentando decidir se tirava um tempo para bater uma. Mas também podia fazer aquilo na praia.

Então Ray ouviu o barulho de algo se quebrando e deixou o sabonete escapar.

Antes que pudesse pensar no que fazer, a cortina do chuveiro se abriu, e ele estava com uma arma na cara.

— Ei, Ray, você está preso.

— Que diabo é isso?

— É a polícia, Ray, e deixa eu repetir e explicar melhor. Você está preso por homicídio qualificado, duas acusações. Fora isso, tem as outras acusações, como invasão de propriedade, roubo e roubo de automóvel. Acho melhor sair dessa banheira com muito cuidado.

— Advogado.

— Ah, é, você tem direito a um advogado, mas eu vou ler os seus direitos assim mesmo.

— Achei o relógio aqui na cama — gritou alguém do quarto. — A foto da garota. A chave do BMW e todo o resto.

— Acabou, Ray. Fora da banheira. Alguém dá uma toalha, para eu não ter que olhar pra esse pinto enquanto leio os direitos dele.

LUCY SE deparou com Tate e Alice na varanda da frente de novo. Ao vê-los, levou a mão à boca.

— Ele foi pego. Queríamos contar pessoalmente — disse o xerife. Lucy vacilou, e Tate a segurou pelo braço. — Por que a senhora não senta aqui na varanda, pra eu contar?

— É. É. Eu fiz uma limonada fresquinha.

— Não se preocupe com isso.

— A gente pega. — Thea falou por trás dela, ao lado do irmão, ao pé da escada.

Aquelas crianças pareciam fantasmas, pensou Lucy, capazes de se esgueirar em silêncio sempre que queriam.

— A gente pega — repetiu Thea —, se vocês esperarem pra contar quando a gente voltar.

Lucy assentiu.

— Vocês também têm o direito de ouvir. A gente espera.

Ela sentou em uma das cadeiras que usava quando tinha vontade de tomar café e assistir ao nascer do sol.

Os cachorros vieram para farejar e abanar o rabo.

— Tate, pode trazer essa cadeira pra cá? Assim são três, mas tem mais na mesa da cozinha.

— Eu posso ficar de pé, senhora — disse Alice.

Rem trouxe a jarra, com a língua entre os dentes, concentrando-se em não derramar nada. Thea veio atrás dele com copos cheios de gelo em uma bandeja.

— Deixa que eu sirvo, vó.

— Tá bom. Rem, senta aqui comigo. Essa cadeira grande e eu estamos precisando de companhia.

Thea serviu a limonada, e o gelo estalou. Ela sempre gostou do barulhinho que o gelo fazia e, naquele dia, para ela aquilo foi uma espécie de comemoração. Não exatamente feliz, mas uma comemoração.

Ela distribuiu os copos.

— Inspetora, pode sentar aqui.

— Não, querida, senta você. Eu estou bem.

Assim que Thea se sentou, Tate começou, e parte do que ele contou ela viu antes de o xerife falar. Mas ela ficou só ouvindo.

— Ele estava hospedado em um motel na rodovia 95, antes de Fayetteville, como você falou, Thea. Chegou lá pelas quatro da manhã. Parece que dormiu até tarde hoje. A polícia já estava conferindo os hotéis da estrada. Depois do que você me contou, eles se concentraram muito naquela área.

— Eles acreditaram em mim.

— Eu acreditei. E eles tinham o retrato falado, mostraram para as pessoas. Por acaso, o cara do turno da noite na recepção estava fazendo jornada dupla, então deram sorte, porque ele reconheceu o rosto de quando o viu, no check-in. Mesmo que não tivessem tido essa sorte, eles acharam o carro do seu pai. Estacionado nos fundos, bem na frente do quarto dele.

Quarto 205, pensou Thea. Podia ver o número.

— Eles entraram, e ele estava nu, tomando banho. E eles encontraram as coisas que você falou que ele roubou da sua casa. E encontraram a arma.

— Mataram ele? — perguntou Rem.

— Não. Ele estava nu, desarmado, mas eles o prenderam na hora, e ele está sendo levado para Fredericksburg. Eles o pegaram de jeito, entendeu?

Ele vai arrumar um advogado, pois tem direito a um, mas a polícia o pegou de jeito. Ele vai passar o resto da vida na prisão.

— Sei o que você está sentindo agora — disse Alice para Rem. — Mas ele tem apenas 18 anos. Quanto mais tempo ele viver na prisão, mais ele vai pagar. Espero que ele tenha uma vida longa.

— Como é na prisão?

— Eu nunca estive do outro lado, mas você fica preso, e come quando eles mandam você comer, o que eles mandam você comer. Você usa as roupas que eles mandam, e todo dia é a mesma coisa. Você tem um banheiro dentro da cela, e não tem privacidade para nada.

— Eca.

— Pois é. Você não pode sair da cela na hora que quer, nem sair do prédio. Quando eles deixam você sair, o pátio é todo cercado, com guardas e arame farpado no alto do muro.

— Isso mesmo, e lá dentro tem gente igual a ele. Pessoas que gostam de machucar os outros — continuou Tate. — Pessoas que mataram. É um lugar perigoso.

— Tem certeza de que ele vai ter que ficar lá dentro a vida toda?

Tate se voltou para Thea.

— Querida, eles acharam o cortador de vidro que ele usou, uma caixa de luvas médicas brancas, o carro e tudo mais. A arma que ele usou. Eles vão descobrir onde ele arrumou essa arma. E acharam o outro carro, estacionado na outra rua, e que já está ligado a mais dois assassinatos em Maryland.

— Ele matou alguém para roubar o carro.

— É, matou, então também vai ser acusado disso. Ele não vai sair da prisão. Ele vai morrer lá dentro, e como a Alice falou, eu espero que ele tenha uma vida longa. O detetive que cuidou do caso em Fredericksburg ainda vai querer conversar com você.

— As crianças vão ter que depor, Tate?

— Ainda não dá para dizer, mas eles o pegaram de jeito, Lucy, e eu não vejo motivo para isso. Acho que ele vai tentar um acordo.

— O que isso significa?

Tate se voltou para Thea novamente.

— A Virgínia tem pena de morte por homicídio qualificado, e ele tem duas acusações já, e temos uma pilha de provas. Acho que ele vai se declarar culpado, se isso for salvar a vida dele. Ele vai trocar a execução por duas penas de prisão perpétua sem liberdade condicional.

— Até os assassinos se apegam à própria vida — comentou Alice.

— Vocês têm mais alguma dúvida?

— Ele vai para a prisão pelas pessoas que matou em Maryland também?

— Acho que isso deve aumentar a pena, já que ele ainda estava com algumas das coisas que roubou delas. Acho que a gente pode contar com mais alguns anos na pena dele. Mais alguma coisa?

— Agora não, xerife. — Thea olhou para Rem, que fez que não com a cabeça. — Obrigada por acreditar em mim e ajudar a pegar ele.

— Foi você, Thea. A polícia fez o trabalho dela, e fez bem. Mas quem pegou esse cara foi você. Não se esqueça disso.

Tate pousou o copo na mesa e ficou de pé.

— Estamos indo. Se eu puder ajudar com alguma coisa, é só falar.

— Agradecemos muito a vocês dois. E à policial que fez o retrato falado. — Lucy se levantou. — Por favor, diga a ela que somos muito gratos.

— Pode deixar. Lucy, a Leeanne mandou lembranças e os sentimentos dela para todos vocês. Se precisar de alguma coisa, liga para ela. O Will está decidido a vir de manhã pelo tempo que você precisar.

— Acho que mais um dia seria bom, depois disso acho que vamos precisar voltar à rotina. Mas ele só pode vir se tomar café da manhã com a gente depois.

— Vou avisar.

Quando eles saíram, Lucy serviu mais limonada.

— Como vocês estão se sentindo?

— É bom que ele tenha sido pego, e que ele vai passar o resto da vida na prisão. Mas… — Rem não terminou a frase.

— Isso não traz a sua mãe e o seu pai de volta.

— Nunca mais vamos vê-los.

— Isso não é totalmente verdade. Eles vão estar aqui. — Lucy pousou a mão no coração. — E aqui. — Ela levou o dedo até a têmpora. — Nós vamos ver eles no coração e na cabeça, e em todas as memórias.

— Mas não podemos construir novas memórias.

— Não, Thea, é verdade, o que torna as memórias que nós temos ainda mais preciosas. Eu tenho uma de quando a sua mãe trouxe o seu pai aqui pra me conhecer e conhecer os irmãos dela. Foi nas férias de primavera, e o John me trouxe flores, então eu soube logo de cara que ele era um rapaz inteligente. Tulipas amarelas iguais ao sol. Nós estávamos aqui na varanda quando ele me deu. Sabe qual foi a primeira coisa que ele falou? — Quando ambos assentiram, ela sorriu. — Ele não disse "Muito prazer", como seria de esperar. Ele disse que a Cora era parecida comigo e que ela era a mulher mais linda do mundo.

Lucy deu um gole na limonada.

— A sua mãe não foi a única que se apaixonou por John Fox à primeira vista.

Com um suspiro, ela se levantou.

— Vamos dar comida para os bichos, depois vamos fazer alguma coisa para o jantar e comer também. Amanhã, as pessoas vão começar a trazer comida.

— Por quê? — perguntou Rem.

— Porque é isso que os vizinhos fazem quando você perde alguém.

Leeanne McKinnon veio junto com Abby, da Artesanato Apalache, no dia seguinte, antes do meio-dia. Elas levaram uma caçarola de frango com arroz e uma torta de fubá com mirtilo.

Não demoraram mais que um minuto, mas as duas deram um abraço forte em Lucy.

— Se precisar de alguma coisa, um pulinho no mercado, roupa pra lavar, um ombro amigo...

— Eu aviso. — Lucy abraçou Leeanne de novo. — Sempre pude contar com vocês. Com as duas. — E abraçou Abby.

Leeanne, alta e magra como Will, voltou-se para as crianças.

— A sua avó tem o meu telefone na agenda dela, então podem me ligar se precisarem. Nós três estudamos na mesma escola e somos amigas desde sempre. Amigo de longa data é praticamente parente, então liguem se pudermos ajudar com qualquer coisa.

Seus olhos, mais claros que os olhos castanhos do filho, brilharam em meio às lágrimas. E Thea viu as duas mulheres darem as mãos no caminho até o carro.

— Vocês estudaram juntas?

— Estudamos, querida.

— Mas... — Thea deixou a pergunta no ar.

— Mas o quê?

— O Will tem só 17 anos.

— A Leeanne e o Tate tiveram filhos um pouco mais tarde que eu. O Will tem dois irmãos mais velhos, e uma irmã mais nova que ele, mais ou menos da sua idade. Ela é o que chamamos de surpresa feliz.

— Ela não sabia que estava grávida? Porque, sabe como é... — Rem ergueu as mãos. — A barriga fica bem grande.

— Lógico que ela sabia, mas é que ela e o Tate não achavam mais que iam engravidar. E então tiveram a Madrigal. Ela é uma figura, aquela menina. Talvez nesse verão a dona Leeanne possa trazer a filha aqui, pra vocês se conhecerem.

— Quantos anos você tinha quando teve a mamãe?

— Dezesseis. — Lucy riu com o queixo caído de Thea. — O Zachariah e eu estávamos doidos pra ter filhos. E tivemos sorte. Nunca deixamos de nos amar, como às vezes acontece com casais que não querem esperar.

Outras pessoas vieram, exatamente como Lucy tinha previsto. Trouxeram caçarolas, tortas e saladas de verão. E trouxeram carinho.

Um homem de cabelo e barba bem ruivos trouxe três peixes em um grande balde de gelo.

Quando Lucy pegou a faca de cortar peixe e o escamador, Rem ficou todo animado.

— Você vai abrir os peixes!

— Fica olhando, pra você aprender. São achigãs, e esses estão lindos. Primeiro eu tenho que escamar. E as escamas voam pra tudo quanto é lado, então vamos fazer isso lá fora. Depois eu vou filetar.

— O que é isso?

— Olha pra você aprender.

— Que nojo! — E Rem parecia encantado, os olhos arregalados, enquanto Lucy escamava o peixe.

Thea ficou olhando, para aprender também, mas não gostou muito.

Quando Lucy cortou a cabeça e a cauda, Rem quase teve um troço.

— Posso cortar um? Posso?

— Essa faca é muito afiada, então vamos tomar cuidado. — Lucy segurou a faca com ele. Então olhou para Thea.

— Não, deixa o Rem cortar o último também.

Lucy o ajudou ao longo dos passos seguintes, até que eles tinham uma pilha de tripas, espinhas e filés de peixe.

— Agora vamos mergulhar esses pedaços em água salgada por mais ou menos meia hora.

— Pra quê?

— Pra tirar todo o sangue.

— Eca, eca, eca. Sangue de peixe. — Rem praticamente cantarolou.

— E depois vamos limpar a mesa e os utensílios, enquanto o peixe fica de molho.

Ela virou para Thea e sorriu.

— Tem muita gente que não quer saber de onde vem a comida. E tudo bem. Mas, aqui, tudo faz parte do ciclo.

Thea gostava das últimas etapas do ciclo mais do que das outras. Ajudar a fazer o empanado, ver a avó fritar o peixe.

Eles comeram com bolinho de milho e legumes em conserva, e um pouco da caçarola de arroz e brócolis que uma vizinha tinha trazido.

Thea não conseguiu escrever no diário e não conseguiu conter as lágrimas quando Lucy veio colocá-la para dormir.

Sem dizer uma palavra, Lucy se sentou na cama e a abraçou.

— Nós fizemos várias coisas normais durante o dia, só da rotina. E, em alguns momentos, eu não pensei neles. Sentamos lá fora e comemos torta, e ouvimos um coiote subindo o morro. Quando o Rem tentou imitar o coiote, eu ri. Parece que eu não ligo.

— Não, querida... Não, não, meu amor. O que a gente tem que fazer é viver, é isso que eles iriam querer. Porque eles nos amavam, eles queriam que nós vivêssemos.

Ela deitou Thea na cama, enxugou as suas lágrimas.

— O luto faz o próprio caminho, leva o seu tempo. Sempre que você precisar chorar, pode chorar. Mas você tem que rir também. Você tem que comer, dormir, lavar o rosto, escovar o cabelo e todas essas coisas normais.

— Eu não quero que eles pensem que a gente não liga.

— Eles nunca pensariam isso. Aqui, vamos deitar um pouco.

Lucy deitou com a neta e acariciou os cabelos da garota do jeito que sempre fazia Thea se sentir quentinha por dentro.

— Você e o Rem nasceram do amor. Então honre esse amor, honre os que te colocaram no mundo, vivendo uma vida boa e feliz. Uma vida alegre, o máximo que puder. E quando você encontrar o amor, se agarre a ele do jeito que eles fizeram.

— Eu não quero encontrar o amor com 16 anos.

Quando Lucy riu, o calor se espalhou, e Thea sorriu.

— Eu também não quero que você encontre. Mas vou te lembrar disso quando você tiver 16 anos e achar que está apaixonada.

— Como você sabe a diferença?

— Nessa idade é difícil saber, então, como eu disse, o seu avô e eu tivemos sorte, porque o nosso amor era verdadeiro, real e profundo.

— Você ainda ama o vovô.

— Amo e sempre vou amar. Quando é o tipo de amor que atravessa os anos, que enfrenta problemas e alegrias, é mais do que sentir um frio na barriga. Eu diria que é como algo que te estabiliza, com raízes profundas. E que cresce e floresce. Não dá pra florescer sem essas raízes.

— Eu quero que ele seja bonito.

— É lógico.

— E gentil, que nem o papai. — Os olhos de Thea começaram a ficar pesados.

— Gentileza ganha até da beleza. O que mais?

— Quero alguém inteligente. — Thea fechou os olhos pesados. — Que goste de livros, música e animais. E ele tem que morar aqui, porque eu não quero me mudar.

Mesmo depois que Thea pegou no sono, Lucy continuou ali, fazendo carinho no cabelo da neta.

Eu também quero tudo isso para você, pensou ela. *Na hora certa, quero tudo isso e muito mais para você.*

O AMOR AINDA não tinha criado raízes nela, mas as palavras da avó, sim. Ela podia chorar quando precisava, e chorava. Mas ela ia fazer o que Lucy tinha dito, ia viver uma vida boa para honrar aqueles que a colocaram no mundo.

Para começar essa vida boa, levantou-se antes mesmo que a avó. Vestiu-se e, com os cachorros a seguindo de perto, desceu a escada e abriu a porta para eles.

Já tinha visto a avó passar café várias vezes e sabia como fazer, então passou um café. Quando Lucy descesse, já estaria pronto.

Ainda estava escuro quando Thea saiu da casa, mas dava para enxergar bem o suficiente para levar Aster para o celeiro. A garota pegou os grãos, acrescentou o feno e começou a ordenha.

A sensação é boa, pensou ela. *É bom simplesmente levantar e pôr a mão na massa.*

Pensou em como a mãe sabia tirar leite da vaca, mas não gostava. Em como o pai tinha aprendido e, por sua vez, gostava.

Quando ela voltava com o balde, com o sol se erguendo sobre as colinas a leste, a avó apareceu na varanda dos fundos.

— Menina, você acordou cedo.

— Deu vontade.

— Você passou o café.

— Acho que fiz certo. Posso tomar um pouco de café com leite?

— Pode, lógico. Deixa eu pegar esse balde, e a gente vai tomar café.

— Antes, deixa eu alimentar as galinhas e pegar os ovos. O Rem adora ordenhar a Molly, então deixa ele fazer isso. Quero viver uma vida boa, vovó, e honrar os meus pais. Estou tentando começar hoje.

— Ah, minha querida. — Lucy levou as costas da mão aos lábios. — Assim você vai me fazer chorar. Lágrimas de orgulho. Deixa que eu levo o balde. Vai alimentar as galinhas, e quando você terminar, a gente toma café.

Quando ela terminou, as duas se sentaram à mesa da cozinha.

— O Waylon e o Caleb vão começar a vir com as coisas que você e o Rem pediram. Talvez eles consigam chegar hoje à noite, ou quem sabe amanhã. O advogado... Você quer saber disso tudo?

— Quero.

— Se você já tem idade pra acordar sozinha, passar o meu café e cuidar dos animais, então tem idade pra saber o que tá acontecendo na sua vida. O advogado falou que não tem problema trazer essas coisas. Vai demorar mais pra resolver tudo. Chama espólio, e a sua mãe e o seu pai me nomearam testamenteira dos bens deles. O que significa que eu vou trabalhar com os advogados pra resolver tudo.

— Resolver o quê? Nós podemos ficar aqui. Você falou…

— Isso é outra coisa, e já está resolvido. Thea. — Lucy esperou um instante. — Essa parte não vai mudar nunca. Eu não ia mentir pra você sobre algo tão importante.

— Eu sei. É só… Eu fico com medo.

— Não se preocupa. Eu só tive que assinar uns papéis. O advogado mandou por e-mail, e eu assinei e usei aquele negócio de scanner. Falta resolver o resto. A casa, o que tem dentro dela, os carros, as contas bancárias e tudo mais.

— Tá bom.

— Pode ser que leve um ou dois anos pra resolver tudo.

— Por quê?

— Vai saber, querida. Tem os advogados, e a gente tem que garantir que tudo seja feito certinho. Tô contando isso pra você saber que você e o Rem têm tempo pra decidir o que querem fazer com tudo. Quando você estiver pronta pra ir pra faculdade, vai poder pagar uma. Eles cuidaram disso. E, além da casa, tem uma quantia considerável de dinheiro que você e o Rem vão receber um dia. Eu vou fazer o possível pra ensinar vocês dois a lidarem com isso.

Com um leve suspiro, Lucy recostou-se na cadeira.

— O seu avô era um bom provedor. Trabalhava muito. E eu não ficava de braços cruzados. O meu negócio vai muito bem. Mas eu vou te falar a mais pura verdade: o total que seus pais deixaram é mais dinheiro do que eu já vi na vida. Nós todos temos que respeitar isso.

— Nós somos ricos?

Lucy deu outro gole no café. Da sua cadeira, Thea podia ver que a avó estava pensando no que ia dizer e em como fazer isso.

Até que ela falou:

— Ah, que se dane. Você tá aqui, tomando café comigo, então eu vou ser honesta. Eu tento não falar mal das pessoas, porque esse mal pode voltar três vezes pior contra a gente. Mas eu tenho que falar. O Marshall e a Christine Fox, porque nunca mais vou chamar aqueles dois de seus avós, são o tipo de rico que as pessoas chamam de abastado. E são mais pobres como seres humanos do que qualquer morador dessas colinas que esteja sofrendo pra manter um teto sobre a própria cabeça ou pra comprar lenha pra lareira. Você tá entendendo o que eu tô falando?

Thea percebeu que Lucy ainda guardava rancor quanto àquilo. O que a fez se sentir aquecida e segura.

— Estou.

— Você vai ser rica como ser humano, você e o Rem. Acho que vocês já são. E a menos que você seja muito burra, o que não é, nunca vai ter dificuldade de manter um teto sobre a sua cabeça.

Ela deu outro suspiro.

— Eu vou trabalhar com o advogado e o consultor financeiro que os seus pais deixaram encarregados de cuidar disso tudo, e com um contador, e sabe Deus mais o quê.

Thea viu as lágrimas nos olhos da avó e a força que ela fazia para contê-las.

— Você falou que eu podia chorar quando precisasse.

— Falei. Falei mesmo. — Então, que viessem as lágrimas. — Vou enterrar a minha filhinha daqui a alguns dias, e um homem que amei como se fosse meu próprio filho. Eu tenho que fazer tudo certinho pelos filhos deles. Vou errar, porque as pessoas sempre erram, e eu não sou melhor do que ninguém. Mas tenho que cuidar bem de você e do Rem. E aqui estou eu, jogando isso tudo em cima de você, sendo que você vai enterrar a sua mãe e o seu pai daqui a alguns dias.

— Não, vovó, eu quero saber. Saber ajuda. Eu... Vó, dá pra ver a sua mágoa, toda vermelho-escura, como se você estivesse sangrando por dentro. E quando eu vejo, saber disso ajuda. Do mesmo jeito que a gente precisa fazer as coisas do dia a dia. Igualzinho.

Lucy estendeu a mão sobre a mesa e, pela segunda vez, Thea sentiu um choque, uma faísca.

— Eu preciso te ensinar, fazer o certo pra você nisso também. E eu prometo que vou fazer isso.

As duas ergueram o rosto e viram Rem chegando com os olhos vidrados de sono e lágrimas.

— Eu sonhei que eles tinham voltado, aí acordei.

— Ah, droga. — Lucy esticou uma das mãos para ele e a outra para Thea. — Vamos fazer uma boa sessão de choro, trocar essas lágrimas. Aí o Rem vai tirar o leite da Molly, e a Thea e eu podemos preparar alguma coisa pra gente comer.

Mais tarde, quando saíram para capinar e regar o jardim, eles encontraram um vaso com flores silvestres e um pão de forma enrolado em um pano.

— Isso é gentileza — disse Lucy. — Isso é riqueza.

— Você sabe quem deixou isso aqui, vovó?

— Sim, Rem. Lembra da senhora que visitamos, e a menininha, que estava com micose? O pão é pelo que eu levei pra ela, e as flores são para os seus pais. O nome é *stottie cake*, é pão, mas tem gente que chama de bolo. Leva pra cozinha, depois a gente faz uns sanduíches com ele para o almoço, com aquele chá que a gente botou pra fazer no sol.

— Sanduíche de bolo? — Rem pegou o pão e correu para dentro da casa.

— Nesse ritmo, não vamos precisar cozinhar por uma semana.

— A gente pode fazer vela hoje? — *Coisas normais*, pensou Thea.

— Boa ideia. Vamos fazer exatamente isso.

7

⌘ ⌘ ⌘

COMO O detetive Phil Musk havia ganhado o sorteio de quem dirigiria quando alugaram o carro, no aeroporto do Kentucky, o detetive Chuck Howard tinha que aturar o colega ao volante.

E o pior era que o aeroporto ficava a uma hora de Redbud Hollow, e Musk não passava nem um quilômetro do limite de velocidade.

Howard gostava de Musk, confiava nele de olhos fechados, até admirava a sua teimosia e como era atento aos detalhes e desconfiado.

Mas o colega dirigia igual a uma senhorinha.

— Nesse ritmo, acho que a gente consegue chegar no final da tarde.

— Aproveita a paisagem, Chuck. É uma região bonita.

— A gente não veio aqui por causa da paisagem. A gente nem precisava ter vindo. Pelo amor de Deus, já pegamos o cara, Phil. Ele sabe disso, e o advogado dele sabe disso, ou eles não teriam aceitado o acordo.

— Duas prisões perpétuas é melhor do que a injeção ou a cadeira elétrica.

— Ele vai passar a vida na prisão, e vai morrer lá dentro. E agora nós vamos interrogar a mãe enlutada e uma criança de 12 anos? Ele confessou, em todos os detalhes. A gente tem provas que não acabam mais.

— E de onde vieram essas provas? Por que foi tão fácil achar o cara? Uma criança teve um sonho? Eu não acredito nessa, Chuck.

Musk desviou os olhos da estrada por tempo suficiente para lançar um olhar severo ao parceiro.

— Essa mãe enlutada está com a guarda das crianças, e as crianças vão rolar na grana. Ela teve um sonho? Conta outra. Riggs executou o crime, e sim, nós o pegamos. Mas e o resto? — De olhos fixos na estrada, Musk balançou a cabeça. — Não me cheira bem. Nada disso cheira bem.

— Se essa tal Lucinda Lannigan, que tem a ficha limpíssima, tiver armado tudo, convencido a menina a dizer o que falou, por que o Riggs não teria acusado ela?

— Não sei, e talvez não tenha sido a avó, talvez tenha sido a garota.

— Meu Deus.

Como já tinha pensado muito no assunto, Musk continuou:

— Criança dessa idade pode ser muito má, pode ser uma assassina. Você sabe disso tão bem quanto eu. A garota fica aqui com a avó e o irmãozinho, e o Riggs paga essa pena toda por ter matado os pais dela?

— Ele vai ser acusado em Maryland também, pra completar — lembrou Howard. — O Mercedes, as joias, o *modus operandi*. Mais dois assassinatos.

— Nesses aí, vai ser mais difícil botar a culpa nele. Ele alegou que comprou a arma no mercado ilegal, em Baltimore, e que achou o Mercedes com a chave dentro e sem gasolina, quando estava tentando arrumar carona em uma estradinha no interior de Maryland.

Howard fingiu cheirar algo no ar.

— Agora sou eu que acho que isso não está cheirando bem.

— É, e eles vão pegar o cara. Mas não vão conseguir com tanta facilidade quanto a gente. Vamos conversar com a garota e a avó, e vamos descobrir a verdade. O xerife local está envolvido demais no caso, e qual foi a última vez que ele investigou um duplo assassinato? — questionou Musk. E então respondeu à própria pergunta: — No mínimo, nunca.

Howard tentou manter a paciência.

— Tá forçando a barra, Phil, e até você sabe disso.

— Dizer que foi sonho é que é forçar a barra. É coisa do Senhor Fantástico. A gente tem que encerrar esse caso, Chuck. A gente não quer aquele filho da mãe chorando e reclamando que uma criança de 12 anos botou a culpa nele.

Howard soltou um suspiro porque tinha que concordar com aquilo.

— Na volta, eu dirijo.

NA COZINHA, Thea e Rem ajudaram a fazer uma leva de velas. Lucy chamou o produto final de Flor de Pêssego, por causa do aroma e da cor. Primeiro eles enfileiraram os recipientes, algumas latas de viagem que vinham com tampas, uns frascos baixos e dois vidros maiores com espirais laranja e cor-de-rosa. Os maiores precisaram de três pavios — Lucy comentou que aqueles eram ótimos para aromatizar o ambiente —, e eram os preferidos de Thea.

Eles colocaram os pavios e prenderam a extremidade superior com palitos apoiados nas bordas dos frascos e das latas. Como as velas teriam que passar o dia inteiro esfriando e endurecendo, eles as deixaram sobre uma folha de papel pardo na bancada da cozinha mais próxima da área em que estavam trabalhando.

Se tivessem tempo, fariam uma leva de lavanda.

Eles derreteram a cera de soja na panela grande em banho-maria. Quando Lucy fazia vela com cera de abelha, ela não acrescentava nada que alterasse sua cor e aroma naturais.

Thea acrescentou o óleo perfumado, e Rem, a cor.

O cheiro era tão gostoso que dava vontade de comer.

Ao despejarem o conteúdo na última lata, os cães começaram a latir e alguém bateu à porta.

— Deixa que eu abro, vó!

Rem correu até a porta da frente com os cachorros. Como a porta dos fundos e a da lateral, só a porta de tela estava fechada, então ele podia ver quem estava ali. Rem viu dois homens de terno. Os dois tinham cabelos castanhos, mas um era mais alto e tinha mechas grisalhas.

— Ei, silêncio! Sentados!

Os três cachorros sentaram e, embora Duck continuasse fazendo um som gutural, os três pararam de latir.

Rem disse:

— Oi.

— Oi. — O mais alto sorriu para ele. — Eu sou o detetive Howard, e esse é o detetive Musk.

Obviamente fascinado, Rem abriu a porta para ver melhor os distintivos. Então ergueu o rosto para eles.

— Foram vocês que pegaram o... — ele olhou para trás, para avaliar se a avó podia ouvir — ...o filho da mãe que matou os meus pais?

— Somos parte da equipe, sim. Sentimos muito pelos seus pais. A sua avó está em casa?

— Está, sim. Ela não me deixa sozinho em casa, mesmo eu já tendo 10 anos. Estamos fazendo velas.

— Podemos entrar e conversar com ela, com você e com a sua irmã?

— Tá bom. Primeiro, eu queria que vocês matassem ele, mas depois a inspetora Driscoll disse como era a vida na prisão e que ele ia ficar lá pra sempre. Então isso é ainda pior. Eu acho. É, não é?

Musk olhou para baixo.

— Se ele chegar aos 150 anos, ainda vai estar preso. Tenho que concordar que é pior. Os cachorros são bem-educados.

— Essa é a Cocoa, ela veio comigo e com a Thea. Esse é o Duck, e esse é o Goose. Eles não vão morder, já que eu mandei sentar.

Mas quando ele abriu a porta de tela de novo, os cachorros dispararam como se a casa estivesse em chamas.

— Eles precisam correr um pouco.

O garoto levou os policiais até a cozinha no instante em que Lucy chegava da área de trabalho com Thea.

— Ficou ótimo. Agora a gente pode...

Ao ver Rem com dois estranhos, Lucy se interrompeu.

Na mesma hora, puxou Thea para trás de si e esticou a mão para Rem.

— Posso ajudar?

Protetora, refletiu Howard. *Pensou nas crianças primeiro.*

— Nós somos da polícia, sra. Lannigan. Detetives Howard e Musk, de Fredericksburg.

Ele notou que ela relaxou visivelmente, embora tenha passado um braço em volta de cada criança.

— Ah. Não estávamos esperando... Estamos todos sujos. Estávamos fazendo velas.

— O cheiro está ótimo. — Musk ofereceu um sorriso tranquilo. — Parece... pêssego?

— Isso, isso mesmo. Ah, temos chá gelado feito ao sol, ou eu posso passar um café.

— Eu raramente recuso um café, mas hoje está bem quente. O chá parece uma boa ideia, se não for um incômodo.

— Não é incômodo nenhum. Rem, pode levar os detetives pra sala da frente, enquanto pegamos o chá?

— Aqui está ótimo. — Howard apontou para a mesa da cozinha. — Temos algumas perguntas para fazer, mas primeiro gostaria de dizer a todos vocês que sentimos muito.

— É muita gentileza. Rem, você pode sentar no banquinho, né?

— O irmão mais novo sempre sofre.

Howard não pôde deixar de sorrir para o menino.

— Eu que o diga. — Ele apontou para si mesmo. — Caçula de três irmãos.

Lucy pegou os melhores copos no armário.

— O xerife McKinnon veio dar a notícia, depois que vocês pegaram o homem. Sabem se vai ter julgamento?

— Ele confessou tudo — disse Howard para ela. — Fizemos um acordo de descartar a pena de morte para conseguir uma confissão completa. Ele vai cumprir duas penas consecutivas de prisão perpétua. Sem chance de liberdade condicional.

Lucy levou a mão ao pescoço e acenou com a cabeça, e a menina grudou-se a ela feito uma sombra. Ela pegou a jarra grande de vidro da geladeira e serviu o chá sobre o gelo nos copos.

Crac.

— É um alívio ouvir isso. Eu... muito obrigada por terem vindo até aqui para nos contar isso. Vocês vieram de carro da Virgínia?

— Não, senhora. — Musk pegou o copo que ela ofereceu. — Pegamos um avião até o aeroporto regional.

— Dá bem uma hora de carro do aeroporto, né? Temos... — Ela fez uma pausa e inspirou. — Temos uma torta de chocolate com pecã que uma vizinha trouxe.

— Não se preocupe com a gente — disse Howard. — Vamos tentar não tomar muito do seu tempo. Entendemos que a senhora é a responsável legal das crianças.

— Isso mesmo.

— E a testamenteira do patrimônio deles.

— Sim.

— A senhora se importa de nos dizer quando isso foi decidido?

— Ah, a Cora e o John fizeram um testamento assim que a Thea nasceu, e eles me perguntaram se eu concordava com isso.

— A senhora é viúva, sra. Lannigan?

— Isso, eu perdi o meu marido há dezoito anos, no dia 18 de novembro.

— O seu genro tem pais.

Musk deixou a declaração no ar. Antes que Lucy pudesse responder, Rem disse:

— Eles não gostam da gente.

— Rem...

— Vó, você fala que é para a gente dizer a verdade mesmo quando ela dói, e eles não gostam da gente.

Ele enroscou o tênis na perna do banquinho e deu de ombros.

— Eles nunca foram visitar a gente, e não me deram nada no meu aniversário, e na última vez que a gente foi lá, eu não contei para ninguém, mas ouvi eles dizerem que a Thea ia ficar igual à mãe dela, e que nunca ia ser uma dama, e que eu ia acabar virando um rufião. Eu tive que procurar essa palavra no dicionário, e é mentira! E quando a vovó ligou para ela pra falar do que tinha acontecido, ela disse que ia levar o papai, só o papai, pra enterrar lá, longe da mamãe, e que ia colocar a gente em um colégio interno. A vovó ficou brava, eu *nunca* vi a vovó tão brava, e ela disse que não ia ser nada daquilo, e que se eles tentassem, ela ia cobrir a reputação deles de cocô. Mas ela não falou "cocô".

— Rem! Já chega. — Mas o brilho nos olhos de Lucy indicava diversão e admiração. — Os detetives não vieram até aqui pra ouvir isso.

— Na verdade — comentou Howard —, isso responde à pergunta.

— Primeiro a vovó disse que a gente tinha que falar com ela, e com ele também, porque eles perderam o filho, e eles são nossos avós. Mas depois disso ela falou que não precisava. A gente nem queria mesmo, né, Thea?

Thea apenas assentiu com a cabeça, que estava baixa.

— A relação entre o seu genro, a sua filha e os pais dele era conflituosa?

Com os olhos cansados, Lucy fitou Musk.

— Eu não diria conflituosa. Simplesmente não havia relação. A Cora e o John se amavam muito. Eles amavam os filhos e construíram uma bela vida juntos. Isso não importava para os pais do John. Ele escolheu uma coisa e uma pessoa que eles não queriam, e isso importava mais.

— Pelo que entendi, Thea, você e o seu irmão passam algumas semanas aqui todo ano.

— Sim, senhor. — A garota não olhou para Musk.

— Isso é algo que você gosta de fazer?

— Sim, senhor.

— Mesmo tendo uma piscina e amigos em casa? Videogames e uma televisão enorme? O que você gosta de fazer aqui nessas duas semanas?

Quando Thea ergueu o rosto, ela fitou Musk intensamente com os seus olhos profundos e azuis.

— Nós ordenhamos a Molly e a Aster, e damos comida para as galinhas. Caminhamos pelas montanhas, fazemos vela e sabonete, e sorvete caseiro. Sentamos e olhamos as estrelas. Eu vou aprender a fazer bolo de maçã. A vovó sempre fazia um para o meu pai, porque era o preferido dele. A vovó toca música, e ela está ensinando o Rem a tocar banjo, porque ele quer.

— Parece muito divertido — comentou Howard.

— É a melhor época do ano — completou Rem. — Quer dizer, talvez depois do Natal, mas a vovó sempre passa o Natal com a gente.

Musk voltou-se para Thea.

— Teve algum problema em casa, antes de vocês virem para cá?

— Não.

— Você descreveu o Ray Riggs em detalhes para a policial que fez o retrato falado. — Musk incluiu um sorriso tranquilo. — Isso realmente nos ajudou a encontrá-lo. Onde você tinha visto ele antes?

— Quando ele cortou o buraco na porta de correr e entrou lá em casa.

— Mas você estava aqui quando isso aconteceu, não estava?

— Sim. Eu estava sonhando. Quando ele abriu o buraco, não dava para ver o rosto dele. Eu vi depois que ele atirou, vi no espelho quando ele pegou o relógio de aniversário de casamento da mamãe. Quando ele olhou para o espelho — continuou Thea, com o olhar fixo em Musk. — Quando ele se assustou, porque sentiu que tinha alguém olhando para ele. Antes de ele descer e pegar a minha foto na parede, porque uma parte dele sabia que era eu, e ele queria me machucar, igual ele fez com os meus pais.

— Certo, mas isso não faz muito sentido, faz?

Musk continuava tranquilo, continuava sorrindo.

— Como você viu ele no espelho se não estava lá? Como você sabia exatamente o que ele pegou, e sabia exatamente o que ele fez?

Lucy pousou a mão no ombro de Thea.

— Você está chamando essa criança de mentirosa?

— Sra. Lannigan, não existe a menor dúvida de que Ray Riggs assassinou John e Cora Fox. Nós queremos garantir que ele pague por isso. E queremos garantir que ele passe o resto da vida na prisão.

— E você disse que era isso que ia acontecer — rebateu Lucy.

— Nós sabemos que ele assassinou a sua filha e o seu genro. É importante termos todos os fatos, para ter certeza de que ele agiu sozinho.

Lucy demonstrou assombro.

— Você acha que ele pode ter tido um cúmplice?

— Estou me perguntando... Talvez a Thea tenha visto Riggs antes, falado com ele. Se não for o caso, tenho que considerar o fato de que a senhora agora é a tutora legal de dois menores com fundos financeiros consideráveis. A testamenteira de um patrimônio substancial, que vai exercer grande influência sobre essas crianças. Tenho que me perguntar se a senhora se encontrou com Ray Riggs, se fez um acordo. Se a senhora orientou a Thea sobre o que dizer, e se ela está apenas repetindo.

O assombro transformou-se em raiva.

— Você senta aqui, na minha cozinha, na frente dessas crianças, e me acusa de conspirar para que a minha própria filha fosse assassinada na cama dela? Para que o John fosse morto? De usar essa menina desse jeito?

— Vamos nos ater aos fatos, sra. Lannigan.

Naquele ramo, Musk sabia que a raiva muitas vezes servia como fio condutor. Então ele insistiu:

— Se a senhora não teve participação nisso, essa menina... e 12 anos é uma idade em que as meninas podem se ressentir dos pais... essa menina deu detalhes que só poderia saber se estivesse lá. Ela não estava lá, então a próxima conclusão lógica é que ela usou Riggs para resolver esse ressentimento.

Lucy levantou-se devagar.

— Como ousa? Como você se atreve a falar com ela e sobre ela assim, uma criança linda e de luto? Sentado aí, sorrindo pra ela, com coisas tão sombrias na mente e no coração?

— Estou fazendo o meu trabalho, que é conseguir justiça para John e Cora Fox.

— É melhor eles irem embora, vó. — Rem saltou do banquinho com as mãos em punho. — É melhor eles irem embora agora!

— Isso mesmo. Saiam da minha casa e nunca mais cheguem perto dessas crianças. Não venham falar comigo de justiça depois de apunhalar o coração delas.

— Nós podemos ir, mas se vocês continuarem a falar de sonhos, vamos conversar com Riggs de novo, vamos tirar a verdade dele. E vamos voltar com o Juizado da Infância e Juventude.

— Você se separou da sua esposa no ano passado e ainda está triste com isso — disse Thea, com os olhos fixos em Musk. — Ainda mais porque você não vê os gêmeos, Rogan e Logan, de 8 anos, tanto quanto antes. As pessoas te chamam de Phil, ou de Musk, mas quando a sua mãe ficava com raiva, ela te chamava de Philip Henry Musk. Você quebrou o braço quando tinha 11 anos. Você estava andando de bicicleta rápido demais e bateu em uma raiz, na calçada, e saiu voando da bicicleta e quebrou o braço. Esse aqui.

Ela esfregou o próprio braço esquerdo e então voltou-se para Howard.

— Você se chama Chuck e a sua esposa, Lissa. O Kevin tem 6 anos, e o Cody, 3. Você tem as fotos deles na carteira, e está começando a achar que você e a Lissa deveriam ter mais um filho, tentar uma menina. Você está bravo com ele agora... com o detetive Musk. Você não queria ter vindo aqui. E não gostou do jeito como ele se deixou levar pela teimosia e pela raiva, nem de como ele está lidando com isso. Riggs vai apodrecer na prisão. Você não consegue explicar o que eu falei para o xerife, mas todo o resto te diz que não tem nada aqui que... nos implique no crime.

Ela voltou o olhar para Musk.

— Não estou chateada com você por isso. Vovó, Rem, não fiquem bravos. Ele viu os dois depois, na cama. Eles estavam de mãos dadas. — A voz dela começou a tremer, chorosa. — Ele viu como eles estavam de mãos dadas, com almofadas todas sujas de sangue na cara, e aquilo o afetou, afetou muito. E você falou para o detetive Howard...

Ela fechou os olhos marejados e deixou a frase sair.

— "Nós vamos encontrar o filho da puta que fez isso, Chuck. Nem que a gente passe o resto da vida nesse caso, vamos encontrar esse filho da puta e botar ele na cadeia."

— Meu Deus.

— Cala a boca, Phil. Estou falando sério, cala a boca. — Howard inclinou-se na direção da garota. — Thea, eu quero pedir desculpas a você, à sua avó e ao seu irmão, com toda a sinceridade. Eu sinto muito pelo que você teve que ver naquela noite. Sinto muito pelo que perdeu e por quem você perdeu. Sinto muito que a gente tenha feito você passar por isso.

— Ele realmente quer fazer justiça pelos meus pais, então não estou chateada. Mas...

Ela se virou de novo para Musk, que continuava sentado, com o rosto pálido e uma expressão atordoada.

— A minha avó amava os nossos pais tanto quanto nós. Ela foi a mãe que o meu pai nunca teve. Ela vai mudar a própria vida para ficar com a gente, porque eles pediram, porque ela ama a gente. Nunca mais fale mal da minha avó de novo.

Musk tentou falar, então ergueu a mão, para impedir que o colega o interrompesse:

— Me dá um tempo, Chuck. Desculpa. Eu nunca vivi nada assim antes. Eu não acredito... não acreditava... Me desculpa.

— A Thea aceitou as suas desculpas, então nós também aceitamos. Agora eu gostaria que vocês fossem embora.

Quando eles se levantaram para sair, Thea inspirou novamente.

— Detetive Howard, cuidado na escada azul. Não sei o que isso significa, mas cuidado na escada azul.

Ele assentiu, levemente assustado.

Lá fora, Musk esfregou o rosto com as mãos.

— Eu preciso de uma bebida. Algo forte.

— No aeroporto a gente bebe alguma coisa.

No carro, Musk olhou para o colega por cima do capô.

— Teve alguma coisa no jeito como eles estavam de mãos dadas que mexeu comigo, Chuck. Não deu para esquecer.

— Deixa pra lá, Phil. Caso encerrado.

Na cozinha, Lucy beijou o topo da cabeça de Thea.

— Estou tão orgulhosa de você, Thea, e de você, Rem, do jeito como você nos defendeu.

— Acho que fiquei com medo. E eu não queria eles aqui. Não queria falar com eles, falar sobre tudo aquilo de novo. Então tentei não pensar, e eu vi... Era como se eu simplesmente soubesse coisas sobre eles. Porque quanto mais eles falavam, mais eu ficava chateada e tentava não pensar.

Thea fechou os olhos.

— Eu estou com dor de cabeça, vó.

— Eu sei. Vou te dar alguma coisa pra isso. Quer deitar um pouco?

— Posso só sair e sentar na varanda?

— Vou com você, Thea. Vou ficar bem quietinho, juro. — Rem ainda estava com os olhos cheios de lágrimas, de raiva e tristeza. — Vou com você.

— Eu tinha que falar as coisas que eu sabia sobre eles, para eles saberem que não era mentira. Mas quando comecei a descobrir, não conseguia parar. Mesmo quando começou a doer, eu não conseguia parar.

— Eu vou te ajudar com isso também. Acho que você é mais poderosa que eu, querida, mas posso te ajudar. Vai sentar um pouco, e, Rem, até a Thea querer conversar, você cumpre a sua promessa.

— Pode deixar.

O chá frio de manjericão ajudou com a dor de cabeça. Quando Rem disse que poderia dar comida para os animais sozinho, Thea ficou com Lucy.

— Você tem um dom forte, querida.

— Por que dói tanto?

— Acho que sempre temos que pagar um preço, mas existem maneiras de baixar esse preço. Da mesma forma que existem maneiras de não ver ou saber até que você precise ou queira. Hoje, você precisava, então viu, e você não estava pronta pra força disso.

— A mamãe tinha o dom?

— Acho que tinha, mas ela abriu mão dele. Ela recusou ele, e estava no direito dela.

— Eu não quero recusar o meu.

— Eu também não. Mas parei de usar de vez pra manter a paz.

— Por causa da mamãe.

Lucy sorriu de leve ao assentir.

— Ela era o meu neném, a minha primogênita.

— Ela não queria ser diferente. Não desse jeito.

— É, acho que não. E ela tinha medo de saber coisas que não queria saber. Ou que eu soubesse.

— Eu não tenho esse medo, vó.

— Isso é bom. É uma coisa que você respeita, mesmo que algumas pessoas se afastem de você por isso, ou digam coisas difíceis. Algo que você nunca deve usar para pregar peças ou machucar alguém.

— Eu queria que o detetive parasse de dizer aquelas coisas, de pensar aquelas coisas.

— Eu fiquei brava demais — admitiu Lucy. — Queria eles fora daqui, então não fiz o que devia ter feito para mostrar a verdade pra eles.

Ela fez carinho no ombro de Thea.

— Mas você fez. Você limpou a mente, trabalhou não para pensar no que eles estavam falando, ou que queriam que a gente falasse. Uma mente clara ajuda a visão. Ficar chateada, assustada, isso é outro jeito. Mas o melhor, o mais nítido, o que dói menos... é simplesmente se abrir para o dom. Mais ou menos como quem diz: então tá, manda ver!

— Igual... meio que abrir uma porta?

— É só isso. Quando nós dormimos, estamos abertos, então os sonhos vêm. Se você não quiser que eles venham, você pode bloquear os sonhos. Na maioria das vezes.

— Como?

— Parece bobagem, mas colocando determinadas ervas embaixo do travesseiro, ou um saquinho na cama. Uma frase que você diz três vezes seguidas, certos aromas que você inspira antes de dormir. O seu dom não quer te machucar, Thea. Ele faz parte de você. Então você tem que trabalhar essa sua parte.

Ela levantou a mão de Thea, beijou-a.

— Nós vamos treinar. Agora, olha só aquele menino, fazendo as tarefas enquanto a gente fica aqui, feito duas madames. Rufião? Mas nem que a vaca tussa.

Thea riu, e Lucy riu com ela.

— E olha que eu já vi vaca tossindo. O telefone tá tocando. — Lucy ergueu um dedo, fechou os olhos. — É o Waylon. — Então deu uma piscadela para Thea. — Ainda não perdi o meu dom.

MESMO COM o trabalho de colocar tudo no caminhão de mudança e com a longa viagem, os tios de Thea chegaram no dia seguinte, antes do meio-dia.

Vê-los causou duas emoções igualmente intensas em Thea. A felicidade de encontrá-los, e a tristeza pelo motivo daquele encontro.

Waylon ergueu-a do chão e a apertou com força. Ele estava com a barba por fazer e cheirando aos cigarros dos quais estava sempre tentando se livrar.

Parecia muito cansado, assim como Caleb, que segurou o rosto da garota nas mãos para beijar sua bochecha.

Eles também abraçaram Rem, e os dois abraçaram a vovó ainda mais forte. Thea viu os ombros de Waylon tremerem ao apertar o rosto contra o ombro da mãe.

E como a avó acariciou o cabelo do filho, desarrumado como a barba por fazer, do jeito que fazia quando Thea precisava de conforto.

— Entrem, meninos, e sentem um pouco. Vocês tiveram dias longos. Nós fizemos limonada e temos bastante comida.

— Passamos bastante tempo sentados, mãe. — Como os cachorros estavam pedindo atenção, Caleb fez um carinho rápido nos três. — Vamos deixar a limonada e a comida pra depois de descarregar o caminhão?

— Vocês trouxeram a prancheta do meu pai?

— Trouxemos, lógico. — Waylon cobriu os olhos úmidos com óculos escuros antes de bagunçar o cabelo de Rem.

— Posso botar no meu quarto, vó?

— Lógico.

Thea não sabia muito bem como se sentia ao carregar as caixas com as suas roupas e coisas para dentro da casa. Ela queria ter as suas coisas, mas aquilo tornava tudo real de novo.

Ela nunca mais voltaria para a casa da Virgínia.

— A gente não precisa guardar tudo agora. Podem colocar as coisas de computador na sala de costura. Eu tirei tudo que tinha lá.

— Mas aquele cômodo é seu, vó.

— Eu não costuro mais como antes. — Lucy deu uma palmadinha no ombro de Thea. — Então, pode colocar lá por enquanto. Estou pensando em reformar o sótão e passar tudo lá pra cima, pra ser tipo uma sala de jogos. Mas, por enquanto, vamos deixar na sala de costura.

Em seu quarto, Thea olhou para as caixas de roupas e coisas e não soube por onde começar.

— Essa aqui também está com o seu nome. Até que os meninos empacotaram tudo direitinho. — Lucy entrou e pousou a caixa no chão. — Eu sei que este quarto é menor do que o que você está acostumada, mas…

— Não, vó, não é isso. Não precisa mudar nada para mim, nem para o Rem. Como a sala de costura e o sótão.

— Eu não tô mudando só por você e pelo Rem. Tô mudando algumas coisas para nós. Para nós três. Para o Waylon e o Caleb, quando vierem visitar. Para as famílias que espero que eles construam um dia.

Ela se sentou na cama e deu um tapinha no colchão, ao seu lado.

— Faz um bom tempo que moro sozinha aqui, então não precisava mudar muita coisa. Vai ser tudo diferente agora, e tá mais do que na hora de fazer alguns ajustes. Tô falando sério, Thea, fazer isso ajuda o meu coração. Ajuda porque, lá no fundo, eu sei que a sua mãe e o seu pai iam ficar satisfeitos com essas mudanças. O Rem tá tentando ligar o PlayStation com o Caleb. Acho que você consegue resolver isso mais rápido.

— Talvez. — Então Thea ergueu os ombros. — É, acho que consigo sim.

— Mas o fato de eles estarem fazendo isso juntos ajuda os dois.

— Porque a gente tem que continuar vivendo.

— Isso aí.

Estava na hora, pensou Thea, de perguntar o que vinha ocupando a sua cabeça mais intensamente.

— Quando eles vão mandar a mamãe e o papai?

— Por que a gente não desce e faz algo pra comer? A gente pode conversar sobre isso juntos depois do almoço. Vamos conversar sobre tudo isso juntos.

8

⌘ ⌘ ⌘

ELES COMERAM e conversaram sobre a mudança de Caleb para Nova York, beberam limonada e falaram das últimas viagens de Waylon.

Depois de tirarem a mesa, Lucy disse aos filhos que eles mais do que mereciam uma cerveja.

— Precisamos conversar sobre os arranjos que eu fiz. — Com todos ao redor da mesa, Lucy começou: — Eu posso mudar as coisas, se alguém quiser fazer diferente. Quero ter certeza de que fiz as escolhas certas. Primeiro, a Cora e o John chegam aqui amanhã.

— A gente pode ver eles?

Lucy fez que não para Rem.

— Não, querido. Sinto muito.

— Por causa do jeito como ele assassinou os dois.

Waylon fechou a cara, e os seus olhos se inundaram de raiva. Ao seu lado, Caleb pousou a mão no braço do irmão.

— É. Vamos colocar fotos deles. Os seus tios trouxeram algumas, e vocês dois podem ficar com quantas quiserem. Nós vamos escolher as que queremos para o funeral.

— A gente pode fazer uma parede de fotos aqui, vovó? Não com fotos só deles, mas de todo mundo.

— Ótima ideia, Rem. — Lucy sorriu para ele. — Um dia, podemos olhar os meus álbuns e começar a montar isso. A funerária vai pegar... — ela hesitou — ...vai pegar os caixões no aeroporto. A Cora escolheu hortênsias brancas e rosas para o buquê de noiva dela, porque gostava dessas flores, então vamos usar as mesmas na missa e no túmulo. Pensei em fazer uma lápide só, porque eles estão juntos e sempre vão estar.

Ela pigarreou.

— Primeiro, num momento de raiva e tristeza, eu pensei em escrever algo como "tirados de nós com tanta crueldade", mas não é assim que devemos nos lembrar deles. Então pensei que devia ser algo que honre a memória deles. E me lembrei do que o John mandou gravar no relógio que deu de aniversário de casamento para Cora. "Eternamente."

— Isso é perfeito, mãe — disse Caleb.

— Ninguém aqui frequenta muito a igreja, então achei melhor fazer a missa na funerária. Caleb e Waylon, eu vou pedir uma coisa muito difícil pra vocês dois. Caleb, eu quero que você faça o discurso, que você se pronuncie em nome de todos nós, se achar que consegue fazer isso.

Ele se limitou a assentir com a cabeça.

— Waylon, a coisa difícil que eu vou te pedir... Aquela música, "Endless Love", que eles tocaram no casamento, na primeira dança. Eu gostaria que você cantasse pra eles e pra nós, igual você fez no casamento.

— Mãe. — Waylon fechou os olhos e, como o irmão, assentiu. — Lógico que eu canto.

— Tudo bem por você, Thea, e por você, Rem?

— Uma das fotos pode ser a do casamento, a que ficava na galeria de fotos na Virgínia? — perguntou Thea. — Se vamos usar as flores e a música...

— Isso é simplesmente perfeito.

— A Cocoa pode vir? Eles amavam a Cocoa.

— Vou perguntar se pode, Rem. Se ela não puder entrar na funerária, com certeza pode ir até o túmulo. O velório vai ser depois de amanhã, e, após a cerimônia, as pessoas vêm pra cá. Os estabelecimentos da cidade vão mandar comida. Eles não vão aceitar pagamento. Mas eu vou fazer um presunto e um bolo de maçã. A Cora adorava o meu presunto, e o John com certeza amava o meu bolo de maçã. Eu tenho uma lista do que preciso do mercado, se um de vocês puder passar lá pra comprar, meninos.

— Deixa comigo, mãe — disse Waylon.

— Muito obrigada. Eu vou te dar um cheque em branco...

— Não, não vai nada. Não me pede isso, mãe. Não. A Cora era a minha irmã, o John era um irmão pra mim.

Ao ver os olhos do filho marejados, Lucy ficou de pé e foi até ele.

— Tem razão. — Ela o abraçou por trás da cadeira e beijou seus cabelos desgrenhados. — Todos temos que nos despedir da melhor maneira possível. Se eu tiver esquecido de alguma coisa, ou se vocês quiserem algo diferente, é só falar.

— Vai ter muita gente?

— Acho que sim, Rem. A sua bisavó vem amanhã com o Stretch, e também o meu irmão, as minhas irmãs e os seus primos. Seus pais tinham amigos na Virgínia, e alguns deles também virão.

— Vai ser muita gente — confirmou Caleb. — Quando estiver todo mundo aqui, se vocês precisarem se afastar um pouco, precisarem de um pouco de sossego... é só ir para o quarto. Se precisarem de mais alguma coisa, é só falar comigo ou com o Waylon.

— Me dá a lista de compras, mãe, que eu vou no mercado. Quer andar na caminhonete da vovó comigo, Rem? Você também, Thea, se quiser.

— Acho que não. Quero guardar as minhas coisas. E quero ajudar a fazer o bolo de maçã. Quero aprender. Vou subir agora, vó, para guardar as minhas coisas.

E para pensar um pouco, ela acrescentou quando se viu sozinha. Pensar em quantas pessoas viriam a esta casa. Ela precisava que a sua avó a ensinasse a lidar com toda aquela dor e raiva. Havia sentido tanto pelos tios. Por mais calmo que Caleb tentasse parecer, ela tinha sentido tanta tristeza e raiva nele quanto Waylon havia demonstrado em seu rosto.

Juntar dentro de si tudo que recebia deles, da avó e do Rem foi muito pesado.

Antes não era assim, antes daquele dia. Ela precisava saber como conter um pouco daquilo, porque era quase como se fosse ser esmagada.

Ela precisava aprender.

Thea esperou Lucy vir colocá-la para dormir para perguntar.

— Você disse que vem muita gente.

— Sim.

— Você disse que o dom não quer me machucar, e que eu devia me abrir para ele. Mas quando estávamos todos conversando depois do almoço, e algumas outras vezes hoje, o dom me machucou, vovó. O tio Caleb se sente igual ao tio Waylon, mesmo não demonstrando tanto. E com muito mais gente...

— Entendo. Às vezes, você tem que fechar uma janela.

Ela apontou com a cabeça para a janela aberta por onde o ar da noite entrava.

— Se você fechasse aquela janela, ainda veria lá fora, veria a chuva se estivesse chovendo, ou o sol ou o vento nas árvores. Mas você não sentiria tanto quanto se a janela estivesse aberta. Este é o tipo de momento em que você precisa fechar a janela.

— Como?

— Você já fez bastante. Talvez não de forma tão consciente ou deliberada. Aceitar o que você tem não significa que você tenha que usar isso todo dia. Se você precisar de mais do que uma janela, imagine uma porta, feche e passe a chave. O dom é seu, Thea. Vai ver você resolve que tudo bem abrir a janela um pouco ou deixar a porta entreaberta. Ou não, porque precisa daquele silêncio de que o tio Caleb falou.

— Você deixa aberta ou fechada?

— Ah, acho que um pouco aberta. Às vezes, completamente aberta ou fechada.

— Se eu conseguir, no enterro, quero deixar fechada.

— Então você faz isso. E se precisar de ajuda, fala comigo. Tá bom?

Thea assentiu, e Lucy se abaixou para beijá-la.

— Sonha com alguma coisa feliz, ou com uma aventura. Não leva esse peso para o sono.

Thea fechou os olhos e imaginou uma janela. Lá fora, havia uma tempestade. A chuva, as lágrimas. O vento, a dor. O trovão, a raiva.

E se imaginou fechando a janela.

No dia do enterro, Thea botou o vestido preto que ela e a mãe tinham escolhido para a apresentação do coral da escola, na primavera. Ela se sentia tão adulta naquele vestido, com os sapatos de salto baixo e quadrado.

Sabia que nunca mais vestiria nada daquilo.

Fez uma trança no cabelo e botou os brincos que a polícia havia devolvido aos tios.

A bisavó veio com o segundo marido bem-sucedido, que todo mundo chamava de Stretch. Ela tinha ouvido a própria avó, e a mãe também, descrever Carrie Lynn O'Malley Riley Brown como uma força da natureza.

Com 1,80 metro de altura, cabelos ruivos compridos e olhos verdes intensos, ela realmente parecia uma força da natureza.

Ela chorou e, quando Thea entreabriu de leve a janela, viu um coração com cicatrizes profundas.

Os tios-avós vieram com os filhos, todos trazendo mais lágrimas.

Como Waylon e Caleb tinham vindo no caminhão da mudança e eles só tinham a caminhonete da sua avó, Stretch alugou carros para irem até a funerária, o cemitério e então de volta para casa.

Thea foi no banco traseiro de um desses carros, ao lado da avó, com Rem do outro lado, em seu melhor e único terno.

Waylon foi dirigindo, com Caleb no banco do carona e Cocoa no meio.

A funerária ficava do outro lado da cidade, uma grande construção de tijolos vermelhos com acabamento branco e janelas que refletiam a luz do sol. Ficava na encosta de um gramado bem-cuidado e, aos olhos de Thea, parecia uma casa.

Um homem de cabelos grisalhos abriu a porta para eles. Estava de terno preto e sapatos pretos lustrosos, e falava com a voz calma de quem está em uma igreja.

O coração de Thea começou a bater rápido demais, e ela decidiu não ouvir.

Tudo cheirava a flores; tudo parecia quente demais.

A sua vontade era sair correndo e não parar, mas ela segurou a mão da avó, como Rem, do outro lado. Com Cocoa na coleira, eles seguiram o homem até uma grande sala iluminada pelo sol, com cadeiras dobráveis arrumadas em filas.

Uma mesa continha as fotos que eles haviam escolhido e mais flores. A foto que Stretch havia ampliado estava em um cavalete, entre dois grandes vasos brancos, ostentando hortênsias rosas e brancas.

A mãe vestida de noiva, e o pai em seu terno de casamento. Ela sabia que era uma foto da primeira dança deles, porque tinha aquela imagem pendurada na parede de casa.

Eles estavam olhando um para o outro. Thea uma vez tinha ouvido a avó dizer que dava para ver as estrelas nos olhos deles.

Enquanto avançavam pelo corredor principal, Thea se obrigou a olhar para os caixões.

Duas caixas de madeira polida, com mais hortênsias por cima.

E os pais dentro.

Lembrou-se deles no dia em que saíram de viagem.

Parecia que tinha sido um minuto antes. Parecia que tinha sido um ano atrás.

Mesmo com a janela o mais fechada possível, sabia que Rem tinha começado a chorar. Sabia que a avó estava com lágrimas escorrendo pelo rosto. A dor dos tios se sobrepôs à sua.

Lucy olhou para ela e beijou a sua bochecha, o que aliviou um pouco o peso terrível.

Em seguida, deixaram o restante da família entrar. Embora Rem tenha ficado com Caleb, Lucy manteve a mão de Thea firme na sua.

Mesmo depois de se sentarem na primeira fila, Lucy continuou segurando a mão da garota.

Cada vez mais pessoas começaram a entrar. Quando todas as cadeiras estavam ocupadas, elas passaram a ficar de pé, no fundo. O homem de terno preto foi até a frente. Ele falou sobre como conhecia Cora desde pequena, e que depois havia conhecido John. E sobre como todos ali sentiam a sua perda, a trágica perda para as famílias, para os filhos pequenos, para a comunidade.

Waylon ficou de pé, com o violão pendurado no ombro. Havia feito a barba e penteado o cabelo.

— Essa é a música da Cora e do John, a primeira música que eles dançaram como marido e mulher.

Ele tocou devagar e, quando começou a cantar, a mão de Lucy tremeu na de Thea.

Dessa vez, foi Thea quem apertou com mais força.

Waylon não chorou até voltar a se sentar.

Em seguida, foi a vez de Caleb. Ele estava muito pálido, e de alguma forma mais bonito por isso.

— Tem gente que melhora o mundo só com a sua presença. Pessoas que trazem alegria, amor, simplesmente porque têm essas coisas em si próprias. A Cora e o John tornaram o mundo um lugar melhor. Trouxeram muita felicidade. Eles foram arrancados do mundo, dos seus filhos, de todos nós por um ato sem sentido e brutal. E, mesmo assim, trazem alegria e amor. Em meio a nossa dor, nós sentimos essa alegria, esse amor, porque eles mandam isso para nós. Para todos nós, amigos, vizinhos de perto e de longe.

Eles mandam isso para a nossa família. Pra você, mãe, pra você, Waylon, e principalmente pra vocês, Thea e Rem. A perda deles é tão profunda que é difícil suportar e acreditar nela. Mas nós estamos conseguindo, e vamos seguir em frente. A luz que eles trouxeram para este mundo nunca vai se apagar. Ela brilha em seus filhos.

Depois que Caleb se sentou, o homem de terno preto convidou qualquer um que quisesse dizer algumas palavras.

Muitos fizeram e disseram coisas gentis ou contaram histórias bonitas ou engraçadas.

Sentada ali, Thea sentiu como se o seu coração estivesse se acalmando. Foi como se a música de Waylon e as palavras de Caleb a tivessem tocado diretamente. E, de alguma forma, elas entorpeceram a dor aguda e intensa contra a qual a garota vinha lutando desde que tinha botado aquele vestido preto.

O cemitério ficava fora da cidade, com as suas lápides e monumentos em colinas ondulantes.

O homem de terno preto falou mais uma vez, e então Caleb e Waylon se levantaram.

— O que eles vão fazer, vó?

— Não sei, Rem.

Eles se posicionaram de pé, na colina banhada pelo sol, com os caixões cobertos de flores atrás de si.

— Nós viemos aqui para nos despedir da Cora e do John. A mamãe e o papai nos criaram com música, então o Caleb e eu decidimos que iríamos nos despedir cantando. Não uma música triste, mas uma que fala sobre a vida e o amor.

Eles cantaram "In My Life", *a cappella*.

No primeiro verso, Lucy teve que conter um soluço. Ela engoliu as lágrimas e soltou um suspiro muito longo.

Então beijou a mão de Rem, e depois a de Thea. Os três ficaram sentados juntos, enquanto as vozes se propagavam pelas colinas ondulantes.

Em seguida, as pessoas foram oferecer condolências e abraços, até que por fim ficaram só eles, irmãos, mãe, netos.

— Estou muito orgulhosa de vocês, meninos. Pela música na missa, Waylon, e por suas palavras, Caleb. Eu vou guardar isso comigo pelo resto da vida. E pelo que vocês fizeram aqui. Nada disso foi fácil pra vocês, mas vocês fizeram por eles, por mim e por essas crianças. Vamos pra casa agora. As pessoas já devem estar lá, e somos gratos aos amigos que não vieram ao cemitério para poder receber todo mundo. Vamos pra casa, depois nós voltamos, quando a lápide estiver pronta. E trazemos flores.

A CASA ESTAVA cheia de gente, nas varandas, no jardim e no quintal. As pessoas comeram presunto, couve, broa de milho, caçarolas e bolo. E beberam chá doce, limonada, cerveja e vinho.

As crianças mais novas brincavam no jardim, correndo com os cachorros. Rem pediu a Lucy para trocar de roupa, mas Thea ficou com o vestido. Como ia ser a última vez que o usaria, resolveu que ia ficar com ele até as pessoas irem embora.

Mas ela tirou um tempo para ficar sozinha em seu quarto. Ela desceu depois, sentindo-se melhor. Mesmo com a janela aberta só um pouquinho, dava para ver que a dor não era mais tão pesada. As pessoas queriam contar histórias sobre seus pais, principalmente sobre a sua mãe, e as histórias aliviavam um pouco o peso.

Ela conheceu um homem que tinha feito faculdade com os seus pais e que foi padrinho de casamento deles.

— Você não vai se lembrar de mim — disse ele. — A última vez que eu te vi pessoalmente, você tinha uns 5 ou 6 anos. Eu me mudei para Chicago, então não encontrei muito com seus pais depois disso. Esta é a minha esposa, Melissa.

— Eles foram no casamento de vocês. A gente estava aqui, com a vovó, então eles foram no casamento, em Chicago. Não no verão passado, mas acho que no outro.

— Isso mesmo. Ele foi meu padrinho, igual eu fui o dele.

— Você veio de Chicago?

— Ele era muito querido — disse o homem, simplesmente. — A sua mãe também.

Thea achou que ia doer, todas aquelas pessoas, aqueles sentimentos, mas ajudou, ao menos um pouco.

Alguém convenceu Waylon a pegar o violão, e outra pessoa arrumou outro violão, e alguém, um banjo. E então teve música na varanda da frente, com as crianças e os cachorros correndo ao redor.

E, de alguma forma, isso também ajudou.

Ela foi lá fora, para sentar no balanço da varanda dos fundos. Não chegava a ser um momento de silêncio, com as crianças gritando, a música tocando, todas as vozes que vinham pelas janelas.

Mas só ficar sentada ao ar livre já era suficiente.

Então, uma menina saiu da casa. Ela usava trancinhas com miçangas brancas nas pontas. Estava com uma saia preta que ia até a altura do joelho e uma blusa branca com flores na gola.

Trazendo um copo grande de plástico vermelho na mão, ela se sentou ao lado de Thea.

— Meu nome é Maddy — apresentou-se a garota. — Na verdade, é Madrigal, mas é um nome muito grande. A minha mãe é amiga da sua avó, e o meu pai é o xerife.

— Ah. Eu me chamo Thea.

— Eu sei. Sinto muito pelo que aconteceu com os seus pais. Tomara que o homem que fez isso fique cheio de verrugas e furúnculos no pinto.

Thea deixou escapar uma risada, e Maddy sorriu.

— Estou torcendo por isso. A minha mãe sempre diz que não é para desejar mal aos outros, mas aposto que ela não se importaria se ele tivesse verruga e furúnculo. Quer um pouco da minha limonada?

Diante da hesitação de Thea, Maddy sorriu de novo.

— Fica tranquila. Eu não tenho mais piolho. Nós somos da mesma idade, então vamos pra escola juntas. Podíamos muito bem ser amigas.

Thea pegou o copo e deu um gole. Gelada, azeda, perfeita.

E, simples assim, no dia em que enterrou os pais, ela fez uma amiga para toda a vida.

Lucy ficou observando da janela da cozinha. Em seguida, aproximou-se da amiga que ela própria carregava por toda a vida.

— Olha ali, Leeanne, olha as nossas meninas. Thea está sorrindo de novo, e é um sorriso sincero.

— A Maddy é capaz de espantar a tristeza de qualquer um. E ela não desiste. Se decidiu que vai ser amiga da Thea, a Thea não tem a menor chance.

— Ela precisa de amigos. O Rem também. Pelo amor de Deus, Leeanne, espero que eu não esteja velha demais pra cuidar direito dessas crianças.

— Eu te ajudo a lembrar como é, Lucinda Lannigan, eu também tenho uma menina de 12 anos.

Com uma risadinha, Lucy fatiou mais presunto. Manter as mãos ocupadas a ajudava.

— Eu já tô nessa há bem mais tempo.

— Isso é experiência, e não idade. Você criou uma filha maravilhosa e dois filhos fantásticos. E sozinha, depois que o Zachariah nos deixou. Não conheço ninguém neste mundo melhor pra eles do que você, Lucy.

— A Thea precisa de uma amiga que a apoie igual você faz comigo.

— Vai por mim. — Leeanne espreitou pela janela de novo e observou Maddy e Thea no balanço da varanda. — Ela já tem.

Demorou um bom tempo até só ter gente da família na casa, e mais tempo ainda até estarem apenas com Waylon e Caleb.

Os amigos de Lucy tinham guardado toda a sobra de comida e deixado a cozinha brilhando.

— Waylon, faz um favor pra sua velha mãe e me serve uma taça de vinho.

— Eu não tenho uma mãe velha, mas vou lá buscar um vinho pra minha linda mãe. Qual você quer? Acho que o Stretch comprou uma loja inteira de vinhos em Atlanta.

— Se foi o Stretch quem comprou, então vai ser bom. Escolhe você. — Lucy soltou um gemido ao tirar os sapatos. — Faz tanto tempo desde a última vez que usei sapato de festa que nem lembro quando foi. Obrigada — acrescentou ela, quando Waylon pousou uma taça de vinho à sua frente.

Ela tomou um gole e olhou ao redor.

— Eles não deixaram nada pra eu fazer. E o Will ainda cuidou dos animais. Eu não sei o que fazer quando não tem nada pra fazer.

— Senta aí e bebe esse vinho — disse Caleb.

— Pode deixar.

— Posso beber um pouco?

Rem recebeu um não bem sonoro de todos os adultos presentes.

— Como assim? Na França, as crianças tomam vinho.

— Se você descobrir o caminho da França, meu pão de ló, pode tomar vinho.

— Pois acho que eu vou tomar. Eles também comem caracol. Eu comeria. — Então lançou um olhar de superioridade para Thea. — Aposto que você não comeria.

— Você fica com vontade de vomitar se tiver espinafre no seu prato. Duvido que coma caracol.

— Na França, eu comeria. O caracol lá é diferente, ou as pessoas não comeriam.

— Então você vai ter que usar boina — disse Caleb.

— O que é isso?

— É um chapéu. Você usa meio de lado. — Ele explicou com as mãos.

— E quem sabe um plastrão. É uma gravata sofisticada — explicou Waylon. — Parece um lenço.

— Detesto gravata, mas o tal do chapéu e o plastrão eu usaria. Ia comer caracol e beber vinho, e dizer *merci beaucoup*, porque isso é "muito obrigado" em francês.

— E se você não gostar do caracol?

Rem franziu o cenho para Waylon por um momento.

— Eu ia cuspir e dizer "eca" em francês. Como se diz?

— *Merde* funciona.

Waylon franziu a testa para Caleb.

— Como você sabe disso?

— É o teatro, irmão. Você aprende todo tipo de coisa.

Thea pegou a mão da avó por baixo da mesa, enquanto os outros três conversavam. E sorriu.

Era isso que significava continuar vivendo, percebeu ela.

Naquela noite, depois que a avó se despediu dela em sua cama, ela ficou deitada, tentando dormir. Mas então ela sentou e acendeu a luz. Pela primeira vez desde a morte dos pais, Thea pegou o diário.

Ela escreveu tudo que lembrava, até sobre aquela noite. Escreveu sobre Ray Riggs, sobre a inspetora, os detetives. Escreveu sobre Will, sobre as velas que eles fizeram. Escreveu sobre abrir e fechar a janela, sobre o funeral. Sobre Maddy e os tios.

Sobre as palavras que foram ditas, as músicas que foram cantadas.

Escreveu para tirar de dentro de si e colocar no diário, até quase não ter mais páginas livres.

Ia perguntar à avó se podia comprar outro diário.

Quando enfim o deixou de lado e apagou a luz, ela dormiu.

E dormiu calma e tranquila, com todos na casa igualmente adormecidos.

⌘ ⌘ ⌘

WAYLON E Caleb ficaram por mais três dias. Eles resolviam problemas ajudavam com os animais e faziam o possível para ajudar Lucy com a papelada e com as decisões envolvendo os bens.

— A Cora e o John eram bem-sucedidos, mas, minha nossa, mãe! Eu não fazia ideia de que o John tinha toda essa grana.

— Ele nunca ostentou — comentou Lucy, com os três sentados em seu pequeno escritório. — Os pais não podiam tirar o dinheiro dele, mas sem dúvidas tiraram todo o resto. Ninguém da família dele veio para o funeral. Do próprio filho, do próprio irmão. Ninguém ligou, nem escreveu para as crianças pra oferecer conforto.

— Tem uma solução muito simples. — Caleb deu de ombros. — Eles não existem, não no nosso mundo. Simplesmente não existem. O John era nosso, seu filho, nosso irmão, e sempre vai ser.

— Essa é uma solução muito boa. — Lucy esfregou os olhos cansados, ajeitando os cabelos que não tinha tido tempo de prender em uma trança. — É o que eu vou fazer. Vocês estão me ajudando tanto. Eu achava que era uma empresária organizada, mas isso aqui tá sendo uma aula de contabilidade, advocacia e finanças de grande porte.

— Nós podemos ficar mais uns dias, mãe.

— Waylon, você e o Caleb têm as suas próprias vidas. Quero muito que vocês venham no Natal, porque vai ser difícil, e essas crianças precisam da família por perto. Mas, agora, vocês têm as suas vidas pra cuidar. E eu tenho esses contadores, advogados e consultores financeiros pra me orientar.

— Pode ligar se estiver precisando desabafar.

Rindo, ela deu um tapinha gentil na mão de Caleb.

— Você vai se arrepender disso, porque eu vou ligar mesmo. E vou seguir o conselho de vocês. Essas crianças jamais vão querer morar na casa onde os pais morreram. Eu sou uma boba por estar na dúvida sobre vender a casa.

— Não é fácil vender uma coisa que a Cora e o John trabalharam tanto para construir.

— Não, Waylon, não é.

Uma casa tão linda, pensou ela. *Cheia de luz e amor.*

Saber o que precisava ser feito não facilitava em nada. Mas era a coisa certa.

— É o que eles iriam querer. É o que vocês acham que é certo, e é o que a Thea e o Rem falaram que queriam. Mas eu me preocupo um pouco com as coisas deles.

— Mãe. — Caleb esperou ela olhar para ele. — As crianças listaram o que queriam, e você já falou o que sabia que tanto a Cora quanto o John tinham decidido. Coisas que você deu pra eles, coisas que eles deram um para o outro e que tinham um significado real para os dois. O resto? São só coisas, mãe.

— Tem razão, e eu sei disso. Então vou fazer o que o advogado orientou. Vou chamar uma empresa que ele recomendou pra avaliar tudo. Eles vendem o patrimônio e pronto. Melhor assim.

— A Cora e o John pediram pra você ficar encarregada disso, porque sabiam que você é capaz, e que você faria isso por eles. Mas o que o Caleb falou vale pra mim também. Se precisar desabafar, me liga.

— Então tá. — Ela fechou a última pasta de arquivos. — Eu sei que tá tarde, mas que tal a gente sentar na varanda um pouco, tomar um uísque?

PELA MANHÃ, depois dos afazeres e do café da manhã, os irmãos colocaram as malas no caminhão de mudança.

— Me liguem quando os aviões de vocês pousarem, ouviram? — Ela abraçou os dois. — Ah, já estou com saudade.

— No Natal a gente volta, mãe. — Waylon ergueu Thea do chão. — Cuida da sua avó por mim.

— Pode deixar.

— E você... — Waylon deu um abraço de urso em Rem. — Você é o homem da casa.

— E elas estão em maior número que você, então seja firme, irmão. — Caleb deu dois beijos em Rem, e depois em Thea.

Eles ficaram de pé ali, como em uma outra despedida, enquanto o caminhão se afastava.

— Pode falar, vó — disse Thea. — Agora somos só nós três.

— Somos só nós três. Preciso fazer aquele sabonete líquido de que as pessoas tanto gostam. Como leva uns dias pra fazer tudo direitinho, vou precisar da ajuda de vocês.

— Dias! Não é só derreter?

— Não, Rem, não é. Mas eu te ensino como se faz. Pelo que entendi, agora vocês são funcionários da Magia da Montanha. Temos que discutir o salário de vocês.

— Ah, vó… — começou Thea, mas Rem sacudiu os braços no ar.

— A gente vai ganhar dinheiro?

— Todo mundo precisa de dinheiro pra gastar. Vamos negociar.

— Eu sou mais velha. Devia ganhar mais.

— De jeito nenhum! Eu sou o homem da casa, e os homens ganham mais do que as mulheres.

— Olha só pra isso. — Lucy balançou a cabeça, enquanto eles voltavam para a casa. — Pois já vou logo avisando que na minha empresa não existe preconceito contra idade ou gênero. Vou pagar exatamente a mesma coisa. Eu pensei em… hum… dez centavos por hora.

— Dez centavos!

— É o que as pessoas chamam de piso salarial, Rem. — Ela abriu a porta de tela. Os três cachorros correram para entrar antes deles. — Agora, podemos começar a negociar.

9

⌘ ⌘ ⌘

RAY RIGGS detestava a prisão. Parte desse ódio vinha de um medo profundo e sombrio. O medo de nunca sair dali.

Por causa do duplo homicídio, e das acusações pendentes nos outros, ele tinha ganhado uma passagem só de ida para a prisão de segurança máxima da Virgínia.

Durante o translado, ele pescou um lampejo de pensamento do guarda a respeito dele, de que ele era um marginal que não valia nada e merecia a injeção letal.

A tentativa frustrada de atacar o guarda lhe rendeu alguns hematomas.

Hematomas não eram nada comparados ao medo extremo da solitária.

Celas sem grades, mas com portas, portas azuis com uma única janela minúscula. Por trás daquelas portas, os presos gritavam, esmurravam a porta, alguns gargalhavam. E o barulho explodia e ecoava enquanto o arrastavam, com os punhos e as pernas algemados.

Não era para ele estar ali, não podia ficar ali. Eles não podiam mantê-lo ali.

Ele lutou, não pôde se conter, mas eles o fizeram se ajoelhar atrás de uma daquelas portas.

Ray viu o terrível quarto com o leito, a latrina, a janelinha alta de vidro fosco.

Não, ele não podia ficar ali.

Aquele advogado fodeu com ele, foi isso. Ele ia sair e matar o filho da puta.

Não ouviu o que os guardas disseram ao abrir as algemas. Nem ligou.

Ele não ia ficar ali.

Quando o trancaram, ele bateu na porta, gritando, fazendo coro aos ecos até não conseguir mais berrar.

Mais tarde, a comida chegou por uma fenda na porta, mas ele não comeu. Tinha ouvido falar de greve de fome. Ia fazer greve de fome e botar o povo da televisão e todos aqueles idiotas de coração mole do lado dele.

Naquela noite, ouviu vozes em sua cabeça, provocando-o.

E pela manhã, estava com fome demais para não comer o que entrou pelo buraco.

Mais tarde, fizeram-no se ajoelhar e algemaram-no de novo. Levaram-no para uma grande gaiola aramada, como se ele fosse um animal.

— Você tem uma hora para se exercitar — disse o guarda.

— Vai se foder. Quero dar um telefonema.

Ia ligar para aquele advogado idiota e avisar o que ele tinha pela frente.

— Você não tem direito a telefonemas. Uma hora, Ray. — A porta da gaiola se fechou.

Ele não se exercitou. Em vez disso, ficou sentado no banco fixado ao chão. Na gaiola ao lado, um homem negro usando gorro amarelo por cima dos dreads fazia flexões.

Ele parecia forte. Ray achou que precisava de alguém forte ao seu lado. Ia conversar com aquele cara, montar uma quadrilha. Eles podiam dominar os guardas e fugir.

— Ei — sussurrou Ray. — Estou arrumando um jeito de sair daqui. Preciso de ajuda.

O outro detento não interrompeu as flexões, nem olhou para Ray.

— Vai se foder.

— Eu vou escapar daqui! — Aos gritos, Ray se atirou contra a tela aramada.

— Ei, cara. — O outro homem continuou com as flexões. — Esse maluco filho da puta está atrapalhando a minha endorfina.

— Fica quieto, Ray.

Mas ele não ficava, não conseguia, e acabou voltando para trás da porta com as vozes gritando em sua cabeça.

Naquela noite, Ray chorou até dormir, e os sonhos o perseguiram como cães.

Quando acordou, tremendo, a mordida do silêncio foi mais violenta do que a dos cães.

Ele viajou com a mente para um lugar onde se sentava com uma cerveja gelada, na varanda de uma casa bacana, e olhava o mar. Quando enfim isso o acalmou, lembrou que podia ir aonde quisesse em sua cabeça.

Só tinha que encontrar um jeito de usar aquilo para tirar o corpo dali.

Ele tinha nascido com uma mente calculista que entendia das coisas, um talento especial. Estava na hora de usar aquilo.

Deixou a mente vagar, de cela em cela, de preso em preso. Parte do que ouviu fez todo o seu corpo tremer, e o esforço do exercício fez o nariz e o ouvido sangrarem.

Ele continuou. A dor de cabeça quase o fez gritar, mas ele não desistiu.

Ray Riggs não era de desistir.

Ele nem devia estar ali. Não era para ter sido pego. Alguém tinha que pagar por aquilo, e alguém ia pagar. Mas primeiro ele tinha que sobreviver.

Então ele comia o que entrava pelo buraco. Não brigava quando vinham buscá-lo, e passava uma hora por dia sentado naquela gaiola, remoendo, pensando.

Ele lia a mente dos guardas, procurando aberturas, qualquer coisa, mas não encontrava nada. Só pensamentos dispersos sobre a próxima pausa para fumar ou preocupações com dinheiro, namoradas ou esposas.

Ele lia a mente de outros presos, mas não tinha esperanças de que algum deles pudesse ajudá-lo. Só raiva agitada, resignação desesperada, arrependimentos, ressentimentos.

E muitos deles Ray temia demais para ler a mente.

Ele suava à noite, com tantas vozes em sua cabeça, e às vezes sonhava com o rosto da garota, a menina da foto que ele tinha pegado na parede.

Ela havia feito aquilo com ele. Ele tinha pescado algo a respeito dela na mente dos detetives quando eles o arrastaram para fora do hotel, a menina apontando o dedo.

Mas ele estava espantado demais, com medo demais para pescar mais que um lampejo.

Agora ele tinha tempo; o que mais tinha era tempo para pensar naquilo. Para pensar naquela menininha sorridente.

Ela não estava na casa — ele *sabia* disso —, então que merda era aquela?

Mas aquele quadro na parede... Ela não tinha olhado bem nos olhos dele?

E, só por um segundo, no espelho, quando ele estava com aquela porcaria de relógio nas mãos...

Riggs ficou de pé em um pulo. Ele tinha visto a menina. Ele viu a filha da puta. Na cabeça dele. Pelo espelho.

Os dois.

Ela *estava* lá, assim como ele podia ir aonde quisesse na sua cabeça.

Ela era igual a ele, só podia ser. Era igual a ele. Ela tinha visto a cara dele, o que ele havia feito. E usou isso para colocá-lo na cadeia.

Ah, ele ia sonhar com ela, sim, senhor. Ia sonhar com aquela vadiazinha. E ia encontrar um jeito de fazê-la pagar.

Ele fechou os olhos, pensou na foto dela e, pela primeira vez, dormiu quase em paz.

Mas, em vez de estar em uma foto, a garota estava dormindo em uma cama com lençóis brancos. Pensou ter ouvido chuva, algo distante, e visto cortinas balançando junto de uma janela aberta.

Quando ele se ajeitou em seu colchão, querendo mais, porque a brisa parecia fresca e agradável, ela se ajeitou na cama.

Enquanto ele sonhava com ela, ela sonhava com ele.

E ela o desprezava, o homem que havia matado os seus pais. Ele estava dormindo com um dos braços pendurado para fora do colchão. Os cabelos desgrenhados grudados na bochecha por causa do suor. Ela sentia o cheiro do cabelo, do suor. Ela podia ouvi-lo respirando.

Ele respirava, mas os pais dela, não.

E, *ainda assim*, o que a inspetora tinha dito sobre a prisão pareceu verdade. Era como uma gaiola — a janelinha, o chão duro e vazio, as paredes duras e sem graça. Ele não podia fechar uma porta para usar a privada, nem caminhar lá fora para ouvir os sons noturnos caso não conseguisse dormir. Ou acender um abajur e ler um livro.

Ela podia ouvir homens roncando, todos em suas camas, em suas celas. Presos, como Riggs, entre quatro paredes.

Ela andou até a porta, pousou as mãos nela. Olhou lá fora como imaginou que ele faria, para inúmeras portas de gaiola, pelo resto da vida.

Ele podia respirar, pensou ela mais uma vez. Podia espirrar, roncar e suar. Mas não podia viver, não de verdade.

Os pais dela dançaram juntos, deram-se as mãos quando morreram juntos.

Riggs nunca teria ninguém que o amasse, para dar a mão para ele ou ter filhos com ele, ninguém para caminhar na floresta ou para lhe dar um beijo de boa-noite.

Talvez isso fosse pior do que a morte.

Ela ficou feliz de ver aquilo, sentir e ouvir onde ele passaria o resto da vida, ver que não era uma vida de verdade.

Quando ela se virou, ele estava com os olhos abertos, encarando-a.

Thea ficou sem ar; sentiu o estômago revirar. Mas ela se obrigou a encará-lo.

Ela se tornaria adulta. Uma pessoa... digna.

— Eu tô te vendo. Sua puta, eu tô te vendo.

— Eu só queria ver como era a sua nova casa. É a sua cara.

— Eu vou te encontrar e, quando isso acontecer, você vai desejar ter estado em casa, na cama, quando eu acabei com os seus pais. Teria sido uma morte rápida, mas agora é tarde demais pra isso.

Aquele ódio jorrou dele e a cobriu como um milhão de agulhas minúsculas.

— Eu posso sair, e você, não. Não tenho medo de você.

Enquanto se obrigava a acordar, Thea o ouviu dizer:

— Eu vou sair.

Abraçando os cotovelos com força, ela se sentou na cama, no escuro. Ele não ia fazer com que ela acendesse a luz feito uma criancinha. No escuro ou não, ela estava sentada na cama da casa da avó — não, da *casa dela*. Estava sentada na própria casa, com a garoa trazendo uma brisa suave pela janela.

E ele, a quilômetros dali, estava dormindo — de alguma forma, ela sabia que ele ainda estava dormindo — e suando em um leito de presídio, em uma cela.

Quando amanhecesse, ela iria vestir a roupa que quisesse e caminhar lá fora. Iria dar estrelinhas na grama ainda molhada pela chuva, brincar com os cachorros, dar comida para as galinhas.

Ele nunca iria fazer aquelas coisas.

Então ela não tinha o que temer.

Como havia ficado com a garganta seca por causa do sonho, Thea se levantou, abriu a torneira fria do banheiro, pegou um pouco de água com a mão e levou à boca.

Parte dela queria ir para o quarto da avó, subir na sua cama. Mas não ia fazer aquilo.

Endireitando-se, ela se examinou no espelho.

— Não faça disso uma mentira. Você disse que não tinha medo dele. Não faça disso uma mentira.

Thea voltou para o quarto e se deitou.

Ela ouviu o barulhinho relaxante da chuva e o levou consigo para o seu sonho.

PELA MANHÃ, Thea deu as tais estrelinhas só porque podia. E esperou até o café da manhã para contar a história. Ela decidiu que Rem, mesmo sendo mais novo, também tinha o direito de saber.

— Você estava lá? — Ele a encarava de olhos arregalados. — Na cadeia?

— É um presídio. — Ela tinha pesquisado a diferença. — E não é a mesma coisa que estar sentada aqui. Parece um sonho, mas também não é bem isso.

— A mente dela foi até lá. O dom dela a levou.

— Por que eu não tenho um dom desses? — Chateado, Rem remexeu os ovos no prato. — Eu também quero.

— Meu amor, parece que o dom é uma coisa que vem para as mulheres da nossa família, e você é o homem da casa. Agora, deixa a sua irmã contar o resto.

Antes de continuar, Thea falou uma coisa que o pai costumava dizer sempre que Rem reclamava que as meninas eram muito sortudas.

— Você pode fazer xixi na rua, em pé.

E isso o fez sorrir.

— Não tem grades, que nem nos filmes. Tem uma porta com uma janelinha de uns poucos centímetros de largura.

Ela continuou, terminou, depois curvou os ombros.

— Eu falei que não estava com medo, mas estava. No começo.

— Eu também teria medo — disse Rem para ela. — Talvez até tivesse feito xixi na calça.

— Ele te viu, falou com você, te ouviu quando você falou com ele?

— Ouviu, vó. Aí eu me obriguei a acordar.

— É melhor você não voltar lá, e não deixa isso acontecer de novo. Então vamos trabalhar nisso hoje. Mas nunca se esqueça, Thea. Você estava no controle, do começo ao fim. Tô achando que ele tá com medo de você.

Pode ser, pensou Thea. Mas ela queria aprender a nunca, nunca mais voltar.

A não ser que fosse por opção.

Lucy ensinou como fazer um saquinho com dois pedaços de pano, agulha e linha.

— Enquanto você faz a bolsinha, pense em coisas bonitas, felizes.

Como nunca havia costurado antes, Thea adorou aquilo, então foi fácil pensar em coisas alegres. Em um minuto não havia nada, e, no outro, você tinha uma bolsinha. E, depois de usar a agulha mais larga com um barbante, dava para fechar a bolsa.

Em seguida, a avó colocou cravo, cardamomo e sal em uma tigela de madeira e acendeu uma vela branca.

— Isso é um almofariz, e isso aqui é um pilão. Use o pilão pra transformar tudo em pó. E pensamentos bonitos.

Ouvir as sementes e as bolinhas minúsculas se quebrando sob o pilão foi mais divertido ainda.

— Tá ótimo! Você tem jeito. Agora, basta botar um pouco de alecrim e de hortelã do jardim, e essa casca de limão seca.

— Que cheiro bom. — Rem inspirou várias vezes. — Posso fazer um também?

— Pode, lógico. Quando a Thea acabar, você pode fazer o seu.

— Você também podia fazer, vó. Pra todo mundo ter um.

— Sabe de uma coisa, Rem? É uma boa ideia. Encha a bolsinha, Thea, e coloque também a sua intenção e a sua fé. Isso é tão importante quanto o resto. Está ótimo, muito bom. Agora, quando você pendurar isso do lado da sua cama hoje à noite, fale três vezes em voz alta: "Sono, sono tranquilo, fique comigo esta noite até a luz da manhã."

Thea repetiu, assentindo.

— Como você sabe fazer tudo isso, vó?

— Minha mãe me ensinou, como a mãe dela ensinou pra ela, e tem sido assim há muito tempo. Magia da cozinha. Faz parte da vida nas montanhas. Faz parte de quem somos.

A avó ajudou Rem a fazer a dele, depois fez uma para si própria.

— Hoje, na hora de dormir, vamos pendurar isso e dizer essas palavras. Mas, agora, acho que nós três e os cachorros deveríamos dar uma volta. O verão não vai durar para sempre.

Os dias passaram, como sempre passavam, e, toda noite, Thea dizia as palavras três vezes. O seu sono permaneceu tranquilo.

No Quatro de Julho, eles foram ao parque da cidade para ver os fogos de artifício, e Thea encontrou Maddy e outras meninas. Rem achou uns garotos da sua idade e ignorou a irmã. E por ela, tudo bem.

Nos últimos dias do verão, Maddy sempre ia visitar Thea, ou ela ia à casa de Maddy. Rem fazia o mesmo com os novos amigos, Dwayne e Billy Joe.

Eles caminhavam, visitavam vizinhos. Faziam sorvete de pêssego e colhiam nozes pretas.

Lucy contratou um homem para reformar o sótão. Ela o chamava de Knobby, e ele tinha mais pelo no rosto do que cabelo na cabeça.

— Não precisa ser nada chique, Knobby. Quero que as crianças tenham um espaço. Você vai ter que puxar fiação e o negócio de internet, pra eles poderem usar o videogame.

Ele cofiou a impressionante barba castanha.

— Vai ter que botar isolamento térmico, dona Lucy, ou as crianças vão fritar no verão e congelar no inverno.

— Então faz isso. Mas eu quero as vigas à mostra. Fica com mais personalidade. O piso é bom e firme. Vou receber uma daquelas televisões que vão na parede, então quero que você pendure, quando chegar.

Sorrindo, ele apontou para ela.

— Tá começando a ficar chique.

E ela riu.

— Chique o suficiente. Quando você começar a botar o *drywall*, vou falar para as crianças escolherem a cor das tintas. Acho que isso vai dar pano pra manga.

— Lucy, a Modeen e eu… a gente pensa muito em você. Você sabe o quanto a gente gostava da Cora, e do John também, depois que ela apresentou ele.

— Eu sei. Sinto os seus pensamentos, Knobby, e eles me confortam.

— Como as crianças estão?

— Estão lidando com as coisas. Eles fizeram amigos, e eu sou muito grata por isso. A casa já não fica mais tão silenciosa, mas eu não ligo. Eles são preciosos. Sei que sou suspeita pra falar, e não é como se eu não pensasse de vez em quando, mas… Como eles conseguem ficar discutindo sobre tudo no mundo? Eles são preciosos.

— E você, Lucy, como tá?

— Encarando a vida. Estamos todos fazendo isso. Agora, quanto você acha que vai custar o serviço?

Ele cofiou a barba. E começaram as negociações.

Julho virou agosto, e Knobby e o seu ajudante começaram a obra. Lucy levou as crianças a Pikeville, para fazer compras para a volta às aulas.

Pediu aos dois para experimentarem as calças que tinham. E logo notou que estava tudo pequeno. E Rem estava com os dedos espremidos nos sapatos.

Eles passaram uma tarde montando caixas de doação. E boa parte da tarde seguinte em Pikeville, no shopping.

Compraram material escolar.

Thea adorava material escolar novo, tudo arrumado e cheirosinho. Rem não ligava, e se preocupava ainda menos com roupas novas.

Mas gostou dos tênis novos.

— Tem que comprar dois pares para ele, vó. Ele deixa um encharcado ou todo sujo de lama, então precisa de outro enquanto o primeiro seca.

— Como é que eu me esqueci disso?

Sorrindo, Lucy jogou para trás o cabelo que havia deixado solto, e a mecha branca brilhou como uma onda em um mar escuro.

— O seu tio Waylon era igual. O Caleb brincava tanto quanto o irmão, e os sapatos dele pareciam que tinham acabado de sair da caixa. Escolhe outro par, Rem, e aí a velhinha aqui vai precisar comer alguma coisa e sentar um pouco.

Na volta para casa, Thea pensou nas aulas, que logo começariam. Ela tinha feito amigos — Maddy, lógico —, mas ainda assim seria a aluna nova.

E nunca tinha sido a aluna nova da turma antes. A escola de Redbud Hollow era pequena. Todo mundo se conhecia.

Ela não se considerava tímida, mas não queria usar a roupa errada, ou arrumar o cabelo do jeito errado. Só queria ser como os colegas, e já era mais alta do que a maioria dos meninos da sua idade.

Então chamava atenção.

E mal tinha seios. Eles tinham crescido um pouco, mas não como os de Maddy.

— O que vocês estão pensando, queridos?

— Ah, só na volta às aulas. Não sei como vai ser isso aqui, nem se vou me dar bem com as outras pessoas.

— A minha neta vai se dar bem em qualquer lugar que for. E ela é amiga da Madrigal McKinnon. Vai por mim, a Maddy vai fazer esse primeiro dia constrangedor passar rapidinho.

— Será?

— Sabe aquilo que eu digo da sua bisa, que ela é uma força da natureza? A Maddy é pequena, mas é igualzinha.

— Eu sou uma força da natureza.

Lucy olhou pelo retrovisor.

— Ô, se é, Rem. Com certeza.

Em casa, Lucy ajudou Rem a guardar as coisas novas, porque ele não estava nem aí para dar um lugar certo a cada coisa. Thea ligava, então colocar tudo em seu devido lugar a fez se sentir melhor em relação à escola. Ela pendurou blusas e camisetas do jeito que a mãe gostava: por cor. Depois, as calças que não eram de jeans. Teria pendurado as calças jeans também, porque gostava, mas não tinha espaço para elas e os vestidos e saias.

Na Virgínia, ela tinha um closet com um sistema de organização. Ao pensar nisso, a dor pela perda dos pais veio intensa e subitamente.

Ela se sentou no chão do armário estreito e chorou até o pior passar.

À medida que as lágrimas foram diminuindo, ela se viu de pé em um chão duro com ecos de sons terríveis.

Havia homens andando ao seu redor, homens fardados, mas eles não a viram. Ela viu grandes gaiolas. Dentro de uma delas, um detento murmurava para si mesmo.

E os pensamentos dele, pensamentos que a bombardeavam como pedrinhas, eram sombrios e amargos.

Riggs, pequeno, magro, tão pálido que parecia um fantasma, estava sentado em um banco, em outra gaiola grande.

Riggs não a viu, não a sentiu, não enquanto focava na mente do outro homem, dos agentes penitenciários.

Ele estava concentrado em um guarda chamado Douberman, então ela o acompanhou e leu o que ele lia.

A esposa dele estava grávida do terceiro filho, e, no dia de folga, a cada duas terças-feiras, ele ia para a Virgínia Ocidental. Tinha uma prostituta lá que ele sempre contratava para encontrar com ele em um motel. Ele gostava daquele negócio de *dominatrix*.

Quem sabe eu não possa arrumar um jeito de usar isso, dar uma prensa nele.

Entediado, Riggs olhou para o outro preso. Um maluco desgraçado. Andando de um lado para o outro, gritava o tempo todo. Sempre tendo que rever a medicação.

Talvez eu consiga fazer com que ele se mate. Quem sabe eu não dou uma voltinha mental hoje e faço ele se enforcar nos lençóis.

Ia ser divertido.

Então, para se animar um pouco, para reviver aquela onda indescritível de poder, pensou nas pessoas que havia matado.

THEA VOLTOU para o quarto, um pouco trêmula e ofegante.

Outras pessoas? Tinha outras, como a sua mãe e o seu pai? Thea abraçou o próprio corpo, encolhendo-se e lutando para deter os tremores, o pânico crescente.

Estava no próprio quarto, sentada no armário. Podia ver a luz do sol no chão e ouvir Rem rindo do outro lado do corredor.

Riggs não podia machucá-la. Ele estava sentado em uma gaiola e não podia ver a luz do sol.

Ele tinha matado mais pessoas, e pensava em cada uma delas como se fossem troféus em uma estante.

A polícia sabia?

Ele queria fazer de novo, queria matar de novo. Por diversão, percebeu ela.

Ele podia fazer aquilo? Podia, de alguma forma, fazer alguém se suicidar?

Ela podia detê-lo?

Enquanto a avó ajudava Rem, Thea foi até o telefone da cozinha e procurou o número do detetive Howard na agenda da avó.

— Detetive Howard.

— Hum, detetive… aqui é a Thea Fox.

— Oi, Thea. Como você está?

— Eu… estou indo. É… Detetive Howard, teve outros.

— Outros?

— Mais gente, igual aos meus pais. O Riggs matou mais gente. Antes. E tem um outro preso junto com ele, Jerome Foster, e o Riggs quer matar o Jerome, e...

— Thea. Você precisa ir mais devagar. Respira fundo. Calma.

— Deixa... deixa eu pegar um pouco de água.

Ela se serviu de água da torneira e virou o copo. Então quase vomitou.

— Certo — obrigou-se a dizer. — Tá bom.

— Você entrou em contato com o Riggs, Thea?

— Não exatamente. Eu só... sei. E ele sabe de um guarda que está traindo a esposa e quer tentar usar isso para alguma coisa. Hum... Douberman. Eu só sei. O Riggs também sabe das coisas. Ele tem a mesma habilidade que eu.

— Você está dizendo que ele tem dons psíquicos?

— Foi por isso que ele pegou a minha foto. Ele sabia que tinha alguma coisa ali. Sabe que eu ajudei a botá-lo na prisão. Ele matou outras pessoas antes dos meus pais.

— Nós o associamos a um duplo assassinato em Maryland.

— Antes disso, bem antes. Três... três... três... — Ela apertou os olhos com força para se concentrar. — Três vezes antes.

— Outros três assassinatos?

— Cinco pessoas. Duas que nem os meus pais, e a outra, uma menina. Ele estava pensando nessas pessoas. Ele estava em uma gaiola grande e estava pensando nelas. Uma foi... em um lugar parecido com Brinmaw, e ela... a mulher, a esposa... estava pensando na senha do alarme. Ele entrou na mansão porque ela teve que pensar no número, então ele sabia o código. Ele usou uma faca, ele matou com uma faca. Ai, meu Deus! Meu Deus, quanto sangue... Não estou conseguindo respirar.

— Thea, eu quero que você se sente. Senta e coloca a cabeça entre os joelhos.

— Tá bom.

Era como tentar respirar por um canudo amassado. Mas a mancha cinzenta nos cantos da sua visão desapareceu.

— Cadê a sua avó?

Ela puxou o ar e sentiu um pouco do peso em seu peito se aliviar.

— Lá em cima. Ele pegou a arma lá, na casa em Brinmaw, a que ele usou para matar as pessoas em Maryland, e depois os meus pais. Mas antes disso, acho que antes... Albany.

— Em Nova York?

— É... não. New Albany. Ele era mais velho, o homem. Terrance. Não, não, um terraço. Verão, de noite. Não sei. Agora não estou conseguindo pensar. Minha cabeça está doendo.

— Tá bom, Thea. Isso já é o suficiente. Quero que você fique sentada até se sentir melhor, depois vá buscar a sua avó.

— Ele quer tentar matar esse outro preso, porque... está entediado. Eu não sabia o que fazer.

— Tá bom, Thea. Nós vamos investigar isso, tudo isso.

— Vão?

— Vamos, e eu quero que você me faça um favor. Quero que você fique o mais longe possível do Riggs, em todos os sentidos.

— Eu estou tentando. — Uma lágrima escorreu. — Eu não queria ir lá. Vi as gaiolas aramadas enormes. E as portas azuis. Mas não queria.

Desta vez, pensou ela. Na primeira, ela foi porque quis. Pelo menos um pouco.

— Tudo bem. Deixa comigo agora. Quero que você conte para a sua avó o que aconteceu.

— Tá bom. Obrigada.

Depois de desligar, ela se endireitou e viu Lucy.

— Desculpa. Foi sem...

— Shhh. — Lucy a abraçou com força. — Tá tudo bem.

— Eu fiquei triste, estava pensando na mamãe e no papai. E simplesmente aconteceu. Vovó, teve mais gente. Ele matou mais gente, e eu vi... Ele também tem o dom. Ele usou... ele usou o dom para matar gente. E está usando para tentar matar mais.

— E ele vai pagar um preço por isso. Ele te viu?

— Não. Ele estava ocupado demais procurando pessoas para machucar e pensando nas que ele já tinha machucado.

— E você fez o que pôde para tentar ajudar. — Alisando os cabelos de Thea para trás, Lucy esperou até a neta olhar em seus olhos. — Porque o dom serve pra isso. Pra ajudar. Então agora esquece isso, querida.

— Vó… Eu vi como é horrível, como ele está se sentindo uma droga. Isso me deixou feliz.

— Você acha que eu ia te culpar por isso? — Lucy recuou e enxugou as lágrimas do rosto de Thea. — Culpar você por isso, quando eu fico feliz de saber? Por que você não veio falar comigo?

— Eu ia te contar depois, mas… queria fazer essa parte sozinha.

— Tá tão crescidinha! — Lucy deu um beijo na testa da neta. — Tenta não crescer muito rápido. Estou orgulhosa de você. Foi preciso coragem, e isso mostra quem você é. Honra o seu dom.

— Eu não quero mais voltar lá. Vou tentar não voltar.

— Ótimo, e eu vou tentar te ajudar. Mas se você voltar, Thea, não se esqueça de que você está no controle. Você é livre. Ele não é, e nunca mais vai ser. Você é mais forte e sempre será.

ALGUNS DIAS depois, em uma tarde de sábado enevoada, os detetives bateram à porta. Quando Lucy os viu, sentiu o coração afundar no peito. Ela teve que se lembrar de que a coragem de Thea havia aberto aquela porta, e ela não tinha o direito de fechá-la.

— Sra. Lannigan — começou Musk. — Gostaríamos de falar com a senhora e com a Thea. Fazer uma atualização das informações que ela forneceu.

— Certo. — Lucy abriu a porta de tela. — Ela tem 12 anos. Só 12 anos.

— Senhora.

Howard pousou a mão no braço do parceiro para impedir que ele falasse.

— Phil e eu viemos de carro no nosso dia de folga. Estamos usando o tempo que temos para a nossa vida pessoal, sra. Lannigan, porque é uma questão pessoal. E parte do motivo pelo qual estamos aqui é para agradecer a Thea por ter entrado em contato comigo.

— Pode me chamar de Lucy — disse ela, e suspirou. — Vamos lá para os fundos. Ela está na varanda, desenhando. O Rem tá na casa de um amigo, e é melhor assim, provavelmente. Acabei de fazer limonada.

— Uma limonada cairia muito bem.

Quando a tela da porta dos fundos se abriu, Thea estava avaliando o esboço em seu bloco.

— Acho que esse ficou melhor. — Então ela ergueu o rosto. E ficou de pé. — Vocês vieram. Ele matou o outro preso?

— Jerome Foster entrou na lista de monitoramento contra suicídio — disse Howard. — É o melhor que podemos fazer por enquanto. Thea, eu queria agradecer por você ter me ligado. Você não precisava assumir essa responsabilidade.

— Precisava, sim. — Ela olhou para Lucy, que vinha com uma bandeja. — Vovó.

— Deixa eu carregar isso pra senhora. — Musk pegou a bandeja com a jarra de limonada, os copos e o prato de biscoitos amanteigados.

— Você fez o certo, Thea. Os detetives dirigiram até aqui, na folga deles, pra agradecer.

— E porque achamos que você merece saber o que descobrimos com a sua informação e o que está sendo feito. A gente pode sentar um pouco? — perguntou Howard.

— É. Podem. O nome dela era Bryn Mawr. Eu descobri.

— Isso mesmo. Bryn Mawr, na Pensilvânia. James e Deborah Cohen. Há mais ou menos um ano. O caso ainda estava sendo investigado. Ou seja...

— Vocês não sabiam quem era o culpado — concluiu Thea. — Foi ele. Ray Riggs.

— Isso mesmo. Nós não conseguimos rastrear a arma que ele usou para matar os seus pais, porque ela não estava registrada. Com as informações que você nos deu, nós sondamos um pouco e acabamos confirmando que Deborah Cohen tinha um revólver da mesma marca e modelo, não registrado. O irmão dela tinha arrumado em um saldão. A arma do crime nunca foi recuperada e, a princípio, não foi dada como desaparecida.

Musk pigarreou e aceitou o copo que Lucy lhe ofereceu.

— New Albany, Ohio — disse ele. — Stuart e Marsha Wheeling, outro caso não resolvido. Os investigadores concluíram que o assassino subiu por uma treliça da varanda do segundo andar e entrou pelas portas destrancadas do quarto principal. Isso foi há dezoito meses.

— Ele matou a mulher primeiro, porque o homem era idoso. Ele usou um martelo nela. A ideia era só apagar a mulher, mas ele bateu com força demais e não conseguiu parar.

Em silêncio, Lucy se sentou ao lado de Thea no balanço e pegou sua mão.

— Como ele usou métodos diferentes, maneiras diferentes de entrar nas casas, além de se demorar na casa dos Cohen e causar danos consideráveis, os casos não foram relacionados.

Musk olhou para o parceiro, que assentiu.

— Agora, por causa de uma denúncia de uma fonte anônima e de alta confiança, esses casos estão sendo examinados novamente com Riggs como o principal suspeito. Quero que você saiba que nunca vamos usar o seu nome como fonte.

Lucy sentiu um alívio tão grande que chegou a fechar os olhos.

— Ele sabe. O Riggs sabe que eu vi, no caso dos meus pais. Ele sabe que eu te contei tudo.

— Você disse que ele vê as coisas como você.

— Ele usa isso para matar as pessoas porque gosta. Ele sempre gostou de matar, mesmo quando era criança.

— É, nós temos depoimentos de testemunhas do comportamento dele na infância. É uma das razões pelas quais ele está onde está. Thea, você disse que viu onde ele está. Você viu a prisão. Mesmo com essa coisa que ele tem, ele nunca vai sair de lá.

— Ele ia tentar chantagear aquele guarda.

— Ele ia precisar de muito mais do que isso, mas isso também já foi resolvido. É uma prisão de segurança máxima, construída para o pior dos piores, mas sempre que você estiver preocupada ou ficar com medo, ou só quiser conversar, pode me ligar.

Howard pegou um cartão de visita.

— Eu anotei o meu telefone pessoal aí também. Qualquer hora do dia, Thea. É só ligar. — Ele colocou o cartão na bandeja. — Agora eu vou te pedir mais uma coisa difícil. Você disse que tinha uma menina.

— Não sei o nome dela. Acho que ele não lembra ou talvez não soubesse. Sei que foi a primeira pessoa que ele matou. Ele já tinha machucado outras pessoas… um garoto gay, mas ele não espancou o menino porque ele era gay, não foi isso. Era porque o outro menino era menor e mais fraco, e ele podia. Mas a menina…

Thea deu um gole na limonada, se ajeitou.

— Ela estava na rua. Era nova, igual a ele.

Musk começou a falar, mas Lucy balançou a cabeça.

— Estava frio, chovendo — continuou Thea. — Ele tinha um quarto, porque tinha roubado dinheiro... dos pais, dos avós e até do garoto que espancou antes de abandonar a casa dos pais. Ele sempre quis voltar, machucar os pais. Odiava os dois. Eles nunca fizeram nada de horrível com ele, mas ele odiava os pais. E a menina queria fugir de casa, igual a ele, e ele falou que ela podia passar a noite no quarto dele, se... vocês sabem... se ela fizesse sexo com ele.

— Certo.

— Mas na hora ele não conseguiu, e ouviu a menina pensando como ele não estava conseguindo, e que ele era um otário ou algo assim. Ele bateu nela. Bateu muito forte no rosto dela. Depois pegou o abajur, o com pé de metal verde que ficava ao lado da cama, e bateu nela. Vó...

— Eu tô bem aqui.

— Ela não conseguiu se defender, e o sangue do corte feito pelo abajur cobriu o rosto dela. Depois, como ela não conseguiu revidar, ele a estrangulou. E gostou de ver os olhos dela enquanto ela morria. Gostou mais do que quando matava gatos, cachorros ou passarinhos. Ele botou ela no armário e limpou o quarto. Depois pegou os lençóis, por causa do DNA. Arrumou as coisas, pegou tudo e os lençóis, e deixou a menina lá.

— Você sabe onde isso aconteceu?

— Acho que talvez em Toledo, ou ele foi para lá depois. Não sei direito. Veio tudo tão rápido, e eu fiquei assustada, e...

— Tudo bem, tudo bem. Isso é muito útil.

— Acho que ele nem lembra o nome dela, então não sei como ela se chamava, mas eu vi o rosto dela, porque ele viu. Tentei desenhar. Não sou muito boa em desenhar rostos.

Ela virou as páginas do bloco de rascunhos até o final e entregou a Howard.

— Nisso eu tenho que discordar de você. O desenho está ótimo.

O orgulho da sua arte se sobressaiu à angústia.

— Você acha?

— Acho.

— Ela tinha o cabelo loiro com a raiz escura, tentei mostrar isso. E as mechas... Ela tinha umas mechas azuis. E olhos castanhos.

— A gente pode levar essa página?

— Pode, lógico. Era um hotel, acho, e a porta era marrom, igual à madeira falsa. O número era 137.

Howard arrancou a página com cuidado.

— Você não está interessada em virar policial, está?

— Não, senhor — respondeu Thea, resoluta. — Não.

— Eu vou dizer isso com admiração, Thea. É uma pena. Espero que você consiga esquecer isso agora e deixar com a gente. Obrigado pela sua ajuda e pelo seu tempo. Nós vamos parar de te incomodar agora, mas eu vou levar um desses biscoitos.

— Você disse que veio dirigindo lá de Fredericksburg?

— Sim, senhora. Digo, Lucy — corrigiu-se Howard.

— Vocês não vão voltar hoje, vão?

— Não, vamos passar a noite na… — Ele olhou para o colega.

— No Welcome Inn — disse Musk.

— A dona é minha prima em terceiro grau. O café da manhã é excelente.

— Vai cair bem antes de pegarmos a estrada amanhã de manhã.

— Então hoje vocês jantam aqui.

— Não queremos incomodar.

— Vocês viajaram essa distância toda, no dia de folga. Vocês têm que jantar com a gente. Como vocês não estão de serviço, posso oferecer uma cerveja ou uma limonada do Kentucky?

— Isso que a gente está bebendo não é limonada do Kentucky?

Lucy fez que não para Musk.

— Pra ser limonada do Kentucky, você tem que botar bourbon.

Antes de responder, Howard olhou para Thea e, diante do sorriso dela, soltou um longo suspiro.

— Lucy, um copo de limonada do Kentucky vai ser muito bem-vindo.

10

⌘ ⌘ ⌘

LUCY MANTEVE as crianças longe do sótão durante as obras do que ela chamava de Toca das Raposas, brincando com o significado do sobrenome das crianças, "Fox". Como a restrição deixava Rem maluco, Thea resolveu abraçar a ideia.

O que a fez se sentir superior e mais adulta.

Nos últimos dias, Rem fez um milhão de perguntas.

— Só fala de que cor eles estão pintando as paredes. É o meu laranja divertido ou o azul sem graça da Thea?

— Como vocês dois brigaram tanto por causa das amostras de tinta, vai ver eu mandei eles usarem um marrom velho e feio. Agora, se você não consegue colher tomates e falar ao mesmo tempo, colhe de boca fechada.

— Mas quando eles vão acabar? Está demorando uma vida.

— Vai depender do Knobby. Você quer que seja rápido, ou quer que fique bom?

— Por que não pode ser rápido e bom?

Lucy ergueu o torso e esticou as costas, então ajeitou o chapéu de abas largas.

— Pelo mesmo motivo pelo qual esses tomates não cresceram e ficaram maduros de uma hora pra outra, pra então a gente colher, enlatar e usar numa boa sopa ou num ensopado que vamos comer no outono e no inverno.

— E que motivo é esse?

— Porque é assim que as coisas são.

Ele revirou os olhos e colheu outro tomate.

— Por que você diz "enlatar", se vai colocar em potes de vidro?

— Acho que essa é só mais uma coisa que é assim e pronto.

Mas agora, minha nossa, ela estava com a mesma dúvida que o neto.

Inspirando os aromas da colheita do final do verão, Lucy fitou o jardim à sua volta.

— Hoje, vamos colher essas ervilhas-tortas, e acho que a gente chama assim, sr. Curioso, porque a vagem é meio torta.

— Você plantou isso tudo sozinha, vó?

Lucy olhou para Thea.

— Eu tenho duas mãos trabalhadoras e uma coluna forte pra me auxiliar na primavera. E agora tenho dois ajudantes. Vocês vão ter um gostinho quando plantarmos a safra de inverno, mas, na primavera que vem, vocês vão ver o começo de tudo.

Com uma pequena pausa, Lucy ergueu o rosto para o sol.

— É uma satisfação, principalmente na hora da colheita. E mais ainda quando, no meio do inverno, numa noite fria, você pega o pote de uma comida que cultivou e conservou ali com as próprias mãos.

Eles não plantavam verduras na Virgínia, pensou Thea, nem colhiam tomates do jeito que a avó tinha ensinado. Mas, toda primavera, ela ajudava a plantar flores. E gostava de vê-las crescendo.

Thea se perguntou se quem comprasse a casa iria plantar flores.

Torceu para que sim.

E torceu para que a polícia e a justiça fizessem Riggs pagar pelas outras pessoas que havia matado. Ela já sabia o nome da menina, porque o detetive Howard havia ligado para contar.

Chamava-se Jessica Lynn Vernon e tinha 15 anos.

Ela nunca iria plantar flores, colher tomates ou pegar um pote de conserva feita por ela mesma em uma noite fria de inverno.

Fiz o melhor que pude por ela, pensou Thea. Confiava que os detetives iriam fazer o mesmo.

Por ora, deixou aquilo de lado mais uma vez, ou tentou. Ela levou um tomate até o nariz, inspirou o seu cheiro e fitou o verde das colinas.

Thea veria tudo aquilo mudar no outono e no inverno, até chegar a primavera. Ela veria as olaias em flor no ano seguinte. Ela podia sentir saudade dos pais — sempre sentiria saudade deles — e ser grata pelo cheiro de um tomate recém-colhido, pelo verde profundo e fantástico que o verão trazia às colinas e pelas montanhas nebulosas mais além.

Na última semana antes do início das aulas, Thea quase não pensou em mais nada. Ficou tão nervosa com a possibilidade de ser a diferente, de não ser aceita ou de não se encaixar que chegou a imaginar se conseguiria convencer a avó a ter aulas em casa.

Quando se convenceu de que aquela era a melhor ideia, ela fundamentou a sua defesa e a apresentou um dia pela manhã, antes de Rem acordar. Lucy desceu e viu que Thea já tinha passado o café.

— Caiu da cama?

— Eu podia acordar cedo todo dia, passar o café e depois trazer a Aster para a ordenha. Podia fazer muito mais para ajudar, se você me desse aulas em casa. Tem um monte de crianças que estudam em casa.

— Hum. Tô vendo que vou precisar logo desse café.

— Deixa que eu sirvo para você. Também posso preparar o café da manhã. Não me importo nem um pouco. Podemos montar um cronograma com as aulas e os deveres. Existem programas on-line e tudo mais.

— Você pensou bastante nisso.

— Eu sou uma boa aluna. Quase sempre tiro dez. E, estudando em casa, posso aprender mais sobre agricultura e sobre como fazer sabão e tudo para o seu negócio.

Com a facilidade de quem tem experiência, Lucy prendeu o cabelo no alto da cabeça com o elástico que tirou do pulso.

— É verdade. Você pode fazer tudo isso. E, enquanto estiver fazendo tudo isso, vai perder a oportunidade de estar perto de jovens da sua idade, de aprender coisas diferentes com professores diferentes, de participar das atividades escolares, aprender sobre as diferentes maneiras como os outros jovens pensam, vivem e agem.

— Eu não ligo para nada disso.

Porque ninguém ia falar com ela mesmo! E todo mundo ia olhar estranho para ela, porque ela não falava igual quem era do Kentucky, e porque ela tinha escolhido os sapatos errados, e penteava o cabelo do jeito errado.

— Eu só quero ficar aqui. Vou estudar, trabalhar, aprender e ajudar, e...

— Calma, querida. Você tá com medo de começar uma coisa nova, e isso é natural. Você tá preocupada de alguém caçoar de você ou ser maldoso. É verdade que às vezes esse tipo de coisa acontece no mundo. Mas eu vou te dizer uma coisa.

Lucy segurou o rosto da garota, e os olhos de Thea arderam com as lágrimas.

— Vou te dizer isso, não porque sou sua avó, mas porque eu te conheço. Você vai ficar bem. Mais do que bem.

— Mas e se eu não ficar? E se ninguém gostar de mim, porque eu não sou daqui e porque não falo como eles? Ou porque eu não me visto direito?

— O sangue dos seus ancestrais é daqui até a última geração, igual a todos os outros. Mas isso não importa, querida. Vamos combinar uma coisa? Tenta por duas semanas. Vai pra escola e seja você mesma. Se depois dessas duas semanas você continuar achando a mesma coisa, eu penso e a gente conversa sobre isso de novo. Promete que você vai essas duas semanas, e eu prometo isso.

Thea sentiu o estômago revirar e perdeu o fôlego.

— Não quero que eles me olhem e digam que eu sou a menina que teve os pais assassinados.

Lucy a puxou para junto de si.

— Pode ser que alguém fale isso. E pode ser que algumas das pessoas que fizerem isso estendam a mão pra você, porque elas têm bons corações. Se isso acontecer, retribua a gentileza.

— E se...

— E se uma girafa tivesse um pescoço curto, e uma zebra tivesse pintas?

Tudo que Thea conseguiu fazer foi soltar um suspiro.

— Só duas semanas?

— Só duas semanas.

— Não conta sobre isso para o Rem.

— Fica só entre a gente.

Satisfeita, e absolutamente segura de que dali a duas semanas ela iria ficar bem ali, na chácara, sendo educada em casa, Thea passou o dia tranquila.

E, no dia seguinte, após as tarefas, Lucy fez um anúncio.

— Hoje é o dia da Grande Revelação — anunciou ela.

— Só se for agora! — Rem se levantou da cadeira em um pulo.

— Depois que você terminar o café da manhã.

— Eu já acabei!

Lucy apenas apontou para o prato.

— Você não disse que já estava pronto.

— Eu tive que arrumar umas coisinhas lá em cima — explicou Lucy para Thea. — Só umas coisinhas, depois que vocês foram dormir.

— Você conectou o PlayStation?

— Daqui a pouco você vai descobrir, a não ser que continue ignorando esse ovo mexido com batata no seu prato.

Rem enfiou uma colherada na boca.

— A gente pode subir e jogar na hora que quiser?

— Vocês podem subir quando tiverem terminado as tarefas, e quando não estiverem na escola, antes da hora de dormir, e quando não tiverem me enchido a paciência. Vocês podem jogar naquela coisa depois de fazerem o dever de casa. E eu espero que vocês não fiquem horas seguidas lá em cima e deixem a coitada da sua avó sozinha aqui.

— Você também pode jogar!

— Veremos.

— Eu acabei mesmo, vó.

— Acho que você comeu o suficiente. Espera! Nada de sair correndo, Rem. Tira o seu prato, igual você sempre faz. E eu vou na frente. Sou eu que estou fazendo a Grande Revelação.

Lucy seguiu na frente, e Rem quase tropeçou no calcanhar da avó.

— Levou uma vida! Não sei por que demorou tanto.

— Você devia dizer obrigado — lembrou Thea.

— Eu ainda não vi.

— Depois de ver você agradece.

No alto da escada do sótão, Lucy parou e anunciou:

— Com vocês, a Toca das Raposas. — E abriu a porta.

Thea revirou os olhos, e Rem entrou correndo. Mas ela também não demorou muito.

E seja lá o que fosse que estava esperando, não era aquilo.

Metade do grande sótão estava novinha em folha, com a parede inclinada pintada de azul de um lado e de laranja do lado de Rem. Havia uma mesa embutida em cada extremidade, com prateleiras nos cantos.

Sobre o piso polido, havia um grande tapete combinando aquelas mesmas cores. E um sofá, com uma poltrona de cada lado, de frente para uma parede que não havia antes. Capa azul no sofá, e laranja nas poltronas. E uma pilha de almofadas no chão, no canto.

Lucy apertou um interruptor e acendeu as luzes do teto.

Na parede nova, havia uma televisão de tela plana de frente para o sofá. Sob a televisão, o móvel que Knobby tinha construído para o aparelho de videogame.

Em vez de correr na direção de tudo aquilo, Rem virou e abraçou Lucy.

— Obrigado, vó. Muito obrigado! Isso é a melhor coisa do mundo.

— Valeu a pena esperar?

— Está lindo — murmurou Thea. — Tão bonito. Tudo tão bonito. Você não falou nada da parede nova. Cadê as suas coisas, vó? As coisas que você guardava aqui?

— Atrás da parede, e tem bastante espaço pra elas. Se eu quiser guardar ou pegar alguma coisa, é só abrir aquela portinha que o Knobby colocou ali. Thea, se quiser, pode trazer o seu notebook pra escrivaninha. Vocês podem fazer o dever de casa aqui, se quiserem. Vocês que sabem. Agora, eu vou dizer uma coisa, se vocês trouxerem comida e bebida pra cá, e aposto que vão trazer, acho bom levarem os pratos de volta. Essa é a regra número um da Toca das Raposas. E vocês é que vão limpar aqui.

— A gente pode jogar uma partida? Você também pode jogar, vó.

— Obrigada, Rem, mas eu tenho mais uma surpresa antes da gente usar esse lugar. A Maddy e o Billy Joe vêm pra cá hoje de tarde. E vão jantar com a gente e passar a noite aqui.

— A Toca das Raposas é nossa! Não quero nenhuma menina dormindo aqui.

— A gente não vai querer dormir aqui com os meninos. Vamos dormir em uma cama, enquanto vocês ficam com o sofá ou o chão. Obrigada, vó. Eu amei. De verdade.

— Quando encontrarem o Knobby, agradeçam a ele. Ele trabalhou muito, um tempão, e com muito carinho, pra fazer um cantinho especial pra vocês.

— Porque o que é bom leva tempo — disse Rem.

— Aprendeu uma valiosa lição. Agora, liga esse PlayStation e me ensina a jogar.

ELES COMERAM pizza da vovó e sorvete de pêssego caseiro. As crianças organizaram um campeonato e, para espanto e desgosto de Rem, as meninas ganharam dos meninos.

Ele ficava furioso, e iria ficar para sempre, com o fato de que Thea se saía melhor no Mario Kart, e em praticamente todos os outros jogos.

— Revanche — exigiu ele.

— Quem sabe amanhã, e você vai perder.

— Vamos para o seu quarto, Thea. Isso se chama sair quando se está ganhando. — Maddy comemorou batendo o ombro com o da amiga. — Campeãs!

— Covardes!

— Perdedores. — E, com isso, Maddy enganchou o braço no de Thea e foi embora. — Menina — acrescentou ela, enquanto desciam a escada —, você é uma maga dos videogames. — Ela esperou até chegarem ao quarto de Thea e fecharem a porta. — Você usa um pouco desse poder especial pra jogar melhor?

— Não. — Ao menos achava que não. — Eu só gosto de jogar. É igual uma história, e você é o herói.

— Porque você é uma maga dos videogames. — Com os cabelos presos em um rabo de cavalo grosso, Maddy se deixou cair na cama. — A gente tem mesmo que voltar às aulas daqui a dois dias.

Thea deitou ao lado da amiga.

— Se depois de duas semanas eu não gostar, a vovó vai me educar em casa.

— Pra que você iria querer isso? Vai perder só a parte boa. — Virando de bruços, Maddy encarou Thea. — Você ainda vai ter que fazer dever de casa, prova e escrever redação. Odeio escrever redação. Mas não vai sair com os amigos e saber o que tá acontecendo.

— Eu não tenho amigos, só você.

— Eu sou o suficiente pra qualquer um, mas a Sheryl Anne gosta de você, e a Ruby também.

— Todo mundo já conhece todo mundo. Eu, não.

— E como você vai conhecer todo mundo se não for pra escola com a gente? — Ela deu uma cutucada em Thea. — Você tá com medo, só isso.

— Eu sou a menina que teve os pais assassinados.

A cutucada virou um carinho.

— Ninguém vai zombar de você por conta disso. E se alguém zombar... — Seus olhos brilharam de fúria. — Eu dou um soco na cara. Juro por Deus. Isso que você tá sentindo é só ansiedade social.

— Sério? — Thea revirou os olhos e balançou a cabeça. — De onde você tira essas coisas?

— O meu primo Jasper tem. Ouvi a minha mãe falando isso, e depois ouvi o meu pai dizer: "Pra que usar tanta palavra difícil pra dizer que ele é tímido?" Você só tá sendo tímida.

— Eu nunca fui tímida.

— Que bom, porque você provavelmente vai superar isso. Como vai arrumar um namorado se não for pra escola com os meninos?

— Não estou pensando em namorado agora. Não conheço menino nenhum, tirando os amigos do Rem.

— Eles são novos demais pra namorar. Você não quer ser tachada de papa-anjo, né?

— Ai, Maddy! Até parece.

— Além do mais, eles são uns patetas.

— Isso é verdade.

— Quem ia querer um namorado pateta? Você vai conhecer mais meninos na escola, e eu vou te livrar dos que não valem a pena. Vou namorar muito até resolver casar.

Maddy desabou na cama de novo.

— E só vou casar quando encontrar um que seja bonito. Se ele não for bonito de verdade, tem que ser gostoso, e se não for gostoso de verdade, tem que no mínimo ser fofinho. Então, vou namorar muito pra poder escolher direito até encontrar um com quem valha a pena casar.

— Isso vai demorar um pouco.

— Ah, acho que no mínimo até os trinta. Trinta e cinco, talvez. — Maddy ergueu o indicador. — A mulher tem que viver.

— A vovó teve a minha mãe com 16 anos.

Maddy voltou os seus olhos escuros para Thea.

— Eu amo a dona Lucy de paixão, mas isso é loucura. Você acha que eles tiveram que se casar e tudo mais?

Embora a porta do quarto estivesse fechada, Thea olhou na direção dela.

— Foi o que eu pensei, aí fui olhar quando ela casou com o meu avô, e a minha mãe nasceu quase um ano depois. Uns dez meses e meio, então acho que eles não precisavam. A vovó disse que eles só se amavam tanto que não conseguiram esperar.

— Eu consigo esperar — disse Maddy, decidida — até escolher um homem pra casar. E não ia reclamar se ele fosse rico, e ele não pode ser burro, nem malvado, ou dou um chute na bunda dele. Beleza não compensa burrice nem maldade.

Maddy ergueu o corpo e se sentou de pernas cruzadas.

— Enfim, vários namorados, e quero transar com pelo menos três antes de escolher. Você tem que ser compatível na cama ou acaba se divorciando ou traindo.

— Maddy? — Chocada e divertida, Thea ergueu-se para se sentar na mesma pose que a amiga. — Você vai ser uma piranha!

— Não tem isso, não! Os garotos saem por aí transando, dizem que estão se divertindo. As meninas também podem se divertir. Eu vou me divertir o quanto quiser. Mas só depois de já ter namorado... só namorado... pelo menos uns seis. Agora, sobre a escola...

Maddy mudava de assunto tão depressa que deixava Thea tonta.

— A gente vai almoçar junto todo dia. E também vamos ter algumas aulas juntas. E você vai conhecer todo mundo na primeira semana. Você vai fazer amigos, mas é melhor não fazer nenhum melhor amigo. Porque a sua melhor amiga sou eu.

Thea sabia que almoçar sozinha era a maior das humilhações.

— Você vai almoçar comigo todo dia?

— Prometo. Agora, esquece esse negócio de estudar em casa, e vamos escolher que roupa você vai usar no primeiro dia de aula.

Como Thea não podia deter o tempo, o dia da volta à escola chegou. Com o estômago embrulhado, ela vestiu a roupa que Maddy tinha escolhido. Saia jeans, blusa branca e All Star rosa. Ela botou os brincos cor-de-rosa da mãe e fez uma trança lateral no cabelo — com a aprovação de Maddy —, que descia pelo ombro esquerdo.

Rem botou uma bermuda, uma camiseta, amarrou o cadarço do sapato novo e pronto.

— Olha só pra vocês dois! Vão fazer a vontade da vovó e me deixar tirar fotos. Quero eternizar o primeiro dia de vocês. Juro por Deus, nem sei o que eu vou fazer com o silêncio aqui em casa até a hora de vocês voltarem.

Quando o ônibus escolar chegou, Lucy beijou os dois.

— Tenham um bom primeiro dia de aula, e quero saber tudo depois.

Thea se demorou no abraço um pouco; não conseguiu evitar. Lucy murmurou ao seu ouvido:

— Se o problema for o ônibus, eu posso te levar de carro.

Naquele momento, Thea entendeu o significado de "suplício". Maddy morava na cidade e não usava o transporte da escola. Rem já estava correndo na direção do ônibus, animado com a novidade.

Ela não podia deixar o irmão mais novo ser mais corajoso que ela.

— Não, vó, está tudo bem.

Ela encarou o suplício enquanto o motorista acenava para Lucy. Andou até o ônibus, subiu os degraus e seguiu pelo corredor em meio a assentos em sua maioria vazios. O ônibus seguiu pela estrada sinuosa, subindo, descendo, fazendo mais paradas. As crianças foram entrando; o barulho foi aumentando.

Duas meninas se sentaram atrás de Thea e riram juntas.

Estavam quase chegando à cidade quando uma menina se sentou ao lado de Thea. Ela falou:

— Oi! — Depois virou de lado para falar com outras crianças.

Thea encarou a viagem de pouco mais de meia hora sem falar uma palavra.

Quando chegaram à escola, a garota saiu em fila. Rem a abandonou por um grupo de meninos. Ela começou o segundo suplício, enquanto as crianças se cumprimentavam à sua volta, rindo, conversando, fingindo gemer pelo sofrimento da volta às aulas.

Maddy veio por trás dela e a abraçou pela cintura.

— Meu Deus, foi horrível! Ninguém falou comigo a viagem inteira.

— E você falou com alguém?

— Não, mas...

— Ansiedade social — disse Maddy, muito sábia. — A gente não tá na mesma sala de orientação, por causa da ordem alfabética, mas eu pedi pra minha mãe olhar, e estamos na mesma turma no primeiro, no terceiro e no sexto horário. Ei, Julianne! — gritou ela, enquanto entrava com Thea pela pesada porta da frente. — Gostei do cabelo novo! Essa é a minha amiga, Thea.

Ela chamou outros enquanto as duas andavam, e explicou para Thea onde ficavam as coisas.

A administração, a entrada do ginásio, o auditório onde aconteciam as apresentações.

Comparada com a escola na Virgínia, ali tudo era menor e mais velho. Pelo menos Thea não ia se perder.

— Certo, a sua sala de orientação é ali. A minha é pra lá. Então, quando tocar a campainha do primeiro horário, a gente se encontra aqui fora. Agora vai lá e conversa com alguém.

Como não tinha escolha, Thea entrou e foi direto para os fundos da sala, onde teria mais chances de passar despercebida.

Mas, no meio do caminho, ela parou e se sentou em uma carteira.

Estava com os ouvidos zumbindo e o coração acelerado. Então apertou as mãos no colo por baixo da mesa e tentou desesperadamente parecer normal.

Por fim, alguém se sentou na carteira ao lado. Era uma menina ruiva de cabelo curto, calça jeans capri e uma blusa verde. Ela estava com um esmalte da cor da blusa.

A menina estava com o queixo apoiado no punho e parecia estar morrendo de tédio. Mas ela não parava de olhar ao redor, inclusive para Thea. Analisou Thea dos pés à cabeça, demoradamente, de um jeito que fez Thea querer abrir em um buraco no chão e se esconder.

— Gostei do seu tênis.

Espantada com as palavras, Thea quase não conseguiu responder.

— Obrigada.

— Minha avó diz que ruiva não pode usar rosa, mas, pra mim, foda-se. Eu gosto de rosa. Você é nova por aqui, né?

— Sou.

— Você vai se acostumar. Quem faz a nossa chamada é a sra. Haverson. Ela é professora de história e a aula dela é um tédio. Meu nome é Gracie.

— Thea. Meu nome é Thea.

— Bem-vinda ao último ano... obrigada, Deus... desse inferno que é o ensino fundamental, Thea.

Na hora de pegar o ônibus no fim do dia, Thea já tinha abandonado a ideia de estudar em casa.

⌘ ⌘ ⌘

THEA SOBREVIVEU ao inferno que era o último ano do ensino fundamental com um grupo de amigos. Ela enfim fez 13 anos. Teve o primeiro namorado, e o primeiro término. A promessa de nunca mais amar outro não durou nem até o Natal do primeiro ano do ensino médio.

Em seu outro mundo, como ela às vezes pensava no universo de Riggs, da prisão e dos detetives, a polícia tinha mapeado o caminho de Riggs da sua casa, nos arredores de Bowling Green, até Toledo, até o hotel e o quarto onde ele havia matado Jessica Lynn Vernon.

— Depois que fizemos a conexão — explicou Howard por telefone —, ele contou tudo. Onde a pegou, como foi de ônibus para Akron depois.

— Ele estava orgulhoso. Foi uma forma de reviver o crime, de sentir tudo de novo.

— Acho que você tem razão.

Ela sabia que tinha.

— Acusar o Riggs de outro assassinato dá a ele um…

— Um quê a mais — finalizou Howard.

— Um quê a mais. Isso aí.

— Você está bem, Thea?

— Estou bem, obrigada. Ele tenta me espiar às vezes, principalmente quando está entediado. — Ela não acrescentou que Riggs passava muito tempo entediado. — Mas eu não deixo ele entrar.

— Ótimo. Não deixe. Você ainda tem o meu telefone. Pode ligar quando quiser.

— Obrigada. Hum… parabéns pelo bebê. Fiona é um nome lindo. Você está pensando muito nela — explicou Thea.

— E você consegue sentir isso pelo telefone?

— Você está pensando muito mesmo. Acabei pescando. E a escada azul. Cuidado com a escada azul.

— Pode deixar, Thea. Manda lembranças para a sua avó. E pode ligar quando quiser.

Sabendo que tinha feito o melhor que podia por Jessica Lynn Vernon, Thea fez o que pôde para fechar a porta para esse outro mundo.

⌘ ⌘ ⌘

Aos 14 anos, Thea cortou o cabelo na altura do queixo, em um impulso do qual se arrependeu por meses. Ganhou um prêmio de matemática, um feito que a deixou muito feliz e, ao mesmo tempo, morrendo de vergonha.

Quando Thea tinha 15 anos, Aster morreu, e eles ficaram muito tristes. Sempre uma grande amiga, Maddy trouxe flores.

Eles batizaram a vaca nova de Betty Lou.

Waylon se casou com uma moça loira e muito magra chamada Kyra Lightfoot, que tinha uma risada contagiante e tocava rabeca.

Thea ficou obcecada por uma banda de rock chamada Code Red, com quatro integrantes. Mais especificamente pelo vocalista, compositor e gostosura em pessoa (segundo Maddy), Tyler Brennan.

Ele aparecia direto nos sonhos dela e deixava todos os meninos que ela conhecia no chinelo.

Então, no seu aniversário de 16 anos, Lucy levou Thea, Maddy e Gracie ao show da banda em Louisville.

E lá estava ele no palco: alto e magro, de calça jeans rasgada e camiseta preta, o cabelo revolto da cor do uísque que a avó bebia de vez em quando.

A música, *a música dele*, simplesmente a completava. Thea achava que seu coração seria dele para sempre.

No diário, ela escreveu que, não importava quanto tempo vivesse, jamais teria um aniversário melhor.

O ÚLTIMO ANO de escola foi chegando, e Thea já sabia o que queria fazer da vida. Logo começaria a faculdade, e ela queria cursar ciência da computação na Universidade do Kentucky, com uma segunda especialização em arte.

Também iria fazer um curso on-line de design de jogos de computador.

Porque aquele era o seu sonho. Ela iria desenhar ou até mesmo desenvolver videogames.

Outro sonho era conhecer Tyler Brennan, fazer ele se apaixonar por ela. Eles iriam se casar, ter três filhos e morar em uma chácara perto da avó.

Ele iria escrever música e tocar, e ela iria desenvolver jogos.

E os dois seriam felizes para sempre.

Waylon e Kyra deram mais uma neta para Lucy, e já tinham um segundo bebê a caminho. Caleb tinha conseguido um papel como um dos protagonistas de uma série de televisão chamada *Case Files*, filmada em Nova York, interpretando um detetive charmoso e dedicado.

No quinto aniversário de morte dos pais, Thea, Lucy e Rem reuniram-se, como sempre, no túmulo deles. E, como de costume, colocaram hortênsias junto da lápide.

Rem estava uns bons cinco centímetros mais alto do que o 1,75 metro de Thea, e parecia que não parava de crescer, ao contrário da irmã. Ele tinha os olhos do pai, mas de resto lembrava muito Caleb.

Thea sabia que as meninas eram todas caidinhas por ele.

No fim do verão, ela deixaria a família e iria para a faculdade. Também deixaria Maddy, que começaria sua jornada para virar médica na Universidade Duke.

Gracie estava trabalhando como garçonete e tinha se mudado com o namorado. Então iria continuar em Redbud Hollow, pelo menos por enquanto.

Thea sabia que a maioria dos amigos iria se dispersar. Alguns já tinham ido embora.

Mas ela iria voltar. Ela sempre voltava para os morros e as florestas, para a chácara, para o túmulo dos pais.

— Eles teriam tanto orgulho de vocês. — Lucy pegou Thea e Rem pelas mãos. — Muito orgulho mesmo.

— Eu já nem lembro mais como era a casa em Fredericksburg.

Eu lembro, pensou Thea, olhando para o irmão.

Às vezes, em sonhos, ela voltava, para vê-los como eram. Do mesmo jeito que tinha voltado para a prisão, para ver a meia-vida que Riggs levava.

— Não lembro mesmo.

— Mas você se lembra deles — disse Lucy. — E é isso que importa. E olha só pra você, Rem, no segundo ano e já é a estrela do time de beisebol *e* todo semestre tá no topo da turma. E você, Thea, indo pra faculdade, estudar uma coisa que eu não conseguiria entender nem que vivesse mil anos. Juro que não sei como vou administrar a parte on-line da empresa que você me convenceu a começar sem você aqui.

— Deixa comigo, vó.

— Acho bom, Rem.

— Você sabe mais de computador do que admite — disse Thea. — E pode ligar ou mandar mensagens, ou ligar pelo FaceTime, se precisar de ajuda. Eu venho no Dia de Ação de Graças e no Natal, e...

Thea pousou a mão na barriga.

— Para de se preocupar. Você vai brilhar. Vocês dois, e os dois que Waylon e Kyra me deram. E se o Caleb decidir me dar mais netos, eles também vão brilhar.

Naquela noite, Thea sonhou com a casa da Virgínia. E, embora a casa estivesse vazia, ela ouviu a voz da mãe, a risada do pai. Bem longe, distantes, como se encobertas pelas sombras.

Então tudo voltou, de repente, com ela do lado de fora da casa, já não vazia, não, não mais vazia, ela atrás de Riggs.

Ela podia entrar atrás dele, ver tudo de novo. Ouvir, sentir.

Em vez disso, ela se afastou, se deixou levar, deixou a mente viajar. Deixou o dom levá-la para a cela dele.

Ele estava dormindo, mas agitado, se remexendo no leito, murmurando durante o sono.

Estava com o cabelo curto, o rosto tão pálido quanto a lua. Continuava magro, notou ela, só com a barriga mais flácida. Amolecendo no meio, pensou ela, mas com a cara rígida. Ele parecia ter muito mais do que apenas 23 anos.

Riggs estava com dor de dente, percebeu ela, mas tinha medo de falar, medo do dentista. Ele havia arrumado uns comprimidos — opioides —, e o efeito do remédio tinha passado, o dente latejava.

— Acorda, Ray.

Ele abriu os olhos com um gemido. Então os seus olhares se encontraram.

— Você se lembra de mim?

— Sua puta. — Com uma careta de dor, ele levou a mão à mandíbula direita. — Sai daqui. Eu vou te matar.

— É, você se lembra de mim. Eles vão arrancar esse dente. Vai doer pra cacete até tirarem. E vai doer pra cacete por dias depois.

Ele rolou na cama e se sentou.

— Vai se foder. Sai da minha cabeça.

— Você não parece muito bem. Também não está com um cheiro muito bom. Dá pra sentir o cheiro desse dente apodrecendo na sua boca. Enfim, só estou passando aqui para me despedir. Não vou voltar mais. Tenho uma vida para viver.

— Eu vou te matar lentamente. — Ainda segurando a mandíbula, ele se forçou contra ela, empurrou o que queria fazer contra a mente dela.

Thea não vacilou.

— Vai sonhando, Ray. Ah, o seu nariz está sangrando.

Ela se obrigou a acordar e fitou o teto do quarto. Seu coração não estava acelerado; sua cabeça não doía.

Thea se levantou e voltou a pendurar na cama o saquinho de ervas que tinha tirado antes de dormir. Ela queria vê-lo uma última vez.

Então disse as palavras, repetiu-as três vezes e voltou para a cama.

Hora de deixar aquilo para trás, pensou. Hora de olhar para a frente ao invés de para o passado.

Thea fechou os olhos e adormeceu, aproveitando os sonhos que ela mesma construía.

PARTE II
VIDA

Viva tudo o que puder; é um erro não fazê-lo.

— Henry James

Sondei a noite erma e tranquila, olhei-a
a fundo, a perquiri-la,

Sonhando sonhos que ninguém, ninguém
ousou sonhar iguais.

— Edgar Allan Poe

11

⌘ ⌘ ⌘

NO FINAL do terceiro ano da faculdade, Thea parou para refletir sobre sua vida universitária.

No primeiro ano, ela havia sobrevivido a vários momentos de intensa saudade, assim como tinha sobrevivido a Mandy, a pior colega de quarto possível.

Mandy, que adorava fazer sexo por telefone — e bem alto — com o namorado, às duas da manhã. Mandy, que passava a maior parte das manhãs de domingo vomitando os excessos da noite de sábado. Mandy, que parecia ter uma objeção religiosa contra cabides de roupas e cestos de lixo.

Thea havia transado pela primeira vez e quase decidiu que não era grande coisa. A segunda vez a fez mudar de ideia. O menino, ou talvez tenha sido só o sexo, a fez sentir coisas que ela nunca havia sentido antes. Ela viu estrelas e ouviu sinos tocarem.

Mas ela cometeu o erro de se convencer de que o amava — Asher Billings, outro nerd da computação.

No calor do sexo e do amor, ela contou a ele sobre o seu dom.

A risada inicial não chegou a magoá-la, ou, pelo menos, não muito. Mas o que se seguiu partiu o seu coração.

"Aberração", "lunática esquisita" e pior. Pior ainda, ele a largou e contou para os outros. Entre o desprezo e os olhares, ela quase voltou correndo para casa.

Em casa, estaria segura. Em casa, as pessoas aceitavam quem ela era.

— Nem *pense* em largar a faculdade por causa desse babaca!

Dois minutos depois de receber uma mensagem desesperada de Thea no meio da noite, Maddy ligou pelo FaceTime para ela.

— Eu já superei o cara, tá legal? Já superei, mas por causa dele as pessoas estão fofocando sobre mim, e uma menina que eu *nem conheço* veio falar comigo na cafeteria e me perguntou se eu era cria do diabo, e...

— E você é?

— Lógico que não, mas...

— Então ela que se foda, e que se foda todo mundo igual a ela. Você sabe quem você é, Thea Fox, então que se foda o resto. Não sai daí, entendeu? Fica aí e mostra quem você é.

— Eu não devia ter contado para ele. Achei que se a gente ia ficar junto, junto de verdade, ele devia saber... hum... quem eu sou.

— Ele mostrou quem é. Um bosta, é isso que ele é, e você não vai se aproximar dele de novo. Bota a cabeça no lugar, Thea, e não deixa essa gente te tirar o que você ama.

— Eu queria que você estivesse aqui.

— Eu meio que estou. Agora, o que você vai fazer?

— Vou acordar amanhã de manhã e ir para a aula. Preciso do que estou aprendendo aqui para conseguir o que eu quero. Então esse pessoal que se foda.

Ela disse a si mesma que havia aprendido uma dura lição, e que nunca, nunca mais iria repetir aquilo.

Não ia mais se envolver com um bosta.

O amor nem sempre significava confiança, aceitação ou compreensão. E o que ela tinha era dela, e de mais ninguém.

Mas isso já tinha passado, e ela havia superado.

Thea fez um pequeno grupo de colegas — não exatamente amigos —, o que fez do segundo ano uma experiência bem diferente e muito mais alegre.

Ela estava aprendendo, e aprendendo muito — desenvolvendo as suas capacidades artísticas e de escrita, dominando linguagens de programação.

E nunca mais tinha voltado àquela cela da prisão, nunca mais tinha entrado na mente do homem que matou os seus pais.

Ela o tinha sentido tentar entrar na dela, e os calafrios ou lampejos de calor que essas tentativas traziam consigo.

Ela mantinha a janela fechada e um saquinho de ervas na cama.

E havia aprendido que a sua casa era em Redbud Hollow.

Com o último projeto do terceiro ano encerrado e as malas já prontas, tudo que queria era estar em casa. Em casa.

Havia apenas uma parada a fazer, pensou ela, e tentou não se preocupar com o fato de que o seu professor de design de jogos havia mandado uma mensagem dizendo que queria encontrá-la.

Se ela tivesse ido mal no projeto final, teria que torcer para que ele lhe desse uma chance de melhorar a nota. Havia trabalhado tanto para transformar aquele antigo sonho de aventura e magia em uma história completa, com computação gráfica de qualidade, testando o código de programação e os níveis e jogando inúmeras vezes.

Se tivesse sido reprovada, ela corrigiria os problemas.

Ainda podia passar um último dia no alojamento, e teria o quarto só para ela. Podia consertar o que estivesse errado.

Mesmo que tivesse fracassado no projeto final — conceito mal concebido, ou trabalho mal executado —, não seria reprovada na disciplina. As notas que havia tirado ao longo do semestre serviriam para fazê-la passar de ano.

O prédio quase vazio, já que a maioria dos alunos tinha saído e as aulas de verão ainda não tinham começado, ecoava em sua cabeça.

Ansiedade, admitiu ela. Não conseguia se acalmar.

A porta da sala do professor Cheng estava aberta. Ele estava sentado à mesa, franzindo o cenho para um dos três monitores.

Ela bateu no batente da porta, e ele ergueu o rosto. Sob os óculos de lente quadrada, seus olhos demonstravam apenas aborrecimento.

Thea sentiu o estômago afundar, e ele ergueu um dedo para que ela esperasse.

O professor deslizou algo na tela com o dedo e então recostou-se na cadeira.

— Entre, srta. Fox. Fecha a porta.

Ele nunca chamava os alunos pelo primeiro nome, mas a ordem de fechar a porta fez o estômago de Thea afundar ainda mais.

— O senhor queria falar comigo, professor?

— Eu não teria mandado uma mensagem se não quisesse, né? Senta aí. Precisamos discutir o seu projeto final.

— Sim, senhor. Professor Cheng, eu acho que o meu trabalho na sua disciplina é uma prova do meu esforço. Eu mantive uma média de 96% até o final. Espero que o senhor me deixe corrigir quaisquer erros que eu tenha cometido no projeto final, seja na engenharia ou no conceito, no design ou no desenvolvimento.

Nervosa, ela pigarreou.

— Eu me matriculei na sua disciplina para aprimorar as minhas habilidades. Gostaria... acho... gostaria de trabalhar com design e desenvolvimento de jogos.

Ele permaneceu em silêncio, então arqueou uma sobrancelha.

— Terminou?

— Hum... sim, senhor.

— Que bom. Normalmente, se algum aluno me entregasse um projeto igual ao seu, talvez eu perguntasse se ele teve ajuda de outra pessoa. Mas você tem razão, o seu trabalho neste semestre tem sido excelente. Quando a nota do seu projeto final for computada, acho que a sua média deve subir para 98%. Acho que você é capaz de fazer as contas.

— Ah. — Ela ficou sem ar, então encheu o peito de novo. — Ah.

— Resumindo, é muito raro eu dar a nota máxima em um projeto final. Fiquei na dúvida se devia dar essa nota, me perguntei se estava fazendo isso porque gostei do jogo.

O professor se recostou, e a cadeira rangeu, enquanto ele tamborilava os dedos uns contra os outros.

— Mas esse é um dos objetivos de um jogo. Diversão. A arte está limpa, inteligível e criativa. A narrativa flui, os diálogos são inteligentes e combinam com os personagens. Você desenvolveu bem os personagens.

— Obrigada.

— O código está bom, não tem falha nenhuma. Você é cuidadosa e minuciosa.

— Quando eu comecei aqui, achei que ia trabalhar com Tecnologia da Informação.

— Você com certeza conseguiria um emprego em TI. Mas agora você gostaria... acho... gostaria de trabalhar com design e desenvolvimento de jogos.

— Eu sei que é uma indústria competitiva, que exige...

Ele ergueu o dedo novamente para interrompê-la.

— Você tem medo da concorrência ou de ter que trabalhar muito, até tarde, srta. Fox?

— Não.

— Então eu posso te ajudar. Tenho um contato na Milken. Você já deve ter ouvido falar, não?

— Já. Com certeza. É uma das principais empresas de videogames do mundo.

— Eu queria mandar o seu jogo para esse contato, que por acaso é o meu primo.

Thea não sabia o que dizer.

— Perdão?

— Pelo quê?

— Eu... O senhor quer mandar o *Endon* para a Milken?

— Se você permitir. Seria a primeira vez que faço isso. Quando os alunos merecem, escrevo cartas de referência e faço recomendações. Eu certamente faria isso por você. Mas é a primeira vez em dez anos na universidade que me ofereço para mandar o projeto de um aluno para o meu primo. Eu nunca faria isso se não acreditasse no projeto. Meu primo tem plena consciência de que eu nunca me aproveitaria da nossa relação familiar, então vai dar toda a atenção ao seu jogo e oferecer uma opinião honesta e profissional.

— Eu...

— Nada de chorar na minha sala, srta. Fox.

Thea piscou com força para segurar as lágrimas e assentiu com a cabeça até conseguir controlá-las.

— Certo, obrigada. O senhor tem a minha autorização.

— Ótimo. Vou passar o seu contato. De qualquer forma, imagino que leve um tempo até alguém falar com você. Isso é tudo, srta. Fox.

Mesmo com os joelhos trêmulos, ela ficou de pé.

— Nem sei como agradecer, professor Cheng. Eu...

— Não tem garantia de nada.

— Não, mas é uma oportunidade. Fico muito agradecida.

Thea saiu como se estivesse envolvida em uma névoa de espanto, alegria e incredulidade. Seus olhos se encheram de lágrimas novamente, então ela botou os óculos escuros.

Procurou o celular. Tinha que contar para a avó, Rem e Maddy. Para todo mundo!

Mas não. *Não.* Guardou o celular de novo. Ia contar pessoalmente. Em poucas horas, estaria em casa. E Rem também, recém-saído do primeiro ano em Columbia, e Maddy iria voltar de Durham, onde tinha terminado o ciclo básico de medicina em três anos.

Apressadinha.

Depois, Maddy iria para Nova York, para a Escola de Medicina de Columbia.

A vida estava tão diferente. Tudo mudando. Rem, estudando negócios; Maddy, estagiando em medicina. E Thea talvez prestes a começar uma carreira em algo que amava.

Nossa, ela mal podia esperar para chegar em casa.

Acelerou os passos e começou a correr. Ia subir, pegar as últimas coisas, enfiar no carro com o restante e seguir viagem.

Thea parou de repente ao ver dois homens na porta do seu prédio. O detetive Howard estava com mais fios grisalhos no cabelo, e Musk também tinha uns fios brancos nas têmporas.

Mas estavam iguais, praticamente a mesma coisa de oito anos antes, quando estiveram na chácara pela primeira vez.

Thea sentiu um medo tórrido e intenso a envolver e correu até eles.

— Ele fugiu. Ele fugiu.

— Não. Não. — Howard a segurou pelo braço. — Ele está exatamente onde merece estar. Não viemos aqui por causa do Riggs, e também não tem nada a ver com a sua família. Desculpa o susto.

Obviamente pouco à vontade, Musk ajeitou o peso do corpo.

— Viemos pedir um favor. Podemos entrar rapidinho?

— Eu estava indo para casa. Só ia pegar as últimas coisas e entregar a chave.

— Vamos tentar não demorar muito. Thea. — Howard esperou até ela olhar para ele. — Não teríamos vindo se não fosse importante.

Sem dizer uma palavra, ela os conduziu até o alojamento.

O prédio estava praticamente vazio, pensou ela, enquanto subia as escadas. Todo mundo voltando para casa, para passar o verão. Tudo que ela queria era ir para casa. Ver a sua gente, as montanhas.

— Meus colegas de alojamento já foram. Está tudo empacotado. Não tenho nada para oferecer a vocês.

Ela abriu a porta da área comum.

— O alojamento parece bom. — Howard tentou oferecer um sorriso. — Você não tem ideia do estado da república em que eu morava na minha época. Podemos sentar?

— Tudo bem. — Ela pegou uma cadeira e deixou o sofá para eles.

Todos os objetos pessoais já estavam guardados, pensou ela. Não restava mais nada dela. Fotos, flores, pratos, os quadros que ela e a colega que estudava artes tinham pendurado nas paredes.

Melhor assim. Nada pessoal, e o que quer que os detetives tivessem para ela, Thea não deixaria aquilo se tornar uma coisa pessoal.

Ela se obrigou a lembrar que o detetive Howard sobretudo tinha sido gentil com ela ao longo dos anos. O mínimo que podia fazer era ouvir.

— Antes de explicar por que estamos aqui, quero te agradecer por salvar a minha vida. — Howard inclinou-se para a frente. — Eu nunca te falei. Acho que não queria incomodar, mas agora é um bom momento. Uns três anos depois de nos conhecermos, o detetive Musk e eu estávamos perseguindo um suspeito. Ele estava armado, já tinha provado ser perigoso. Eu estava na frente, Phil vinha atrás. Estávamos descendo um lance de escadas. Uma escada azul. Eu ouvi a sua voz na minha cabeça me dizendo para tomar cuidado com a escada azul. Aquilo me fez parar. Só por um segundo. Um segundo. A bala não me acertou por poucos centímetros. Se eu não tivesse parado, teria sido atingido. E eu não teria parado se você não tivesse me avisado.

— Que bom que você está bem.

— Pois é. E conseguimos pegar o suspeito. Desde então, penso muito naquele momento. Penso em você, Thea, e na sua família. Você ajudou a colocar Riggs atrás das grades. Você nos ajudou a fazer justiça pelas outras vítimas dele. Você salvou a minha vida.

— Você me ajudou.

— E você nos ajudou. Agora, estamos aqui para pedir a sua ajuda de novo.

— Eu tive muitas dúvidas sobre vir aqui falar com você — começou Musk. — Fui muito duro depois que os seus pais morreram, e você era só uma criança. Você tem motivos de sobra para se ressentir disso. Espero que possa relevar. Tem uma menina de 15 anos cuja vida pode depender disso.

— Eu sei por que você foi duro comigo, então não posso me ressentir. Mas não estou entendendo. Que menina?

— O nome dela é Shiloh Durning. Ela foi sequestrada há dois dias, enquanto voltava da escola para casa. Ela está na equipe de corrida e ficou treinando até mais tarde. Em algum lugar entre a escola e a casa, um trajeto de menos de dois quilômetros de distância, alguém a sequestrou.

— É a quarta adolescente sequestrada assim nos últimos dezesseis meses — continuou Howard. — Todas entre 15 e 16 anos, loiras e magras. Ele mantém as meninas presas por quatro dias e as machuca, Thea. No quarto dia, ele as mata e se desfaz do corpo.

— Tem um time dedicado trabalhando no caso — explicou Musk —, e o FBI está envolvido. Sabemos que o assassino deve conhecer a área, que deve ter um lugar reservado o suficiente para escondê-las. Suspeitamos que seja um homem branco entre 25 e 35 anos, meticuloso, organizado, e que mora sozinho.

— As características indicam como ele é, mas não sua localização. E o tempo da Shiloh está acabando, Thea.

— Ainda não entendi o que vocês querem de mim.

Howard tirou um saquinho de provas do bolso.

— Esses são os brincos da sorte dela. Parecem relâmpagos, né? Ela só usa em competições. Talvez você pudesse conseguir alguma coisa a partir deles.

Instintivamente, Thea cruzou os braços e segurou os cotovelos.

— Eu não faço isso aqui. Ninguém aqui sabe *disso*.

Ninguém importante, corrigiu-se ela.

— E não sei se eu consigo... ver assim.

— Se você pudesse só tentar... — começou Musk, mas Howard pousou a mão em seu braço.

— É injusto, eu sei. Vir aqui desse jeito para pedir isso. Mas é exatamente isso que estamos fazendo. Três meninas morreram porque não conseguimos encontrá-las. Não queremos que a Shiloh seja a quarta. Ela tem 15 anos. Você teria ido para a mesma escola que ela se a sua vida não tivesse mudado. Ela tem um irmão mais novo, igual a você. E pais que a amam, como os seus te amavam.

Ali, ela mantinha a janela fechada, pensou Thea. Fechada a sete chaves. Tinha feito aquele acordo consigo mesma depois de Asher ter partido o seu coração.

Tinha mantido a promessa por três anos.

Era só mais uma universitária, assistindo às aulas, se dedicando aos trabalhos, indo a festas, flertando com garotos.

Mas a porta não estava tão bem trancada assim, porque ela podia sentir a frustração, o desespero, a raiva intensa dos dois homens sentados diante dela.

— Vocês têm uma fotografia dela?

Musk pegou o celular e abriu uma foto para mostrar a ela.

— É uma menina bonita. As outras também eram. Chrissy Bates, 15 anos; Harley Adamson, 16; Michaela Lowe, dois dias antes de completar 16 anos.

— Não sei se consigo fazer isso. Não sei se posso ajudar. — Mas Thea estendeu a mão para os brincos. — Não, deixa que eu tiro do plástico. Eu tiro. Deixa a foto aberta no celular. E fiquem quietos. Só fiquem quietos.

Antes de abrir o saquinho, Thea pensou na avó, que a tinha ensinado a abrir e fechar a janela. A olhar e a não olhar.

Ela tirou os brincos, segurou-os na palma da mão. Olhando para a foto, deslizou os dedos sobre os pequenos relâmpagos dourados.

E abriu a janela.

Ah, tanta coisa entrou.

Os colegas de alojamento, suas vozes, seus sentimentos, esperanças e medos.

Agora não, agora não. A mente deles não, nem os seus medos.

Ela.

Shiloh.

— Ela quer melhorar a marca nos 1.600 metros. Ela tem a resistência, a estratégia, só precisa diminuir um pouco o tempo. Ficou fora da última corrida por menos de dois segundos. Precisa reduzir três na sua marca. Ela quer bater o recorde, quer muito isso. Três segundos bastariam. Ela se sente tão forte quando corre! Tão forte, tão livre, tão plena. Queria que o Jack chamasse ela para sair. Ela flerta com ele, tenta não ser muito óbvia. Ele flerta de volta, mas quando vai chamar ela para um encontro? Meu Deus, se ela for reprovada na prova de espanhol, os pais vão acabar com ela. Mas Deus está de prova que ela se matou de estudar! Ela quer… Ai, ai!

Thea ficou pálida feito uma folha de papel, e Howard se inclinou em sua direção.

— Thea.

— Fica quieto! Ela está com muito medo e muito frio. Está tão frio. É difícil respirar com a fita na boca. Dói, tudo dói. A braçadeira de plástico está machucando os pulsos, os tornozelos dela. Ela quer a mãe. Ela quer a mãe. Ela está nua e com frio. Ele vai estuprar ela de novo quando voltar. Ele vai descer a escada. E vai botar a faca no pescoço dela, cortar só um pouquinho. "Um pio, garota, e eu enfio a faca." Ele faz ela beber alguma coisa, uma bebida de chocolate…?

Thea sentiu o gosto e levou a mão ao pescoço.

— Para nutrição. Aí bota a fita de novo na boca da garota e a estupra.

Thea ficou com os olhos marejados e se abraçou, então começou a se balançar.

— Ele leva ela para o chuveiro, é nojento, cheio de mofo. Cheira mal. Ela cheira mal. Ele joga água gelada, e ela grita. Ele bate nela quando ela grita, mas ele gosta. Ele gosta quando ela grita, ela sabe disso. Ele tem olhos e cabelos castanhos. Ela olha para ele quando consegue. Para, se fugir, poder dizer como ele é. Ela está com medo de não conseguir fugir. Ele obriga ela a usar o banheiro com ele de pé ali, olhando. Depois ele a amarra de costas na cama. Em um porão, com canos no teto e uma daquelas janelas que ficam na altura do chão da rua. É imundo, por dentro e por fora. Não dá para ver nada, e ninguém conseguiria vê-la, mesmo se olhasse. Degraus de madeira que sobem. Espera.

Thea se ajeitou, fez o possível para amenizar o medo da menina que agora estava nela também.

— Ele mostrou um distintivo para ela, na porta da escola. Mas agora ela sabe que ele não é da polícia. Não tinha menino nenhum desaparecido e nenhuma foto que ele queria mostrar para ela. Ele bateu nela no carro, bateu com força, mas ela viu o veículo. Verde, quatro portas. Não é novo. Ela não entende de carros, nem eu, mas era verde-escuro, com quatro portas. Espera! — exclamou Thea de novo, e trouxe a garota de volta. — É a casa da mãe dele. Ele falou alguma coisa... a mãe morreu, gosta mais dela assim. Ele cresceu ali. A mãe ficou com a casa no divórcio.

E então ela murmurou:

— Deixa eu ver, deixa eu ver... Uma garagem. Tem uma garagem anexa. É assim que ele entra com elas sem os vizinhos verem. Ele mantém a grama aparada, fica na dele. Uma casa de dois andares, de tijolos, velha. Por dentro, está caindo aos pedaços, mas ele mantém a fachada com uma boa aparência. A casa é igual a ele. Tem um bordo vermelho no jardim e azaleias cor-de-rosa junto da casa. O número é 1.331. É perto da escola. Ela está no porão.

Thea empurrou os brincos em direção a Howard.

— Por favor, pega isso. Eu não aguento mais.

— Deixa eu pegar uma água para você.

— Tem uma Coca-Cola na geladeira, eu guardei para tomar na viagem.

Musk levantou, se afastou e começou a falar baixinho no celular. Ela o ouviu descrever a casa, o carro e depois gritar com alguém para encontrar as duas coisas.

— Aqui. — Howard trouxe a Coca-Cola, e Thea pousou a garrafa abençoadamente gelada contra a testa. — Eu não vou embora até você estar se sentindo melhor.

— Eu vou ficar bem. Estou indo para casa.

— Que tal você beber isso primeiro, aí o Phil e eu botamos o resto das suas coisas no carro para você?

— Ela não sabe que horas são. Ela não sabe que dia é hoje.

— Nós vamos encontrá-la. Graças a você, vamos devolvê-la para a família. Vamos achar esse cara e ele não vai machucar mais ninguém.

— Podia ter sido eu, se as coisas tivessem sido diferentes, se o Riggs não tivesse aparecido. Você sabia disso. Você usou isso.

— Usei.

Ela abriu a bolsa e tirou um caderno e um lápis.

— Eu não sou tão boa quanto os artistas que fazem retrato falado — disse ela, começando um esboço. — Cabelo castanho, curto, penteado com cuidado, acho que em um estilo mais conservador. Olhos castanhos, rosto largo. Ele é bonito, igual à casa por fora. Sorriso gentil. Orelhas pequenas. A barba ligeiramente por fazer; de novo, uma questão de estilo.

Ela entregou o caderno a Howard.

— Está ótimo. Muito bom. — Ele tirou uma foto com o celular. — Posso levar comigo?

— Eu não quero isso. Quero muito pegar a estrada.

— A gente desce com você. Musk.

Ainda segurando o celular, Musk se voltou para o colega.

— Lawrence James Heberman, Laurel Lane, número 1.331. Ele tem um Chevrolet verde de quatro portas, 2010. E se encaixa no perfil feito uma luva, Chuck.

Ele foi até Thea.

— Eu tenho uma filhinha. Ela tem 5 anos.

— Verdade, você casou de novo, teve uma filha. Parabéns.

— O Howard também tem uma filha. Um dia, as duas vão ter 15 anos. Se você precisar de qualquer coisa... Cara, se você precisar de alguém para buscar a sua roupa na lavanderia, pintar a sua casa, cortar a sua grama, é só ligar. Juro por Deus que eu vou. A gente precisa ir para o aeroporto. Nosso amigo do FBI vai botar a gente em um avião.

— Vamos botar as coisas da Thea no carro e colocá-la no caminho de casa.

THEA PAROU na estrada para comprar um remédio para a dor de cabeça que não passava e um refrigerante de gengibre para combater o mal-estar.

Foi então que viu a mensagem de Howard no celular.

> Shiloh está bem e com a família. Heberman foi preso. Eu queria que você soubesse que salvou outra vida. Desejo sinceramente tudo de bom para você.

Thea ficou sentada no carro um tempo e releu a mensagem.

Então percebeu que a dor de cabeça tinha passado.

POR MAIS que os três anos de faculdade tivessem transformado a vida de Thea, a chácara continuava igual. Pequenas mudanças aqui e ali, paredes recém-pintadas, uma caminhonete nova na garagem.

E, para a sua surpresa, dois cachorrinhos de orelhas caídas, correndo pela casa, bem mais ágeis do que os lentos Goose e Cocoa.

— Ai, meu Deus! — Ela saiu do carro igual a uma criança e se abaixou para cumprimentar os filhotes, e então para ser recebida com entusiasmo pelos cachorros mais velhos.

Praticamente soterrada pela montanha de cachorros, Thea ergueu o rosto ao notar Lucy saindo de casa. E, aos seus olhos, não havia ninguém mais maravilhoso que a avó.

Alta e magra, de calça jeans e uma camisa vermelha com mangas arregaçadas até o cotovelo, o cabelo preso em um coque, ela parecia não envelhecer, tão constante quanto a chácara.

— Chegou a minha menina!

Lucy desceu da varanda, e Thea se desvencilhou dos cachorros para correr em direção à avó.

— Vó.

O primeiro abraço a envolveu com braços fortes, e um cheiro de alecrim e pão fresco. Os aromas de casa.

— Senti saudade. É tão bom estar em casa.

— Deixa eu dar uma olhada em você. — Lucy a afastou para vê-la melhor. — Cada dia que passa, você fica mais bonita.

— Porque eu pareço com você.

— Isso eu não posso negar. — Rindo, Lucy a abraçou de novo. — Foi uma longa viagem. Vem, vamos entrar e descansar.

— Você está com dois filhotinhos novos.

— Vieram juntos, são irmãos. Uma fêmea e um macho. — Com os filhotes roçando em suas pernas, Lucy balançou a cabeça. — Tive um momento de fraqueza, mas a verdade é que, desde que o Duck morreu, no inverno passado, e com o Goose e a Cocoa já envelhecendo, estamos precisando de um pouco de animação. Eu tenho um fraco por coonhounds.

— Eles são muito fofos.

— Esse é o Tweedle, e essa é a Dee, embora às vezes eu me pergunte se não devia ter chamado essa mocinha de Dum. Mas estou torcendo pra ela ficar mais espertinha logo. Agora, vamos levar essas coisas lá pra dentro. Eu te conheço, deve estar doida pra tirar tudo das malas.

— Não me sinto em casa até desfazer as malas. E eu quero me sentir em casa.

— Vamos fazer isso e depois tomar um vinho... embora você ainda não tenha idade para isso oficialmente... aí você pode começar a me contar todas as novidades. E depois pode terminar de contar com um bom ensopado de frango.

— Ótima ideia. Também morri de saudade da sua comida.

— O Rem vai chegar antes do jantar amanhã, então vou ter que cozinhar mais. Ele gosta das minhas costeletas de porco.

— E quem não gosta?

A casa cheirava a frango ensopado e temperos, e a óleo de laranja sobre madeira recém-polida.

E o quarto dela estava tomado pelo aroma dos lilases no frasco de vidro que a avó tinha colocado na cômoda.

Até a brisa que entrava pela janela sussurrava boas-vindas.

— A Maddy deve voltar depois de amanhã — disse Thea, enquanto pendurava e guardava as roupas.

— A família dela tá toda orgulhosa. Ela terminou entre os melhores da turma, e em três anos. Vai ser bom para ela e para o Rem estarem perto um do outro no ano que vem. E, Deus do céu, eu tô que não me aguento, então vou contar antes da gente sentar pra conversar. O Caleb e a Selma finalmente vão se casar.

— Que coisa boa! Quando?

— Vai ser uma coisa rápida e discreta, em Nova York, daqui a uma semana, mais ou menos, depois eles vão pra lua de mel. Aí vão passar aqui pra gente fazer uma festa. Uma festa dupla. Vou ganhar mais um neto antes do Natal.

— Ah! Coisa boa, não… Ótima! Eu só vi a Selma umas poucas vezes, mas eu gravo a série deles toda semana. Eles ficam tão bem juntos. E sei que o Rem gosta muito dela.

— O Caleb ama a Selma, e ela também é louca por ele. Deu pra notar na primeira vez que vi os dois juntos. Eles demoraram, mas tem que ser no tempo deles, e não no meu.

— O detetive de polícia charmoso e a promotora sem papas na língua. Os fãs vão à loucura.

— É por isso que vai ser uma coisa pequena e discreta.

Com as mãos nos quadris, Lucy olhou ao redor.

— Parece que você já está em casa. Vamos descer, aí você pode me contar tudo.

— Até hoje, não tinha quase nada para contar. A Etta terminou com o Adam de novo, a Lily arrumou um estágio, e a Chelsea vai para a Itália com a família.

— Quero ouvir sobre os seus amigos também, mas começa por você. Além do meu vinho caseiro de maçã, também comprei umas garrafas no mercado.

— Prefiro o seu. O frango já está com um cheiro bom.

— Eu tinha acabado de tirar o peito do frango, pra não ficar duro, quando você chegou. Ainda faltam uns quarenta minutos para o resto cozinhar.

Lucy serviu o vinho e mexeu o ensopado na panela. Ela pegou biscoitos de um pote e serviu em um prato.

Thea conhecia as regras da casa. No primeiro dia em casa, ela ficava sentada, enquanto a avó fazia tudo.

— Certo. E o que aconteceu hoje?

— Duas coisas. Acho que vou por ordem cronológica. O professor Cheng, de design de jogos, mandou uma mensagem me pedindo para passar na sala dele. Lógico que eu fiquei uma pilha, achando que tinha sido reprovada no projeto final… Acho que sou assim mesmo.

— Duvido que fosse por isso. Você se dedicou tanto a esse projeto, e o Rem disse que ficou irado, nas palavras dele.

— O Rem é meu irmão, e o professor Cheng é muito linha-dura. Aprendi muito com ele, talvez por ser tão rígido.

— E o que ele queria falar com você?

Thea ergueu o copo em um brinde.

— Nota máxima. Vai por mim, ele não distribui essa nota por aí como se fossem colares de Mardi Gras.

Emocionada, Lucy bateu palmas.

— Ai, Thea, que orgulho!

— E tem mais. O primo dele trabalha para a Milken.

— O pessoal que faz videogames?

— É, e ele vai mandar o meu jogo para o primo. Ele disse que nunca fez isso antes.

Lucy se recostou.

— Quer dizer que eles podem lançar o seu jogo?

— Disso eu não sei, mas se eu receber algum retorno deles, vó, já é demais. E talvez ter um contato para quando eu me formar.

— Eu devia ter comprado champanhe.

— Não vamos abusar da sorte. É uma oportunidade, e, por dentro, eu estou nas nuvens. Mas não vamos abusar da sorte.

— Vou acender uma vela e orar pra minha menina receber o que merece. Não tem nada de abusar da sorte nisso.

— Tá bom. Depois, teve outra coisa. Quando voltei para o alojamento, para pegar as minhas coisas, os detetives Howard e Musk estavam me esperando.

Lucy agarrou a mão da neta.

— Riggs. Mas… não, não foi o Riggs.

— Não, não tem nada a ver com ele. Eles me falaram isso logo de cara, porque eu pensei a mesma coisa. Era sobre uma menina que tinha sido sequestrada.

Ela contou tudo, do começo ao fim.

Ao terminar, Lucy se levantou e serviu mais vinho para as duas.

— Essa menina está em segurança porque você seguiu o seu coração e a sua consciência.

— Eu não queria, vó. Queria muito que eles fossem embora, que me deixassem em paz. Mas...

— Você seguiu o seu coração e a sua consciência — repetiu Lucy. — Você ajudou quando foi necessário.

— E você me ajudou a me abrir para usar o dom assim, tocando ou segurando uma coisa. Doeu, vó. Quer dizer, deu para sentir a dor dela, o pavor. De longe, mas deu para sentir mesmo assim, saber de tudo.

Lucy assentiu.

— Faz parte do preço.

— Mas depois que comecei, eu não conseguia parar, não importava o preço. As coisas que ele fez com ela... A gente sabe que existe crueldade no mundo, já vivemos isso. Mas, vó, as coisas que ele fez com ela, o que ele ia fazer com ela...

Thea fez uma pausa, expirou, deu um gole no vinho.

— Entendo que eu tenha visto o carro dele, porque ela também viu. E o porão, porque ela também viu. E ele, pelo mesmo motivo. Mas ela não viu a casa pelo lado de fora. Ela não viu as outras partes da casa, tirando o porão. Mas eu vi. Eu não vi através dele, não como aconteceu com Riggs. Não foi assim.

— Você deu um passo pra trás, pra poder ver. Você se colocou lá, com ela, depois deu um passo pra trás, pra ver mais.

— Não sei como.

— Querida, você sabe sim, ou não conseguiria ter feito isso. O meu dom não é assim tão forte, mas o seu é. Como você se sentiu?

— Enjoada, trêmula, com dor de cabeça.

— Isso é físico. O que você *sentiu*?

— Fiquei preocupada, assustada. Assustada por ela. E se eu errasse? E se eles não encontrassem ela a tempo? Eu queria estar aqui, em casa, e não me preocupar ou ficar com medo por uma menina que eu nunca tinha visto, mas conhecia. Agora, eu a conheço. Precisei parar na estrada para comprar um analgésico. Mas, antes de sair do carro, recebi uma mensagem dizendo que ela estava em segurança. E a dor de cabeça foi embora. Do nada.

— Você estabeleceu uma conexão com ela, sentiu o medo e a dor dela. O dom tem um peso, você sabia disso, mas suportou esse peso. Quando descobriu que ela estava bem, pôde deixar isso pra trás.

— E... quando eu não quiser suportar o peso?

— Você segue o seu coração e a sua consciência. É uma escolha, Thea. Sempre vai ser uma escolha, tanto quanto é um dom.

— Eu precisava muito falar com você. Precisava muito voltar para casa.

12

⌘ ⌘ ⌘

COM UM dia de atraso, pois foi padrinho no casamento rápido e discreto de Caleb, Rem chegou com o caos e a alegria de sempre.

Ele não desfez as malas, um processo que Thea sabia que iria lhe custar quase uma semana inteira.

O garoto estava com 1,90 metro e parecia tanto com Caleb que era impressionante. Mas tinha os olhos do pai.

Ele correu para junto dos cachorros, fazendo festa feito um menino de 12 anos. Então, levantou a avó e a girou no ar, e quase quebrou as costelas de Thea com o seu abraço.

— Posso tomar uma cerveja, vó? Você deve desconfiar que eu já tomei uma ou outra.

— Eu andei suspeitando, então botei umas pra gelar. Vai lá e pega uma. Aí eu quero ouvir tudo sobre o casamento.

— Não foi nada de mais. — Rem abriu uma latinha. — Eles decidiram "Ei, vamos casar agora mesmo", e durou uns cinco minutos. Mas eu tirei umas fotos.

Ele pegou o celular, abriu a galeria e passou para a avó.

— Olha, Thea! Eles não parecem felizes? O meu menino ficou tão bonito de terno, e a noiva estava linda. Ah, e essa aqui... Olha como eles estão olhando um para o outro! Isso aqui diz tudo. Você tem que imprimir essa pra mim, Rem, pra eu botar numa moldura.

— Pode deixar. Cara, é tão bom estar de volta. Eu gosto de Nova York. Gosto muito, mas não existe lugar como o nosso lar.

— Por falar nisso, eu tenho um assunto pra conversar com vocês dois. Vamos sentar na varanda.

Eles seguiram para a varanda com os cachorros correndo logo atrás. Depois da confusão que Rem causou, Lucy ordenou:

— Sentados! Todo mundo sentado e quietinho.

Os filhotes ficaram sentados por uns dois minutos, depois saíram correndo para brincar no quintal. Cocoa deitou aos pés de Rem, e Goose ficou roncando sob a cadeira de Lucy.

— Vou começar, porque estou tão feliz quanto esses cachorrinhos alucinados por ter vocês aqui. Eu não podia estar mais orgulhosa com a forma como vocês estão tocando a vida, mas isso não significa que eu não fique com saudade quando vocês vão embora.

Feliz, Lucy olhou para os jardins, para os campos.

— Esse lugar foi meu lar a maior parte da vida, e sempre vai ser a casa de vocês. Mas eu fiquei na dúvida se vocês talvez não iriam querer morar em outro lugar. Em Nova York, como o Caleb, ou em Atlanta, como a minha mãe, viajando por aí, igual o Waylon fazia antes de ter as crianças. Não que ele, a Kyra e a família não circulem muito, mas eles têm uma casa. Acabei chegando à conclusão, e me digam se estou errada, de que não é isso que vocês querem.

— Eu quero ficar aqui, vó — disse Thea. — É como o Rem falou, eu gosto de Nova York quando vamos visitar o Caleb, e gostei de outros lugares que já visitei. Mas aqui é onde eu sou mais feliz.

— Aqui é a nossa casa. — Rem assentiu com a cabeça. — Eu quero ver outros lugares, lógico, mas quero voltar para cá.

— Já que é assim, quero dizer que vocês podem morar aqui o tempo que desejarem. Ora, se começarem a própria família, a gente aumenta a casa. Temos bastante espaço. Mas eu tô pensando lá na frente e em como vocês podem, e muito provavelmente vão, querer ter a própria casa. Acontece que as circunstâncias me deram uma ideia.

— E bota lá na frente nisso! Eu nem tenho idade para beber essa cerveja em um bar.

— O tempo passa rápido, querido. Pouco tempo atrás, você estava sentado aqui, querendo virar astronauta. Vocês se lembram da dona Leona, que morava mais pra frente, aqui na estrada?

— A casinha amarela. Ela gosta do seu sabonete de aveia. O Rem cortava a grama para ela no verão, na época da escola.

— Ela sempre me dava biscoito e chá doce. Está tudo bem com ela?

— Tudo. Mas envelheceu um pouco, e ficou viúva há oito anos. Ela tinha um jardim grande, com gado pra corte, galinha. Hoje em dia, ela tem uma plantação pequena, e precisa de ajuda pra manter. Vendeu o gado. Era coisa demais pra uma senhora sozinha e quase na casa dos 80 anos. Acho que até mais que isso, mas ela não vai admitir.

— Se você quiser que a gente ajude durante o verão… — começou Rem, e Lucy deu um tapinha na mão dele.

— Imagino que ela ficaria muito agradecida. Ela me chamou pra conversar, pra falar de negócios, então eu fui. O terreno tem seis hectares, com o celeiro antigo e tal, os campos e o bosque onde passa o córrego. Ela quer vender quatro hectares e manter os outros dois pra família, pra quando morrer, e me perguntou se eu tinha interesse em comprar.

— O que você vai fazer com quatro hectares, a quase dois quilômetros daqui? — perguntou Thea.

— Um quilômetro e duzentos, mais ou menos, e não estou pensando nisso pra mim. — Lucy sorriu, olhando para o jardim da casa. — Não, pra mim, isso aqui basta. Mas dois hectares pra cada um de vocês me interessa bastante. Vocês teriam um lugar pra construir uma casa, um lar que servisse bem às necessidades de vocês, se ainda quiserem isso. Ou pra vender, se mudarem de ideia. Seja como for, acho que é um bom investimento. A terra é boa, e eu sou egoísta o suficiente pra gostar do fato de que é tão perto.

— Comprar dois hectares… — murmurou Rem.

— Olha a cabeça do empresário funcionando. Vai ter toda uma parte jurídica. Levantamento topográfico, direito de passagem, porque vocês iam precisar abrir uma estrada até a casa de vocês. Ela iria incluir isso. A verdade é que ela está triste de ver a terra sem uso. Vocês iriam precisar construir poço e fossa, e puxar luz. Vai demorar, mas se estiverem interessados, vocês têm tempo e dinheiro pra fazer o que tem que ser feito.

— O que você acha, Thea?

Ela olhou para o irmão.

— Estou tentando formar opinião sobre uma coisa em que nunca pensei antes.

— Vocês precisam pensar mesmo. Por que não dão uma caminhada até lá pra dar uma olhada e tirar um tempo pra pensar e conversar? E, Thea, você tem outras coisas pra contar para o Rem.

— O que foi?

— Ainda não. Eu estou pensando. — Thea ficou de pé. — Vamos caminhar.

Lucy chamou os filhotes com um assobio.

— Vou colocar os cachorros pra dentro, pra eles não seguirem vocês.

Mal tinham chegado à estrada, Rem falou:

— Eu quero comprar.

— Rem, a gente não pensou nem cinco minutos. Você ainda tem três anos de faculdade pela frente.

— É um bom investimento, e é uma coisa que a gente pode ver e sentir. E que pode usar. E você só tem mais um ano de faculdade. Fechar o acordo, abrir a estrada e fazer o resto, desenhar e construir uma casa? Isso vai demorar mais. Você não vai pra longe daqui, Thea. Eu te conheço.

Ela olhou para os morros, para os bosques cobrindo as colinas.

— Não, não vou mesmo. Acho que parte de mim não queria me imaginar morando fora da chácara da vovó.

— Então comece a imaginar agora.

Quando o fez, Thea viu a si mesma, talvez em uma casa de campo bonita, com um jardim e a paz daquele lugar. Ela poderia criar galinhas, talvez uma cabra ou uma vaca leiteira.

— Por que você quer isso? — devolveu ela. — E não diga que é só pelo investimento.

— Porque aqui é o meu lar. Eu não ia construir nada no terreno, pelo menos não por um bom tempo. A vovó precisa da minha ajuda na chácara, pra gerenciar os negócios e com o resto todo. Estou longe de estar pronto para ter a minha própria casa, mas você, não.

— Talvez.

— O que você tinha para me contar?

— Depois que a gente der uma olhada na propriedade, eu conto.

E era tudo tão lindo, pensou Thea, quando chegaram à estrada e viram o terreno.

A casa amarela ficava bem afastada da estrada, e a varanda estava mais do que um pouco abaulada no meio. Dava para ver o ponto onde o telhado havia sido remendado.

— A casa vai dar algum trabalho — comentou Rem. — Vou ver se o Billy Joe pode ajudar, ver se a gente consegue consertar um pouco para ela.

Ele passou o braço em volta do ombro de Thea.

— A dona Leona sempre tem biscoito e chá doce.

— O celeiro também precisa de cuidado, e o galpão, se não receber alguma sustentação, não aguenta uma tempestade forte.

— Vamos ver o que a gente pode fazer. Mas olha a terra, Thea.

— Eu estou olhando — murmurou ela. O jeito como ondulava com o verde do verão.

E já sabia qual seria a sua resposta.

— Teríamos que decidir quem fica com que parte.

— Eu sabia! Você escolhe, porque isso vai importar mais para você. E eu tenho anos para decidir como usar a minha parte do terreno. Vamos ser proprietários de terras. Não é maneiro?

Era, e a fez pensar na rapidez com que as coisas podiam mudar.

— Vamos contar para ela.

— Agora?

— Agora está ótimo.

Antes que Thea pudesse argumentar, Rem avançou em direção à casa com a varanda abaulada. Ela teve que correr para alcançá-lo na hora em que ele batia à porta.

A senhora que abriu a porta os avaliou demoradamente com olhos verdes desbotados. Então abriu um sorriso.

— Minha nossa, você tá a cara da sua avó! Eu conheço aquela ali desde que ela mal batia no meu joelho. E olha como você ficou alto, rapaz. Veio cortar a minha grama?

— Posso cortar, dona Leona.

— Tá precisando mesmo, e você sempre foi cuidadoso. Entrem, entrem. Espanta esse gato e vem sentar aqui na sala. Tem biscoito amanteigado e chá doce.

— Eu ajudo a servir, dona Leona.

— Não, não precisa. — Ela indicou para Thea o caminho da sala, com a lareira antiga de tijolos, um sofá estampado com margaridas brancas e papoulas vermelhas. Ao lado de uma das duas poltronas, havia um cesto de tricô. — Senta aí. É bom ter companhia.

Eles se sentaram e, por fim, comeram biscoitos amanteigados e trocaram as amenidades de sempre.

Rem lançou a questão.

— Dona Leona, a vovó disse que a senhora está pensando em vender uma parte do terreno.

— Estou decidida. Não consigo manter e detesto ver a terra sem uso. Meu neto acha que eu devia vender tudo e me mudar pra um lar de idosos, no norte da Filadélfia, onde ele mora. Isso nunca vai acontecer.

Ela ergueu o indicador nodoso e deu um gole no chá, com a mão ligeiramente trêmula.

A senhora tinha 86 anos, pensou Thea. Não estava quase na casa dos 80, e sim com mais de metade da década já vivida.

— Vim morar aqui quando me casei, os meus filhos nasceram aqui, eu criei as crianças aqui. George e eu trabalhamos juntos nessa terra, vivemos as nossas vidas aqui. Pretendo ficar aqui até o final, quando o bom Deus me chamar de volta pra casa.

— Nós queremos comprar o terreno que a senhora quer vender, a Thea e eu.

— Querem mesmo? — A senhora sorriu de novo, e o sorriso iluminou os seus olhos desbotados. Ela pousou o copo em um porta-copo bordado. — Que notícia boa. Vai ser ótimo ter vizinhos jovens. É a terra — disse ela —, e não o dinheiro. Embora eu queira um preço justo. Todo mês, o meu filho me manda um cheque. E mais, o meu bisneto, vê se pode, tá pagando todas as minhas contas.

Dando outro gole no chá, ela balançou a cabeça.

— Eu não vou reclamar. Ele é um bom menino. Me visita sempre que pode, e ainda me manda de avião todo Natal pra ficar naquela casa bonita e grande dele, onde ele me trata feito uma rainha! Não é o dinheiro, mas eu estou decidida a não deixar a terra parada.

— Se a senhora concordar, eu posso redigir um contrato. A senhora pode pedir para o seu advogado dar uma olhada.

Dona Leona ajeitou o coque de cabelos brancos na cabeça.

— Pra que advogado? Você acha que eu vou suspeitar que os netos de Lucinda Lannigan estão me passando a perna? Ora, ela ia arrancar o couro de vocês e depois usar pra fazer um casaco novo.

Ela falou um preço e acenou com a cabeça.

— É isso que eu quero. Pode colocar isso no contrato, por mim tudo bem. Mas se vocês aceitam pagar isso, podemos firmar o negócio aqui agora mesmo.

Rem estendeu a mão e apertou a dela com gentileza.

— Você também, menina. Os homens não mandam em tudo.

Thea estendeu a mão.

— Obrigada, dona Leona, por confiar a sua terra a nós. Prometo que vamos cuidar bem dela.

— Vocês têm o sangue da Lucinda mesmo. Eu confio em vocês e vou cobrar essa promessa.

Na estrada, Rem envolveu Thea pelos ombros de novo.

— Acabamos de comprar quatro hectares.

— E eu estou com uma sensação boa. Não sabia se ia achar isso, mas parece a coisa certa. Você sabe como essas coisas funcionam?

— Eu descubro. É o que eu faço. Agora, pelo amor de Deus, o que você tinha para me contar?

Thea contou do jogo, e Rem parou no meio da estrada. Então fez uma dança animada.

— Puta merda, puta merda, puta merda! Eu falei que você tinha mandado bem. Sabia que isso ia acontecer.

— Pelo menos um de nós sabia.

— Porque você não quis saber. Problema seu — acrescentou ele. — Cara, se eu tivesse o dom que você tem, teria olhado. Enfim, não preciso da visão para saber que eles vão querer comprar o jogo, mas você não vai vender.

— Em primeiro lugar, não abusa da sorte! E eu não ia vender por quê?

— Porque você ia ficar só com o dinheiro e não ter controle nenhum. O que você vai fazer é alugar para eles. Ceder os direitos de comercialização por... Preciso ver por quanto tempo e quanto você tem que ganhar com cada venda ou download.

— Mas...

Ele acenou para ela como se estivesse espantando uma mosca.

— Deixa a negociação comigo. Você é o talento, mas eu cuido dos negócios. E se eles quiserem mais do que o seu talento, vão ter que te contratar.

Rem apontou para si mesmo enquanto caminhavam.

— Eu dou conta. Dou um jeito de fazer funcionar.

Como Thea não acreditava que nada daquilo aconteceria — achava que só receberia um feedback e estabeleceria um contato —, ela deixou o irmão falar até o assunto morrer.

— Tem outra coisa.

A empolgação de Rem se esvaiu, enquanto ela contava sobre os detetives e a menina.

— Você está bem?

— Estou. Ela ficou bem.

— Tá bom, isso é realmente muito bom. Mas *você* está bem? Ela está bem porque eles foram falar com você, porque você se predispôs a ajudar. Não deve ter sido fácil fazer o que você fez. Deve ter um preço.

Com um suspiro, ela passou o braço pela cintura dele e deitou a cabeça no ombro do irmão.

— Como eu vou fingir que o meu irmão é um babaca quando você pergunta isso? Quando você me entende assim? Mas eu estou bem. Qualquer que tenha sido o preço na hora, saber que eu pude fazer alguma coisa compensa.

— Sei que eu brinco sobre como fui passado para trás no departamento psíquico, mas não sei como lidaria com o dom que você e a vovó têm.

— Nem sempre foi brincadeira.

— Verdade. — A lembrança o fez sorrir. — Quando era criança, eu ficava uma fera. Além do mais, você não fazia nenhum favorzinho para mim.

— É, tipo ver quais iam ser as questões da sua prova de ciências.

— Só para saber o que eu tinha que estudar mais.

— Trapaceiro.

— Mas isso é trapacear? E depois, eu só queria que você visse se a Nadine Peterson gostava de mim antes de eu convidar ela para a festa do reencontro de alunos.

— Enxerido.

— Talvez um pouco. Mas homem nenhum gosta de ser rejeitado.

— Ser rejeitado constrói o caráter.

— Bobagem. — Rindo, ele esfregou a mão em punho no topo da cabeça dela. — Eu no mínimo teria enlouquecido com uma coisa dessas. Eu perguntaria: "Será que consigo pegar aquela garota que eu gosto?" E Swami responderia: "Consegue."

— Swami?

— Ah, eu ia chamar a visão de Swami, lógico. Perguntaria: "Posso dar uma olhadinha na prova final de probabilidade e estatística, disciplina em que eu não devia ter me matriculado?" E Swami diria: "Pode apostar."

— Mas você não ia fazer isso, porque gosta de desafios.

— Probabilidade e estatística quase derreteu o meu cérebro. O professor ainda não lançou a nota da prova final, nem a média do semestre. — Ele ofereceu um sorriso caloroso para a irmã. — Quem sabe você não pode dar uma olhadinha...

— Não.

— Tão severa! Enfim, vou mandar mensagem para outro professor, o de direito empresarial. Vou ver se ele pode me dar algum conselho sobre como elaborar o contrato de compra e venda e tudo mais.

— Temos advogados, Rem.

— É, mas quero ver se eu consigo.

— Eu sei que a gente precisa de um contrato, mas gostei do aperto de mão.

— Eu também. — Rem pegou a mão dela e foi balançando ao longo do caminho. — E essa é uma das razões pelas quais nós dois queremos ficar aqui. Vamos contar para a vovó que vamos ser vizinhos dela para sempre.

— E você vai filar o jantar dela para sempre.

— E o café da manhã.

Ao virarem em direção à chácara, os filhotes vieram correndo.

— Não, espera, me dá uns oito ou dez anos, e eu vou construir a minha casa e filar o seu café da manhã.

Rem se abaixou para brincar com os cachorros e sorriu para a irmã.

— Mas eu vou cuidar dos seus três filhos. Lembro que você ia ter três filhos, depois de casar com Tyler Brennan.

— Você leu o meu diário? — Ela deu um chute na bunda do irmão.

— Em primeiro lugar, *ai*! — Ele esfregou a barriga dos dois cachorros ao mesmo tempo. — Em segundo lugar, não. Não que eu não tenha pensado nisso, mas calculei que instigar a sua fúria e a da vovó não valia a pena. Porém, eu sabia escutar. Você contou para a Maddy.

— Tá vendo, você é um babaca. E eu tinha 15 anos.

— Ou 16, quem sabe? Se eu me lembro bem, a Maddy gostava do Jaden Smith.

— Você era louco pela Buffy. Via televisão e ficava suspirando pela Buffy Summers.

— Como assim *era* louco? Ela é a caçadora de vampiros mais sexy de todos os tempos! Ainda vejo as reprises, de vez em quando.

Rem ficou de pé e segurou a mão de Thea com a própria mão úmida das lambidas dos cachorros.

— Você sabe que a Buffy não existe.

— No meu coração, ela existe. Estou morrendo de fome. Ouvi dizer que ia ter costeleta de porco no jantar.

THEA RETOMOU a rotina, e adorou aquilo. As manhãs vendo o sol nascer, cuidando dos animais, os passeios nas colinas, fazendo jardinagem. Ver Maddy de novo, finalmente.

Em uma tarde chuvosa, elas ficaram na Toca das Raposas, como faziam desde a infância. Maddy havia tirado as tranças e usava o cabelo em um afro imponente. No último dia de aula do ciclo básico de medicina, ela fez uma tatuagem de um ábaco no bíceps esquerdo.

Tirando isso, pensou Thea, era a mesma pessoa.

— Perdi a conta de quantas vezes você me destruiu, e todas as outras pessoas, em todos os videogames do mundo. E agora olha só, você é quem vai fazer os jogos!

— Tomara.

— Vai sim, Maga do Videogame.

— Ninguém da Milken entrou em contato ainda.

— Não tem nem uma semana.

— Fez uma semana hoje. Não que eu esteja contando. E você, dra. McKinnon!

— Doutora ainda não, mas um dia eu vou ser. Tem um boato correndo pela cidade de que tem um médico, acho que de Hazard, que talvez abra uma clínica em Redbud Hollow.

— Ah, é?

— Ainda é apenas uma possibilidade. Pode ser que ele compre a casa velha dos Darson e transforme em consultório. Ia ser bom, mas eu ia ficar um pouco triste também, porque queria abrir o meu próprio consultório. Se conseguisse, depois de terminar a faculdade.

— Então você vai ficar aqui. — A alegria estourou feito champanhe. — Você disse que estava pensando em se candidatar para um hospital em Louisville.

Maddy deu de ombros.

— Desisti da ideia. A minha família está aqui, e olha só para o meu irmão, inspetor Will! Você está aqui. A minha melhor amiga de todos os tempos. Quando eu pegar o meu diploma, vou estar pronta para voltar para casa. Agora parece que posso me candidatar para um emprego na clínica de outra pessoa, ou tentar a sorte com um consultório particular.

— De um jeito ou de outro, eu vou ser a sua primeira paciente.

— E você com certeza vai ficar, já que comprou dois hectares de terra.

— Estou trabalhando nisso. O Rem está cuidando de tudo... Ele quer fazer isso, e eu, não. O terreno já passou por uma vistoria. Rem e eu já definimos qual vai ser a parte de cada um.

— Eu quero ver! Vamos lá agora.

— Está chovendo.

— Um pouco de chuva não machuca. Quero ver onde vou ficar quando visitar você. — Maddy ficou de pé e puxou Thea pelos braços. — E eu tenho que aprovar os planos para a sua casa. Não quero que você pense muito pequeno.

— Não preciso de uma casa grande.

— Você precisa de uma cozinha decente, já que gosta de cozinhar, e de um escritório, e uma sala de jogos. Um escritório que seja sala de jogos. Você precisa disso para trabalhar. Uma suíte principal — continuou Maddy, puxando Thea para o andar de baixo —, porque seria burrice não ter uma. E pelo menos mais dois quartos, outro banheiro completo e um lavabo também. Você ainda faz ioga, né?

— Faço.

— Um lugar para fazer ioga. E você devia fazer uma daquelas varandas que dão a volta na casa toda.

— Eu... — Thea imaginou a varanda, e a vista ao redor da casa. — Devia mesmo. Deixa eu avisar a vovó que vamos sair na chuva, para caminhar por dois hectares de terra.

Antes de entrar na cozinha, ela sentiu o cheiro e se deparou com Lucy e Rem prestes a verter um lote de sabonetes.

— Você devia ter me dito que estava trabalhando. Eu teria ajudado.

— Eu me ofereci e já estamos quase acabando. As meninas estão com fome?

— Até que sim — respondeu Maddy. — Mas primeiro a Thea vai me mostrar os dois hectares dela. O cheiro da sua casa é uma das minhas coisas preferidas, dona Lucy. O meu sabonete e as velas faziam inveja em todo mundo lá no alojamento.

— Que bom ouvir isso. Se vocês esperarem até a gente acabar, vamos junto. Quero levar um bálsamo para a artrite da dona Leona.

— Quando eu for médica na cidade, a senhora vai ser a minha principal concorrente.

O celular de Thea tocou em seu bolso. Ela pegou o aparelho e olhou para a tela.

— Ai, é da Milken.

— Deus do céu, Thea! — Maddy deu um soco no ombro da amiga. — Atende.

— Eu vou atender. Já vai. Ah, alô?

— Thea Fox?

— Sim, sou eu.

— Aqui é Bradley Case. Sou gerente-geral de desenvolvimento na Milken. Você pode falar agora?

— Posso, sim. Obrigada por ligar.

— O sr. Cheng me mandou o seu jogo, *Endon*. O seu professor passou para ele... com a sua autorização?

— Foi. — Como estavam todos olhando para ela, Thea virou de costas. — Obrigada por tirar um tempo para avaliar o jogo.

— Você projetou e desenvolveu o jogo sozinha?

— Sim.

— Para um projeto de faculdade?

— É.

— Para de responder com uma palavra só! — sussurrou Maddy.

— Posso te chamar de Thea?

— Sim — respondeu Thea, então acrescentou, depressa: — Pode, lógico.

— O jogo é impressionante, Thea. A jogabilidade, a computação gráfica, a narrativa. Botei uma equipe para jogar em vários níveis, e passei a minha opinião e a dessas pessoas para a sra. Kendall, a CEO da empresa. Estamos interessados em comprar o seu jogo.

— Vocês... vocês estão interessados em comprar o meu jogo? — Ela pronunciou cada palavra bem devagar.

Na mesma hora, Rem se aproximou, balançando a cabeça, com o dedo em riste para ela.

— É, estamos. Gostaríamos de marcar uma reunião com você para discutir isso. Eu sei que você não tem um agente ou um representante, então...

— Na verdade, eu tenho... Ele está bem aqui.

Ela empurrou o celular para Rem. "Nome", ele balbuciou em silêncio e apontou o telefone.

— Bradley Case.

— Sr. Case, aqui é Remington Fox, gerente de negócios da Thea. Também sou irmão dela — disse ele, animado, e se afastou enquanto falava. — É, isso mesmo. Tem.

— Ai, meu Deus, o que eu fiz? Acabei de entregar o celular para o meu irmão de 18 anos. A ligação mais importante da minha vida, e eu entreguei o telefone para ele.

— Quase 19, e ele é muito mais inteligente para os negócios do que a idade indica. — Lucy acariciou o ombro de Thea. — Ouvir as sugestões dele quase gerou mais negócios on-line do que eu dou conta. Estou pensando em contratar um funcionário.

— Deixa com ele, Thea. — Maddy bateu o quadril no da amiga. — O pior que pode acontecer é eles ouvirem e dizerem não. Isso não vai te impedir de vender o jogo para eles, se você quiser.

Thea ficou andando de um lado para o outro.

— Não vai. Realmente, não vai. Eu posso ligar de volta para eles e dizer que o meu irmão é maluco e que eu ia adorar que a Milken produzisse o meu jogo.

Rem voltou e entregou o telefone para ela.

— Sr. Case... Ah, ele desligou.

— É, concluímos a discussão preliminar. Marcamos uma reunião por videoconferência depois de amanhã, às dez da manhã. Ele precisa levar a minha contraproposta para os superiores... mas ele é bem importante na empresa, então não tem muitos superiores.

— A sua contraproposta?

— É. Eu falei que você não ia vender, que ia alugar os direitos por dez anos... com opção de renovação. Nós vamos negociar o seu adiantamento e a sua porcentagem nas vendas. Como você já tem planos para fazer uma continuação... Você tem, né?

— Só na minha cabeça. — E, naquele momento, a cabeça de Thea estava meio confusa.

— Já serve. Então, se eles quiserem qualquer jogo futuro do universo *Endon*, ou qualquer outro jogo projetado por Thea Fox, precisarão te contratar com um salário condizente com o seu talento, criatividade e habilidades.

— Olha só o meu menino. — Rindo, Lucy deu um beijo no rosto do neto. — Falando tão bonito.

— O que ele falou?

— Que ia ver com os superiores. Ele também disse que eles já tinham decidido te contratar. Acho melhor a gente deixar para ver o terreno amanhã, quando o sol sair, e agora sentar aqui e resolver o que você quer e quanto merece receber. Andei pesquisando isso.

Thea desabou na cadeira da cozinha e soltou uma das exclamações preferidas do irmão no momento:

— Puta merda!

13

⌘ ⌘ ⌘

THEA ESCREVEU tudo em seu diário, e depois leu o que tinha escrito só para sentir a emoção de novo.

Ela tinha vendido — não, cedido os direitos de comercialização do seu primeiro jogo. E seria paga por aquilo. Ela tinha que assinar o contrato, mas seria paga pelo que antes era só um sonho.

Mais, muito mais do que o dinheiro, ela havia recebido a confirmação de que o seu trabalho tinha valor. A Milken Entertainment considerava o seu trabalho, o seu jogo, o seu sonho, algo que merecia ser comercializado.

Eles queriam fazer alguns ajustes — melhorar a música, os efeitos sonoros. A Milken tinha um departamento todinho dedicado a isso. Eles iam contratar dubladores experientes para os diálogos, o que fazia sentido e só melhoraria a experiência de jogo.

Eles teriam prioridade sobre qualquer continuação ou jogo derivado do primeiro, e ela seria contratada como estagiária remunerada durante o último ano de faculdade.

Quando se formasse, se continuasse apresentando um trabalho condizente com os padrões da empresa, eles iriam lhe oferecer uma posição como designer de jogos.

Ela podia ter uma carreira, uma de verdade, fazendo algo que amava.

Parecia impossível, então Thea releu as próprias palavras mais uma vez.

Talvez fosse o fato de estar em casa, talvez fosse a emoção e o nervosismo, a visão de um futuro que prometia tanto do que ela queria, mas ela se esqueceu de pendurar a bolsinha de ervas e dizer as palavras.

Ela apagou a luz, fechou os olhos e começou a construir o seu sonho.

Parte Dois do mundo de *Endon*, com Zed, Twink, Gwen, Mila — a destemida garota da fazenda — e a ressurreição da malvada Mog.

Imaginou se podia encontrar alguém que lhe ensinasse a usar uma espada, a fazer os movimentos, a realmente sentir o que os seus personagens sentiam. Aprender isso acrescentaria mais realismo e emoção às cenas de batalha.

Talvez pudesse fazer uma aula de artes marciais mistas também. Quanto mais ela soubesse, mais os seus personagens pareceriam verossímeis.

Ela viu outro personagem — um jovem guerreiro, meio humano, meio elfo. Ele não pertencia nem a um mundo nem ao outro, e tentava defender ambos. Sem nenhuma lealdade tribal arraigada, sem um lugar em que se sentisse totalmente em casa, ele vagava por aqueles mundos com uma espada junto do corpo e uma aljava nas costas.

Ty, pensou ela.

Não, Tye, e, rindo consigo mesma, começou a desenhá-lo na cabeça à semelhança do seu amor de adolescência.

Ela mergulhou na floresta mágica e sonhou.

Riggs a encontrou ali, de pé sob o sol, entre as flores silvestres que se esticavam para alcançar a sua luz, os frutos coloridos que pendiam dos galhos como joias, em meio ao musgo que revestia as árvores e as rochas nas sombras.

— Achei você. Andou se escondendo de mim. Que porra de lugar é esse?

— Você não é bem-vindo aqui.

— Eu tô aqui, não tô? — De uniforme azul de presidiário, com os cabelos quase chegando aos ombros de novo, de pé sob a luz do sol, pálido como um fantasma, ele sorriu e mostrou aqueles dentes da frente sobrepostos. — Você cresceu desde a última vez que eu te vi. E até agora nenhum sinal de peito nem de bunda.

Ela ouviu o riacho que tinha sonhado correndo atrás de si, e a brisa sussurrando por entre as árvores. Um pássaro, azul como uma safira, passou voando com um trinado.

Aquele era o mundo dela. Ele não podia machucá-la ali, ela lembrou. E ele não podia aterrorizá-la de novo.

O mundo dela, pensou Thea de novo. E quem controlava era ela.

Alguém tinha dado um murro na cara dele recentemente, observou. Riggs estava com o olho roxo e hematomas vermelhos e roxos na mandíbula.

— Parece que alguém te deu uma surra, Ray.

— Cala a boca. Eu sei me cuidar.

— Pela sua cara, eu diria que não. Ah, você saiu da solitária um pouco, ganhou um tempo no pátio. E escolheu o cara errado para provocar. Então voltou para a solitária.

Mantendo a calma — talvez seu coração estivesse batendo rápido demais, mas ela manteve a calma —, Thea deu um passo em direção a ele.

— Se você entra na minha cabeça, Ray, eu entro na sua. Você não é mesmo muito popular em Red Onion. Nem os assassinos ou os estupradores gostam muito de você. Eles não gostam do jeito como você olha para eles, de como você sabe das coisas.

— Eles vão receber o que merecem. O que é deles tá guardado. Você também. Achou que podia se esconder de mim, mas não pode. Eu te encontrei. E vou continuar te encontrando. E um dia eu vou colocar as minhas mãos em você. O seu rosto não vai ficar bonito depois que eu terminar.

— Com certeza, Ray. Agora, vê se me dá licença, esse lugar é meu.

Ela se abriu o máximo que podia e fechou as mãos em punhos.

— Vai embora!

Thea acordou, não com medo, mas com satisfação. A leve dor de cabeça passaria, e o resultado compensava o preço.

Ele tinha invadido a mente dela, o sonho dela, mas ela o tinha empurrado para fora de novo. Havia tido um custo, mas ela tinha conseguido.

E ela o tinha visto, machucado e maltratado. Ela havia visto o suficiente para saber que Riggs continuava pagando por todas as vidas que tinha tirado.

Aquilo também lhe deu satisfação.

Com o equipamento montado na Toca das Raposas, Thea se sentou para trabalhar no jogo novo, que já estava delineado em sua mente. Queria ao menos dar início ao GDD — o documento de design de jogos — antes da reunião. Mas antes de começar a definir os detalhes do design, queria criar o personagem novo.

Não musculoso como Zed, mas alto e magro. Por causa do biótipo e do sangue de elfo, ele seria ágil e rápido. Teria cabelos da cor de um bom bourbon do Kentucky e na altura do queixo, meio rebeldes.

Rosto estreito, maçãs do rosto afiladas, pensou ela, enquanto desenhava. Olhos de pálpebras longas, íris verdes como as sombras da floresta. Decidiu estreitar um pouco o canto dos olhos. Outro indício da herança élfica.

Ela esboçou o rosto de frente, de perfil, a parte de trás da cabeça, então decidiu acrescentar uma trança por cima dos cabelos rebeldes, descendo pelo centro da cabeça.

Thea terminou o esboço, pregou no mural ao lado da mesa, analisou-o e então voltou a desenhar.

Fazendo o personagem de corpo inteiro, e ela o vestiu com culote marrom, botas marrons mais escuras que a calça e com o cano dobrado, logo abaixo da canela. A camisa — que não chegava bem a ser uma túnica — ia até o quadril. Botou um cinto, acrescentou uma espada. Depois de um momento de dúvida, resolveu colorir de verde, como os seus olhos, como as sombras da floresta pelas quais ele poderia avançar, completamente invisível.

Recostando-se na cadeira, ela alongou os dedos cansados e analisou os vários esboços no mural.

Talvez uma tatuagem. No bíceps, na omoplata ou no dorso da mão? Não sabia, admitiu para si mesma. Será que deveria acrescentar uma pulseira de couro grossa, que ele ganhou da mãe elfa, já que a espada foi forjada pelo pai humano?

Ela não precisava só da aparência física, mas de uma história, uma linhagem, a sua biografia, os pontos fortes e os fracos, para criar um personagem completo e descrevê-lo no GDD.

Tye, filho de Gregor, o ferreiro, e Lia, a elfa. Um guerreiro nato, um andarilho à procura de uma batalha, de uma causa, de seu lugar no mundo.

— Pode ser, pode ser, pode ser... Mas de uma coisa eu sei. Você está apaixonado por Mila, a garota da fazenda. Isso é um problema para você? Acho que é, a princípio. Para mim vai ser divertido.

Hora de começar com o básico, pensou ela, e voltou para o computador para iniciar o documento.

Trabalhando na paz do sótão, ela ouviu alguém subindo a escada. Não era a avó — os passos eram pesados demais.

— Estou trabalhando, Rem — disse ela, sem olhar para trás.

— É, e você está monopolizando a Toca há umas quatro horas.

Com as mãos nos bolsos, Rem foi até o mural.

— Ei, quem é esse? Cara novo? Engraçado, parece que eu já vi ele antes.

Thea decidiu guardar o protótipo só para ela. Era meio constrangedor.

— Meio homem, meio elfo. Guerreiro nômade e defensor de Endon. Um cara durão, par romântico da Mila.

— Legal. Olha, temos que traçar a estratégia para a reunião de amanhã.

— Precisamos de uma estratégia?

— O fato de você estar me perguntando isso é uma prova de que você precisa de mim. — Ele desabou no sofá. — Para de trabalhar um pouco. Primeira coisa, me diz o que você quer, exatamente o que quer, para a gente tentar chegar lá.

— Já estou recebendo mais do que esperava.

Com as pernas esticadas, Rem cruzou os tornozelos com seu All Star de cano alto.

— Mais uma prova de que você precisa de mim.

Thea desistiu, salvou o trabalho e girou a cadeira de frente para Rem, que apontou para ela.

— O que você quer, Thea? Um emprego na Milken, lógico. Mas o que você quer fazer?

— Eu quero criar jogos, como estou tentando fazer agora. E quero desenvolver esses jogos.

— Qual é a diferença?

Ela o fitou com um olhar de pena que só um irmão pode lançar para o outro.

— O fato de você estar me perguntando isso é uma prova de que você não sabe o suficiente sobre o mercado.

— Então me ensina. Me dá um exemplo.

— Tá bom. O designer é que nem... um arquiteto. Eles fazem o projeto. É aí que entra a ideia, o conceito, o processo criativo de projetar cada elemento do jogo. O desenvolvedor é que nem o empreiteiro, sabe? Ele constrói o jogo a partir do projeto, o documento de design do jogo.

— Entendi. Você quer fazer as duas partes?

— Na verdade, o desenvolvimento tem mais que só uma parte. Em geral são várias equipes e departamentos.

— Você não tinha uma equipe para fazer o *Endon*.

— Não, mas eu passei três anos trabalhando nisso, parando e voltando. E eu já tinha o conceito, o enredo básico, havia vários anos. É que nem a

Milken entrar com o departamento de música e voz. Por mim, tudo bem. Tudo ótimo, na verdade. Mas eu não quero só projetar, depois entregar na mão deles e ser chamada quando der algum problema.

O que ela queria? Ser boa no que fazia, e ficar ainda melhor. E imaginar pessoas em lugares como aquele, como a Toca das Raposas, curtindo o que ela tinha criado.

— Eu quero... basicamente o que tive com o *Endon*. Eu projeto e desenvolvo um jogo, eles pegam, melhoram, ajustam ou mudam qualquer coisa que seja necessário. Botam em uma embalagem e promovem. E não sei se isso é possível, mas...

— Vamos descobrir. O que mais?

— Preciso trabalhar daqui. Para mim, isso é fundamental. Não vou me mudar para Nova York, nem para Seattle.

— Você está disposta a viajar para Nova York ou para Seattle, se e quando precisar fazer uma reunião presencial?

— É lógico. A maior parte do que faço, tenho como fazer daqui, mas posso viajar se e quando for preciso. Só não quero me mudar por um emprego. Por emprego nenhum, Rem, nem esse. E esse é... — Ela fechou os olhos. — Ai, esse emprego...

Ela então voltou a olhar para o irmão.

— Mas eu preciso daqui, foi aqui que eu sonhei pela primeira vez com o *Endon*, é onde eu criei raízes. Eu preciso da vovó. Ela é o meu porto seguro.

— Então a gente vai conseguir tudo isso para você.

Thea começou a rir, depois parou, porque acreditava mesmo que o irmão ia conseguir.

— E você, Rem, o que quer?

— Eu estou fazendo o que eu quero, e vou melhorar nisso.

O fato de que ele praticamente repetiu o que ela estava pensando a atingiu em cheio.

No fundo, percebeu Thea, os dois eram muito parecidos.

— Depois, quando eu terminar a faculdade, quero tirar três ou quatro semanas e viajar pela Europa — continuou ele.

— E comer caracol na França?

— Pode apostar, mas vou pular a parte da boina e do plastrão. Acho — completou ele.

— De um jeito ou de outro, você tem que mandar foto.

— Pode deixar, vai ser uma foto digna de entrar na galeria da família. Aí eu vou voltar para casa, talvez fazer um MBA, gerente de negócios em tempo integral, fazendeiro meio período.

Ele lançou um sorriso para ela.

— Perfeito para mim. Construir aquela casa um dia desses, e encontrar a garota sortuda com quem eu quero morar lá.

Thea sorriu de volta.

— E como ela é?

— Não sei ainda, mas tem que gostar de cachorro.

— Isso você não precisa nem falar. Por falar em cachorro, eu estou ignorando eles, e a vovó, há mais tempo do que pretendia. De noite eu trabalho mais.

Quando tivesse a sua paz de novo.

E QUANDO ELA voltou a ter paz, trabalhou até quase duas da manhã. Thea passou uma boa parte do tempo com o software e os esboços, passando a sua imagem de Tye Smith, guerreiro e andarilho, do papel para a tela.

Ele precisava de um cavalo, lógico, mas não seria um qualquer. Um cavalo de guerra. Dilis. Dilis, o leal e verdadeiro.

No momento em que decidiu o tamanho, a forma, a cor e a personalidade do cavalo, a mente de Thea ficou turva o suficiente para ela admitir que precisava parar.

Ela sabia que veria mais em seus sonhos.

ARRUMOU-SE COM cuidado para a reunião, uma camisa branca de gola, o cabelo preso em um rabo de cavalo que achou que parecia profissional e não causava distrações. Os brincos cor-de-rosa da mãe, para dar sorte.

Depois de alguma discussão, eles decidiram fazer a reunião na mesa da cozinha. Aquilo demonstrava quem ela era, pensou Thea, e os todo-poderosos podiam muito bem ver aquilo logo de início.

— Prometo que não vou atrapalhar.

— Ah, não vai embora, vó. Você é o meu apoio moral.

— Eu fico, querida, mas fora da tela. E os cachorros ficam lá fora pra não incomodar.

— Pronta? — perguntou Rem.

— Prontíssima.

— Então vamos entrar.

Thea viu Bradley Case pela primeira vez — tirando as fotos que havia encontrado na internet. Ele tinha cabelos castanhos rebeldes, óculos como os de Buddy Holly e um brinquinho prateado de argola na orelha direita.

— Bom te ver, Thea, e você também, Rem. Deixa eu apresentar todo mundo.

Enquanto ele falava os nomes e os cargos das outras três pessoas na tela, Thea rabiscava tudo em um bloquinho ao lado do notebook.

Eles conversaram sobre o jogo — e nesse ponto ela se sentiu confiante.

Ela podia responder a perguntas sobre os personagens, as regras do mundo, os obstáculos, os pontos de poder, as escolhas, o código e a jogabilidade sem nem pestanejar.

Ela ouviu sugestões de mudanças ou de melhorias, fez mais anotações.

— Na verdade, a Mog vai voltar na continuação — disse ela, meio sem pensar, enquanto anotava alguma coisa.

— Você tem planos para uma continuação? — perguntou Bradley.

— Ah, desculpa, tenho. Comecei o GDD ontem, e tenho a primeira camada. Também vou introduzir outro personagem principal. Posso ir buscar, se vocês quiserem ver, mas é só um começo, é só o esboço.

— Pode trazer. Faz o seu pitch.

O pitch, pensou ela, e sentiu um frio na barriga. Ela era melhor escrevendo do que falando. Mas tinha que aprender.

— Endon teve quase um ano inteiro de paz — começou ela —, quando os videntes profetizam uma ameaça nova, e uma antiga. E então surge um estranho na floresta.

Ela fez o melhor que pôde, tentou ser breve.

— Não estou com a narrativa toda definida. Trabalho melhor quando deixo fluir. Mas o personagem de Tye Smith vai ser importante, e o chefão novo também, Barstav, o Gigante, conjurado por Mog.

— Antes de continuar — interrompeu Rem —, Thea pretende criar e desenvolver esse jogo como fez com o primeiro. E então apresentar para vocês avaliarem. E ela está aberta a quaisquer mudanças que vocês acharem necessárias, lógico.

Bradley apenas arqueou uma sobrancelha sob o emaranhado de cabelos.

— Vamos manter isso em mente.

Ela deixou Rem assumir a palavra, negociar os termos, remuneração, porcentagens, salário, bônus. Thea arregalou os olhos quando ele falou de merchandising, mas deixou rolar.

Uma hora depois, ela fechou o notebook.

— Eu acabei de vender… quer dizer, de ceder os direitos de comercialização… do meu primeiro jogo para a Milken Entertainment?

— Isso aí, parabéns. — Rem ofereceu um punho fechado para ela bater. — Falta resolver uma coisinha ou outra, e é bom pedir para um advogado analisar o contrato, quando ele for finalizado.

Franzindo o cenho, ele batucou com os dedos na mesa.

— Se eu soubesse mais, provavelmente podíamos ter feito um acordo melhor. Mas acho justo. Você está só começando.

— Estou admirada. Muito admirada de vocês dois. — Lucy se levantou do banquinho junto da bancada para abraçá-los. — Cada um falando uma língua diferente. Não entendi metade do que vocês disseram.

— Eu consegui um estágio.

— O salário é meio ruim.

Ela deu um soco em Rem e riu.

— O salário é a coisa menos importante. Eu vou trabalhar em outros jogos, coisa de iniciante, mas é trabalho. Ganhar experiência. E posso continuar trabalhando por conta própria.

— Eles ficaram interessados — disse Rem. — Eu vi, e eles gostaram da ideia nova.

— O conceito é bom, e eu posso fazer funcionar. Sei o que estou fazendo. Do mesmo jeito que sei ordenhar uma vaca. Mas… Ai, meu Deus! Eles vão produzir o meu jogo. O meu jogo! As pessoas vão jogá-lo.

— Não estou nem aí pra hora, vou abrir aquele champanhe que eu comprei.

— Você comprou champanhe?

— Comprei. — Lucy fez que sim para Rem, e depois para Thea. — Botei na geladeira da área de artesanato, pra não abusar da sorte. Vou beber champanhe e brindar os meus netos geniais. Depois vou ligar pra família e pra todo mundo que eu conheço e me gabar de vocês.

Emocionada, Thea levou a mão ao coração.

— Ai, vovó!

— Tenta me impedir pra você ver.

— Eu que não vou fazer isso. E como sou o homem da casa — lembrou Rem —, eu que abro o champanhe.

O VERÃO PASSOU depressa. Eles comemoraram por Thea, e depois comemoraram de novo, por Caleb, a noiva e o bebê, quando o restante da família chegou.

Mais reuniões remotas fizeram Thea perceber que a vida que a sua avó tinha lhe dito para viver havia entrado em uma nova fase. Ela continuou trabalhando no jogo novo, que passou a se chamar *Endon: A vingança de Mog*, fazia as tarefas na chácara e assou o seu primeiro bolo de maçã por conta própria.

Thea deu asas ao cavalo de guerra porque, quando se abriram, ela sabia que Dilis tinha sido feito para ter asas.

Ela se matriculou nas disciplinas da faculdade e arrumou uma aula de técnicas de espada para iniciantes fora do *campus* e uma de artes marciais mistas dentro do *campus*.

E se inscreveu nas duas. Acharia tempo para as aulas e acreditava que o seu trabalho melhoraria se ela experimentasse fazer alguns dos movimentos e das ações que programava para os personagens.

Pouco antes de voltar para a faculdade, ela entregou o GDD para revisão. E cruzou os dedos.

Se o verão já havia passado voando, o último ano de faculdade foi um borrão. Ela aprendeu com os professores, com o estágio, levou muitas pancadas nas artes marciais mistas e comprou a primeira espada.

Passou as férias de primavera em Nova York, encontrando supervisores, chefes de departamento e colegas. O que foi uma oportunidade para passar alguns dias com Caleb e Selma, e para paparicar o pequeno primo.

Olhando a cidade, ela entendeu, como sempre acontecia toda vez que ia a Nova York, a atração que havia no agito, nas cores e no movimento daquele lugar.

Um dia, pensou ela, criaria um jogo em uma grande cidade como aquela. Mas Nova York era o lugar de Caleb, refletiu, não o dela.

Ela ouviu o bebê chorar, saiu do quarto e foi até o berço.

— Está na hora do seu lanchinho da meia-noite, lindinho? Acho que está na vez do papai, então vamos dar um minutinho para ele. A sua mãe tirou leite fresquinho tem poucas horas. Ai, eu vou sentir saudade disso — disse ela, pegando o neném e trazendo-o para junto de si.

— Eu que o diga. — Caleb bocejou na porta.

Ela se virou e sorriu para ele, com o cabelo bagunçado e os olhos de quem não dormiu nada.

— Aposto que vai. Se você pegar a mamadeira, eu faço o resto. É a minha última noite aqui, então vai ser um prazer.

— Não precisa tentar me convencer.

Caleb trouxe a mamadeira e, quando o bebê achou o bico, suspirou.

— Olha só para ele. Quem diria que dá para amar uma pessoa tanto assim? Ainda mais quando essa pessoa só come, faz cocô, chora e dorme.

Ele deu um beijo na bochecha do bebê e depois na de Thea.

— Nós vamos sentir saudade, e não só pela ajuda. Até agora toda aquela conversa de enfermeira e babá ficou por isso mesmo. Só na conversa.

— Você não está pronto.

— Ainda não. Ele é tão... pequenininho. Mas como renovaram mais uma temporada da série...

— Lógico que renovaram.

— Vamos ter que fazer mais do que só conversar. Ele com certeza te adora. Pena que você não está disponível para trabalhar de babá.

— Eles querem que eu volte no verão, por mais uns dias, antes do lançamento do jogo. Então, se tiver um quarto para mim, você tem uma babá.

— Você tem um quarto de qualquer jeito, mas eu aceito o serviço de babá.

Caleb fez carinho no cabelo dela, depois deu um leve puxão.

— Não tem a menor chance de você se mudar para cá, né?

— Tanto quanto de você voltar para Redbud Hollow. Você adora ir, aproveita quando está lá, mas...

— Mas... — concordou ele.

— Eu estou aqui agora, vai dormir.

— Se ele não se acalmar...

— Ah, ele vai se acalmar. Eu levo jeito.

Quando Thea se formou, todo mundo foi para a cerimônia. Ela não esperava. Waylon e Kyra com os três filhos; Caleb, Selma e Dylan, com suas bochechas fofinhas. A avó se debulhou em lágrimas, enquanto Rem lhe oferecia lenços.

Na última longa viagem de carro de volta para casa, Lucy foi com ela.

— Agora você tem todo um mundo novo, querida.

— Estou quase pronta para isso. Daqui a algumas semanas, vou ter que passar na sede da empresa. Uns três, quatro dias, talvez. Mas estou pronta para voltar para casa.

— Você aceita levar uma carona?

— É sério?

A ideia deixou Thea saltitando no banco do carro.

— O Rem disse que podia cuidar das coisas em casa, e eu sei que ele dá conta. Eu queria muito ver essa sua sede com os meus próprios olhos. E ter mais uns dias com o meu netinho caçula.

— Eu ia adorar! Mal posso esperar para te mostrar a Milken. É um lugar tão legal. A tecnologia é de outro mundo, e as pessoas são tão inteligentes, tão criativas.

— Igual à minha neta mais velha.

— Ainda estou chegando lá. Tem uma coisa que eu queria te pedir, vó.

— Hoje eu tô transbordando de orgulho, então é uma boa hora pra pedir um favor.

— Eu queria uns meses, quem sabe um ano ou mais, antes de realmente começar a planejar a casa. É um passo tão grande, e eu quero fazer direito. Tem tanta coisa acontecendo, tenho medo de não fazer certo. Agora eu vou trabalhar em tempo integral e quero dar o meu melhor. Tem o lançamento, e depois eu vou ficar trabalhando no jogo novo e nos projetos que eles talvez me passem. Vou atualizar o meu equipamento todo, e...

— Não se preocupa com nada disso. Você fica lá em casa até estar pronta pra sua.

Ela ficou por alguns meses, depois um ano. E quase mais dois até concluir um projeto para a casa, e então construí-la.

Duas vezes durante aquele período, Howard e Musk viajaram nos dias de folga para pedir sua ajuda. E ela aceitou ajudar. Quando Riggs tentava alguma coisa, ela o rechaçava.

Thea nunca mais voltou à prisão. A sua vida estava orientada para o futuro, e ela disse a si mesma que Riggs vivia no passado, trancado nele.

Até que sua casa ficou pronta, um imóvel de dois andares, abrigado pelas colinas ondulantes, verde da cor das montanhas, com uma porta azul e uma varanda que dava a volta completa na casa. Thea havia acrescentado o pequeno deque que Maddy tinha insistido que deveria ter diante das portas duplas do quarto dela.

E ela já se imaginava sentada ali fora, em noites e manhãs calmas.

A sala de jogos era uma fonte de orgulho, e Thea a havia projetado com as janelas voltadas para as colinas — e para o galinheiro que Knobby tinha construído para ela.

Iria levar meia dúzia de galinhas, mas deixaria a vaca leiteira e a cabra com a avó.

E, algum dia, teria um cachorro. Primeiro iria se habituar à casa, pensou ela, de pé, olhando para a construção, com as chaves quentinhas na mão.

Passar o outono e a sua explosão de cor, e então o inverno, com o vento gelado e as lareiras acesas.

Penduraria sinos dos ventos e garrafas de bruxa e colocaria pisca-piscas nos três jovens pés de olaia no quintal.

E, na primavera seguinte, plantaria um jardim, o seu próprio jardim.

Thea encheria a casa de flores, velas e coisas bonitas. E cuidaria do terreno.

Ela havia trabalhado para ter aquilo, sim. Mas não teria conseguido sem o que os pais lhe deram, o que a avó havia lhe dado.

A casa era dela, pensou Thea, mas jamais só dela.

Ela se dedicaria à casa, prometeu a si mesma, e faria boas comidas para merecer a cozinha que havia projetado ao longo de incontáveis dias e noites de sonho. Cozinharia para a família e seria uma boa vizinha para dona Leona.

Ela tinha um trabalho que amava e no qual era boa. Talvez ainda fosse uma surpresa para ela que tivesse desenvolvido com a Milken uma franquia da série de jogos *Endon*, mas até o fato de ser uma surpresa a agradava.

Lembrou do dia em que Rem começou a falar de merchandising na cozinha da avó.

Ele foi muito esperto de definir isso naquele momento, pensou ela.

Ela se dedicava muito — o que parecia ser uma qualidade dos Riley--Lannigan-Fox. E decidiu que a sorte de gostar do trabalho vinha do mesmo lugar.

Naquele momento, uma fase da sua vida ficava para trás, percebeu ela. E outra se estendia à sua frente.

Na brisa forte de outubro, Thea ficou de pé em sua propriedade e caminhou lentamente até a casa que havia construído em seus sonhos.

Destrancando a porta que não pretendia trancar mais, entrou para acender as lareiras e as velas.

14

⌘ ⌘ ⌘

ATÉ O dia em que morreu, três anos depois de Thea se mudar para a casa nova, Leona viveu firme e forte.

Em uma noite de ventania em fevereiro, por volta das dez da noite, Thea sentiu a partida da vizinha, o momento em que ela simplesmente passou de um mundo para o outro.

Ela lhe deixou um bule lindo, decorado com libélulas, pelo qual Thea sabia que Leona tinha muito carinho.

Thea sentia falta dela, sentia saudade de ver a fumaça subindo da chaminé, uma janela iluminada.

Bunk, o cão Bernese de Thea, também sentia saudade da vizinha, e do biscoito que ela sempre oferecia para ele quando a visitava.

Naquela primavera, quando Thea plantou o seu jardim, ela se perguntou quanto tempo a casa ficaria vazia. Leona tinha deixado o imóvel, e tudo que havia dentro, para o bisneto. Ele não tinha ido ao funeral — algo sobre o filho pequeno estar doente —, mas Thea se perguntava por que ele ainda não tinha aparecido. Fosse para assumir a herança ou para preparar o lugar para vender.

Ela trabalhava, cuidava do jardim e das galinhas, e caminhava com frequência com Bunk até a casa da avó.

Todo ano, no aniversário de morte dos pais, ela, Lucy e Rem colocavam hortênsias no túmulo deles.

E toda noite, nesse dia, a fechadura da sua janela sempre se soltava. E Ray Riggs aparecia.

Ao longo dos anos, ela o tinha bloqueado inúmeras vezes, mas naquela noite ele sempre conseguia entrar. Thea percebeu que ele conhecia as fraquezas dela, que a lia da mesma forma que ela fazia com ele. A estranha reviravolta do destino que os havia unido recusava-se a se romper.

— Vai ver, querida, você na verdade não quer romper essa conexão.

Ela estava na área de artesanato, ajudando a avó com uma leva nova de sabonetes.

— E por que eu não iria querer?

— É uma espécie de conforto, né, que ele ainda esteja pagando a pena? Que ainda esteja preso.

— Eles me avisariam se ele saísse. Mas... Não sei, talvez você tenha razão. Quando chegamos em junho, como agora, eu começo a pensar nele. Talvez eu que esteja dando abertura, e não só ele que esteja entrando.

— Você disse que não fica com medo. Que ele não te assusta.

— Não, ele não me assusta. Ele me perturba. Mas quando eu vejo o Riggs, quando ele está dentro da minha cabeça daquele jeito e eu vejo e escuto ele... Acho que é melhor lidar com a verdade. Isso me dá uma espécie de satisfação, e uma espécie de consolo. É uma coisa sombria da qual eu não me orgulho.

— Por que não?

— Esse mês fez quinze anos, vó. Não existe preço que ele possa pagar que compense o que ele fez, mas quinze anos? Eu não consigo seguir em frente.

— Que besteira.

Lucy terminou de despejar o sabonete e deu um passo para trás. Ela ajeitou o cabelo. Ainda gostava de prendê-lo em uma trança, e a dramática mecha branca agora tinha a companhia de outros fios brancos em meio aos pretos.

— Você construiu uma vida, querida, uma vida boa. Você usou bem o seu dom, direito e com parcimônia. Se você usa pra isso, quando os pensamentos nos seus pais ficam mais intensos... Por que não?

Enquanto Lucy falava, elas começaram a arrumar a mesa.

— Ele é um homem mau, Thea, com o dom dentro dele transformado em uma coisa tenebrosa. Eu acredito nisso do fundo do meu coração. Então você deixa ele entrar nessa noite, e isso confirma que ele está onde merece. Se eu pudesse fazer o mesmo, também faria.

— Faria? — Thea nunca tinha imaginado que a avó quisesse, ou precisasse, desse tipo de compensação.

— Ele tirou os meus filhos de mim. Quinze minutos ou quinze anos, é a mesma coisa. Não sei se eu conseguiria perdoá-lo se ele tivesse pedido perdão, se ele realmente se arrependesse. Mas ele não tem o menor arrependimento, então eu não perdoo.

— Não, não tem. Ele não é capaz de se arrepender. — Thea inspirou fundo, aliviada. — O mundo dele é o passado, porque ele não tem um presente de verdade, não tem futuro. E, no passado, ele tinha poder. Saber que você sente a mesma coisa ajuda, vó.

— Principalmente nessa época do ano, imagino. Nessa época é mais difícil. Mas… — Lucy virou e segurou as mãos de Thea. — Embora a gente não possa abandonar o passado, não quando ele guarda quem amamos, nós temos um presente de verdade, nós temos um futuro. E é pra lá que a gente tem que olhar. Agora, vamos tomar uma limonada na varanda. Nós merecemos. Juro pra você, com o Rem administrando os negócios, eu não tenho um minuto de sossego.

Thea riu e sentiu o humor melhorar um pouco.

— Você gosta.

— Não posso negar. Olha só pra mim, com empregados.

— Que podiam assumir o seu trabalho, se você deixasse. Mas você não deixa.

Elas tiraram os óculos para se sentar no mesmo lugar em que Thea tinha se sentado tantas noites de verão, mirando as estrelas, ouvindo o sussurro das colinas.

Agora o cachorro dela, aquela coisa enorme, brincava com Tweedle e Dee. As galinhas ciscavam, e Betty Lou, velha demais para produzir leite, pastava na grama do campo.

A jovem Rosie, sua substituta, cochilava aos seus pés sob o sol.

— Será que algum dia o Rem vai construir uma casa?

— Ele andou falando nisso — comentou Lucy. — Parece mais animado. Ele só tem 25 anos.

— Eu era um ano mais nova que isso quando me mudei para a minha casa.

— Pra você é diferente, querida. Ele queria fazer aquela viagem, e conseguiu.

— E comeu mesmo caracol.

— Pra mim, foi mais por orgulho do que por gosto. Agora, eu não tô falando que ele não tenha ficado mal-acostumado com a rotina de ter sempre comida boa em casa, mas ele me ajuda muito. Ele mais do que merece a panqueca que eu faço. E o Rem é do tipo sociável. Você precisa de sossego e do seu próprio espaço. Quando for a hora, ele vai construir a casa dele.

— Eu sinto falta de ter a dona Leona por perto. Saudade de só saber que ela está lá, andando pela casa, tricotando na poltrona. Você sabe o que vão fazer com a casa?

— Não fiquei sabendo ainda. Mas acho que isso deve demorar, essa coisa de advogado leva tempo. Só sei que o bisneto tem um filhinho de uns 4 anos, talvez. Uns 4 ou 5, e não tem esposa pra ajudar.

— Ela nunca falava muito da família. Falava um pouco mais do bisneto, mas mesmo assim... Só que ele fazia questão de que ela fosse visitar no Natal, e que ele vinha visitar quando podia, ligava toda semana e cuidava para que não faltasse nada.

— Se ele vier, espero que reconheça como você era boa para ela.

— Ela era minha vizinha.

— Sei que no último ano era você quem fazia compras pra ela e fazia companhia quando ela queria. O Rem também, cortando a grama, fazendo reparos.

— Ele fazia por causa dos biscoitos. Eu tenho saudade dos biscoitos dela. Ela sempre tinha biscoito fresquinho.

— Ela está com o George agora. Nos últimos meses, ele vinha com frequência. Ela me contou — acrescentou Lucy, quando Thea olhou para ela. — Mas nem precisava. Dava pra sentir a presença dele perto dela no final. Ela estava pronta pra ir, pra se entregar e seguir em frente. Ter o George por perto ajudou.

— Você já sentiu a mamãe?

— Ah, meu amor, o tempo todo. A minha menina querida, uma moça tão linda. O seu pai também, porque ele também era meu filho. E isso me consola.

— Eu nunca mais voltei na casa da Virgínia. Sabia que o que aconteceu aquela noite ia bloquear todo o resto que tínhamos lá. Mas quando vejo os meus pais ou quando os sinto, é sempre aqui, na chácara. E eles estão sempre juntos. Isso me consola. Agora, está na minha hora de ir para casa.

— O Rem vem jantar em casa. Você podia ficar pra comer com a gente.

— Hoje não. Tirei a manhã para mim, mas tenho que trabalhar, e eu sei que você precisa fazer as suas coisas. Tenho que passar na cidade amanhã, então, se estiver precisando de alguma coisa, é só falar.

Thea se levantou.

— Vamos, Bunk, está na hora. — Ela deu um abraço apertado na avó. — Se o Rem não for sair no sábado, vocês podiam jantar lá em casa. Acontece que eu descobri a receita secreta de frango frito da minha avó e deu vontade de fazer.

— A gente vai. Eu levo a sobremesa.

Thea seguiu pela estrada com o cachorro ao seu lado. Com quase 2 anos, Bunk tinha mais de 60 centímetros de altura e pesava uns 55 quilos. Uma montanha forte e tricolor, sempre muito alegre.

Ele foi trotando junto da dona, abanando a cauda grossa com uma mancha branca na ponta.

Treinar o cachorro tinha sido um desafio, mas, para Thea, ele era o companheiro mais perfeito que ela podia desejar.

Thea fez carinho em sua cabeça, e Bunk a fitou com grandes olhos castanhos cheios de amor. Como se ele também a considerasse a companheira perfeita.

— A tarde está linda, né? Mas eu vou ter que passar um tempo no estúdio.

Estava mais calma, como acontecia toda vez que visitava a avó. E a caminhada de ida e de volta sempre lhe dava energia.

Uma tarde de verão, tudo azul e verde. As colinas, as flores silvestres se abrindo. As roupas dos vizinhos mais próximos da avó penduradas no varal.

Se não tivesse que trabalhar, sentaria na própria varanda e ficaria só aproveitando o dia com o seu cachorro. Mais tarde, prometeu a si mesma, à noite. Sentaria na varanda com uma taça de vinho e ficaria observando o jardim florescer.

Enquanto caminhava, soltou o cabelo, que tinha prendido enquanto fazia sabonete com a avó. Quando o cabelo caiu sobre seus ombros, ela riu ao ver Bunk farejando algo no ar.

— Está sentindo o quê? Uma raposa, um coelho? Nada de perseguir os bichos, só se eles estiverem atrás das galinhas ou do jardim. Nós já falamos sobre isso.

Quando eles fizeram a curva, Bunk abanou o rabo. Thea viu uma caminhonete grande na frente da casa da dona Leona, e um homem com um menino. O garoto soltou um gritinho e começou a correr, no mesmo instante em que Bunk latiu animado e fez a mesma coisa.

Ela ouviu o homem gritar:

— Braydon, para! — O que não adiantou de nada.

Ele correu atrás do menino e o pegou no colo no exato momento em que ela gritou para Bunk:

— Parado! Senta! — O que surtiu efeito.

— Au-au, papai! Au-au, papai!

— Ele é bonzinho. — Mas Thea sentiu o medo do homem pelo menino e segurou Bunk pela coleira, enquanto o cachorro vibrava de alegria. — Ele adora crianças.

— Para comer no café da manhã?

Thea começou a rir, e então, enquanto o menino tentava se livrar dos braços do pai, ela enfim pôde olhar direito para o bisneto da dona Leona.

A adolescente de 16 anos dentro dela teria dado um gritinho tão agudo quanto o do menino se não tivesse conseguido se segurar.

Já fazia quase cinco anos que a Code Red tinha se separado, mas Thea conhecia o rosto de Tyler Brennan.

E ali estava ele, com um menininho nos braços, na beira da estrada, a uns quatrocentos metros da casa dela. Aquele cabelo, que ela sempre tinha descrito para si mesma como da cor de bourbon caro, caía em ondas desordenadas. O rosto esculpido e simplesmente lindo com uma barba de dois ou três dias por fazer. E, naquele momento, os olhos verdes encaravam Bunk com profunda desconfiança.

Thea fez de tudo para acalmar a adolescente saltitante dentro dela.

— O Bunk é grande, mas é bonzinho. — Focar no menino, uma versão em miniatura do pai, ajudou-a a se concentrar. — Por que você não diz "Oi, Bunk" e acena pra ele?

— Oi, Bunk! — O menino acenou, animado. — Oi, Bunk. Brincar, papai!

— Bunk, fala oi.

Ao ouvir o comando, o cachorro levantou a pata direita e acenou. Os olhos dele brilhavam de amor sob as manchas cor de ferrugem, e se um cachorro era capaz de sorrir, Bunk estava sorrindo.

— Eu sei que o tamanho assusta… — começou Thea.

— É mesmo?

— Mas ele tem um coração enorme também. Meu nome é Thea Fox. Eu moro mais à frente, na estrada. O Bunk adorava visitar a dona Leona.

Ty voltou a atenção do cachorro para a mulher.

— Então você é a Thea. A bisa falava de você e da sua família. Agradeço muito por tudo que você fez por ela.

— Nós amávamos muito ela — disse Thea. — Ela não falava muito da família, mas sei que para ela era muito importante que você ligasse toda semana e a levasse para passar o Natal com vocês, lá no norte.

— Eu não consegui vir para o enterro. O Bray estava doente e não podia viajar. E depois… — Ele fitou a casa e não terminou a frase: — Enfim. Meu nome é Tyler Brennan, bisneto dela.

— Eu sei. É melhor eu falar logo: sou uma fãzona da Code Red. Minha avó me levou com duas amigas no seu show, em Louisville, no meu aniversário de 16 anos.

— Bem que eu achei que já tinha te visto. — Ele sorriu, exibindo a covinha no canto direito da boca.

A adolescente em Thea quase desmaiou.

— Quando vocês cantaram "Ever Yours", eu sabia que você estava cantando para mim. Bunk — disse ela baixinho, enquanto Tyler se aproximava.

— Au-au. Papai, *por favor*!

— Eu primeiro. Você sobe nas minhas costas.

Braydon escalou o pai com agilidade e montou nas suas costas.

— Eu preciso muito dessa mão para trabalhar — disse Tyler, mas a estendeu para Bunk farejar.

Em vez de farejar, Bunk abaixou-se de modo a colocar a mão de Ty em cima da sua cabeça e depois a empurrou até ganhar um carinho.

— Certo, filho, com gentileza.

Bray desceu deslizando pelas costas de Ty e passou por baixo das pernas dele. E quase caiu em cima de Bunk.

— Eu *amo* o au-au!

— Eu diria que é recíproco. Ele adora crianças. — Thea viu caixas no carro grande. — Vocês vieram de carro da Filadélfia?

— Viemos. Não sei por que eu achei que viajar de carro com uma criança de 4 anos ia ser uma boa ideia.

— Você vai querer ter o carro aqui, então pelo menos tem esse lado bom. Mesmo assim, é muita estrada. Você deve estar cansado, então não vou te atrapalhar mais. Se eu puder ajudar com alguma coisa enquanto você estiver por aqui, eu moro a uns quatrocentos metros para lá, seguindo essa estrada.

— É muita gentileza. Diz tchau, Bray.

— Eu quero ir com o Bunk.

— Está na hora do cochilo do Bunk. — Thea captou o olhar de gratidão de Ty pela ajuda. — Mas outro dia ele volta e faz uma visita. Diz tchau, Bunk.

O cachorro sentou e acenou com a pata.

— A gente mora logo ali. — Ela lembrou a Ty. — Bem-vindos a Redbud Hollow.

Ela teve que se forçar a não olhar para trás. Aqueles anos todos, pensou ela, e a dona Leona nunca tinha falado nada sobre ser bisavó de Tyler Brennan, estrela do rock, compositor e vencedor do Grammy.

Lógico que Thea não se lembrava de tagarelar sobre ele e a banda para a dona Leona.

Mas mesmo assim!

Sua paixonite de adolescência ia passar um tempo — uns dias, semanas? — logo ali. Com o filho. Ela não sabia que ele tinha um filho. Thea não havia acompanhado a vida e as notícias envolvendo Tyler Brennan, lógico.

Não muito.

Pensou no trabalho que tinha para fazer, e que faria. Mas isso não significava que não podia preparar um jantar rapidinho. Afinal, o homem tinha vindo de carro da Filadélfia, com uma criança pequena.

Como vizinha, o mínimo que podia fazer era poupá-lo de ter que cozinhar.

Ty NÃO sabia se o cachorro gigante cochilava, mas assim que terminou de arrumar uma cama, Bray apagou.

Ele agradeceu em silêncio.

Enquanto o filho dormia, arrumou o essencial. Guardou a pouca comida que havia parado para comprar em uma geladeira totalmente limpa e nos armários também impecáveis.

Ty estava achando que ia ter que fazer parte da limpeza e ficou se perguntando se devia mais um agradecimento a Thea, das pernas compridas, e à família dela.

O advogado do espólio havia lidado com todos os documentos e a papelada de Leona. A bisavó tinha sido meticulosa nesse aspecto. E as orientações que tinha deixado para depois que morresse eram muito claras.

Ela deixou a casa — e a terra — para ele. Se ela tivesse morrido antes de Braydon surgir na sua vida, será que ele teria vendido a propriedade? Ou teria mantido como uma espécie de refúgio de férias?

Sinceramente, ele não sabia.

Mas Braydon tinha surgido na sua vida, e uma mulher que ele amava queria que ele tivesse aquilo.

Então iam ver como seria.

Eles tinham o verão para ver no que aquilo ia dar.

Os pais dele acharam uma loucura. Mas até aí, eles acharam a mesma coisa quando ele resolveu viver de música.

A sua avó havia saído de Redbud Hollow e não tinha nenhum apego emocional ao lugar. Embora gostasse da mãe, Willa Rowe Brennan não tinha uma conexão forte com as suas raízes.

E como tinha nascido e crescido na Filadélfia, o pai de Ty não tinha nenhum vínculo.

Para ele, era uma obrigação. William Tyler Brennan tinha feito o que considerava o seu dever para com a avó, no Kentucky.

Seja lá qual fosse o motivo, Ty sempre sentiu uma conexão. Com a bisavó, sem dúvida. E com o lugar? Não sabia dizer, exceto que tinha se divertido em suas breves visitas.

Que nos últimos anos nem breves chegaram a ser, admitiu ele, e sentiu uma pontada de arrependimento. Mas tinha Braydon, e complicações, e a vida.

Andou pela casa se lembrando daquelas visitas. O lugar era menor que a metade da sua casa na Filadélfia — ou bem menor que isso —, mas isso ele podia resolver, se ele e Bray decidissem ficar.

Teria que fazer alguns rearranjos, principalmente quando o piano chegasse. Era mais barato e prático comprar um na região, mas ele era apegado ao instrumento. A música que Thea tinha mencionado, "Ever Yours", por exemplo, ele havia composto naquele piano, e tinha sido o primeiro grande sucesso da Code Red.

Tanto espaço, pensou ele, para o Bray correr. E sim, talvez estivesse chegando a hora de arrumar o cachorrinho que o filho tanto queria.

Um filhotinho de tamanho razoável que se tornaria um cachorro adulto de tamanho razoável, e não uma montanha enorme e preta de peito branco.

Ele foi até o segundo andar de novo para dar uma olhada em Bray. Dormindo feito pedra, o que não era nenhuma surpresa. Ty arrumou a cama do quarto que escolheu. Pensou em tomar um banho, mas cometeu o erro de deitar primeiro. Só um minutinho.

O minutinho durou uma hora, até que Bray se jogou em cima dele.

— Hora de acordar!

— O quê? Por quê?

Abraçando Bray, ele girou e acomodou o filho junto de si, o que fez a criança rir.

Depois da já esperada lutinha e das cosquinhas, Ty o ergueu.

— Eu tô com fome!

— É, eu também. — E não estava a fim de dirigir até a cidade para arrumar o que jantar, como meio que havia planejado.

Mas tinha manteiga de amendoim, geleia, pão, um pouco de carne que havia sobrado do almoço, leite, pizza congelada, ravióli e macarrão em lata.

De fome eles não iam morrer.

— Vamos descer e dar um jeito.

Todo animado, Bray quicou nos braços do pai.

— A gente pode ir ver o Bunk?

— Vamos dar um ou dois dias, amigão. Temos que arrumar as coisas aqui.

— Eu tô arrumado.

— É, mas eu não. Hoje a gente vai pegar leve, mas amanhã a gente pega no batente.

Tinha que abrir espaço para o piano — prioridade número um. Decidir onde colocar o quê. Ele sabia que a bisavó tinha um jardim, mas não se via plantando nada. Se eles ficassem, talvez. Mas tinha que cortar a grama e dar um jeito no quintal.

O terceiro quarto não passava de um bom closet. Por causa do tamanho e da proximidade com o quarto de Bray, não era uma boa opção para montar um estúdio.

Como não imaginava que eles fossem usar a sala de jantar para comer, aquela parecia a escolha lógica.

Ele daria um jeito.

Naquele momento, queria uma cerveja. Talvez não fosse o melhor acompanhamento para macarrão em lata, mas ele estava precisando de uma.

Assim que abriu a geladeira, alguém bateu à porta da frente.

— Eu abro! Eu abro!

— Braydon, qual é a regra?

Bray bufou.

— Não abrir a porta sem o papai.

— Muito bem. — Ty fechou a geladeira e pegou a mão de Bray para ir até a porta.

A beldade de pernas compridas e cabelos escuros estava na sua varanda com o cachorro gigante.

Bray agarrou o cachorro pelo pescoço de novo na mesma hora.

— Eu só queria deixar uma coisinha. Você chegou de viagem, tem que desfazer as malas, achei que talvez não fosse ter tempo nem energia para cozinhar.

Ela lhe ofereceu um cesto de vime que tinha um cheiro divino.

— Que cheiro é esse? É maravilhoso.

— Ah, é só costeleta de porco com batata.

— Costeleta de porco? Você fez costeleta de porco para a gente? De verdade? Desculpa, entra aqui.

— Não, não, obrigada. Eu só vim trazer. E tem uns ovos para amanhã, caso você não tenha. Eu crio galinhas.

— Você cria galinhas.

Ela parecia uma deusa do campo de olhos azuis, pensou ele, e criava galinhas.

— Galinha faz um cocô que é ovo — disse Bray.

— É mais ou menos isso. Mas esses estão limpinhos. Espero que vocês gostem. Devolve a cesta e a travessa quando puder, sem pressa. É só deixar na varanda, se eu não estiver em casa. Vamos, Bunk.

Por um minuto, enquanto ela caminhava de volta até um conversível vermelho bacana, o seu cérebro aturdido não conseguiu lembrar o nome dela. Mas ele acabou vindo.

— Obrigado, Thea. Você salvou dois homens famintos de um triste jantar de macarrão enlatado.

Ela sorriu quando o cachorro pulou no banco traseiro.

— Fico feliz por ter vindo em resgate.

Ela saiu dirigindo pelo caminho de cascalho, e Ty fechou a porta.

— Filho, estamos prestes a jantar como reis.

Ty levou o cesto até a cozinha e o abriu.

Além do aroma incrível da refeição quentinha, ela havia incluído uma vela com cheiro de baunilha e um raminho de flores em uma garrafinha.

— Como reis — repetiu ele.

THEA NÃO conseguiu se conter. A única pessoa no planeta que entenderia o seu atual estado de descrença e euforia era a sua melhor amiga de quinze anos.

Ela mandou uma mensagem para Maddy.

O que você está fazendo?

A resposta veio em menos de um minuto, mas, do jeito que Thea estava, pareceu uma hora.

Agradecendo que o meu turno na clínica já acabou e tentando decidir se faço um sanduíche de manteiga de amendoim com banana ou se abro uma lata de ravióli.

Não come nenhuma dessas coisas nojentas e vem pra cá. Eu fiz costeleta de porco. E!!! Tenho uma novidade IMPORTANTE.

O que foi?

Importante significa que eu tenho que contar pessoalmente. Anda. Também tenho vinho.

Costeleta de porco com vinho eu topo. Me dá uma dica da novidade.

Não. Só falo quando você chegar.

Eu diria que isso é maldade, só que vou ganhar comida e bebida. Estou indo.

Como Maddy morava em um apartamento na cidade, Thea imaginou que teria tempo suficiente para botar a mesa, colocar uma música — Code Red, lógico — e dar comida para Bunk e para as galinhas.

Ela tinha acabado de servir o vinho quando Maddy apareceu na porta da frente.

— Tem um carro na casa da dona Leona. É o bisneto? É essa a grande novidade?

— Em parte. — Thea entregou uma taça de vinho à amiga.

Maddy estava usando trancinhas no cabelo. Ela tinha tirado a roupa de médica e estava com calça capri de moletom cor-de-rosa e uma camisa de moletom de manga curta na mesma cor.

Tinha meia dúzia de brincos nas orelhas.

— Preciso sentar. Estou de pé desde as oito da manhã. Vou sentar aqui na varanda para aproveitar o meu vinho e ouvir essa tal novidade. Não preciso ser sensitiva para ver que você está doida para contar.

Ela fez um carinho em Bunk a caminho da varanda. Então, soltou um suspiro enorme ao se sentar em uma das cadeiras azuis da varanda de Thea.

— Então você conheceu o cara, não foi? Como ele é? Ele tem um filho, né? Quanto tempo eles vão ficar? Vão vender a casa? Se eu pudesse, comprava, para ser sua vizinha. Topa ser minha vizinha? Se bem que é muito longe da clínica.

— E do dr. Príncipe Encantado. Quando você vai dar o braço a torcer e casar com o Arlo?

Maddy abriu um sorriso presunçoso.

— Eu estou aceitando morar junto. Quem sabe no outono. A gente experimenta um ano e vê como funciona. — Ela então olhou a amiga de soslaio. — Ou você podia ver e me contar logo.

— Eu não sou a Madame Carlotta com uma bola de cristal. E, mesmo que pudesse, não ia ver o seu futuro. Mas… — Thea brindou com o vinho e depois deu um gole — …eu sei identificar um par quase perfeito quando vejo um.

— Por que só "quase perfeito"?

— Não sei se existem muitos pares perfeitos.

Os pais dela, pensou Thea, mas eles tinham sido privados de todas as décadas que poderiam ter tido juntos.

— Tá bom, já enrolamos o suficiente. Qual é a do vizinho herdeiro? Alto, moreno e bonito?

— Alto, bonito, e o filho, além de uma cópia do pai, é a coisa mais fofa. Eles vieram de carro da Filadélfia, trouxeram um monte de caixas, então acho que estão planejando ficar um tempo.

Thea deu outro gole no vinho.

— Eu não fiquei bisbilhotando, pelo menos não de propósito, mas deu para sentir que ele ama muito o filho. Ele se assustou com o Bunk… o pai, não o menino.

— O cachorro mais carinhoso do mundo. — Maddy mandou uns beijinhos, e Bunk abanou o rabo. — Mas ele é enorme, então dá para entender a reação.

— Ele também amava a dona Leona, o bisneto. Era tanta emoção que eu não consegui bloquear. Amor, culpa, arrependimento.

Maddy estreitou os olhos e comentou:

— Thea Fox, você está caidinha por ele! Você, que nunca se apaixona, vidrou no cara em cinco minutos.

— Ah, tem muito mais do que cinco minutos. Faz anos que ele está na minha vida e no meu coração.

— Eu conheço todo mundo que já passou pela sua vida e pelo seu coração, e nenhum deles é bisneto da dona Leona.

— Você deixou passar um. — Inclinando a cabeça para o lado, Thea ouviu a música reverberando através das janelas. — "Um olhar" — cantarolou ela —, "uma palavra, um toque, e sou atingido por um raio".

— Pula a parte da cantoria. De quem você está falando?

Thea riu.

— Você deve estar muito cansada para não sacar. O bisneto da dona Leona é… rufem os tambores… Tyler Brennan. Code Red, Maddy. Tyler Brennan, a minha paixonite de adolescência.

— *Não brinca!* — Maddy esticou a mão e deu um tapa no braço de Thea. — Não é possível.

— Eu mesma não estava acreditando, mas era ele. Meu Deus, meu *Deus*! Ele é tão lindo, mesmo todo amarrotado da viagem. Eu quase dei um gritinho. Gritei por dentro, um monte de vezes, mas consegui manter a pose. Mas tinha um risinho, bem aqui. — Thea apontou para o peito. — Eu me segurei. Por muito pouco. Talvez tenha babado um tiquinho — refletiu ela. — Espero que não, mas é possível.

— Puta merda. A dona Leona tinha uma estrela do rock na família e nunca falou nada?

— Acho que ela não pensava nele assim. Além do mais, ela não falava muito da família. Só uma coisa ou outra, como ir visitar no Natal, ou que ele ligava toda semana. Mas ela não se abria muito nesse quesito.

Thea deu de ombros.

— Eu levei metade das costeletas, das batatas e da vagem para eles.

— Como assim? Você está falando sério?

— Eu teria oferecido mesmo se não fosse o Ty Brennan. Ele veio de carro com uma criança, e parecia tão cansado, tinha tanta coisa para arrumar. Mas não tenho vergonha de admitir que fiquei pensando em como eu estava cozinhando para o Ty Brennan, enquanto preparava o jantar do Ty Brennan e do Braydon. Braydon é o filho dele.

— Com essa eu vou demorar a me acostumar. Você vai dar em cima dele?

— Ah, para! — Rindo, Thea jogou os cabelos para trás. — Ele é meu vizinho, e isso já é emoção suficiente, mesmo que no mínimo seja uma coisa temporária. E aquele garoto fofo deve ter uma mãe em algum lugar.

— Eu não sei tanto sobre ele e a banda quanto você, mas sei que ele é reservado com a vida pessoal... Deve ter herdado isso da dona Leona. E desde que a banda se separou, não fiquei mais sabendo deles.

— Nos últimos anos, ele está basicamente compondo. Mas isso é tudo que eu sei. Andei meio ocupada para paixonites por celebridades.

— Isso a gente descobre. Não, assim não — acrescentou Maddy ao ver a cara de Thea. — O Google não esconde nada, sabe de tudo. Ou pelo menos o suficiente.

— Eu não vou pesquisar sobre o Ty no Google. É falta de educação.

— Eu não tenho o menor problema em ser mal-educada.

Maddy pegou o celular e digitou.

— Nada além do básico: onde ele morou, quando montou a banda, o sucesso aos 19 anos. Não estou vendo nenhuma menção ao filho aqui, então essa porta está fechada. Mas, caramba, Thea, eu não sabia que ele tinha escrito tanta coisa. Faz uns dois ou três anos que não grava nem se apresenta, mas escreveu algumas músicas de sucesso. Como "Crazytown". Eu adoro essa música. Ah, e "No Regrets".

— Guarda isso. Vamos comer.

— Como estou morrendo de fome, depois eu fuço mais. Uma novidade bombástica mesmo, para contar pessoalmente. Mais uma coisinha — disse Maddy ao se levantar. — Se você não der em cima dele, vai se arrepender pelo resto da vida.

— Ele é pai solteiro… provavelmente… e está tentando resolver os assuntos da bisavó, além de obviamente ser uma pessoa muito reservada.

— E daí? Se ele te der um corte, você fica na sua. Mas e se ele for receptivo? — Maddy sacudiu os ombros sugestivamente. — Sonho de adolescente realizado.

— Cala a boca e vem comer costeleta de porco.

15

⌘ ⌘ ⌘

NAQUELA NOITE, Thea sonhou com Ty, sentado na sua varanda, tocando violão enquanto o pôr do sol transformava o céu a oeste em uma paleta de tons de rosa e dourado.

A brisa de verão trouxe aromas de lavanda, alecrim e heliotrópio. E fez as garrafas de bruxa soarem em seus galhos, e os sinos de vento tocarem a sua melodia tranquila.

Lógico que ele cantou "Ever Yours", a música que sempre tinha feito Thea suspirar, e cantou sorrindo para ela. Só para ela, com aqueles olhos verdes calorosos.

Um sonho inofensivo, então ela mergulhou nele, sentindo-se leve, feliz, talvez só um pouco boba.

Como acontecia nos seus sonhos, ela o viu muito nitidamente. A forma como o seu cabelo caía, com um descaso tão sensual. A linha da mandíbula, os dedos longos movendo-se sobre as cordas.

O formato da boca, e então a sensação de quando ele se aproximou para roçar os lábios de leve nos dela.

Era só um sonho, um sonho inofensivo, mas mesmo assim aquele leve beijo mexeu tanto com Thea que ela suspirou em seu sono.

À medida que o sol descia atrás das montanhas, as sombras se alongavam na floresta.

E, naquelas matas, algo gritou quando o predador pegou a presa.

O cor-de-rosa e o dourado do céu se transformaram em um cinza-escuro com a chegada de nuvens de tempestade.

Ray Riggs surgiu de dentro da floresta.

Estava com o uniforme azul de presidiário e, embora ainda tivesse o rosto fino, parecia mais encorpado. Linhas profundas marcavam ambos os lados da boca, descendo dos olhos azul-claros.

Ainda assim, aqueles olhos sorriram, um sorriso que não tinha nada de bom humor.

— Arrumou um imbecil pra tocar violão? Tá esperando o luar pra ele te comer? Quer um pouquinho de romance antes de dar pra ele?

— Entra, Ty. A gente tem que entrar e trancar as portas.

Mas Ty continuou tocando violão.

— Ele não tá me vendo, sua burra, vagabunda. Eu tô na sua cabeça, como sempre. Olha só pra isso.

Ele estava com uma arma na mão. A arma, a mesma que tinha usado para matar os pais dela. Quando Riggs atirou, ela deu um pulo, gritando.

Mas ele não atirou nela. O violão caiu, e Thea viu a camisa de Ty toda suja de sangue. Ele olhou para ela, já sem o menor sinal de calor naqueles olhos verdes.

— A culpa é sua — disse Ty. — Você deixou ele entrar. A culpa é sua.

Ela caiu de joelhos ao seu lado enquanto ele morria, com sangue escorrendo por suas mãos.

— Eu vou dar um jeito. — Riggs deu uma gargalhada e voltou em direção às árvores. — Não vai demorar muito. Vou te encontrar e dar um jeito em você.

Soluçando, tremendo, ela se sentou na cama. Com o luar entrando pelas janelas, Thea fitou as mãos.

Nada de sangue. Não havia nada, mas, meu Deus, dava para sentir na pele, quase dava para sentir o cheiro do sangue.

Bunk ergueu-se, as patas dianteiras na cama dela, choramingando.

— Foi só um sonho, só um sonho. Está tudo bem. — Ela o abraçou, para consolar tanto o cachorro quanto a si própria.

Porque parecia mais do que um sonho. E não estava nada bem.

ANTES DE o luar desaparecer na luz pálida do amanhecer, Thea já havia lavado duas máquinas de roupa e esfregado a cozinha de cima a baixo. Precisava de movimento e de um propósito mais do que precisava dormir.

Uma fornada de bolinho de milho deu um aroma gostoso e caseiro.

Quando a manhã começou a avançar, ela deu comida para as galinhas.

— Bom dia, mocinhas.

Cacarejando, elas se aglomeraram ao redor de Thea em busca não só da comida, mas da atenção da dona. Thea acariciou as penas marrons macias e chamou cada uma pelo nome, depois as deixou bicando a ração, enquanto foi buscar os ovos daquela manhã nos ninhos.

— Bom trabalho!

Com cinco ovos na cesta, ela fitou o céu — uma abóbada azul suavizada pelas nuvens brancas.

— A manhã está linda — disse para as galinhas. — Mas acho que de tarde vai cair uma chuva rápida e forte. Vocês vão ficar lá dentro.

Ela saiu do galinheiro e voltou para a casa. Bunk ficou bem junto dela, como se soubesse que Thea não estava tão bem quanto gostaria.

Quando chegou à varanda dos fundos, o sonho lhe veio à mente. A música, o luar, aquela sensação de felicidade tranquila. Até que Riggs surgiu na floresta.

Trazendo sangue e luto.

— Ele achou uma brecha, Bunk. Achou um jeito de me assustar, de me machucar. Mas não estou tão desamparada assim e não vou deixar. Só tenho que me lembrar disso, e ele não vai me machucar.

O seu primeiro instinto talvez tenha sido querer correr até os braços da avó em busca de tranquilidade. Mas Thea também já não era uma criança.

Era uma mulher, uma profissional bem-sucedida, pensou, enquanto limpava, secava e guardava os ovos. Tinha usado o dom quatro vezes para salvar vidas desde que os detetives Howard e Musk a procuraram na faculdade.

Ela tinha mudado a vida dessas pessoas e era capaz de cuidar de si mesma. Física, mental e emocionalmente.

O trabalho podia esperar um pouco, decidiu Thea. Melhor tirar aquelas imagens persistentes da cabeça antes de se concentrar em dar corpo a um novo conceito de jogo.

Thea subiu a escada, botou um top esportivo, uma calça de ginástica e uma camiseta branca simples.

De pés descalços, entrou no estúdio e fitou as espadas expostas na parede. Após um breve momento de dúvida, escolheu uma katana.

Embora tivesse um grande espelho na parede, que usava para observar os seus movimentos em uma luta — com ou sem armas —, ela queria mais espaço. Queria sentir o sol, o ar e a grama sob seus pés.

Bunk a seguiu para fora de casa, mas, como ela estava com a espada na cintura, ele se sentou na varanda.

Ela encarou a floresta, deixou-se imaginar Riggs aparecendo, porque aquilo determinou o seu estado de espírito.

Sem fraquejar, sem tremer, agindo. Se defendendo.

— Vamos lá — murmurou.

Fechando a mão no punho, ela desembainhou a espada curva e começou.

NOS ÚLTIMOS três anos, Ty tinha se acostumado a acordar cedo. Ele havia aprendido que o filho não era de dormir até tarde.

Bray era um despertador às vezes por demais confiável, pulando feliz em cima do pai que ainda dormia com um alegre e insistente: "Tá na hora de acordar!"

Após muita insistência, Ty tinha convencido Bray de que os números no relógio tinham que começar com seis ou sete antes de ele pular na cama pedindo para o pai acordar.

Às vezes, quando Ty despertava o suficiente para abrir os olhos antes das seis, ele encontrava Bray sentado na cama ao seu lado, esperando.

O fato de que aquilo deixava o seu coração quentinho evidenciava que, no que se tratava de Braydon Seth Brennan, Ty estava totalmente entregue.

Na primeira manhã no Kentucky, Bray o acordou às 6h15.

Sonolento, meio que desejando a familiaridade do seu quarto lá no norte, Ty tentou abraçar o garoto.

— Que tal mais dez minutos?

— Seis, um, seis, papai! A gente tá com fome!

"A gente" incluía Woof, o cachorro de pelúcia roxo que Bray tinha nos braços quando Ty descobriu que tinha um filho de 18 meses.

Se Bray queria café da manhã, Woof também queria.

— Tá bom, tá bom, já levantei.

Ele saiu da cama de cueca. Em casa, teria tomado café da manhã assim mesmo, mas sabe-se lá quem podia bater à porta a qualquer hora do dia ou da noite ali naquele lugar.

E, meu Deus, estava precisando de um café.

Assim que Ty vestiu uma calça jeans, Bray subiu nas suas costas para pegar carona até o andar de baixo.

— Primeiro tem que botar gasolina.

Ty agradeceu por ter trazido a sua amada máquina de café, e que o seu filho aceitava que ele precisava tomar café primeiro.

— Completa! — Bray deslizou até o chão.

— Pode deixar.

Enquanto o café fazia a sua magia, Ty pegou uma caixa de cereal. Então se lembrou dos ovos que a vizinha de olhos azuis havia deixado, junto com o jantar incrível, as flores e a vela na pequena ilha da cozinha.

Ele descascou uma banana para Bray e para Woof, como um quebra-galho.

Podia fazer ovos mexidos.

Ty considerou que devia ter sido o amor por cozinhar que havia feito a bisavó reformar a cozinha. Talvez uns dez anos antes, chutou ele, pegando uma panela, mas a cozinha tinha tudo, inclusive aquela pequena ilha, onde ele sabia que ela gostava de abrir massa de biscoito.

Talvez não chegasse perto da grande e moderna cozinha de Ty na Filadélfia, mas sem dúvidas o tamanho e escopo menores se adequavam mais às suas habilidades culinárias medíocres, quase todas elas adquiridas na Era d.B.

Depois de Braydon.

Ele fez torrada e cortou a de Bray em triângulos, como o garoto preferia, acrescentou os ovos mexidos e uma caixinha de suco.

Às sete, Bray estava sentado no chão, brincando com os seus caminhões, e Ty bebia a sua segunda xícara de café, que já parecia surtir efeito.

Ele começou uma lista chamada:

Merdas pra fazer

Em primeiro lugar, achar um pediatra local para Bray. Mesmo que só passassem o verão ali, ele precisava de um bom médico.

No mínimo, tinha que fazer uma pesquisa sobre a escola da cidade, para o caso de ficarem mais tempo.

Ir à cidade para comprar produtos frescos e tal — o que significava fazer outra lista.

Também precisava muito contratar uma internet melhor e trocar a televisão velha da bisavó. O celular pegava bem, o que era uma boa surpresa.

E tinha que organizar a casa para ele e Bray.

Um estúdio de música. Um lugar para brincar.

Enquanto Bray brincava, Ty se levantou para andar pela casa de novo.

Podia colocar o piano na sala da frente, mas a sala de jantar tinha mais privacidade. Assim como o menino que brincava de caminhão no chão da cozinha, privacidade era uma de suas maiores prioridades.

Ty fitou a mesa de jantar excessivamente formal da bisavó, com as cadeiras, uma espécie de bufê e meio milhão de quinquilharias em todas as superfícies.

Sabia que aqueles móveis eram motivo de muito orgulho para ela, mas ele precisava do espaço. Mesmo que pudesse estalar os dedos e acrescentar um estúdio à casa, aqueles móveis nunca teriam uso em seu estilo de vida, escurecidos pelo tempo e por incontáveis camadas de verniz.

Doaria tudo, decidiu ele. Ela teria gostado disso. Teria gostado de saber que outra pessoa usaria e se orgulharia daqueles móveis.

Bray puxou a mão dele.

— Ver o au-au. Por favor!

— Eu tenho tanta coisa para fazer aqui hoje, amigão.

— *Por favor!*

Bray abraçou as pernas de Ty e o fitou com uma cara capaz de derreter o iceberg que afundou o Titanic.

Ele tinha mesmo que devolver a cesta. E talvez a mulher soubesse onde ele podia doar as coisas, ou conhecesse um médico e soubesse metade das coisas de que ele não tinha nem ideia.

Podia muito bem aproveitar o fato de ter uma vizinha gentil.

— A gente tem que escovar os dentes e trocar de roupa.

— Tá bom! Anda, anda. Por aqui!

Embora Ty tivesse tentado atrasar o máximo possível, por volta das oito da manhã, eles começaram a caminhar pela estrada de cascalho. Se fosse a pé, pensou Ty, demorariam um pouco mais, além de ser uma oportunidade para Bray correr, explorar, gastar um pouco de energia.

Se a vizinha das pernas bonitas não estivesse em casa, ele podia deixar a cesta na varanda, como ela tinha sugerido.

— Merda, eu devia ter escrito um bilhete.

— Merda!

— Só o papai pode falar isso, lembra?

Bray o fitou com a cara mais alegre do mundo.

— Eu gosto das palavras do papai.

Então, no meio da subida, o garoto esticou os braços. Ty se agachou para o filho subir nas suas costas.

Ele fez a curva e viu a casa. Parecia um quadro de tão bonita, com as colinas ao fundo e as árvores antigas. Era maior do que tinha imaginado, já que sabia pela bisavó que Thea morava sozinha.

Ela definitivamente gostava de cor, notou ele. E de flores.

Era uma casa de campo de conto de fadas, e de um tamanho bom, concluiu ele, com um jardim esotérico na frente, salgueiros, uma varanda larga com um balanço e algumas mesas e cadeiras.

Mais flores em vasos.

Quando eles se aproximaram, o cachorro imenso veio dos fundos.

Ty ficou tenso, pois o cachorro parecia muito capaz de derrubá-lo, e Bray começou a se contorcer para descer.

— Sentado! — Ele tentou dar à voz o seu melhor tom de comando.

Embora o cachorro não tenha parado até chegar neles, ele sentou e olhou para cima com os olhos brilhando de amor.

— Descer, papai! Eu quero descer, eu quero descer!

— Espera um pouco.

Mais uma vez, Ty estendeu a mão. Bunk o tocou com o focinho, com o rabo abanando.

— Tá bom. Vamos devagar. Primeiro diz oi, Bray.

— Oi, au-au.

— Bunk.

— Oi, Bunk!

Bunk acenou em resposta.

— Com carinho, Bray.

Quando os pés de Bray bateram no chão, ele abraçou o cachorro.

— Vamos bater à porta para devolver a cesta da moça. E agradecer o jantar.

Ele foi pegar a mão do filho, mas o cachorro correu até a casa, dando a volta nela. E Bray disparou como um foguete atrás dele.

— Espera!

Ty pegou Bray no meio do caminho. O cachorro parou, olhou para trás e abanou a cauda. Então seguiu mais devagar.

— Bunk! — insistiu Bray.

— Tá bom, tá bom.

Como o cachorro continuava indo devagar, olhando para trás, Ty achou que fazia sentido segui-lo.

Ele viu outro jardim — uma horta —, uma bacia para pássaros em formato de um dragão de três cabeças, mais flores, garrafas coloridas penduradas nas árvores e...

Ela estava com uma calça justa cobrindo aquelas pernas compridas e os cabelos presos em uma trança. Na grama, descalça, ela fazia uma espécie de dança fluida.

Com uma espada.

Segurando-a com ambas as mãos, ela cortava o ar, golpeava e avançava, girava o corpo e rodava a espada sobre a cabeça, então a descia novamente. Quando o sol atingiu a lâmina, ela refletiu a luz.

A camiseta branca estava úmida de suor entre as omoplatas, com os músculos dos braços se flexionando sob ela. A vizinha, percebeu ele, era sarada.

Por maior que fosse o esforço necessário para dançar com a espada, sua expressão estava tranquila.

Ela parecia, pensou Ty, estranhamente pacífica.

Bem longe, atrás dela, as galinhas ciscavam no quintal do que parecia ser uma mansão de galinhas.

Thea girou de novo, e os viu.

E falou:

— Ah!

— Você tem uma espada.

— É, tenho. — Ela a guardou na bainha. — Estava treinando.

— Com uma espada.

— É. — Thea enxugou o suor da testa na faixa grossa que usava no pulso. Sorrindo, ela foi até eles. — Bom dia. Como foi a primeira noite?

— Dormimos feito pedra, acho que porque comemos que nem reis ontem. Obrigado.

— Não tem de quê. — Ela pegou a cesta.

Ela está segurando uma cesta de vime, pensou Ty, *com uma espada no quadril.*

Quem é essa mulher?

— Acho que estou precisando de uma limonada. Aceitam uma?

— Galinhas? — Bray tentou se soltar.

— Pode ir lá ver as galinhas. Elas são boazinhas.

— Igual ao cachorro? — perguntou Ty.

— E muito menores. Já volto.

Que loucura, pensou Ty, colocando Bray no chão. O filho saiu correndo em direção às galinhas com o cachorro do lado, como se fossem amigos desde sempre.

Olhando ao redor, o homem observou que a vizinha tinha construído um pequeno paraíso em sua propriedade. Não, estava mais para um santuário.

Ele gostava de um bom santuário.

Garrafas coloridas e sinos de vento pendurados nos galhos das árvores. Em um deles, havia o que ele sabia ser um comedouro de beija-flor, já com passarinhos com aquela penugem em tom de joia.

As trilhas marcadas com caminhos de pedra levavam a um banco de pedra aqui e a um de ferro ali.

Thea voltou com uma bandeja com uma jarra e copos.

E sem a espada.

Como Bray estava rindo das galinhas com um dos braços ao redor do pescoço do cachorro, Ty foi até a varanda.

— A gente pode voltar o assunto só um minuto? Você treina com uma espada?

— É, às vezes. Para o meu trabalho.

— Você é uma assassina ninja?

Ela balançou a cabeça de um lado para o outro enquanto servia a limonada no copo com gelo.

— Na verdade… — Ela lhe ofereceu um copo. — Às vezes. Mais ou menos. Eu sou designer de jogos. Videogames, e às vezes tem cenas de batalha, assassinatos, lutas de espada… Pelo menos em muitos dos meus jogos.

— Sério? — Atualmente, ele não tinha muito tempo para jogar além do que funcionava com Bray, mas nos velhos tempos… — O quê, por exemplo?

— A série *Endon*, a *Dragon's Fire*…

— Não brinca! Sério mesmo? Você trabalhou nisso?

— Trabalhei… trabalho. Você conhece?

— Conheço. O Bray está começando a jogar o *Endon* para crianças. Ele até tem alguns dos bonequinhos. Ele gosta mais de caminhão e carro hoje em dia, mas leva a Baby Twink e o Baby Tye para passear, e adora a coleção da Floresta Mágica.

— Que bom. Quer sentar um pouco?

— Não quero atrapalhar.

— Eu até que preciso de um descanso.

— Só um pouquinho. — Ele se sentou e, quando a viu hesitando, quase se levantou de novo. Então ela se sentou. — Agradeço muito pelo jantar, os ovos e tudo mais. — Ele olhou para Bray. — Espero que isso não signifique que agora eu vou ter que arranjar umas galinhas.

— Ele pode vir visitar as minhas quando quiser. Elas adoram companhia.

— Dá pra ver. Eu tenho que passar no mercado. Qual é o melhor por aqui?

— O Kushner, nos limites da cidade. Tem um supermercado maior, mas fica a uns bons trinta quilômetros daqui. Melhor ver se o Kushner basta para você primeiro.

— Ótimo. Entendi. Você por acaso não sabe se tem um bom pediatra na região, sabe? Bray fez o check-up de rotina há alguns meses, mas eu ia me sentir melhor se ele já estivesse cadastrado em um hospital daqui.

— Tem a clínica na cidade. Tem um ano, mais ou menos, que um pediatra começou a trabalhar lá. A minha amiga é médica lá na clínica e fala muito bem dele. Dr. Franklin. Uma outra amiga leva os filhos lá agora, e sei que ela está feliz com ele.

— Dr. Franklin. Certo. Mais uma coisa, se você não se importar…

— Lógico.

— Tem umas coisas da minha bisavó que eu simplesmente não tenho como usar. Eu estou trazendo outras, e vou precisar do espaço.

— Você quer vender?

— Não. — Ele ficou de olho em Bray, que estava sentado na frente da mansão das galinhas com o cachorro. — Não, não ia me sentir bem vendendo as coisas dela. Queria doar. De alguma forma.

— Ah. — Thea assentiu, dando um gole na limonada. — A dona Leona ia gostar disso. Deixa eu falar com a Maddy, a minha amiga médica. A clínica faz visitas em casa, e ela provavelmente saberia quem poderia usar o que você quer doar. E quem aceitaria a doação.

— Agradeço muito a ajuda. Vou deixar você trabalhar e começar a tocar as minhas coisas. — Ty pousou o copo vazio. — Que limonada boa. Qual é a marca? Vou procurar no mercado.

Ela apenas sorriu para ele.

— Acho que seria a limonada da Lucy. A minha avó. É a receita dela.

— Limonada de limão fresco. Taí uma novidade. Ei, Bray, está na hora de ir.

— O Bunk quer ir com a gente!

— Ele tem muito trabalho para fazer — disse Thea, tranquilamente. — Aqui, toma uma limonada e espera só um minuto. — Ela chamou Ty até a porta. — Eu posso deixar o Bunk passar na casa de vocês hoje de tarde, se vocês quiserem.

— O Bray com certeza ia gostar.

— Tá bom, espera um pouco. — Ela entrou e voltou com dois biscoitos de cachorro. — Por que você não dá esse biscoito para ele agora, Bray? E guarda o outro no bolso. Quando ele for te ver, você pode dar o outro.

De olho nos biscoitos, Bunk sentou.

Quando o cachorro pegou o biscoito educadamente da mão da criança, Ty voltou a respirar.

— Ele vai voltar quando eu assobiar — explicou Thea.

— Quando você assobiar.

— Ele me ouve. Se você precisar mandar ele de volta antes disso, é só falar para ele vir para casa. É só dizer "Vai para casa", que ele vem.

Após a versão infantil de um abraço de urso no cachorro, Bray escalou as costas de Ty.

— Está esquecendo alguma coisa, Bray?

— Nã-não.

— Do jantar de ontem e do que a gente tem que falar para a srta. Fox.

— Tá! Obrigado. A gente comeu muito.

— Que bom. Pode voltar para ver as galinhas sempre que o seu pai disser que tudo bem.

— Eu gostei das galinhas. A gente pode ter galinhas, pai?

— Lá vem… — Mas ele sorriu para Thea antes de carregar o menino para fora.

Quando eles saíram, Thea ficou sentada onde estava, com uma das mãos na cabeça de Bunk.

— É bom ter vizinhos de novo, né? Perto o suficiente para ser gentil, distante o suficiente para manter a paz.

Mas, olhando para a floresta, ela pensou em Riggs — não havia nada de gentil ali, e a distância poderia desaparecer sem aviso nenhum.

Ela havia tido aquele momento, aquela falta de ar quando Ty se sentou na sua cadeira na varanda dos fundos — a mesma cadeira do sonho. É a cara do Riggs, lembrou-se ela. Transformar uma fantasia boba em um pesadelo sangrento.

— Não importa. Ele não importa. Quer dizer — corrigiu-se ela —, se eu não deixar, ele não importa.

Quinze anos, pensou ela, e ele estava preso em uma cela, enquanto ela relaxava com o cachorro na varanda dos fundos.

Essa era a realidade.

— Está na hora de trabalhar.

Ela levou a bandeja para dentro e lavou os copos, e então subiu para tomar um banho. Botou uma calça jeans velha e uma camiseta vermelha para extrair energia da cor.

Ah, a maravilha de trabalhar em casa!

Ainda descalça, ela foi até o estúdio, onde Bunk deu três voltas antes de se deitar na sua caminha para a soneca matinal.

Havia meses que Thea estava trabalhando com uma equipe em *Aftermath*, um jogo pós-apocalíptico de várias camadas com atores de verdade. Aquilo exigia várias viagens a Nova York, uma colaboração profunda e muitas vezes livre, e várias horas de trabalho.

O conceito não era dela, e Thea também não tinha se envolvido nos estágios iniciais. Bradley a havia chamado para ajudar a aprimorar a narrativa, dar vida aos diálogos e para construir o mundo.

Com lançamento previsto para setembro, *Aftermath* daria aos usuários cerca de vinte a trinta horas de jogo, em um mundo sombrio, desolador e muitas vezes brutal, onde a raça humana lutava, sofria e conspirava pela própria sobrevivência.

Ela gostava do jogo e tinha aprendido muito com aquele trabalho. Mas estava mais do que pronta para mergulhar em uma coisa um pouco mais leve, e na qual estivesse no comando desde o princípio.

Antes de se sentar, ficou estudando a prancheta, os esboços. Possíveis personagens, paisagens, prédios que ela imaginou para os seus mundos paralelos.

Um mundo governado por forças obscuras, e o outro por luz. Mas, lógico, com sombras pairando em ambos os lugares.

Então, por causa das ações de alguém — de ambos os lados —, o portal entre os dois mundos se abriu, eles colidiram, e a batalha começou.

Ela via tudo com muita nitidez, o jovem ladrão Cairn, luz e escuridão, roubando a pedra verde e brilhante do seu local alto e secreto na Torre dos Antigos, o clarão e o choque de raios e o vento uivante, enquanto ele corria com aquele prêmio perigoso na bolsa.

E o portal, nas profundezas da Alta Floresta, trancado séculos antes pelo Conselho dos Feiticeiros, enfim soltando a respiração presa por tanto tempo ao se abrir novamente, fazendo a luz se infiltrar na escuridão, e a escuridão na luz.

Thea se sentou e ligou o computador principal na comprida e robusta mesa em L que tinha pedido para Knobby fazer para aquele lugar específico, com aquele propósito específico.

Estava trabalhando com o título provisório de *O Portal* para o projeto, e abriu o primeiro arquivo com o conceito.

Trabalhou até a tarde, parando para deixar Bunk sair e para comer um potinho de iogurte, enquanto andava pela casa e pensava nos detalhes.

Trabalhou em silêncio, passou para o notebook na parte do L usada para a arte, então de volta para o outro computador para trabalhar no mapa e no planejamento das fases.

Escolha o seu lado, pensou ela. *A luz de Lewin, ou a escuridão de Niwel.*

Divertido, refletiu ela, girando os ombros doloridos. Dava para jogar sozinho ou com mais gente, competindo.

Recostando-se, fechou os olhos.

Pegar fontes de energia, ervas medicinais, bônus de poder, armas, ou tropeçar em um pântano, cair em uma armadilha, perder os pertences ou talvez a vida no Lago do Pavor.

Ela pegou no sono momentaneamente, a mente e o corpo cansados por causa do trabalho e do sono interrompido.

E ele surgiu, sorrateiramente, como dedos frios beliscando a sua pele.

Mesmo abrindo os olhos, Thea ouviu a risada de Riggs. Sentiu enjoo e levantou em um pulo. Ela o bloqueou, o mais forte que pôde, com tanta força que sentiu uma pontada de dor na têmpora esquerda.

Sabia o que era medo, tinha que aceitar — aceitar que ele de alguma forma tinha ficado mais forte. Ele já havia quebrado os bloqueios dela duas vezes em menos de um dia.

E o que ela tinha sentido emanando dele foi uma espécie de alegria por ter conseguido.

Ele tinha encontrado um jeito, admitiu ela. Então ela faria o mesmo.

16

⌘ ⌘ ⌘

DEPOIS DE um momento de dúvida, Thea decidiu esperar até sábado para contar à família sobre Riggs. Os três podiam conversar sobre o assunto e repassar tudo durante o jantar. Até lá, cuidaria da sua saúde física e mental.

Thea guardou o jogo novo para depois e resgatou outro que havia arquivado na fase de conceito. Com Riggs em mente, começou a detalhar o jogo.

Ela o sentia. Ouvia os dedos dele arranhando a sua janela trancada, mas o mantinha afastado. Riggs não apareceu mais nos sonhos dela.

De tarde, Thea mandava Bunk visitar Bray, depois o chamava com um assobio de volta para casa. De tempos em tempos, ela ouvia uma música ou o riso do garoto flutuando até ela. Embora não tenha visto Ty ou o filho dele desde que eles devolveram a travessa e a cesta, aqueles sons de casa cheia, rotina e tranquilidade lhe davam contentamento.

Ainda assim, como o tormento recente com Riggs tinha coincidido com a chegada deles a Redbud Hollow, Thea manteve distância. Seguiu com a vida. Ficou na dela.

No sábado, ela passou pedaços de frango em uma mistura de ovos com leite e então transferiu peça por peça para a farinha com ervas que tinha em um saco de papel. Do jeito que a avó havia lhe ensinado.

Enquanto o frango dourava e chiava no óleo quente, ela começou a preparar a massa de biscoito. A salada de batata já estava pronta na geladeira, apurando o sabor. Ia fritar quiabo e oferecer uma boa refeição de início de verão à família.

Sobraria o suficiente para Rem levar para casa, pensou ela, para fazer um lanchinho na madrugada.

Com o frango em uma assadeira para não esfriar e os biscoitos prontos para entrar no forno, ela mexeu o molho na frigideira. Iriam comer lá fora, decidiu ela, pois o dia estava perfeito para aquilo. Assim que pegasse os pratos para montar a mesa de piquenique, chamaria Bunk de volta com um assobio.

Estava prestes a fazer isso, quando Bunk entrou em disparada pela porta da frente.

Um segundo depois, Bray veio correndo, com Ty apressado logo atrás.

— Desculpa. Mil desculpas. — O homem parou de repente. — Eles me deixaram para trás.

— Tudo bem. Vocês se divertiram?

— Brincamos com a bolinha. O braço do papai caiu. Eu desenhei isso. Pra você.

Bray enfiou um desenho na mão dela, e Thea baixou o fogo da frigideira para pegar.

Ele parecia ter usado todos os lápis de cera da caixa para rabiscar círculos, curvas e linhas irregulares.

— É pra mim? Que lindo. — Não tinha como não ler Bray. Ele era tão cheio de vida, de energia pura e alegria. — E é o Bunk!

Ty ficou piscando para a cena, espantado, e ela se agachou.

— E aqui é você e o seu pai. E ele está jogando uma bola vermelha?

— A gente pegou na loja, para o Bunk.

— Tenho certeza de que ele gostou. Preciso colocar esse desenho na minha geladeira. É a melhor galeria de arte do mundo.

— O papai também faz isso. Posso ver as galinhas?

— Bray, a srta. Fox está ocupada.

— Nem tanto. — Thea se levantou e prendeu o desenho com ímãs de geladeira. — A menos que vocês estejam com pressa, estou quase acabando aqui.

— Por favor! — O abraço na perna, o olhar. — Ver as galinhas, papai, por favor.

— Só por um minuto.

Bray saiu correndo com Bunk, e Ty ouviu a voz da mãe dele.

"Você mima muito esse menino, Tyler."

Mimo mesmo, e daí?

— Desculpa — repetiu Ty. — Por invadir a sua casa assim. Odeio quando as pessoas fazem isso.

— Acho que foi o Bunk quem foi entrando, e a porta estava aberta — disse Thea. Ele parecia tão cansado que ela sorriu. — Aceita alguma coisa? Tenho vinho, cerveja e chá doce.

— Não, sério. Vamos ficar só um minuto. — Ele foi até a porta dos fundos para ficar de olho em Bray.

E, além de cansado, parecia um tanto desgrenhado, pensou Thea. Feito um homem que jogou tanta bolinha com uma criança e um cachorro que o braço chegou a cair.

Ele tinha comprado uma bola para o cachorro dela.

— Eu vou só terminar esse molho. Conseguiu se ajeitar em casa?

— Está sendo... intenso. Consegui doar os móveis da sala de jantar da bisa... o que deu um trabalhão, e obrigado pela ajuda com isso. E mais algumas outras coisas, ainda tem outras para doar. Um monte, para ser sincero, mas estou evitando pensar demais.

— Acho que isso ajuda mesmo.

Ele se voltou para ela.

— As visitas do cachorro à tarde são uma dádiva de Deus. Ele é mesmo muito bonzinho, além de uma excelente babá. Além do mais, o Bray parou de implorar por um filhote. O que está me dando uma folga nesse quesito.

Ty andou ao redor da cozinha.

— A sua casa é linda, por dentro e por fora. Parece com você. Não sei bem por quê, mas parece.

— Passei muito tempo planejando essa casa, então é um elogio.

Bunk latiu animado lá fora. Quando Ty olhou pela porta, viu o cachorro grande correndo em direção à parte da frente da casa. E Bray correndo logo atrás.

Ele disparou pela porta atrás deles. Mais uma vez, Thea baixou o fogo, e então saiu correndo.

— Deve ser a minha família — disse ela, e, quando os alcançou, Lucy já estava com o menino no quadril.

— Olha só o que eu encontrei. — Lucy ofereceu um sorriso tranquilizador para Ty. — Você dá ele pra mim? — brincou, ainda carregando o menino. — Você é o bisneto da Leona. Meu nome é Lucy, sou avó da Thea, e esse aqui é o Rem, irmão dela. Prazer em te conhecer.

— A senhora também. Passa ele pra cá. Bray, você não pode ir para a estrada.

— Eu parei. Não fui pra estrada. Eu parei.

— Ele parou mesmo — confirmou Rem, e ofereceu a mão. — Tyler Brennan, quem diria! Eu tinha ouvido uns boatos. Agora só falta a Buffy Summers se mudar para Redbud Hollow e realizar todos os meus sonhos. Eu era doido por ela quando era adolescente — explicou Rem, com um sorriso. — Ninguém chega aos pés daquela caçadora de vampiros. Já a Thea era doida por você.

— Obrigada pela humilhação pública, Rem.

— Ei, pra que servem os irmãos? E com vocês dois aqui, pela primeira vez eu não vou ser o único homem.

— Ah, a gente já estava indo embora.

— Você gosta de frango frito? — perguntou Thea para Ty. — Salada de batata, biscoito de leitelho, quiabo frito?

— Eu… acho que nunca comi quiabo frito.

— Você tem sangue dos Apalaches nessas veias e nunca comeu quiabo frito? — Balançando a cabeça, Lucy enganchou o braço no dele. — Não sabe o que tá perdendo. A minha neta é uma cozinheira de mão cheia, considerando que aprendeu comigo.

— Eu não queria atrapa… Você falou "neta"?

Lucy pestanejou.

— Mas é um galanteador! Vem tomar uma taça de vinho comigo.

Em termos de galanteadores, Ty considerou que Lucy Lannigan estava no topo da lista. Depois do calafrio inicial de ver o filho nos braços de uma estranha, Ty acabou relaxando, de modo que quando se sentaram na varanda e ela simplesmente pousou Bray no joelho, nem se preocupou.

— Tem au-au — contou Bray a ela. — Tem galinha.

— É, ela tem. Você tem que pedir para o seu pai descer a estrada um pouquinho mais até a minha casa. Eu também tenho galinhas, e dois cachorrinhos, duas vacas e uma cabra.

— Vaca faz mu.

— Isso mesmo. Espero que você vá me visitar — disse Lucy para Ty, enquanto Bray se desvencilhava para brincar com Bunk. — Eu gosto de ter criança por perto. Os meus netos mais novos vêm quando podem, mas pra mim não é o suficiente.

Rem trouxe o vinho.

— A Thea disse que em dez minutos está pronto, e com esse tempo a gente pode comer aqui fora. Eu fui recrutado para arrumar a mesa.

— Você fica aí. — Lucy deu um tapinha no braço de Ty quando ele começou a se levantar. — E me faz companhia. Esse menino é uma fonte de energia, né? E parece com o pai.

— Você e a sua neta também. O Rem, também. Se bem que ele me lembra alguém. Não sei direito quem… Caramba.

Quando percebeu, Ty olhou para Rem e depois de volta para Lucy.

— Caleb Lannigan.

— É o meu filho mais novo. Você conhece ele?

— Só o trabalho dele. Eu vi dois episódios de *Off Time* ontem à noite, depois que o Bray dormiu. E o Waylon Lannigan é parente de vocês também?

— É o meu filho mais velho.

— Que coincidência. Eu conheço o trabalho dele também. Músico profissional de Nashville. E a mulher dele tocou violino em "Busting Out". Essa música é minha.

Lucy deu um gole no vinho.

— É um mundo pequeno ou grande. Só depende de onde você tá sentado.

Em mais ou menos dez minutos, ele estava sentado a uma mesa de piquenique vermelha com uma refeição de botar no chinelo os planos dele de fazer um sanduíche de carne moída com croquete de batata.

E ficou olhando, atônito, enquanto Bray, que Ty raramente conseguia convencer a comer outro legume que não fosse ervilha ou cenoura, devorava quiabo frito como se fosse doce.

— Gostei dos biscoitos.

— Quer outro? — perguntou Thea para o menino.

— Quero.

— Que tal dividir um? Metade para você — disse Ty —, e metade para mim.

— Bota bastante manteiga. Gostoso.

— É gostoso mesmo. Que manteiga é essa? Vou passar a comprar.

— É da marca Lannigan-Fox. Eu ordenhei a vaca — explicou Lucy. — A Thea fez a manteiga.

Ty arregalou os olhos.

— Com, tipo, uma batedeira?

Rindo, Thea fez um gesto de quem bate manteiga com a mão.

— Não é na máquina. Mas o conceito é o mesmo.

— Quando você arruma tempo para desenvolver jogos?

— Ah, eu dou meu jeito.

— Deve trabalhar até tarde — presumiu Ty. — E você cortava a grama da bisa — disse ele a Rem.

— Sim. E posso continuar, se você precisar.

— Não precisa, obrigado. Mas é muito bom saber que tinha gente por perto cuidando dela.

— Você também cuidava dela. — Lucy deu um tapinha no braço de Ty. — Você garantia que não faltasse nada. Ajudou a sua bisavó a manter a independência, e isso significava tudo pra ela. Ela teve uma vida boa e longa, porque pôde morar na casa onde tinha construído todas as memórias dela.

— Era muito ruim passar e ver a casa vazia. Quanto tempo você está planejando ficar?

Ty voltou-se para Rem.

— Pelo menos durante o verão. Eu não sabia como o Bray ia lidar com a mudança, mas por enquanto…

— Acabei! — anunciou Bray, e começou a descer do banco.

— Aguenta aí, Flash. Primeiro a gente diz o quê?

Bray deu de ombros.

— Obrigado pelo jantar — disse Ty.

— Obrigado. Eu gosto de manteiga.

— Na próxima vez que eu fizer, levo um pouco para você — prometeu Thea. — Sabe, está quase na hora de dar comida para as galinhas. Quer ajudar?

O menino arregalou os olhos verdes.

— Quero!

— A gente tira a mesa, querida, o que vai abrir o apetite pra torta de pêssego que eu trouxe.

— Se você for ficar mais do que só uns dois meses, ou estiver pensando em vender a casa, o imóvel está precisando de umas reformas.

Ty fez que sim para Rem.

— É, eu notei.

— Eu ia pintar para ela na primavera, para ajudar, mas você precisa mesmo é do Knobby.

— Eu preciso do Knobby?

— É, um faz-tudo. Ele trabalha muito bem. Passa lá na vovó qualquer dia desses. Eu te mostro a Toca das Raposas. Tenho certeza de que foi lá que a sementinha do design e desenvolvimento de jogos brotou na Thea. Ela ganhava de todo mundo que ia jogar com a gente.

— E continua ganhando — comentou Lucy.

— É, ela é profissional.

Ty ajudou a tirar as coisas da mesa, ganhando alguns pontos com Lucy, pois parecia bem à vontade com a tarefa.

— As galinhas são engraçadas. Elas têm nome — disse Bray, antes de devorar uma tigela de torta como se não tivesse comido nada o dia inteiro. Um minuto depois, ele saiu da mesa e foi correr.

— Fica aí com o Ty, vó. O Rem vai me ajudar na cozinha.

— Sempre sobra para mim. — Mas Rem seguiu Thea até a casa.

— Cá entre nós, você e o seu filho têm uma dinâmica excelente. Não é fácil criar um filho sozinho, mas você tá fazendo um belo trabalho.

— A senhora acha? — Ty sempre se preocupava de que ia acabar fazendo alguma coisa errada.

— É só olhar pra ele, um menino feliz, inteligente, e um homem que aprendeu a ter um olho na nuca.

— Com o Bray, preciso de olhos dos lados também. Ele não para.

Lucy riu.

— Sei bem como é. O Waylon era assim. Aquele menino não parava quieto. Sou suspeita pra dizer, mas esse lugar é ótimo pra crianças. Eu criei os meus três filhos aqui, e depois esses dois aí, quando eles perderam os pais.

— Não sabia que eles tinham perdido os pais.

Vendo a criança brincar com o cachorro, Lucy deu um gole no chá.

— Quando aconteceu, a Thea tinha 12 anos, e o Rem, 10. Na semana que vem vai fazer quinze anos. Um piscar de olhos e uma eternidade ao mesmo tempo.

— Sinto muito.

— A gente superou se mantendo unido. E eles construíram vidas tão boas. Eles poderiam ter feito isso em qualquer lugar, mas escolheram ficar aqui. Sou grata por isso todos os dias. É a mesma coisa com você. Você pode construir uma vida boa, e ajudar o seu menino a fazer a vida dele em qualquer lugar. Se não for aqui, você vai encontrar um lugar.

Ela o acalmava, pensou Ty, como se a conhecesse houvesse anos.

— Acho que é por isso que estamos aqui, para ver se esse é o nosso lugar. Onde quer que seja, com certeza vai precisar de galinhas e um cachorro.

Ele ouviu a risada de Thea através das portas abertas e olhou em direção à casa.

Lucy deu outro gole no chá.

— É bom que você esteja tirando o verão pra descobrir.

— Essa é a ideia. Então… Knobby? Vou botar ele na lista.

Ele esperou Thea voltar e se levantou.

— Tenho que levar o Bray de volta para casa. Obrigado por deixar a gente invadir o seu jantar em família.

— Não é invasão quando você foi convidado. Que bom que puderam ficar.

— O seu frango dá de mil no do KFC. E olha que eu gosto de KFC. Foi um prazer conhecer você, Rem, e a senhora também, dona Lucy.

— Vê se leva esse menino pra me visitar.

— Pode deixar. Bray, está na hora de ir.

— Nãaaao, papai!

— Amigão, você está precisando de um bom banho.

O choro virou alegria.

— Bolha de sabão e caminhão?

— Isso mesmo.

— Três livros?

Ty ergueu dois dedos, e Bray contou.

— Ah.

— Um monte de bolhas de sabão e caminhões, e dois livros. — Ele pegou Bray no colo. — Sobe aqui.

Bray subiu nas costas do pai, e Ty o segurou.

— Obrigado de novo. Bray?

— Tchau! Tchau! — Bray então quicou e riu ao ver Bunk acenando. — Tchau, tchau, tchau! — cantarolou, enquanto Ty voltou-se para o caminho de casa.

Rem ao menos teve o bom senso de esperar até os dois estarem longe o suficiente para não ouvirem.

— Abre o jogo, você gritou e pulou feito uma garotinha quando vocês se conheceram?

Thea lançou um olhar fulminante na direção do irmão.

— Lógico que não.

Só por dentro, óbvio, mas isso não contava. Ninguém além dela sabia. Quer dizer, ela e Maddy.

— Ele não parece uma estrela do rock, né? Pelo menos não como você imaginaria que uma deve ser, acho.

— Ele não toca mais ao vivo, pelo menos não desde que a Code Red se separou.

Rem sorriu para Thea.

— Você chorou quando eles se separaram.

— Pode ser. Mas já superei.

— Ele é um rapaz direito — comentou Lucy. — E um bom pai. Aquele menino tá cheio de luz.

— Uma fofura de criança — concordou Rem. — Onde será que a mãe está?

— Não, eu não olhei nem vou olhar. E a vovó também não, porque ela é muito educada. Se um dia ele quiser contar, ele conta. E você também, nada de ficar fuçando do seu jeito — alertou Thea.

Achando graça, Rem gesticulou com a sua cerveja.

— E qual é o meu jeito?

— "E aí, Ty, qual é a da mãe do Braydon?"

— Ser direto é sempre o melhor caminho.

— Ser direto muitas vezes é ser mal-educado.

— Não quando você fala com jeitinho, o que eu tenho de sobra.

Diante da risada de desdém de Thea, Lucy balançou a cabeça.

— Deixa a sua irmã e leva a sua avó de volta pra casa. Thea, isso era exatamente o que eu precisava hoje. Comida boa, companhia boa, ar fresco e, de bônus, um menininho.

Ela deu um beijo na bochecha de Thea e então abraçou a neta.

— Era o que eu estava precisando também. Mesmo com você junto. — Thea cutucou a barriga de Rem.

— Eu também. Se bem que, com os outros convidados, sobraram só uma asa e uma coxa para eu levar e comer depois. Eu pego na saída.

Thea andou com eles pela casa até a varanda da frente. E acenou para os dois na porta.

Sua ideia era conversar com eles durante o jantar sobre o sonho, sobre Riggs, sobre tudo aquilo. Quando Ty apareceu, ela pensou em fazer isso depois do jantar.

Mas aí não queria estragar o clima. Nem para eles, nem para ela.

Depois ela contaria, disse a si mesma. E se ele arrumasse um jeito de entrar à noite, ela simplesmente o empurraria de volta pela porcaria da janela de novo.

RAY RIGGS engoliu um dos seus compridos cada vez mais raros de oxicodona. Mesmo sem saber quando iria arrumar mais, parecia que alguém estava espremendo a sua cabeça com um torno.

Ele aguentava, sempre aguentava, mas não naquela noite. Naquela noite, precisava da paz do esquecimento.

Era capaz de aguentar, porque quando a dor vinha, em vez de se sentir esmagado, como naquela noite, ele ia mais longe. Mais longe.

Quinze anos, pensou. Aquela vadiazinha o tinha colocado atrás das grades por quinze anos.

E por causa de quê?

Por ter matado os pais dela, que a teriam obrigado a se conformar aos padrões deles? Ela estava melhor sem eles. Ele tinha feito um favor do caralho para ela.

Ela tinha que pagar por aqueles quinze longos anos. E pela provocação dela. E pior, por ter ignorado ele.

Ele não ia deixar que ela o esquecesse e, como aquele novo nível de dor o ajudava a se lembrar dela, aceitaria a dor.

Mas naquela noite, não.

Naquela noite, ele precisava daquela onda boa.

Tinha passado quase seis meses — o que mais ele tinha além de tempo? — dando um jeito de sair da solitária. Bastava ler os que achavam que estavam por cima, pensou ele, que conseguia ficar por cima deles.

Ele precisava de um pouco de luz e de ar fresco, então ficou na dele, baixou a cabeça.

Teve quase um mês de banho de sol. Uniforme cáqui, em vez do azul, andando no pátio, tramando, planejando.

Ia dar um jeito de escapar e, quando o fizesse, iria encontrar aquela filha da puta e fazê-la pagar.

Não lembrava mais qual havia sido a causa. Algum idiota que falou ou pensou alguma coisa. As pessoas deviam ter mais respeito por quem tinha matado como ele, por quem tinha passado quinze anos preso.

Então ele ia ensinar esse respeito para o filho da puta.

E a surra? Foi boa, enfiar os punhos contra a carne e os ossos foi bom demais.

Até que começou a ser esmurrado por outros punhos.

Uma concussão, duas costelas quebradas, mandíbula deslocada? Ruim, bem ruim, mas voltar para a solitária foi muito pior.

Mesmo assim, aquela surra havia desencadeado a dor, a dor que o tinha levado mais longe.

Ele podia fazer aquilo, e não mais só uma vez por ano. Não só no aniversário de morte, quando aquela vadiazinha tinha entrado pela primeira vez na cabeça dele.

No começo, Riggs foi devagar, só espiando, dando uma olhada nela. Principalmente enquanto dormia, mas uma vez ele a viu parada diante de uma janela grande, olhando para uma cidade à noite.

Nova York, talvez, ou quem sabe Chicago. E uma outra vez, quando ela estava ordenhando a porcaria de uma vaca.

Mergulhar na mente dela era uma espécie de liberdade. Uma liberdade que queimava como ácido na garganta quando ele voltava a si, para a cela.

Mas naquela noite, na noite em que ele entrou, quando ela o viu e o sentiu e teve medo dele, Riggs estava comandando o show, pode apostar. Ele a fez ver o que ele queria que ela visse, a obrigou a vê-lo matando um otário que estava tocando violão.

Aquilo tinha lhe custado caro, o preço havia sido a dor e o sangue que escorreu do seu ouvido enquanto ele gritava.

Tinha valido a pena, pensou ele, deixando-se levar. Tinha valido e muito poder ouvi-la gritar, *sentir* o medo dela envolvendo-o como seda.

Ele só precisava de um tempo para a pressão no crânio diminuir, e então ia fazer de novo. De novo e de novo, até aquilo se tornar realidade.

Riggs precisava de um plano, um jeito de levar não só a mente, mas o corpo para fora da cela.

Mas só sair não bastava. Quando soubesse onde encontrá-la, quando a achasse, ia fazê-la olhar bem nos olhos dele enquanto a matasse.

Aí sim ficaria satisfeito.

Thea se dedicou em dobro ao trabalho. Uma vez ou outra sentiu Riggs arranhando a janela, mas o empurrou mentalmente para as sombras e o bloqueou.

Depois de alguns dias trabalhando dez horas diárias e depois de ter o GDD pronto e dezenas de esboços de personagens, sentia-se quase pronta para mostrar ao chefe.

Ela já conhecia o jogo de cabo a rabo. Tinha feito questão disso.

Mas não era dia de trabalhar. Thea nunca trabalhava naquela data de junho. Ela botou um vestido simples de verão e os brincos da mãe. Lá fora, colheu três hortênsias, sabendo que a avó e o irmão fariam o mesmo.

— Você fica, Bunk. Fica em casa. De guarda.

Ele choramingou um pouco, mas deitou na varanda da frente quando Thea entrou no carro.

Não era dia de usar o conversível chamativo, não naquele dia. E sim o sedã sóbrio que ela considerava mais como um carro de inverno.

Quando desceu a estrada e passou pela casa de Ty, ouviu música. No piano, uma música rápida e arrojada. Quis poder parar e ficar ouvindo. Só deixar o dia fluir com música e sol.

Pousou a mão nas flores rosa-claras no assento ao seu lado e seguiu em frente.

Lucy e Rem não a fizeram esperar. Os dois saíram de casa carregando ramos de hortênsias. Rem entrou no banco de trás, e Lucy segurou as flores de Thea e as suas ao se sentar no banco do carona.

— O dia tá bonito pra visita.

— Verdade. — Thea fitou o irmão pelo retrovisor. Ele estava calado, olhando pela janela.

Ele tinha apenas 10 anos, pensou ela, tão mais novo e criança do que ela, aos 12.

— Tá tudo bem com você?

— Tenho trabalhado muito, vó. Eu estou sempre bem quando estou trabalhando. Mas teve uma noite…

Ela respirou fundo e contou.

— Caramba, Thea, por que você não falou nada?

Como conhecia o irmão, estava antecipando a explosão.

— Eu ia contar quando vocês foram jantar no sábado, mas o Ty apareceu com o Bray. Eu não podia falar com eles lá. E depois… — Ela soltou um suspiro. — Depois que eles foram embora, eu não queria mais. Não queria falar disso, pensar nisso. Foi uma noite tão boa, simplesmente não queria.

— Se ele conseguiu entrar no seu sonho, controlar o sonho, é porque está mais forte do que antes.

— Eu sei, vó. Mas isso não o torna mais forte do que eu. Já pensei nisso. Eu tenho uma casa, o meu trabalho, tenho vocês. Tenho uma vida, e a minha liberdade. Ele não tem nada disso. Mas ele tem tempo, só o que ele tem é tempo para ficar sentado, pensando e trabalhando no que ele tem, em como usar isso. Então ele está mais forte do que antes. Ele vai aparecer hoje, como sempre faz, mas eu não vou deixar o Riggs assumir o controle.

— Vou dormir na sua casa hoje.

Ela fez que não para o irmão.

— Eu tenho o Bunk.

E quero você com a vovó, por via das dúvidas, pensou ela.

Rem soltou um ruído de frustração.

— E o Bunk vai fazer o quê? Morder ele no sonho?

Ela olhou pelo retrovisor de novo.

— O que importa é o que eu sou capaz de fazer. E o que eu vou fazer. Preciso provar para ele e para mim mesma que ele não me assusta com essas merdas. Ele só sabe ameaçar, Rem, e não posso deixar que ele ganhe. Juro que estou mais do que pronta para isso.

— Você tem botado o saquinho com ervas na cama, querida? E dito as palavras?

— Tenho, vó.

— Bota mais dois então. Três é um número forte.

— Pode deixar. Mas hoje, não. Deixa ele vir em uma hora em que acha que eu estou fraca. Ele vai levar um susto.

— Não gosto dessa ideia. Vou ligar para o detetive Howard.

— Rem…

— Ele te conhece, então vai entender. Meu Deus, Thea, você ajudou tanto a polícia. Deixa eles te ajudarem. Não faz mal nenhum conferir com o guarda da prisão.

— É uma boa ideia e um bom meio-termo. Deixa o seu irmão cuidar um pouco de você, Thea. Eu também vou me sentir melhor assim.

— Tá bom.

Riggs não iria machucar a sua família de novo, jurou Thea, entrando no cemitério. Ele já tinha tirado o suficiente deles. Não ia levar mais nada.

Ela estacionou, e eles desceram do carro. Juntos, caminharam até a lápide.

"Eternamente."

— Tanto Caleb quanto Waylon ligaram hoje de manhã. — Lucy colocou as suas flores no túmulo. — Eles nunca esquecem. Estão aqui com a gente agora.

Rem pousou as flores dele.

— Em quinze anos, a família do papai não ligou ou mandou mensagem nem uma vez. Nem uma vez sequer.

— Nós somos a família dele. — Thea pousou as suas flores com as de Rem e as de Lucy. Então pegou a mão da avó, e Rem copiou o gesto do outro lado de Lucy. — Nós somos a família dele — repetiu ela. — Com Caleb e Waylon e as famílias deles. Nós sempre vamos ser a família dele.

17

⌘ ⌘ ⌘

TY CUIDAVA da família.

Cuidar significava tentar manter Bray em segurança, feliz e, Deus do céu, ocupado, enquanto Ty repassava todas as coisas da bisavó. Estava fazendo aquilo para poder organizar, abrir espaço e transformar aquele espaço em um lar.

Provisório ou não, o garoto merecia um lar.

E a cada dia que passava, Ty começava a pensar menos naquilo como temporário.

O filho adorava a casa. Adorava o quintal, o ranger das tábuas do piso, o velho celeiro com o qual Ty não tinha a menor ideia do que fazer.

Adorava as varandas, as árvores e o cachorro que vinha brincar todas as tardes.

Ainda assim, embora o lado de fora oferecesse bastante espaço para correr, e mais do que suficiente para a engenhoca de balanço/escorregador/trepa-trepa que Ty ainda estava pesquisando para comprar, a casa em si era pequena.

Se fossem ficar, teria que aumentá-la, em algum momento.

Eles não precisavam de muito, e embora a sala de jantar pudesse servir como um estúdio por enquanto, ele não queria trabalhar tão perto da cozinha a longo prazo.

Para fazer um trabalho sério, precisava de um espaço sério.

E, luxo ou não, queria muito ter o próprio banheiro.

Essas coisas podiam esperar até ele ter cem por cento de certeza.

Além do mais, ele no mínimo teria que aprender a cozinhar um pouco mais do que o seu repertório atual, já que não dava para pedir delivery.

Mas a felicidade do filho era a sua prioridade número um, e, minha nossa, como o garoto estava feliz.

Depois de passar a maior parte da tarde arrastando e separando coisas, Ty fitou as pilhas de caixas ao seu redor. Algumas prontas para irem embora, outras que ele tinha trazido consigo e nem tinha aberto ainda.

Naquele momento, parecia uma tarefa avassaladora.

Leona amava as suas coisas, e ela tinha vivido uma vida bem longa, então havia colecionado muitas delas. Em geral, Ty separava o que achava importante, o que importava para ela. E ela tinha guardado o cartão de aniversário que ele havia feito para ela quando tinha uns 8 anos. De papel-cartão roxo, com uma flor amarela meio estranha e desconjuntada colada na frente. E a letra torta dele.

> FeLiZ ANiVeRSÁRiO!
> PARA A MeLHOR biSA DO MUNdO.
> COM AMOR, TY

Como ele podia jogar aquilo fora? E onde ele ia guardar? Junto com todos os outros cartões, cartas e postais que havia mandado para ela?

Por enquanto, resolveu deixar na caixa de tecido desbotado onde ela havia guardado todos eles.

Ele a amava, de verdade, mas até estar ali, repassando as coisas dela, não tinha percebido o quanto ela o amava.

E aquilo era o mais avassalador.

Ela havia lhe deixado tudo que tinha porque sabia que ele iria honrar e respeitar as suas coisas.

— Estou tentando, bisa.

Mas, naquele momento, Ty precisava de uma pausa não só do trabalho, mas do custo emocional da tarefa.

Ao olhar para fora, viu o filho jogando a bola para o cachorro gigantesco — até que ele arremessava bem, para uma criança de 4 anos — e soube o que fazer para descansar a cabeça.

Ele pegou o vasinho rosa que tinha dado para a bisavó de Natal quando tinha uns 10 anos e o levou até a mesa da varanda dos fundos.

Bray veio correndo na sua direção — e o cachorro gigantesco também.

— Joga a bola, pai. Eu vou pegar com o Bunk!

Então, Ty passou os vinte minutos seguintes jogando a bola, vendo menino e cachorro correrem atrás. E decidiu o lugar no quintal onde colocaria os brinquedos que compraria. Iria escolher um naquela noite, encomendar e montar.

— Está na hora de o Bunk ir para casa.

— Não, papai!

— Que tal a gente caminhar com ele? Você pode colher umas flores para a Thea no caminho.

— Por quê?

— Porque é uma gentileza, e eu tenho esse vaso para botar as flores.

O menino abriu um sorriso manhoso.

— Ver as galinhas?

— Quem sabe. Que tal uma daquelas flores ali?

Eram só uns trevos que tinham aparecido desde a última vez que Ty havia cortado a grama, mas aquilo deu uma missão a Bray.

Quando chegaram no alto da subida e fizeram a curva, o vaso já estava cheio de trevos, margaridas selvagens, botões-de-ouro e gramíneas. E Bray ia nas costas do pai.

Enquanto caminhavam, Ty observou a varanda de Thea, que envolvia a casa por completo, e começou a pensar — se eles ficassem — se devia fazer uma coisa parecida na casa da bisavó. Ou se bastava fazer uma varanda ou um deque maior nos fundos, para a churrasqueira que ainda tinha que comprar.

Ele sabia fazer um bom churrasco.

E fez uma nota mental para encomendar uma churrasqueira junto com os brinquedos.

Ty colocou Bray no chão e deu o vaso para o garoto.

— Aqui. Dá você.

— Eu que colhi as flores.

— Isso mesmo — disse Ty, e bateu à porta de tela.

Ele a viu chegando pela tela e sentiu o frio na barriga que imaginava que todos os homens sentiam quando uma mulher bonita vinha em sua direção, em um vestido de verão.

Thea estava com o cabelo preso em um rabo de cavalo. E tinha um pescoço comprido, para combinar com as pernas compridas. O sorriso lhe dizia que era bem-vindo, e ele tinha que admitir que aquilo sempre mexia com ele.

— Ora, ora, dois homens bonitos na minha porta.

Quando ela abriu a porta de tela, o cachorro entrou em disparada, e Bray enfiou o vaso na mão dela.

— Pra você.

— Para mim? Que lindo.

— Eu que peguei as flores.

— Ele gosta de erva daninha — explicou Ty, e ela sorriu de novo.

— Erva daninha é só uma flor silvestre que nasceu no lugar errado. E estas estão no lugar certo. Entra. Está quente, e vocês andaram muito. Aposto que estão com sede.

— Eu tô!

— Sabia que tinha um motivo para fazer limonada e biscoito.

— Biscoito!

Thea olhou para Ty meio sem graça.

— Ops.

— Tudo bem.

— Todo mundo lá para os fundos.

A casa era muito bonita, pensou Ty mais uma vez, observando a sala de estar com as suas paredes em tons quentes de areia, os quadros com paisagens bucólicas, a lareira com uma moldura de mármore em um tom intenso de azul e uma prateleira robusta em cima. De ambos os lados da lareira, havia armários baixos embutidos e prateleiras na parede, tudo feito de madeira maciça.

Móveis aconchegantes e acolhedores.

Ty precisava muito trocar o velho sofá de molas da bisavó.

Ambientes abertos, bastante claridade. Uma espécie de sala de estar e biblioteca de um lado, e...

— Uau, é aqui que você trabalha.

Ela tinha bastante espaço para si — exatamente o que ele gostaria de ter e do que estava abrindo mão, na Filadélfia.

Uma estação de trabalho boa e sólida, e que ele imaginava ser importante para todos os equipamentos de que ela precisava. O que parecia ser um sofá para pensar, e uma parede de espelhos cuja função ele não entendia muito bem.

Um display de parede com três espadas.

— Você tem mais espadas.

— Tenho.

E nunchakus, notou ele, uma espécie de vara de bambu e uma lança de verdade. Tudo, graças a Deus, fora do alcance do filho dele.

— Está esperando uma guerra?

— Eu desenho guerras.

— É. — Ele fitou os esboços na prancheta e os emoldurados na parede. — Não imaginei que você desenhava de verdade. Achei que fazia no computador.

— Eu faço as duas coisas.

— É o Tye, papai! A Twink, a Gwen, o Zed e a Mila. É a Mog. Ela é do mal!

— Ela é do mal — concordou Thea.

— Eu gosto do Tye. Ele é corajoso e voa num cavalo. Mas aí ele tá grande. Ele é pequeno igual eu! A Janey disse que eu sou igual a ele.

— Ele joga a versão infantil — explicou Ty. — A Janey é a filha da irmã do Scott. Ela às vezes toma conta do Bray. Ele gosta de ser o Tye no videogame e nos brinquedos.

— Porque eu sou igual ele, e ele tem um cavalo que voa. Posso comer um biscoito?

— Lógico.

Thea os levou para a cozinha, que se abria para um salão e para a sala de jantar, com as portas largas de vidro que levavam à varanda dos fundos, aos jardins e ao quintal.

Depois de colocar o vasinho na ilha da cozinha, ela serviu limonada e um prato de biscoitos.

— Se eu for reformar a minha casa, vou roubar parte do projeto da sua.

— Fica à vontade.

Bray virou a limonada e depois deu uma mordida em um biscoito.

— Gostei. Posso ver as galinhas?

— Elas vão ficar felizes de te ver.

— Vai lá. Só um pouquinho — acrescentou Ty, enquanto Bray saía levando o resto do biscoito com Bunk ao seu lado. — Você estava de saída, né?

— Não. Ah. — Thea olhou para o vestido. — Não, eu tive uma coisa de família hoje de manhã, depois deu vontade de assar biscoitos. E agora eu estou com uma vontade maior ainda de me confessar. Tem uma razão para a filha da irmã do Scott achar o Tye Smith parecido com o Bray. Na versão infantil.

Fascinado, Ty viu um brilho de constrangimento nos olhos dela.

— Quando eu tive a ideia de acrescentar o personagem no segundo jogo do *Endon*, sabe... Foi logo depois que minha amiga Maddy e eu... A médica, lembra?

— Lembro, a gente se conheceu.

— Lógico. As doações. Ela me contou.

Mais constrangimento, percebeu Ty.

— Para ser sincera, eu não lembro como a gente começou a falar da Code Red e de você. Mas aí eu comecei a pensar no personagem novo e acabei baseando o Tye em você.

— Como é que é?

— Quer dizer, só fisicamente. O rosto dele, hum... o corpo, a aparência. Então, a versão infantil dele parece com o Bray porque... porque o Bray parece uma versão infantil sua.

— Você baseou o... o Guerreiro Errante, é isso?... em mim?

— É, mais ou menos. Mais para mais do que para menos. E está ficando difícil encarar esses momentos de humilhação com você, então estou contando tudo logo. Eu queria um cara bonito, com um quê meio rebelde, mas uma rebeldia que pudesse ser um charme. Eu não queria um cara todo sarado feito o Zed, e sim alguém alto, esguio, com os dedos compridos, aquele cabelo cor de bourbon caro, os olhos verdes. Quer dizer, você.

— Só um segundo. — Ele olhou lá fora, viu o menino, o cachorro, as galinhas e nenhuma ameaça. Então voltou para o estúdio dela. E examinou o desenho.

— A minha orelha não é assim. — Ele fez um gesto como se as suas orelhas fossem pontudas.

— Seria, se a sua mãe fosse uma elfa.

— Hum.

— E você tem olhos amendoados.

— Eu tenho olhos amendoados?

— Tem. — Ela meio que soltou a resposta, para diversão dele. — Eu exagerei um pouco, para dar efeito, por causa do sangue élfico, e botei a trança no cabelo e a tatuagem, mas, tirando isso...

Ty chegou um pouco mais perto do desenho.

— Cacete. Eu nunca tinha notado isso antes. Que demais.

— Você acha mesmo? — Thea cobriu o rosto com as mãos, depois as levou aos cabelos. — Estava preocupada de você achar que era coisa de maníaco. Eu era fanática.

— Se você tivesse feito parte de uma banda de rock por uns dez anos, saberia o que é fanatismo. No começo, ver os fãs acampando na frente da sua casa pode parecer legal, até que você não consegue mais sair sem uma multidão à sua volta. Mas isso é só um inconveniente. Quando uma adolescente suborna a faxineira de um hotel para conseguir a chave do seu quarto, e depois entra, tira roupa e sobe na sua cama? Isso é coisa de maníaco.

— Nossa, isso aconteceu mesmo?

— Aconteceu. Ter um personagem de videogame de que o meu filho gosta baseado em mim? Isso está longe de ser coisa de maníaco, é irado.

— Que bom. Ainda bem.

Ele se voltou para ela.

— Tem mais alguma coisa que eu devia saber?

— Acho que não.

— Se você lembrar…

Ela ainda parecia envergonhada, e ele não podia negar que estava gostando daquilo.

— Até lá, ainda não ganhei nenhum biscoito.

Ela apontou para a cozinha.

— Você vai me fazer um favor se levar alguns para casa. E uns ovos também, se for usar. Eu sempre levava alguns para a dona Leona. As minhas galinhas sempre botam ovos, então tenho pelo menos duas dúzias por semana. É demais para mim.

Ele provou um biscoito.

— A gente definitivamente vai levar alguns desses para casa. O Bray come ovo mexido umas duas vezes por semana.

— Ótimo. Deixa eu arrumar para você.

O desenho de Bray ainda estava na geladeira, o que deixou Ty comovido. Que sorte ter uma vizinha simpática e tranquila que parecia não se importar com uma criança aparecendo de vez em quando para brincar com as suas galinhas.

Thea começou a arrumar os biscoitos em uma caixa, e Ty se recostou na ilha da cozinha, pegando mais um.

— O vasinho era da minha bisa.

— Ah. Depois eu devolvo.

— Não, é para você, se quiser. Ainda estou arrumando as coisas dela, decidindo o que é importante e o que não é. Eu dei esse vaso para ela de Natal quando era criança. E sei que ela gostava de você, então acho que ia aprovar se você ficasse com ele.

Quando Thea ergueu o rosto, estava com os olhos cheios de lágrimas.

— Merda, eu não queria...

— Não, não, é apenas este dia. — Ela enxugou as lágrimas que escorreram. — Eu sinto saudade dela. Sinto muita saudade de ver a dona Leona quase todo dia, mesmo que fosse só para dar um tchau de longe, quando eu saía para caminhar. Aí, quando eu vejo o Bray lá fora...

Ela apontou para o quintal, para onde Bray estava sentado, aparentemente tendo uma conversa muito séria com Bunk, ao lado do galinheiro.

— Eu me lembro de como amava fazer exatamente aquilo, quando tinha mais ou menos a idade dele, e o Rem e eu vínhamos passar duas semanas com a vovó durante as férias escolares. E como isso era melhor do que o Natal, e eu ficava contando os dias para a gente vir para cá. Eu amava os meus pais, mas ficava doida para eles voltarem logo para casa e ficarmos só eu e o Rem e a vovó, os cachorros, as galinhas, a vaca, a cabra, as colinas.

Ela soltou um suspiro.

— É o dia — repetiu ela. — Hoje faz quinze anos que os meus pais morreram.

— Meu Deus, Thea, sinto muito. E desculpa ter aparecido assim do nada.

— Ah, não precisa pedir desculpas, foi muito bom ver vocês dois. Vocês espantaram um pouco a tristeza. Todo ano, no dia de hoje, minha avó, Rem e eu colocamos flores no túmulo dos meus pais, depois passamos um tempo juntos. Quando cheguei em casa... eu nunca trabalho neste dia... fiz biscoitos e limonada para me ocupar. Depois, não sabia mais o que fazer. E vocês apareceram.

Ela enxugou as lágrimas teimosas.

— E hoje de manhã, quando fui buscar o Rem e a minha avó, ouvi você tocando piano, e isso me acalmou. Ouvir música, saber que tem alguém que a dona Leona amava na casa, tocando música...

Hesitante, Ty começou a enfiar as mãos nos bolsos. Em vez disso, agiu por instinto e fez o que faria se Bray estivesse chorando.

Ele deu a volta na ilha e abraçou Thea.

— Desculpa — disse ela.

— Não precisa pedir desculpas. — Ele repetiu as palavras dela. — Parece que você precisa botar pra fora.

— Eu não choro mais no túmulo deles. Sei que eles não estão lá, e a lápide e as flores são para a gente. Eles estão em todos os outros lugares, e isso geralmente me conforta. Mas hoje…

— Você era só uma criança. Deve ter sido horrível. — Ele fez carinho nos cabelos dela. — Foi um acidente?

— Não. Não — disse ela, e as lágrimas encobriram a sua voz, enquanto ela recuava. — Eles foram assassinados.

Espanto transpareceu no rosto de Ty, na sua voz.

— Meu Deus, Thea.

— Eles foram assassinados na própria cama, enquanto o Rem e eu estávamos aqui, com a vovó. O assassino atirou neles por causa destes brincos… — ela segurou o lóbulo da orelha direita — …e por causa de um relógio e outras coisas. Ele atirou neles porque podia.

— Quem?

— O nome dele é Ray Riggs, e ele está preso. E vai continuar preso para o resto da vida. E, de alguma forma, não é suficiente. Pelo menos, não hoje.

— Sinto muito. É difícil expressar em palavras, mas eu sinto muito.

— Não achei que fosse falar isso tudo, mas acabei contando. E você me ouviu, e agora estou me sentindo mais calma por causa disso. — Ela pegou um biscoito. — Obrigada.

Ela ainda tinha lágrimas nos cílios ao sorrir para ele, pensou Ty. O que o atingiu em cheio no coração.

— Imagina! Vamos te deixar em paz agora.

— Deixa eu terminar de arrumar esses biscoitos e pegar uns ovos. Prometo que não vou chorar no seu ombro na próxima vez que você aparecer. Ah, e agora você realizou o sonho de uma garota de 16 anos. Tyler Brennan me abraçou.

Ele teve que rir.

— Você é uma mulher muito interessante, Thea.

— Acha mesmo? — Ela pegou uma caixa de ovos. — Eu gosto de ser comum.

Um estranho objetivo, pensou ele.

— Acho que você nunca vai conseguir.

— Eu fico tentando. — Thea pegou uma bolsa de pano. — Deixa eu botar um pouco de manteiga. — Ela tirou um frasco de vidro pequeno com tampa da geladeira. — Pode ficar com o pote, eu tenho mais. Ou pode trazer de volta, se não servir para nada.

— Se a gente trouxer de volta, dá para encher com mais manteiga?

— É bem provável. Você tem que levar o Bray na casa da minha avó. Ele vai gostar dos cachorros, das galinhas, das vacas e da cabra. Aposto que ela vai ensinar o Bray a ordenhar a cabra.

— Como é que é? — Ty ergueu um dedo. — Ela ordenha uma cabra?

— A vovó usa leite de cabra para várias coisas. E para fazer vela e sabão, as loções dela e tal.

— Ela faz sabão com leite de cabra. — Parecia que ele estava experimentando palavras de uma língua estrangeira. — Ela ordenha uma cabra e faz sabão.

— Magia da Montanha, é a marca dela. A vela que eu levei para você foi ela que fez.

— É ótima. Ela que fez?!

— Magia da Montanha — repetiu Thea. — Eu não tenho nenhum sabonete masculino aqui, mas ela vai te dar alguns para experimentar. Mas cuidado, você vai acabar virando freguês.

— Vocês duas são mulheres muito interessantes. E eu estou saindo daqui com outra cesta básica. Cara, você já deu jantar para a gente duas vezes, e agora isso. Eu até consigo dar conta do Bray na cozinha, mas acho que macarrão em lata e ervilha congelada nem se comparam a isso. Você gosta de pizza?

Ela arregalou os olhos.

— E macaco gosta de banana?

— Acho que gosta. Preciso de mais uns dias para poder dizer que não estou vivendo em um caos. Tem uma pizzaria na cidade... Já fomos algumas vezes. Na próxima vez, quem sabe você não vai com a gente?

— Eu ia adorar. — Ela entregou a bolsa para ele. — Sei bem como é viver no caos. Quando precisar fugir um pouco da bagunça, dá um pulo lá na vovó, isso sempre me ajuda. Ou então vai caminhar um pouco pelas colinas. Ou pode vir aqui.

— Eu agradeço muito.

— Eu agradeço o ombro para chorar que eu não sabia que estava precisando.

Quando eles saíram, Bray deu um pulo.

— Não, papai. Vamos ficar mais.

— Está na hora, amigão.

Thea ofereceu um biscoito que Ty não a tinha visto pegar.

— Aqui, para o caminho de volta.

Isso deu um jeito na cara feia do garoto.

— Obrigado. Eu vou correr! Tchau, tchau, tchau! — E Bray saiu em disparada.

— Nós vamos correr — disse Ty. E foi atrás do menino, depois meio que se virou para Thea. — Ah, eu ouvi você assobiando. Impressionante.

Que mulher interessante, pensou ele de novo, e, fazendo o possível para não quebrar os ovos, correu atrás do filho.

THEA SABIA que Riggs viria naquela noite. Grata pelo interlúdio com Ty e Bray, pelo momento de gentileza e conforto que aquilo tinha lhe oferecido, Thea se sentiu ancorada.

E focada.

Tranquila, ela foi caminhar pelas colinas com Bunk. Para planejar.

E, naquela noite, demorou a se arrumar para dormir — e para o conflito que estava por vir.

Em vez de pendurar mais dois saquinhos de ervas na cama, ela tirou o primeiro.

Aquela não seria uma noite de descanso, mas de ação.

A necessidade de manter a paz, de seguir com a vida, frequentemente a impedia de agir, e aquilo tinha se prolongado por tempo demais. Naquela noite, aquilo acabaria.

Com Bunk já esparramado na sua cama, Thea entrou debaixo dos lençóis.

E fez o que fazia de melhor.

Construiu um sonho.

O mar azul castigava a areia branca da cor de açúcar. As folhas verdes das palmeiras se agitavam com os seus cocos marrons. A faixa de areia da praia subia até se transformar em uma selva densa onde pássaros de penugem reluzente voavam e trinavam. As vinhas se emaranhavam, cobertas de flores da cor do luar.

Pequenos siris, transparentes como fantasmas, corriam pela areia. Cobras, tão reluzentes quanto os pássaros, deslizavam em silêncio por entre as videiras.

Bestas com dentes e presas afiadas vagavam pelas sombras esverdeadas. Aranhas do tamanho de punhos cerrados teciam teias.

No centro da ilha, ficava o vulcão imponente, preto como breu contra o azul do céu, com nuvens finas como fumaça rodeando o cume.

Jazia silencioso por enquanto, com as encostas marcadas pelos rios de lava que escorriam quando ele rugia.

Thea estava de pé na praia, com botas grossas que subiam até o joelho por cima das calças marrons. Estava com um colete cheio de bolsos e uma camisa de manga comprida. No cinto, trazia um cantil de água e bainhas para uma faca serrilhada e uma espada curta. Tinha os cabelos presos em uma trança e um chapéu tipo safari na cabeça.

Ela observou o mar, satisfeita com as barbatanas de tubarão que viu circulando. No final da praia, conchas pontilhavam a areia feito cacos de vidro coloridos.

Mais adiante, havia outra ilha. Imaculada, acolhedora. Um lugar seguro. Ali estava a salvação.

Thea esperou até sentir Riggs arranhando a janela. Então a abriu completamente e o puxou para dentro.

Ela também o tinha equipado — Thea jogava limpo. Ele esmagou as conchas com as suas botas ao chegar perto, desorientado, piscando contra a forte luz do sol.

— Oi, Ray. Bem-vindo à Ilha do Perigo.

— Que merda é essa?

— Deve ser bom sair daquela cela. Aqui você tem uma bela praia, a brisa do mar, o sol, nenhuma porta te trancando. Seja bem-vindo.

Sorridente, ela fitou aqueles olhos azuis pálidos.

— Agora, deixa eu explicar as regras.

— Que se fodam as regras. — Quando ele correu na direção dela, Thea só precisou erguer uma das mãos para prendê-lo na areia.

— Primeira penalidade, Ray. Você tem que esperar o sinal de que pode começar. Mas eu vou deixar essa passar. O seu objetivo é chegar àquela ilha.

— O meu objetivo é te dar uma surra. Aí eu vou te esganar e ver você morrer.

— É por isso que você está aqui. Mas você vai ter que me pegar primeiro. E sobreviver. Tem um barco a sota-vento, e você pode usar para fugir e chegar à Ilha do Santuário. Mas para chegar lá… Esta ilha não se chama Ilha do Perigo à toa.

— Que baboseira.

— Ah, é? O caminho é perigoso, então melhor ficar alerta. Você vai encontrar predadores, armadilhas, desafios, obstáculos. Você também pode achar armas, objetos que aumentam o seu poder, pedras que curam, várias ferramentas úteis.

Ele tentou mover os pés.

— Já falei: que merda é essa?!

— Este é o meu sonho, eu que faço o jogo, eu que dito as regras. Está vendo o Edina lá no alto? — Ela apontou o vulcão. — Agora ele está calmo, mas está começando a ficar inquieto. Se ele entrar em erupção antes de você chegar no sota-vento… Ray, as suas chances de sair dessa vivo diminuem drasticamente.

— Eu não vou participar de um jogo idiota.

— Então não joga. — Thea deu de ombros. — Seja como for, você vai sentir a dor, o calor e o medo. Você vai sangrar e vai fraquejar, Ray. Porque, enquanto estiver aqui, isso é real.

— Bobagem.

— Logo você vai entender que é real. Ali é o cronômetro. — Erguendo uma das mãos, ela contou: três, dois, um. — Começou. Eu desejaria boa sorte, Ray, mas seria uma mentira.

Thea correu para a selva.

Ela já tinha jogado antes. Afinal, havia construído o jogo. Para compensar a sua experiência, tinha dado ao seu oponente vidas ilimitadas. Não exatamente para ser imparcial, admitiu ela, mas para a própria satisfação.

Sacando a espada, ela cortou uma teia e arremessou a sua ocupante mortal pelos ares. Em um salto, agarrou um galho e balançou-se, longe do bote sibilante de uma cobra escarlate.

Thea ouviu Riggs correndo atrás dela. E então o seu grito estridente. Ele ia precisar das vidas ilimitadas.

Correndo para a esquerda, Thea pegou a primeira arma, um arco e uma aljava de flechas.

Se desse o melhor de si, em um jogo de baixa complexidade como aquele — outra concessão que tinha feito em nome de Riggs —, levaria três horas para chegar ao barco. Talvez um pouco mais agora, imaginou ela, já que teria que trazê-lo consigo.

Thea o viu tropeçando com a faca na mão. Até que uma cobra — dessa vez, uma cobra safira — despencou de uma árvore e enfiou as presas no pescoço dele.

Quando a mulher usou seu arco para abater um tigre, outro eviscerou Riggs.

Com os gritos do oponente ecoando no ar, Thea pegou um cipó grosso para pairar por cima do fosso das cobras. Ela havia perdido mais de uma vida naquele buraco quando estava praticando, então testou o seu peso no cipó antes de se lançar.

Ela sentiu presas em suas botas, e aquelas mesmas botas se esforçaram para sustentá-la do outro lado, na grama lisa.

Superar o obstáculo lhe deu um bônus de energia, e ela usou aquilo para escalar as rochas junto do Templo dos Ossos.

O que era um risco, sabia Thea, já que teria que lidar com mãos esqueléticas tentando alcançá-la. Mas, em geral, a areia movediça era pior. Suas mãos doíam, sangravam, quase escorregavam. Sentiu dedos ósseos apertando o seu pulso, quase o quebrando, antes de conseguir pulverizá-los.

À medida que subia, esmagou outra mão com o pé, até que, com o suor escorrendo pelo rosto, chegou ao topo.

Usando um bônus de saúde, ela aproveitou para se curar e desenvolver uma estratégia.

Embora sua garganta ardesse, deu só um golinho na água. Podia aproveitar para fazer um desvio e reabastecer o cantil, mas Edina estava soltando o seu primeiro rugido. Com Ray se debatendo na areia movediça, Thea seguiu em frente.

Suada e sem fôlego, ela chegou à ponte de corda sobre o rio Fúria. Ele corria agitado sobre rochas irregulares, uma queda de cinquenta metros que custaria uma vida, se Thea caísse. Mas a queda e as tábuas móveis e instáveis não eram os únicos perigos.

Ela já conhecia os perigos, pois havia jogado antes, então tomou cuidado. O ataque de uma ave de rapina quase a fez perder o equilíbrio enquanto brandia a espada. Ela decapitou a ave, mas feriu-se no ombro com a asa, que era afiada como uma navalha.

A dor e o espanto fizeram Thea cair de joelhos, e ela quase escorregou da ponte. Deitando-se e agarrando-se a uma tábua quebrada, ela usou o último bônus de saúde.

Não ia conseguir atravessar com a cabeça girando e o braço esquerdo quase inutilizado. E perderia Riggs de vista. Ele iria embora, abandonaria o jogo se ela perdesse o foco.

Quando chegou do outro lado, tomou um gole de água mínimo e se arrependeu de não ter feito aquele desvio para reabastecer o cantil.

Mas um novo rugido de Edina sacudiu o chão.

E Riggs, notou Thea, tinha acabado de ser devorado por um javali.

Os gritos dele não soavam nem humanos.

— Mas você é muito ruim, hein, Ray.

Thea tinha que descer — uma descida perigosa, lógico, mas a praia e o barco esperavam por ela lá embaixo.

Durante a descida, Edina vomitou fogo. Thea agarrou-se ao paredão de pedra, segurando-se até seus dedos sangrarem. Tinha esquecido as luvas de escalada no colete de novo.

Erro de iniciante.

Mas ela desceu, pé ante pé, com bolas flamejantes de rocha voando da boca do vulcão e caindo na selva, na praia, no Fúria.

Ela correu pela areia e desamarrou o barco. Ligando o motor, Thea afastou-se depressa e viu a ilha queimando atrás de si. Ondas de calor avançavam pelo ar. Animais em pânico corriam em direção ao mar, alguns em chamas.

Thea contornou os tubarões a distância e atracou na costa da Ilha do Santuário.

Riggs não conseguiu nem sair da selva.

— Fica fora da minha cabeça, Ray. Fica longe de mim ou eu vou te trazer de volta para cá. Ou pior, vou te trazer para cá e te deixar aqui. Pode acordar agora. Fim de jogo.

Thea rolou na cama e deu uma olhada nas horas.

Eram 3h36. E ela tinha sentido cada segundo daquilo. Estava com a cabeça doendo, os músculos latejando, a garganta seca.

Mas tinha deixado bem evidente, para Riggs e para si mesma.

Era capaz de machucá-lo, e o faria, sem hesitar, sem a menor piedade.

Levantando-se, pegou um frasco de Ibuprofeno, tomou três comprimidos e virou dois copos d'água. Embora não imaginasse que Riggs fosse tentar nada naquela noite, e ela esperava que nunca mais, pendurou o seu saquinho de ervas e os outros dois que tinha feito.

E disse as palavras.

Então voltou para a cama e para os sonhos tranquilos.

18

⌘ ⌘ ⌘

Com a chegada do mês de julho, Ty resolveu fazer aquela caminhada até a chácara no final da estrada. Parecia muito menos estressante do que encarar a aterrorizante montagem dos enormes brinquedos que tinha comprado para Bray.

Podiam colocar qualquer instrumento na mão dele, que Ty daria um jeito de descobrir como tocar. Mas se fosse um martelo, coisas muito ruins aconteceriam.

Como era sábado, o homem imaginou que não iria interromper o trabalho de Lucy. Além do mais, ela tinha lhe pedido para levar Bray, e havia parecido sincera.

E o menino estava louco de alegria com a perspectiva.

— Muuu! — Bray ia saltitando na beira da estrada. — Fazer carinho na vaca!

Vai com calma, pensou Ty.

— A cabra faz bééééé! Fazer carinho na cabra.

— Talvez. Vamos ver como vai ser.

Cabra mordia?

— Galinha faz có-có. Tem mais galinha. E cachorrinho também, pai.

— Parece que sim.

Pensando bem, montar os brinquedos talvez fosse menos perigoso. Mas como já estavam vendo a casa, era tarde demais para dar meia-volta.

A casa era bonita, pensou Ty. Parecia robusta e acolhedora, como se estivesse ali desde sempre.

Bray levantou os braços.

— Colo!

E dez passos depois, tentou se soltar.

— Chão! — exclamou o garoto, assim que viu o cachorro gigante e outros dois de orelhas compridas dando a volta na casa.

— Espera um pouco.

Os cachorros pararam perto da estrada e ficaram abanando o rabo. Então, quando Ty se aproximou o suficiente, cheiraram os sapatos dele, as pernas da calça e abanaram o rabo mais um pouco.

— Tá bom, mas a gente não sabe se esses dois estão acostumados com crianças, então vamos tomar cuidado.

Tomar cuidado, para Bray, era tentar agarrar os três cachorros ao mesmo tempo, rir descontroladamente e acabar no chão, embaixo de todos eles.

— Meu filho não tem noção de perigo.

— Vamos correr! — E Bray saiu em disparada, com os cachorros correndo atrás.

Ele soltou um gritinho, e o coração de Ty deu um salto. E então disparou quando Bray mudou de direção em alta velocidade, gritando:

— Vacas!

— Braydon, para! Agora!

A voz de quem não estava para brincadeiras funcionou, e Bray parou segundos antes de os cachorros o derrubarem de novo.

— Vacas, pai!

— Eu estou vendo. — O que Ty viu eram duas vacas bem grandes. Duas vacas enormes, atrás de uma cerca de tábuas que não parecia capaz de detê-las caso quisessem sair.

Duas vacas poderiam configurar uma debandada? Ty não queria descobrir.

— Escuta aqui, nós não estamos na nossa casa. Temos que falar com a dona Lucy primeiro, tá bom?

Ele ouviu uma porta de tela se abrindo e, quando olhou para trás, viu a dona da casa em pessoa na varanda dos fundos.

— Desculpa — começou Ty. — Bray saiu correndo antes que eu pudesse bater à porta. Ele é muito rápido.

— Tô vendo. Terminem esse lote pra mim, enquanto eu apresento a Betty Lou e a Rosie pra esse rapazinho.

— A senhora está trabalhando? Desculpa de novo.

— Não precisa pedir desculpas por me dar uma folguinha e ainda arranjar uma boa razão pra botar meus netos pra terminar o trabalho. Braydon, que tal se a gente pegar um pouco de grãos, e aí você me ajuda a dar comida pra Betty Lou e pra Rosie?

— Oba!

— Agora, a menos que você esteja interessado em gado, passa esse menino pra cá e vai lá pra casa. Vai beber uma coisa gelada.

— Eu…

Bray pegou a mão dela, decidindo por eles.

— Cadê a cabra?

— Ah, você vai ver a Greta também. Eu vou te apresentar a todas as minhas meninas.

— Por que só tem menina? — perguntou Bray, enquanto Lucy o levava em direção a um celeiro.

— Menino não dá leite nem bota ovo.

— Por quê?

— Isso depois você pergunta para o seu pai.

— Maravilha. É, que maravilha — murmurou Ty, indo até a casa.

Era evidente que Thea tinha desenvolvido o seu amor por jardinagem — ou a determinação de fazer jardinagem — naturalmente. As flores e os legumes também prosperavam ali. E ele viu a cabra observando-o com seus olhos estranhos de dentro de um alpendre.

Como no jardim de Thea, havia garrafas penduradas nos galhos e comedouros de passarinho, além de uma bacia para pássaros em formato de flor.

Outro santuário.

Foi então que o cheiro o atingiu. Outro jardim, pensou ele, dentro da casa. Antes de bater à porta, Rem chamou.

— Pode entrar. Estamos com as mãos ocupadas.

Ty entrou na cozinha e viu uma área menor ao lado. De short, o que realçava ainda mais as pernas, e uma regata justa que realçava toda ela, Thea estava despejando um líquido de um tom forte de vermelho em frascos de vidro.

Mesmo de luvas até os cotovelos e uma espécie de avental, estava linda.

Rem também estava de luvas e avental, e entornava um líquido roxo.

— Está quase pronto — disse Rem, assoprando o cabelo para longe dos olhos. — Recebemos uma encomenda grande ontem, então mãos à obra para todo mundo.

Ty chegou um pouco mais perto.

— É muita vela.

— Culpa do sucesso da Magia da Montanha. Fizemos sabonetes antes.

Ty viu os moldes cheios na bancada do outro lado. Um com sabonete rosa-claro, outro lilás, com flores por cima. Ou dentro.

Ele enfiou as mãos nos bolsos de trás, porque teve vontade de tocar, mas achou melhor não.

— Parece quente.

— E é — concordou Rem. — Esse é o meu último.

Rem levou a panela até a pia e começou a lavar.

— Tem chá na geladeira. Você podia pegar uns copos, gelo e servir para a gente.

— Pode deixar.

Enquanto abria a geladeira, Ty ouviu Bray falando alto lá fora, empolgado, fazendo um milhão de perguntas.

Thea veio sem luvas e avental, salpicada de suor por causa do calor. E, sim, estava linda.

Ty entregou um copo a ela.

— Obrigada. A vovó tem duas funcionárias, mas uma está de férias, e a outra tinha um evento de família esse fim de semana. Então...

— Mãos à obra para todo mundo.

— Isso aí. O sabonete leva um tempo para ficar pronto, então esse pedido vai praticamente acabar com o estoque dela. A gente não pode deixar isso acontecer. — Thea foi até a porta de tela e olhou lá para fora. — Eles estão se esbaldando!

— Se a sua avó não se importar de responder a um milhão de perguntas.

— Ela sempre respondia às minhas e às do Rem, e nunca pareceu se incomodar. Como está a casa?

— Quase pronta. Agora tem um conjunto de brinquedos para o Bray me esperando, me intimidando. Pensei em chamar aquele faz-tudo que você recomendou.

— O Knobby?

— Eu posso montar. — Rem apareceu, enxugando as mãos na calça jeans. — Você não é muito de montar coisas?

— Não sou bom com ferramentas. Chave de fenda é o auge da minha habilidade.

— Até que eu sou bom. — E Rem esfregou as mãos. — Deixa comigo.

— Sério? Eu não quero…

— Ele adora esse tipo de coisa. Eu também sou boa, se ele precisar de uma ajudinha.

— Ela é — confirmou Rem. Então, pegou um copo e virou tudo antes de ir até a porta. Ele abriu a tela. — Ei, vó, o Ty está precisando montar uma coisa na casa dele. Vou lá com a Thea ajudar. A gente já acabou aqui.

— Tá bom. Deixa o Bray aqui comigo. A gente ainda não terminou a visita. Não é, Bray?

— É. Eu fico com a vovó. Tchau!

— Mas…

— Você está fazendo um favor a ela. — Rem deu um tapa no ombro de Ty. — Você tem alguma ferramenta? Além da chave de fenda?

— Não tenho nada.

— As minhas estão na caminhonete. Vamos de carro.

REM E Thea assumiram o controle da situação. E, depois de um breve momento de perplexidade, Ty se viu tomado pela gratidão. Os dois obviamente sabiam o que estavam fazendo, então deixaram Ty com as tarefas mais simples.

E mais, estava na cara que gostavam de trabalhar. Não só isso, mas de trabalhar um com o outro. Enquanto carregava madeira pré-cortada, ferramentas e ferragens, Ty tentou pensar em um projeto que tivesse feito com a irmã ou o irmão.

E não conseguiu se lembrar de nada.

Eles se davam bem, lembrou a si mesmo. Mas Thea e Rem pareciam unidos de outra forma.

O que não era nada surpreendente, na verdade, concluiu Ty, considerando como e quando tinham perdido os pais.

Depois de algumas horas, Ty conseguiu identificar a estrutura do brinquedo e concluiu que Bray estaria começando o ensino médio, talvez até se formando na faculdade, antes que conseguisse terminar aquilo sozinho.

— Eu não achei que fosse ser tão… grande. Ele é só um menininho.

— Vai encher de crianças aqui quando as outras virem isso. Tem uma parede de escalada, balanço e escorrega. Aqui vai a churrasqueira de mentirinha, quando a gente chegar nessa parte. E essa casinha no segundo andar é demais.

Sorrindo, Rem enxugou o suor da testa com o antebraço.

— Eu teria ficado louco com um desses quando era criança. Cara, acho que *eu* vou brincar aqui.

— Ele vai adorar — concordou Thea. — E é bom e resistente. E lá vem o sortudo. Você vai poder saber a opinião dele.

O grito que Bray soltou enquanto corria na frente de Lucy já dizia tudo.

— Eu quero ir no balanço!

— Ainda não. Não está pronto.

— Vocês são rápidos. — Lucy colocou uma cesta na antiga mesa de piquenique de dona Leona. — E vai ficar uma maravilha! Que pai bom você tem. A gente achou que estava na hora de os operários pararem pra almoçar, não foi, Bray?

— Eu comi presunto, biscoito e torta!

— E a gente trouxe mais.

— Chegaram na hora. — Com isso, Rem baixou a furadeira e piscou para Bray. — Se você convencer a vovó a ajudar, antes do jantar os balanços estão prontos.

E, de alguma forma, eles conseguiram.

Com os três trabalhando, e Ty dando uma ajuda mínima e sempre trazendo bebida gelada, Bray pôde se balançar antes do jantar. E depois subiu feito um macaco pela pequena parede de escalada e se arrastou para o segundo andar e a casinha, para então descer pelo escorregador.

Quase tão embasbacado quanto o filho, Ty tirava fotos com o celular.

— Posso pedir mais um favor? Junta todo mundo aqui, na frente! Uma foto dos construtores.

Depois que eles posaram para a foto, Ty guardou o celular.

— Nem sei como agradecer.

Thea fitou Bray, descendo o escorregador de novo e rindo sem parar.

— Acho que ver isso já basta.

— Eu me ofereceria para fazer um jantar, mas isso parece mais um castigo para vocês do que uma recompensa. Que tal se eu levar todo mundo para jantar fora?

— Ah, eu ia adorar, Tyler. — Pelas costas de Thea, Lucy apertou a mão de Rem. — Mas o Rem e eu temos que falar de negócios hoje, no jantar.

— É, verdade. Mas depois eu vou cobrar.

— Vem, leva a sua avó de volta para casa. A gente tem que dar a comida dos bichos. E você... — Lucy se agachou e apontou para Bray. — Trata de me visitar de novo logo, viu?

— Eu vou levar os meus caminhões.

Ty viu o filho abraçar Lucy pelo pescoço.

Ela o abraçou de volta e depois deu um beijo no rosto de Ty.

— Você tem um tesouro de menino, Tyler.

— Eu sei. Eu... Não é todo mundo que ele abraça assim.

Ela sorriu.

— É sempre bom abraçar vó. Me leva para casa, Rem.

Enquanto eles andavam até a caminhonete de Rem, Ty se virou para Thea.

— Você aceita um jantar?

— Eu me lembro mesmo de você falando alguma coisa sobre uma pizza um dia desses. — Ela apontou com a cabeça na direção de Bray, que estava correndo de novo para o escorregador. — Mas acho que vai ser difícil tirar ele desse castelo.

— Se for para comer pizza, ele vem.

— Então me dá meia hora para eu alimentar o Bunk e as galinhas e me arrumar. Pizza eu aceito. Vem, Bunk.

O suborno da pizza, com o incentivo adicional de poder usar o balanço à noite, serviu para fazer Ty convencer Bray a entrar no chuveiro com ele para um banho rápido.

Quando eles chegaram de carro à casa de Thea, ela saiu logo em seguida. Ela estava de calça comprida e camiseta e parecia tão descansada, como se tivesse passado o dia na sombra, lendo um livro e bebendo aquela limonada deliciosa dela.

Quando se sentou no banco do carona, ela encheu o carro com um cheiro sutil e intrigante.

O que fez Tyler se perguntar qual tinha sido a última vez que havia dirigido com uma mulher que não fosse parente sua.

Thea olhou para Bray no banco de trás.

— Você gosta de pizza de quê?

— Eu gosto de pizza.

— Eu também.

— Gosto de pepperoni.

— Eu também! A noite promete.

— Às vezes, o papai pede uma de legumes. — O garoto fez cara de nojo.

— A minha avó também, às vezes. Não entendo. Existe coisa melhor do que pizza de pepperoni?

— Você não está ajudando.

Ela deu de ombros para Ty.

— Acho que é importante falar a verdade. Você se divertiu na casa da vovó?

— Eu fiz carinho nas vacas e na cabra. Os cachorros pegaram gravetos. Ela tinha caminhões! A gente brincou de caminhão.

— Os caminhões eram do Rem. Estou vendo que você trouxe o seu.

— É o caminhão monstro.

Quando chegaram à cidade, Ty estacionou e começou a tirar Bray da cadeirinha. Embora quase não houvesse carros na rua, ele carregou Bray no colo, enquanto eles atravessavam para chegar ao restaurante.

O cheiro delicioso de comida italiana dominava o ar. E, sendo uma noite de sábado, havia várias mesas ocupadas.

Já habituado com o restaurante, Ty foi até uma mesa para quatro e pegou uma cadeirinha de criança para Bray. Então, percebendo o olhar divertido de Thea, deu de ombros.

— Já viemos aqui algumas vezes.

— Acho que eles abriram quando eu tinha uns 8 anos. Já devo ter vindo aqui mais do que algumas vezes. Oi, Pru.

— Oi, Thea. — A garçonete loira de cabelo curto e piercing cor-de-rosa no nariz colocou uma folha de colorir e uma caixa de giz de cera diante de Bray. — E olha só, hoje temos um caminhão aqui.

— Eu vou colorir os caminhões!

— Bray?

— Obrigado — disse o menino, lembrando-se de agradecer.

— Não há de quê. Querem pedir uma bebida?

— Vinho? — perguntou Ty a Thea e, diante do aceno de cabeça dela, pediu duas taças de vinho tinto e água com gelo para Bray. — Pizza de pepperoni?

— Eu estou com o Braydon nessa. Você pode pedir o que quiser.

— Uma pizza de pepperoni — pediu Ty a Pru. — Tamanho família.

— É pra já.

Pru deu um passo para trás e, quando cruzou o olhar com o de Thea, levou a mão ao coração e revirou os olhos.

— Como uma designer de videogames aprende a usar uma furadeira daquele jeito?

Thea voltou a atenção para Ty.

— Acho que é da vida na chácara, acabei aperfeiçoando. Mas os meus pais eram bons também. Meu pai era arquiteto, e minha mãe era designer de interiores... quer dizer, de exteriores também. Eles tinham uma empresa juntos e botavam a mão na massa. A gente cresceu em meio a ferramentas. Imagino que você não, certo?

— Acho que ninguém na minha família jamais segurou uma furadeira. Médicos, advogados, empresários, e por aí vai.

— Mas eles eram musicais?

— Não tanto. A gente fez aula de piano, e a minha irmã tocou viola por uns cinco minutos. Obrigado — agradeceu ele quando Pru trouxe as bebidas.

— É engraçado, né? Nós somos uma família bem musical, e o meu tio Waylon fez carreira nisso. Mas, tirando ele, para os outros a música é só um passatempo. O Caleb usou em alguns papéis, mas nunca deu muita importância. E você, em uma família que não é muito musical... Acho que você ficou com todo o talento da família.

— Eu fiz um caminhão azul.

Thea olhou para o papel.

— Um caminhão azul muito lindo. Ah, parece que seu pai não ficou com todo o talento artístico — corrigiu-se ela.

— Thea!

Com os cabelos revoltos e um olhar cansado, Maddy apareceu na porta e veio direto até a mesa deles.

— Oi, Ty! Oi, fofinho! Que caminhão bonito. Posso sentar um instante?

Maddy desabou na cadeira ao lado da de Thea.

— E dar um gole nisso. Que dia!

Ela pegou a taça de Thea e deu um longo gole.

— Deixa eu pedir uma para você — ofereceu Ty.

— Ai, por favor. Agradecida. O Arlo vai me encontrar aqui. Ele está terminando na clínica. Eu escapei.

— Muito trabalho hoje? — perguntou Thea.

— Aperta aqui. — Maddy apontou um ponto entre a curva do pescoço e o ombro.

Ajeitando-se na cadeira, Thea usou os polegares para apertar o nó.

— Muito trabalho? Não mais do que o normal para um sábado, até a Alley Greer aparecer lá pelas quatro da tarde, em trabalho de parto, já no finalzinho.

Maddy girou a cabeça.

— Obrigada, passou.

— Está todo mundo bem? — perguntou Thea.

— Uma menina linda, três quilos e setecentos. Mas foi uma correria. Ela apareceu na clínica depois de passar um dia inteiro na loja, mesmo eu falando que já tinha duas semanas que ela devia ter tirado licença. Mas a grana está curta. Enfim, pronto ou não, o bebê ia nascer. Obrigada, Pru. — Maddy então ergueu a taça que Pru trouxe para Ty. — Obrigada.

— Você merece.

— E como! Depois o Quirt… o marido dela… chegou correndo, porque ela ligou para ele a caminho da clínica. Ele apareceu em pânico, em cinco segundos começou a hiperventilar, viu o que estava acontecendo… e caiu duro no chão, feito uma árvore derrubada.

— Ai, Maddy. — Thea riu.

— Pois é. Aí ficou o Quirt apagado no chão, com um galo na cabeça do tamanho de uma bola de golfe, e a Alley fazendo força para dar à luz, e gritando, porque achou que ele tinha morrido… quer dizer, o Quirt. Só tinha o Arlo e eu na hora, porque todo mundo já tinha ido para casa.

Ela deu outro longo gole.

— Então eu fiquei com a Alley, e o Arlo com o Quirt, e falando para a Alley que ele só tinha desmaiado. Aí veio o bebê, com mais um belo pulmão para gritar.

— E o Quirt, ele está bem?

— É um cabeça-dura, então vai ficar bem. O Arlo conseguiu acordar ele e botar o homem de pé. Ele deu uma olhada na neném e começou a babar igual à filha.

Maddy soltou um suspiro, e Thea sentiu os ombros da amiga relaxarem após a tensão do dia.

— Uma fofura — acrescentou ela. — Mas eu expulsei ele da sala antes que acontecesse o que acontece depois que os bebês nascem, para ele não desmaiar de novo.

— Bebê faz cocô na fralda — disse Bray, colorindo outro caminhão.

— Faz mesmo. Ainda bem que a gente tinha fraldas na clínica. No final de tudo, nós ligamos para a mãe da Alley. Ela vai cuidar dos três, então o Arlo foi deixar todo mundo em casa.

Outro gole.

— E vocês, como foi o sábado de vocês?

— Depois dessa história, eu diria que não teve nada de mais.

Sorrindo, Maddy se recostou na cadeira.

— Um dia eu queria ter um sábado desses.

Quando a pizza chegou, Maddy começou a se levantar.

— Vou deixar vocês em paz.

— Fica aí — disse Ty. — Se fazer um parto não for motivo para ganhar uma pizza, nada mais é.

Feliz, Thea pousou a mão sobre a de Maddy.

— Que nome eles escolheram?

— Carleen Rose, em homenagem às avós. Não quero atrapalhar mais do que já atrapalhei. Daqui a pouco o Arlo chega.

— Vou pegar outra cadeira.

Quando Ty se levantou para fazer isso, Maddy olhou para Thea.

— Desculpa. A minha boca simplesmente saiu falando.

— Não precisa pedir desculpas. Isso é bom. É perfeito. — Thea pegou uma fatia da travessa e serviu em um prato. — Aqui, Bray. A pizza certa.

Quando Arlo chegou, grandalhão e de cavanhaque, o jantar virou uma pequena festa. Mais pizza, mais vinho, e o papo girando em torno de bebês recém-nascidos, brinquedos de playground e caminhões.

Ty se sentiu à vontade. A vida em uma cidade pequena, imaginou ele, tinha dessas coisas, se você abraçasse aquilo. Se ficassem, ele iria poder oferecer aquilo a Bray. Vizinhos gentis, uma pizzaria onde uma garçonete sabia que um garoto gostava de caminhões, um cachorro que ia visitá-los, uma espécie de avó honorária no início da estrada, uma escola pequena onde um garoto ativo e enérgico certamente faria amigos.

Um bom lugar para criar filhos, tinha dito Lucy. Parecia mesmo.

E, melhor ainda, um lugar tranquilo e reservado para trabalhar.

Todo dia, a balança pendia cada vez mais para aquele lado.

Quando Ty colocou Bray na cadeirinha do carro, os olhos do garoto já estavam fechando. Ainda assim, ele conseguiu murmurar um:

— Balanço de noite.

— Isso mesmo, amigão.

— Ele já apagou — murmurou Thea, depois que Ty deu a volta no carro e sentou ao volante.

— É, e vai acordar por volta da meia-noite, mais ou menos, entrar no meu quarto e me dizer que eu prometi que ele podia usar o balanço à noite.

— E você vai deixar?

— Promessa é dívida.

Thea podia até ver o pai se arrastando para fora da cama para empurrar o filhinho no balanço, sob a luz das estrelas.

— A vovó tinha razão. Que pai bom o Bray tem.

— Ele é tudo pra mim.

— É assim que tem que ser.

Ty olhou para ela.

— Gostei dos seus amigos.

— Eu também gosto deles. Você tem saudade dos seus amigos? Vocês eram amigos, não só colegas de banda.

— Ainda somos, os melhores amigos que eu já tive. E sim, às vezes eu sinto saudade de aparecer na casa deles, tomar uma cerveja, comer uma pizza. Está todo mundo tão ocupado, mas a vida é assim. A gente se fala. Ontem a gente fez uma chamada de vídeo. O Mac vai fazer a turnê solo, o segundo filho do Scott deve nascer em janeiro, e ele está escrevendo um livro sobre a Code Red... Deus tenha piedade de nós... E o Blaze acabou de fechar uma participação especial em um episódio-piloto. Alguma série sobre lobisomem.

— Ah, eu preciso ver isso.

— Você gosta de histórias de lobisomem?

— E quem não gosta? Você sente saudade de tocar ao vivo?

— Às vezes. — Ele fitou o retrovisor e o filho no banco de trás.

— Quando o vento sopra na direção certa, consigo ouvir você tocando. Bem baixinho, como se fosse um sonho. E é lindo. Então é quase como se fosse um show... para uma pessoa só.

— Já serve. O que eu não sinto falta é de viajar em turnê. O Mac adorava, então foi o primeiro a voltar a tocar. Já eu... Gosto de saber onde estou quando acordo.

— Deve ser bom poder entrar em uma pizzaria e comer que nem as outras pessoas.

— É verdade. E foi bom ir com você. Eu encomendei uma churrasqueira — acrescentou ele, entrando na estradinha de casa e seguindo adiante. — Assim que chegar, quero convidar a sua família. Sou bom com um bife na grelha. Bife, hambúrguer, cachorro-quente. Frango eu ainda não aprendi direito, mas vou chegar lá.

— A minha família adora um churrasco de verão. O dia foi ótimo, desde os brinquedos até a pizza.

— Foi mesmo.

Ela abriu a porta e saltou para fora.

— Boa noite, Ty.

— Boa noite.

Ele ficou esperando, ouviu o cachorro latir enquanto ela andava até a porta. E então ela entrou.

Ty voltou pela estrada, carregou o menino dormindo para dentro de casa e o colocou na cama.

EMBORA O relógio estivesse mais perto de uma da manhã, Bray lembrou. Como promessa era dívida, Ty se arrastou para fora da cama e foi empurrar o filho, que estava totalmente desperto, no balanço.

No alto da colina, viu luzes acesas — aquelas luzinhas que Thea tinha nas árvores do gramado da frente, pensou ele, e uma mais forte, que imaginou ser a de uma janela.

Ficou se perguntando se Thea deixava uma luz acesa durante a noite ou se estava trabalhando até mais tarde.

De qualquer forma, gostou de ver aquelas luzes na estradinha de casa.

19

⌘ ⌘ ⌘

DURANTE OS longos e ensolarados dias de julho, Riggs ficou fora da cabeça de Thea.

Ela decidiu que se pudesse ter sonhado um verão perfeito, seria como aquele. De manhã cedo, ela trabalhava no jardim, depois dedicava algumas horas a um novo projeto.

E que ela sabia, por experiência própria, que seria um jogo muito emocionante.

Adicione a isso flores se abrindo ao sol, e chuvas suaves para matar a sede das plantas. As flores eram uma dádiva que ela podia levar para dentro de casa e espalhar por todos os cantos.

E, de vez em quando, vinha uma tempestade de verão para limpar o ar.

Thea tinha as suas colinas verdes, com um toque místico de azul, e flores silvestres surgindo nos pontos onde o sol batia no chão da floresta.

O silêncio era perturbado da melhor maneira possível: com o riso vertiginoso de um menininho ou com música, às vezes com os dois, vindo até Thea junto com a brisa quente.

Com tudo isso, Thea podia dizer que julho tinha sido quase idílico.

Fiel à sua palavra, Ty convidou Thea, Lucy e Rem para um churrasco. Rem levou milho verde colhido no campo, e Thea levou batata bolinha da horta assada na manteiga caseira.

Mas o bolo de maçã de Lucy foi o maior sucesso entre os novos vizinhos.

— Que delícia — declarou Bray, enfiando mais na boca. — O bolo da vovó é uma delícia.

— O bolo da vovó é animal.

Os olhos de Bray brilharam, enquanto ele repetia o comentário do pai.

— Animal.

— Ninguém faz um bolo de maçã melhor do que o da vovó — concordou Rem. — O da Thea chega perto, mas o da vovó é perfeito.

— Faz muito tempo que eu faço esse bolo. A minha mãe que me ensinou, e aí decidiu que o meu era melhor que o dela, então falou: "Lucy, você ganhou, e agora é contigo. Eu me aposento." Deus sabe que a vida não foi fácil pra ela, depois que o meu pai morreu... tão novo, igual o meu Zachariah. As minas levaram os dois muito jovens. Então eu que fazia os biscoitos e os bolos.

— Você faz isso melhor que a bisa. E se falar para ela que eu disse isso — continuou Rem —, eu fujo para nunca mais voltar.

— Acho bom correr. Ela pode não te alcançar, mas se tiver alguma coisa pra jogar, é capaz de te derrubar. Sempre teve o braço forte, aquela lá, e uma mira fatal.

— Onde ela mora hoje em dia? — perguntou Ty.

— Em Atlanta, aproveitando a vida com o segundo marido. Estão casados há quase quarenta anos já, com a graça de Deus. Ele é um doce, tem bastante dinheiro no bolso e venera o chão que ela pisa.

— E você ficou.

— Aqui é a minha casa. A minha mãe nunca mais se sentiu bem aqui depois que perdeu o papai. Você vai conhecer os dois no Natal. No Natal, vem todo mundo pra cá.

— O Papai Noel vem aqui?

— Ora, é lógico que vem, Bray. Eu só sei que ele adora biscoito caseiro. E, nessa área, a Thea ganhou de mim, então ela vai dar uns pra você deixar pra ele.

— Deixa comigo — concordou Thea —, mas seria melhor se você me ajudasse a fazer.

— Eu não sei fazer biscoito.

— A gente não é muito de cozinhar.

Thea apenas sorriu para Ty.

— Então é melhor vocês dois me ajudarem. O Papai Noel sabe quando tem amor e diversão nos biscoitos. A minha mãe fazia comigo e com o Rem, e era sempre muito divertido.

— Cadê a sua mãe? — perguntou Bray.

— Ela está no céu.

— A minha também. Mas eu era bebê e não lembro mais.

— Ela lembra de você.

— Tá bom. — Então o garoto olhou para o prato. — Cadê o meu bolo?

Rindo, Ty cutucou a barriga do filho, e então cortou outra fatia pequena para ele.

— A senhora vai tocar aquele banjo que trouxe, dona Lucy?

— Estava torcendo pra você pedir. Aposto que tem um violão lá dentro.

— Eu tenho doze. Não consigo me conter.

— Então vai lá escolher um. Fica comigo aqui na varanda fazendo música, enquanto esses dois terminam de tirar a mesa.

Enquanto Bunk entretinha Bray, Lucy pegou uma cadeira na varanda e afinou o banjo. Ty trouxe um violão.

— Nossa, que beleza de instrumento.

— Não importa quantos eu tenha, quando quero um violão acústico, pego o Hummingbird. — Ty mexeu na afinação. — A senhora começa. Eu tento acompanhar.

— Já que estamos sentados aqui, vamos tocar em homenagem a isso. — Lucy deu uma piscadela e sorriu para ele. — Vamos ver o que você sabe fazer, rapaz.

Ela tocou as notas curtas e rápidas de "Foggy Bottom Breakdown" e fez Ty dar um assobio baixo.

— A senhora não brinca em serviço.

Mas ele encontrou o ritmo e o tom, e começou a tocar.

— Escuta isso — murmurou Thea. — Quando você imaginou que a vovó ia estar sentada na varanda da casa da dona Leona, tocando com o Tyler Brennan?

— E eles tocam bem demais. Foi a primeira vez que ouvi algo sobre a mãe do Bray.

— Pois é. Será que é pior lembrar ou não? — Thea balançou a cabeça. — Eu não trocaria uma única lembrança por nada, mas ele é um garotinho tão feliz.

— Isso é. E agora você já sabe, o campo está livre.

— Que campo?

— Deixa de se fazer de tonta. — Rem deu um cascudo na cabeça dela.

— Deixa de ser bobo — devolveu ela. — Ele está querendo uma amiga. Amizade.

— Eu tenho amigas mulheres. Continuo querendo um carinho.

Ignorando-o, Thea guardou o resto do bolo.

Lucy emendou com "I'll Fly Away" na hora em que Thea chegou à varanda. E acrescentou a sua voz.

— Tem alguém aí que sabe cantar — comentou Ty.

Com outra piscadela, Lucy olhou para Thea.

— Leva a harmonia, querida.

— "I'll fly away, oh Glory."

— E não é só um alguém. — Então Ty balançou a cabeça quando Rem apareceu e acrescentou a sua voz ao velho hino da montanha.

— Que trio.

— A gente faz isso desde que eles tinham mais ou menos a idade do seu filho. Vamos ouvir uma das suas, Tyler. Agora, eu tento acompanhar.

Thea reconheceu a música já no primeiro compasso.

— "Just One".

— "Foi só um suspiro" — cantou ele naquele tenor descontraído. — "Um único olhar."

Thea não ficou surpresa de ver a avó encontrando as notas para acompanhar. Mas se espantou de ver que Lucy sabia a letra e cantou com ele.

— "Foi só isso, para entregue eu estar."

Aquilo a levou de volta para o passado, pensou Thea, e a trouxe de novo até aqui, até aquele momento, tudo ao mesmo tempo.

Ela viu algo se desenrolando entre a mulher que tinha lhe dado um lar e o homem que um dia tinha preenchido os seus sonhos adolescentes. Era lindo assistir àquela conexão se estabelecendo.

— Vamos trocar? — Ele estendeu o violão para Lucy.

— Nossa, nunca toquei um violão tão bonito.

Ela lhe entregou o banjo.

— Você sabe o que fazer com isso?

— Ah, eu sei algumas coisas. — Para fazê-la rir, ele tocou a abertura de "Dueling Banjos".

— Aceito o desafio.

Eles tocaram, cada vez mais rápido, até que Bray parou de correr para chegar perto e ouvir.

— Onde você aprendeu a tocar banjo?

Ty deu de ombros.

— Por aí.

— Você toca bem. Quem me ensinou foi o meu pai, e o meu tio, o nome dele era Michael John Riley, tocava violão. A irmã deles, a minha tia Mae, se acabava na rabeca, juro por Deus. Passamos muitas noites na varanda assim, tocando noite adentro. Um pouco de uísque, ou o uísque caseiro do Michael John, quando ele trazia. Bons tempos.

Lucy se recostou e deu um suspiro.

— Você me trouxe algumas boas lembranças, Ty, e me deu algumas novas pra guardar. Vou levar isso comigo pra casa.

— Que tal mais uma, só para encerrar? Esse seu *bluegrass* de novo.

— Tá bom. Talvez você conheça essa do filme, mas ela é bem mais antiga.

Como antes, Thea identificou a música já nos primeiros acordes do violão e bateu palmas enquanto Lucy cantava "I Am a Man of Constant Sorrow".

Thea deu uma cotovelada em Rem, e eles se juntaram para a resposta, em harmonia, enquanto Ty seguia no banjo.

— Essa música é muito boa, e o filme também — disse Ty, no final.

— E um belo jeito de finalizar um dia feliz. — Lucy trocou de instrumento de novo. — Obrigada, senhores, pela hospitalidade. — Depois de passar o banjo para Rem, ela levantou Bray para apertá-lo no colo e depois deu um abraço em Ty. — Você tá construindo uma bela casa aqui. Acho que as casas ficam melhores com muitos livros e muita música.

Então, ela segurou o rosto dele nas mãos.

— A dona Leona era uma mulher inteligente. Rem, se você for ficar, eu posso ir sozinha pra casa.

— Vou embora com a dama que eu trouxe. — Rem guardou o banjo na caixa e ficou de pé. — Obrigado, Ty. Gostei da grelha. Quando eu construir a minha casa, vou querer uma assim. Precisa de carona, Thea?

— O Bunk e eu vamos a pé. Vai ser bom para queimar a comida, e ele também tem que queimar todas as sobrinhas que todo mundo deu quando achou que eu não estava olhando. Boa noite, vó.

Thea se voltou para Ty.

— E ela tem razão, como sempre. Esse foi um dia muito alegre na bela casa que você está construindo. Obrigada por tudo.

Antes que ela pudesse chamar o cachorro, Ty se sentou de novo.

— Conhece essa?

Nos acordes iniciais, ela riu.

— Eu conheço todas, da época em que eu era obcecada.

— Canta comigo. "Da luz da manhã ao véu da noite, é sempre você."

— "Sempre você, eternamente você. Na chuva, na dor, é sempre você."

— "Sempre você" — cantou Ty, observando-a. — "Eternamente você." Mudança de tom, vai você.

— "Quando pelas lágrimas eu não posso ver, e o medo faz eu me perder, eu me volto a você. E, em seus braços, eu sou melhor por você."

— "Sempre você, eternamente você."

Ele cantou a estrofe seguinte, e os dois juntaram as vozes no refrão. Quando chegaram à última nota, ele deixou o violão de lado.

— Você nunca pensou em fazer alguma coisa com isso? — Ele apontou para a garganta.

— Acabei de fazer.

— Quis dizer profissionalmente.

— Não, não é para mim. Eu gosto de cantar na varanda, ou na sala de casa. Não sou tímida, mas me apresentar de verdade exige um tipo diferente de habilidade, motivação e necessidade, acho. Eu não tenho isso. Gosto de sossego.

— Entendi. Posso te oferecer outra taça de vinho?

— Não, obrigada. Além do mais, as nossas crianças estão cansadas.

Ele acompanhou o olhar dela e viu Bray enrolado com o cachorrão no chão da varanda.

— Parece que ele tem um interruptor. Liga e desliga.

Os dois ficavam muito fofos juntos, pensou ela, o menino e o cachorro. Guardaria aquilo consigo.

— Precisa de ajuda para botar ele na cama?

— Não. É só seguir a rotina. — Ty se abaixou, pegou o menino e deitou o corpo pesado no ombro.

— Você é bom nisso. — Thea se inclinou para beijar a cabeça de Bray. Antes que pudesse se afastar, Ty pegou o seu braço. E levou a boca até a sua, de leve, bem de leve. Mas ficou ali, enquanto o coração dela rodopiava lentamente dentro do peito.

— Espero que você não se importe.

— Não me importo. — Mas, um pouco vacilante, ela deu um passo para trás. — Eu não me importo. Vamos, Bunk, hora de ir para casa. Boa noite, Ty, e obrigada por tudo.

Ela riu de si mesma quando quase tropeçou na varanda, depois virou e andou de costas, com a expressão ainda risonha.

— Principalmente por essa última parte.

Thea sabia que Ty estava observando-a enquanto caminhava pela estrada, porque não conseguiu se conter e abriu a mente para ele. Então viu que ele estava observando-a sob o crepúsculo que começava a baixar e as últimas luzes sumindo no céu.

De pé, na varanda dos fundos, ele ficou olhando para ela com um menino adormecido no ombro.

— QUE TIPO de beijo? — quis saber Maddy, enquanto via Thea experimentar diferentes movimentos para uma cena de luta. — Quer dizer, foi uma bitoca tipo "boa noite, vizinha", ou um beijo mais "hum, vem aqui"?

— Um pouco dos dois. — Thea girou para dar um chute para trás. — Mais para "boa noite, vizinha". — Ela deu um passo para trás, bloqueou um golpe imaginário e tentou um soco. — Isso não está funcionando.

Thea parou e pousou as mãos no quadril, então fechou os olhos.

— Um golpe lateral é melhor.

— Vai ter continuação?

— Acho que com um salto e um chute.

— O beijo, menina.

— Ele tem que pensar no filho dele, Maddy, um menino que perdeu a mãe. E eu não sei se ela e o Ty estavam juntos quando ela morreu, nem quando isso aconteceu. A vida dele depois que a Code Red acabou não é apenas um livro fechado, é um livro trancado a sete chaves.

— Não para você. — Maddy acenou com a mão no ar. — Eu sei, eu sei. A sua força de vontade me deixa boba. Mas me diz uma coisa... Você quer uma continuação?

Desistindo da coreografia, Thea se sentou nos degraus da varanda com Maddy.

— Quem está falando não é a adolescente apaixonada, mas a eu de hoje em dia. Eu quero, e como. Gosto muito dele. Gentil, carinhoso, engraçado, reservado. Gosto do jeito como ele prioriza o Bray, não como se fosse um dever, e sim porque é amor. Mas...

Balançando a cabeça, Thea riu.

— Cantar com ele daquele jeito... O romance que tem naquela música, o pôr do sol, tudo isso. Ela ainda está lá, aquela adolescente, e está encantada.

— E qual o problema nisso?

— Não sei se tem problema. Só é assim.

Maddy esticou o braço e deu um puxão na trança de Thea.

— Você tem dormido bem?

— Tenho, não se preocupa com isso, dra. McKinnon. Eu tenho certeza de que dei um susto no filho da mãe.

— Genial, usar um jogo. Jogo mental... entendeu?

— Rá! Foi um risco idiota, mas eu estava com tanta raiva. E funcionou, então vou dizer que valeu a pena. Preciso trabalhar nesta cena de luta. É fundamental.

— Vou deixar você voltar para a sua brutalidade. Só vim aqui porque deixei o Lucas e o Rolan para brincar com o Braydon.

— O quê?

— O Lucas, o filho do Will, tem só 5 anos, e o Rolan, da Gracie, vai fazer 5 daqui a alguns meses. O Bray precisa de amigos.

— E você largou os dois lá?

— Você acha que eu sou o quê?

— Madrigal McKinnon, o rolo compressor.

Com os lábios franzidos, Maddy fez que sim.

— Não tenho vergonha desse apelido. Mas eu perguntei se podia primeiro.

Thea bateu o ombro no da amiga.

— E quem diz não para você?

— Quase ninguém. E, mesmo assim, não por muito tempo. Agora, vamos ver como ele lida com três crianças por duas horas. A Marta vem buscar os dois mais tarde. Ainda estou sem acreditar que ela e o Will vão ter outro filho. Enfim, tirei uma hora de folga para realizar a minha boa ação e tenho que voltar.

Maddy levantou e se espreguiçou.

— E, só para você saber, domingo vou me mudar para a casa do Arlo.

— O quê?! — Thea deu um pulo. — Por que você não falou logo? Você aceitou. Você disse que talvez no outono.

— Acabei antecipando. Eu tinha que dar o braço a torcer em algum momento. Aquele homem não desiste.

— Eu chamo de paciência.

— Dá no mesmo.

— Ai, eu estou tão feliz! — Thea envolveu Maddy com os braços e apertou. — Tão feliz. Não! A palavra é *esfuziante*. Eu estou esfuziante.

— Jurei que não ia me casar, caso casasse, antes dos 35 anos.

Thea jogou as mãos para o ar.

— Agora você está falando em casamento? Estou prestes a passar de feliz para esfuziante e disso para eufórica!

— Não, quem está falando é ele. — Maddy soltou um suspiro. — E ele vai ganhar, porque eu amo aquele filho da puta incansável.

— Ele é bonito — ressaltou Thea. — Inteligente, gentil e engraçado. E acho que você já deu sinais de que vocês têm química sexual. Tudo isso estava na sua lista.

— É, ele é tudo isso. Eu falei que ia pensar nisso depois que a gente morasse junto por um ano, mas acho que... e sei que ele também, porque ele me conhece... acho que eu tenho uns seis meses até dar o braço a torcer.

— Acho que você já completou a sua cota de muitos namorados antes de casar.

Maddy abriu um sorriso presunçoso.

— Verdade.

— E você encontrou o seu par bonito, inteligente, gentil e todo o resto, tudo na pessoa de Arlo Higgins.

— Não vou mentir, isso é verdade também. Tenho que voltar, mesmo sabendo que ele vai estar com aquela cara de bobo entre uma consulta e outra. E você devia investir em uma continuação! Quarta que vem eu estou livre — disse Maddy, se afastando. — Vamos fazer alguma coisa.

— Provar vestidos de noiva?! — gritou Thea.

Ainda andando, Maddy mostrou o dedo do meio para a amiga.

⌘ ⌘ ⌘

THEA NÃO investiu na continuação. Sabia como investir, lógico, mas achou que qualquer tentativa poderia ser inadequada, na melhor das hipóteses, ou indesejável, na pior. E tinha que pesar os próprios sentimentos, os da adolescente boba e os da mulher cautelosa.

A adolescente? Aquilo era uma fantasia e podia facilmente superar. A mulher? A atração aqui e agora era muito real. E, no entanto, Ty estava construindo uma vida nova em um lugar novo com uma criança no centro de tudo. E ela era uma mulher com bagagem e segredos.

Thea ouvia a música de Ty quase todos os dias, e o via algumas vezes, quando saía para dar uma caminhada para desanuviar a mente. A sua vida seguia tranquila e ocupada, como ela gostava.

Depois de dois dias de chuva constante, o tipo de dia que a obrigava a se enterrar no trabalho como se o mundo não existisse fora do jogo, ela desligou tudo.

— Está sol, Bunk. Vai brincar. Vou tomar um banho. — Girando na cadeira para fazer um carinho no cachorro, ela se viu no espelho. — Minha nossa! Estou parecendo um espantalho.

Thea correu para o segundo andar para tirar o pijama. Depois, tomou um bom banho para limpar os dois dias de chuva, o trabalho e a comida que havia consumido diante do computador.

Quando começou a se questionar sobre os níveis do jogo, afastou o pensamento. *Dá um tempo, deixa amadurecer*, disse a si mesma, enquanto se vestia. Iria tirar aquela tarde maravilhosa para si e rever tudo de novo no dia seguinte.

Thea deixou os cabelos soltos para secar ao sol e começou a calçar as botas para fazer uma caminhada pelas colinas. Então, resolveu trocar para um par de tênis.

Como não via uma alma sequer desde que tinha almoçado e ido às compras com Maddy — nada de vestidos de noiva —, sabia que precisava ver gente de novo.

Lá fora, chamou Bunk.

— Vamos visitar a vovó.

Ele conhecia aquela palavra e correu em um círculo feliz antes de eles começarem a descer a estrada.

No meio do caminho, Thea viu Ty na varanda dos fundos. Estava tocando outro instrumento — uma guitarra preta e elegante. Como não ouviu nada, presumiu que o som estava saindo nos fones de ouvido que ele estava usando.

Embora Thea tenha demorado, Bunk se apressou na frente dela. Estava mais ou menos no horário das suas visitas da tarde, algo do qual o cachorro tinha sentido falta nos dias de chuva. Thea estava pensando em convidar Bray para ir à casa da avó com ela, mas não viu o menino.

E Ty, obviamente concentrado na música, não viu Bunk se aproximar até o cachorro entrar na varanda.

— Uau. Oi, grandalhão.

— Desculpa — gritou Thea, enquanto Ty tirava os fones de ouvido. — Ele está procurando o amigo dele.

— É, eu percebi. Ele está dormindo. Bray não costuma dormir à tarde, mas ele está acordado desde... Não quero nem pensar.

— Nós estávamos indo à casa da minha avó. Com essa chuva, tem dias que não saímos de casa.

— Eu que o diga. — Ele correu os dedos pelas cordas silenciosas, enquanto ela se aproximava. — Jogamos *Aventuras em Endon* um milhão de vezes. Eu podia te odiar por isso. Mas aí eu ia ter que odiar o Universo Marvel, a Disney, a *Vila Sésamo*, quem inventou Candy Land e uma série de carros, caminhões e veículos de construção. É energia demais.

— Dias chuvosos e crianças.

— Me faz querer ligar para os meus pais para pedir perdão.

— Você está trabalhando. — Thea apontou com a cabeça para uma pilha de partituras com notas e letras escritas a mão. — Não vamos atrapalhar.

— Não... se você tiver um minuto. Você é adulta, e eu estava começando a me perguntar se eu era o único adulto no planeta.

— Nós temos um minuto. Você quer falar de política, eventos mundiais, questões ambientais?

— Nem um pouco. Mas eu queria... falar da outra noite.

— Foi uma ótima noite. — Ela subiu na varanda e se sentou.

Bunk a abandonou para ir até o playground e farejar em busca de Bray.

— Eu queria dizer que, com o Bray, a mudança parece ser uma coisa séria. Quer dizer, eu comprei um sofá novo, e estou pesquisando os jardins de infância da região, então...

— Você deve estar muito ocupado — concluiu ela. E por que, pensou, ele parecia ainda mais atraente por estabelecer limites?

— Tem isso. E... o Bray comentou que a mãe dele morreu. Você nunca perguntou dela. Nenhum de vocês.

— É você quem tem que decidir se quer contar ou não. A minha família entende de perda e como isso é uma coisa pessoal.

— É, deve entender mesmo. — Embora tenha parado de mover os dedos, Ty continuava segurando a guitarra. — Ela foi ajudante na nossa última turnê. Starla. Ela mudou o nome para isso, no papel. Não sei o nome de batismo dela. Ela nunca falava. Enfim, nós ficamos juntos por um tempo, no final da turnê, e depois quando voltamos para a Filadélfia. Nada sério, só...

— Eu sou adulta — lembrou Thea. — Eu entendo.

— A gente se dava bem, até que se desentendeu. Ela ficou muito chateada quando a gente se separou. Quer dizer, a Code Red. Ou quando a banda resolveu dar um tempo, como a gente achou que seria, no começo. Nós estávamos naquela vida tinha quase dez anos. O Blaze estava um caos... você deve ter lido sobre isso... chapado a maior parte do tempo. O Scott tinha um filho a caminho, e o Mac queria tentar carreira solo. Eu queria escrever e ficar quieto por um tempo. Não foi uma implosão, como boa parte da imprensa deu a entender. Nós só precisávamos de um tempo, então foi isso que fizemos.

— É muita pressão, as viagens, os shows. E ter uma vida tão pública.

— Pode parecer que estou reclamando de barriga cheia, mas é muita pressão mesmo. Então, em vez de implodir, nós conversamos, tiramos um tempo. O Blaze foi para uma clínica de reabilitação, e não sei se ele teria ido se a gente não tivesse parado. Mas a Starla gostava do agito e não queria parar. Ela foi embora... Sem corações partidos.

— Você não sabia — percebeu Thea. — Não sabia do Bray.

— Nem ela, não quando foi embora. Foi o que ela me falou quando voltou, quando o Bray já tinha 18 meses. Eu acreditei nela. Quando descobriu que estava grávida, ela tinha estado com outros caras, então não fazia ideia de quem era, sabe? Mas ela decidiu que ter um filho ia ser uma aventura. Ela gostava do agito — murmurou ele.

— Ele é a sua cara.

— É, tem isso. Ela disse que ele saiu parecido comigo, então colocou o meu nome na certidão de nascimento. Eu fico feliz por ela ter feito isso, por ter falado com um advogado, feito os documentos, mas isso foi depois... depois que ela descobriu que a situação dela era terminal.

— Sinto muito.

— Câncer filho da puta. — Ty soltou um suspiro. — Ela não quis saber de exame, médico, nada disso, até já ser tarde demais. Disse que eles tinham dado seis meses, e ela não podia mais cuidar do Bray, então me entregou aquele bebê, e ele ficou olhando para mim com aqueles olhos que são iguaizinhos aos meus. Ela ficou alguns dias, depois deixou um bilhete, dizendo que o Braydon era a única coisa pura que ela tinha feito na vida.

— Deve ter sido muito difícil para ela.

— É, ela amava muito ele. Disso eu não tenho dúvida. — Distraído, ele tocava as cordas da guitarra com os dedos enquanto falava. — Não chegaram a ser seis meses. Antes de morrer, ela pediu para o voluntário da casa de repouso me escrever, quatro meses depois de ter deixado o Bray comigo.

— Ela te conhecia. Sabia que você ia cuidar dele, que ia amá-lo, que ele ia ter um lar. Ela fez o que as mães fazem: o melhor que pôde pelo filho.

— Eu teria ajudado. Ainda dói. Ela não precisava morrer sozinha.

— Ela te conhecia — repetiu Thea. — Ela sabia disso e fez uma escolha.

— A gente não se amava, longe disso. Mas fizemos o Bray.

— E, de repente, você estava sozinho com uma criança.

— Pois é. — Os dedos dele viajaram pelas cordas da guitarra de novo. — Foram dias intensos. E noites mais intensas ainda. Eu não sabia porcaria nenhuma sobre como cuidar de uma criança. A única coisa que sabia, sem sombra de dúvidas, era que não iria expor o Bray à imprensa, às merdas que iam falar sobre ele. Mas trocar fraldas, descobrir como alimentar uma criança... e, meu Deus, limpar tudo depois? Por que ele está chorando agora, o que ele está tentando me dizer, por que ele não dorme?

Ela ouviu na voz dele, sentiu por ele.

— Você o amou desde o início.

— Eu nunca soube que dava para amar alguém assim, como se tudo o que importasse, que sempre importaria, estivesse bem ali naquela pessoinha com uma fralda suja e purê de batata no cabelo.

— Como a sua família reagiu?

— Com espanto, com um quê de "É isso que acontece quando você vive desse jeito".

— Quer dizer, quando se vive como um músico muito respeitado e premiado e mundialmente famoso?

— Obrigado por isso, fã de Code Red.

— Não, peraí. — Thea ergueu um dedo para ele. — A Code Red ganhou esse respeito, esses prêmios e a fama trabalhando duro e fazendo música boa, shows bons. E desde que você passou a trabalhar sozinho, a música que você faz, seja rock ou balada, é só sucesso. Não diminua isso, nem a minha admiração.

Ty tocou uns acordes.

— Ouvir elogio é sempre bom. Também não quero falar mal da minha família. Eles adoram o Bray. Mas até aí, modéstia à parte, é muito difícil não amar esse garoto.

— Eu diria impossível.

Isso rendeu um sorriso.

— Não somos como a sua família, não somos tão unidos. Mas eles ajudaram quando eu precisei. Eles nos apoiaram. Era para eu ter sido médico ou advogado, ou algum tipo de cara engomadinho, e nisso eu decepcionei os meus pais. Isso eu não tenho como mudar — disse ele, antes que Thea pudesse contestar. — Eu troquei a faculdade por um violão, fui embora e fiz exatamente o que queria. Mas eles ajudaram quando eu precisei. E aqui estamos nós.

— Posso perguntar o que eles acham sobre onde você está?

— Eles são ambivalentes. Meus pais acham que eu vou cansar de morar aqui de uma hora para outra… porque eles nunca entenderam o que eu fiz ou o que era preciso para fazer aquilo… assim como cansei de gravar, de fazer shows. E aí acham que eu vou voltar, colocar o Bray em uma escola particular boa, casar e começar uma carreira respeitável.

O sorriso de Thea foi ao mesmo tempo simpático e animador.

— Você vai decepcionar os seus pais de novo.

— É, vou. Posso perguntar o que a Lucy achou quando você começou a trabalhar com design de videogames?

— Quando a Milken fechou o contrato para o *Endon*, ela trouxe o champanhe que tinha comprado na esperança de dar certo e nós brindamos todos juntos.

— Laços fortes. É isso que eu quero com o Bray.

— Ah, Tyler, você tem isso. Você tem isso com o Bray.

— Você me faz bem.

— Amigo é para isso.

Ty olhou para Thea, encontrou os seus olhos, sustentou o olhar até ela sentir um frio na barriga, um frio que subiu pela sua garganta.

Ela viu a continuação chegando e inclinou-se para a frente para encontrá-la.

A porta de tela se abriu. Esfregando os olhos sonolentos e com os cabelos bagunçados, Bray disse:

— Papai. — Então ele arregalou os olhos e largou o caminhão que estava segurando. — Bunk!

Os dois correram na direção um do outro como se tivessem sido separados por uma guerra.

— Trocado por um cachorro gigante.

— E eu vou fazer pior. — Embora ainda estivesse com o coração acelerado, Thea ficou de pé. — Vou roubar o seu filho e levar ele e o meu cachorro gigante para a casa da minha avó.

— Não precisa...

— Tenta me impedir! Você devia estar trabalhando.

— Por que você não está trabalhando?

— Porque eu não passei os últimos dois dias jogando videogame e Candy Land e vendo *Vila Sésamo*.

— E os desenhos animados do Homem-Aranha.

— Nem isso. — Thea pegou o caminhão. — Me dá uma boa razão além de "não precisa".

— Eu não tenho nenhuma.

— Então tá bom. Bray! Quer vir com o Bunk visitar a vovó?

— Tá bom! Tchau, papai.

— Ei, ei, eu não ganho nada?

Sorrindo, Bray correu e deu um abraço e um beijo no pai.

— Tchau, papai.

Ty viu Bray pegar a mão de Thea enquanto eles se afastavam, com o cachorro gigante ao lado feito um guarda-costas.

Ele sentiu um aperto no peito, mas não durou. Em vez disso, desconectou o fone de ouvido e aumentou um pouco o amplificador.

Enquanto caminhava, Thea o ouviu tocando acordes rápidos, complicados e vertiginosos para as colinas.

— O papai toca guitarra.

— Toca. — Quando Bray ergueu os braços, Thea o pegou e apoiou no quadril. – Toca muito bem.

20

⌘ ⌘ ⌘

Depois que Bray devorou os biscoitos e contou a Lucy tudo que tinha feito enquanto não parava de chover, ele correu — na velocidade de sempre — para ver os animais.

Thea ficou na varanda com a avó para ajudar a descascar ervilhas. Ela sabia que Ty imaginava que ela ia contar a história para Lucy, e ela contou, depressa, baixinho.

— Pobre menina. Tão nova. Foi muita coragem e amor o que ela fez pelo filho.

— Pensei a mesma coisa.

— Espero que ela esteja vendo o belo trabalho que o Ty tá fazendo com aquele menino. Eu pensei muito no Ty antes de você me contar isso. Vou pensar ainda mais agora.

Enquanto tirava as ervilhas da casca, ela viu Bray conversando com a velha Betty Lou.

— Outro homem teria dito: "Ah, não, de jeito nenhum! Eu não quero isso, mudar a minha vida, assumir uma responsabilidade pra vida toda." Ou podia ter falado grosso, mandado ela embora. Quem sabe dispensado ela com dinheiro. Podia ter sido de muitos outros jeitos. Dá vontade de dar um abraço nos dois.

— Os pais dele não aprovam.

— Um menininho lindo desses!

— Não, ele disse que eles amam o Bray. Mas que eles não aprovam o Ty, o que ele fez com a vida dele.

Isso não diminuiu a indignação de Lucy.

— Me faz ter ainda mais consideração por ele e menos por quem o criou. Aquele garoto tem tanto talento, e ele fez bom uso disso. E ainda tá criando sozinho um filho feliz.

— Ele faz pouco-caso, mas fica meio magoado. Deu pra sentir sem nem tentar. Não sei se é como era com a família do meu pai, mas me fez pensar em como tem gente que simplesmente não ama nem aceita quem você é.

Achando graça, e ainda mais apaixonada por ele, Lucy ficou olhando Bray correr para conversar com as galinhas.

— Não somos parentes, mas vamos ser uma família para eles.

— Ty me beijou.

Lucy continuou a descascar ervilhas.

— Pra mim isso não é nenhuma surpresa, querida. Ele te olha com tanta admiração. Você beijou de volta?

— Foi... muito rápido. Eu não quero confusão, vó. Lembro como era intenso o que eu sentia quando tinha 16 anos. Mas era uma coisa inofensiva, uma fantasia inocente. Agora tem uma coisa nova nascendo.

— Ah, querida, eu era doida pelo Harrison Ford, na minha época.

— Sério?

— E mesmo assim eu não bateria a porta na cara dele hoje... principalmente se estivesse com aquele chapéu de Indiana Jones.

— É por isso que você tem a coleção completa de DVDs?

Lucy abriu um sorrisinho de canto travesso para a neta.

— Toda mulher tem direito de sonhar. E toda adolescente também. Você não conhecia ele, não o homem... Quer dizer, ele também praticamente não passava de um garoto na época. Você conhecia a música dele, o que escreviam sobre ele, o que ele falava nas entrevistas e tal, mas isso é só uma imagem. Agora você conhece *ele*.

— Estou começando a conhecer, então tem uma coisa nova nascendo. Mas não sei por quanto tempo o Riggs vai manter distância nem como explicar nada disso. E eu ia ter que fazer isso, né? Se acontecer alguma coisa, eu não ia ter que me explicar?

— Você ia querer ficar com alguém que não te aceitasse por ser quem você é?

— Não, mas... Eu tenho tomado tanto cuidado. Depois que eu contei para o Asher...

— Você não merecia o que aquele garoto falou, o que ele fez. E ele, com certeza, não merecia você.

— Não, eu não merecia aquelas coisas, nem ele me merecia. Mas aquilo me marcou.

Thea parou de trabalhar nas ervilhas enquanto pensava.

— Eu falei para mim mesma que o que aconteceu com o Asher foi uma coisa boa, a longo prazo. Aquilo me ensinou a ter mais cuidado, e é isso que eu tenho feito. Mas desde então não tive mais nada sério com ninguém. Acho que isso pode ser sério, para mim.

— Você vai fazer o que for preciso quando for necessário.

Perto de onde Bray estava conversando com a cabra, Bunk latiu. Ele abanou o rabo, mas ficou junto do menino.

Ainda trabalhando nas ervilhas, Lucy apontou com o queixo.

— É a Nadine descendo a colina, com as duas crianças a tiracolo. — Lucy começou a sorrir, para dar boas-vindas, então ficou com o rosto petrificado. — Caramba, ela tá com um olho roxo. E botando o peso todo no quadril esquerdo.

— Eu estou vendo.

Thea pousou a mão na de Lucy e, juntas, elas viram mais.

O homem furioso atacando, as crianças gritando, a mulher chorando ao cair.

— Não é a primeira vez. — A voz de Lucy soou fria. — E não vai ser a última. — Suspirando, ela deixou as ervilhas de lado e se levantou. — Vamos fazer o possível por ela.

A mulher tinha estudado com Rem, lembrou Thea. Um ano atrás dele, e agora tinha uma filha da idade de Bray e um menino com menos de 2 anos, e uma aura de tanta resignação que era de partir o coração.

Thea entrou para pegar biscoito para as crianças e chá doce para a mãe.

— Dona Lucy. — Nadine ajeitou o bebê que chupava o dedo no quadril. — Espero que a gente não esteja incomodando.

— De jeito nenhum. Adalaide, que vestido mais lindo.

— A mamãe que fez.

— É uma gracinha. E deixa eu ver esse homenzinho. Minha nossa, ele tá grande, hein? Curtis Lee, o que esse dedo tá fazendo na sua boca?

— Não consigo fazer ele parar, dona Lucy.

— Porque é um dedo muito gostoso. Mas olha aqui, a Thea trouxe uma coisa mais gostosa ainda. Senta aqui, Nadine, toma um chá doce.

— A gente não pode demorar, dona Lucy. — Nadine colocou uma mecha de cabelo loiro atrás da orelha. — Só queria levar um pouco daquele bálsamo que você me deu da última vez, e um pouco de sabão de aveia. Eu trouxe dinheiro.

— Pode guardar o seu dinheiro.

— Não podemos aceitar caridade.

— Adalaide, aquele é o Braydon. Ele mora aqui na estrada, na antiga casa da dona Leona. Bray, leva a Adalaide e diz pra ela os nomes de todas as galinhas que você conseguir lembrar.

— Tá bom. Posso comer um biscoito também?

Thea deu um biscoito para ele.

— Esse é o Bunk — disse o garoto para a menina. — Ele é o maior cachorro do mundo. A gente brinca de jogar bolinha.

Quando a menina saiu com Bray, Lucy assentiu.

— Deixa essas duas crianças se conhecerem, e esse vai ser o pagamento. Esse menino é como um neto pra mim, e ele precisa de amigos pra brincar. Thea, pega o Curtis Lee. Nadine, entra aqui. Eu vou fazer uma compressa fria pra esse olho, e quero dar uma conferida no seu quadril.

Lágrimas escorreram.

— Não foi por mal, dona Lucy. O Jed não fez por mal. É só que ele tinha passado o dia inteiro trabalhando, e eu não tinha terminado as tarefas, e as crianças estavam fazendo bagunça. Eu estava me sentindo meio mal, e o jantar também não estava pronto.

— E você acha que isso é motivo para o seu marido bater em você?

— Ele se arrependeu depois. Não foi por mal.

Lucy entregou o bebê a Thea.

— Entra. Você tá com neném de novo, não tá?

— Não sei. Talvez. Tô?

Thea ouviu Lucy suspirar mais uma vez, enquanto levava Nadine para a cozinha.

Thea brincou com o bebê e o levou para o galinheiro com as outras crianças, para dar privacidade a Nadine e à avó.

Uma hora depois, Nadine voltou para casa com uma cesta com bálsamo, sabão, alguns legumes frescos, um chá de gengibre para os enjoos matinais, biscoitos e fatias de frango assado para o jantar.

— Tive que aceitar o dinheiro.

Thea acariciou o ombro de Lucy, enquanto Bray dava tchau do quintal.

— Você deu mais do que ela pagou e preservou o orgulho dela.

— Na primavera, ela vai ter outra boca pra alimentar.

— Ela não vai largar o marido.

— Ela ama o marido. Segundo ela, ele nunca levanta a mão para as crianças, e eu vi que era verdade. O que ele precisa é de uma boa reprimenda.

— Não, vó.

— É, eu sei. Só vai piorar pra ela. Eu preciso de um momento de luz. Braydon Brennan! O senhor sabe de onde vêm as cenouras?

— Do mercado.

— Antes de chegar no mercado.

Ele deu de ombros, igual ao pai, e Lucy sorriu.

— Eu vou te mostrar.

O momento de luz aconteceu quando o garotinho riu tanto que caiu de bunda no jardim depois que Lucy puxou uma cenoura do chão.

Thea levou Bray para casa com outra cesta.

— Cenoura cresce no chão. Tomate não.

— Isso mesmo.

— Ervilha vem dentro de...

— Uma vagem.

— Eu gosto de ervilha. E gosto de cenoura. O papai pega no freezer e bota no micro-ondas. Eu tenho um monte de amigos. O Lucas, o Rolan e a Adalaide. Ela é menina.

— Ah, é?

— É. Agora eu vou correr.

Como já estavam na estrada de casa, Thea o colocou no chão e sacudiu o braço. O menino era pesado.

— Papai! Eu tirei cenoura do chão!

— O que a cenoura estava fazendo lá?

— Não sei, mas eu peguei. E ervilha vem dentro de uma vagem. Eu quero ervilha e cenoura no jantar.

— Pode deixar. — Na varanda da frente, Ty pegou o menino no colo e beijou seu rostinho.

— A Adalaide tem cabelo vermelho e é menina.

— Ah, é? Quem é Adalaide? — perguntou Ty a Thea.

— Uma menina da idade dele. Ela apareceu com a mãe pra pegar um bálsamo e sabonete. — Thea entregou a cesta para ele. — Da vovó.

— Obrigado. Ah. — Ty olhou dentro da cesta. — A gente ganhou sabonete também. E cenoura e tomate. Acho que talvez um nabo, uma cebola.

— Eu brinquei de fazendeiro com a vovó.

— Estou vendo.

— Ervilhas frescas, recém-descascadas — acrescentou Thea. — No potinho.

— Uau.

— Você não sabe fazer ervilha e cenoura fresca.

— Não tenho a menor ideia.

Ele olhou para ela, uma covinha surgindo com o seu sorriso. Com o sorriso dos dois, corrigiu-se Thea, pai e filho, covinhas idênticas.

— Eu ia botar uns hambúrgueres na grelha. Se eu colocar um para você, você pode me mostrar como se faz legume fresco.

— Aceito um hambúrguer como pagamento, mas você tem que prestar atenção. Não é difícil.

— Isso é o que você diz. — Ele colocou Bray no chão. — Vai lá pegar os seus caminhões.

Quando a porta de tela bateu atrás dele, Ty pegou o rosto de Thea entre as mãos. Ele sustentou o olhar dela como antes, e então a beijou.

Dessa vez, não foi uma bitoca de "boa noite, vizinha". Ainda era um beijo leve, demorado e divinamente gentil. Atordoada, Thea levou as mãos aos punhos dele, como quem precisa se ancorar.

— Eu queria terminar o que começamos antes. Se eu te beijasse depois do jantar, você ia achar que era um agradecimento por ter feito ervilha e cenoura para a gente.

— Um agradecimento por isso também seria bom.

— Vem. — Ele pegou a mão dela. — Vem ver o meu sofá novo.

Ao entrar, Thea se viu muito impressionada.

Ele tinha escolhido um sofá baixo em um tom meio de trigo do tamanho certo para a sala, e duas poltronas com uma estampa sutil bege e azul-marinho. Ele tinha combinado o conjunto de estofados com mesas e abajures que davam um ar aconchegante ao cômodo.

Enquanto arrumava a casa, Ty tinha dado um bom polimento ao piso velho de madeira e escolhido um tapete com tons mais escuros de bege e mais claros de azul.

Havia vários carrinhos e bonequinhos espalhados pelo chão.

— Teve um acidente horrível hoje mais cedo.

— Dá pra ver, e estou vendo também que você comprou muito mais do que apenas um sofá novo. Sei que você está limpando e arrumando a casa, mas isso é uma transformação. E ainda assim você guardou alguns dos pequenos tesouros da dona Leona.

Thea viu alguns itens conhecidos nas estantes, na prateleira da lareira e nas mesas, em meio a porta-retratos, livros e lembranças que Ty devia ter trazido consigo.

— Você honrou a sua bisavó. Está fazendo o melhor para o Braydon, e construiu um lar para vocês dois. Isso é uma conquista e tanto.

— É um começo. Ainda falta pintar as paredes, e eu devia ter feito isso antes, mas...

— Você não está pronto para receber trabalhadores aqui.

— Ainda não. E quando eu olho para as amostras de tinta, o meu cérebro pifa, então isso vai ter que esperar. Enquanto isso, o Bray quer o quarto dele pintado de vermelho. Vermelho de bombeiro. Então, estou esperando até essa fase passar.

— Eu passei anos planejando a minha casa, até a dobradiça das portas. Quem olha para as dobradiças?! Você fez muito em um mês. Estão faltando umas almofadas.

Ele enfiou as mãos nos bolsos.

— Você acha?

— E uma manta bonita no sofá. Mas agora a gente precisa descascar essas cenouras.

Ela começou a ir em direção à cozinha, depois parou no que um dia tinha sido uma pequena sala de estar. Naquele momento, havia uma mesinha e uma cadeira, e pilhas de caixas.

— Meio escritório, meio biblioteca. Talvez. Não sei ainda.

— É um bom lugar para isso.

Thea foi até a cozinha, onde Bunk estava esparramado no chão, e Bray usava as costas largas do cachorro como estrada para o caminhão de brinquedo.

A cozinha parecia razoavelmente limpa e bem-organizada. Mas a antiga sala de jantar, com o piano, os suportes de guitarra, as caixas de instrumentos, a mesa e o sistema de som e a estante de discos, precisava de ajuda.

— Você precisa de mais espaço.

— Pois é. Por enquanto, funciona. Se formos ficar, eu vou precisar montar um estúdio de verdade. Talvez quebrar essa parede. Não sei. Depende.

— Eu diria que é mais fácil saber e decidir depois de viver um tempo no lugar.

— Essa é a minha ideia. Isso e procrastinação.

Ele pousou a cesta na bancada, e ela começou a tirar as coisas.

— Liga o forno a 220 graus e pega o descascador.

— Que descascador?

Ela olhou para Ty enquanto ele ligava o forno.

— O que você usa para descascar cenoura, batata e tal. Posso usar uma faca de legumes, mas eu sei que a dona Leona tinha um descascador.

— E faca de legumes é… Brincadeira. — Ele abriu uma gaveta e pegou um descascador de batatas. — A gente também gosta de cenoura crua para comer com pastinhas, daí o descascador.

— Tá bom, vê se você acha outro. Aí a gente só vai precisar de manteiga, pimenta e tomilho. É uma erva aromática.

— Manteiga eu tenho. Não a sua, porque devoramos, mas eu tenho manteiga e pimenta. Erva vai ser mais difícil.

Thea balançou a cabeça.

— Pega uma tesoura e vem aqui fora comigo um instante.

Eles saíram, e ela apontou para o que restava do canteiro de ervas de dona Leona.

— Isso aqui é tomilho. Você precisa tirar as ervas daninhas dessa horta.

Sorrindo, Ty ficou só olhando para o canteiro.

— Para isso eu precisaria saber o que é uma erva daninha e o que é uma erva aromática, e depois que tipo de erva é.

— Verdade. Eu posso te dar essa aula depois do jantar.

Ela cortou um ramo de tomilho.

Eles entraram na casa, e o menino e o cachorro saíram correndo.

— Vamos correr!

— Fica onde eu possa te ver.

Thea ensinou Ty a preparar a cenoura e botou a assadeira no forno para assar com ervas e manteiga.

— Você tem batata? — perguntou ela.

— Tenho. — Ele abriu um armário e pegou uma caixa de purê de batata instantâneo.

— De jeito nenhum. Guarda isso antes que eu perca todo o respeito por você.

— Não é tão ruim assim.

— Tira isso daqui. Eu preferiria saber que você trabalha como assassino para a CIA do que ver flocos de batata seca no seu armário.

— Foi só um trabalho, quer dizer, dois… mas os dois mereceram. E isto aqui? — Ele revirou o freezer um pouco e tirou duas embalagens. Uma de bolinho de batata e uma de batata frita congelada.

— Tyler, que coisa mais triste. Vamos de batata frita. Posso dar um jeito nisso. Deixa no freezer por enquanto. A ervilha é rápido, mas a cenoura precisa de mais tempo. A gente pode fazer os hambúrgueres. Você tem um ovo?

— Sobraram dois. Para quê?

— Já que eu estou aqui… A gente vai precisar de uma tigela para misturar a carne e o ovo, um pouquinho de alecrim… Você tem um pé bonito ali fora. Sal e pimenta.

— Eu meio que só… — Ty ergueu as mãos e abriu e fechou aqueles dedos longos. — Amasso a carne.

— Você pode fazer isso, ou… Por que você não bate um ovo? Eu vou pegar o alecrim.

Thea voltou, tirou as folhas de alecrim do caule e picou bem fininho. De pé ao lado dele, ela mostrou como misturar tudo em uma tigela.

— Você sempre cheira tão bem.

— É o alecrim.

— O alecrim ajuda, mas não, é você. Eu tenho um fraco por mulheres que são cheirosas.

Ela virou o rosto para ele.

— Vou ter que agradecer aos sabonetes e às loções da vovó por me darem essa vantagem.

Quando ele levou o rosto até o dela, Bray gritou da porta de tela.

— Por que você tá beijando ela? Ela machucou?

— Não. Eu estou beijando ela porque ela é bonita, cheirosa e está ajudando a fazer o jantar.

— Tá bom. A gente tá com sede.

— Um momentinho. — Ele terminou o beijo.

Enquanto Ty lavava as mãos e servia um copo de água com gelo, Thea fez quatro hambúrgueres perfeitos.

— Como você faz isso? Os meus são mais rústicos, ou seja, mais disformes.

— Acho que eu tenho um toque mais delicado.

— Você tem alguma coisa. — Ele olhou ao redor, para a cozinha. — Isso é ótimo. Em geral, cozinhar é uma tarefa só minha. Descobrir o que botar no forno, no micro-ondas ou na grelha. E limpar tudo até a hora de ter que cozinhar de novo. Ter companhia nisso é ótimo.

— Eu gosto de cozinhar. Mas se eu não estou na casa da vovó, ou não estou com a minha família ou com os meus amigos, tenho que fazer isso sozinha. Então, é, ter companhia é ótimo. Você precisa mexer um pouco as cenouras.

— Isso eu sei fazer. Mexer é uma das minhas habilidades.

E não é que era verdade, pensou ela. Ele mexia com ela sem fazer o menor esforço.

Ela deu um jeito nas batatas fritas e colocou no forno enquanto ele acendia a grelha. Depois, fatiou um dos tomates e serviu em um pratinho.

Eles se sentaram juntos à mesa de piquenique, e Ty serviu ervilha e cenoura no prato de Bray.

— Por que tá assim?

— Porque é tudo fresco.

— Eu não gosto de fresco.

— Você não tem como saber. E essa aí é a cenoura que você pegou. A que você tirou do chão.

Hesitante e com os olhos marejados, Bray pegou um pouco com a colher.

— Tá bom. — Ele deu a menor mordida possível, depois outra. — Tá delícia, papai. Eu gosto de fresco.

Ty suspirou, aliviado.

— Menos um problema.

— E agora o papai sabe fazer ervilha e cenoura frescas.

— Obrigado. — Dando uma olhada em Thea, Ty cortou um hambúrguer em quatro pedaços iguais. Ele colocou dois pedaços da carne e algumas batatas fritas no prato do filho.

— Eu gosto de batata frita. Essa é melhor que a sua, papai. O Bunk também tá com fome.

Ty jogou um dos pedaços do hambúrguer para o cachorro, deixando Thea boquiaberta. Bray deu uma gargalhada e depois comeu mais ervilha com cenoura.

— Ele só come metade. — Ty deu de ombros. — E o Bunk tá com fome.

— Não…

Mas Ty já tinha jogado o outro pedaço para o cachorro.

— O Bunk gosta de hambúrguer. Eu gosto de hambúrguer. Tá mais delícia, papai.

Ty provou o dele.

— É verdade. Você bateu um ovo com a carne?

— E botei alecrim. Ou você pode usar outras ervas. Bray, aposto que você pode brincar de fazendeiro com o seu pai e ajudar a tirar as ervas daninhas da horta dele.

— Tá bom. Quero mais. — Bray virou-se para Ty e abriu a boca.

E quando Ty colocou mais ervilha com cenoura naquela boquinha aberta, Thea sentiu o coração derreter.

— Mais que isso?

— É.

Ty serviu outra porção no prato do filho.

— Olha só o que você fez — disse Ty a Thea. — Você vai acabar com o negócio de comida congelada. Nós éramos consumidores fiéis.

— Compra umas batatas de verdade, e eu te ensino a fazer batata frita caseira.

— Que outras categorias de congelados você vai arruinar? Comida italiana, pizza?

— Um passo de cada vez.

Depois de limpar o prato, Bray foi correr com Bunk, e Thea ajudou Ty a tirar a mesa.

— Ele repetiu os legumes duas vezes. Isso é um recorde.

— A vovó tem mais na chácara, e eu também. Ele pode levar tudo que for comer. Olha, eu não devia ter falado mal de congelados e comida instantânea. Ficou parecendo uma censura, quando eu...

— Eu não entendi desse jeito. — Segurando-a pelos quadris, Ty a virou para si. — E ele comeu três porções. Além do mais, você estava fazendo todo o trabalho pesado. Eu vou cuidar da tal horta.

— Isso é...

Quando ele a beijou dessa vez, tudo parou. E tudo começou. Dessa vez, não foi tão suave, não com o calor que subiu. Ele deslizou as mãos pelo corpo dela e as deixou ali por cinco segundos extasiantes, antes de envolvê-la pelas costas para trazê-la para junto de si.

O beijo se aprofundou.

E ela se entregou a ele, à emoção de ser tocada, provada, desejada. Ah, sim, desejada, porque sob o beijo ardente, lento e profundo, ela sentiu a vontade e a urgência do homem.

O que jazia adormecido dentro dela acordou e se manifestou.

Ele pensava nela com frequência, com muita frequência desde aquele primeiro dia em que ela tinha aparecido correndo pela estrada em direção a ele atrás do seu cachorro gigante.

Mas Ty não tinha a intenção de fazer nada além de pensar em Thea. Complicações, tantas complicações e riscos... Mas ela o tinha atraído sem fazer o menor esforço.

E era tão cheirosa.

Fazia tanto tempo que ele não tinha o corpo de uma mulher junto do seu. Uma mulher que não só mexia com o desejo dele, mas que o intrigava, com quem ele podia só conversar. Ou que ao menos parecia entendê-lo.

Thea pousou a mão no ombro dele, e Ty se obrigou a recuar. Ela olhou para ele, com aqueles olhos azuis lindos e atordoados.

— Eu...

— Me dá só mais um momento.

Só mais um, pensou ele, beijando-a de novo. Mais um momento para sentir o que ela podia fazer com ele. O sangue quente fluindo, as doces dores do desejo, as imagens de como ela ficaria sob ele invadindo a sua mente.

Ele se afastou de novo, mas não a soltou.

— Faz um tempo que eu queria fazer isso.

— Deu pra perceber. É, ficou bem óbvio. — Ela o empurrou e deu um passo para trás. — Eu tenho que ir. Tenho que ir agora ou vou ter problemas. Preciso alimentar as galinhas.

Ele deu uma gargalhada.

— Isso não é algo que um cara costuma ouvir de uma mulher quando ela se afasta.

— É verdade, e eu não estou me afastando. Quer dizer, estou, só agora. Agora, eu… Meu Deus. — Acenando, ela deu mais um passo para trás. — É só… Eu costumo ser melhor nisso. Já fui melhor nisso.

— Se você fosse melhor, eu ia estar te implorando. E tem uma criança lá fora.

— É, tem uma criança lá fora. Exatamente. Eu tenho que ir. Hum…— Passando a mão pelos cabelos, Thea olhou ao redor. — Ali. Por ali. — Ela foi até a porta e parou. — Obrigada pelo jantar.

— Você fez a maior parte.

— É. Parabéns para mim. — Ela inspirou devagar, depois encarou Ty. — Estou me afastando temporariamente e devido às circunstâncias. Só para deixar bem explícito.

— Eu entendi isso. Estou falando a mesma coisa para você.

— Tá bom então, boa noite. Vamos, Bunk.

— Bunk, fica.

Thea ergueu Bray e se aconchegou no abraço que ele lhe ofereceu.

— O Bunk precisa comer, mas amanhã eu mando ele vir brincar com você.

— Tá bom. — Mas Bray se soltou dela para abraçar o cachorro. — Tchau, tchau, tchau.

Ao caminhar pela estrada, com o corpo ainda formigando, ela deixou a mente fluir até Ty, e o viu, com o filho no quadril, olhando-a caminhar de volta para casa.

E, naquela pequena abertura, Riggs entrou.

— Toda nervosinha só porque aquele otário enfiou a língua na sua boca.

Thea o viu, sentado no leito da cela, o escárnio estampado no rosto, um brilho de ódio nos olhos, e ela cerrou as mãos em punhos.

— Vai embora. Vai embora!

— Eu sempre soube que você era uma puta.

Ele não estava exatamente tentando entrar no mundo dela, mas levá-la para o dele, percebeu Thea. Para a cela dele.

— Eu vou te levar de volta para lá, Riggs, para aquela ilha. Só para te ouvir gritar.

— Vai se foder. Eu tô aqui. Aquilo foi tudo besteira.

— Foi? — Para se firmar, ela pousou a mão na cabeça de Bunk. — Talvez você morra lá da próxima vez, e eles vão te encontrar na sua cela. O corpo destroçado, a pele ainda fumegando por causa das queimaduras. Experimenta só, seu filho da puta. Experimenta, pra você ver.

— Vai se foder — repetiu o homem, mas ela viu e sentiu o medo dele antes de expulsá-lo de novo.

— Experimenta — sussurrou para si mesma. — Porque se eu não conseguir impedir que isso aconteça, um de nós não vai sair vivo.

PARTE III

O DOM

Crer apenas naquilo que é possível não é fé,
mas mera filosofia.

— Sir Thomas Browne

Ou teme o destino em demasia,
Ou seus méritos são fracos,

Quem não arrisca em ousadia,
Para ganhar ou perder nos atos.

— James Graham

21

⌘ ⌘ ⌘

TY TINHA adiado o máximo possível, mas, se fossem ficar — o que era cada vez mais provável —, ele tinha que matricular Braydon em uma escola de jardim de infância.

O menino precisava daquela estrutura, de mais amigos e, querendo ou não, da separação.

Dizer a si mesmo que teria a alegria de algumas horas ininterruptas para trabalhar, tomar banho em paz ou até só para ficar à toa não ajudou muito.

Mas como era trabalho dele fazer o melhor por Bray, Ty ia fazer isso.

Ele tinha um mês até o ônibus — ele ainda não sabia se teria um — vir buscar, engolir e arrastar o seu bebê para longe dele.

— Meu Deus, Tyler, vê se cresce!

Ty havia tido uma prévia do que estava por vir no dia em que Bray tinha ido brincar com os amiguinhos na casa de Rolan. Ele teve duas horas de silêncio e ficou sem saber o que fazer com aquilo.

Podia — e devia — trabalhar. Ou terminar de arrumar o escritório e biblioteca, que estava quase pronto. Ou lavar a roupa suja, o que ele vinha adiando.

O problema? Muitas possibilidades. Em momentos como aquele, Ty se perguntava como pôde imaginar que seria capaz de passar um verão ali, ainda mais ficar para sempre. Ou, o seu plano atual, até o Natal.

Já tinha sido uma pessoa decidida um dia, pensou Ty, zanzando pela casa vazia demais, quieta demais. Até que Braydon chegou. Atualmente, tudo que Ty fazia ou deixava de fazer tinha que levar em conta um menininho.

Ty não mudaria nada daquilo, nem por um segundo, nem pelo mundo todo, por todo o multiverso. Mas, meu Deus, queria ter aquela determinação de novo.

Não era só Bray, admitiu ele. Mas o jeito como o garoto tinha surgido. E ainda tinha a sua família, que parecia achar que Ty estava sempre prestes a cometer outro erro terrível.

Parte da mudança para aquela casa, ao menos durante o verão, não tinha sido porque a família insistiu que ele estava cometendo um erro terrível?

— Talvez — murmurou Ty. — Talvez. Mas não foi um erro.

Ele pegou uma foto que havia colocado em um porta-retrato, uma de Bray descendo pelo escorregador, com Bunk, o Cachorro Gigante, esperando lá embaixo.

— Não, não foi um erro.

Então, por que estava tão inquieto?

Talvez estivesse pensando demais na vizinha, que da mesma forma podia ser um erro terrível.

Ty a queria, quanto a isso não havia surpresa. Ele era hétero e solteiro, e ela era linda, inteligente, interessante e gentil. E tinha muito carinho pelo filho dele. Não do tipo fingido. Ele havia aprendido depressa a identificar isso.

E, minha nossa, como Ty sentia falta de sexo!

Thea também o desejava, o que era ótimo.

Mas e se eles fizessem aquilo e não desse certo? Eles voltariam para o "Oi, vizinho"? Ou iam se ignorar?

Será que ela iria ignorar Bray e magoar o menino, já que ele tinha uma afeição real por ela e pela família dela?

Ty precisava levar tudo aquilo em conta.

O celular tocou, ele o tirou do bolso e, quando viu o nome do empresário, atendeu como se estivesse se agarrando a uma tábua de salvação em um mar agitado.

— Fala alguma coisa. Estou ficando maluco, conversando sozinho.

Ty andou, ouviu, respondeu. E sentiu Tyler Brennan, o músico, o compositor, voltar ao controle.

— É, é, por mim tudo isso está tranquilo. Como falei, estou ajustando mais duas e vou começar a trabalhar em outra. Acho que sim, também. Passar o verão aqui me deu espaço.

Ele parou e olhou para o estúdio improvisado e apinhado de coisas.

— Me deu alguma coisa. Sim, tenho certeza de que não quero gravar nenhuma delas por conta própria. Pode fazer, lógico. Obrigado. Até mais.

Ao desligar, Ty pensou: *Dane-se a roupa suja, danem-se os livros para arrumar na estante ou qualquer outra coisa.*

Ele se sentou ao piano e começou a trabalhar.

THEA NUNCA assistia aos testes que Rem fazia dos seus trabalhos em andamento. Primeiro, ele não parava de falar enquanto jogava, e os constantes comentários a tiravam do sério. E depois, afastar-se dava um pouco de espaço aos dois.

Por isso, ela calçou as botas de caminhada e pegou uma garrafa de água e uma latinha de spray contra ursos, só por precaução.

— Volto daqui a uma hora — gritou ela.

— Tá bom. Que merda... Cobras?! Você sabe que eu odeio cobras.

Ela sabia, e por isso sorriu ao sair pela porta dos fundos com Bunk.

— A gente tem que encarar os nossos medos, né, Bunk? E se ele escapar do fosso das cobras, vai ganhar um bônus de energia. — Ela ajustou o boné na cabeça. — Ele vai precisar.

O uivo e a enxurrada de xingamentos que a acompanharam porta afora só fizeram o seu sorriso aumentar.

Foi picado pela cobra, pensou Thea. Melhor encontrar o soro antiofídico.

Ao passar pelo galinheiro, as galinhas cacarejaram para ela, inclinando e virando a cabeça. Um pica-pau bicava, guloso, o comedouro de pássaros. Uma borboleta amarela com pintinhas pretas abriu as asas ao beber o néctar de uma das flores roxas da sua torrente de equináceas.

— Olha só para isso — disse ela a Bunk, ao olhar para trás.

A sua não tão pequena casa de campo, com as janelas abertas e o balanço da varanda sempre pronto para ela. Flores por todos os lados, exatamente como ela sempre quis.

A horta farta significava que ela tinha que colher algumas coisas e preparar umas conservas no final de semana. E fazer um pouco de molho vermelho também, para o outono e o inverno.

Thea levaria cestas para Maddy, na clínica, para compartilhar a abundância. E para Ty.

Talvez perguntasse a Braydon se ele queria ajudar a colher os legumes. Ela sempre tinha gostado de encher uma cesta com os legumes do jardim da avó quando era criança.

Bray era meio novo demais, mas ela podia fazer da tarefa uma coisa divertida.

Thea sempre o ouvia brincando, o vento trazendo a sua risada. Às vezes, eram vários risos diferentes, o que dizia que ele estava com os amigos.

E ouvia Ty ao piano, notas apressadas e às vezes flutuantes. E a inegavelmente sensual batida de uma guitarra.

Naquele tórrido início de agosto, quando os horários deles se encaixaram, foram juntos à casa da avó dela duas vezes. E uma vez, sob o sol escaldante, trocaram outro beijo lindo e demorado perto de onde se conheceram.

Mas com o trabalho dele e o dela, crianças e obrigações, os dois seguiram sobretudo como meros vizinhos.

Talvez fosse melhor assim, concluiu ela, ao subir a trilha de chão de terra. Ele tinha as suas complicações, e ela, as dela. E embora as dele trouxessem alegria, as delas traziam escuridão.

Mesmo sabendo que podia contar qualquer coisa à avó, Thea guardou para si a questão de Ray Riggs.

Por que jogar naquela escuridão as pessoas que ela amava?

A verdade é que Riggs não podia tocá-la. Por mais que tentasse ou planejasse fugir, seja lá de que jeito fosse, e por mais que sonhasse em encontrá-la e fazer com ela o que havia feito com os pais dela, ou ainda pior, Thea não achava que ele podia ou iria ultrapassar os muros daquela prisão só com a mente.

Ele jamais sairia daquela floresta como tinha feito no sonho dela.

Só o que podia fazer era provocar, amedrontar. Podia apenas espalhar sombras, porque ele próprio era uma.

— Jogos mentais — murmurou para si mesma. — É só o que ele tem. E eu sou melhor nisso.

Mas Thea não podia negar as noites em que precisou se arrastar para fora do sono porque Riggs tinha invadido os seus sonhos.

Ela entrou na clareira da casa aonde a avó havia levado sabonete e bálsamo para um bebê com micose. Lembrou-se do garotinho brincando na terra — mais ou menos da idade de Bray, na época.

Já devia ter uns 20 anos agora, calculou ela, e era cabo dos Fuzileiros Navais. A irmã mais nova, no ensino médio, trabalhava durante o verão na padaria da cidade. E o bebê — o que veio antes dos meninos gêmeos — era um aluno brilhante, um ás das pistas, e tinha a esperança de conseguir uma bolsa de estudo e se tornar o primeiro da família a entrar na faculdade.

A mãe, Katie, estava do lado de fora, cantarolando sozinha, enquanto pendurava as roupas no varal. Estava com um chapéu de palha surrado na cabeça e um avental com bolsos, onde guardava os pregadores de roupa.

A casinha estava recém-pintada, e Thea sabia que eles tinham algum dinheiro na gaveta, já que o marido havia se juntado à equipe de Knobby alguns anos antes.

Havia uma horta bonita no quintal, com um canteiro de calêndulas.

Katie ergueu uma fronha do cesto de roupa e avistou Thea e Bunk.

— Oi, Thea! Oi, Bunk! Vocês escolheram um dia quente pra caminhar.

— Verdade, mas o dia está bonito. Ainda tem louro dando flor.

— Bunk, pode beber da tigela do Rufus. Os meninos saíram com o cachorro. Foram pescar, e espero que tragam o jantar. Deixa eu ver se tenho uma bebida fresca.

— Não precisa, obrigada. — Thea mostrou a garrafa d'água. — A casa está tão bonita, Katie.

— O Billy e os meninos pintaram no mês passado. Juro por Deus, todo dia eu agradeço por ele ter saído das minas e começado a trabalhar com o Knobby. Do fundo do coração, eu sei que isso salvou a vida dele.

E talvez a sua, pensou Thea. Katie não devia ter nem 40 anos ainda e, embora aparentasse a idade, Thea notou que a mulher estava bem melhor do que uma década antes.

— Eu tô quase terminando aqui, se você puder sentar um instante.

— Eu ia adorar, mas o Rem está me esperando. Eu já devia estar voltando, mas fiquei hipnotizada.

Katie riu.

— São essas colinas. Não tem nenhum lugar no mundo igual.

— Não para mim. Muito bom te ver, Katie.

— Fico feliz que você tenha passado por aqui. Manda um abraço para o seu irmão, e um maior ainda pra dona Lucy.

— Pode deixar. — E como se conheciam havia quinze anos, Thea sorriu para a mulher. — Hoje vocês jantam peixe. — E ergueu seis dedos.

Katie bateu palmas, comemorando.

— É melhor eu terminar de pendurar essa roupa logo, debulhar um pouco de feijão-manteiga e fazer umas broas de milho.

Satisfeita com a caminhada e a visita rápida — e pensando que broa de milho era uma boa ideia —, Thea seguiu em direção à própria casa.

O dia podia até estar quente, mas ver um rododendro selvagem florescendo por teimosia, ou o rabo de uma raposa-vermelha se escondendo no mato, e ouvir o chamado e a resposta dos pássaros da floresta fazia tudo valer muito a pena.

Então Thea ouviu algo além dos pássaros e dos esquilos.

— Eu vou em cima!

A caminhada lhe proporcionou um pouco mais de brilho quando chegou a uma bifurcação na trilha. Seguindo para o leste e parecendo suado, Ty carregava Bray nas costas.

— Encontrei dois exploradores.

— Oi, oi, oi! — Com uma das mãos fechada no cabelo de Ty feito uma rédea, Bray acenou com a outra. — Estamos fazendo uma caminhada!

— Um de nós está.

— Nós vimos um cervo e ele tinha...

— Chifres — completou Ty.

— Na cabeça! E um coelho marrom e um passarinho vermelho e o que papai acha que era cocô de urso!

— A gente vê isso na floresta às vezes.

E eu estou vendo dois homens suados, pensou ela, *e o maior parece meio irritado.*

Ela apontou com a cabeça para a garrafa d'água no cinto de Ty.

— Acabou a sua água.

— Alguém bebeu demais.

— Entendi. — Ela pegou a sua e ofereceu a ele.

— Obrigado. — Um gole dissipou a maior parte da irritação.

— Da próxima vez, uma garrafa para cada.

— É. Da última vez, uma foi suficiente.

— Aposto que não estava tão quente.

— Verdade, e andamos mais desta vez. — Ty ergueu a garrafa. — Bray.

— Tá bom. — A água escorreu pelo queixo do garoto e pelo pescoço de Ty. — Água gelada é mais gostoso.

— Limonada é mais gostoso também, e eu tenho um pouco. — Ela virou as costas para eles. — Passa ele pra cá.

— Ele é pesado. Deixa comigo.

Ela olhou por cima do ombro.

— Eu pareço fraca?

— Não, mas...

— Eu vou com a Thea.

— Só um pouquinho — disse Ty e, após transferir o menino, esticou as costas. — O que tem para lá?

— Algumas casas, cabanas, mais morros e um lindo pé de rododendro selvagem que ainda está dando flor. Tem uma amiga nossa que mora um pouco mais para cima.

Enquanto desciam a trilha, ela fitou os tênis de cano alto que Ty estava usando.

— Você não tem bota de caminhada?

— Isso aqui dá conta.

— Menino da cidade.

— Sou mesmo. E o que uma mulher de pernas compridas usando botas e short tem, hein?

— Boa tração e conforto em uma caminhada de verão?

— Não. Não, não é isso. É bom sair assim quando você não está morrendo de sede ou carregando catorze quilos nas costas. Me avisa se ele ficar pesado demais.

— Tá tranquilo. Você andou ocupado. Tenho ouvido você tocar.

— Peguei o ritmo da coisa. Mandei duas músicas para o meu empresário avaliar. E você, como está no trabalho?

— O Rem está lá em casa testando meu projeto mais recente. Ele sempre me diz onde eu acertei e onde errei. Ele é o pior crítico, o que faz dele o melhor.

— Posso brincar com o Bunk? Ver as galinhas? Por favor!

— Eu tenho tempo, se você puder.

— Aquela limonada e uns minutos sentado iam cair bem.

— Acontece que eu posso te oferecer as duas coisas. — Assim que eles fizeram uma curva, ela fez uma pausa e apontou quando as duas casas surgiram no horizonte.

— É bonito, né? O jeito como o terreno ondula, com as casas nele.

— É. Matriculei o Bray no jardim de infância.

— Eu vou pra escola com o Rolan e o Lucas. O nome da minha professora é... Eu esqueci, papai.

— Sra. Mansfield.

— Isso. E eu vou ganhar uma mochila, com lancheira, e um sapato novo.

— Que legal! Será que você ia gostar de uma mochila do *Aventuras em Endon*?

Ele pulou de entusiasmo nas costas dela.

— Legal!

— Posso fazer isso acontecer. Nem começa — avisou Thea, antes de Ty dizer que não precisava.

— Eu vou correr com o Bunk.

— O caminho ainda está meio difícil, amigão. Espera mais um pouco.

— Faltam quantos dias até as aulas começarem?

— Dezesseis. Não, quinze. Cacete.

— Cacete — repetiu Bray.

— Não fala isso na escola. Tá bom, pode correr agora.

Bray deslizou para o chão e disparou com o cachorro ao seu lado.

— Eu diria que ele está mais ansioso para a escola do que você.

— Eu estou e não estou ao mesmo tempo. Ele precisa disso. Eu preciso disso. Mas...

— É o próximo grande passo. — Um passo gigante do qual ela se lembrava muito bem. — Eu entrei em pânico com a ideia de ser a aluna nova na escola. O Bray não vai ter esse problema.

— Ele está louco para começar.

— Então — ela olhou para ele de relance —, vocês vão ficar mais do que só o verão agora.

— Pelo menos até o Natal. Quero ver como ele vai se sair, como vai ser a escola.

— O leste do Kentucky é lindo no outono.

— Parece que a gente vai poder testemunhar isso.

Ele pegou a mão dela enquanto caminhavam. Então pararam no final da trilha.

— Muito bom te ver, Thea.

— Muito bom te ver, Tyler.

Ainda de mãos dadas, ele levou a boca até a dela.

Até o Natal, pensou ela, enquanto se beijavam.

Parecia mais um presente.

Rem saiu pela porta dos fundos.

— Oi, Trem-Bala! — gritou ele para Bray. — E aí, Ty, aceita uma cerveja?

— Nossa, e como!

— Pode deixar. Tem salada de macarrão na geladeira também, e um pouco daquele pão integral que a Thea faz porque acha que é mais saudável. Até que é bom.

Para demonstrar, ele deu uma mordida na fatia que tinha na mão.

— Eu pago ele em comida.

— Também posso testar o seu jogo.

— Não. Mas eu posso te dar comida também.

Quando chegaram na casa, Rem já tinha pegado a saladeira. Ele entregou a Ty uma das cervejas que trazia.

— Não sabia que vocês iam caminhar juntos.

— A gente também não. — Ty deu um longo gole na bebida. — Nossa, a melhor cerveja do mundo.

Quando Thea entrou para pegar o resto das coisas, Rem se voltou para Ty.

— Você está cheio de ideias pra cima da minha irmã, né?

Ty deu outro gole mais cauteloso na cerveja.

— Não sei se dá para chamar de ideia.

— Amigo, sei reconhecer uma ideia quando vejo uma. A Thea sabe se cuidar e tal, mas ela tem alguns pontos sensíveis ocultos.

— Entendido.

— Tá bom, legal. É isso. Outro conselho? Bota de caminhada. Sustentação para o tornozelo, tração e cobras.

— Cobras? A gente não viu nenhuma.

Com um ar sombrio, Rem olhou para a porta de tela dos fundos da casa.

— Às vezes, você não vê. Mas elas te veem.

Quando estavam todos sentados à mesa de piquenique, Rem virou-se para Thea.

— Deixei um monte de anotações.

— Não esperava menos que isso.

— Está um pouco fraco na terceira fase, na hora da luta ou fuga.

Ela soltou um suspiro.

— É…

— E o fosso das cobras é escuro demais.

— É de propósito. Você precisa achar a tocha.

— Não dá para achar o que você não consegue ver. Ah, e se as cobras brilhassem antes de te atacar? Você ia ter um flash bem rápido de luz, mesmo que morresse. Elas me pegaram várias vezes, aliás, e eu sou bom nisso. Você fica só morrendo, perde a graça.

— Cobra que brilha. — *Ah, merda*, ela sacou. — Cores diferentes dependendo do tipo de cobra, do veneno.

— Resolvido. Mas o jogo é bom pra cacete, Thea.

— Bom pra cacete — repetiu Bray, comendo pão integral com bastante manteiga.

— Foi mal.

Ty balançou a cabeça.

— Acontece. Acontece muito na nossa casa. Por que as cobras brilham? Cobra não brilha.

— Boa pergunta. — Rem brindou com ele.

— Porque elas comeram camundongos radioativos ao longo de muitas gerações.

— Ela sempre tem uma resposta.

— Como os ratos ficaram radioativos?

— Por causa dos experimentos no laboratório subterrâneo secreto do vilão, o Grupo Arkol, que quer dominar o mundo.

— Ok, isso explica. Então não é um jogo de fantasia igual ao *Endon*.

— Eu vou ganhar uma mochila do *Endon* pra escola.

— Não brinca! — Rem respondeu à declaração de Bray com uma enorme surpresa. — Eu também quero.

— Você vai pra escola comigo?

— Quem dera! O jogo tem alguns elementos de fantasia, por causa do laboratório secreto maligno — explicou Rem a Ty. — Mas tem muita aventura e resolução de problemas. As fases de quebra-cabeça são o… — Ele se segurou. — O cúmulo de tão complicadas.

— Disfarçou bem — disse Thea ao irmão. — Eu vou ler as suas muitas anotações e fazer as cobras brilharem.

— Ótimo, e a Rowena devia ser um pouco mais... — Quando Rem ergueu as mãos diante do peito, com as palmas para cima, Ty riu tanto que quase se engasgou com a cerveja.

— Ah, é?

— É. Não precisa ser... — Ele abriu bem os dedos. — Só, sabe como é, um pouco mais de... *personalidade*, considerando o público presente.

— Falou igual a um adolescente.

Rem arregalou os olhos.

— E quem mais joga videogame?

Ela deixou escapar um suspiro por entre os dentes.

— Meninos, de 18 anos ou menos. Mas a média geral é de homens de 34 anos, e seria de imaginar que, com essa idade, os caras já teriam... Ah, quem eu estou tentando enganar, essa obsessão nunca vai acabar.

— Você só está com inveja porque não tem muita personalidade.

— Sai da minha casa.

— Preciso ir mesmo. Tenho um compromisso na cidade. Vou levar um pouco desses biscoitos de chocolate. — Rem se aproximou e deu um beijo barulhento na bochecha da irmã. — Te amo.

— Às vezes eu esqueço por quê, mas também te amo.

— É o meu charme. Foi esse charme que me rendeu um encontro hoje à noite com uma loira linda e cheia de personalidade.

— O quê... Quem?

Ele se limitou a sorrir e se levantou do banco.

— Até mais.

Rem correu para dentro da casa, batendo a porta de tela atrás de si.

— Tchau, tchau! Hora de brincar de pega-pega com o Bunk.

— Que loira?

— Posso fazer um comentário?

Sorrindo, Thea olhou para Ty.

— Eu entendo um pouco de personalidade. E a sua é linda.

Ela revirou os olhos, mas riu.

— Obrigada. Mas, que droga, ele provavelmente tem razão sobre a Rowena. Eu ganho dele em qualquer jogo, nove de dez vezes. E a décima é só quando eu dou uma folga. Mas o Rem tem um olho bom para detalhes no nível beta, para as pequenas falhas que às vezes eu não vejo, pelo menos de cara, porque estou mergulhada demais no jogo.

— É bom ter alguém a quem você possa confiar o seu trabalho.

— É, muito bom.

— Eu tenho isso com o Mac. Com o Blaze e o Scott também, mas principalmente com o Mac.

— Vocês escreveram ótimas músicas juntos.

— Escrevemos, e vamos continuar escrevendo. Eu mandei as novas para ele antes de mandar para o meu empresário. E tenho que ver como está isso. Acho que você também tem que voltar para o trabalho.

— Seria bom.

— Agradeço o combustível pós-caminhada. Escuta, eu vou ter uma folga na quarta. Vou tentar fazer frango na grelha de novo. O último deu errado, mas acho que sei onde foi que eu errei. Topa arriscar?

— Topo. — Ela pousou a mão na dele. — Deixa marinando por uma hora, mistura pronta de margarita com uma colherada de molho de soja.

— Não parece que uma coisa dessas vai dar certo.

Ela deu um tapinha na mão dele:

— Você vai me agradecer depois.

— Talvez, mas se der errado, a culpa é sua. Vamos, Bray.

— O Bunk pode vir? Por favor!

— Eu assobio na hora de voltar.

Ty fez que sim.

— É, ele pode levar a gente em casa. Eu vou dar um beijo de despedida na Thea.

— Tá bom!

Ty segurou o rosto dela de novo ao beijá-la, como tinha feito na cozinha da casa dele. Daquele jeito que fazia os músculos de Thea fraquejarem.

— Eu te levaria para sair, um encontro de verdade, mas…

— Você não está pronto para arrumar alguém e confiar nessa pessoa para ficar com o Bray. Eu gosto de ficar em casa. E você já deve ter ouvido isso, mas é sexy.

— Ficar em casa é sexy?

— Ah, pode ser também. Estou falando da parte do pai dedicado. Isso é sexy.

— Bom saber, porque isso eu tenho a meu favor.

Bray subiu no banco, abraçou Thea e então beijou o rosto dela, tão simples, tão espontâneo, que o coração dela quase transbordou.

— Biscoito?

Thea ensacou meia dúzia de biscoitos e, da mesma forma que Ty tinha ficado olhando ela ir embora, ela ficou observando os dois caminharem de mãos dadas pela estrada com o cachorro ao lado.

— Hora de encarar a realidade, Thea. Você está apaixonada pelos dois.

Quando eles sumiram de vista, ela entrou em casa. Desde criança, tinha aprendido, e acreditava piamente nisso, que dar ou receber amor era uma dádiva.

E ela iria aceitar a dádiva de dar amor.

22

⌘ ⌘ ⌘

THEA FEZ uma torta. O seu raciocínio foi que, se o frango de Ty desse errado, ela daria um jeito de salvar a noite. Se desse certo, eles ainda podiam comer torta de cereja.

No meio do caminho, Bunk viu Bray correndo em meio a uma revoada de bolhas de sabão saindo da boca de um sapo grande de plástico. Latindo, feliz, Bunk correu o restante do caminho.

Ela viu a fumaça subindo da churrasqueira chique e o homem, com pinças em uma das mãos e uma cerveja na outra, que olhou para ela e sorriu.

Pelas janelas abertas da casa, podia ouvir música, e o céu mantinha o seu azul nebuloso de verão.

Aos seus olhos, era uma noite perfeita de agosto.

— Bunk morde as bolhas — disse Bray a Thea, e riu sem parar.

— Talvez eu devesse comprar um sapo que solta bolhas.

— O papai sabe onde compra. Pergunta pra ele.

— Pode deixar.

Bray estava com o tênis do Homem-Aranha, um boné de um caminhão de brinquedo e uma camiseta com um cão Bernese. Se o guarda-roupa era um retrato dos interesses e das paixões de uma criança, o de Bray era muito fiel.

Ou o pai sabia o que estava fazendo, pensou ela. O homem conhecia o menino.

Ela subiu até a varanda e avaliou o frango na grelha.

— Parece que você dominou a técnica.

— Vamos ver. O que tem na cesta?

— Torta de cereja.

— Os homens desta casa gostam de torta de cereja. A gente compra fatias embaladas individualmente.

— Vamos ver se os homens desta casa gostam de torta que você tem que fatiar. Vou deixar na bancada.

Quando entrou, Thea sentiu um cheiro familiar.

— Estou sentindo o cheiro das batatas assadas da vovó.

— Vamos torcer por isso. Eu comprei batatas de verdade e fiquei pensando o que diabos fazer com elas, então liguei para a Lucy. Ela me deu o passo a passo.

Curiosa, Thea deu uma olhada no forno.

— Estou impressionada.

— Mais um vamos ver. Tem vinho na geladeira, se você quiser se servir uma taça.

— Pode deixar. Quer outra cerveja?

— Estou bem.

Ela saiu com o vinho e olhou para o menino, para o cachorro, para os campos e para as colinas.

— É o tipo de dia em que parece que o verão não vai acabar. Ou que você gostaria que não acabasse.

— Quando eu era criança, o verão era uma época de alegrias e tristezas.

— Por quê?

— Alegria? Não tinha que ir para a escola. Um mês depois, continuava sem ter que ir. Depois, a tristeza, porque a volta às aulas estava chegando.

— Eu gostava da expectativa de retornar. Cadernos novos, lápis afiados.

— Aulas entediantes, dever de casa. O Bray adora, e eu estou contando com isso. Mas eu mal podia esperar para acabar essa fase da vida. A ideia de fazer faculdade, estudar medicina, fazer direito, pós-graduação? Anos e anos a mais dentro de uma sala de aula? Tristeza. A música me salvou.

— Você encontrou o seu caminho e foi fundo. Acho que eu já te falei sobre o meu primeiro dia de aula aqui, depois que meus pais morreram. Fiquei apavorada. Aluna nova. Tinha medo de pentear o cabelo do jeito errado, ou de usar o sapato errado.

— Já vi meninas se preocupando muito com sapato.

— Lógico. É a base de tudo. Mas eu tinha a Maddy e depois a Gracie. É engraçado, e bonito, que uma parte delas vai estar com o Bray no primeiro dia de aula dele, no Rolan e no Lucas.

— Ele não tem medo.

— Você tinha?

— Não. Eu tinha tédio. — Ty olhou para onde Bray estava tentando comer bolhas com o cachorro. — Ele nunca fica entediado.

O temporizador do forno tocou.

— Isso pode ser um anúncio da desgraça.

— Vamos descobrir.

Ela entrou para tirar as batatas do forno.

Quando Bray declarou que o jantar estava uma delícia, Ty assentiu.

— Deu tudo certo. Mas não vamos abrir mão dos bolinhos de batata congelados.

— Quando menos esperar, você vai estar trocando receitas na fila do supermercado e pesquisando na internet por refeições fáceis e rápidas.

— Me mata agora, por favor. Mas a gente já tem a nossa refeição fácil e rápida. Chama-se pizza congelada. Antes de inventarem isso, eu não sei como as mulheres... porque eram principalmente as mulheres que cozinhavam... não saíam correndo por aí, berrando. Comprar comida, descobrir o que fazer e preparar a refeição, limpar tudo depois e repetir...

— Você se esqueceu de lavar roupa, limpar a casa, dar banho nas crianças, trocar fralda...

— Isso não tem mais. Essa última coisa eu não preciso mais fazer, ainda bem.

— Você pode contratar alguém para ajudar, pelo menos com a parte da limpeza.

— Mas aí vai ter alguém dentro de casa. Como é que eu vou trabalhar com alguém dentro de casa? — Ty deu de ombros. — Eu já tentei isso. Antes — disse ele, apontando Bray com a cabeça. — Acabam dando um jeito de ganhar uma grana extra.

Horrorizada, Thea olhou para ele de queixo caído.

— *Roubaram* alguma coisa de você?

— A minha privacidade, sim. Tiraram fotos, deram entrevistas para sites de fofoca.

— Nossa, que horrível. O que você fez?

— Além de demitir? Nada. Se processar, o assunto não morre. E depois, a minha família ajudou um pouco. E tinha a filha da irmã do Scott. Eu conhecia e podia confiar nela para ficar de babá quando eu precisava muito.

Ele apontou para Thea com a cerveja.

— Você não tem ninguém para fazer a limpeza.

— E ter alguém dentro de casa?! Como é que eu vou trabalhar?

Ele riu e fez um brinde com sua cerveja e o vinho dela.

— Como está indo o jogo?

— As muitas anotações do Rem foram úteis. Eu odeio e fico grata ao mesmo tempo.

— Então agora tem cobras que brilham?

— Sim — confirmou ela. — Tomaram um tempo danado e foi difícil acertar, mas funcionam.

— A gente viu cobra no zoológico. Cobras gigantes! Mas eu não fiquei com medo. O Bunk quer brincar com as bolhinhas.

— Tá bom. Deixa eu encher de novo.

— O sapo — explicou Bray, enquanto Ty pegava a mistura de sabão — bebe as bolhas. Depois arrota elas!

— Que incrível.

— A gente não pode beber, porque fica doente. Mas o sapo pode. Olha só.

Ela ficou olhando e se serviu de uma segunda taça de vinho.

— Não sei quem gostou mais desse sapo que solta bolha: o Bray ou o Bunk. Acho que vou ter que comprar um para ele.

Eles comeram torta ao pôr do sol, depois ficaram por ali, enquanto o menino perseguia vaga-lumes.

Quando Bray deitou na grama com a cabeça apoiada no cachorro, Ty se pôs de pé.

— Ele está exausto.

— Acho que ele deu uma canseira no Bunk. Obrigada pelo jantar e pela noite.

Antes que Thea pudesse se levantar, Ty pousou a mão em seu ombro.

— Fica. Rapidinho eu boto ele na cama.

— Eu devia…

— Fica — pediu ele, de novo.

Ele foi buscar o filho.

— Mais bolhas.

— Hum-hum.

Ty carregou Bray, cantarolando baixinho.

Como ela podia resistir a ele, àquilo, a tudo? E por que devia resistir?

Por que não abraçar aquela noite de verão perfeita que se sobrepunha tão lindamente a uma tarde perfeita de verão? A lua brilhava, as estrelas reluziam e a brisa mais leve trazia os primeiros indícios do outono por vir.

Thea ouviu a voz de Ty, suave como um desejo, através da janela enquanto ele colocava o filho na cama.

Quando o destino lhe dava uma dádiva, quem senão um tolo a recusaria?

Pondo-se de pé, ela levou os pratos de sobremesa e se ocupou com uma tarefa simples, para acalmar os nervos. Enquanto isso, Bunk deu algumas voltas e depois se acomodou no chão da cozinha, onde dormiu, muito à vontade.

Quando ouviu Ty voltando, Thea se virou.

— Ele dormiu muito rápido.

— Se eu boto ele para dormir na hora certa, ele demora mais do que quando eu deixo brincar até cair. Hoje foi brincar até cair. Depois que começar a escola, ele não vai ter muito mais disso.

— Em uma noite dessas, parece justo deixar ele ficar até não aguentar mais.

— Foi o que eu pensei.

Ty passou os braços em volta dela.

— E para quem tem mais de 4 anos, ainda está cedo.

Thea ergueu o rosto para beijá-lo e pensou: *Não*. Para ela, já estava bem tarde.

Velhos e novos anseios acordaram dentro dela. Tudo despertado por um beijo na cozinha com a noite de verão entrando pelas janelas. E o calor do corpo dele contra o dela.

— Vem comigo, Thea. Vem para a cama comigo.

— Eu quero — disse ela. Afinal, por que negar? — Só…

— O Bray apagou. E a gente faz silêncio.

Entregue, ela pressionou o rosto contra o ombro dele.

— Eu consigo fazer silêncio.

— Vamos lá para cima testar isso.

Ele pegou a mão dela. Parecia tão natural, e tão fácil, andar pela casa com ele, subir até o segundo andar. Como se tudo, desde que ela o havia visto na beira da estrada, carregando o filho, tivesse conduzido àquilo.

Ao passarem pelo quarto de Bray, ela o viu dormindo agarrado a um cachorro de pelúcia e um caminhão de brinquedo.

— Ele dorme com um caminhão.

— Quem não dorme?

Ty a puxou para o quarto do outro lado do corredor e fechou a porta com todo o cuidado.

Thea só tinha estado naquele quarto uma vez, na noite em que a dona Leona havia morrido, mas viu que ele tinha mudado algumas coisas.

Outra cama, com design mais elegante, madeira preta, uma cômoda com uma televisão de tela plana em vez de um espelho, persianas em vez de cortinas.

— É a sua cara.

— Ficou mais simples, acho. Precisa pintar, mas…

Ele a virou em seus braços.

— Tem coisas que podem esperar. Já outras? Não dá mais para esperar.

Com os lábios nos dela, ele a levou até a cama. Ela sentiu o coração dele batendo junto do dela, a mão dele roçando os cabelos dela.

Não, chega de esperar.

— Eu meio que fiquei de olho, para ver se aparecia algum cara andando ou dirigindo pela estrada até a sua casa. Mas não apareceu ninguém o verão inteiro.

— Tem mais tempo que isso.

— Quero perguntar por quê. Pode dizer que não é da minha conta.

— Considerando onde estamos, não deixa de ser da sua conta, pelo menos em parte. Há muito tempo que ninguém me faz querer ficar desse jeito. Até você.

Ele segurou o rosto dela.

— Há muito tempo que ninguém me faz querer ficar desse jeito. Até você — repetiu ele.

Isso a fez sorrir.

— Acho que o outro teste vai ser se a gente se lembra de como se faz.

— Isso você pode deixar comigo. Começa assim.

Bocas se encontrando, línguas deslizando, mãos acariciando.

— Vou sentir saudade deste verão — murmurou ele. — Quando você parar de usar vestidos assim.

Ele abriu o zíper dela e, quando o vestido caiu aos seus pés, a ajudou a sair de dentro dele. E ficou na sua frente, com as mãos no quadril dela, olhando para ela.

— Eu já te vi à luz do sol, te imaginei ao luar. Imaginei você assim. Posso dizer que você é linda, mas isso não é suficiente.

— É mais do que suficiente para mim.

Ela tirou a camisa dele. Então, pousou a mão no peito dele.

— E aqui está você. Com o coração na minha mão.

Ela pegou a mão de Ty e levou ao peito dela.

— E o meu na sua.

Tão fácil, pensou ela mais uma vez, tão natural quando eles se moveram juntos de novo. Pele contra pele, de coração para coração. As mãos dela não hesitaram ao abrir a calça jeans dele, porque ela nunca tinha tido mais certeza do que de querer estar com aquele homem.

Eles se deitaram e viraram de frente um para o outro. Quando os seus olhos se encontraram, sustentaram o olhar, e ela viu tudo que queria ali.

Aos poucos, como se cada momento implorasse para ser saboreado, os dois se moveram juntos.

Ele não tinha procurado por ela. Não, ele havia parado de procurar por alguém como ela. Mas ela tinha entrado na vida dele e trazido o que ele precisava. Ela havia preenchido um espaço que ele mantinha vazio, deliberadamente vazio.

E havia lhe dado a única coisa que faltava na sua vida. Uma mulher para desejar, tomar e confiar.

Ty passou as mãos pelos braços dela, braços longos e graciosos que tinha visto empunharem uma espada como uma guerreira. Ele viu os olhos dela, tão profundos e azuis ao luar, olhando nos dele como se o conhecesse melhor do que qualquer outra pessoa.

Quando ele a beijou, ela correspondeu com tanta intensidade que preencheu, preencheu por completo, todos aqueles lugares vazios.

O cheiro dela o excitava; turvava a sua mente até ele não pensar em nada além dela. Quando os seus batimentos cardíacos aceleraram sob a mão dele, quando a sua respiração falhou em um suspiro, ele se deixou ir além.

E a levou, com a boca, com as mãos, em uma subida lenta e constante, mantendo-a trêmula no topo até a queda vertiginosa.

Ela arqueou junto a ele, os dedos agarrados aos seus cabelos para trazer a sua boca para a dela novamente.

Ele a tocou de tantas maneiras, corpo, coração, mente, ela abriu tudo para ele sem hesitação. E o explorou com as mãos, a pele lisa e um corpo definido, membros longos e músculos fortes.

A pequena cicatriz no quadril esquerdo dele, de uma cerca de alambrado quebrada debaixo da qual tinha rastejado, aos 8 anos. Ao roçar os dedos sobre ela, Thea pensou no menino que ele tinha sido, no homem que havia se tornado.

Os dedos calejados pelas cordas do violão a enlouqueceram ao correrem pelo seu corpo.

À medida que a necessidade dele se fundia à dela, ela se arqueou de novo, uma acolhida. E os seus olhos se encontraram.

Thea subiu com ele, e caiu com ele, em um compasso lento.

Ela o manteve naquele olhar, o manteve consigo, enquanto eles se fitavam sob o luar, com a leve brisa de verão refrescando a pele aquecida.

Ty a viu chegar ao ápice de novo e, rendendo-se, a acompanhou.

Mole e satisfeita, ela jazia debaixo dele.

Seu mundo nunca mais seria o mesmo. Ela conhecia o amor, a verdade e o poder dele. Ela sabia como era quando o amor vivia dentro dela.

O que quer que acontecesse, ela teria aquilo.

Quando ele virou a cabeça e deu um beijo na lateral do pescoço dela, Thea achou que o amor estava finalmente florescendo depois de um longo inverno.

Erguendo-se apoiado nos cotovelos, Ty olhou para ela. Mais uma vez, roçou os lábios de leve contra os dela.

— Fica.

— Ah, mas…

— Ele tem 4 anos, Thea. Quer dizer, quase 5, mas mesmo assim. A gente pode só dizer que você estava cansada, então dormiu aqui.

— Eu estava cansada?

— Você vai ficar. — Ele beijou a sua sobrancelha, as suas bochechas, os seus lábios. — Em algum momento.

— E ele vai ficar bem com isso?

Envolvendo o corpo dela, ele girou, invertendo as suas posições.

— Vamos descobrir.

O GRITINHO DESPERTOU Thea de seus sonhos reconfortantes. Com o coração acelerado, ela quase pulou da cama quando o gritinho se transformou em riso.

Ao seu lado, ainda de olhos fechados, Ty murmurou:

— Se prepara. Aí vem ele.

Passos apressados se seguiram ao riso, e Bray abriu a porta. Cachorro e menino entraram.

— Pai! Tá na hora de acordar! O Bunk tá aqui! Ele tava no meu quarto. Aqui, o Bunk.

Bray, com os cabelos tão selvagens quanto a alegria em seus olhos, subiu na cama de cueca do Homem-Aranha.

— Oi — disse ele para Thea, e abriu caminho entre ela e o pai. — Essa camisa é do meu pai.

— Ele… me emprestou.

— Tá. O Bunk tava dormindo no *meu* quarto. — Subindo nas costas de Ty, ele quicou mais um pouco e bateu na cabeça do pai. — Tá na hora de acordar!

— Já entendi.

— Você dormiu na cama do papai.

— É, eu…

— O Bunk dormiu no chão do meu quarto. Eu vou brincar de caminhão com ele.

— Boa ideia — disse Ty. — Vai brincar.

— Tá bom. — Depois de descer da cama, Bray correu de novo, com Bunk atrás.

— Acho que ele não se importou.

— Thea, ele acordou com um cachorro no quarto. O Bray estaria bem mesmo se tivesse cinco mulheres na cama comigo.

— Sério?

Ty abriu um dos olhos.

— E isso foi só um exemplo, nunca aconteceu. Se bem que teve uma vez em uma turnê… acho que foi em Chicago…

— Deixa eu te interromper agora, enquanto você ainda está com todos os ossos intactos, para perguntar se você tem uma escova de dentes para me dar.

— Tem refil de escova elétrica. — Ele se sentou na cama e, com os cabelos tão selvagens quanto os do filho, esfregou o rosto. — Café. Pelo amor de Deus.

Ele acenou vagamente em direção à porta, depois saiu da cama. Ela se levantou com cuidado e conferiu se a camiseta cobria tudo que precisava cobrir.

Na porta, ele se virou para ela.

— Banheiro. Escova de dente, refil novo, pasta de dente. Café.

— Tá bom, obrigada.

Então ele sorriu.

— Você está linda. — E foi embora.

Enquanto Bray batia caminhões no quarto do outro lado do corredor, Thea foi ao banheiro. Havia um banquinho diante da pia, sobre a qual havia duas escovas e a pasta de dente.

A menor tinha um desenho do Homem-Aranha lançando teia. Thea pegou a de Ty, e teve um flash dele com Bray no banquinho ao lado, escovando os dentes.

Embora quisesse poder ficar naquele flash, ela o bloqueou. Uma intrusão, lembrou ela.

Olhou-se no espelho. Linda era um conceito subjetivo, pensou, e desejou ter uma escova de cabelo.

Bray abriu a porta.

— Preciso fazer xixi — anunciou ele, com ela ali, a boca cheia de pasta de dente.

E ele foi em frente.

Em seguida, deu descarga e depois virou para analisar a mulher.

— O papai diz que é pra lavar a mão depois.

Assentindo com a cabeça, Thea enxaguou a boca e chegou para o lado, para que o garoto pudesse subir no banquinho. Ele enfiou a mão na água.

— Que tal um pouco disso? — Ela despejou sabonete líquido nas mãos dele.

— Essa é a escova do papai.

— Ele me emprestou, porque eu não trouxe a minha.

— A minha é do Homem-Aranha.

— Você quer usar?

— Tá bom.

Como ela estava ali, acompanhou o procedimento, que foi uma bagunça, e o fez rir quando usou uma toalha para limpar a espuma do rosto dele.

— Vamos tomar café?

— É sábado?

— Não, é quinta.

— Ah. No sábado eu posso comer Froot Loops.

— Posso fazer panquecas.

Ele abriu um sorriso que fez a sua covinha aparecer.

— Eu gosto de panqueca. A gente bota calda.

— Então vou me vestir e fazer panquecas.

— Eu vou contar pro papai!

Ela colocou o vestido e, por hábito, arrumou a cama. Alisar os lençóis trouxe imagens do que ela e Ty haviam feito ali.

Aquilo não era intrusão, decidiu ela, e afofou os travesseiros. Uma lembrança que lhe pertencia.

No andar de baixo, encontrou pai e filho, ambos ainda de cueca, na cozinha.

— Eu deixei o cachorro sair, e ele pareceu gostar. Não sei como você gosta do seu café. Ouvi uma história de panqueca. Eu tenho isto aqui.

Ty ergueu uma caixa de mistura pronta. Thea se limitou a lançar um olhar de pena para a caixa e abriu a geladeira.

Encontrou um único ovo, uma caixa de leite quase vazia, meio tablete de manteiga. E fechou a geladeira.

— Tive uma ideia. Por que não tomamos café da manhã lá em casa? Você pode me ajudar a alimentar as galinhas, Bray. E o Bunk também vai querer comer.

— Tá bom! — Bray correu para a porta.

— Melhor botar uma roupa primeiro. Tudo bem por você? — perguntou ela a Ty.

— Se vai ter panqueca, eu topo. Vamos trocar de roupa, amigão. Eu tenho uma lista de compras, tá bom? — acrescentou ele, ao sair da cozinha.

Minutos depois, estavam de volta, vestidos, os cabelos ligeiramente domados. O que a fez se perguntar como os homens conseguiam fazer aquilo tão rápido.

— Vamos de carro, para eu poder passar no mercado depois.

Então eles entraram no automóvel, com Bunk junto, para fazer o curto trajeto até a casa dela.

— Galinhas!

— Elas vão gostar de te ver. Vai lá falar oi, que eu já vou.

— Você nem tomou café ainda — comentou Ty, enquanto entravam pela porta da frente. — Como consegue formar frases coerentes antes de tomar café?

— É um dos meus muitos superpoderes. Eu tomo depois de dar a comida dos bichos. — Ela pegou a cesta de ovos e tirou uma caixa da geladeira. — Pode tomar mais aqui, se quiser.

— Eu vou com você.

Ele a viu pegar comida de cachorro de um saco, dentro de um baú de madeira na varanda, antes de ir até onde Bray estava, conversando com as galinhas.

E teria jurado que elas respondiam.

Que cena, pensou Ty, quando Thea entrou no galinheiro. Ela naquele vestido de verão solto, as galinhas cercando-a.

E o filho dele, todo feliz de botar ração para as galinhas em um cocho. Que as aves atacaram na mesma hora.

Da caixa, Thea tirou uns restos de comida — alface, talvez, e algum tipo de pão que ela entregou a Bray para despedaçar e jogar ao redor.

— Umas guloseimas — explicou ela a Ty. — Elas gostam quando encontram.

— E aquelas cascas de ovo naquela tigela ali?

— Fonte de cálcio. Elas perdem um pouco quando botam ovo.

— Isso não é meio… canibal?

— São só as cascas, Ty, e não temos galo para fazer ovos férteis. Vamos ver o que elas têm para nós hoje.

Thea pegou Bray pela mão e o levou até os ninhos. Então o ergueu.

— Tem que levantar com muito cuidado, muita delicadeza, para não quebrar o ovo quando você pegar.

— É grande!

— Esse é da Zippy. Ela bota ovos enormes. Vamos olhar essa aqui. Às vezes, elas gostam de brincar de esconde-esconde.

Eles seguiram de ninho em ninho.

— Nossa, foram cinco hoje! Você deu sorte para a gente.

— Um, dois, três, quatro, cinco. Cinco ovos, papai!

— Vou colocar em uma caixa. Você pode levar esses para casa.

— Tá bom. — Bray abraçou as pernas de Thea. Então correu para dar a notícia ao pai, embora Ty estivesse a dois metros de distância.

Thea fechou o galinheiro.

— Vamos fazer panquecas.

Ela deixou o menino ajudar, o que Ty sabia, por experiência própria, que significava que a tarefa levaria o dobro do tempo e faria cinco vezes mais bagunça.

Mas a paciência dela parecia ilimitada, mesmo quando Bray olhou o leite e disse: "Eca."

— Não é igual ao leite que o papai usa.

— É leitelho.

— Por quê?

— Porque a panqueca fica uma delícia.

Thea arrumou fatias de bacon em algum tipo de papel em uma assadeira e botou no forno. Aquilo deixou Ty interessado, pois parecia mais fácil de limpar.

Quando ela despejou a massa de panqueca em uma frigideira quente, Ty já tinha tomado sua segunda xícara de café e se sentia humano.

E, de alguma forma, ela conseguiu fazer uma panqueca na inconfundível forma de um caminhão monstro.

— Olha! É um caminhão monstro!

— Estou vendo. — Impressionado, Ty arregalou os olhos para Thea. — Outro superpoder?

— Que só revelo aos meus amigos mais íntimos.

Quando eles se sentaram à mesa, com bacon crocante, frutas da estação e calda em uma jarra aquecida no forno, Ty cortou o caminhão de Bray em pedacinhos.

— Eu tô comendo o pneu! Tá gostoso. Panqueca de leitelho é bom.

— Você não brinca em serviço. Obrigado por isso.

— É bom ter companhia no café da manhã.

— E se eu fizesse outra coisa na grelha, no sábado, você estaria interessada?

— Estaria.

— O Bunk pode dormir no meu quarto de novo?

Ela sorriu para o menino e olhou para Ty.

— Ele ia gostar disso. Vai ser uma noite gostosa também. Hoje vai ter tempestade durante a noite.

— Como você sabe disso?

Ela deu de ombros.

— Menina do interior.

Depois do café da manhã, ela foi até a varanda, naquele vestido de verão solto, e deu tchau para eles.

No banco de trás, Bray ia abraçado a um caminhão basculante.

— Eu queria que a Thea fizesse o nosso café da manhã todo dia.

Ty fitou o filho pelo retrovisor, depois voltou a olhar para Thea, que estava entrando em casa.

— O café da manhã dela é muito bom.

23

⌘ ⌘ ⌘

THEA SONHOU com uma tempestade, e Riggs espreitava em meio ao vento. Ela viu os olhos dele no clarão do relâmpago, ouviu a sua voz no estrondo do trovão.

E fez uma escolha.

Abriu a cortina da tempestade, escancarou a janela e entrou na cela dele. Ele estava sentado no leito, sorrindo para ela.

— Estava te esperando, Foxy Loxy.

Ele tinha escavado aquilo das lembranças dela? Aquele apelido de muito tempo atrás, que o pai às vezes usava para falar com ela ou com Rem?

Riggs tinha ido mais fundo do que ela imaginava.

Mas aquilo tinha lhe custado bastante. Ela notou as olheiras profundas e as rugas marcadas ao redor delas. Linhas que cortavam os cantos da boca dele feito a de uma marionete.

Cabelos grisalhos e rareando.

Aos 33 anos, ele tinha o rosto de um homem de quase 50 que havia tido uma vida dura.

— Você não está nada bem, Ray. Não tem dormido direito?

— Eu durmo feito um neném.

Ela deu uma risada forçada.

— Neném acorda chorando de duas em duas horas.

— Tô bem, durmo bem. Eu te trouxe até aqui, não trouxe?

— É, eu estou aqui. — No controle, ela se lembrou. Ela iria ficar no controle. — Pensei: *Por que não fazer uma visita ao Ray?* Faz um tempo desde a última vez, mas aqui não mudou muito. Já tem quanto tempo? — Ela foi até a porta, colocou as mãos nela. — Quinze anos. Quase metade da sua vida atrás disto aqui, Ray. — Ela deu uma batidinha na porta. — Qual é a sensação?

— Eu saio. Eu saio bastante.

— Não é a mesma coisa, né? Usar o dom que você corrompeu para sair desses muros, para ver as pessoas fazendo o que bem entendem. Tomando sorvete, bebendo no bar perto de casa. Você consegue sentir o cheiro da primavera ou de grama recém-cortada em uma manhã de verão?

Ela se voltou para ele.

— Isso te dá algum alívio do fedor que é aqui dentro, desse cheiro de isolamento e desespero? Acho que não. Acho que isso te consome, te corrói por dentro, porque você sabe que nunca mais vai existir fora dessas grades, dessas paredes.

— Você me colocou aqui.

— Coloquei. Eu tinha só 12 anos e coloquei você aqui. E, Ray, essa é a maior e mais importante conquista pessoal de toda a minha vida.

— Eu vou sair e te achar.

— Você sempre diz isso, mas continua aqui.

Ele sorriu de novo.

— Você também.

Ray avançou, e Thea instintivamente girou para bloquear a faca na mão dele. Ela sentiu a lâmina perfurando o seu ombro, sentiu o choque da dor e o impacto da porta quando bateu de costas.

— Você tá aqui — disse ele. Quando ergueu a faca para enfiar de novo, ela se afastou, foi embora.

Em sua cama, ela o ouviu gritar:

— Você vai morrer aqui antes de mim!

Alguém gritou:

— Cala a porra da boca, Riggs.

Mas ele riu, e quando a risada morreu, quando Thea voltou para o próprio quarto, sob o murmúrio dos trovões da tempestade que passava, levou a mão até o ombro.

E olhou para o sangue em sua palma.

ASSIM QUE amanheceu, Thea estava sentada à mesa da cozinha da avó. Precisava encarar o fato de que tinha escondido coisas demais. Enquanto descrevia o encontro, Rem ficou de pé e saiu andando pela cozinha, então olhou pela porta dos fundos e voltou a caminhar.

Mas Lucy ficou quieta, ouviu em silêncio o tempo inteiro.

— Deixa eu ver o seu ombro.

Thea levantou a manga da camiseta. Ela tinha feito um curativo sobre o corte superficial.

— É praticamente só um arranhão — disse ela —, mas… você já ouviu falar de alguma coisa assim?

— Não. Você limpou bem?

— Limpei, e usei a sua pomada. Não foi fundo, e…

— Meu Deus, Thea! — Explodindo, Rem ergueu as mãos. — O filho da puta te cortou. Ele te fez sangrar. Ele podia ter te matado.

— Não sei se isso é verdade. Não sei mesmo. Vó?

— Eu nunca vi isso. Não sei como ele conseguiu.

— Teve aquela vez. — Depois de encarar o café, Thea empurrou a xícara de lado. — Que ele entrou em um sonho meu. Lembra? E, Rem, eu agradeceria se você mantivesse os comentários engraçadinhos para si mesmo.

— Não estou no clima para piadas.

Ela fechou os olhos por um momento.

— Pareceu tão real, tão verdadeiro. O Ty tocando violão, o Riggs saindo da floresta, o sangue do Ty… Eu senti o sangue dele nas minhas mãos, e ele disse que a culpa era minha.

Thea levou as mãos ao rosto e as passou pelos cabelos.

— Eu fiquei chateada com aquilo, assustada, furiosa. Então… Decidi devolver na mesma moeda. Achei que, se conseguisse assustar o Riggs e fazer com que ele sentisse dor, mas sentir *mesmo*, ele iria recuar. Ia me deixar em paz. Porque ele não larga do meu pé, vó. Ele tem vindo mais vezes do que eu te falei.

— Daqui a pouco a gente fala disso. O que você fez?

— Construí um sonho. Um jogo que eu tinha na gaveta para talvez desenvolver um dia. Construí o jogo, treinei. Aí botei o jogo em um sonho, e levei o Riggs para dentro dele.

Enquanto ela contava, Rem se sentou de novo, balançando a cabeça.

— É o jogo que você desenvolveu, aquele que eu testei. *Ilha do Perigo*, com o fosso das cobras e tudo mais.

— É, mais ou menos. Na verdade, o jogo que ele teve que jogar foi uma versão muito mais violenta, para dois jogadores, e mais simples.

Ela ergueu as mãos.

— Sem complicação. E eu gostei de obrigá-lo a jogar, e de ver quando ele falhava, de ouvir os gritos. Usei o meu dom para isso, mesmo sabendo que recebi essa habilidade para ajudar, e não para machucar.

— Eu também teria gostado de ouvir esse cara gritando. — Rem esticou o braço para pegar a mão da irmã. — Você revidou, é assim que eu enxergo essa situação.

— Ele ficou assustado e recuou um pouco. Me deixou em paz por um tempo, mas...

Como Rem não conseguia compreender do mesmo jeito que a avó, Thea olhou para Lucy.

— Eu também não vou te culpar por isso. Ele veio atrás de você, e você o enfrentou. Mas você correu um risco terrível, Thea. E mais, você não contou pra sua família.

— Eu só não queria mais trazer isso para cá, vó. Não queria aquela nuvem maldita sempre pairando sobre a gente. Eu queria... eu só queria lidar com isso.

— Sozinha? — rebateu Lucy. — Completamente sozinha?

A mágoa na voz da avó cortou mais fundo do que a faca de Riggs.

— Eu achei, de verdade, que dava conta. Acreditei nisso.

— Chega de esconder as coisas. Quero deixar isso bem explícito.

— Tá bom, e eu sinto muito por ter feito isso.

Então, ela olhou para Rem.

— Sinto muito. Vocês tinham o direito de saber. O que ele fez atinge todos nós. O que ele está fazendo agora pode ser direcionado a mim, porque é o que ele consegue, mas continua sendo com todos nós.

— Não se esqueça disso. E, na próxima vez que você inventar uma maneira de revidar, a gente conversa sobre isso primeiro.

— Tá bom. Acho que o que eu fiz com o jogo deixou ele assustado, e machucou. Mas acho que também abri outro caminho para ele, um jeito de ver mais de mim. Ele me chamou de Foxy Loxy.

— Igual o papai fazia.

— Ele sabe mais sobre mim agora do que eu imaginava. Ele deve saber... — Ela parou, suspirou, e acabou cedendo: — Que eu passei a noite com o Ty.

— Isso exige uma citação de filme — decidiu Rem. — Achou que vou com "Cacete, que surpresa".

Lucy apenas fitou o teto.

— Olha só, os meus comentários engraçadinhos voltaram. Thea, quem não previu que isso ia acontecer é porque não estava olhando.

— O Ty sabe de alguma coisa sobre isso? — perguntou Lucy.

— Não. Eu não... a gente não... Não. Eu não tenho o direito de começar um relacionamento, ver aonde vai dar primeiro, sem ter que arrastar ele para tudo isso?

— Tem, e a decisão é sua. Mas, Thea — Lucy apertou a mão da neta —, é difícil construir um relacionamento de verdade quando você esconde uma parte sua.

— A única vez que eu mostrei essa parte minha para uma pessoa com quem eu me importava, não deu certo.

— Você não deve julgar o Tyler nem ninguém pelas falhas de outra pessoa. Mas faz do seu jeito, e você vai saber quando for a hora. Mas de uma coisa eu faço questão. Eu não sou de fazer exigências, e você sabe que quando eu decido uma coisa, é pra valer.

— Eu sei.

— Você não pode voltar lá, naquela cela.

— Juro que não vou voltar. Ele está pagando um preço alto para me arrastar até lá, e também pelo que fez. — Ela tocou o ombro. — Ele parece doente. Eu falei que aquilo estava corroendo ele por dentro, e é exatamente isso que está acontecendo, com o corpo e a mente dele. Ele sangra pelo nariz, pelo ouvido. Ele está forçando tanto e por tanto tempo, que está sentindo os efeitos.

— Então deixa ele pra lá.

— É tudo que eu quero, deixar o Riggs onde ele está. Ele já planejou uma dezena de maneiras de fugir... vai ver até mais do que as que eu vi. Ele olha a mente dos outros presos, dos guardas, dos médicos, de qualquer um, atrás de algo que possa usar para escapar. Isso também está custando a ele.

Apesar de a bebida ter esfriado, ela pegou o café.

— Eu devia ter falado tudo para vocês, em vez de só os pedaços que contei. Sinto muito.

— Você não tem que nos proteger — disse Rem. — Nós protegemos uns aos outros.

— É por isso que eu fico com esse menino aqui perto de mim. — Lucy o puxou para junto de si e beijou seu rosto. — Ele pode ser um engraçadinho, mas é muito inteligente. Agora, precisamos cuidar dos bichos.

— Eu ajudo. Já dei a comida do Bunk e das minhas galinhas antes de vir para cá.

— Eu aceito. Vem comigo, Thea, vamos trazer Rosie do pasto.

Enquanto caminhavam juntas, Lucy olhou para trás e viu Rem indo até o galinheiro.

— Eu esperei pra falar isso, porque sei como irmãos são. Você está apaixonada pelo Ty. Dá pra ver na sua cara.

— Estou. Completamente. Eu sei que é ridículo, mas...

— Por quê? O amor não é ridículo, mesmo que faça a gente se sentir assim. O Tyler é um bom homem. Isso tá cristalino como água, e ele tá criando um menino inteligente e feliz.

— Por quem também estou completamente apaixonada. E você está se perguntando por que eu não estou sendo honesta com o Ty, se estou apaixonada. Eu quero esse tempo — explicou Thea, ao abrir o portão do pasto. — Além do mais, talvez ele não fique aqui. Ele não decidiu, não de verdade. Acho que eu quero que ele faça isso antes de começar a pensar em contar a ele sobre o meu dom.

— Faz sentido.

THEA DECIDIU aproveitar o momento e gostou do ritmo que a vida seguiu. Noites na varanda dela ou de Ty, um domingo na chácara da avó, com uma refeição à mesa de piquenique e Bray correndo com os cachorros.

Agosto foi passando, e ela manteve Riggs afastado.

Thea construiu os próprios sonhos, como fazia desde criança. Ali, ele não tinha lugar.

Se aquilo lhe custava — uma dor de cabeça repentina, uma noite agitada, um nó de pânico na garganta —, ela achou que era um pequeno preço a pagar para mantê-lo afastado.

Na véspera do primeiro dia de aula de Bray, Thea foi andando só o suficiente até ver as luzes brilhando na casa de Ty.

Imaginou um garotinho ansioso pelo que estava por vir, e um homem um pouco frenético. De pé, sob o ar ainda quente, ela passou a mão na cabeça de Bunk.

— Eles vão ficar bem. O pai não vai pregar o olho hoje à noite, mas vai ficar bem.

⌘ ⌘ ⌘

Antes do amanhecer, Bray pulou nas costas do pai.

— Tá na hora de acordar! Hora de ir pra escola!

— Ai, Bray. Falta uma hora para a hora de acordar. Vai dormir.

Ty girou, puxou Bray para a cama e o cobriu.

— Pode ficar aqui, mas dorme.

— Tô com fome! Você disse que eu podia comer bacon igual a Thea faz e waffle congelado.

— Ainda está escuro.

— Mas eu tô com muita, muita fome. — Bray deu um tapinha na bochecha de Ty. — Muita fome, e eu tenho que escovar os dentes e me vestir, e você tem que amarrar o meu sapato novo, porque eu ainda não sei fazer isso. E você tem que tirar foto, você que falou.

— Você está acabando comigo, Bray. Acabando comigo.

Nem um pouco incomodado com isso, o garoto se remexeu e ficou balbuciando, enquanto Ty se agarrava à ilusão do sono.

Da mesma forma que o homem tinha feito às duas da manhã, enquanto olhava para o teto, imaginando o ônibus escolar feito um tubarão amarelo dentuço, e Bray um peixe-palhaço sendo engolido — obrigado por isso, Nemo.

Ou às três da manhã, quando quase pegou no sono, antes de imaginar Bray em uma escola escura e vazia, chorando pelo pai.

Ty achou mesmo que ia ficar mais fácil à medida que o filho crescesse? Quando estava ninando, andando pra lá e pra cá e tentando acalmar um bebê aos prantos por causa dos dentes novos, ele tinha se convencido de que ia ficar mais fácil.

Quando enfrentou as frustrações, as complexidades e a insanidade geral do desfralde, jurou que tinha que ficar mais fácil.

Quando tentou conter o pânico diante de uma febre de 39 graus, ele prometeu a ambos que ia ficar mais fácil.

Em geral, ficou. Mas ainda havia alguns momentos. Minha nossa, muito momentos!

— Desce e faz café para mim.

— Papai! — Rindo, Bray deu um tapinha no rosto de Ty de novo.

— Assim que você for alto o suficiente, o seu principal trabalho vai ser fazer café para mim.

— Tá bom.

Ty abriu os olhos, olhou para o rosto colado ao seu, a doçura completa daquelas feições emolduradas por cabelos bagunçados de quem acabou de acordar.

— Eu te amo, Bray. Seu monstrinho.

— Grr, grr, chomp! Eu te amo, papai. E tô com muita, muita, muita fome!

— Tá, tá, tá. Então come isso! — E fez cócegas nele, para delírio do menino.

Mas Ty levantou e se arrastou até o andar de baixo. Ele engoliu um café, enquanto Bray corria pela casa, cheio de energia.

Ele forrou uma assadeira com papel-manteiga — um produto que não sabia que existia até pesquisar no Google por "bacon feito no forno".

Enfiou tudo no forno e então, como o café ainda não tinha surtido efeito, teve que procurar no Google de novo para ver os passos seguintes da receita.

— Vinte minutos, amigão. Vamos escovar os dentes, para limpar esse lodo.

— Não tem lodo!

— Teria se eu não te obrigasse a escovar os dentes.

Vinte minutos depois, Ty estava tomando a sua segunda xícara de café com bacon e waffle. Ele concluiu que Bray estava mesmo com fome, pois comeu quatro fatias de bacon e dois waffles.

O que o deixou preocupado com a possibilidade de o filho vomitar o café da manhã no ônibus e dar início à sua vida escolar com uma humilhação.

Ty ajudou o menino a se vestir, deu mais uma aula sobre como amarrar cadarços. Estava melhorando. Colocou a adorada lancheira do *Endon* na adorada mochila do *Endon*.

Obrigado, Thea.

Verificou o conteúdo duas vezes.

Garrafa de água à prova de vazamento, uma caixa de suco, roupas extras, inclusive uma cueca — só por via das dúvidas —, um paninho para o colchonete, o caminhão monstro do dia, uma caixa de giz de cera, cola em bastão e protetor solar.

Tudo identificado com o nome de Bray, como recomendado.

O tempo foi passando e Ty foi ficando cada vez mais nervoso.

— Ei, Bray, eu posso te deixar na escola, entrar com você só para...

— Não, pai! Eu vou de ônibus. Vou com o Lucas e o Rolan!

Bray era a própria personificação da indignação.

— Tá bom. Era só uma ideia. Agora, lembre-se do que a gente conversou. Escute a sua professora e divida as coisas com as outras crianças. E não fale palavras que são só do papai.

— Tá bom.

— Tá bom. Tá bom. Está quase na hora do ônibus, deixa eu botar a mochila nas suas costas.

Enquanto ajudava Bray com a mochila e penteava o cabelo do filho, o amor que sentia quase sufocou Ty.

Por que o garoto não podia só ficar ali com ele, perto dele, em segurança?

Não era para ser assim, lembrou-se Ty. Aquilo não ia dar certo. E essa era a pior parte.

— Você vai se divertir.

— Muito.

— Certo. Tá bom. Fica ali perto da porta, para eu tirar uma foto.

Tirou uma ali, outra na varanda. Então ouviu o ônibus chegando.

— Lembra de esperar o ônibus parar.

— Eu *sei*, papai!

Ty segurou a mão de Bray enquanto andavam até a estrada, e as portas se abriram para a bocarra do ônibus.

— Bom dia! — A motorista, uma mulher de cabelo curto e grisalho, sorriu para eles. — Eu sou a tia Sally. E você deve ser o Braydon.

— Eu vou pra escola.

— Isso aí. Pode entrar.

Ty teve que se esforçar para não agarrar o filho e dar um beijo rápido nele.

— Vai lá, amigão. Vira para cá só uma vez, isso, bem aí.

Ele tirou uma foto de Bray, todo feliz, nos degraus do ônibus amarelo.

— Tchau, papai, tchau!

— Ele está mais que pronto — disse a tia Sally, quando Bray entrou sem titubear.

— Está mesmo.

Acho que quem não está sou eu, pensou Ty, enquanto a motorista acenava para ele e fechava as portas.

Ele ficou ali, ouvindo o ônibus se afastar com uma grande parte do seu coração lá dentro. Depois ficou um pouco mais ali, no silêncio absoluto da manhã.

Ty disse a si mesmo que podia voltar para a cama, recuperar o sono. Mas sabia que não ia conseguir.

Entrou em casa, onde o silêncio urrava feito uma sirene. Ele foi até o segundo andar, fez as camas só por fazer. Limpou a bagunça que Bray inevitavelmente fazia no banheiro quando escovava os dentes.

Juntou a roupa suja, zanzou pela casa, chegou até a pensar em passar um aspirador.

E, quando conferiu as horas, percebeu que o ônibus ainda nem tinha chegado à escola.

— Pelo amor de Deus, Ty, ele não foi para a guerra. Toma jeito.

Ele tinha uma letra de música, mas ainda não tinha acertado a melodia, muito menos a orquestração.

Vai trabalhar, disse a si mesmo, e foi até o estúdio.

Sua mente vagou um pouco, depois se concentrou no trabalho.

Ele ajustou a linha melódica no piano, trocou para a guitarra, adicionou um baixo, a voz. Acrescentou uma harmonia por cima. Ouviu a faixa, fez algumas alterações. Ouviu de novo.

Decidiu que precisava de outro ouvido e fez uma chamada de vídeo para Blaze.

Blaze, de coque no cabelo, uma cicatriz na sobrancelha esquerda por causa de uma antiga briga de bar, e olhos castanhos de pálpebras caídas, abriu um sorriso.

— Ei, cara, me pegou no flagra. Estou na beira da piscina, com a minha bebida preferida. Chá gelado, acredita? Muito saudável.

— Você está com uma cara boa.

— Estou, né? E olha aqui. — Blaze mostrou um pacote azul para a câmera. — Estou lendo um roteiro. Agora eu sou estrela de TV.

— A vida dá voltas.

— Gosto assim, Cadê o carinha?

— Primeiro dia de aula.

Dizer aquilo em voz alta fez o estômago de Ty revirar.

Blaze deixou o roteiro de lado e ergueu o corpo da sua posição reclinada.

— Não brinca!

— Coloquei ele no ônibus... Nossa, tem três horas. Deixa eu mandar uma foto. Ele entrou sem nem pestanejar, só disse um "tchau, papai". Ele está muito feliz aqui.

— Então você vai virar um cara do Kentucky agora, irmão?

— Parece que sim. Ele tem amigos, o cachorro da vizinha e espaço para correr, o que ele faz o tempo todo. Estou pensando em construir um estúdio. Você precisa vir aqui... você, o Mac e o Scott. Ia ser bom ouvir a opinião de vocês.

— Um dia a gente vai.

— Enquanto isso, estou trabalhando em uma música nova. E estou gostando do resultado.

— Já mostrou para o Mac?

— Ele está em turnê, acho que na Califórnia. Está muito cedo lá agora.

— Eu sou a segunda opção. — Blaze deu de ombros, depois se recostou. — Toca aí.

Ty apertou o play e acompanhou os acordes iniciais com a cabeça, a primeira estrofe.

"Eu a vejo à luz do sol, e ela brilha. O dia todo eu penso em quando ela vai ser minha. Eu a vejo ao luar, e ela resplandece. No meu coração, a saudade cresce. Eu a vejo."

Simples, pensou Ty. Devagar, descomplicado. Sem mudanças de tom confusas, nada muito orquestrado.

Na tela, Blaze estava de olhos fechados. Depois da última nota, ele abriu os olhos.

— Etérea.

— Era esse o objetivo.

— Então deu certo. Você sabe que isso vai tocar em milhões de casamentos, né?

— Faz parte. Você acha que funciona?

— Pra cacete! Me deixou com vontade de tirar a patroa para dançar devagarinho. Está apaixonado, irmão?

— Não. — Rindo, Ty balançou a cabeça. Depois parou e deu de ombros. — Talvez tenha uma coisa rolando.

— Deixa eu adivinhar. A vizinha sexy, das pernas compridas e dos olhos azuis, dona do cachorro gigante.

— Ela tem uns pontos positivos.

— Agora eu vou ter que visitar você, ver quem foi que conseguiu baixar sua guarda. E o meu carinha? O que ele está achando disso?

— O Bray é louco por ela. O cachorro gigante é uma vantagem. Outro dia, ela botou o garoto para ajudar a dar comida para as galinhas e pegar ovos, e até deixa ele ajudar a fazer panqueca. Ela é… diferente. Não é como ninguém que eu conheço. Mas, sabe como é, ela é normal. Não tem nada de "assina aqui esse CD da Code Red para eu ganhar uma grana no eBay", nem posta na internet que o Tyler Brennan fez frango na grelha para ela.

Do outro lado, Blaze ergueu a mão livre.

— Espera aí. Você fez frango?

— Estou desenvolvendo habilidades antes inexploradas. O restaurante com entrega mais próximo fica a vinte quilômetros.

— Você está no meio do nada, cara.

— Comparado com a Filadélfia, sim. E sabe o pior? Eu estou gostando. Me sinto em casa aqui. O Bray também.

— A gente vai te ver, dar o selo de aprovação da Code Red. Vamos organizar isso. Estou com saudade, cara.

— Eu também.

— Vou desligar antes que o papo fique muito meloso. Mas uma última coisa: quem tem que gravar essa música é você. Nem vem — disse ele, antes que Ty pudesse argumentar. — Você não precisa lançar um álbum, só um single. Não precisa fazer show nem turnê. Pensa nisso. Depois a gente se fala.

Ele desligou, deixando Ty franzindo a testa para a tela.

Talvez. Ia pensar naquilo.

E talvez construísse um estúdio de gravação sério. Se e quando ele quisesse gravar, podia fazer ali mesmo.

Chamar gente que conhecia e em quem confiava.

Quem sabe! Podia pensar naquilo.

Mas naquele momento ele tinha que lidar com a roupa que esqueceu que havia jogado na máquina de lavar.

⌘ ⌘ ⌘

Quando o ônibus voltou naquela tarde, Ty estava esperando do lado de fora. Bray desceu.

— Pai! Eu voltei da escola!

Ele correu para que Ty pudesse erguê-lo.

— Como foi?

— Eu ganhei *dois* adesivos!

— Não brinca.

— Ganhei, porque eu sabia todo o alfabeto e sei contar até cem e sei todas as cores. Eu sei que amarelo e azul dá verde, que nem o Grave Digger, e...

Ty foi ouvindo, enquanto carregava Bray para dentro de casa.

— Eu tenho um monte de amigos.

— Aposto que sim.

Como todo menino na história da humanidade, segundo o entender de Ty, Bray jogou a mochila no chão.

— E quando o Joey disse que não sabia o alfabeto, o Kevin riu dele e apontou, e eu falei que aquilo era feio, e ele me empurrou.

— Espera. Como é que é?

— E a tia Hanna disse que empurrar não pode, e o Kevin teve que pedir desculpas pra mim e pro Joey, e eu ajudei o Joey com o alfabeto e ganhei outro adesivo.

Ty se agachou.

— Você é um cara muito legal, Braydon.

— É. E a gente brincou de caminhão e de construir com blocos, e a tia Hanna leu um livro sobre dinossauros, e a gente desenhou o primeiro dia na escola. Eu tô com fome.

Como já conhecia o filho, Ty tinha um lanche pronto. *Sobrevivemos ao primeiro dia*, pensou, enquanto servia a comida.

Ao final da primeira semana, Ty já se sentia expert. Ele não tinha uma rotina muito estrita, mas para ele a flexibilidade funcionava. Arrumar o filho — ele não precisava se preocupar em acordar Bray e se perguntava se algum dia aquilo mudaria —, dar um café da manhã decente. Preparar um almoço para botar na mochila. Esperar o ônibus.

Quando se deu conta de que podia ir ao mercado sozinho, fez isso. Depois, decidiu que sentia falta da companhia. Limpava a casa do seu jeito — uma parte de cada vez. Trabalhava do seu jeito, ou seja, se jogando de cabeça naquilo até eventualmente parar.

E começou a fazer planos — vagos, ainda, mas eram *planos* — de expandir a casa, pintar as paredes, talvez fazer uma reforma para ter um banheiro próprio, com um chuveiro no qual não ficasse batendo a cabeça ou os cotovelos toda hora.

No último dia daquela primeira semana, ocorreu-lhe que não estava construindo uma vida ali. Na verdade, já tinha feito aquilo.

Decidiu visitar a vizinha, porque para ele Thea Fox fazia parte da vida que ele havia construído.

O cachorro veio correndo, mas Ty já estava acostumado com aquilo.

— Sou só eu — disse ele a Bunk. — Bray ainda não chegou em casa.

Depois de um longo e esperançoso olhar pela estrada, o cachorro se resignou a estar só com Ty. E eles caminharam juntos.

Thea estava na varanda da frente, com os cabelos presos em uma trança, regando vasos de flores.

Ele pensou que sim, à luz do sol, ela brilhava.

— Eu estava aqui pensando por que não ouvi nenhuma música hoje. Você passou a semana ocupado.

— É. — Ele parou ao pé da escadinha da varanda. — Tive muito tempo de silêncio esta semana.

— Gostei de ouvir o que ele anda fazendo na escola, quando vocês passaram por aqui outro dia. E você vai gostar de saber que a professora, que é minha amiga, disse que ele é uma gracinha.

— Ele ganhou três adesivos ontem e estava todo bobo.

— Três adesivos é um feito e tanto. — Ela inclinou a cabeça para o lado. — Você parece a fim de entrar.

— Eu gostaria de entrar. Estava na esperança de você não estar trabalhando.

— Rem terminou a última rodada de testes beta há uma hora.

— E como foi?

— Bom o suficiente para eu mandar os arquivos para o meu chefe. Agora estou ansiosa. — Pousando o regador no chão, ela levou a mão à barriga.

— Eu me esforcei muito nesse jogo. Tento dar muito de mim em todos os projetos, mas esse…

— Cobras que brilham — disse ele, subindo os degraus.

— Cobras que brilham, javalis, pântanos e vulcões.

— Parece perigoso. — Ele passou a mão pela trança dela.

— O nome não é *Ilha do Perigo* à toa. Acho que só vou ter uma resposta de Nova York lá pela semana que vem, então estou ansiosa.

— Talvez eu possa ajudar com isso.

Ela aproximou o rosto do dele.

— Talvez.

Ele a ergueu, e Thea perdeu o fôlego.

— Começou bem.

— Tenho outros truques — garantiu ele, e a carregou para dentro da casa.

24

⌘ ⌘ ⌘

Depois que *Ilha do Perigo* recebeu o sinal verde, Thea decidiu tirar duas semanas de folga antes de voltar ao conceito de universo paralelo que havia deixado em segundo plano.

Durante aqueles dias, tiraria um tempo para caminhar pelas montanhas, limpar a casa, fazer a colheita e aproveitar os amigos e a família.

Iria ler livros, ver filmes, cozinhar, quem sabe desenhar por diversão, em vez de a trabalho. E passar um tempo com Ty, enquanto o filho dele estivesse na escola e o trabalho dele permitisse.

Para ela, eram férias mais perfeitas do que uma viagem a Paris, prejudicadas apenas pela ocasional dor de cabeça ou a leve náusea que a acometia quando sentia Riggs tentando abrir as trancas de sua janela.

Mas a autoconfiança nessa área tinha crescido. Ela iria vencer aquela batalha.

Com o outono se instalando no ar, ela fez o que bem entendeu.

E era bom voltar ao trabalho depois de uma pausa, sentindo-se descansada e renovada.

Quando se perguntava quanto tempo a sua vida podia seguir daquele jeito — a batalha de vontades com Riggs; a casa que parecia, pela primeira vez, vazia demais; o homem e o menino na casa ao lado que não eram realmente dela —, lembrava-se da sorte que tinha de ter o dom, aquela casa e aquele homem e aquele menino na casa ao lado.

E então Maddy disse sim ao namorado.

— E os seis meses?

— Ele é sorrateiro. — Maddy jogou o cabelo de lado e cruzou as pernas sob si mesma no sofá de Thea. — O Arlo é muito sorrateiro — enfatizou, dando um bom gole no vinho.

— Deixa eu ver esse anel de novo. — Thea agarrou a mão esquerda de Maddy. — Muito sorrateiro — concordou, admirando o diamante solitário — e com muito bom gosto.

— E até que é bonito, né?

— É lindo. Estou tão feliz. — Ela abraçou Maddy e balançou a amiga de um lado para o outro. — Feliz por você, pelo Arlo sorrateiro e por mim.

— Por que você?

— Porque a minha melhor amiga vai se casar com um cara sorrateiro, mas muito legal, que a ama profundamente. E ela vai me pedir para ser madrinha. É melhor você pedir.

— Não achei que precisava pedir. Você topa?

— Você sabe que eu topo. Ai, meu Deus! — Thea pulou do sofá e fez uma dancinha. — Quando? Quando vai ser o casamento?

— Na primavera. Maio, provavelmente. Ele tentou marcar para logo depois do Natal, para a gente já começar o ano novo casados. Como se eu fosse cair nessa!

Maddy fez um barulhinho de desdém.

— Não que eu vá fazer uma coisa muito grande. Quero um vestido bonito, mas…

— Nós vamos às compras! — cantarolou Thea. — Vamos comprar um vestido de noiva para a Madrigal!

Resmungando, Maddy cobriu o rosto com as mãos.

— Cala a boca. E você pode escolher o próprio vestido. Estilo, cor, qualquer coisa. Eu não vou ditar isso. Só que você ficaria muito bem de azul, um azul suave de primavera. Mas… — ela ergueu a mão — …você que escolhe. Eu não vou ser uma daquelas… Ai, meu Deus, Thea.

Com os olhos arregalados de desespero, Maddy juntou as mãos em oração.

— Por favor, não me deixe ser uma daquelas.

— Daquelas o quê?

— Noivas.

— Você vai ser uma noiva. — Como estava emocionada, Thea deu uma pirueta elegante. — Uma noiva de primavera. — Outra pirueta. — Uma noiva linda. — E com a terceira, fez uma reverência.

— Mas não uma noiva maluca. Não uma daquelas, Thea. Se eu começar com coisa de noiva maluca, você tem que me impedir. Esse é o seu trabalho como minha amiga. Não é dama de honra, porque eu me recuso. Você não é uma dama, eu não sou uma dama. Você é o meu braço direito.

— Eu vou ser sempre o seu braço direito, e vou botar um vestido azul, porque fico bem nessa cor. Você tem direito de ficar só um pouquinho maluca, mas não vou deixar você passar dos limites.

— Promete.

— Solenemente. Você precisa escolher a sua segunda cor. Rosa, não. Rosa não combina com você. Tem que ser verde.

— Fechado. Essa foi fácil.

— E você tem que escolher as flores, o tipo de buquê que vai carregar e a música…

— Thea. Você vai enlouquecer?

Ela não tinha nem dúvidas.

— Com certeza. Mas também não vou passar dos limites. Sei do que a minha melhor amiga gosta. E ela não vai querer a tradicional marcha ou procissão nupcial.

— Ai, pelo amor de Deus, não!

— Viu? Como seu braço direito, eu vou ajudar. Nós vamos achar a música perfeita, uma que combine com você e com o sorrateiro com quem você vai se casar.

— É. — Ligeiramente aliviada, Maddy bebeu mais vinho. — Isso é bom.

— Aposto que a sua família está emocionada.

— Se a mamãe fosse capaz de dar estrelinha, teria feito. E o papai me abraçou com tanta força que quase quebrou uma costela.

— Eles amam o Arlo.

— Amam. Eu também. Eu amo o filho da mãe.

— Vamos pegar mais vinho e ir buscar o meu tablet para procurar vestidos de noiva. Por mim, por favor!

— Já que é por você… Quero um vestido branco. — Maddy conseguiu parecer ao mesmo tempo constrangida e resignada. — Detesto o quanto eu quero um vestido branco. Não superbranco. Fico melhor de marfim, um branco mais quente. Que foi? — perguntou Maddy, quando Thea levou a mão à têmpora.

— Nada não.

Segurando o seu braço, Maddy fitou a amiga nos olhos.

— Dor de cabeça. Estou vendo. E veio rápido. Conta para a dra. McKinnon.

— Não é nada, sério. É… o Riggs. Ele vem às vezes. Me dá um pouco de dor de cabeça. Passa logo.

— Com que frequência?

— Maddy…

A médica deixou a noiva para trás.

— Com que frequência, Thea?

— Umas duas vezes por semana, às vezes três.

— Dor de cabeça, de início súbito, duas ou três vezes por semana? O que mais?

— Um pouco de enjoo. Nem sempre, e também passa rápido. Só alguns minutos.

— Vômito? Visão turva?

— Não, e não. Sério, é…

— Vou pegar minha bolsa no carro e examinar você — interrompeu a médica. — E marcar um check-up, incluindo uma ressonância magnética.

— Maddy.

— Só para descartamos outras possibilidades. Se você fizer isso por mim, eu vou pesquisar vestidos de noiva com você.

— É o Riggs.

— Vamos descartar outras possibilidades.

Como teria mais sorte lutando contra um ninja fantasma do que com Maddy, Thea acabou cedendo.

Dois dias depois, ela se deixou ser examinada, cutucada, espetada com agulhas e descobriu, durante a ressonância magnética, que tinha um pouco de claustrofobia.

Quando se sentou no consultório, já totalmente vestida, quem apareceu foi Arlo.

— A Maddy teve que lidar com uma emergência. Não queríamos deixar você esperando.

— Ah.

— Não tem nada de mais. — Ele se sentou, com o jaleco por cima da calça jeans e um estetoscópio saindo do bolso. — Só uma paciente que fica um pouco ansiosa de ser vista por alguém que não seja a Maddy. Pode esperar por ela, se preferir.

— Não. Eu quase nunca te vejo no modo médico. Então, como estou, doutor?

— O laboratório vai levar alguns dias para mandar o resultado dos exames, e precisamos de tempo para o laudo da ressonância magnética. Mas eu acompanhei o exame e o que vi foi um cérebro saudável. Só isso.

— Que bom.

— Você tem um peso saudável para sua altura e constituição física… no limite inferior, mas está dentro da faixa. — Ele sorriu para ela. — Posso repassar item por item, mas o que eu vou te dizer é que você está fisicamente bem.

Thea estreitou os olhos.

— Mas…?

— As dores de cabeça, o mal-estar… Eu conheço a sua história, Thea, e se a causa é o que você diz que é, está fora da minha alçada.

— É o Riggs, Arlo.

— Acredito em você. Eu te conheço, e acredito em você. Mas isso não elimina o estresse. — Com olhos gentis, ele pegou a mão dela. — É uma causa de estresse. Posso prescrever alguma coisa para ajudar com os sintomas.

— Eu não quero remédio. Não quero correr o risco de tomar alguma coisa que possa afrouxar os meus bloqueios.

— Que bloqueios?

— Eu tenho que bloquear o Riggs. Mantê-lo fora da minha cabeça, cortar essa conexão que a gente tem. Não sei como explicar.

— Isso basta. Eu não sou contra medicina alternativa. A Maddy sabe mais do que eu nessa área. A dona Lucy sabe mais do que nós dois juntos, e eu espero que você saiba mais do que o básico.

— Eu usaria remédio se precisasse. As dores de cabeça não duram muito tempo. Uns quatro ou cinco minutos, talvez. É só uma dor rápida e repentina.

— E o enjoo?

— Um pouco mais, porém com menos frequência.

Ele fez mais perguntas, depois pegou a mão dela de novo.

— Esse ponto aqui. — Ele apertou o dedo nas costas da mão dela, entre o polegar e o indicador. — Chama-se Hegu. Quando a dor de cabeça aparecer, aperte o polegar aqui, mantenha pressionado e mova em círculos.

— Acupressão, doutor?

— Acupressão, menina sensitiva. — Ele lhe ofereceu um sorriso tranquilizador. — Mal não faz. Para a náusea, tenta aqui, dentro do pulso, entre esses dois tendões. Ar fresco, regular a respiração, usar o ponto de pressão.

— Tá bom, vou tentar. Achei que a Maddy sabia mais nessa área.

— Tenho ascendência chinesa, então acabei aprendendo alguma coisa. Se a dor persistir, quero que você fale comigo ou com a Maddy. A gente pode tentar outra coisa.

— Tá bom. O exame está oficialmente terminado?

— Sim.

Ela se levantou e deu um abraço apertado nele.

— Estou tão feliz que você e a Maddy vão se casar.

Ele abriu um sorriso tão iluminado quanto o sol.

— Eu sabia que ela ia acabar dando o braço a torcer. Aquela mulher é louca por mim.

— Isso é verdade.

— Vou fazer a Maddy muito feliz.

— Você já faz.

— A gente avisa quando chegarem os resultados dos exames, mas eu não vi nada com o que se preocupar. Eu queria que ele te deixasse em paz, Thea.

— Continuo torcendo para ele desistir. — Ela pensou no corte no ombro e depois afastou o pensamento.

Não iria deixar aquilo acontecer de novo.

— Vou levar o meu eu saudável de volta para casa. Diz para a Maddy que, como pagamento por me fazer passar por isso, ela vai ter que aturar o chá de panela ridículo que eu vou organizar. Vai ter jogos.

— Ela vai odiar.

Sorrindo, Thea pegou a bolsa.

— Eu sei.

THEA SONHOU com uma tempestade de novo, com vento forte e trovões. No sonho, Bunk choramingava, enquanto a chuva castigava o telhado. Ela se levantou, murmurando para o cachorro para acalmá-lo, e foi até a janela que tinha deixado aberta para o ar noturno.

E viu o jardim em frangalhos, as fileiras organizadas de mudas tinham virado um atoleiro, plantas saudáveis, videiras cuidadosamente entrelaçadas, tudo esmagado na lama pela chuva.

No galinheiro, jaziam os restos ensanguentados das suas galinhas. E, no escuro, brilhavam os olhos da raposa que as tinha destroçado.

Embora fosse tarde, tarde demais, Thea correu até o armário para pegar a espingarda na prateleira mais alta. E abriu uma gaveta em busca dos cartuchos de sal grosso.

Com Bunk ao seu lado, desceu às pressas e foi direto para a porta dos fundos. Escancarou a porta.

Riggs estava andando por cima da ruína enlameada do seu jardim. Dessa vez, não trazia uma faca. Estava segurando uma arma, a mesma que tinha usado para matar os pais dela.

A mesma arma que usou no sonho para atirar em Ty.

— Eu disse que ia dar um jeito.

Quando um raio explodiu no céu, Bunk atacou. Riggs levantou a arma.

Thea disparou primeiro.

E acordou não na sua cama, mas de pé, diante da porta aberta da cozinha, em uma noite calma e clara. Sentiu alívio ao ver que suas mãos estavam vazias e o jardim, intacto. Não havia raposa no galinheiro, nem sangue no chão.

Ficou ali, esfregando o polegar no ponto de acupressão para conter a dor de cabeça. Ofegante, continuou de pé até conseguir controlar a respiração.

— Está tudo bem. — Ela colocou a mão na cabeça de Bunk. — A gente está bem. Ele só queria ver o que eu ia fazer, só isso. Mas ele não sabe de verdade, né? Ele pode entrar na minha cabeça, mas não me conhece de verdade, e não entende que não tem nada, absolutamente nada, que eu não faria.

Ela deu um passo para trás e, embora raramente o fizesse, trancou a porta. Em seguida, andou pela casa, trancando todas as outras.

O trabalho ajudava. Embora não estivesse pronta para se aprofundar no novo conceito, ela trabalhou com as equipes nos outros projetos. A horta encheu a sua despensa com potes coloridos, e ela pôde distribuir o resto.

Thea recebia visitas do garotinho que afastava as sombras, e tinha momentos com o homem que a faziam esquecer que algum dia tinha havido alguma sombra.

Passado o verão, ela se preparou para o outono e o inverno. Empilhou e estocou lenha para a lareira, que acenderia nas noites frias. Plantou alho, mais cenoura, cebolinha e várias outras verduras que iria colher até o final do outono e o início do inverno.

Plantou amores-perfeitos e violetas que lhe trariam alegria e cor quando as flores de verão murchassem.

Como sabia que ele ia gostar, levou mudas de amor-perfeito para Bray plantar. E Ty ficou na varanda vendo o filho cavar a terra.

— Não está um pouco tarde para plantar flores?

— Amores-perfeitos, não — respondeu Thea. — Eles gostam de frio. E podem florescer durante o inverno, se estiverem felizes.

— Eles tão até sorrindo.

— Estão. — Ela passou a mão no cabelo de Bray. — Agora, sempre que você estiver indo ou voltando da escola, eles vão estar aqui, sorrindo para você.

— Hoje, a gente fez formas. Quadrado, retângulo, triângulo, círculo. Eu gosto mais de círculo, porque ele dá a volta completa. Hexágono, octógono, pentágono, pirâmide. Eu ganhei um adesivo. Posso colocar a flor agora?

— Daqui a pouco, só um pouco mais fundo. A gente quer que as raízes fiquem firmes e se espalhem.

— Pode mudar de lugar na primavera? — perguntou Ty a ela. — Se a gente quiser aumentar a varanda?

Ele disse primavera, e não Natal, e Thea manteve os olhos fixos nas mãos de Bray.

— Amores-perfeitos ficam murchinhos no verão. Eles não gostam do calor. Você pode plantar de novo no início da primavera. Você abriu uma ótima casa para esse aqui, Bray. Vamos colocar ele aí dentro.

— A gente vai andar de avião na semana que vem — disse Bray a ela, enquanto apertava a terra em volta da flor.

— Ah, vai? — Então ela olhou para Ty.

— Sexta que vem é dia de formação pedagógica na escola. Eu tenho umas coisas para resolver na Filadélfia, então vamos sair na quinta-feira depois da aula. E voltamos no domingo à tarde.

— Que legal.

— Eu vou ver a vovó e o vovô, e vou ganhar meu presente de aniversário.

— Nossa, melhor ainda.

— E depois que a gente voltar, a minha festa vai ser… quando?

— Duas semanas depois.

— Duas semanas depois, vai ser a minha festa de aniversário. Você tá convidada, e a vovó e o Rem também. O Rem é engraçado.

— Ele é mesmo — concordou Thea.

— E eu vou convidar todos os meus amigos.

— Eu não perderia por nada.

— Ele quer dizer *todos* mesmo. Ele falou que a turma inteira está convidada. Quinze crianças entre 4 e 5 anos. Quinze.

— A gente vai brincar, comer bolo, sorvete, e eu vou ganhar presente.

— Quinze — repetiu Ty, fazendo Thea rir.

— Vai ser legal. Eu ajudo.

Depois de plantar e regar as flores, Bray saiu correndo com o cachorro. Thea colocou as luvas de jardinagem na bolsa.

— Compra uma pinhata.

— Uma pinhata?

— Todo mundo adora pinhatas. Eles têm 5 anos, então você pode fazer brincadeiras tradicionais, tipo Rabo no Burro ou Dança das Cadeiras. Você pode montar um jogo de Saco no Buraco. Encher uns balões, arrumar lembrancinhas, e eles vão ficar loucos com aqueles brinquedos no quintal.

Ty olhou para o céu.

— Tem que rezar para não chover.

— Eu rezo para você, mas se as preces não forem atendidas, você traz tudo para dentro de casa, menos o playground. Pega um violão e toca para eles. Aí vira uma festa para dançar.

— Eu devia estar anotando — murmurou Ty. — Como você sabe tudo isso?

— Eu tenho sobrinhos, Ty, e amigas com filhos. Nesta idade, a festa dura apenas poucas horas. Brincar, abrir presentes, bolo e sorvete, distribuir as lembrancinhas. E depois arrumar a bagunça.

— E o que eu dou de lembrancinha?

Ela apontou para ele.

— Pergunta para o Google.

— Tá bom. Certo, a gente vai continuar rezando para não chover, mas tudo bem. Enfim, eu estava pensando em fazer uns queijos-quentes, talvez esquentar uma sopa enlatada para o jantar. Interessada?

Ela jogou a trança por cima do ombro.

— Você só está falando isso para eu fazer o jantar.

Aquela covinha apareceu no rosto dele.

— Pode ser, mas esse era o plano antes de você trazer as flores. E me dar mais trabalho, já que agora tenho que me lembrar de regar isso. Então, é o mínimo que você pode fazer.

— Colocando as coisas desse jeito... Deixa eu ver o que você tem.

— Se você fizer isso — continuou ele, enquanto ela subia na varanda —, acho que o mínimo que eu poderia fazer é oferecer um lugar para você passar a noite.

— Parece um ótimo negócio.

Ela nunca sonhava com Riggs quando dormia com Ty.

Mas, quando dormia sozinha, frequentemente acordava com os ecos de uma tempestade na cabeça.

QUANDO AS colinas começaram a reluzir com a luz do outono, Thea tirou um dia para caminhar com Lucy, para fazer entregas de sabonetes e remédios.

— Você parece cansada, querida.

— Estou um pouco. É bom sair assim.

Thea adorava aquela luz de outono, aquele tom de dourado, mais intenso do que a luz branca do verão. E as cores da estação, o castanho-avermelhado e o laranja, o amarelo e o vermelho misturados ao verde-azulado dos pinheiros.

— E eu nunca me canso disso — acrescentou ela. — Toda estação, quando estou no meio dela, é a minha preferida.

— Cada uma com o seu tempo e as suas maravilhas. Querida, eu sei que os exames voltaram negativos, e sei que você ainda tá tendo dores de cabeça.

— A acupressão está ajudando. De verdade. Achei que ele ia desistir, vó, porque sei que está doendo mais nele do que em mim. Eu sinto isso. Mas agora... Acho que ele está tirando forças da dor.

Lucy esticou o braço e tocou o ombro de Thea.

— Ele te machucou.

— Ele? Acho que fui eu.

— Como assim?

— Acho que ele me arrastou fundo daquela vez. Eu fiquei com raiva, e ele me sugou por um instante, e foi de verdade. Foi real para mim, do mesmo jeito que eu tornei o jogo verdadeiro quando forcei ele a jogar. Então eu senti a faca e sangrei. Sei que sou mais forte do que ele, e quanto mais penso nisso... Acho que ele não poderia ter feito aquilo. Não é o primeiro erro que cometi com ele.

Lucy leu Thea como se as palavras tivessem sido ditas em voz alta.

— Você era uma criança, Thea. Uma criança sofrendo.

— Era, e não vou culpar aquela criança. Mas eu nunca devia ter aberto esse caminho, entrado na cela dele daquele jeito, mostrado que eu era capaz disso. Se eu o tivesse bloqueado lá atrás... Mas não fiz isso. Em vez de cortar o mal pela raiz, eu atei a gente um ao outro.

Ela entrelaçou os dedos com os de Lucy.

— Mas aqui estou eu, caminhando na montanha, coisa que ele nunca vai fazer. Se eu não estou dormindo bem, ele também não está. Tenho um jogo estreando nesta primavera e estou muito, muito orgulhosa dele. Vou ajudar a minha melhor amiga a escolher o vestido de noiva dela. E vou a uma festa de aniversário de um menininho que eu amo de paixão.

— Eles voltam amanhã?

— Sim.

— O Knobby me disse que o Ty tá falando de derrubar parede e aumentar a casa. Aumentar bastante.

— É mesmo?

— Parece coisa de quem tá pensando em ficar. Vamos parar aqui. O Bob Parker tá com artrite. E um dos netos dele mais adiante tá com conjuntivite.

Thea abraçou Lucy pelos ombros.

— Eu adorava essas caminhadas com você quando era criança, fazer essas visitas. Ainda gosto.

— Essas colinas estão no nosso sangue. Você, eu, o Rem e a família toda.

O pai de Tweedle e Dee acordou da soneca na varanda e soltou um uivo.

Lucy apenas sorriu.

— Eu amo um coonhound. — Ela deu uma esfregada na cabeça de Bunk. — E você também, grandalhão.

NA MANHÃ do dia do que ele estava chamando de Sandice de Aniversário, a previsão do tempo indicava céu claro. Ty agradeceu a todos os deuses.

Como aniversários insanos exigiam um tema — ou pelo menos foi o que lhe disseram enfaticamente —, ele tinha encomendado um bolo do Homem-Aranha. E tinha comprado pratos, copos e guardanapos do super-herói.

Então, como a vizinha das pernas compridas o havia informado — mais uma vez enfaticamente — que as duas mesas de piquenique, a dele e a dela, que Rem havia ajudado a arrastar para o jardim, precisavam de toalhas de mesa, Ty tinha encomendado toalhas de mesa do Homem-Aranha de última hora.

Em vez de Rabo no Burro, Thea fez um jogo de colocar a teia de aranha no Homem-Aranha porque, na visão de Ty, ela abraçava completamente a sandice.

Mas não dava para negar que tinha ficado muito legal.

Enquanto pendurava a pinhata de Duende Verde, que Ty havia encontrado depois de incansáveis buscas na internet, ele lembrou que, apenas duas semanas antes, estava na Filadélfia, em um estúdio de gravação.

Dois dos colegas da antiga banda se juntaram a ele, e, por meio da magia da tecnologia, a guitarra e os vocais harmônicos de Mac seriam mixados na música.

A sensação foi boa, não dava para negar — estar ali, fazendo o que amava, retomando um pouco do que havia perdido quando o muito, o excesso, tinha apagado o brilho daquilo.

Mas, naquele momento, ele estava pendurando a pinhata de um supervilão no quintal.

E não podia negar que a sensação também era boa.

Do outro lado do quintal, Rem ensinava Bray a jogar Saco no Buraco. Lucy distribuía as cadeiras — a maioria emprestada — em duas fileiras, uma de costas para a outra. E Thea pendurava balões.

Igual a uma família, pensou ele. Nos últimos meses, aquelas pessoas tinham se tornado a sua família.

Os pais deles haviam feito uma bela festa de aniversário para Bray, na Filadélfia. Scott e Blaze foram, com as companheiras. E os irmãos dele, com suas respectivas famílias.

Não teve brincadeira — o que não foi um problema para Bray, porque teve presente. E bolo.

Mas também não dava para negar que não tinha passado de uma visita, porque a Filadélfia simplesmente não era mais o lar deles, de nenhum dos dois.

Quando dizia que ia ficar até o Natal ou até a primavera, estava enganando a si mesmo.

Eles não iam a lugar nenhum. Não quando Ty olhava e via Rem carregando Bray debaixo do braço e fingindo que ia jogá-lo feito um saco no buraco, com o garotinho gritando, animado.

Não quando via Thea amarrando os balões temáticos.

Ele olhou em direção à casa.

— Vai dar um trabalhão.

E estava na hora de seguir o conselho de Knobby e contratar um arquiteto.

Ty ia construir um estúdio de gravação.

Passar um dia de novo no estúdio havia mostrado que ele não tinha encerrado aquela parte da vida. Viajar em turnê, sim, isso estava no passado. Fazer show dependia — dependia sobretudo de Bray, das suas necessidades, da agenda dele. Mas Ty queria fazer música de novo. Compor e tocar.

Não havia razão no mundo pela qual não pudesse fazer isso ali, onde seu filho havia plantado amores-perfeitos sorridentes.

Terminado o trabalho, ele chegou perto de Thea.

— Tá bom assim?

Ela virou, com uma das mãos no quadril.

— Ele está com uma cara muito malvada. Então está perfeito, e na altura certa. E já não era sem tempo. Daqui a vinte minutos as crianças vão começar a chegar.

— Ele está pronto. E já está aproveitando muito o aniversário. O cenário não podia ser melhor.

Ela olhou para as colinas, assim como ele, e para a variação de cores.

— O outono é especial. A paisagem fica linda.

Ele segurou o queixo dela, e Thea franziu um pouco a testa.

— Você parece cansada.

— Que mulher não adora um elogio?

— Estou falando sério, você está com uma cara cansada.

— Acho que fiquei acordada por causa da emoção do aniversário — disse Thea. Ty a fitou demoradamente, e ela deu de ombros. — Foi uma daquelas noites em que a minha cabeça não desligava, então fiquei trabalhando até tarde.

— E continua trabalhando até agora.

— Isso não é trabalho. É festa. Estou pensando em fazer outra.

— No ano que vem, quando ele fizer 6 anos.

— Um jantar. Com a Maddy e o Arlo, e o Rem. Você sabia que ele está saindo com a Hanna Mansfield?

— A professora do Bray? Não estava sabendo, não.

— Nada sério. Mas eles têm saído juntos. Então seria uma festa para seis pessoas, se você quiser ir.

— Isso é festa de adulto.

— É. A vovó ia adorar ficar com o Bray, se você topar.

— Tem certeza?

— Você já devia saber a resposta para isso.

Ele olhou para Lucy.

— É, ela ia adorar. Um jantar de adulto em que não vou ter que cortar a comida de ninguém, nem lavar a cara e a mão de ninguém depois...?

— O Rem às vezes faz um pouco de sujeira.

— Isso é problema dele. Eu topo. Quando?

— Preciso ver com a Maddy e os outros.

— Quando você falou que a Lucy podia ficar com o Bray, está falando de passar a noite?

— Estou, se você achar que funciona.

— Eu topo muito.

Bray veio correndo.

— Quando os meus amigos vão chegar? Quando?

— A qualquer minuto. — Thea o pegou no colo. — Feliz aniversário.

Ele a abraçou pelo pescoço.

— Eu tenho 5 anos! Dá pra mostrar com todos os dedos de uma mão!

Quando Thea riu e abraçou a criança, Ty envolveu os dois com os braços.

Não, ele não ia a lugar nenhum.

25

⌘ ⌘ ⌘

Ty tinha sobrevivido à primeira festa de aniversário do filho com uma horda de crianças.

Enquanto limpava a — como previsto, considerável — bagunça, após duas horas e meia de barulho e a agitação de pequenos corpos em constante movimento, ele concluiu que todo aquele interlúdio tinha sido um sucesso.

Um sucesso com o qual não teria que lidar até o ano seguinte.

Ele encheu um saco de lixo, enquanto Thea e Rem desmontavam os jogos e Lucy guardava as sobras do bolo do Homem-Aranha.

O aniversariante, em um coma induzido por bolo, sorvete e excesso de diversão, estava esparramado na grama com o cachorro, feito um bêbado no chão de um bar.

Enquanto Ty enfiava pratos de papel sujos de glacê vermelho e sorvete derretido no saco de lixo, Lucy se aproximou.

— Como você está? — perguntou ela.

— Melhor que ele. — O homem apontou Bray com a cabeça. — Meus ouvidos ainda estão zumbindo, e pode ser que nunca mais voltem ao normal, mas, igual o Elton John falou, eu ainda estou de pé.

— Você se saiu bem.

— Ninguém se machucou, nem quebrou nenhum osso. Eu não teria conseguido sem a ajuda do Rem e da Thea.

— Acho que você teria se saído muito bem de qualquer jeito, mas a gente teria perdido a festa.

Ele virou para ela e, não resistindo, passou a mão em sua trança.

— Você realmente se divertiu, né?

— Por que a surpresa? Eu sou avó.

— A minha mãe ama o Bray, ela ama todos os netos, e não esconde isso. Mas uma festa assim? Essa não teria sido a ideia dela de diversão.

— Como diz outra música, cada um no seu estilo.

— E por aí vai — continuou ele —, e por aí vai.

Rindo, ela cantarolou:

— E scooby dooby. Certo, pai do aniversariante, parece que você já encerrou aqui.

— Quase lá. Vou abrir as bebidas de adulto.

— Eu aceito uma, antes do Rem me levar pra casa.

Quando todos se sentaram na varanda, Lucy ergueu o copo.

— Ao aniversariante e ao seu pai maravilhoso.

— Vou acrescentar os amigos no brinde — disse Ty —, que sabem como dar uma baita festa de criança.

— Um brinde a todos nós. — Rem deu um gole na cerveja. — Que época boa! Daqui a pouco é Dia das Bruxas. Você podia dar um festão.

— Nem inventa.

Sem se intimidar, Rem voltou-se para Thea.

— Lembra como a mamãe e o papai se jogavam de cabeça? Luzes estranhas, abóboras iradas, música assustadora. Até compraram uma máquina de fazer neblina… Foi um sucesso. Eles também se fantasiavam.

— Gomez e Mortícia, foi o meu ano preferido. Eles compravam doces, lógico, mas montavam uma mesa de bufê também. Globos oculares, dedos decepados, suco de sangue fresco.

— Bons tempos — disse Rem. — As crianças vão pedir doce na Front Street, na cidade.

— Disso eu dou conta. — Ty olhou na direção de Bray, meio distraído. — Disso a gente dá conta. É, acho que dá.

Bray veio cambaleando, quase igual a um bêbado, e subiu no colo de Ty.

— Eu tô com fome.

— Como assim?

— Eu tenho 5 anos! — Bray ergueu a mão e a examinou, enquanto se aconchegava no pai. — A gente pode comer pizza? A vovó fica, e a Thea e o Rem também. Vamos comer mais bolo.

— Por mim, pode ser. Se toparem, eu peço pizza.

— Como é aniversário de alguém, podemos fazer ainda melhor. Que tal eu fazer uma pizza?

Bray sorriu para Lucy.

— Você tira da caixa e coloca no forno.

— Melhor que isso. Rem, por que não passa lá em casa? Você sabe do que eu preciso.

— Eu tenho tudo, vó. Deixa que eu pego. — Thea se levantou. — A minha casa é mais perto.

— Pega a minha caminhonete, a chave está dentro. — Rem deu uma piscadela para Bray. — Você não sabe o que te aguarda. A pizza da vovó é a melhor. E eu tenho tempo para comer umas fatias antes de decolar.

— Igual um avião?

— Igual a um homem que vai ter uma noite quente.

— Quente por quê?

— Quero ver você sair dessa — murmurou Ty.

— Porque eu vou levar uma mulher bonita ao cinema.

— E por que vai ser quente?

— Porque não dá para ir ao cinema e não comer pipoca, e só dá para derreter manteiga na pipoca se ela estiver quente.

— Se salvou.

Rem deu de ombros.

— É uma especialidade minha.

Que época boa, pensou Ty.

NAQUELA NOITE, com o filho dormindo, e Thea ressonando ao seu lado, Ty jazia acordado.

Sua vida, percebeu ele, tinha sofrido uma reviravolta imensa. Sua bisavó não havia lhe deixado apenas uma casa e dois hectares no leste do Kentucky. Ela tinha lhe dado a oportunidade para aquela reviravolta, de construir um outro tipo de vida.

Ele não esperava por aquilo, não achou que criaria raízes ali e então faria planos de fincar ainda mais essas raízes. Ver o filhinho prosperando naquele lugar novo.

Não esperava que pessoas que, poucos meses antes, eram completas estranhas se tornassem parte daquela vida. Não apenas amigos, mas uma família que Ty nunca soube que queria.

Ele com certeza não esperava por aquela mulher que dormia ao seu lado, quente e macia. Uma mulher por quem tinha começado a se apaixonar quase desde o instante em que a conheceu.

Ele havia até deixado de lado a ideia de ter um relacionamento de verdade. Tinha sofrido traições demais, pequenas e grandes, para arriscar o que tinha com Bray.

Então Thea mudou tudo.

Ela havia aberto a própria vida para ele e para o seu filho de uma maneira tão fácil e amorosa. Sem exigências, sem esperteza, sem segundas intenções.

Ela havia lhe dado algo que ele não tinha, algo que o sucesso precoce talvez tivesse atrapalhado.

Alguém que se importava com quem, e não com o quê, ele era. E que entendia e aceitava quem ele tinha se tornado. Alguém em quem ele podia confiar de uma forma que não tinha sido capaz, ou não queria, havia muito tempo.

Ty tinha que encontrar a hora certa e o lugar certo para tocar para Thea a música que havia escrito para e sobre ela. O momento certo de dizer o que ela significava para ele.

Pela primeira vez, ele queria alguém não só na sua vida, mas alguém com quem construir uma vida.

Ela era essa pessoa, pensou ele, pegando no sono. A única pessoa.

AQUILO VIROU uma espécie de rotina. Na sexta-feira ou no sábado à noite, Ty fazia um churrasco, às vezes nos dois dias, e Thea se juntava a eles.

Ela nunca sonhava com tempestades quando dormia com Ty.

Quando Ty aparecia na casa dela durante a semana, em um dia de aula, ela percebia que conseguia bloquear Riggs.

Talvez a felicidade fosse o seu melhor cadeado.

Embora ainda tivesse dores de cabeça, ela continuava a trabalhar, e percebeu que o foco no trabalho a ajudava a manter o assassino de seus pais afastado.

No Dia das Bruxas, eles quebraram a rotina, e Thea saiu com uma roupa preta colada, botas até o joelho e uma espada na cintura. Bunk, com duas asas vermelhas nas costas enormes, foi trotando ao lado dela.

Quando ela abriu a porta do carro, Ty a avaliou de cima a baixo.

— Em primeiro lugar, uau. Em segundo, você trouxe uma espada.

— É de borracha, até a ninja precisar da lâmina afiada. Bunk veio de cão voador, o protetor dos inocentes.

Enquanto Bray pulava para o assento de trás, Thea olhou e fingiu espanto.

— Homem-Aranha! Ty, o Homem-Aranha veio para Redbud Hollow!

— Sou eu! — Pulando de animação, Bray ria sem parar. — Sou eu, o Bray!

— Não! Nossa, você me enganou. — Ty se sentou no banco do carona, e Thea avaliou a camiseta dele, a calça jeans, o tênis de cano alto e o moletom. — E você, quem é?

— Peter Parker.

— Boa escapada. Mas como o Homem-Aranha e o Peter podem estar no mesmo carro?

— Eu sou do multiverso.

— Ah, isso explica. — Ela se virou para falar com Bray. — Como foi a festa de Dia das Bruxas na escola?

— Muito legal! A gente ganhou bolo, e a tia Hanna era uma bruxa! E o Lucas era o Blaze.

— Da *Patrulha canina* — explicou Ty.

— O Rolan era o Homem de Ferro, e a Jenny era a Princesa Peach.

— Você que perguntou — murmurou Ty, enquanto Bray descrevia todas as fantasias.

Ela tinha perguntado mesmo, pensou Thea, e adorou a resposta.

Adorou também ver os monstros, os goblins, as princesas e os super-heróis perambulando pela Front Street. As crianças lotavam as lojas em que os funcionários fantasiados distribuíam doces, e também se reuniam nas portas das casas de moradores que davam balas.

Thea ficou um pouco surpresa, e muito feliz, quando percebeu quantas pessoas que passeavam com os filhos ou distribuíam guloseimas Ty conhecia.

Não devia ser uma surpresa, pensou Thea. Ele circulava pela cidade, ia ao banco, fazia compras e ia ao mercado. O filho frequentava a escola. Ele tinha construído uma base ali.

Já fazia quase seis meses, pensou ela, passando a coleira de Bunk para a outra mão e pegando a mão de Ty.

Ele não tinha dito nada sobre ficar ali, mas vinha conversando com um arquiteto e tinha comentado que queria montar um estúdio.

Thea não estava atrás de promessas, mas aceitaria a esperança.

Ela sentiu essa esperança quando levaram um menino sonolento para casa e, com a cabeça no ombro do pai, ele pediu para ler quatro livros.

— Dois.

— A Thea lê um. O Bunk dorme no meu quarto. O papai lê, a Thea lê, o Bunk dorme no meu quarto. Por favor!

— Tudo bem por você?

Ela foi até o andar de cima com eles e viu Bray tirar a fantasia.

— Ei, o Peter Parker estava aí embaixo o tempo todo.

— Papai.

— Bota o pijama, Peter.

— Eu sou o Bray!

— Tem certeza? — Ty virou Bray de cabeça para baixo, depois de cabeça para cima de novo, antes de jogá-lo na cama.

— Eu sou o Braydon Seth Brennan e tenho 5 anos.

— Ué? Acho que eu já te vi antes.

— A Thea lê primeiro. *Picklebottom*!

Ty olhou para ela.

— A gente gosta de falar *Picklebottom*.

— E quem não gosta? — concordou Thea, enquanto Ty pegava um livro na estante. Ela se sentou na cama para Bray poder ver os desenhos e acompanhar a história.

Em menos de dez páginas, Ty apareceu.

— Já apagou. — Ele então ajeitou as cobertas e passou a mão no cabelo do filho. — Ele teve um dia cheio.

Depois de guardar o livro, Ty segurou a mão de Thea.

— Vamos descer. Eu vou acender a lareira. Estou ficando muito bom nisso. A gente pode tomar um vinho, pilhar o estoque de doces do Bray. E quem sabe depois você não me mostra uns movimentos ninjas.

— Eu sei fazer algumas coisas.

— É, eu já vi uma vez, com uma espada de verdade. Queria ver de novo.

Naquela noite, ela não sonhou com uma tempestade, mas que estava de pé na janela de casa — fechada e trancada —, vendo uma tempestade se formar sobre as colinas que tanto amava.

Relâmpagos brilhando ao longe, e o ronco dos trovões logo em seguida. Ela estremeceu no sonho.

Acordou com uma leve dor de cabeça e levantou para deixar Bunk sair, então saiu também, para o ar fresco do outono ajudar com a dor. Ela havia prometido a Bray que faria panquecas e tinha trazido o que precisava.

Bem à vontade na cozinha de Ty àquela altura, fez café e forrou uma assadeira com papel-manteiga para o bacon. Já sem dor de cabeça, Thea cantarolava para si mesma.

Era sábado, e ela se perguntou se conseguiria convencer Ty a sair para caminhar com Bray. As manhãs de outono eram perfeitas para isso.

Eles podiam dar a volta pela trilha atrás da casa da avó, fazer uma visita.

A paisagem estava bonita demais para passar um sábado dentro de casa, na opinião de Thea. Ela podia dar uma passada em casa, dar comida para as galinhas, pegar as botas e…

Os braços que a envolveram a fizeram dar um pulo, e depois rir.

— Quem não gosta de entrar na cozinha em uma manhã de sábado e encontrar uma mulher bonita fazendo o café da manhã, com o café já pronto?

— Prometi que ia fazer panquecas.

— Prometeu. — Depois de beijar a lateral do pescoço dela, Ty foi direto para o café. — E desde a primeira vez que você fez panquecas, o Bray diz que a de caixinha é nojenta.

— Eu não diria que é nojenta, mas comparada à minha…

Ty bebeu o café em grandes goles.

— Ele ainda não recusa pizza congelada, mas acho que esse dia vai acabar chegando. Ainda bem que bolinho de batata ainda está na lista de aprovados.

— Aposto que eu consigo fazer do zero.

Ele pareceu sinceramente aflito.

— Por favor, não. Estou falando sério. Tenho que ter algum quebra-galho.

Ty se recostou na bancada da cozinha.

— Sei que você está organizando aquele jantar, já vou falar disso. Mas que tal um jantar de adulto em que nenhum de nós tenha que cozinhar? Se a Lucy topar ficar com o Bray mais uma vez. A gente já está junto há quase seis meses e nunca tivemos um encontro tradicional.

— Não somos tradicionais.

— Não mesmo, Thea?

Ela olhou para ele.

— Acho que eu sou, um pouco.

— Acho que eu também, um pouco. E, seguindo essa tradição, quero te levar para jantar.

— Papai.

— Oi, amigão — disse ele, mas com os olhos fixos nos de Thea.

— Eu não tô achando o Grave Digger.

— Qual?

— O que se mexe. Alguém roubou.

Ty se serviu de mais café.

— Ah, é! Tinha esquecido. Era para a gente ter procurado ontem. Ninguém roubou, Bray. Está aqui em algum lugar.

— Roubou, sim! Alguém roubou, e eu não tô achando. Eu preciso dele. Acha pra mim, papai!

— Depois do café da manhã a gente procura. Vem comer panqueca. É a da Thea, lembra?

— Eu preciso dele. Se alguém roubou, eu não vou poder levar pra escola pra mostrar pra professora. E eu disse que ia levar.

— A gente vai achar. Deve estar na caixa de brinquedos.

— Não tá, porque eu olhei tudo lá.

Colocando as fatias de bacon na assadeira, Thea ouviu o choro que ameaçava brotar.

— Dessa vez eu não vou parar de procurar.

— Alguém entrou no meu quarto e levou. — Arrasado, Bray esfregou os olhos com as mãos em punho. — Eu nunca mais vou achar.

— Bray, respira. Quem ia fazer isso?

— Monstros. Gente ruim.

— Como assim? — Ty baixou o café e pegou o filho no colo. — Aqui não tem monstro nem gente ruim.

— Eu acho que o Grave Digger tá brincando de esconde-esconde.

Com as palavras de Thea, Bray fungou de novo e franziu a testa para ela.

— Ah, é?

— Aposto que sim, e ele está torcendo para você descobrir onde ele se escondeu. Você já olhou na biblioteca que o seu pai está montando, na caixa de livros que ele ainda não esvaziou? A que chegou há alguns dias?

— Não.

— Então olha lá.

— Tá bom! — Bray desceu do colo do pai e saiu correndo.

Momentos depois, ele gritou.

— Achei, eu achei! Ele tava brincando de esconde-esconde na caixa. O controle remoto tava no chão!

— Que caminhão mais abusado. — Thea terminou de distribuir as fatias de bacon e pegou um pano de prato.

— Bray, leva o Grave Digger lá para cima e brinca com ele no seu quarto um pouco.

— Tá bom. — Agarrando o caminhão como se fosse o amor da sua vida, o garoto saiu correndo.

— Como você sabia onde o caminhão estava?

— O quê? — Thea pegou a assadeira e, ao se virar, viu o rosto de Ty. Tudo dentro de si começou a tremer. — Eu só…

— Ele falou disso há uns dias, e eu esqueci. E falou ontem de novo, mas eu estava ocupado. Eu não entro naquele cômodo desde que botei a caixa lá. Isso foi na segunda-feira. Mas você obviamente entrou lá.

— Não, eu…

— Por que você tinha que olhar dentro de uma caixa de livros? O que mais você olhou?

— Eu não olhei nada. — Os pulmões dela estavam quentes. Quentes e comprimidos. — É complicado. Eu posso…

— Não tem nada de complicado. Na verdade, é simples pra caralho. Você ainda tem a chave daqui? Quantas vezes você entrou aqui e revirou as nossas coisas quando eu não estava?

As palavras, tão duras quanto um tapa na cara, a fizeram dar um passo para trás.

— Eu nunca fiz isso. Nem nunca faria. Eu entreguei a chave para o seu pai no dia do enterro da sua bisavó. Ty…

— Então você fez uma cópia. Eu confiei em você. Confiei o meu filho a você.

— Ai, meu Deus, Ty! Eu nunca faria nada para machucar o Bray nem você. Por favor, me escuta.

— Você me enganou direitinho. — Num desgosto visível, Ty passou a mão pelos cabelos. — Meu Deus do céu, eu devia ter imaginado. Vai embora. Você tem que ir embora, agora. Fica longe do meu filho. Se eu descobrir que você vendeu fotos dele, juro por Deus que vai ter um acerto de contas.

— Juro que eu…

— Quero você fora daqui. — Ty abriu a porta dos fundos. — Sai da minha casa. Não volta mais. Não manda o seu cachorro para cá. Fala para a sua família ficar longe da gente. Acabou.

Ele não queria ouvir. Não queria dar uma chance. Ele não ia acreditar. Só o que ele sentia era nojo, uma raiva que mal conseguia controlar.

Ao passar por ele, a dor de cabeça de Thea foi tão súbita e tão intensa que ela perdeu o fôlego. Mas ela continuou andando. Ela chamou o seu cachorro e continuou andando.

Um momento de descuido, pensou Thea, um momento provocado pelas lágrimas de uma criança, e ela havia perdido o que mais desejava.

No meio do caminho, ela parou quando os seus joelhos fraquejaram, e a náusea fez o seu estômago revirar.

Não conseguiu detê-lo, não com a cabeça latejando, o estômago embrulhado. Na cabeça dela, Riggs riu.

"Chutou você pra fora de casa! Ele só queria uma foda fácil, e você com certeza deu isso pra ele. Volta rastejando pra casa, pra sua prisão, vagabunda. Eu não sou o único que está preso. Ele acabou com você. Ninguém te quer, sua aberração. Ninguém nunca vai te querer."

Curvada, com as mãos apoiadas nos joelhos, ela lutava para respirar, enquanto Bunk lambia a sua bochecha e gania.

— Eu vou ficar bem. Vai dar tudo certo.

"Não, não vai. Nem agora, nem nunca. Você fez merda. Você sempre faz."

Como o enjoo estava pior do que a dor de cabeça, Thea usou o ponto de pressão no pulso. Ela se ajeitou e continuou andando.

"É só se matar", sussurrou Riggs em sua cabeça. "Pra que viver? Você nunca vai ter ninguém, vai ficar sozinha pra sempre. Aquele cara na faculdade tinha razão. Você é uma aberração. Uma aberração. Você nunca vai ter o que a mamãe e o papai mortos tinham. Nunca vai ter essa merda. Você vai morrer sozinha, então acaba logo com isso. Corta os pulsos e pronto. Ia ser um bom revide também, né? O otário lá vai se sentir um merda, e é isso mesmo que ele é. Vai. Se mata."

Em uma batalha, lembrou Thea, era preciso usar a arma disponível. Ela usou a enxurrada de emoções que fluía dentro de si e afogou Riggs.

Ela não estava sozinha. Tinha a família, tinha os amigos. Tinha uma vida.

Ela tinha que dar comida para o Bunk, cuidar das galinhas. Ela tinha que dar um passo depois do outro.

A casa dela, pensou Thea, assim que chegou. A casa dela. Não era uma prisão. Ela atravessou o imóvel até chegar aos fundos e pegou a cesta de ovos. Serviu comida fresca e água para Bunk, então foi até o galinheiro; deu um passo depois do outro.

Sem lágrimas — não iria chorar. Um homem não a queria, não a amava, não confiava nela. E não foi o primeiro, mas Thea prometeu a si mesma que seria o último.

Nunca mais iria passar por aquilo.

Então, ela se virou e viu a avó correndo em sua direção, e quase quebrou a promessa segundos depois de fazê-la.

— Ah, minha querida! — Lucy abraçou a neta com força. — Eu senti o seu coração se partir. O que aconteceu?

— Eu estraguei tudo. Estraguei tudo.

— Não. Aqui, me dá isso. — Mantendo um braço ao redor de Thea, Lucy pegou a cesta de ovos. — Vem sentar um pouco, vem e senta aqui comigo. E me conta. A gente vai consertar isso.

— Não dá para consertar. Eu vou ficar bem. Só preciso... Não sei.

— Você brigou com o Ty.

— Não foi bem isso.

— Se você não quiser contar, eu não vou olhar. Vamos só sentar e ficar em silêncio um pouco.

— Eu quis demais. Comecei a querer demais. Devia ter tomado mais cuidado.

Quando chegaram à varanda, Thea apenas se sentou nos degraus. Ela tinha dado todos os passos de que era capaz. Continuaria depois.

— Tudo estava indo tão bem, vó. Não pensei nem olhei mais do que isso. Eu não queria. Eu estava fazendo o café da manhã. Ia fazer uma panqueca do Homem-Aranha para o Bray. Estava pensando nisso, e em como estava me sentindo bem. Como estava feliz.

Ela tinha que respirar — inspirar e expirar. Tinha apenas que respirar.

— O Ty estava tomando café, e estava tudo tão bom, certo e fácil. O Bray chegou todo chateado. Ele não estava conseguindo achar um caminhão. O Grave Digger, aquele que se mexe. E ele e o Ty estavam conversando. O Bray disse que alguém tinha roubado, e o Ty falou que eles podiam procurar depois do café da manhã, e que já tinha uns dias que o caminhão tinha sumido. Ele é um menino tão feliz, vó, e estava tão chateado, querendo chorar, e eu simplesmente não pensei. Fui descuidada. Falei para ele onde o caminhão estava.

Os olhos de Thea ardiam, e ela os apertou com os dedos.

— Olhei e vi o Bray brincando com o caminhão na biblioteca que o Ty está montando, e quando ele ouviu o Bunk chegando, deixou cair em uma caixa de livros que o Ty ainda não tinha desempacotado.

Suspirando, ela pousou a cabeça — que já não estava mais latejando — no ombro de Lucy.

— O Bray ficou tão feliz quando achou, e o Ty mandou ele ir brincar com o caminhão no quarto. Quando eu me virei e vi a cara do Ty, sabia que tinha feito besteira. Toda aquela coisa boa, certa e fácil morreu. Ele estava tão zangado e foi tão frio. Como eu podia saber onde o brinquedo estava se não tivesse entrado na casa quando não devia? Eu não entrava lá desde que ele tinha aberto aquela caixa de livros.

— Você explicou?

— Não consegui. Ele não me ouvia. Ele acha que eu quebrei a confiança dele. — Ela apertou os olhos com força. — E talvez eu tenha quebrado mesmo. Mas ele acha que eu usei o filhinho dele, usei os sentimentos dele, então ele simplesmente não me ouviria.

— Você nunca faria isso, nunca. — Lucy apertou Thea junto de si, com as lágrimas dificultando as palavras de saírem. — Ele vai perceber isso.

— Ele me mandou embora, mandou eu ficar longe do Bray e dele, e vocês também.

— A gente vai dar um tempo pra ele se acalmar, depois eu converso com ele.

— Não, vó. — Balançando a cabeça, Thea inspirou e expirou, olhou as colinas. — Não, não é um mal-entendido, não é uma... crise. Isso é o que a gente é. Nós duas. Nós duas — repetiu ela. — Ele pensou isso de mim, pensou que eu entrei escondida na casa dele, revirei as coisas dele, usei aquele menininho lindo. Usei o sexo. Ele pensar isso de mim é pior, muito pior do que descobrir o meu dom e achar que eu sou uma aberração. Eu sei o que é passar por isso, e desta vez é muito pior.

Thea pegou a mão de Lucy.

— E para ele? Ele já foi traído antes, então não confia facilmente nas pessoas. Ele confiou em mim, e eu o traí. Pior, eu o traí com a coisa mais preciosa da vida dele. O Braydon.

— Mas você não fez isso, querida.

— Não?

Ela via os fatos diante de si e não podia negá-los.

— Nós estamos juntos há algum tempo, desde o verão. Mas nunca contei sobre o meu dom. Não queria olhar para o futuro, então não olhei. Eu não queria contar para ele e ver o Ty me olhando como se eu tivesse um problema. Ele confiou em mim, mas eu não confiei nele. Não o suficiente. O que é pior?

— Thea, você estava se protegendo.

— É, é, eu estava. E ele está protegendo o filho.

Balançando a cabeça, Lucy soltou um suspiro longo e frustrado.

— E você não percebe que tudo se resume ao que você diz que não é? Um mal-entendido?

Thea se ajeitou e fitou Lucy nos olhos.

— Quando você contou para o vovô que tinha um dom?

— Foi diferente.

— Por quê?

— Nós dois somos daqui, e as pessoas conheciam a minha avó, a minha mãe e eu. E muitas gerações antes disso.

— Você nunca contou para ele diretamente?

— Devo ter contado, mas não foi uma surpresa. Você teria contado para o Ty quando estivesse pronta. Só que a situação te escapuliu.

— E sabendo do meu dom, como ele ia confiar em mim de novo? É a confiança, vó, que é tão importante para ele.

— Se ele não pode confiar e respeitar o seu dom, quem você é, então, querida, ele não vale o que eu achei que valia.

— Eu quis demais — repetiu Thea —, então não fui honesta com ele. Não mereci e não mereço o que ele me falou, o que ele pensa de mim, mas eu não fui honesta. Não me respeitei o suficiente, não respeitei o meu dom, então não falei nada, porque eu queria o Ty, queria o Bray, queria aquele cenário maravilhoso demais para arriscar tudo. Agora eu perdi isso.

— Thea, me escuta. — Lucy pousou as mãos nos ombros de Thea. — Você vai tirar um tempo pra você e dar um tempo pra ele. Aí você vai se arriscar, Thea. Você não é covarde. Deus sabe que você enfrentou mais riscos na vida do que eu gostaria. O amor é correr riscos. Você vai fazer com que ele ouça. Vai fazer com que ele te escute. O resto é com ele.

— Eu fui covarde quanto a isso. Não pensei assim, mas essa é a verdade. Então não vou mais ser covarde. Vou dar um tempo para a gente. A essa altura, não há mais nada a perder.

— Por que você não vai lá pra casa?

— Eu vou trabalhar. Consigo me jogar de cabeça no trabalho. Vou ficar bem, vó. Obrigada por ter vindo. Era o que eu estava precisando. Você me ajudou a me acalmar.

Lucy então pousou as mãos no rosto de Thea.

— Se essa calma começar a passar, vem falar comigo.

— Pode deixar. E você pode contar para o Rem pra mim? Só diz para ele dar espaço para o Ty, por favor.

— Não se preocupa com isso. — Com um murmúrio, Lucy deu um beijo na testa de Thea. — Ele vai querer ir lá, dizer umas poucas e boas para o Tyler. E eu vou mandar ele esperar.

— Ótimo, obrigada.

Quando Lucy saiu, Thea ficou ali mais um pouco, com um braço em volta de Bunk. As últimas rajadas de vento de outubro tinham arrancado as folhas das árvores. Estavam todas peladas e prontas para o inverno, exceto os pinheiros.

O céu estava cinzento — não um cinza de tempestade, só encoberto. Uma camada cinzenta com o sol atrás.

— É assim que estou me sentindo, Bunk. Cinza. Vamos entrar e acender a lareira.

Ela se levantou e atravessou a varanda. Não era uma cela, não; a casa dela não era a sua prisão.

Era o seu santuário.

26

⌘ ⌘ ⌘

DURANTE TRÊS dias, Ty lidou com as perguntas de Bray sobre o cachorro e sobre Thea, e inventou desculpas. Tolerou a reclamação na esperança de que o garoto acabasse esquecendo.

Como conhecia o filho, sabia que era uma esperança inútil, mas seguiu em frente pela própria sanidade.

Ele sabia o que tinha que fazer. Arrumar as malas e voltar para a Filadélfia. O que de longe seria muito mais fácil, se não tivesse vendido a porcaria da casa. Comprar uma casa nova, recomeçar? Parecia uma boa ideia.

Um lugar com um bom jardim, em um bairro tranquilo e bom para crianças. Ia entrar em contato com a corretora de imóveis e mandar começar a procurar, e então eles veriam.

Não ia tirar Bray dali até ter a casa e, mesmo assim, só depois do fim do semestre letivo.

Fazer as malas não seria tão difícil. Podia vender a casa mobiliada. Que diferença fazia?

O que não podiam era ficar ali. Ali era o lugar dela, estava cheio de amigos dela.

A mulher que havia partido a porcaria do seu coração.

Ele ia precisar trocar as chaves, outra chatice. Mas não podia correr o risco de sair para comprar a merda de um leite sem ficar na dúvida se ela ia entrar.

Como pôde ter se enganado sobre ela? Era isso que o incomodava.

Ela tinha tirado fotos do filho dele. Meu Deus, ela tinha fotos da festa de aniversário, e de quando Bray subiu pela primeira vez nos brinquedos do quintal. Fotos do Bray com o cachorro.

Como pôde ser tão idiota de deixar Thea tirar aquelas fotos, fotos que ela podia vender?

Talvez ela fosse alguém que pudesse fazer esse tipo de coisa. Talvez uma parte dele não acreditasse que ela pudesse fazer aquilo. Mas ele tinha que ignorar a sensação, porque fatos eram fatos.

Ele tinha se apaixonado por ela, e Bray também. E tinha pensado...

Não importava. Não importava o que ele tinha pensado.

E estava com uma criança em casa — com uma febre de 38 graus, alta o suficiente para não ter ido para a escola pela manhã. Mas não doente o suficiente — no meio da manhã já tinha baixado para 37 — para passar o dia inteiro na cama, ou para tomar sopa enlatada e ficar vendo televisão.

— Eu quero ver o Bunk.

Ty olhou para o filho, o amor da sua vida, o centro do seu mundo, e desejou que ele simplesmente calasse a boca.

— Não.

— *Por quê?*

— Você está doente, lembra? Você está com germes.

— Eu tô me sentindo melhor, e cachorro não liga pra germe.

— Eu ligo. Vai brincar com a pista de corrida que eu montei para você.

— Não quero. Eu quero ver o Bunk. Tô com fome. Quero a panqueca da Thea. Ela me prometeu!

De novo e de novo, pensou Ty, sempre a mesma conversa irritante.

— Ela não pode. Ela está trabalhando.

— Eu quero ir na casa dela. Quero ver a vovó. Quero ver as galinhas.

Ty tirou mais livros das prateleiras, sentindo-se como se tivesse acabado de guardá-los ali.

— Para citar um clássico, amigão, não se pode ter tudo.

— Por quê? Eu quero panqueca. A panqueca da Thea.

— Mas não vai ter. Vou fazer um sanduíche de geleia.

— Não, papai!

Quando as lágrimas surgiram, Ty se perguntou se bater a própria cabeça contra a parede funcionaria.

— Braydon, eu já falei que ela está ocupada.

— A gente pode ligar pra ela.

Chega, pensou ele, sentindo a raiva explodir. *Chega.*

— Não, não pode. — Ele olhou para aquele rostinho choroso e irritado e decidiu que era hora de falar umas verdades. — A gente não vai mais ver a Thea. A gente vai para casa no Natal e vai ficar por lá. Entendeu?

— A nossa casa é aqui.

— Não, não é. Nós vamos voltar para a Filadélfia.

— Não! — Mais lágrimas surgiram, dessa vez furiosas. — Não! Não! Não! Aqui é a nossa casa. A gente vai ficar aqui. Você prometeu!

— Eu não prometi nada. — Isso era verdade, porque Ty era muito cuidadoso com as promessas. — Eu disse que a gente ia ver como ia ser e a gente viu.

— Não, não! Eu vou pra escola. Eu tenho amigos.

— Você vai para a escola na Filadélfia e vai fazer novos amigos lá.

Para Ty, era como se, com as lágrimas, fogo jorrasse dos olhos do filho.

— Eu não quero ir pra escola na Filadélfia, não quero outros amigos. Eu não vou.

— Amigão, você vai para onde eu for, é assim que funciona.

Como já tinha contado até dez uma dezena de vezes na cabeça, Ty achou que estava calmo o suficiente para argumentar usando a lógica.

E subornos.

— Nós vamos comprar uma casa nova. Você pode me ajudar a escolher. E vamos ter um cachorrinho. Você pode ter o seu próprio cachorro.

— Eu não quero esse cachorro feio e idiota. Quero o Bunk! Eu não quero casa nenhuma. Quero essa casa. Eu não vou. E você não pode me obrigar.

Dane-se a lógica, pensou Ty. Estava na hora de usar a disciplina.

— Posso e vou.

— Para de arrumar caixa! — Bray arrancou os livros da caixa e jogou no chão.

— Para com isso. — Ty o levantou, mas Bray o empurrou e se sacudiu com tanta força que quase caiu no chão. — Eu mandei parar!

— Você é malvado. Você é malvado, papai.

— E vou ficar pior. Vai para o seu quarto. Está de castigo.

— Eu não quero você. Eu quero a Thea.

— Pois não vai ter. Vai para o seu quarto. — Ele botou Bray no chão. — Se eu tiver que te carregar, vai ficar lá o dobro do tempo.

— Eu não quero que você me carregue. Não quero você. — Bray ficou de pé, com as mãozinhas em punhos junto do corpo, tremendo de raiva, o rosto vermelho. — Eu não gosto mais de você.

— Ah, é? Pois eu não estou gostando muito de você neste momento — gritou Ty, quando o filho saiu pisando forte em direção ao quarto.

Ele ouviu Bray subindo a escada, depois se sentou no chão com os livros esparramados.

Nossa, ser pai às vezes era um pé no saco.

Birra pura, pensou ele, esperando a própria raiva abrandar. Já fazia um tempo desde a última, e aquela sem dúvidas superava todas as anteriores.

— Eu não devia ter falado aquilo para ele. Merda, merda, merda. — Depois de pressionar os olhos com as mãos, Ty começou a catar os livros. — Tenho tanta culpa quanto ele. Mais, até.

Se não tivesse se envolvido com aquela mulher, se não tivesse se aberto e exposto o menino a ela como tinha feito...

— Acabou, acabou.

Para o inferno com tudo aquilo, pensou Ty, jogando os livros na caixa.

Ele se levantou e foi para o estúdio. Pegou uma guitarra e ligou no amplificador. E tocou um rock'n'roll bem enfurecido para se acalmar.

A música deixou Bray ainda mais nervoso. O papai não ligava para o que ele queria. Não ligava para os amigos deles, para o Bunk, para ninguém.

Ele queria o Bunk. Queria a Thea e os amigos, a vovó, o Rem e a tia Hanna.

Ainda de pijama do Mario Bros., ele calçou os sapatos. Já sabia amarrar o cadarço. Era um menino grande e sabia amarrar o cadarço. Podia ir sozinho até a casa da Thea, e ela ia deixar ele brincar com o Bunk e ia fazer panqueca para ele, e ele ia morar na casa dela, porque o pai dele era malvado.

Bray pegou o caminhão monstro azul e desceu a escada, com a música ainda tocando. E saiu pela porta da frente.

CONCENTRADA NO trabalho, Thea quase não ouviu a batida na porta da frente. Bunk ouviu e correu para ver o que era.

— Tá bom, já vai.

Irritada com a interrupção em um ponto crítico do código que estava escrevendo, ela se levantou para atender a porta.

Quando a abriu, Bunk se jogou em cima do garotinho de olhos marejados e nariz escorrendo.

— Eu tô com frio — disse ele, soluçando e abraçando o cachorro.

— Meu Deus do céu, Braydon. — Ela tirou o cardigã e envolveu o menino. — Está tudo bem com o seu pai?

— O papai não gosta mais de mim. Eu quero ficar com o Bunk. Não quero voltar pra Filadélfia. Posso morar com você?

— Ah, meu amor. — Ela o pegou e procurou um lenço no bolso. — Lógico que o seu pai gosta de você. Ele te ama mais que tudo nesse mundo. Você veio até aqui sozinho?

— Eu já sou grande. — Bray soluçou. — Eu amarrei o meu sapato.

— Você é! Um menino tão grande! — Ela o embalou e fez carinho nele, acalmando-o. — O seu pai vai ficar preocupado.

— Não. Ele disse que a gente tem que ir embora e eu não posso ficar na minha escola e com os meus amigos e com o Bunk, e que você tá muito ocupada.

Bray abraçou o pescoço dela.

— Eu não quero ir embora. Eu quero o meu pai. Quero que o meu pai goste de mim. Quero ficar aqui com o meu pai.

— Está tudo bem. Vai dar tudo certo. Vai dar tudo certo. Vamos levar você para casa. O seu pai vai ficar preocupado se não te encontrar.

— Eu disse que não gostava mais dele.

— Ele sabe que não é verdade. Está tudo bem. — Cantarolando, Thea o carregou até o carro.

— Diz pra ele que a gente tem que ficar.

— Não se preocupa com isso. — Depois que o colocou no carro, ela abotoou o cardigã. — Não se preocupa.

Com Bunk no banco de trás, ela dirigiu pela estradinha.

Quando encostou o carro e correu para tirar Bray do banco do carona, Ty saiu apressado pela porta dos fundos.

— Braydon.

Ela colocou o garoto no chão, então deu um passo para trás, enquanto Ty corria para agarrá-lo.

— Você sumiu, você sumiu! Nunca mais faça isso. Eu não consegui te achar. Você me assustou demais.

Ty enfiou o rosto nos cabelos do filho e inspirou fundo.

— Eu te amo muito. Desculpa por ter gritado com você. Desculpa.

— Desculpa, papai. Não fica bravo comigo de novo.

— Não, não, eu não estou bravo. Não vou ficar bravo.

Ele olhou em direção a Thea para agradecer, mas ela já estava dirigindo de volta para casa.

— Está tudo bem. A gente vai ficar bem. Ninguém é mais importante para mim do que você — disse Ty, carregando Bray para dentro da casa. — A gente vai cuidar um do outro, né? Você e eu.

NAQUELA NOITE, Ty deixou Bray dormir na sua cama, não só pelo filho, mas por si próprio. Nunca tinha ficado tão assustado quanto diante do medo sufocante que havia sentido quando levou um pão com geleia para Bray e encontrou o quarto vazio.

Ele procurou pela casa toda, chamando o nome do filho — irritado, a princípio, pelo menino ter escapado do castigo. Até que percebeu que ele não estava em casa. Não estava em lugar nenhum.

O seu coração, a sua alma. O seu filho.

E era culpa de Ty, pensou ele, enquanto conferia a temperatura de Bray pela manhã. Normal. E enquanto o arrumava para a escola, enquanto o via entrar no ônibus.

A culpa era dele.

Ele tinha trazido Bray para aquele lugar, e tinha feito dali o seu lar. Não havia percebido aquilo até procurar pelo filho e não o encontrar em lugar nenhum da casa.

Então, era culpa dele, porque não tinha escutado. Porque não queria admitir que havia partido o coração do filho, porque alguém tinha partido o seu.

Ele ia ter que dar um jeito de ficar. Ia ter que chegar a um acordo com Thea. Trocar as chaves, arrumar um cachorro. Merda, ia criar galinhas se fosse preciso.

Ia construir o seu estúdio e botar uma cerca para proteger a privacidade deles.

Ia fazer o que fosse necessário.

Porque nunca mais queria ver aquela tristeza profunda no rosto do filho.

Ty pegou o cardigã que havia jogado no sofá.

Precisava devolver, e agradecer a Thea por ter trazido Bray de volta. E, apegando-se à sua raiva, decidiu que deixaria bem evidente que era para ela manter distância.

Para dar um tempo de se acalmar, ele pegou um casaco e foi a pé.

Ty também não queria se mudar, embora achasse que fosse a escolha mais inteligente. Inteligente ou não, eles iam dar um jeito de fazer aquilo funcionar.

Cadeados, uma cerca para ter privacidade, um sistema de segurança. Mas ela ia devolver a merda da chave.

E ele ia manter a calma e a razão o máximo possível quando pedisse para ela apagar todas as fotos que havia tirado do Bray.

Assim que viu Ty, o cachorro veio trotando pelo jardim.

— Você também vai manter distância.

Talvez ele também tivesse se apaixonado pelo maldito cachorro, mas tinha as suas prioridades.

Ty bateu à porta.

Thea parecia cansada, pensou ele ao vê-la. E pálida. E, percebeu Ty, cautelosa.

— Eu queria devolver isso.

— Ah. É. — Ela pegou a peça. — Posso perguntar como o Bray está?

— Ele está bem. Obrigado por ter levado ele lá em casa ontem.

— Tudo bem. Você... deve ter ficado nervoso.

— Foi uma das coisas que senti. Eu queria falar com você, se tiver um minuto.

— Tá bom. Lógico. Pode entrar. Fica aí fora um pouco, Bunk. — Ela fechou a porta. — Quer sentar?

— Não. — Ty ia ser rápido, e ia fazer direito. — Eu sei que o Bray falou por que ele estava chateado.

— É. Eu entendo por que você vai embora, mas eu... não queria que fosse por causa do que você pensa de mim. Você me mandou manter distância, e eu tenho feito isso. E vou continuar fazendo.

— Eu quero a chave de volta, e quero que você apague todas as fotos que tirou do Braydon no seu celular.

Thea ficou só encarando ele, então algo cintilou em seus olhos quando ela se virou e gesticulou. Ele a seguiu até o estúdio, onde ela pegou uma foto emoldurada de Bray e Bunk da mesa de trabalho.

— Aqui, toma. Eu imprimi uma da minha avó com o Bray e dei para ela. Posso ir buscar.

Com movimentos rápidos e fluidos, ela abriu um armário.

— Comprei umas coisas para o Natal. — Voltando-se para ele, Thea enfiou outra foto emoldurada nas suas mãos. Uma de Bray descendo o escorregador e Ty em pé embaixo, sorrindo. — Eu ia te dar isso, então pode levar. Essas são as únicas que eu imprimi.

Ela tirou o celular do carregador, abriu a galeria de fotos e enfiou na mão dele.

— Apaga você. E, enquanto faz isso, por que você não aproveita e vê se encontra onde eu me comuniquei com quem quer que seja para vender essas fotos? É isso que você pensa de mim.

Ela havia abandonado toda a cautela, observou ele, e estava em pleno modo de fúria injustiçada.

— Eu não vou mexer no seu celular. Estou pedindo para você apagar as fotos.

— Não. Apaga você. Depois, pode olhar o meu computador. Aquele ali não, que é estritamente para o trabalho, e você não vai tocar nele. Mas os outros, os tablets... eu tenho dois. E pode procurar na casa inteira pela chave que eu não tenho, porque devolvi para o seu pai depois do enterro da sua bisavó. Se você acha que tem que proteger essa criança de mim, você é um completo babaca.

Quando ela saiu pisando forte, ele largou o celular na mesa e a seguiu até a sala.

— Eu tranco a casa, Thea. Nunca deixo a casa aberta, nunca. Eu vou trocar as chaves, mas quero a sua cópia. Aqueles livros, aquela caixa, aquilo não estava lá quando você estava. Aquele maldito caminhão não estava lá na última vez que você esteve em casa com a gente. Simples assim.

— Não, não é nada simples. Você acha mesmo que eu fiquei revirando a sua casa, que ia vender fotos do seu filho. — Totalmente enfurecida, Thea ergueu a mão. — Ah, vai ver eu botei uma câmera no seu quarto, é melhor você ir lá conferir. Eu podia vender vídeos da gente transando, porque está na cara que eu quero atenção, e dinheiro, não vamos esquecer do dinheiro.

Ela abriu os braços e andou pela cozinha feito um gato preso em uma gaiola.

— Eu tenho que tirar proveito, apesar de ter herdado um fundo de investimentos considerável quando os meus pais foram assassinados, e ter um salário mais do que decente, que eu ganho com o meu próprio esforço e talento... Mas preciso lucrar com você e o seu filhinho, porque, uau, eu sou mesmo muito gananciosa!

Lágrimas de raiva escorriam pelo rosto dela, enquanto ela esfregava o polegar direito no esquerdo.

— Pode ir agora. Pode ficar longe de mim. Não quero ninguém na minha vida que tenha tão pouca confiança em mim. Eu amo o Bray, e você não consegue ver isso? Eu te amo, e isso não importa?

Fazendo a curva para continuar a andar de um lado para o outro, ela pressionou nos olhos com as mãos.

— Merda, merda, merda! Não vou desperdiçar minhas lágrimas com você. Vou te superar. Você está até facilitando isso para mim. Troca as chaves, coloca a merda de um campo de força, volta para a Filadélfia ou vai para o inferno. Eu não fiz nada para merecer ser tratada feito ladra, feito uma aproveitadora, e não preciso do seu cinismo na minha vida.

— Você não vai colocar a culpa em mim — retrucou ele, tão enfurecido quanto ela. — Você não entrou na casa, não usou uma chave? Então como você sabia onde a merda daquele caminhão estava? Você é o quê, sensitiva?

Thea lhe lançou um olhar longo e frio.

— É um dom que as mulheres da minha família têm.

Ty teria rido se não tivesse ficado tão insultado.

— Você está falando sério? Pelo amor de Deus! Então você só… — ele estalou os dedos da mão livre junto da cabeça — …*puf*, usou a sua bola de cristal interna para encontrar o Grave Digger na droga de uma caixa de livros? Eu só quero a merda da chave, Thea.

— Eu não tenho a chave da sua casa. Não tenho um caminho secreto para entrar na sua casa. Desde que você se mudou para cá, eu nunca pisei na sua casa sem convite. Vai embora agora, porque você está me insultando.

— Eu estou te insultando? Muito engraçado. Você é sensitiva, a descobridora sensitiva dos brinquedos das crianças? Ótimo, então prova. Em que número eu estou pensando?

— Ah, que típico. — Esfregando a mão com força, ela se afastou dele de novo. — Tão infantil e tão típico.

— Foi o que eu pensei.

Ela não olhou enquanto ele seguia para a porta, apenas fechou as mãos em punho.

— Sol menor com sétima não é um número, é um acorde. Muito espertinho.

Quando ele parou onde estava, ela se virou. Já não parecia mais furiosa. Parecia cansada, simplesmente cansada.

— Você quer mais? Aquela cicatriz pequena no seu quadril? — Ela apontou o próprio quadril e, em seguida, voltou a esfregar a mão. — Você fez isso se arrastando debaixo de uma cerca de alambrado, a cerca estava quebrada, e um dos... como é que chama? Sei lá... o arame da cerca machucou você. O corte precisava de uns pontos, mas você não queria contar para a sua mãe, porque você, o Scott e o... Henry não tinham nada que estar se metendo naquela casa velha e abandonada. Você tinha 8 anos e até hoje nunca contou isso para ela.

Ty levou vários segundos de espanto para encontrar a própria voz.

— Como você sabe disso?

— Toquei em você aí, na primeira vez que a gente dormiu junto, e eu estava tão aberta, tão desprotegida, que eu vi... vi o menino. Eu não olho, nunca olho. É uma invasão de privacidade, e eu sou educada, mas acabei... As minhas defesas estavam baixas, e eu vi.

As lágrimas voltaram, mais rápidas dessa vez.

— É um dom, e eu respeito, valorizo o que tenho. Isso não faz de mim uma aberração, nem... nem uma cria do demônio. Não uso isso para machucar as pessoas, nem para fofocar ou para benefício próprio. Não era para eu ter usado o dom naquele dia, mas o Bray queria tanto aquele caminhão. Ele estava tão chateado, e ele é um menino tão bom, e eu me descuidei. Simplesmente não pensei, e aí você disse aquelas coisas para mim, de mim, e você não me ouviu. Eu não sabia explicar, não naquela hora, e você não teria me escutado, nem acreditado, não naquela hora.

Depois de esfregar o rosto com as mãos, ela as deixou ali.

— Vai embora. Sai daqui. Não quero mais saber o que você acha. Não quero saber.

— Acho que é melhor você se sentar.

— Não me diz o que fazer.

— Tá bom, mas eu preciso me sentar.

— Então senta, fica de pé, fica, vai embora. Não estou nem aí. Não sou uma atração de circo para o seu espanto e para a sua diversão. Tenho um dom, um que toca todas as mulheres da minha família. Ser alta e magra também é uma característica hereditária. Nenhuma dessas coisas faz de mim uma pessoa má.

Deixando as fotos de lado, Ty se sentou, porque precisava recuperar o fôlego.

— Quem falou alguma coisa sobre ser má?

— Um garoto da faculdade… a minha primeira transa, porque eu comecei tarde nessa área. Eu contei para ele, porque gostava dele, e tinha dormido com ele, e achei que… Ele não reagiu bem. As pessoas para quem ele contou tiveram a reação de sempre, desde "Você é uma aberração" até "O que vai cair na próxima prova?".

— Escuta, eu…

Ela não quis ouvir.

— Foi doloroso e humilhante. Quase voltei correndo para casa depois disso, mas eu continuei na faculdade. Fiquei mais na minha, fui muito mais cuidadosa. É o meu dom, é uma coisa pessoal. Não tenho que ficar contando para ninguém.

— Há quanto tempo você… sabe dessas coisas?

— Desde sempre. Que diferença faz?

— O que tem na sua mão?

— Nada.

Ela parou de esfregar o ponto no polegar e cruzou os braços.

— Se você tivesse me dito ou…

— O quê? — berrou ela. — Ia ficar tudo bem? Você, uma pessoa que confia em todo mundo, teria confiado que eu não ia invadir os seus pensamentos, do mesmo jeito que achou que eu entrei na sua casa sem permissão? Só porque eu disse que não ia fazer isso?

Ele começou a falar, então parou. Ergueu as mãos e as deixou cair.

— Não sei. Estou tentando entender. Não sei.

— Você me magoou. — A respiração dela vacilou enquanto Thea tentava se acalmar. — Você me magoou mais do que qualquer outra pessoa.

— Eu sei. Estou vendo. Sinto muito por isso. E, caramba, você também me magoou. Olha, isso é um pouco… É muita coisa. Estou tentando… processar.

— Pois então faça isso, Ty, toma o tempo todo do mundo e processa. Não muda nada. Continuo sendo a mesma pessoa de cinco minutos, cinco horas, cinco dias atrás. Não tenho vergonha disso. Ter cuidado não significa que eu tenha vergonha.

Ele viu a dor antes que ela pudesse respirar fundo e esfregar a mão.

— O que está acontecendo com a sua mão?

Ele ficou de pé, tentou se aproximar, mas ela se afastou.

— Nada. Nada. Não é a minha mão, é a minha cabeça. Ele está tentando entrar, forçando. Está doendo. É mais difícil bloquear quando eu estou chateada, e isso dói.

— Quem?

— O Riggs! Ray Riggs, o filho da puta que matou os meus pais. Ele entra na minha cabeça, e eu entro na dele. Não sei por quê. Meu Deus, ele está adorando isso. Ele adora me ver sofrendo. Eu botei o filho da mãe na prisão, e ele quer que eu pague por isso. Eu o vi. Eu estava lá quando ele matou os meus pais.

Ela já não estava pálida, pensou ele, mas quase translúcida. E respirando rápido demais.

— Senta. Senta um pouco. Você disse que estava aqui quando aconteceu, com a Lucy.

— Eu estava aqui, estava lá. — Ela tentou resistir, mas ele a puxou para o sofá. — Foi um sonho, não foi um sonho. Eu estava lá, mas não consegui impedir. Eu não podia fazer nada além de ver. Ver, enquanto ele arrombava a casa pela porta dos fundos. Ele odiava os dois por terem uma casa grande. Aquilo tudo devia ser dele, tudo. Ele ia pegar para ele. O relógio, ele queria o relógio dela.

— Mais devagar.

Mas ela não conseguia.

— Ele viu a minha mãe vestida para uma reunião. O visual de Mulher Profissional dela, como ela dizia. Tão bem-vestida, usando o relógio que o papai deu de aniversário de casamento. Eu sabia porque ele sabia, porque ele pensou nisso. A parede com as fotos. A minha foto. Ele percebeu alguma coisa quando viu a minha foto. Ele queria me matar. O Rem também, mas eu mais do que tudo.

— Devagar, Thea. Por favor, tenta respirar mais devagar. Olha para mim.

Mas ela não conseguia, não quando estava de volta à casa, vendo tudo de novo. Ty quase conseguia ver a cena, refletida naqueles olhos tão azuis.

— Ele está com uma arma, e eu não posso fazer nada. Ele sobe, olhando tudo, odiando os dois, só por serem quem são, por terem o que têm. Ele nem conhece os meus pais, mas odeia os dois. Eles estão dormindo, e ele pega uma das almofadas, as almofadas bonitas que a mamãe gosta de colocar na cama. Ele coloca a almofada na cara do meu pai e... e... atira nele. Eu fico gritando, gritando, mas é só na minha cabeça.

Apertando as mãos na cabeça, ela começou a se balançar.

— A mamãe acorda e chama o papai. "John, John." Mas o Riggs coloca a arma na cabeça dela. "Cala a boca, sua puta." Mas ela não consegue parar. Ela fica chorando e gritando, e ele bate nela, ele faz ela dizer onde fica o cofre e qual a senha. Ela está chorando, e agarra a mão do meu pai, e o Riggs coloca uma almofada na cara dela e atira.

Em algum momento no meio da história, Ty sentiu todo o sangue se esvair de seu rosto.

— Você viu tudo isso?

— Eu vi, eu vi. Ele pega o relógio bom do papai e os brincos e o que mais encontra no cofre. E eu vejo... vejo quando ele vai até a cômoda para pegar o relógio da mamãe. Vejo o rosto dele no espelho. Eu vejo, e ele me sente, olha para trás, mas não consegue me ver. Não naquela hora. Mas parte dele sabe, e quando ele desce a escada, ele pega a minha foto da parede. E leva embora. Um dia ele vai me matar também. Ele está me matando agora. Eu não consigo respirar.

— Consegue, sim. Olha para mim. Droga, olha para mim. Vai devagar, desacelera. Bem devagar agora. Assim.

— Está doendo.

— Eu sei. Vai melhorar daqui a pouco. Respira fundo, bem devagar. E eu vou pegar um pouco de água. Me diz por que você está esfregando a mão assim.

— Acupressão. Dor de cabeça. Ajuda.

— Então continua — disse Ty. A cor pareceu voltar às faces dela; a respiração ficou mais lenta. — No começo, o Scott tinha ataques de pânico antes dos shows.

— Eu não tenho ataques de pânico.

— Você acabou de ter um. Vou pegar um pouco de água.

Quando ele saiu, Thea deixou a cabeça cair para trás, mortificada e exausta. Ela tinha desmoronado. E de que havia adiantado? Tinha deixado Riggs afetá-la porque ela havia se permitido desmoronar.

Quando Ty voltou, ela pegou o copo.

— Obrigada. Eu estou melhor. Agora quero que você vá embora.

— De jeito nenhum. — Ele se sentou e, embora ela tenha ficado rígida, pegou a sua mão para esfregar o ponto que ela estava esfregando. — Tem sido assim esse tempo todo?

— Vai e vem, mas não tanto assim. Nunca é tão ruim. Eu consigo lidar com isso.

— Consegue mesmo?

— Eu já lidava com isso antes de você chegar aqui, e vou continuar lidando depois que você for embora.

— Você está estressada, e eu sou parte do motivo. Então deixa eu dizer logo. A gente não vai embora. Eu ia trocar as chaves, colocar uma cerca, câmeras de segurança, porque achei que você tinha se aproveitado da gente. Não sei o que mais eu podia ter achado... Mas depois a gente fala disso. Eu ia mesmo embora. O Bray é a minha prioridade. E eu fiquei magoado, tá legal? O que achei que você tinha feito me magoou. Tenho um histórico com isso que posso te explicar depois. Eu ia me mudar, e estava decidido quanto a isso quando achei que o Bray estava só irritado comigo por causa dessa decisão. Se você não irrita o seu filho de vez em quando, provavelmente não está fazendo um bom trabalho como pai.

Ele levou a mão ao copo para empurrar de volta para a boca de Thea.

— Bebe um pouco mais. Você ainda está pálida.

— Não preciso de ninguém cuidando de mim.

— Tá bom. Você continua chateada. Eu entendo. Mas depois de ontem, depois que a gente brigou e eu não conseguia achar o Bray...

A lembrança o fez se levantar e perambular pela sala.

— E se ele tivesse ido para a casa da Lucy, andado por aquela estrada, sem calçada, quase sem acostamento? E se alguém... Não consigo nem pensar. Nunca senti tanto medo, e espero nunca mais ter um motivo para sentir tanto medo. A culpa foi minha. Minha, porque eu não ouvi. Supostamente, um pai tem que saber o que está fazendo, então eu não ouvi.

Ele parou, olhou para ela.

— Aí você trouxe o Bray de volta, enrolado no seu casaco. Em segurança. Ele não estava só chateado comigo. Eu parti o coração dele, tirei o chão dele, porque você me magoou. Porque eu fiquei puto com você. Porque tenho um histórico ruim. Eu não vou tirar ele de casa, dos amigos, de um lugar onde ele é tão feliz. Eu ia trocar a chave e tudo mais, mas não vou fazer isso, porque eu acredito em você. Posso ter sido um babaca, mas não sou um completo babaca, e eu acredito em você.

— Tá bom. — Ela abaixou o copo. — Está tudo bem.

Não estava, pensou Ty, mas ele tinha esperanças de que ela ia ficar bem.

Ele voltou a se sentar ao lado dela.

— Me desculpa. Eu não vou despejar a minha história em você agora, essa bagagem toda. Você está cansada. Mas eu posso ouvir um pouco a sua. A Lucy também tem isso? — perguntou ele, antes que ela pudesse protestar.

Ela apenas suspirou.

— Naquela noite, quando eu acordei, corri para o quarto dela. Ela estava sentada na beirada da cama, chorando. Ela sabia, ela tinha visto... não como eu. Ela não estava lá, como eu, mas sabia. Passa por todas as mulheres da família.

— Tá bom. E você pode me contar o que aconteceu depois?

27

⌘ ⌘ ⌘

O QUE THEA podia dizer? O que podia pensar? Ty respondeu "Tá bom", como se ela tivesse dito que todo mundo na sua família tinha cabelo escuro.

A dor de cabeça não passava disso — uma dor e não uma pontada lancinante. Quando ela olhou para baixo, viu o polegar dele fazendo círculos no dela.

Como não estava pronta para sentir tudo de novo, puxou a mão para si.

— O Rem tinha apenas 10 anos. Então a gente não acordou ele. Ela ligou para o xerife McKinnon. O pai da Maddy. Ele conhecia a vovó e acreditou nela. Todo mundo sabe que a vovó tem um dom.

— Todo mundo?

— Ela cresceu aqui, a mãe dela cresceu aqui, e a mãe da mãe dela também. O xerife ligou para a polícia da Virgínia. Quando eles foram até a casa, viram onde o Riggs tinha usado o cortador de vidro na porta dos fundos. A polícia entrou e encontrou os dois. Na cama, de mãos dadas. Eles se amavam muito.

Trêmula, ela inspirou e expirou.

— A polícia queria entender como a gente sabia que tinha que ligar para eles. Os detetives não gostaram muito da maneira como tudo aconteceu, mas mandaram uma policial para fazer um retrato falado. Eu o vi naquele espelho tão bem quanto estou te vendo agora. E dava para ver onde ele estava, dormindo em um quarto de hotel, com a minha foto ao lado. O relógio da minha mãe. Eu disse para a polícia onde ele tinha deixado o carro em que seguiu a minha mãe até em casa. Um carro que ele tinha roubado de outra pessoa que também matou.

— Eles o encontraram onde você falou que ele estava.

— Sim. Ele estava com as coisas dos meus pais, a minha foto, a arma, tudo. Mas os detetives vieram aqui. Riggs confessou, mas... Na época, ainda tinha pena de morte na Virgínia, e ele confessou, então escapou da injeção… E aí, pegou duas penas de prisão perpétua. Mas os detetives vieram aqui. Um deles, o detetive Musk, achou que esse negócio de dom era papo-furado, que talvez nós tivéssemos planejado, ou a vovó tinha, por causa do dinheiro. Era muito dinheiro. Ou eu tinha falado para o Riggs fazer aquilo por algum tipo de rebeldia. Eu sabia demais, e para o detetive isso não fazia sentido. A vovó ficou uma fera. Nunca a vi tão nervosa. Nem quando ela ligou para a mãe do meu pai, para dar os pêsames, e a mãe dele disse que eles iam levar o meu pai para a Califórnia, só ele, e que iam botar a gente em um internato.

— Minha nossa — murmurou Ty.

— A vovó disse umas poucas e boas. Os nossos pais deixaram um testamento dizendo que a vovó era a nossa guardiã por um motivo. Foi por causa disso. A mamãe, o Rem, e eu? Nunca fomos bons o suficiente para a família do papai. Éramos um erro, uns caipiras do Kentucky. Eles nem vieram ao enterro. Ninguém veio.

Ela balançou a cabeça.

— Não importa. Nunca importou. A vovó amava o meu pai como um filho, e ele sempre soube disso. Mas os detetives não sabiam disso, o Musk não acreditava. Então eu provei. Igual fiz com o sol menor com sétima. Falei um monte de coisas para eles, sobre eles mesmos, sobre as famílias deles. Coisas que eu conseguia ver muito facilmente. É uma falta de educação, uma invasão de privacidade, mas eu tinha que fazer. Tinha que proteger a minha família. E eles acreditaram em mim, tinham que acreditar.

— Você protegeu a sua família.

— Era o que eu tinha que fazer. E eu fiz. Mas cometi um erro. O Rem disse alguma coisa sobre desejar que eles tivessem matado o Riggs, igual ele matou os nossos pais. E uma policial falou que ficar preso era pior. Saber que você nunca mais vai sair, nunca mais vai ser livre. Eu queria ver como era, ter certeza disso, então fui lá.

— Você foi à prisão?

— Fui, mas… na minha cabeça. Eu queria ver, e deixei ele me ver. Era horrível, feito uma gaiola. Não tinha grades, tinha uma porta, mas era uma gaiola, e ele estava assustado e zangado. E eu fiquei feliz com isso. Mas usei essa abertura para a minha satisfação, e acho que isso deu uma abertura para ele também. Criou uma conexão. Eu errei.

— Você tinha o quê, 12 anos? E estava sofrendo.

— Mas eu voltei outras vezes. Não devia ter usado o que me foi dado para isso. E eu usei.

— Ele matou os seus pais.

— Ele matou os meus pais, e outras pessoas antes deles. Ele corrompeu o dom que tinha muito antes disso. E usou. Usou para matar, roubar, machucar. Ele usa isso para me machucar quando pode. E sempre vai usar.

— Tem que ter um jeito de acabar com isso.

Cansada, ela só balançou a cabeça.

— Já faz dezesseis anos. E está machucando mais o Riggs. Fisicamente. Ele sangra pelo nariz, pelos ouvidos. Fica com dores de cabeça terríveis, mas não para. Acho que ele não consegue. Estou lidando com isso.

Diante do olhar longo e silencioso de Ty, Thea se empertigou.

— Hoje... você falou que eu estou estressada, e é bem isso mesmo. Se o que tive foi um ataque de pânico, foi o último. Eu sei controlar as coisas, sei bloquear. A minha mãe não gostava de ter isso. Ela ficava ansiosa e triste. A vovó bloqueava isso quando a mamãe estava aqui. Aprendi a fazer a mesma coisa quando era criança. A vovó me ensinou muito, muito mais. E depois que cometi aquele erro com o rapaz na faculdade, aprendi mais por minha conta. O Riggs passou anos quase sem conseguir entrar. Aí depois...

Ela se levantou.

— Preciso de um pouco de cafeína, alguma coisa.

— Deixa comigo.

— Preciso me mexer. — Ela foi até a cozinha, pegou uma Coca-Cola, deu um longo gole. — Pode pegar uma, se quiser.

— Quero. Depois o quê, Thea?

— Os detetives, o Musk e o Howard... Foi no mesmo dia que o meu professor me chamou para falar do jogo que eu tinha feito para o meu projeto final de curso. Eu estava muito feliz naquele dia, porque ele ia mandar o jogo para um primo dele, na Milken. Eu queria muito aquilo. Estava voltando para o alojamento, para pegar as minhas coisas e voltar para casa para as férias. E eles estavam me esperando.

— Para falar do Riggs?

— Não. Eles queriam a minha ajuda, e eu não podia negar. A minha vontade era dizer não... Eu tinha esquecido aquilo tudo desde o dia em que contei para aquele menino, que no final das contas não valia nada. Mas eu não podia negar. Uma menina, sequestrada, a última de uma série de meninas. Ela tinha apenas 15 anos. Ele ficava com elas por quatro dias, depois matava e se desfazia dos corpos, e o tempo dela estava acabando.

Thea deu outro gole na Coca-Cola.

— Eles tinham os brincos dela, então eu peguei, me abri para ela e vi... Ela estava tão assustada, com tanto frio. E eu vi o sequestrador, porque ela também tinha visto, depois vi a parte externa da casa e o número, porque ele tinha visto. Vi o carro dele, a placa.

— Você salvou a vida dela.

— Foi o que eles disseram quando falaram que tinham resgatado a menina e prendido o sequestrador. Mas me abrir daquele jeito deu ao Riggs uma oportunidade ainda maior. Só que eu não posso me arrepender. Não me arrependo.

— Você fez alguma coisa assim de novo?

— Algumas vezes, mas... Eu queria este lugar, não só por causa da vovó e do Rem, embora eles tenham sido o principal motivo. As pessoas aqui sabem da minha família, e, para elas, isso é natural. Eu precisava disso. Queria uma vida aqui, uma vida tranquila, um lugar onde pudesse trabalhar. Eu vacilei, Tyler, com aquela porcaria de caminhão, foi só isso. Queria que o Bray encontrasse o que ele queria, e era uma coisa tão pequena. Igual ao Rem xingando porque não consegue encontrar a carteira... E ele sempre perde a carteira. Aí eu falo para ele, ou a vovó fala onde ele deixou dessa vez. Só uma coisa boba. E a sua cicatriz... Eu estava com todas as barreiras derrubadas. A única outra vez, e isso foi de propósito, foi no começo do verão... Eu estava voltando da sua casa e queria ver se você estava olhando para mim. Então olhei sem me virar. Uma coisa boba, por vaidade, mas juro que foi só isso.

— Eu estava olhando?

Ela fez que sim com a cabeça de leve.

— Me deixou toda boba, só isso. Mas eu sou cuidadosa e me controlo. Não espio a vida das pessoas.

— Entendi. Como está a dor de cabeça?

— Passou. Eu estava muito emocionada, muito chateada. Perdi o controle por um momento.

— Vou ser sincero com você, eu não teria acreditado em nada disso, não sem as provas.

Ela desviou o olhar e deu de ombros.

— Você e mais um monte de gente.

— Eu acredito em tudo que você falou. E não acho que você é uma aberração, Thea. Acho que você é um milagre. Ai, meu Deus, por favor, por favor, não chora de novo. Acho que eu não aguento.

— Eu quase nunca choro, não assim. Mas lágrimas de felicidade vêm fácil.

— Quero saber em que pé a gente está agora. Se você pode dar outra chance ao que nós começamos.

— Você me assusta. E eu não fico assustada com facilidade, mas você me assusta, porque eu te amo. Amo quem você é aqui e agora, e isso me assusta.

— Eu não ia me mudar só porque achei que você tinha traído a minha confiança. Ia me mudar porque achei que a mulher pela qual eu tinha me apaixonado... me apaixonado de verdade... tinha traído a minha confiança. Você precisa me perdoar por isso.

— Eu já perdoei. Mas ainda tenho medo de você.

Ele não a tocou, não se aproximou. Ficou só olhando para ela.

— Acho que eu devia dizer que não vou te magoar de novo, mas isso seria mentira. As pessoas fazem merda e se machucam.

— É. Ainda estou um pouco magoada, Ty.

— Eu espero. Não vou a lugar nenhum. Nunca mais vou fazer aquilo com o Bray de novo, ou com você, ou comigo. Aqui é o meu lar, e eu posso esperar.

— Eu não estou sendo... Como se diz? Evasiva.

— "Evasiva" não é a palavra que me vem à cabeça quando penso em você. Acho que nós dois erramos. Estou disposto a assumir a maior parte da culpa e esperar. Mas não apaga as fotos, Thea.

— Eu não vou apagar.

— Talvez você pudesse mandar o cachorro lá em casa hoje à tarde. O Bray sente muita falta dele.

— É mútuo. Eu mando.

— E sempre que você quiser aparecer com ele... A hora que você quiser.

Ela apenas assentiu com a cabeça, e ele baixou a Coca-Cola e deu um passo para trás.

— Ele veio para cá. Quando eu puxei o tapete dele, ele procurou por você. Ele te ama. Não se afasta dele por minha causa. Eu vou te dar espaço.

Ele saiu pela porta dos fundos e foi até a estrada. Então, Thea pegou os porta-retratos da mesa onde Ty os havia deixado e colocou os dois na sua mesa de trabalho.

Precisava de um tempo — ela se conhecia bem o suficiente para saber daquilo. Mas não significava que ela não pudesse ter aquelas pequenas coisas no meio-tempo.

NAQUELA TARDE, para alegria de Bray, ela mandou Bunk até a casa dele. Sozinha, entrou na academia que tinha em casa e se exercitou até suar. Iria se fortalecer, física, mental e emocionalmente. Depois de escolher uma espada, fez um *kata* complexo — então repetiu, pois não se sentia forte o suficiente.

Iria se fortalecer, se fechar.

Terminou o treino com ioga — mais agilidade, flexibilidade, disciplina.

Se havia se deixado desmoronar, iria se recompor.

Deitada em postura de *Shavasana*, ela sentiu o corpo estremecer de cansaço. Cansaço muscular, uma espécie de recompensa para a mente.

Já havia sofrido o suficiente.

No banheiro, Thea acendeu a lareira — um luxo do qual nunca tinha se arrependido —, umas velas e entrou debaixo do chuveiro quente. Para limpar os poros, aliviar as dores, relaxar os músculos cansados.

Depois, tomou um banho frio para acordar de novo.

Ela se vestiu e trançou o cabelo ainda úmido, antes de caminhar pela casa. A sua casa, o seu lar, o seu lugar. Riggs só podia entrar ali pela sua cabeça. Ele a agredia, a provocava quando ela se deixava dominar pelas emoções.

Ela não ia se culpar por aquilo; tinha o direito de sentir. Mas não ia ficar fraca, nunca mais iria se deixar enfraquecer o suficiente para ele atacá-la como tinha feito.

"Agora ele sabe que você é uma aberração. Ele só quer comer a aberração e contar pra todos os amigos."

Ela sabia que não. Precisava de tempo, mas sabia que não.

"Você nunca vai ter ninguém. Ninguém fica com aberrações. Você vai ficar sozinha pra sempre."

Ela tinha a família, os amigos. Sozinha? Era uma escolha. Ela faria a escolha.

"Você está presa, sua vaca. E quando eu te pegar, ninguém vai nem ligar. Se mata primeiro, acaba com isso. Toma uns comprimidos, vai dormir. Se deixar comigo... Eu vou te fazer gritar."

— Nunca, jamais — murmurou Thea, saindo para chamar Bunk de volta para casa com um assobio.

Mas ela precisava arrumar um jeito de acabar com aquilo, de cortar aquela intimidade terrível. Até pensar em uma solução, precisava fazer de tudo para bloqueá-lo. Para ter um pouco de paz.

Enquanto esperava por Bunk, Thea foi até o galinheiro, acariciou penas macias, cuidou das galinhas.

Daria comida para o cachorro, beberia uma taça de vinho, comeria. Talvez trabalhasse uma ou duas horas, para compensar o tempo que tinha perdido de manhã.

Ela precisava mergulhar no jogo novo, se concentrar naquele projeto.

Dormiria pensando nele.

Quando Bunk chegou, ela se abaixou para recebê-lo. Na coleira, havia um envelope com furo, pendurado com uma fita.

— Certo, o que você trouxe?

Thea desamarrou a fita e, distraída, enfiou-a no bolso antes de abrir o envelope.

Lá dentro, encontrou um cartão de cartolina com um coração vermelho desenhado sobre um campo azul. Então se perguntou se Ty havia guiado a mãozinha de Bray para ajudá-lo a escrever, em letras lindas e tortas:

PARA THEA

Primeiro, ela olhou a foto escondida lá dentro. Bray de moletom de zíper com um sorriso imenso no rosto, abraçando Bunk pelo pescoço. Bunk estava olhando direto para a câmera, com um sorriso tão grande quanto o menino, e os olhos brilhando de amor.

Bray havia desenhado com lápis de cor a sua própria versão da foto na parte interna do cartão. E havia assinado:

COM AMOR, BRAY

— Eu aceito — disse ela e, suspirando, fez um carinho em Bunk. — Uma imagem vale mais que mil palavras, né? Essa é a imagem certa e as mil palavras certas.

NA TARDE seguinte, Bunk voltou para casa com um prato de sobremesa amarelo pintado igual a um sol feliz. Thea o pendurou no mural do escritório, ao lado do desenho do campo azul.

Ela precisava de tempo, pensou, mas sentiu o coração se entregando. Tempo que estava usando bem, com treinos diários — se fortalecendo —, caminhando para alimentar o espírito e começando um jogo novo que mantinha a sua mente afiada.

QUANDO LUCY chegou pela estradinha, viu Bray e Bunk no quintal. Estava na dúvida se devia dirigir até a casa de Thea, até que se decidiu. Se correr, se ficar…

Quando ela desceu do carro, Bray gritou:

— Vovó! Vovó!

E ali estava o motivo, pensou ela, enquanto ele corria em sua direção e ela abraçava a criança e o cachorro.

— Você tá com uma carinha tão corada — disse ela, beijando-o no rosto.

— Eu ganhei dois adesivos na escola hoje e já sei soletrar cão. C-Ã-O! E Bunk é B-U-N-K. E…

Enquanto ele falava, e ela parecia devidamente impressionada, Ty saiu da casa.

— Olha, olha o que eu sei fazer. Olha, vovó! — exclamou Bray, e correu para os brinquedos do jardim.

— Tô vendo.

Ela se aproximou, enquanto Ty seguia em direção a ela.

— Que bom te ver, Lucy.

— É bom ver vocês dois.

Ela ergueu as mãos com cara de espanto quando Bray desceu o escorregador de barriga.

— Também preciso pedir desculpas a você.

— Não precisa, não, mas eu aceito. Isso é com você e a Thea.

— Eu botei você e o Rem no meio.

— É, nós somos muito unidos. — Então, ela comemorou quando Bray desceu o escorrega de cabeça. — Nossa, esse menino tá crescendo tão rápido!

— Lucy. — Ty pousou a mão no braço dela. — Você deve ter falado com a Thea. Como ela está? Ela parecia... Sei que parte disso é minha culpa, mas, como agora já sei o resto... Ela não parecia bem. Como se ela não estivesse dormindo, e tem as dores de cabeça.

— Vou ver com os meus próprios olhos, mas já falei com ela, sim. — Lucy arqueou as sobrancelhas para ele. — E tenho outras formas de ver e saber.

— Certo.

— Ela tá melhor, muito melhor do que antes. E fazendo o que precisa pra continuar assim.

— Esse Riggs... — Ty olhou para Bray, para ter certeza de que o garoto não conseguia ouvir. — Eu entrei na internet, procurei mais sobre o caso. Mais sobre ele. Ele é um monstro.

— É mesmo. Eu me pergunto como um homem como ele recebeu esse dom, mas não tenho resposta.

— Ele matou mais gente, um monte de gente, e tinha apenas 18 anos quando foi preso.

— A Thea, ainda criança, viu aquilo, viu o que ele tinha feito com os outros. Ela entrou em contato com os detetives, fez tudo sozinha, e contou o que viu.

— Eu devia ter percebido — murmurou Ty. — Tinha umas histórias, umas mais sensacionalistas, que diziam que ele sabia ler mentes, mas não encontrei nenhuma menção a Thea em matéria nenhuma. Quer dizer, ela aparece como filha de duas das vítimas dele, mas não como testemunha.

Lucy olhou para Ty, enquanto Bray subia no balanço.

— Os detetives Howard e Musk nunca deram o nome dela. A gente deve isso a eles. Sou muito grata por isso.

— Ela ajudou os detetives de novo... com a menina que foi sequestrada.

— Ela te contou isso. — Era um bom sinal, pensou Lucy. — É, ela ajudou. Com ou sem dom, mas talvez mais quando você tem um dom, se tem alguém precisando de ajuda, você ajuda. Testemunha... essa é a palavra certa. Quando você vê, quando testemunha alguém precisando de ajuda, você ajuda.

— Nem todo mundo ajuda.

— Quem não tem que conviver com a opção de ignorar. Pode ser uma coisa tão grande quanto impedir um monstro, ou tão pequena quanto dizer a um garotinho onde tá o brinquedo dele.

Ele enfiou as mãos nos bolsos.

— Eu fiz merda.

Ela assentiu com a cabeça, mas fez carinho no braço dele ao mesmo tempo.

— É, fez, querido, mas você tinha um motivo. E ele tá ali naquele balanço. Eu sei o que é proteger uma criança e ser a única pessoa que pode fazer isso.

— Eu... A Thea me contou sobre a família do pai dela. Não consigo nem entender como...

— Eles não são a família dele — interrompeu Lucy. — Nós somos a família dele. Não carreguei o John na barriga, mas, pra mim, ele era como os filhos que eu carreguei.

— Isso me fez pensar na minha família. Nós não somos tão unidos. Quando o Bray apareceu na minha vida, eles ficaram chocados. Mas me apoiaram. Eles não se afastaram, e sim me acolheram. Eles amam o Bray. Eles me ajudaram quando eu realmente precisava... E, nossa, como eu precisava. Comecei esse negócio de pai do zero, e eles estavam lá para ajudar.

— Isso é família. Você vai para o norte no Dia de Ação de Graças?

— A família está espalhada demais para isso. Não somos tão unidos — repetiu ele. — A minha irmã vai para um resort, o meu irmão vai para a casa dos sogros, e a minha tia do Maine vai passar com os meus pais.

— Então, se você não vai participar de nada disso, vou guardar um lugar na minha mesa pra você e Bray.

— Nossa... — Ele olhou em direção à casa de Thea. — Será que a Thea não vai ficar pouco à vontade?

— Ela ia falar a mesma coisa. A casa vai tá cheia, e com crianças. Se você não viajar, vai jantar com a gente. Braydon Brennan, vem aqui me dar um beijo de despedida.

— Posso ir com você? Posso ir ver as galinhas, a cabra, a vaca e os cachorros?

— Eu não tô indo pra casa agora. — Ela lhe deu um abraço apertado. — Mas vou passar o sábado em casa, então quem sabe o seu pai não te leva lá pra me visitar e ver todo mundo?

— Tá bom.

Ela se virou e beijou Ty no rosto.

— Vem me ver — disse ela, e voltou para o carro.

Ela dirigiu o curto trajeto e pegou a caixa no banco do carona. Conhecendo Thea, levou direto para dentro da casa.

— Entrega especial!

— Vó. — Thea veio correndo da cozinha. — Deixa que eu levo isso.

— Eu tenho músculos de sobra. Trouxe leite e umas amostras. Tô experimentando uns aromas novos. Pensando na primavera, porque já tô cansada desses cheiros de inverno.

Ela botou a caixa na ilha da cozinha.

— Cheguei na hora certa?

— Certíssima. Acabei de desligar tudo. Estava precisando descansar a cabeça. Já coloquei a chaleira no fogo.

Thea guardou o leite na geladeira e começou a tirar sabonetes, velas e loções da caixa.

— Você andou ocupada.

— Do jeito que eu gosto. Você estava precisando descansar a cabeça, e eu, o nariz.

Thea pegou um dos sabonetes.

— Limão, mas não é só isso.

— Limão em conserva. Outro dia eu estava preservando limão e pensei: *Por que não fiz isso antes?* Ainda precisa curar. Mas pode usar o sabonete líquido, a loção e a vela. E fiz um esfoliante de sal com limão em conserva. Foi aprovado, acho que vão começar a vender lá pra meados de março.

— Ah, aprovadíssimo. — Thea passou um pouco de hidratante nas mãos, esfregou e cheirou. — Sensacional. Senta, vó. Vou fazer um chá.

— Tô precisando mesmo sentar um pouco. Passei lá no seu vizinho.

— Ah.

Thea se virou para escolher um bule e, ao pensar em Ty, pegou o da dona Leona.

— O Ty perguntou de você, se você tá bem. E eu tenho que dizer, Thea, é um alívio pra mim ver que você tá cuidando mais de si mesma.

— Estou me sentindo bem melhor. Muito melhor. Eu perdi o controle, mas agora estou muito mais segura. Não foi só o que aconteceu com o Ty, embora isso tenha me afetado. Mas já tinha rachaduras.

— E as dores de cabeça?

— Já tem uns dias que elas sumiram. Estou mais segura e no controle de novo. — Arregaçando as mangas do suéter vermelho, Thea mediu o chá. — Ele tenta... Acho que não consegue mais parar de tentar. Mas eu lacrei essas rachaduras. Ele está doente, na mente, fisicamente, e eu acho de verdade que ele estava empurrando isso para mim. Então, estou me cuidando mais.

— Tô vendo. Agora eu posso falar isso para o Rem, pra ele parar de dizer que vai dar um passa-fora no Ty.

— Eu devia ter contado tudo para o Ty quando a gente se envolveu daquele jeito, então vou assumir uma parte da culpa. E contar foi um alívio maior do que eu imaginava. Então, estou me cuidando melhor e vou estar mais preparada para o que quer que aconteça. Com o Ty, com o Riggs, com a minha vida.

O último peso no coração de Lucy se dissipou.

— Você não tá só parecendo mais a minha Thea, você tá falando igual a ela.

— Porque eu sou a sua Thea.

— Certo, minha Thea, eu convidei o Ty e o Bray para o jantar de Ação de Graças.

— Ah. Eles não vão passar com a família?

— Ty disse que tá todo mundo espalhado, que vão passar em lugares diferentes. Eu não podia deixar aquele homem e o filho sozinhos assim.

— Lógico que não. Então eles vêm?

— Ele ficou preocupado que você ficasse pouco à vontade.

— Que bobeira. Eu... Espera, tenho que chamar o Bunk.

Ela saiu e deu a volta na varanda, então deu um assobio longo e alto de três notas.

Bebericando o chá, Lucy sorriu quando Thea voltou.

— Lembra o verão em que eu ensinei você e o Rem a assobiar assim?

— Ele demorou mais pra conseguir.

— Ele é mais novo. Nossa, como é bom sentar. Vou passar o dia todo batendo pernas amanhã. Tô com uma lista de tarefas do tamanho da minha perna esquerda.

— Precisa de ajuda?

— Não, não. — Lucy a dispensou com um aceno. — Todo mundo tem seu trabalho. Quando você e a Maddy vão comprar o tal vestido de noiva?

— Ela está de olho em um que viu na internet, mas vai tirar o dia de folga na segunda-feira, e eu vou ver se a gente acha uma coisa parecida, ou um de que ela goste mais. Se a gente achar, vai fazer um Zoom com a mãe e a irmã dela. Quer participar?

— Com certeza. A Leeanne quer ver o vestido da Maddy, e o seu também, antes de começar a procurar o próprio. Mas ela já me mostrou uma dezena de vestidos. Quando ela escolher o vestido, a Leeanne, a Abby e eu queremos sair pra comemorar. E vai ser uma comemoração completa, com almoço chique e tudo. Nem lembro a última vez que fui a um almoço assim.

— Boa ideia. — Quando ouviu Bunk latindo como quem diz "Me deixa entrar", Thea se levantou. — Por que a gente nunca faz nada assim?

— Acho que a gente não é chique.

— É verdade, mas não significa que não podemos dar uma de chiques de vez em quando.

Ela abriu a porta, e Bunk veio abanando o rabo.

— Qual o presente de hoje?

Thea soltou a fita da coleira e pegou uma flor de cartolina, as pétalas disformes nas cores do arco-íris coladas em um caule grosso e verde.

— Que coisa mais fofa!

— É mesmo — concordou Thea. — O Bunk passou a semana trazendo coisas fofas para mim. O cartão e a foto na geladeira, um sol feliz feito em um prato de papel. Agora isso. O Bunk brinca, e eu ganho um agradecimento.

Lucy apenas riu. A sua Thea era muito inteligente — a respeito da maioria das coisas.

— Querida, isso não é um agradecimento. Esses meninos estão te cortejando.

— Vó. — Thea riu, fazendo pouco-caso. — Com flor de cartolina?

— Toda vez que olhar para isso, ou para o cartão, ou para o sol, que eu tenho que ver antes de ir embora, você vai pensar neles. É uma estratégia muito inteligente.

— Eu não… — Sem graça, Thea olhou para a flor. — Ninguém mais corteja alguém.

— Você tá segurando a flor na sua mão nesse momento. Ele é um homem paciente, e eu estava na dúvida se ele estava sendo paciente demais. Agora tô vendo que ele só é sutil. Gostei do estilo. E fico feliz de saber que estava certa sobre ele o tempo todo. Não perdi o jeito.

Sem dizer uma palavra, Thea colocou a flor na geladeira.

— Fez você sorrir — observou Lucy. — E aposto que o seu coração bateu mais forte.

— Pode ser. — Sentando-se de novo, Thea pegou o chá. — Um pouco, talvez. Vira essa cara convencida pra lá.

— Tô te olhando assim porque você parece feliz.

— Talvez. — Thea deu um gole no chá. — Um pouco, talvez. Se eu deixar ele voltar, vó... Se eu me abrir para isso mais uma vez, ele vai me machucar de novo.

— Com certeza. Vai te machucar, te irritar, te fazer feliz. E você vai fazer o mesmo com ele. Isso é amor, querida. Viver com amor é isso. Agora, eu tenho que voltar pra casa, então me mostra logo esse sol.

Quando elas entraram no estúdio, Lucy colocou as mãos nos quadris e riu.

— Olha só essa cara! Um cartão com um coração, com uma foto do seu cachorro, o filho dele, um sol sorridente, e agora uma flor de papel. Querida, você é inteligente demais pra não saber que tá sendo cortejada.

— Eu estou só... confusa.

— O amor também faz isso. — Lucy lhe deu um beijo e um abraço. — Aproveita.

Aproveita, pensou Thea, depois que Lucy saiu e ela voltou para a cozinha. Ela passou a ponta do dedo nas pétalas de papel.

— Pode ser — murmurou. — Talvez um pouquinho.

28

⌘ ⌘ ⌘

THEA SE afastou da mesa de trabalho. Precisava se mexer um pouco, espairecer. Estava trabalhando desde sete da manhã, pois tinha acordado com uma solução diferente para um problema no projeto novo.

E, mais de três horas depois, precisava se mover enquanto a ideia assentava.

Decidiu treinar. Continuar com o plano de cuidar de si mesma, já que, pelo menos por enquanto, estava dando certo.

Subiu e tirou o pijama — uma das vantagens de trabalhar em casa. Nem Bunk nem as galinhas ligavam se ela fosse dar a comida deles em um pijama velho e largo, desde que tivesse comida.

Bunk ficou olhando enquanto ela colocava um sutiã esportivo, uma regata e uma calça de ginástica.

— Vou deixar você sair primeiro. Você passeia por uma hora, e eu treino por uma hora. Aí a gente volta para o trabalho. Vai fluir melhor depois do treino — disse ela. — Universo paralelo é divertido. Eu só preciso... não pensar nisso agora — lembrou a si mesma.

Thea foi descendo, e Bunk soltou três latidos e avançou em direção à porta.

— Você está doido para sair, né? Por que não me avisou antes?

Quando Thea abriu a porta, Bunk se esfregou nas pernas de Ty, que trazia um buquê de flores em tons outonais de abóbora, ouro e bronze.

— Eu ia deixar na varanda. Passei na cidade e acabei... Enfim, eu ia só deixar na varanda.

Ele parecia pouco à vontade, o vaso enfiado na curva do braço e a outra mão na cabeça de Bunk.

— Achei que você ia estar trabalhando.

— Eu ia fazer uma pausa, deixar o Bunk dar uma volta. — Ela pegou as flores. — Obrigada. — E, tomando uma decisão, deu um passo para trás. — Entra.

Bunk desceu os degraus da varanda, e Ty entrou.

— Homens acham que flores são uma porta de entrada.

— Ah...

— Em geral, estão certos. E sorte a sua que eu ainda não troquei as flores da cozinha. Vamos lá para os fundos. Vou fazer um chá. Quer?

— Um chá cairia bem. Você está ótima.

Ela olhou de relance para ele enquanto os dois iam até a cozinha.

— Estou bem melhor do que quando você me viu pela última vez.

— Que bom, é muito bom te ver assim. — Ele sorriu para o cartão e a flor de papel na geladeira. — O Bray vai gostar de saber que você botou isso aí.

— Muito inteligente, usar o Bunk de mensageiro. — Depois de pousar as flores na ilha, ela se virou para fazer o chá... e pegou o bule de dona Leona. — De quem foi a ideia?

— Na primeira vez fui eu. Mas, nas outras, Bray que quis mandar as coisas que fez na escola. Estou tentando diminuir para um por semana, para você não ficar soterrada em arte infantil. Admito que parece que eu tenho segundas intenções.

— A vovó chamou de sutil.

— Gostei de sutil. — Ele enfiou as mãos nos bolsos. — O Bray está com saudade de você. Isso é um fato, não é um estratagema. Eu também. Estou morrendo de saudade, e isso é um fato.

Outras decisões chegando, Thea pensou enquanto descansava o bule na bancada.

— Também estou com saudade dele, e de ouvir a sua música, já que não tenho saído tanto e fico com as janelas fechadas.

— Quando você se sentir pronta... Talvez não dê ainda para retomar de onde a gente parou, mas eu ia gostar. Ou em qualquer ponto que funcione. Ou você pode passar lá em casa com o Bunk um dia, e eu posso dar uma sumida, aí você vê o Bray.

— Você pode dar uma sumida?

— Se for isso que você estiver precisando, posso. Ele só tem 5 anos. Não entende. — Depois, Ty deu de ombros. — Ele tem 5 anos. Não precisa entender mesmo.

— É, verdade. Vamos sentar um pouco. — Tomando a iniciativa, ela se sentou junto da bancada da cozinha. Um local casual e amigável o suficiente. Thea ocupou as mãos servindo o chá.

— Não confiei a você uma parte fundamental de quem eu sou. Tinha os meus motivos, mas foi um erro meu. Vou te contar o porquê. Eu não precisava contar para ninguém antes dos meus pais morrerem, principalmente porque a minha mãe ficava sem jeito. Nunca vou saber exatamente por quê, mas ela ficava. Depois, quando vim morar aqui, era natural. Sou neta da Lucy Lannigan e pronto. Mas quando fui para a faculdade, resolvi que ia ser só... uma pessoa comum. Ninguém me conhecia lá, eu ia estudar e fazer novos amigos, viver.

Ela deu um gole no chá e depois baixou a xícara de novo.

— Depois teve um menino, no primeiro ano. Eu te falei, comecei tarde no quesito amoroso. Contei para ele, e ele me disse coisas terríveis. Terminar não foi o suficiente, mas ele falou coisas horríveis. E contou para outra pessoa, que também falou coisas horríveis, e para uma outra pessoa que queria que eu fizesse um show, como se eu fosse uma atração de circo.

— Sinto muito. Traição é terrível.

— É — concordou ela. — Então me fechei e fiquei na minha até a coisa morrer. Não contei para mais ninguém com quem eu me importasse o suficiente para querer na minha vida. Eu me lembrava de como era me abrir com alguém que eu gostava e ver essa pessoa se voltar contra mim, e nunca mais queria sentir aquilo.

Ela deu outro gole no chá.

— Foi um erro meu.

— Assunto privado é privado e ponto-final. Eu entendo isso.

Ela fez que sim com a cabeça.

— A outra parte é com você. Você não me deu nenhuma chance de me explicar, de contar, nem de tentar.

Ele manteve os olhos fixos nos dela.

— E eu falei coisas horríveis.

— Falou. Você disse que tinha um histórico ruim em relação a isso, e que o motivo era esse. Eu queria saber o que aconteceu.

— Tá bom. — Ele se ajeitou, como se tivesse vindo preparado exatamente para isso. — Eu te contei sobre a mãe do Bray.

— Contou.

— Foi antes disso. Antes de eu encontrar uma menor de idade nua na cama do meu quarto de hotel, e de outros incidentes. Teve um menino na sua vida, na minha foi uma menina. Passamos a maior parte do ensino médio juntos. Ela foi a minha primeira namorada, e eu fui o primeiro namorado dela.

Ele abriu um sorrisinho.

— Não comecei tarde nessa área. Eu a amava, achei que ia ser para sempre, como todo mundo acha quando tem 16, 17 anos. Ela gostava da minha banda. Talvez achasse que era mais um hobby, mas gostava. E gostava quando a gente fazia shows e ela podia ir assistir.

— "Estou com a banda" — murmurou Thea.

— Exatamente. Ela já não gostava tanto quando a gente começou a fazer mais shows, e ela nem sempre conseguia ir. Mas a gente continuou junto. — Ele deu de ombros. — Até que um dia acabou. Ela foi para a faculdade, e eu, não. Zero drama.

Por um momento, Ty franziu o cenho para o chá, mas não bebeu.

Ele estava vendo a menina, pensou Thea, a sua primeira namorada. Vendo a si mesmo.

— Em retrospecto, para mim, nós dois achávamos que o outro ia mudar de ideia, né? Mas, em vez disso, acabamos seguindo cada um o seu caminho. Aí a Code Red estourou. Contrato de gravação, "Ever Yours" subindo nas paradas. Não sei se a gente estava pronto para isso, mas, cara, foi um turbilhão. E no meio dessa loucura inicial, das turnês, das indicações ao Grammy, ela deu umas entrevistas. A minha namoradinha do tempo do colégio, com fotos da época e tudo. E falou de como eu parti o coração dela e a abandonei quando tive um gostinho do sucesso. De como eu odiava a minha família.

— Ah.

— Pois é. Eu falei umas merdas para ela, quando estava brigando com os meus pais sobre fazer faculdade ou música. Coisa que você fala para quem você ama e confia quando tem 17 anos e está se sentindo pressionado e incompreendido. Você sabe o que eu quero dizer. Desculpa — corrigiu-se ele depressa —, você não sabe.

— Tive os meus momentos com a vovó quando era adolescente.

— Impossível. Ela é perfeita. — Ele se recostou. — Depois, minha ex entrou em contato comigo, dizendo que tinham distorcido as palavras dela, tirado as coisas de contexto, mas o fato é que ela contou coisas privadas, que machucaram a minha família. Por dinheiro, por atenção. Essa foi a primeira, mas não a última vez. A última foi a mãe do Bray. Não sou só eu agora, Thea. Tenho que cuidar dele.

— Tudo bem.

— Tudo bem?

— Eu sei como é se sentir traído e dilacerado. Sei o quanto você se protege para não acontecer de novo. Acho que nós temos que entender o que queremos fazer com isso. Baixar a guarda e confiar que alguém não vai fazer isso com você de novo é um grande passo.

— É um começo. Vir aqui, tomar um chá. Talvez você pudesse ir ver o Bray. Eu realmente acabei com a felicidade dele quando excluí você da nossa vida.

— Eu vou. Senti saudade dele. — Olhando para Ty, ela baixou a guarda. — Senti saudade de você.

— Thea. — Ty esticou a mão por cima da mesa; ela botou a mão na dele.

Lá fora, Bunk latiu.

— É o sinal de que tem alguém chegando. — Soltando a mão da dele, Thea se levantou. — Preciso ver quem é.

Como o latido vinha da frente da casa, ela foi até a porta da frente. E aproveitou para lembrar a si mesma que era melhor ir devagar. Baixar a guarda, sim, mas se abrir de novo, se abrir de verdade para ele, os seus próprios sentimentos?

Melhor ir devagar.

Quando abriu a porta, viu Bunk cumprimentando Nadine, que vinha com o caçula no quadril, um bebê na barriga e uma bolsa de bebê no ombro.

E completamente apavorada. Um medo tão profundo, tão imenso, que nem se quisesse Thea seria capaz de bloquear.

— Nadine. — Alarmada, Thea desceu correndo os degraus e foi até a mulher. — O que foi? O que aconteceu?

— Eu não acho a Adalaide. Não acho. — Lágrimas escorriam pelo rosto já manchado. — Eu fui na dona Lucy, mas ela não estava lá. Me ajuda. Por favor, Thea, me ajuda.

— Entra. Aqui, deixa eu pegar o menino. Entra, senta. Você andou muito.

— Procurei em tudo quanto é canto. Chamei muito o nome dela. Já tem mais de uma hora que eu tô procurando, e não sei quanto tempo antes... Não sei. Me ajuda, por favor.

— Lógico que ajudo.

Ela sustentou o bebê na lateral do corpo para abrir a porta da frente, onde Ty estava.

— Vou ligar para o xerife.

— Não, não, por favor! — Um novo medo se acendeu nos olhos de Nadine. — Eles podem tirar ela de mim. E se eles levarem ela embora? Thea, por favor.

— A gente não vai ligar para o Will ainda. Não se preocupa. Senta aqui, junto do fogo. Suas mãos estão congelando. Ty, pega um chá para a Nadine, por favor? Senta, Nadine. Pensa no bebê dentro de você e senta. Senta e me conta o que aconteceu.

— Ela tá brava comigo. Tá muito brava comigo. — Soluçando, Nadine cobriu o rosto com as mãos. — Ela quer ir pra escola, com as outras crianças, mas o pai diz que não. Diz que ela é nova demais pra sair assim, e que eu posso ensinar ela em casa tão bem quanto uma professora. Ela vai fazer 5 anos semana que vem. Ela é só um bebê, e eu não consigo achar ela. Ela estava tão brava comigo, e eu briguei com ela. Eu estava cansada, porque Curtis Lee passou metade da noite acordado, e eu ainda fico enjoada de manhã, igual quando eu estava grávida dela e do Curtis Lee.

— Pega o chá do Tyler e bebe um pouco.

— Por favor, eu não posso. Eu...

— Nadine, eu preciso que você se acalme um pouco antes de poder te ajudar, então você vai beber esse chá e confiar que eu vou te ajudar. Ty, você pode...

— Lógico. — Ty pegou Curtis Lee. — Ei, garotão. — Ele pegou as chaves no bolso e deu para o menino, antes de se sentar no chão com ele e Bunk.

— Ela ficou chateada — disse Thea.

— Ela ficou tão brava comigo. Ela quer ir pra escola, mas o pai... Eu não defendi ela. E a prima dela, a Marlie, mostrou uma flor de papel que fez na escola, aí pronto. Hoje de manhã a Adalaide disse que ia pra escola, e que ia morar com a avó, e que eu era burra demais pra ensinar ela, e eu falei que ela não ia pra lugar nenhum, e que ia morar com a gente e dar graças a

Deus, e que devia ter vergonha de chamar a mãe de burra. E que eu não ia ensinar nada pra ela hoje, e que ela podia ir chorar no quarto.

— Bebe mais um pouco do chá, Nadine.

— Eu ouvi ela esmurrando as coisas lá dentro por um tempo. E aí, Thea, eu fiquei tão brava com ela por me xingar daquele jeito. Fiquei ocupada com o Curtis Lee e as coisas da casa, e quando ele finalmente tirou uma soneca, eu deitei com ele só um pouquinho. Eu estava tão cansada.

— Está tudo bem.

— Mas não tá. Não tá. Quando eu acordei, a casa estava no maior silêncio, e eu senti um vento, porque a porta da frente estava aberta. Ela não estava no quarto, nem em casa. Saí pra procurar, mas não encontrei. Ela pegou o casaco e a mochila que eu dei pra ela, pra ela achar que era igual ir pra escola quando fazia aula comigo.

Nadine pousou a xícara, com a mão trêmula.

— Por favor, me ajuda. Por favor, acha a minha filha. Ela tá perdida e talvez machucada. Eu liguei, liguei tanto pra dona Lucy, mas ela não atendeu.

Nadine remexeu na bolsa que trazia e pegou um urso de pelúcia cor-de-rosa meio velho.

— A avó dela fez isso logo depois que ela nasceu. Ela ainda dorme com ele toda noite.

— Tá bom. Isso é ótimo. — Thea pegou o urso e bloqueou o som do bebê balbuciando, o chaveiro com as chaves balançando. — Nadine, você pode me ajudar mantendo a calma, mostrando que confia em mim.

— Eu confio em você. Eu confio, eu confio. Mas…

— Calma, só fecha os olhos e pensa na Adalaide em casa. Bem e quentinha, nos seus braços. Pensa nisso, e isso vai me ajudar a tornar realidade.

— Vou tentar.

Thea acariciou o urso cor-de-rosa, sentiu a menina abraçando-o, se acalmando, conversando com ele, contando os seus segredos. Levando-o para junto de si, Thea se abriu.

Tanta raiva. A mamãe dormia com o Curtis Lee porque gostava mais dele. Eles iam ver. Ela ia, *sim*, a pé para a escola. Ia, *sim*, morar com os avós. Ia fazer flores de papel e brincar com os amigos e ter uma professora de verdade.

Ela andou tanto, mas tanto. Primeiro pela estrada, depois entrou em uma trilha.

— O caminho tá parecendo longe demais — murmurou Thea. — A mamãe desce bastante por uma trilha, e uma vez a gente viu um urso, só que ele não incomodou a gente. Mas eu tô cansada. Melhor parar e descansar, e depois andar mais. Agora, eu tô cansada. E tô com sede. Quero a minha mãe. Shh. — Thea tentou acalmar Nadine quando a outra voltou a chorar. — Cansada, triste e com fome. A mamãe tem que vir. Ela se arranhou num espinho, e a mamãe tem que vir cuidar, dar um beijo pra sarar. Descansar de novo. Se encolher. Com frio.

Thea esfregou o urso, esfregou as mãos, depois exalou.

— Achei você. Sei onde você está.

— Onde? Ai, Thea, onde a minha menina tá?

— A uns duzentos metros da casa da Katie Roster, dormindo debaixo de um carvalho. Você fica aqui! — retrucou Thea, quando Nadine começou a se levantar. —Você tem o telefone da Katie?

— Não, eu...

— Eu tenho, no meu escritório. Vou ligar para ela, e ela vai buscar a Adalaide, levar para casa, para ela se aquecer mais rápido.

Quando Thea foi até o escritório, Nadine correu atrás dela. E Curtis Lee veio junto, chamando:

— Mamãe, mamãe, mamãe.

Nadine o pegou no colo, enquanto Thea ligava. E Rem entrou pela porta da frente.

Ele olhou feio em direção a Ty, que ergueu as mãos.

— Se você está querendo me dar um soco, guarda pra depois. A gente está no meio de uma crise. Uma criança desaparecida. A Thea achou. Ela... ela simplesmente achou.

— Que criança? A filha da Nadine? — Rem correu para os fundos. — A Adalaide? Senta aqui, Nadine.

— Eu estava sentada. Por favor, Thea. Ela achou a minha bebê? A Katie achou a Adalaide?

— A filha da Katie está em casa, e ela foi lá buscar.

— A Katie mora a um quilômetro e meio da gente. A Adalaide foi tão longe. Ela é só uma menininha. Quando penso no que podia ter acontecido... Eles já estão com ela?

Thea ergueu um dedo.

— Obrigada. Não duvido. A Katie está com ela. O Rem vai levar a Nadine de carro aí — disse ela para Katie, enquanto Nadine se voltava para os braços de Rem para chorar. — Eu falo para ela. É, pode deixar. Obrigada, Katie. Tchau.

Assim que desligou, Thea voltou-se para Nadine e disse:

— Ela está bem. Ela falou para a Katie que estava com fome, porque não levou lanche para a escola. Elas vão dar um chocolate quente e uma sopa. Rem, você pode levar a Nadine na casa da Katie, não pode?

— Pode deixar. Depois a gente conversa — disse ele para Thea, e então olhou para Ty. — Depois a gente conversa. Deixa comigo. Uau! Você come tijolo no café da manhã? —perguntou ele para Curtis Lee.

Nadine se afastou de Rem para abraçar Thea.

— Obrigada. — Ela deu um passo para trás e enxugou o rosto com as mãos. — A Adalaide vai pra escola. O pai dela vai ter que entender.

— Vamos lá buscar a nossa futura estudante. — Rem passou um braço em volta de Nadine e a levou para fora.

— Com Bray foram alguns minutos — murmurou Ty. — Eu nunca senti tanto medo. A garotinha sumiu há mais de uma hora. E a mãe, grávida, carregando uma criança, assustada… E você achou a menina. Você simplesmente… achou.

— E ela está bem. Alguns arranhões, um tombo em que bateu o joelho. Mas está bem.

— O que você fez? Thea… foi incrível. E agora você está meio pálida, então melhor sentar um pouco.

— Cansa um pouco, dependendo do que eu faço. — Mas ela sentou na cozinha e bebeu o chá já frio, para acalmar a garganta seca. — Com a Nadine e a Adalaide, foi muita emoção.

— Você está esfregando a mão de novo. Deu dor de cabeça.

— Me abrir assim…

— É o Riggs — disse Ty.

— Vai passar. Só preciso me acalmar, e aí vai passar.

— Você sabia que isso ia acontecer, mas fez mesmo assim.

— Lógico que eu fiz. Quando você pode ajudar, você ajuda.

— Sem titubear.

Ela assentiu e fechou os olhos, enquanto Bunk pousava a cabeça no seu joelho.

— Faz parte de quem eu sou. Eu não mudaria por nada, nem por ninguém. Nem por você.

Ele sentiu uma pontada de ressentimento na voz dela.

— E quem está pedindo para você mudar? Já falei antes, e vou falar de novo: você é um milagre danado.

Thea pousou a xícara, com a mão ligeiramente trêmula, e Ty começou a andar pela cozinha.

— Eu queria ligar para o xerife e estava pensando em como fazer isso, enquanto você a acalmou. Eles iam acabar encontrando a menina. Mas, enquanto isso, a mãe ia enlouquecer. Eu teria enlouquecido. E tudo que ela teve que fazer foi pedir a sua ajuda, e em minutos, *minutos*, a criança estava em segurança e tomando um chocolate quente. E você? Você está sentada aqui, lutando contra aquele filho da puta que faz de tudo para te machucar.

— Já está passando. — Mais rápido do que ela havia imaginado. Era como se a raiva de Ty estivesse sugando a dor dela.

— Esse não é o ponto. — Ty parou e virou de frente para ela. — Não é isso que eu estou falando. Você ajudou mesmo sabendo que ele ia achar um jeito de te machucar.

— E o que você teria feito?

— Isso não tem nada a ver comigo. Quer dizer, tem. Agora vai ter a ver comigo.

Ele voltou a zanzar pela cozinha.

— É, vai ter a ver comigo, porque eu te vi fazendo isso. Vi você segurar um urso cor-de-rosa feito a mão e encontrar uma criança perdida sei lá onde. Vi você mergulhar nisso e descobrir onde ela estava, e como ela estava se sentindo. E se isso não fosse choque o bastante, estou vendo o preço que você pagou por isso, que você sabia que ia pagar. Então eu sei quem você é agora, sei do seu dom. Não sei como você tem essas habilidades, mas sei por quê.

Ele enfiou as mãos nos bolsos.

— E pra mim chega. Chega. — Ele tirou as mãos dos bolsos de novo. — Essa ideia de ir devagar, uma coisa de cada vez, ver aonde vai dar? Isso é balela.

— Então você...

— Não interrompa alguém no meio de um momento de realização. Se o único jeito de ter você for indo devagar, um passo de cada vez, para ver aonde vai dar, eu faço o possível. Porque não quero que isso acabe. Caramba, Thea, eu não quero que isso acabe.

Ele inspirou por um momento e, com isso, a raiva parecia se esvair.

— Mas como agora isso tem a ver comigo também, você tem que entender que eu não quero ir devagar, um passo de cada vez. Eu quero você. Quero você na minha vida a partir de agora. E vou te falar o que eu, muito deliberadamente, não falei para nenhuma mulher desde que eu tinha 17 anos. Eu te amo. Sou apaixonado por cada pedacinho seu.

Como ela tinha parado de esfregar a mão, ele se sentou e segurou sua mão.

— Você disse que me amava. Se isso ainda estiver valendo...

— Amor não deixa de valer de uma hora para outra.

— Então me dá uma chance. Dá uma chance para a gente, Thea. Se não for te machucar, cai dentro. Vê o que eu estou pensando, o que eu estou sentindo.

Ela apenas balançou a cabeça, e ele pegou a sua outra mão.

— Então eu digo, e espero que você acredite em mim. Nunca senti por ninguém o que sinto por você. Porque não tem ninguém como você. Não quero retomar de onde a gente parou. Se tem uma coisa que eu não quero é andar para trás, para ver se a gente consegue retomar. Quero começar agora.

Ela olhou nos olhos dele, e não precisou ir mais fundo do que isso para acreditar nele.

— Agora, pra mim, tá bom.

— Simples assim — disse ele, baixinho, e levou as mãos dela aos lábios.

— Eu podia arrumar um jeito de viver sem você, mas não vejo por quê. Quero alguém que entenda quem eu sou e que me ame mesmo assim. E aqui está você.

Com as mãos ainda unidas, ela se inclinou em direção a ele. Com o beijo, aquele reencontro de lábios, tudo dentro dela se acalmou. Então Thea se levantou e puxou o homem para perto de si, para envolvê-lo nos braços e se deixar ser envolvida pelos dele.

— "Agora" é a minha palavra preferida atualmente. — Ela suspirou contra ele. — "Agora" é tudo junto, amarrado com um laço de fita. Vamos lá para cima agora. Senti tanto a sua falta.

O celular dela tocou, e Thea suspirou de novo, olhando a tela.

— É o Rem. Se eu não atender, ele vai voltar aqui.

— Ele quer me dar uma surra. — Cedendo, Ty deu um passo para trás. — Eu não o culpo.

Ela atendeu.

— Como elas estão? Ah, que bom. Que bom. Eu sei que você teve que nadar em lágrimas hoje, mas não podia ter chegado em uma hora melhor. É.

Ela lançou um olhar em direção a Ty.

— O Ty ainda está aqui. Não, não sei, e amanhã a gente fala disso. Estou mais do que bem, Rem. Você já fez a sua boa ação de hoje, pode deixar que eu aviso se precisar de você. Agora me deixa quieta. Você quer mesmo saber por quê? Porque estou prestes a levar o Ty para a cama. Você que perguntou. Tchau.

Ela encerrou a ligação e baixou o celular.

— Está todo mundo bem, e o Rem queria confirmar que você não está precisando de uma boa surra. Agora… — disse ela, erguendo-se para envolver a cintura dele com as pernas.

— Agora, pra mim, tá bom também.

Ty a carregou para fora da cozinha, em direção à escada, enquanto Thea o enlouquecia em seu colo. Beijos rápidos e quentes ao longo do queixo, dedos se emaranhando em seus cabelos. Uma leve mordida no pescoço, antes de voltar os lábios aos dele para outro beijo longo e profundo.

— Tem uma outra coisa que é típica da minha família — disse ela. — Acho melhor você saber logo. Quando a gente ama, é de verdade, e não acaba. É… para sempre.

— Por mim, tudo bem. — Ele entrou no quarto dela. — E eu vou te amar do mesmo jeito.

Ty deitou com ela na cama e a olhou.

— Thea à luz do sol — disse ele —, e ela brilha. Eu te vejo.

Porque queria o cabelo dela solto, ele puxou o elástico com que ela havia prendido os fios.

— Eu já falei, agora deixa eu te mostrar.

Como ela antes, ele saboreou a sua boca. Deixou o tempo passar. Os sons de prazer que vinham dela o instigavam a ir além. Mas, ao vagar pelo seu corpo, as mãos dele não tinham pressa, ainda não.

Que saudade de a sentir debaixo de si, todo o seu corpo, a sua forma, o cheiro que sempre parecia se agarrar à sua pele. Ele se demorou saboreando aquilo também, mesmo enquanto ela se ocupava desabotoando a camisa dele, e quando sentiu as mãos dela em seu peito, e depois nos ombros, para tirar a peça de roupa.

— Quero a sua pele na minha — murmurou Thea. — Tive que não querer isso. Agora eu posso. E quero.

Ele puxou a camiseta que usava por baixo e jogou longe.

— Você estava com uma roupa assim quando eu te vi dançando com uma espada. Foi uma cena e tanto.

Ele correu um dedo pelo top esportivo dela. Então, baixou a cabeça para percorrer o mesmo caminho com os lábios.

— Eu não pude te querer naquela hora, não muito, porque estava com o Bray. Agora eu posso. E quero.

Ele tirou o top.

— Mais do que sabia ser possível.

Thea o puxou para junto de si e deixou-se tomar pelas sensações e pelo prazer. Aquilo era dela, o amor, a confiança, a compreensão com que ela sempre havia sonhado.

Com Ty, Thea podia flutuar naquele prazer, e então explodir junto com as suas terminações nervosas. O calor ganhava vida sob a sua pele, e uma onda divina e quente seguiu aquelas mãos de artista percorrendo o seu corpo.

Quando ele começou a puxar a calça dela para baixo, Thea deixou escapar um riso.

— É meio apertada.

— E é por isso que eu gosto dela. — Ele expôs um centímetro de pele de cada vez. — Acho que vai demorar um pouco.

Ty então desceu com a boca pelo seu pescoço, os seios, demorando-se, bem devagar até chegar à barriga. E descer mais.

Thea não estava mais flutuando, estava voando, mergulhando em uma tempestade repentina de prazer. Ela agarrou os lençóis e então soltou, se entregando à sensação.

Viva. Nunca tinha se sentido mais viva do que naquele turbilhão em que estava.

E podia ter mais, podia oferecer mais. Desesperada para fazer as duas coisas, girou com ele à luz do sol, o coração de Ty pulsando com o ritmo do momento contra o dela. Era como se as formas do corpo dele tivessem sido feitas para se encaixar às curvas do dela.

Ela tirou a calça jeans dele e se deleitou com a sensação dele em cima dela, e então sob ela, enquanto eles se emaranhavam.

Thea montou nele, com amor, luxúria e vida correndo pelo seu corpo, e viu os mesmos sentimentos refletidos nos olhos de Ty.

Aquele era um sonho que ela não precisava construir.

— Agora — disse ela, e o acolheu.

Ele a segurou pelos quadris, e ela o levou cada vez mais longe. Com o corpo erguendo-se sobre o dele, cada centímetro dele perfeito. O ar ficou espesso, enquanto ele lutava para manter algum controle, o suficiente para deixá-la cavalgar. E foi o que ela fez, movendo-se com o corpo arqueado, os braços levantados.

A cada movimento, ela o levava mais perto.

Então, Thea estremeceu e baixou as mãos, como se acolhendo o calor.

Ele ergueu o corpo, abraçado a ela, e fez aquele movimento final maravilhoso.

Amor. Ela amava e era amada. E o mundo mudou. O sol não brilhava mais forte, o ar não tinha um cheiro mais doce. Mas era como se tivesse.

Tudo parecia mais vivo e doce quando ela se deitava com o homem que a amava.

Meio sonhando, Thea abriu os olhos e o encontrou olhando para ela. Ty segurou a sua mão e afastou o polegar dela para pressionar o ponto que ela estava massageando.

— Vai passar — disse ela.

— Tem que ter outra coisa, uma coisa diferente. Um jeito de parar. De impedir esse cara.

Ela não queria pensar naquilo, não quando o seu mundo tinha mudado, se aberto. Mas não era exatamente por isso que Riggs se esforçava tanto para entrar?

— Acho que pode ter. Preciso pensar um pouco mais.

Porque pensar nisso a apavorava.

— Me explica.

— Eu ainda não entendi tudo. E daqui a pouco o Bray chega da escola.

— Você está enrolando.

— É, eu estou. Mas preciso pensar mais. Preciso de um plano de jogo e, quando tiver um, eu te conto. Você me ama?

— Amo.

— Esse é o primeiro passo do plano. Eu não vou fazer nada sem te avisar.

Passou. Ele foi embora.

Por enquanto.

Thea pousou a mão na bochecha de Ty.

— Quando eu tiver um plano de jogo, eu te conto. Acho que vou precisar da sua ajuda.

— Você vai ter.

29

⌘ ⌘ ⌘

Thea lidaria com aquilo do mesmo jeito que fazia com qualquer conceito de jogo.

Quando Ty saiu, levando um Bunk muito alegre consigo, ela deu uma hora. Se pensasse naquilo como um jogo, iria se acalmar.

Porque o risco não era só perder, mas ter o seu avatar destruído. Não ia ter revanche, nem outra vida.

Era tudo ou nada.

Mas ela desenvolveu o conceito como qualquer outro. Desenhou a si mesma, desenhou Riggs. Depois desenhou outros.

Embora estivesse construindo o jogo só para dois jogadores, haveria outros personagens importantes.

Imaginou os mundos que eles iriam habitar e começou uma pesquisa básica.

Depois, deixou de lado. Riggs não dominaria a sua vida. E se ela conseguisse, ele nunca mais entraria na cabeça dela.

Em vez de fixar as anotações e os esboços no mural, colocou tudo em uma pasta. Era só dela por enquanto. Não ia ter teste beta nem consultoria.

Tudo ou nada, pensou de novo, e pegou um casaco.

Caminhando pela estrada, ela imaginou a liberdade absoluta, do tipo que não sentia desde a noite em que Riggs tinha assassinado os seus pais.

Apesar dele, ela havia encontrado felicidade, contentamento, realização. Mas como seria ter aquela liberdade?

Ela pretendia descobrir.

Bunk a avistou primeiro e veio trotando pela estrada. Batendo palmas, Bray veio logo atrás.

Quando o garoto se jogou nos braços dela, ela o ergueu e girou.

— Desculpa eu ter andado tão ocupada.

— Chega de ficar ocupada.

Ela enfiou o rosto no pescoço macio dele.

— Chega de ficar ocupada.

Enquanto Thea carregava o menino, Ty apareceu na varanda.

Aquilo era dela. Podia ser dela amanhã, no dia seguinte e no próximo. Valia a pena o risco.

Ela passou a semana trabalhando, rejeitando cenários, aperfeiçoando outros. Toda vez que Riggs tentava entrar, ela forçava mais que ele. Será que ele estava preocupado? Thea ficava ruminando. Será que ele percebeu que ela estava planejando alguma coisa?

Deixa ele tentar, pensou ela, andando de um lado para o outro no estúdio. *Deixa ele sofrer.*

Não pretendia construir um jogo justo ou igualitário. Ela só queria ganhar.

Thea estudou cada armadilha, cada obstáculo, cada movimento e reação. Sabia que teria que lidar com alguns problemas na hora. Seu oponente era muito astuto e cruel.

Mas ele iria lutar para matar, enquanto ela iria lutar para viver. Ela acreditava firmemente que isso lhe dava uma vantagem.

Por fim, recostou-se na cadeira e admitiu que podia refinar e polir e se antecipar durante meses. Mas, no fim das contas, era a mente dela contra a dele.

Sempre tinha se resumido àquilo.

Estava na hora de passar para o passo seguinte do processo, pensou ela. Ela chamou a família para conversar.

Na cozinha de casa, Lucy pegou uma torta de maçã.

— Faz tempo que a gente não faz isso — disse ela. — Vamos começar com uma notícia boa.

— As vendas da Magia da Montanha subiram em outubro. E devem subir mais cinco por cento em novembro.

— Essa é mesmo uma boa notícia, Rem, mas não estou falando de negócios. — Lucy esfregou a cabeça antes de botar a torta na mesa.

— Mas não são só negócios, né?

— Não. Ouvi dizer que a Adalaide entrou na escola.

— Entrou — confirmou Thea. — O Bray me contou, e a Nadine veio me ver. Ela disse que o Jed ficou tão abalado de saber que a Adalaide fugiu e se perdeu, que ele mesmo levou a filha no primeiro dia de aula.

— Estava na hora de alguma coisa botar juízo na cabeça dele. Eu estava torcendo para você ter convocado essa reunião para dar alguma notícia boa sobre você e o Ty, mas não é isso que eu tô vendo na sua cara.

— O Ty e eu estamos bem, vó. Mais do que bem.

— Sonho de adolescente realizado.

— Pode ser. — Thea olhou para o irmão e não se importou com o sorrisinho malicioso dele. — E essa possibilidade é parte do motivo pelo qual eu pedi para a gente se ver. Consigo ver essa possibilidade, e se ela não se concretizar, então não era para ser. Mas eu posso ver. Porque eu posso, eu consigo me ver tendo uma vida livre e tranquila. Uma vida sem o Riggs se metendo na minha cabeça.

— Achei que isso tinha melhorado.

— Tinha, mas piorou de novo. Não dura muito tempo, Rem, a melhora não dura. Nunca durou. E talvez eu tenha alguma responsabilidade nisso, pelo jeito como provoquei ele logo depois que ele foi para a prisão. E mais do que algumas vezes depois. Mas se ajudei a abrir a porta, já passou da hora não só de fechar, mas de destruí-la.

— Como?

— Eu vou até a Virgínia, ao presídio, ver o Riggs pessoalmente.

— Não, de jeito nenhum. Tá maluca? — Rem arrastou a cadeira no chão para olhar direto para ela. — Você só vai dar mais poder a ele. Pelo amor de Deus, Thea, se ter ido lá na sua cabeça foi o que começou tudo isso, quão pior seria ir pessoalmente?

Lucy fez carinho na mão de Rem.

— Tenho que concordar com o Rem nisso, querida. Quanto maior a distância entre vocês, melhor. Eu sempre me pergunto se o fato de a prisão ficar a apenas uma hora daqui não contribui para isso.

— Isso não o impediu quando eu estava na faculdade, ou quando eu estava em Nova York. Ele acha um jeito de entrar, e está piorando. Não posso continuar assim, não posso continuar vivendo assim, só esperando ele encontrar outra fenda. Seja lá o que nos conecta, eu tenho que quebrar isso. Acabar com isso.

— Como é que estar no mesmo cômodo que ele vai ajudar? — perguntou Rem. — Mesmo que eles deixem você ver o Riggs.

— Ele tem direito a quatro horas de visitação por mês. Só preciso de uma. Se eu não conseguir fazer o que quero em uma hora, é porque não consigo mesmo. Eu nunca ficaria livre dele, e tenho que me libertar. Então vou conseguir.

— Você vai fazer o quê, exatamente?

— A gente vai jogar um jogo. O meu jogo. Um jogo mental.

— Isso é loucura. Vó…

— Thea, isso não é algo com que se brinque. Você não pode arriscar assim a sua mente, o seu dom.

— Se eu não me arriscar por isso, pelo que mais então? — Frustrada, Thea ergueu as mãos, com as palmas para cima. — Eu passo a vida assim, esperando, lutando, cercada? Eu tenho uma chance, uma chance real. O Ty me ama, e…

— Isso não é sobre o Ty — retrucou Rem.

— Não, é sobre mim. Sobre a possibilidade de ter essa vida, que eu quero, de ser livre para viver. Como eu posso continuar vivendo desse jeito?

Ela inspirou por um momento, depois disse o que vinha espreitando a sua mente havia anos.

— E se eu tiver filhos? Eu quero ter filhos. E se eu tiver uma filha? Eu passo isso para ela, e ele começa a persegui-la? Como eu ia protegê-la dele? Ele é novo, pode viver várias décadas ainda. Como eu poderia pensar em ter uma filha que ele iria atormentar? Você não se arriscaria, vó? Não arriscaria qualquer coisa para proteger uma criança que quer tanto?

Lucy cobriu a boca com a mão, depois deixou a mão cair.

— Sim. Arriscaria.

— Vó!

— Rem! Você acha que se eu pudesse ter salvado os seus pais, não teria lutado contra esse filho da mãe com as minhas próprias mãos? Se você pudesse ter poupado a Thea de tudo com que ela teve que lidar todos esses anos, você não faria isso? É quem a gente é.

Ela estendeu a mão para pegar a de Thea por cima da mesa.

— Eu não quero que você faça isso, mas entendo por que você faria.

— Eu quero mais informações. Muito mais. Ou juro que vou dar um jeito de te impedir.

Ele não podia, pensou Thea, mas era bom ter um irmão capaz de tentar.

— Eu construí um jogo. É um jogo rudimentar, já que tenho que ir desenvolvendo à medida que avançarmos. Não tenho como antecipar cada movimento ou escolha dele. Nós já jogamos antes, e eu o machuquei. E enquanto estava assustado e machucado, ele recuou por algum tempo. Mas se eu ganhar... *quando* eu ganhar — corrigiu-se ela —, ele não vai voltar.

— Isso não ajuda em muita coisa. E não explica por que você tem que ir lá pessoalmente.

— Porque, Rem, eu vou estar no comando. Eu sou livre para sair a hora que quiser. Ele não. E ele sabe disso. E isso me dá uma vantagem. Eu coloquei ele lá dentro. E o conheço. Conheço a mente dele muito melhor do que ele conhece a minha. Ir lá mostra que não tenho medo dele, e ele quer me botar medo. Ele precisa que eu tenha medo, mas eu não tenho. Ele vai ter medo de mim antes do fim. Eu tenho a vantagem.

Ela jogou o cabelo para trás.

— Não desenvolvi um jogo com igualdade de condições. Vou ter uma vantagem considerável.

— Acho que gostei dessa parte. Conta mais.

— É a vida dele. A vida horrível que ele desperdiçou.

ELES IRIAM apoiá-la. Era o que faziam um pelo outro, Thea sabia. E ficariam preocupados. Família tinha disso, mas ela estaria com eles em mente, coração e espírito.

Outra vantagem, talvez a mais vital. E uma que Ray Riggs nunca teria.

Ao chegarem na estrada de casa, Bunk começou a latir e a abanar a cauda com a perspectiva de mais uma visita. Ela não pretendia parar na casa de Ty naquela hora, quando ele provavelmente estaria trabalhando.

Era mais uma desculpa do que um motivo, admitiu ela. A ideia de contar tudo de novo para alguém que a amava a exauria.

Mas Thea tinha um plano de jogo e havia prometido contar a ele quando isso acontecesse.

Então, foi em direção à casa dele e disse a si mesma que, se ouvisse música, iria voltar para o carro e esperaria até mais tarde.

Assim que desceu do automóvel, antes mesmo de Bunk pular atrás dela, ela ouviu.

O longo, alto e insolente riff de guitarra sacudindo as janelas da pequena casa, invadindo o ar e vibrando por seu corpo.

O que se seguiu foi um som carregado, tão elétrico quanto o instrumento que ele tocava, e rápido como um raio.

Incapaz de resistir, Thea seguiu aquele som furioso até os fundos da casa.

Ela o viu pela janela e perdeu o fôlego.

Ty estava fora do estúdio, com uma calça jeans de cintura baixa, uma camisa de flanela larga e aberta por cima de uma camiseta cinza. E os dedos voando em uma guitarra preta e reluzente.

Ele se movia com a música, cortando o ar com o braço da guitarra, puxando-o para trás. Aqueles olhos verdes intensos, os cabelos esvoaçantes.

Era aquilo, pensou ela, exatamente aquilo que a havia conquistado aos 16 anos. Não só o visual — embora, minha nossa, o visual já fosse mais do que suficiente —, mas o que ele era capaz de criar, o que ele tinha dentro de si e que podia lançar para o mundo.

Pronto ou não.

Ela tinha que admitir, aquilo certamente não tinha perdido o seu poder.

Então Ty parou de repente. Ela o viu gesticulando com a boca: "Merda, de novo."

E recomeçou no riff selvagem de abertura.

A vontade de Thea era de ficar ali, por pura admiração, uma plateia silenciosa composta de uma só pessoa, mas ela começou a recuar.

Ty percebeu o movimento; seus dedos pararam de tocar. E ele sorriu. Ainda com a guitarra pendurada, foi até a porta e abriu.

— Desculpa. Desculpa interromper. Eu ouvi a música e…

— Acho que estava meio alto.

— É para ser alto.

— É. — Ele pegou a mão dela para trazê-la para dentro, com os dedos ainda quentes das cordas. — E furioso. Não consegui acertar isso direito.

— Pareceu bem furioso.

— Não o suficiente.

— Não, não para. — Ela se afastou, quando ele começou a tirar a guitarra do ombro. — Eu estava indo para casa.

— Posso parar um pouco, deixar isso em fogo alto até ferver. Quero mesmo que ferva. — Ele deixou a guitarra de lado, depois enfiou os dedos nos cabelos dela, do jeito que ela queria. — E acho que eu estou precisando de um pouco de cafeína gelada. Quer?

— É... Quero sim. Preciso mesmo de um refresco depois disso. Por um minuto, parecia que eu tinha 16 anos de novo.

A caminho da geladeira, ele apontou o indicador para ela.

— Então estou chegando lá. Rock furioso transforma todo mundo em adolescente.

— Você por acaso não está escrevendo para o tão sonhado reencontro da Code Red?

— Talvez.

— Ah, Ty, sério? — E, rindo, ela levou a mão ao coração. — A adolescente voltou.

— Está rolando um papo de talvez fazer um encontro único, e transmitir ao vivo. Talvez no ano que vem, talvez na Filadélfia, porque foi onde a gente começou. "Talvez" é a principal palavra, por enquanto.

— Entendi.

— É muita logística para organizar. Eu tenho um filho, o Scott está prestes a ter o segundo, o Mac estaria acabando a turnê, e o Blaze tem o projeto dele na televisão. É mais do que só subir no palco e tocar. Tem essa logística, ensaios e produção. Enfim...

Ele entregou um copo para ela e ficou com a garrafa.

— Talvez.

E o fato de que ele tinha contado a ela sobre o talvez... Isso era confiança, percebeu Thea. Ela ergueu o copo para ele.

— Um brinde ao rock furioso.

— Fez de mim o que eu sou. — Ele a observou enquanto bebia. — Tem outra coisa na sua cabeça.

— Tem. — Ela abaixou o copo e uniu os dedos. — Chamei a minha família para conversar. Estou voltando da casa da minha avó.

— Para conversar sobre o quê?

— Sobre o meu plano de jogo. Eu disse que ia te contar quando tivesse terminado. E eu terminei.

— Certo, e como vai ser?

— Vou para a Virgínia, para a prisão estadual de Red Onion, ver o Riggs pessoalmente.

Ty fez que ia falar, então parou. Em seguida, foi até a janela atrás da pia e deu um longo gole na garrafa.

— O meu primeiro instinto é dizer: "Nem pensar. Não chega perto dele." — Ty se voltou para ela. — Só que você não pode fazer isso, né?

— Não.

— Mas como isso vai te ajudar? Como dar a ele o presente de ir até lá assim... pois seria um presente para ele... pode te ajudar?

— Essa é a pergunta certa. — E porque era a pergunta certa, ela se sentou e expirou toda a tensão que tinha dentro de si. — Ele vai achar que é um presente, o suficiente para ficar animado no começo, achar que saiu na frente. Mas é o contrário. Ele não vai saber que eu vou até eu estar lá. Ele não vai ter tempo de tramar nem de planejar. Eu tenho. Estou pensando nisso há muito tempo, até fiz anotações, esboços. Botei em uma pasta, mas deixei guardado, quem sabe para depois. Agora está na hora.

— Que pasta?

— A com o plano de jogo. Riggs está na solitária de novo. É um quarto com um leito e uma privada. Uma porta de aço com uma janelinha, e outra janelinha na parede dos fundos, de vidro fosco. Não dá para ver lá fora. Quando ele volta para a área comum, faz merda. Ele não consegue e nem tenta seguir as regras. É violento... Ele é feito de violência. O Riggs passou mais de doze dos últimos quase dezesseis anos em uma sala dessas. Vinte e três horas por dia. Com as refeições entrando por uma fenda na porta. Uma hora por dia, ele é algemado nos punhos e nos tornozelos e levado para uma gaiola de aramado para se exercitar. Mas não se exercita. Às vezes, anda de um lado para o outro, ou fica amuado, ou então tenta escalar o aramado, grita obscenidades.

— Você viu ele.

— Vi. De longe, mas vi. Sei que ele lê a mente dos outros presos o máximo que pode, e dos guardas, da equipe médica. Uma vez, ele ficou na área comum por mais de seis meses e conseguiu arrumar uns opioides. Ele trocava o que lia por favores, drogas, tudo que conseguia. Até conseguiu ser inscrito em um dos programas da prisão, e atacou o instrutor.

— Então, voltou para a solitária.

— É.

Não era nem um pouco cansativo, no fim das contas, percebeu ela. Contar para Ty, sentir a maneira como ele a ouvia era revigorante. E a ajudou a acreditar que era capaz.

— Em todos esses anos que passou preso, o Riggs não recebeu uma única visita, uma única carta. Ele não tem amigos, não tem uma família que se preocupa com ele do lado de fora, não tem amigos nem comunidade do lado de dentro. Ele está sozinho.

— Ele tem você.

Ela fechou os olhos e agradeceu seja lá qual fosse o poder que havia colocado aquele homem na sua vida. Ele entendia, entendia de verdade.

— É, e essa é a obsessão dele, a sua tábua de salvação, na verdade. Ninguém além de mim o conhece, ninguém mais entende o que ele é. Eu tirei dele o que ele mais queria. Não foram coisas, mas a capacidade de matar e roubar.

— Você tem um motivo para estar me contando tudo isso.

— Quero que você entenda tudo. Talvez ele tenha nascido quebrado, talvez tenha sido corrompido pelas circunstâncias. Não me importo. Ele virou um monstro, e continua um monstro. Mas o foco dele está cada vez menor. Ele não consegue ler os outros como antes, porque está concentrado demais em mim, e tem muita coisa quebrada nele.

— E porque está tudo concentrado em você, é pior para você. Ele está te machucando mais.

— É, e eu cansei. Fisicamente, ele está bem saudável. Pode viver ainda muito tempo, concentrado em mim, me machucando, uma sombra na minha vida. Eu me defendo, Ty, mas é sempre temporário até o ciclo recomeçar. É igual... quando o marido da Nadine bate nela.

— Meu Deus.

— Não é todo dia, nem toda semana, mas ela nunca sabe quando uma coisa vai desencadear a violência dele. Ela está grávida do terceiro filho dele. Ela não vai embora. Talvez ela tente se defender, não sei. Mas é temporário. Eu não vou ser assim. Vou quebrar a conexão, quebrar o ciclo. Vou acabar com ele.

— Ótimo. Quando a gente vai?

O nó em sua garganta fez seus olhos arderem.

— Eu...

— Você não vai sozinha. Isso não é uma possibilidade.

— Já falei disso com o Rem. Não posso ter o meu irmão ou a minha avó comigo. A minha mãe nasceu da minha avó, e o Rem da nossa mãe. Não sei se o Riggs poderia usar isso de alguma forma. Não sei se isso é parte do que me liga a ele ou não.

— Nós não temos parentesco sanguíneo, você e eu, então esse motivo está descartado. E se eu conheço bem o Rem, se ele não fosse com você, ia estar logo atrás.

— A gente falou disso também. Eu disse que ia te perguntar. Mas nem precisava. Eles não vão deixar você entrar na cela. Não sei nem se vão te deixar entrar na prisão.

— Então espero do lado de fora. Mas eu vou. Quando?

— Liguei para o detetive, não, agora é capitão Musk. O detetive Howard se aposentou no ano passado. Pedi a ele para abrir as portas. Às vezes demora para conseguir permissão para visitar um detento em uma prisão de segurança máxima. Pedidos formais, ficha de antecedentes, toda uma papelada, e por aí vai. Pedi a ele para seguir com isso. Estou esperando uma resposta.

— Tá bom. Quando eles responderem, a gente vai. Mas você ainda não me disse o que isso pode te custar. Eu quero saber.

— Tenho medo de que, se eu perder, ele possa ficar mais forte. Mas o medo maior é de que, se eu ganhar usando o meu dom assim, eu perca esse dom. Ele faz parte de mim, e o preço pode ser perder isso. É só por isso que eu fico guardando essa pasta, mas, para ficar livre dele, eu arrisco até isso.

— Você já considerou que um dos motivos para você ter esse dom é por causa do que vai fazer? Você não vai perder nada. — Ele deu a volta no balcão, puxou Thea do banquinho e a abraçou. — Acredite nisso.

Ela quase conseguia acreditar, de pé ali, onde tudo era seguro, cálido e normal.

Mas melhor que isso, pensou ela, era entender os riscos e aceitá-los antes de entrar em campo.

— Ajuda saber que você vai, e vai acalmar a vovó e o Rem. Quero que isso acabe antes do Dia de Ação de Graças, quando a família toda estiver aqui. Não sei se isso é possível. Pode ser que leve semanas.

No meio da frase, o celular dela tocou no bolso do casaco.

E Thea soube.

— É o capitão Musk.

— Atende, Thea — disse Ty, enquanto ela olhava para o casaco, pendurado em uma cadeira.

Dê o próximo passo, ela disse a si mesma, e pegou o telefone.

— Capitão Musk — atendeu, esfregando a nuca. — Não. Não, não. Capitão... está certo... Phil, eu tenho certeza.

Ela olhou para Ty e assentiu lentamente.

— É, posso. E vou. — Enquanto ouvia, ela esticou a mão para pegar a de Ty e apertou com força antes de soltar. — Entendo — começou ela, abrindo a porta para deixar Bunk sair quando ele começou a abanar o rabo na frente dela. — Não achei que você... — Thea deixou escapar uma risada e esfregou um ponto entre as sobrancelhas. — Ah, eu não olhei, né?

Fechando os olhos, ela ouviu, assentiu.

— Eu vou. Sou muito grata. Vai ser bom te ver de novo. Não, a minha família não, e eles estão muito bem, obrigada. Mas tem uma pessoa que vai comigo, só para me acompanhar na viagem. Está certo. Ah, e deseje boa sorte para a sua filha no recital de balé na sexta à noite. Você está pensando muito nisso, e sempre fico achando que tenho que me provar para você, pelo menos um pouco. Obrigada de novo.

Ela desligou e olhou para Ty.

— Segunda de manhã, às onze. Tenho que chegar lá pelas dez e meia, porque tem um monte de protocolos e procedimentos.

— Segunda-feira.

— O horário de visitação é sábado e domingo, mas eles não estão tratando isso como uma visita. O capitão Musk e o detetive Howard vão me encontrar lá, me acompanhar, e eles vão estar em uma sala de observação enquanto eu estiver com o Riggs. É muita gentileza deles. O Riggs... Ele vai estar com as mãos e os pés algemados o tempo todo, em uma espécie de sala onde os presos podem conversar com os advogados. Mas vai ter um guarda lá dentro com a gente. Vou ter uma hora, a menos que eu ou ele peça para interromper. Não vou deixar ele interromper. Não vou deixar até eu terminar.

— Ele não sabe quem você é.

— Não, mas ele acha que sabe. Não sei o que o Phil teve que fazer para conseguir isso, mas fico feliz de não ter que esperar. Eu teria ficado louca, na dúvida se esperei tempo demais ou se não foi o bastante. Segunda vai ser um agora ou nunca.

Ty pegou o rosto dela nas mãos.

— Você vai acabar com ele.

Pelo menos por enquanto, ela acreditava naquilo.

— Isso definitivamente faz parte do plano.

ELA USOU todas as habilidades que tinha para bloquear Riggs naquela semana. Ela o queria frustrado, irritado, nervoso.

Na manhã de segunda-feira, ela se vestiu com cuidado e muito deliberadamente. O visual de Mulher Profissional, como teria dito a sua mãe. Um vestido em um tom intenso de azul, que tinha comprado em Nova York, justo e sem mangas, e saltos azul-marinho que lhe davam alguns centímetros a mais de altura. Ela prendeu o cabelo em um coque elegante e sofisticado.

Ficou impressionada com como o seu reflexo no espelho se parecia com a sua mãe.

— Ainda sinto a sua falta — murmurou ela, prendendo os brincos de diamante cor-de-rosa e fechando o relógio do aniversário de casamento no pulso. — Ele vai lembrar de você, de vocês dois. Vou fazer questão.

Quando desceu a escada, Rem parou de zanzar de um lado para o outro e tirou as mãos do bolso para encará-la. Lucy parou de brincar de cabo de guerra com Bunk e levou a mão ao pescoço.

— Às vezes eu esqueço como você é inteligente. — Rem bagunçou o próprio cabelo. — Você está a cara dela.

— É parte do plano. Não tenho um vestido cor-de-rosa, mas acho que não importa.

Rem a segurou pelos ombros.

— Vê se não faz merda. Se você fizer merda, vou pegar no seu pé pelo resto da vida.

— Se isso não for um incentivo, o que mais é?

Quando ele a abraçou com toda a força, Thea sentiu tudo. O amor, a raiva, a preocupação.

— Vou ficar com o Bunk. — Lucy se uniu ao abraço. — E se vocês não voltarem logo, eu pego o Bray no ônibus da escola e levo para casa comigo.

— Prometo que entro em contato assim que acabar. Tenho que deixar o celular, tudo, menos a identidade, no carro.

— Eu sei. — Quando os seus olhos se encontraram, o brilho que ela sentiu foi força e conexão. — E eu sei que você tem o meu sangue, e o sangue de todas as mulheres que vieram antes de mim. Nós somos maravilhosas, querida. Não se esqueça disso.

— Não vou esquecer. — Thea se virou ao ver a porta abrindo, achando que ia ver Ty entrando. Mas era Maddy quem vinha correndo.

— Tentei vir antes, mas me enrolei toda.

— Maddy.

— Não vim aqui para discutir com você. Por acaso discuti quando você me contou o que ia fazer?

— Não.

— E olha só para você! Toda arrumada. Com os brincos da sua mãe, o relógio. Eu trouxe mais uma coisa para você. — Chegando mais perto da amiga, Maddy abriu o colar que estava usando. — Lembra quando a senhora me deu isso, dona Lucy?

— No seu aniversário de 16 anos.

— E o que foi que a senhora disse quando botou em mim?

— Você tem a chave para destrancar o próprio futuro.

— Isso, é isso aí. Usa hoje, Thea. Abaixa aí, Pernalonga. Nem todo mundo é um flamingo que nem você.

— Obrigada, Maddy.

— Você tem a chave. — Maddy a abraçou e a sacudiu de leve, então a beijou no rosto. — Não se esqueça disso.

— Pode deixar. O Ty está chegando. Obedece a vovó. — Ela beijou o nariz de Bunk. — Tentem mandar vibrações fortes, e não de preocupação.

Enquanto Ty descia do carro, eles saíram de casa com Thea e ficaram juntos na varanda.

— Vestida assim, eu tenho que abrir a porta para você.

Ele lhe deu um beijo carinhoso, e Thea entrou no carro. Depois de fechar a porta, Ty olhou para a varanda.

— Ela vai conseguir. E eu vou estar ao lado dela.

Lucy pegou a mão de Rem de um lado e a de Maddy do outro.

— É isso que ela quis dizer com vibrações fortes. Vamos seguir o exemplo dele.

No carro, Ty parou quase na estrada.

— Esse visual é novo.

— Ele vai lembrar da minha mãe. Aqui. — Ela bateu no pulso. — Foi por causa desse relógio que ele matou meus pais.

Ty pousou a mão brevemente sobre a dela e então fez a curva.

— Do que você precisa?

— Acabar com isso.

— Até lá, o que você precisa de mim? Conversa fiada, discurso motivacional, silêncio, música?

— Antes de tudo, quero dizer que isso é muito surreal. Não piso na Virgínia desde que tinha 12 anos. Agora você está me levando lá, uma pessoa que há uns seis meses eu só via como... Não me leva a mal, mas como um ícone.

— Eu não me importo com coisas surreais. Estamos quebrando vários paradigmas aqui. A primeira vez que te vejo vestida para encarar um compromisso importante sem nem pestanejar. A primeira vez que andamos juntos neste carro sem uma criança no banco de trás. A primeira vez que eu te levo em uma casa de detenção, ou qualquer outra pessoa, na verdade.

Isso a fez sorrir um pouco.

— Engraçado chamarem de casa. Aquele lugar não tem nada de casa. Quando me olhei no espelho antes de sair, vi a minha mãe.

E ela está comigo agora, pensou Thea. *Ela vai estar comigo, igual a minha avó e todas as que vieram antes.*

— Esse é o visual profissional dela. O visual "eu sou forte, inteligente e elegante". Foi o que ele viu no supermercado, naquele dia, e odiou, porque ela era forte, inteligente e elegante, e estava usando um relógio caro.

— E é isso que ele vai ver quando olhar para você.

— Esse é o plano. Esfregar na cara dele. É assim que eu quero começar. E a gente começa do jeito que pretende continuar.

— Você não precisa de discurso motivacional.

— Eu estou pronta. Nervosa, porque seria burrice não estar. Deixei três pessoas lá em casa preocupadas comigo. A vovó vai acender umas velas e depois se manter ocupada. O Rem vai fazer as reuniões dele e ficar zanzando de um lado para o outro. A Maddy vai para o trabalho e vai ficar olhando o relógio entre um paciente e outro. E você.

Ela olhou para ele.

— Você vai ficar esperando, preocupado. Mas a preocupação não significa que vocês não acreditam em mim. Ele não tem isso, Tyler. Ele vai estar sozinho, e eu, não.

Só dizer aquilo já ajudava a acalmar um pouco os nervos.

— Vamos tentar um pouco de conversa não tão fiada assim. Como vai o rock furioso?

30

⌘ ⌘ ⌘

NÃO, REALMENTE não tinha nada de casa, e com certeza não parecia um lugar onde a vida pudesse prosperar. A prisão consistia em uma série de prédios brancos e simples, cercados por um muro alto.

Ela havia visto fotos na internet, tinha dezenas delas na pasta. Além do mais, já tinha visto, sentido e cheirado o que Riggs havia visto, sentido e cheirado. Os assobios e os gritos, os risos selvagens e os choros ainda mais selvagens que vinham de trás das portas azuis da solitária e que ecoavam constantemente. As luzes fortes entrando pela janela estreita nas portas azuis.

Os sons aflitivos de portas ou grades sendo fechadas e o baque final das fechaduras.

Mas dessa vez Thea iria andar lá dentro, e precisava bloquear tudo, menos Riggs.

— Ali é o Phil, o capitão Musk, ah, e o detetive Howard. Estou com a minha identidade, a única coisa que posso levar. A minha bolsa vai ficar aqui com você.

— Certo.

Antes que Thea pudesse abrir a porta, Musk se aproximou e abriu para ela.

— Pontual. — Ele estendeu a mão para ajudá-la a sair do carro.

Embora Musk ainda estivesse com a cabeça cheia de cabelos, eles agora eram grisalhos. Thea achou que aquilo o tornava mais parecido com um capitão.

O abraço a surpreendeu um pouco e lhe transmitiu uma sensação de calor. Howard então se aproximou para abraçá-la também.

— Muito bom te ver. — Howard deu um passo para trás. — Eu não estava concordando com isso, mas agora que te vi? Eu devia ter imaginado.

— Como anda a aposentadoria? — perguntou ela, e Musk soltou uma risada.

— Estou fazendo um serviço de consultoria — disse Howard, e mostrou o dedo do meio para o antigo parceiro. — Tentei jogar golfe, tentei até pickleball, e a minha esposa disse que estava ficando maluca comigo em casa.

— Você é um policial bom demais para não usar as suas habilidades e a sua experiência.

— Está vendo isso? — Howard apontou para Musk, depois estendeu a mão para Ty. — Chuck Howard... Uau! Tá de brincadeira! — Ele apertou a mão de Ty, todo animado. — Tyler Brennan. Meus filhos morriam de vergonha quando eu berrava "Where We Run" no carro, na época que saiu essa.

— Todo mundo morria de vergonha — comentou Musk. — Isso é que é surpresa. — Musk estendeu a mão. — Eu ia adorar saber como isso aconteceu, mas está na hora. Você vai esperar aqui?

— Vou. — Ty virou Thea de frente para ele. — Bem aqui. — Ele a beijou. — Te vejo daqui a algumas horas.

Howard a pegou pelo braço e a conduziu.

— Agora é que eu fiquei curioso.

— Ele é meu vizinho.

— Ah, é? Conta o resto depois. Você está com a identidade?

— Estou, no bolso. Só isso.

Uma vez atrás dos muros, o mundo lá fora desapareceu. Não era uma ilusão, percebeu Thea. Era o propósito daquilo.

E foi pior, muito pior, quando ela, Musk, Howard e a sua escolta uniformizada foram liberados pela primeira porta de segurança e entraram em um prédio.

A claustrofobia repentina fez pesar o ar nos seus pulmões.

— O que você está sentindo é normal — disse Howard. — Não preciso ler mentes, Thea, para saber o que você está sentindo. É normal.

— Tá bom. — Ela teve que resistir à necessidade de esfregar os braços para aquecê-los. — Está tudo bem.

— Se a qualquer momento você quiser parar...

— Eu não vou parar. — Ela balançou a cabeça para Musk.

Ela se submeteu às revistas, respondeu às perguntas, assinou a papelada. Ouviu as instruções.

Sem contato físico. Permanecer sentada. Não se aproximar do preso.

Mais portas, mais câmeras, mais corredores.

— É aqui. — Howard pegou as mãos dela. — Ele já está lá dentro. Algemado nos punhos e nas pernas. E com as correntes presas no chão. Ele não pode levantar. E não pode te tocar.

Não fisicamente, pensou Thea. Mas ele tinha outros caminhos.

Os dois tinham outros caminhos.

— Entendido.

— Vai ter um guarda lá dentro o tempo todo. Câmeras, e o Phil e eu também vamos ficar assistindo o tempo todo. Logo ali.

— Eu sei. Eu estou bem. — Mais do que esperava estar. Thea sentia-se como se já tivesse enfrentado um suplício e sobrevivido.

— Agora é com você.

O guarda abriu a porta, e ela entrou.

E Thea sentiu a primeira pontada do espanto de Riggs, quando ele ergueu o rosto e a viu. Depois, então, veio a incompreensão, e enfim, devagar, bem devagar, veio um deleite quase vertiginoso.

Ele torceu a boca em um sorriso.

— Você veio! Pessoalmente.

— Isso mesmo, Ray. Eu vim.

Ela foi até a única cadeira diante da mesa de aço, sentou e cruzou as pernas.

— Eu te daria um abraço e um beijo molhado, mas...

Ele ergueu as mãos algemadas até onde podia.

— Você se arrumou toda pra mim. Que honra.

— Você não pôde fazer o mesmo, obviamente.

O uniforme azul fazia os olhos dele parecerem ainda mais claros. O cabelo estava mais ralo e chegando nos ombros. Branco feito um fantasma e flácido, o rosto trazia linhas e rugas profundas.

De alguma forma, Riggs parecia menor ali, naquela sala, em carne e osso. Como se tivesse sido desbastado pela faca serrilhada da própria raiva.

— Lembra-se disso, Ray? — Ela ergueu o braço, com o pulso virado para ele, e deu uma batidinha no relógio.

Ela viu a maneira como os olhos dele se demoraram no objeto. Ele ainda tinha aquele desejo, aquela inveja tóxica.

— A puta teve o que merecia. E o velho dela também.

— Eles não eram velhos. — Ao falar, ela começou a penetrar, lentamente, como fumaça por uma fresta na janela. — Mal tinham completado 32 anos quando você os matou. Pouco mais do que eu tenho hoje.

— Você vai precisar de sorte pra chegar aos 32. Mas vai ser pelas suas próprias mãos. Você vai botar uma música de mulher chorona, acender umas velas, encher a banheira. Beber um vinho. Cortar os pulsos.

— E por que eu ia fazer isso, Ray?

— Porque a sua vida é uma merda. Todo mundo sabe que você é uma aberração da natureza. Eu sei o que você quer. Um homem pra te foder, te encher de filhos. Uma casa grande com fotos de crianças melequentas na parede. Piscina no quintal, carros chiques na garagem.

Um pouco mais fundo dessa vez, só um pouco, e ele não sabia que ela tinha colocado aquela imagem — a casa da sua família na Virgínia — na cabeça dele.

— É isso que eu quero, Ray? Você me conhece tão bem. E o que você quer?

Os olhos azuis ficaram frios, como gelo sobre um lago moribundo.

— Ver você morrer. Talvez eu não possa fazer isso sozinho, mas posso assistir.

— Acho que é você que quer essa casa grande, Ray, com a piscina e os carros chiques. Um relógio bacana que nem este. — Ela chamou o olhar e a atenção dele de volta para o objeto, mexendo-o para as pedras brilharem. — Você nunca teve isso. Só uma casa normal, uma vida normal, nada de especial. Mas você era especial. Você sabia que era muito especial. Seus pais tinham medo de você, não tinham? Não tanto pelo que você sabia, embora, se pudessem te curar disso com uma reza, eles o fariam. Mas eram as coisas que você fazia. As coisas horríveis. Com os gatos de rua, os passarinhos, com as outras crianças, principalmente as menores que você.

— Você não sabe merda nenhuma da minha vida.

— Sei sim, Ray. Li a sua vida feito um livro. E estou doida para jogar esse livro no lixo, Ray, mas eu li. Do começo ao fim.

— Não tem livro nenhum. — Ele deu de ombros como quem tenta desalojar um peso. E começou a tamborilar na mesa com os dedos.

— Tem, sim. É um livro triste, feio, mas eu já li todinho. Por que não escolho um capítulo agora? Lembra disso?

Ela empurrou, e com força. Ele chegou até a se esquivar para trás na cadeira, como se ela tivesse usado as mãos.

Ray tinha 8 anos, o dia estava quente e úmido, e ele estava sentado na casa da árvore idiota que o pai tinha construído para ele.

Mas não era tão idiota assim, porque a mãe dele nunca subia ali. Tinha medo de altura, medo dele.

Medo de tudo.

Ela sempre o mandava descer quando queria alguma coisa. Em geral, alguma coisa que ele não queria fazer.

Ajudar em casa, ir à igreja, visitar os avós velhos e decrépitos.

Ali em cima, ele fazia o que bem entendia.

Ele gostava de esmagar moscas e formigas. Tinha aprendido que, se você jogasse um pouco de açúcar ou mel no chão, as formigas vinham aos montes. Aí era só pisotear.

Ele pegava vaga-lumes à noite e arrancava as asas. Luzes apagadas!

E as borboletas rasgavam feito papel quando você puxava do jeito certo.

Ele tinha escondido uma arma de ar comprimido ali em cima. Tinha roubado, porque era bom em roubar e porque ele *queria*.

Ele merecia ter o que queria.

Se você ficasse bem quieto e chegasse bem perto, a arma pegava de jeito os passarinhos.

O gato do vizinho gostava de ficar vagando pelo bairro como se fosse dono do pedaço. Foi fácil atrair o bicho para dentro do saco com uma carne de hambúrguer crua. Ele podia até ter ficado muito bravo com isso, mas uma boa bordoada contra uma árvore — não precisava nem ser muito forte, só o suficiente — o acalmou na hora.

Lá na casa da árvore, Ray abriu o saco. Tinha um pouco de sangue, e ele ficou animado com aquilo, mas o velho Tom ainda estava respirando. Era tão fácil matar insetos. Ele queria uma coisa que demorasse mais.

Estava com o martelo do pai e um dos canivetes que havia roubado, já que os pais não compravam um para ele. Não sabia qual usar primeiro, então o gato começou a se mexer.

Ele levantou o martelo. Ia quebrar uma das patas dianteiras. *Quero só ver circular pelo bairro e subir em árvore como se fosse o dono do pedaço!*

Quando o garoto ergueu o martelo, Thea falou:

— Não faça isso, Ray.

Ele ficou de pé, e o martelo escorregou da sua mão. Um garotinho já com um olhar assassino.

— Quem é você? Como entrou aqui?

— Você sabe quem eu sou, Ray. — Ela estava de calça de ginástica, para se mover com mais agilidade, uma regata justa, o cabelo preso em uma trança.

Mas tinha mantido o relógio e os brincos, a chave. Ela queria que ele os visse.

— Não se esconda dentro de uma criança. E não pense que eu não vou acabar com você se fizer isso. Porque eu sei quem você é.

Foi o homem que pegou o martelo caído no chão, e foi o homem que Thea chutou direto pela porta para fora da casa da árvore. Quando o homem em sua mente bateu no chão com um baque de quebrar os ossos, o que estava na sua frente estremeceu.

— Primeira rodada, você perdeu. — Ela desceu da árvore. — E foi a sua perna que quebrou. Aposto que está doendo. E olha, o Tom está um pouco confuso, mas vai ficar bem. Está voltando para casa.

— Isso não aconteceu. Não aconteceu.

Ela se inclinou em direção a ele.

— Eu estou fazendo acontecer. Próximo capítulo, Ray. Melhor se levantar. Eu também estou escapando.

Na sala da prisão, Ray tentou emitir as palavras, mas Thea o arrastou consigo de novo.

Dezesseis anos dessa vez, pálido, magro. Já tinha saído de casa. Até nunca mais. Um dia Ray ia voltar e queimar a casa com os pais dentro. Tentar um psicólogo? Aquele papo de escola militar, encontro de jovens na igreja, aquela baboseira toda?

Ele sabia o que eles achavam. Sempre soube. Ele era melhor do que eles, do que qualquer um. E podia ter o que quisesse. Pegar o que quisesse.

Igual àquela menina que ele tinha achado na rua. Ele ofereceu uma cama para ela passar a noite — em uma espelunca, mas ele tinha que economizar por enquanto. Ela só tinha que dar para ele.

Ela nem discutiu.

Dessa vez, ela estava nua, e ele metia e metia e metia. E ela fazia todos aqueles barulhos dos vídeos pornôs.

Mas ele não estava conseguindo, simplesmente não estava conseguindo. E ouviu a menina pensando isso, sentiu como ela revirava os olhos por dentro, com um riso zombeteiro, fingindo os barulhos porque precisava de um lugar para dormir.

Quando ele ficou mole, levou a mão ao pescoço dela.

Ele ia matar aquela garota. Estava na hora de subir de nível. Ele queria que ela morresse, então iria matá-la. Estrangular, espancar até sangrar. Enfiar no armário e sumir. O lugar estava pago por duas noites; quando ela fosse encontrada, ele já estaria longe.

E ninguém ia ligar.

— Eu ligo, Ray.

Ofegante, ele se levantou.

— Você não está aqui.

— Eu estou bem aqui, dentro dessa sua cabeça doente. Vamos botar uma roupa em você, porque eu realmente não quero olhar para essa coisa lamentável.

Ela o botou de novo no uniforme da prisão, porque era a única coisa que iria permitir que ele usasse.

Então trancou a porta.

— Anda, Ray, bota um pouco de emoção neste jogo!

Thea sentiu o vento frio e gelado no rosto enquanto corria. E ouviu os seus pés batendo na calçada ao sair para a rua.

— Eu sabia que você ia demorar. — Cronometrando, cronometrando. — Lamentável.

Ela atravessou a rua. Aos gritos, ele a perseguiu. O carro o atingiu em cheio, fazendo o seu corpo voar antes de bater no chão.

Quando os carros que ela havia construído desapareceram, ela voltou. Voltou até onde ele jazia no chão, tentando encher de ar os pulmões esmagados por costelas quebradas.

— Seu burro, você devia olhar para os dois lados antes de atravessar.

— Isso não tá acontecendo.

Como, tanto quanto dor, ela precisava que ele sentisse raiva — uma raiva impotente —, ela se aproximou dele.

— Aposto que a dor é real. Você está morrendo, Ray, bem aqui na minha frente. Mas eu vou te salvar, porque a gente não acabou. Você tem outra chance.

Thea sentiu que ele tentava afastá-la, bloqueá-la. Mas ela não deixou.

— É o meu jogo, sou eu que faço as regras — disse ela, e mudou de fase.

— ELES ESTÃO só sentados ali, se encarando.

Howard balançou a cabeça.

— Acho que não, Phil. Tem alguma coisa acontecendo. A gente só não está vendo. Ele... ele parece meio abalado.

— Ele fica tremendo. Não entendo. Mas ela está seguindo as regras. Ela tem o direito de ficar a hora inteira.

A MANSÃO TINHA um sistema de alarme, mas Riggs viu a senha na cabeça da vagabunda da esposa-troféu quando ela pensou nos números. Ela ficava repetindo o código — porque eles tinham mudado, e ela sempre esquecia.

Naquela noite sem luar, depois de cortar o vidro da porta dos fundos que dava para a piscina e a cozinha externa — como se eles cozinhassem — e entrar na cozinha gigante de teto abobadado, ele foi direto para o painel de controle e digitou a senha do alarme.

Ao entrar na casa, ele pensou o que sempre pensava. Como merecia tudo aquilo, e eles não. Como eles precisavam morrer para que ele pudesse ter o que merecia.

Ele subiu a escada larga e em curva, deslizando a mão enluvada pelo corrimão lustroso, e olhou para o grande lustre lá no alto.

Devia ser brilhoso quando acendiam a luz.

Ele poderia ver, se quisesse, ver o lustre aceso e brilhando.

Mas não conseguia afastar a sensação de que tinha algo errado. Como ele sabia como todas as coisas eram antes de ver?

Porque ele era especial, lembrou-se. Ele tinha algo que ninguém mais tinha, então podia fazer o que quisesse, pegar o que quisesse. Matar quem ele quisesse.

Foi direto para o quarto do casal porque sabia, simplesmente sabia, onde ficava.

Como sabia que o velho ia estar roncando, e a mulher usando uma máscara de seda para dormir. Rosas na mesinha com cadeiras. Cortinas compridas em todas as janelas.

Ia só cortar a garganta do velho e acabar logo com aquilo. Depois, dar umas boas bordoadas na vagabunda, para acordá-la, até ela dizer onde ficava o cofre e qual era a senha.

Mas ele já sabia. Sabia que tinham dois cofres, o dele e o dela. Igual eles tinham dois closets. Sabia que ela ia implorar pela vida, ia contar tudo e implorar para ele não a machucar.

A visão dele ficou embaçada; o quarto entrou e saiu de foco.

— Está tendo um déjà-vu, Ray?

Nessa fase, Thea iria usar couro, uma calça preta, um colete de couro, uma espada na cintura.

— Você não está aqui. Você não estava aqui. Eu matei e peguei o que queria.

— Verdade. Um monte de sangue, né? Foi emocionante, mas fez a maior bagunça, mesmo para você. Só que eu estou aqui, e você não vai matar ninguém agora, porque este é o meu mundo.

Diante da careta de dor no rosto dele, Thea sorriu.

— Está com dor de cabeça, Ray? Essa dor de cabeça é uma merda, né?

— Eu vou te matar.

Ele avançou com a faca.

Ela se esquivou, girou e o atravessou com a espada.

— Uma faca tão pequena contra uma espada enorme. Eu ganho!

O sangue escorria pelos dedos dele enquanto ele apalpava a barriga.

— Não. Não. Isso não aconteceu. — Mas Riggs tropeçou e caiu de joelhos.

Na sala da prisão, um vaso sanguíneo estourou em seu olho esquerdo, tingindo o branco de vermelho.

— Está acontecendo agora. Está doendo, não está? Morrer dói. As suas vidas estão acabando, Ray.

— Eu vou sair. Eu vou sair, e você vai se arrepender.

— O negócio é o seguinte, Ray. Eu nunca vou deixar você sair.

— Você não pode me manter aqui.

— Quem vai me impedir?

Para ela ganhar o jogo, ele tinha que acreditar; ela tinha que fazer ele acreditar.

— Toda vez que você tentar sair, eu vou te matar de novo. Toda vez. É a sua vida, e você está preso nela, mente e corpo agora, então vai se acostumando com isso. Vou pular umas fases, porque estou ficando entediada. E, para ser sincera, você está com uma cara péssima.

Ela própria se sentia péssima por causa do esforço de manter o controle dele e das próprias emoções. Uma linha de suor, muito fria, escorria por suas costas.

Usaria aquilo também, decidiu ela. Tinha que ser fria. Fria, controlada. Impiedosa.

A última fase, o esforço final, iria exigir tudo que ela tinha. Thea levou a mão à chave pendurada no pescoço. Ela tinha a chave para abrir o próprio futuro, lembrou a si mesma.

E levou os dois para o passado que compartilhavam.

Ele tinha parado para comprar comida. Estava a caminho da praia, no belo carro novo, ia pegar um pouco de sol. Mas aí ela apareceu. Aquela vadia rica com o relógio chique. Que se achava muito especial, no seu vestido rosa de bacana.

Vestido azul? Vestido rosa? Como a cor ficava mudando?

Sua visão vacilou por um segundo, resultado de uma dor súbita e lancinante atrás dos olhos. Algo lhe disse para se afastar, mas ele queria aquela merda de relógio. E mais, ele queria matar aquela riquinha metida a besta.

Ele se afastou, mas ficou esperando, esperando no carro novo e bonito, então a seguiu. Tudo era tão familiar... Era de dar arrepios. Familiar, porque ele sabia o que ia fazer. Sentado, olhando a mansão de bacana, ele esmurrou o volante.

Riggs sabia o que estava fazendo. Já tinha feito aquilo tudo antes, ia fazer tudo de novo.

Comer alguma coisa, esperar. Podia só ir para o sul, mas ele queria aquele relógio e o dinheiro, as coisas bonitas dentro daquele casarão. Queria a emoção da matança.

E aquela cara, a cara daquela puta. Ele conhecia aquele rosto, queria esmagar aquela cara, destruir. Ele tinha que fazer aquilo.

O garoto dentuço e cheio de espinhas que lhe entregou a sua comida disse:

— Tenha um péssimo dia, seu idiota.

— O que foi que você falou?

Mas o garoto sumiu, a comida sumiu. Riggs estava no escuro, com o cortador de vidro na mão. A sua mão tremeu.

Então lembrou por que estava ali.

Sentiu as costas coçando, como se alguém o observasse. Mas, quando olhou para trás, estava sozinho no meio da noite. Ninguém podia impedi-lo de tomar o que queria.

Ele entrou, colocou o cortador de vidro na mochila e sacou a arma. A arma que havia roubado de outra puta rica que ele havia matado e que morava em uma mansão. Ainda maior que essa.

Andando pela casa, o ódio, já enraizado, brotou em caules espinhosos e floriu com botões venenosos.

As fotos o fizeram parar. Ele teria zombado, mas aquela cara, a menina, o impediu. Ela olhou bem para ele, olhou dentro dele.

A menina. A mulher. A menina.

A dor lancinante voltou. Algo quente escorria da sua orelha esquerda. Ele fechou a mão em punho e por pouco não esmurrou aquele rosto.

"Fica quieto, Ray", alguém sussurrou dentro da sua cabeça. "Você não quer que eles acordem."

— Você não quer que eles acordem — murmurou ele, e continuou subindo a escada.

E lá estavam eles, os idiotas ricos que tinham o que ele queria. O que ele iria ter.

— Não, Ray. Você nunca vai ter o que eles tinham.

Thea foi até o pé da cama.

— Olha para eles, Ray. Olha de verdade. Eles nunca fizeram mal a ninguém. Eles tinham tanta bondade. Eles se amavam. Você nunca teve isso, né? Alguém para amar, para te amar de volta. E você nunca vai ter.

— Isso é besteira. Você não é nada. Eles já estão mortos, porque eu matei.

— Isso mesmo, Ray. Você tirou a vida deles. Parabéns. Mas eu fico pensando, e, por favor, me diga o que você acha, você teria feito isso, teria feito mesmo tudo isso se soubesse que ia custar a sua vida?

Virando-se para ele, Thea o colocou na sua cela, só por um momento, só para fazê-lo sentir aquele isolamento.

Para que ele o conhecesse, enquanto um filete de sangue escorria do seu nariz.

— Se você tivesse enxergado o futuro e se visto sentado naquela salinha, por horas e horas, dias e dias, anos e anos? Teria valido a pena se soubesse que uma garotinha ia fazer com que você nunca mais pisasse na rua na vida, fosse na cidade ou no campo? Nunca mais ia pedir uma pizza ou tomar um sorvete de casquinha? Nunca mais ia a um jogo de beisebol ou dirigir? Se você soubesse que eu ia garantir que você passasse a vida dentro de uma cela, na prisão?

— Eu não vou voltar. Eu saí. Eu te falei que ia sair. Eu tô aqui, e eles estão mortos.

Os pais dela jaziam deitados na cama, com almofadas na cara, de mãos dadas. E aquilo partiu o seu coração.

E a tornou mais forte.

— Não, eu não posso mudar o passado. Não posso trazê-los de volta. Não tem remorso nenhum dentro de você, né?

— Foda-se o remorso. Eu tô fora, e vou ficar fora. E você tá morta.

Ele levantou a arma; ela levantou a espada. E, quando ele cambaleou, com os olhos agitados, ela decepou a mão dele.

No jogo, ele gritou, e seus gritos ecoaram nas paredes da solitária, enquanto ele se jogava contra a porta azul com a janela estreita.

Na sala da prisão, Thea soltou um suspiro trêmulo.

— A cada uma dessas escolhas ao longo do caminho... Você errou todas as vezes.

Para evitar que suas mãos tremessem, ela as esfregou nas coxas, observando o rosto de Riggs ficar flácido, com sangue escorrendo pelo nariz e pelos ouvidos.

E assistiu àqueles olhos, aqueles olhos azuis, ficarem vazios.

— Mas você fez as suas escolhas. Agora, você está trancado, preso, em mente e corpo.

Quando o corpo dele começou a convulsionar, ela falou com o máximo de calma de que foi capaz:

— Guarda, acho que ele está tendo um derrame.

Ela ficou sentada, enquanto o guarda corria até Riggs e pedia atendimento médico. Ela viu Riggs caído na cadeira presa ao chão, e o viu gritando em sua cela.

Quando a escoltaram para fora, ela não olhou para trás.

Howard passou um braço pela sua cintura.

— Vamos tirar você daqui.

— Por favor.

Musk não falou nada até estarem do outro lado dos muros.

— O que aconteceu?

— Ele fez as escolhas erradas.

— Vocês ficaram se encarando por uma boa meia hora.

— Foi só isso? Pareceu mais. Ele recebeu um dom, e abusou desse dom, corrompeu, contaminou. Eu tirei isso dele.

— Você está bem? — perguntou Howard. — Está branca feito papel.

— Vou ficar. Obrigada por terem vindo. Saber que vocês estavam ali me ajudou. Agora só quero ir para casa.

— Está certa.

Musk começou a falar de novo, mas Howard lançou um olhar afiado para ele, balançou a cabeça e guiou Thea em direção a Ty, que avançava depressa até eles.

— Está entregue. Não some, viu?

— Pode deixar. Se vocês precisarem da minha ajuda… Sempre que precisarem da minha ajuda.

— Não vamos esquecer. Tenha uma vida boa, Thea. Você merece. — Ele chamou o antigo parceiro.

— Meu Deus do céu, Chuck.

— Esquece isso, Phil. Está muito além do que somos pagos para fazer. Esquece isso.

Ty esfregou as mãos de Thea nas suas.

— Você está fria. As suas mãos estão geladas.

— Preciso sair daqui.

— Tá bom. Pode deixar.

Ele não falou uma palavra sequer até terem se afastado, até os muros da prisão ficarem para trás.

— Tem água aí. Bebe um pouco.

— Daqui a pouco. Tenho que mandar uma mensagem para casa.

— Eu escrevi para o Rem e a Lucy na hora que vi você saindo. Relaxa. Fecha os olhos.

Ela fez exatamente isso, enquanto ele lhe dava um momento de paz.

— Você não perguntou o que aconteceu.

— Você vai me contar quando estiver pronta.

— Eu… Eu quebrei a mente dele. Forcei até…

— Thea. — Ty pegou a mão dela e segurou. — A mente dele já estava quebrada.

— Eu quebrei o que restava. Sabia que ele ia fazer todas as escolhas erradas, todos os movimentos errados. Eu o levei por momentos da vida em que ele podia ter escolhido diferente, mas ele não fez isso. E eu sabia que ele não ia fazer isso. E todas as vezes eu o machuquei, eu o fiz sentir dor e enfrentar as consequências até a mente dele não conseguir mais lidar com aquilo.

Pousando a mão no relógio — "Eternamente" —, ela abriu os olhos.

— Ele teve um derrame, e eu tranquei o que restou da mente dele dentro daquela cela, atrás daquela porta azul. Ele nunca mais vai sair de lá, nunca mais vai escapar. Não importa para onde ele seja levado, a mente dele vai ficar presa naquela cela, sem nenhum dom para tirá-lo de lá, porque eu arranquei isso dele.

— Ótimo.

— Ty.

— Para. Vou te dar dois minutos para você se sentir culpada, e estou dizendo que você já gastou esse tempo. Então agora chega, Thea. Ele é um filho da puta escroto, um cara doentio, um homem mau. Você ajudou a colocá-lo na prisão, que é o lugar dele, mas isso não o impediu de vir atrás de você. Então você fez isso. Você o impediu. Agora a mente dele está na prisão, onde é o lugar dela.

Ty soltou um suspiro e balançou a cabeça, maravilhado.

— Eu te admiro pra caralho.

— Ai, meu Deus.

— Em que número estou pensando?

— Ty…

— Anda. Me mostra do que você é capaz.

Ela estava com medo, com medo de se descobrir vazia. Mas ele pegou a mão dela de novo. Pegou a mão dela e sorriu para ela.

O soluço rápido virou riso.

— É uma pegadinha. Dó com sétima diminuta não é número.

— Ninguém te engana. O seu dom ajudou a te proteger. O resto você fez com a sua força. — Ele olhou para ela. — Já está melhor?

— Sim. Quer dizer, melhorando.

— Que bom. Acho que eu tenho um jeito de ajudar a melhorar mais rápido. Vamos fazer um pequeno desvio.

— Ah, mas…

— Por favor. Tive muito tempo para pensar nesse desvio, encontrar um lugar. Já mandei uma mensagem para Lucy e avisei que a gente ia demorar.

Ele saiu da rodovia e pegou algumas estradas secundárias. Quando parou, ela ficou olhando para fora do carro.

— Um parquinho?

— Ei, tem as montanhas, uma vista bonita da água. E é bem tranquilo, também, a esta hora. E tem uma mesa de piquenique, já que você não está com roupa de caminhada. Vem.

— É lindo — concordou ela, descendo do carro. — E tranquilo. Mas lá em casa é bonito e tranquilo também.

— Eu não podia esperar. Tem uma coisa que eu quero que você ouça. Senta aqui.

Ele pegou o celular.

— Andei pensando qual seria a melhor hora de tocar isso para você, aí, enquanto te esperava, percebi que tinha que ser agora.

Ele abriu a música e apertou play.

Ela sorriu ao ouvir os acordes iniciais. Já tinha escutado aquilo fluindo no ar.

"Eu a vejo à luz do sol, e ela brilha."

Quando ouviu as palavras, a voz dele, ela sabia. Quando seus olhos se encontraram, todo o resto desapareceu. Com o coração transbordando, as lágrimas vieram. Lágrimas de gratidão.

— O nome é "I See Her" — disse ele, quando o último acorde se extinguiu. — Eu vejo você, Thea, e amo tudo que vejo. É a primeira música que gravo em muito tempo. Gravei quando fui para a Filadélfia, pouco antes do aniversário do Bray. Acho que foi por isso que eu reagi daquele jeito quando achei que você não sentia nada por mim. Porque eu já estava apaixonado por você.

— Eu te amo há anos. Acho que me apaixonei tanto aos 16 anos, e nunca senti nada assim por mais ninguém, porque uma parte de mim já sabia. Uma parte de mim sempre soube que eu era sua. Eu era sua, Ty.

— Eu quero ser seu. — Ele segurou as mãos dela. — Mas eu não venho sozinho.

— Eu amo o Bray.

— Eu sei.

— Me abraça um pouco. Foi um dia cheio.

Ele ficou de pé, puxou-a e a abraçou.

— A música é linda, Ty. Você não podia ter escolhido uma hora melhor para tocar para mim.

Ela levantou o rosto e, à luz do sol, com a brisa do outono sussurrando em meio aos pinheiros, levou a boca à dele.

— Como você está se sentindo?

— Amada, livre, agradecida.

— Parece uma boa hora para contar mais uma coisa. Eu vou gravar mais, quando der vontade.

— Isso é maravilhoso.

— Mas não tem estúdio em Redbud Hollow. Eu posso mudar isso. Vou mudar isso — corrigiu-se ele —, vou construir um estúdio.

— Eu disse maravilhoso? — Rindo, ela o abraçou com força. — O que tem vários níveis acima de maravilhoso?

— Eu gosto de sensacional — disse ele. — Então, eu diria sensacional. Mas aí, se eu quiser trazer outros músicos, eles vão precisar dormir em algum lugar.

— Tem a pousada da cidade, e...

— É, e outros lugares também, mas eu pensei que o Knobby podia fazer uma mágica lá na casa. Ampliar, reformar. Tem bastante terra para isso. Pode ser uma opção para os artistas dormirem onde vão trabalhar.

— Isso ia ser... É, vou ficar com sensacional também... Mas não consigo te imaginar com essas pessoas todas basicamente morando na sua casa, mesmo que por pouco tempo.

— Não, eu não ia gostar disso. É por isso que a gente ia precisar morar com você.

— Eu... — Ela pestanejou, a mente subitamente vazia. — Ah.

— Precisa de uma aliança primeiro?

— É... Eu tenho que me sentar de novo.

— Não. Eu estou te segurando. Aceita a gente, Thea. — Ele tocou os lábios nos dela. — Aceita a gente. A gente te ama. Vamos formar uma família.

Sem palavras, ela segurou o rosto dele nas mãos.

— Lê a minha mente se você precisar — disse ele.

— Não. Não, eu só preciso de um minuto. Você transformou um dos dias mais difíceis da minha vida em um dos mais lindos. É isso que eu quero, tudo que eu quero, e agora... agora eu posso ter. Se o Bray concordar.

— Foi a mesma coisa que ele falou quando conversei com ele ontem à noite.

— Você conversou com ele sobre isso?

— Eu não venho sozinho — repetiu Ty. — Ele disse que tudo bem. E quis saber se o Bunk podia dormir no quarto novo dele. Teve um papo de levar os brinquedos do jardim. E panqueca no café da manhã.

— Como eu negaria isso?

Uma vida, pensou Thea. Ela tinha uma vida e havia aberto as portas para o seu futuro.

— Eu amo vocês. — Fitando-o nos olhos, ela deixou as lágrimas de felicidade virem. — Eu aceito vocês, lógico que aceito. Vamos formar uma família. Mas...

— Ih, pronto.

— A gente vai ter que ter mais dois filhos.

— Mais dois.

— Quando escrevi sobre você no meu diário, e sobre como um dia a gente ia se encontrar, e você ia se apaixonar perdidamente por mim, lógico... a gente se casava e tinha três filhos.

— Cadê esse diário?

Rindo, ela ergueu o rosto para o sol.

— Você nunca vai encontrar.

Ele a beijou na testa.

— Mais dois. A gente vai ser bom nisso. E o Bray vai ser um irmão mais velho maravilhoso.

Ele a ergueu do chão e a girou no ar.

— Vamos para casa, para começar.

Mas os dois ficaram abraçados um pouco mais, sob aquele sol dourado. E abraçada a ele, Thea não precisava olhar para saber que tinha aberto não só as portas para o seu futuro.

Eles tinham aberto as portas para o futuro dos dois.

E esse futuro estava esperando por eles nas colinas e florestas de casa.

Este livro foi composto na tipografia Minion Pro,
em corpo 11/15,2, e impresso em
papel off-white no Sistema Cameron da
Divisão Gráfica da Distribuidora Record.